文學研究叢書·臺灣文學叢刊

成長的迹線

—— 台灣五〇年代小說家的成長書寫（1950-1969）

戴華萱　著

自序

　　時光荏苒，距離完成這本博士論文是八年前；若再往前推，開始醞釀、構思寫這本論文則是十二年前的事了。多年後重新校訂內容，彷彿帶著我穿越人生的時光長廊，悠悠忽忽中再次照見當年那個與學位拼搏、在課業及瑣碎生活間多頭燒的自己。

　　這本論文的問題意識，一言以蔽之，就是在調低向來以為五〇年代是「反共懷鄉」主調的大敘述，轉而論析在那樣一個動盪肅殺的環境下，小說家如何刻畫小人物成長心路歷程的小敘述，我提出在這些文本中所銘刻的成長故事，比反共復國的政治神話更深烙人心的觀點；文本中抽繹出的成長主題，不但不會因反共的背景而落伍褪色，反倒更能歷久彌新。如果閱讀文學作品終究是要反饋給自身，那麼小說裡的主角面對險惡的大環境以及進入職場與婚姻的種種成長難題，似乎我也都能有所感觸和體悟。

　　十二年，足以讓一個強褓中的嬰兒長大並完成國小學業，在這不算短的歲月裡，我從一個單純的研究生身分成為人妻、人媳、人母；在拿到博士學位流浪一年後終如願在學院裡執鞭誦書。當指尖混雜著筆墨香與飯菜香，讓我不得不在魚與熊掌間秤斤論兩、錙銖必較；多重角色讓我不斷思索如何在廚房與書房間取得平衡。再加上這幾年大學生態丕變，在職場上也要具備百變金剛的本領，除了要在招生博覽會上當個超級業務員，還要具備電視主持人辦活動的十八般武藝，輔導學生要像7-11般服務不打烊的品質：教學、服務、輔導、研究缺一不可。然後往往在筋疲力竭的午夜夢迴時，對一再延宕的論文寫作進

度焦慮不已；也對自己不是那麼稱職的主婦感到愧疚。如果成長小說的主要書寫對象是青少年，在現實生活中的我雖已步入中年，迷惘與無助的心情似乎也不曾少過，這時終能深深體會，學院理論與現實生活雖然有所差距，但成長的議題並不會因為年齡的增長而減少；要如何建構自我的主體性以獲得身心靈的安頓，其實是各種階段的人共同關心的永恆母題。當我回過頭去瀝瀝淘洗這八年的種種經歷，此刻的自己內心滿溢感恩與感謝，我明白正因為有這些生活的大小試煉，才得以讓我不斷提升各種能力，進而逐漸發現自我存在的價值。

這本論文得以完成，最感謝的是亦師亦友的指導教授范銘如老師。從大學時代開始聆聽范老師的各種課程，我宛如小粉絲般的汲取知識；范老師看著我從花樣年華的少女，至今成為兩個女兒的母親，無疑是我從青年邁向中年的成長見證者。謝謝老師總在我茫然失落時給我的提點與鼓勵，讓我在洩氣之餘能再度充飽向前衝的正向能量。當然，還要感謝一路支持我的家人。謝謝我的父親戴錦河先生與游秋珍女士，正因為有你們從不干涉子女夢想的尊重教育，讓我得以縱情的追逐文學夢。而論文中有關成長小說理論的英文翻譯，若沒有公公溫春福教授與大哥溫志煜教授的協助，我這「菜英文」勢必無法完成。公公已於六年前過世，他的慈祥和藹永留我心中；大哥的學識淵博則令我望塵莫及。最後，還要謝謝總是陪伴我、支持我所有決定的丈夫──溫志中教授，有你相伴，是人生中最美好的風景。

目次

第一章
導論

第一節　問題意識的形成

　　論及五○年代的台灣文學，史家多認定此時期的文壇由「大陸來台作家把持」，並以「反共抗暴」與「懷鄉思舊」二者總括文學全貌[1]。這批遷台知識菁英之所以大量書寫反共懷鄉的作品，乃是有鑑於國共失利的主因在於共黨擅用文藝思想戰術以及配合官方制定的文藝發展方針。由於撤台後重新掌權的國民政府於痛定思痛的檢討後，就在蔣介石提出「一年準備，兩年反攻，三年掃蕩，五年成功」的驅力下，開始強力執行筆桿與槍桿同步的文藝政策；並以宣傳反共意識作為文學創作的首要任務，企圖發揮在文藝作品中掀起另一波思想戰的功能。遷台作家們在驚魂未定之際，因匪亂而飽受顛沛流離之苦，就為文控訴了這場赤色風暴，同時披露出因離鄉背景而萌生的濃烈思親鄉愁，以及重回大陸故土的抗共決心。眼見反共文學良莠不齊的量產品質，以葉石濤為首的本土文學史家多無分優劣，視這些作品為八股的政治文宣品；且認為作家們關注於國共的正統之爭，因而成為官方意識形態操縱利用的工具。葉氏更進一步自本土意識著眼，指出這

1　葉石濤《台灣文學史綱》以「五○年代的台灣文學──理想主義的挫折與頹廢」，彭瑞金《台灣新文學運動四十年》以〈風暴中的新文學運動（1950-1959）〉，陳芳明以「反共文學的形成及其發展」為題，同樣指出五○年代文學以反共懷鄉文學為大宗的現象。詳參葉石濤：《台灣文學史綱》（高雄市：文學界雜誌社，1998年），頁83-110；彭瑞金：《台灣新文學運動四十年》（高雄市：春暉出版社，1998年），頁69-108；陳芳明：《台灣新文學史》（臺北市：聯經出版事業公司，2012年），頁263-285。

類以大陸為背景的文學創作乃是和本地民眾現實生活脫節的外鄉文學，是「壓根兒與此地民眾扯不上關係的懷鄉文學」[2]。五○年代的台灣文壇，已可以隱約感受到一股反共意識的統派，以及另一股本土意識的獨派在暗中較勁，埋下了此後台灣文學長達數十年的政治意識形態的戰爭。

隨著政治解嚴、本土意識攀升，反共懷鄉文學逐漸被打入冷宮。葉石濤、彭瑞金這兩位書寫台灣文學史的主要史家，正由於創作年代為台灣政治生態劇烈變化之際，勢必得突顯出個人的政治立場與國家認同。簡言之，在本土意識領軍下所撰寫的台灣文學史，凡是論及反共就一定是八股囈語，是毫無文學價值的政治宣傳品。尤其在「台灣是台灣人」的台灣、「一部台灣文學史等於是一部台灣民眾反抗、抗議殖民統治」的認知下[3]，解嚴後或在有意無意間不將反共文學歸入台灣文學的範疇中。鍾肇政於一九九二年主編《台灣作家全集》時，就一改往日曾對祖國精美文字讚譽有加的正向評價[4]，在此完全略過外省籍作家的貢獻，同時論定五○年代以反共懷鄉為主流的文學為「台灣文學真空期」，並陳述當時草木皆兵的文學環境：

> 國民黨式特務政治已初步完成建制，台灣民間特務遍佈，即或非特務人員，亦因省籍歧見已深，監視眼光幾至無所不在，形成在我們而言是危機四伏、陷阱處處的狀況[5]。

2　葉石濤：《台灣文學史綱》，頁89。

3　葉石濤：〈開創台灣文學史的新格局〉，收錄於《台灣文學的悲情》（高雄市：派色文化出版社，1990年），頁91-95。

4　鍾肇政：「乍一光復，祖國精美作品源源流入，相形之下（本地作家）難免有相形見絀之感。」見鍾肇政選編：〈導言〉，《當代中國新文學大系‧小說二集》（臺北市：天視出版事業公司，1979年），頁8。

5　鍾肇政此篇「總序」收錄於張恆豪主編，賴和著：《賴和集》（臺北市：前衛出版社，1992年），頁22。

顯然，鍾肇政依省籍做了「我們／他們」的二分。並以一種被壓迫者的詮釋姿態，建構出一套「在我們而言」的文學史觀，理所當然地將「他們」的作品完全剔除在選集外。可見即使進入九〇年代，對五〇年代台灣文學仍以意識形態為品評的前提。尤其是聯合報於一九九九年所舉辦的「台灣文學經典研討會」，更掀起了一股學界對於「台灣」的意識型態以及關於文學的價值評判之爭[6]。爾後邱貴芬在論述五〇年代台灣文學史的概況時，就以葉石濤、彭瑞金、陳芳明等三位本土派的文學史家為研究對象指出，他們在談論五〇年代的台灣文學時，不出此三個範疇：（一）五〇年代反共文學主宰台灣文壇。（二）台灣文學被打壓。（三）若不具政治抗議精神的作品就不是台灣文學[7]。顯然地，台灣文學如何定義的爭論與台灣的政治地位和民族意識辯證緊密相關。當本土派學者自台灣特定族群作家的角度為五〇年代台灣文學下定義時，他們不僅出自強烈的「台灣本土意識」，同時站在「被異族的強權欺凌的被壓迫的立場」[8]，進一步以作品是否具「台灣經驗」、「認同鄉土」作為認定的依據。凡是不合此標準者則剔除在外。換言之，政治上的族群對立與統獨的意識形態，左右史家對文學的論評以及台灣史觀的建構。針對此種現象，呂正惠早已指出「台灣文學界的『有心人士』太過重視意識形態而忽略客觀知識」的現象[9]。誠

---

6 陳義芝編：《台灣文學經典研討會論文集》（臺北市：聯經出版事業公司，1999年）。另尹子玉以此次論爭為研究對象，對論爭場域和論爭過程分期做分類剖析，將各方對「台灣文學」、「經典」的條件論述回歸到文學作品本身，以及作家歸屬上進行討論。見尹子玉：《「台灣文學經典」論爭研究》（桃園市：國立中央大學中國文學研究所碩士論文，2001年）。

7 邱貴芬：〈從戰後初期女作家的創作談台灣文學史的敘述〉，收錄於《後殖民及其外》（臺北市：麥田出版公司，2003年），頁49-82。

8 葉石濤：〈台灣文學史的展望〉，收錄於《台灣文學的悲情》，頁97-100。

9 呂正惠：〈評葉石濤台灣文學史綱〉，收錄於《戰後台灣文學經驗》（臺北市：新地文學出版社，1992年），頁325。

然，國府遷台初期所施行的極權高壓統治是鐵的事實，我們也無法否認文學品評勢必受限於個人主觀意識的影響；但意識形態先行的結果，卻可能因此錯失對作家、作品抑是文學現象的深度認識，也無法給予比較適當公允的評價。

倘若我們同意本土派以是否描繪「台灣經驗」作為判定台灣文學的標準，首先要思索的問題是，台灣／非台灣的書寫是否可以截然的省籍二分？早已有學者指出，當時隨著國民政府來台的外省籍女作家已暗暗製播「台灣好」的小調新曲，除了建構「台灣新故鄉」為重新出發的起點，並視台灣為長居久安的新家園，流露出在台灣落地生根的意願[10]。其實不僅女性，男作家也有表達出類似觀點的作品。若以當時位居文協領導核心的陳紀瀅為例，他在一九五四年出版的短篇小說集《藍天》，寫的是他「在台四年中，所看到，所想到的一些人物與故事」[11]。易言之，不同於《荻村傳》（1951），作者已將文本的發展空間轉而在台灣劃下，大多描寫隨國府來台的人物在台灣所發生的故事。如〈音容劫〉（1954）以來台後教授鋼琴維持家計的黃瑜為主角，文中同時描述了台北川端橋邊的淡水河美景；〈再嫁〉（1952）則是表述一名渡海來台的少婦成為孀婦後的心情，全然未點染一丁點兒國仇家恨的習氣。〈邊緣詩存〉與〈菊車〉兩篇轉以台籍女子為主角，前者勾勒對國語原僅略知一二的美髮師阿銀，在耳濡目染的薰陶下，最後竟能作出文字俐落、意味深遠的現代詩；後者描寫人力女車伕林阿菊勤敏刻苦的台灣精神。〈協防前後〉（1950）更是一反歌功頌德之作，描繪在台外省人士經商走私、高官爵祿者勾結匪共的醜陋嘴臉，女主角則是發出在台灣籌設藝術學院的落地生根的意願。諸篇中

---

10 范銘如：〈台灣新故鄉——五○年代女性小說〉，收錄於《眾裡尋她：台灣女性小說縱論》（臺北市：麥田出版公司，2002年），頁3-48。

11 陳紀瀅：〈自序〉，《藍天》（臺北市：中央文物出版社，1954年），頁2。

最令人耳目一新的是，〈有一家〉（1952）的范家姨太太與二媳婦為了在台灣籌設「女工托兒所」而奔走募款，念茲在茲的是把握在台灣的「現在」：

> 這是他老人家的觀點和哲學，他留戀過去，憧憬未來；可是咱們只有現在……再不說一切事專靠等回大陸了[12]。

作者一改「留戀過去，展望未來」的反共書寫模式，道出渡海來台人士已然關注台灣時空的心聲。據此足以說明外省作家筆下不僅只有追憶過去的懷鄉文學而已，同時也有書寫台灣在地生活的「本土文學」。準此，史家們以為五〇年代遷台作家的文學是「和本地民眾現實上的困苦生活脫節，讀起來好像是別的國度的風花雪月」[13]，是絲毫不具「台灣經驗」的外鄉文學？的這種看法似乎就有待斟酌與商議之處。

　　本文並無意開啟「重評文學史」的龐大議題[14]，該論題亦非我在此就能處理解惑。然無庸置疑的是，一部文學史的建構端看建構者選擇坐落在哪一個位置上發聲，亦即該位文學觀察家站在什麼樣的批評視角給予評準。當本土文學史家在省籍情結的意識形態下，對外省作家的作品多予以貶斥；而此種一視同仁的結果，自是看不出這些創作

---

12 陳紀瀅：〈有一家〉，收錄於《藍天》，頁116。

13 葉石濤：《台灣文學史綱》，頁89。

14 自八〇年代以來，有諸多學者對重評文學史展開重新思考與論證。如劉再復：《放逐諸神：文論提綱和文學史重評》（臺北市：風雲時代出版公司，1995年）。陳國球、王宏志、陳清僑合編：《書寫文學的過去：文學史的思考》（臺北市：麥田出版公司，1997年）。王德威：〈現代文學的文、史之爭〉，收錄於《從劉鶚到王禎和：中國現代寫實小說散論》（臺北市：時報文化出版企業公司，1986年）。龔鵬程：〈台灣文學四十年〉，收錄於《台灣文學在台灣》（臺北縣：駱駝出版社，1997年），頁39-92。邱貴芬：〈從戰後初期女作家的創作談台灣文學史的敘述〉，頁49-82。

理一而分殊的多元文學風貌。學者在研究時已指出，目前台灣文學史寫作最具爭議性的共同問題，除了文學史建構所牽涉的國家定位問題外，即是對戰後初期台灣文學生態的描述，以及隨著這些描述所帶出來對遷台外省作家創作的評估問題[15]。我們並不否認五○年代的台灣文壇確是在阿圖塞所謂壓迫性與意識型態國家機器的雙重操控下，重回以中文為主的創作媒介，並定下「反共懷鄉」為書寫主流的文學現象；而台灣本地作家也的確因文字題材的隔閡與政治迫害等因素而紛紛噤聲。雖然反共文學很大程度上是國家意識形態的產物，但當史家們從本土意識統稱五○年代「反共文學」的收成等於零時，促使我們反思的是，該時代的文學僅能從「反共」這個單一觀點解讀？反共文學果真是千篇一律、令人生厭的大鍋菜？如潘人木《蓮漪表妹》、《馬蘭自傳》和潘壘的《紅河三部曲》等諸部聞名後世的小說，果真只有闡述「揭發共匪罪惡」的內容而已[16]？尤令人莞爾的是，當本土論者視反共文學為八股囈語、官方政策附庸的評價，不也正是另一種意識形態的結果？

平心而論，反共文學公式化的口號吶喊在五○年代確實相當氾濫。朱西甯分析「中華文藝獎」與「國軍文藝獎」時曾指出，若將美術歌詞歌曲及各劇型劇本均統括在內，「堪稱題材的反共文學」的傑出作品，「中華文藝獎」不出二十件，「國軍文藝金像獎」則不出十件。若量與質之比，前者約為九比一，後者約為二十二比一。反共小說的質與量的確相當懸殊[17]。不過，當時雖有一批信仰堅定、為反共

---

15 邱貴芬：〈從戰後初期女作家的創作談台灣文學史的敘述〉，頁50。

16 彭瑞金：《台灣新文學運動四十年》，頁81。

17 朱西甯：〈論反共文學〉，《中華文化復興月刊》第10卷第9期（1977年9月），頁3。另外，司徒衛也指出反共文學公式化的虛構故事、口號化的激動吶喊，以及浮泛的憶舊懷鄉之作在五○年代相當氾濫的現象。司徒衛：〈五十年代自由中國的新文學〉，收錄於《五十年代文學論評》（臺北市：成文出版社，1979年），頁19。

宣傳不遺餘力的教條化作家；但同時也有一批不輕信權威，為自我理想而書寫的創作者。換言之，五〇年代仍然有一些優異的作家，透過內觀、省思，超然客觀地擅用大時代豐厚的素材，寫出深刻凝鍊的作品[18]。近年來學者們亦已紛自文學冷宮中淘沙瀝金，撿選出不少珍品；並在跳脫意識形態的窠臼後，從較為客觀的視角予以評價。或有學者自文學主題立論，肯定「反共文學」為「傷痕文學序曲」的歷史價值[19]；或有評論家對小說中激越創新的表現手法稱讚不已。夏濟安就以〈評「落月」兼論現代小說〉為題，肯定彭歌已表現出象徵手法與意識流的寫作技巧[20]。循此，論者唯有自意識形態貼上文學標籤的思維中跳脫出來，才有多方探問該時代文學心靈的可能。

顯然，不從意識形態評騭作品優劣者早已大有人在。首先，在一九九〇年十月七日〈中國時報〉開卷版所刊登「四十年來影響我們最深的書」的票選結果中，《未央歌》（1959）、《藍與黑》（1958）皆高居書榜[21]，人氣指數並未因反共懷鄉意識而下滑失靈。再者，我們也發現，這些小說多為一刷再刷的市場銷售常勝軍，甚至搬上大銀幕而

---

18 張素貞：〈五〇年代台灣新文學運動〉，《中外文學》第14卷第1期（1985年6月），頁130。

19 齊邦媛在〈千年之淚〉一文中，就以「反共懷鄉文學是傷痕文學的序曲」為副標題，率先指出「那些歌哭追懷故鄉廢墟的塵封之作，竟是全然契合成為傷痕文學的序曲」，收錄於《千年之淚：當代台灣小說論集》（臺北市：爾雅出版社，1990年），頁143。後來王德威在論及反共文學時，也提出相同的看法。見於〈一種逝去的文學？反共小說新論〉，《如何現代，怎樣文學？：十九、二十世紀中文小說新論》（臺北市：麥田出版公司，1998年），頁143。

20 夏濟安：〈評「落月」兼論現代小說〉，原載於《文學雜誌》1卷2期（1956年10月），後附於彭歌：《落月》（臺北市：遠景出版社，1977年），頁177-211。

21 一九九〇年十月七日〈中國時報〉開卷版。在列出的四十本書目中，《藍與黑》高居第二。另外，《未央歌》初版由香港人生出版社於一九五九年發行，後由臺灣商務印書館於一九六七年再版。《藍與黑》初版由臺北的紅藍出版社於一九五八年發行，後由臺北的九歌出版社於一九九七年再版。

名揚國際[22]，並未因為不是描寫台灣人在台灣的故事就受到冷落排擠。雖然作品的暢銷與否和主流媒體的支持度有密切關係，但可以肯定的是，小說中表現出何種政治立場並非一般文藝讀者最關注的論題。一旦文本的意義不必然決定於作者的寫作目的，讀者詮釋作品的角度也不容忽視的話，邱貴芬就建議：

> 那麼，嘗試「多層次」閱讀，將閱讀重點放在鋪陳作品與創作時刻台灣社會多方勢力的交鋒狀態，及作品本身經常隱含的衝突矛盾意義，或許有助於台灣文學工作者擺脫傳統台灣文學論述對「政治堅持」（political commitment）的過度重視，避免文學批評裡化約式詮釋的危險。「政治不正確」的作品不見得比「政治正確」的作品較不「台灣」；相反的，可能我們更能在其中看到台灣多方勢力多方對話所產生的多層次矛盾，更可藉此一窺台灣文學之為一種文化產品應展現的複雜意識形態布局[23]。

---

22 從這些小說多次出版與數國譯本、甚至跨海翻版書猖獗的熱銷盛況，與好萊塢劇作家戮力將這些故事搬上銀幕的極具賣點可以證明。如姜貴《旋風》有英譯本。王藍《藍與黑》的暢銷，不僅引發了一場盜印潮，並有英、日、韓、德四國的譯本出版。韓文有李聖愛和權熙哲的譯文，日文有山口和子的譯文，英文有施鐵民的譯本，德文有 W. Bahnson 的譯文。王鼎鈞：〈有動乎中，又是一番歌哭——三讀《藍與黑》〉，收錄於王藍：《藍與黑》（臺北市：九歌出版社，1997年），頁606。陳紀瀅《荻村傳》有英、日、法三種譯本，英譯本《Fool in the Reeds》由張愛玲在一九五九年翻譯出版，於一九六七年就印行有五版之多，好萊塢的劇作家艾德蒙·哈特曼（Edmund Hartman）還戮力於將《荻村傳》的故事搬上銀幕。張愛玲翻譯《荻村傳》始末，詳見陳紀瀅：〈「荻村傳」翻譯始末——兼記張愛玲〉，《聯合文學》第3卷第5期（1987年3月），頁92-94。另外，《荻村傳》英譯本的出版情形見陳紀瀅：〈《荻村傳》四版記〉，收錄於《荻村傳》（臺北市：皇冠出版社，1985年），頁219。徐速《星星·月亮·太陽》出版不久，南洋一帶就有翻版書出現。徐速：〈四版小記〉，《星星·月亮·太陽》（臺北市：水牛出版社，1973年），頁11。
23 邱貴芬：〈台灣（女性）小說史學方法初探〉，收錄於《後殖民及其外》，頁41-42。

當我們從「讀者接受美學」的角度出發，意外地發現那些被貼上「反共懷鄉」標籤的作品不但未如文學史家所言慘遭厭惡唾棄，反而深受歷年來各國讀者的青睞。我們好奇的是，這些小說至今仍受到一般讀者高度接受與歡迎的原因究竟為何？尤其在進行「多層次」閱讀，不再只是呈現單一意識形態的台灣文學風貌後，還有哪一塊對話空間值得關注？

　　反共懷鄉雖然是五〇年代小說所要傳達的重點之一，但絕非令歷年來讀者手不釋卷的主因。我們也發現這些優質的反共懷鄉小說，雖然有劃一的意識形態，但卻讓人從不覺千篇一律，亦未感重複累贅，甚至時有令人拍案叫絕的精采的原因是，讀者可以深刻感受到作者多以自傳性質的表現方式中，在小說裡所刻畫出個人切身的成長喜樂與苦痛。這些以大陸為場景的小說雖然非土生土長的台灣人所曾耳聞目見與親身經歷，但是字裡行間流洩而出的同情共感，不早已超越反共論述的八股教條與地域之別？適足以撼動讀者的文學心靈。換言之，反共小說雖有清一色的戰鬥意識，同時還有個人椎心刺骨的自我覺醒與成長領悟，尤以後者更為感動人心。若進一步深究，這樣的內容呈現除了是潘人木所謂「小說脫離不了時代」的寫實因素外[24]，其實和遷台知識份子接受新式教育與時代氛圍的感染有很大的關聯。

　　五〇年代遷台作家多出生於二〇年代前後，是汲取五四養料而啟蒙成長的一群。林海音就以「我們是中國新文化第一代接受西洋式的新教育，音樂、體育、美術，都是新的」[25]，道出她們這一代所受的

---

24 潘人木在訪談中就說道：「那個時候所有的人寫的都是關於反共的，我還不是這麼濃厚，很少有口號，我只是寫實而已，並沒有強調政治理念，都沒有。我這個人沒有政治細胞，況且小說也脫離不了時代。」曾鈴月：《女性、鄉土與國族——戰後初期大陸來台三位女作家小說作品之女性書寫及其社會意義初探》（臺中縣：靜宜大學中文研究所碩士論文，2001年）〈附錄〉，頁86。

25 林海音：〈訪母校・憶兒時〉，收錄於《我的京味兒回憶錄》（臺北市：遊目族文化事業公司，2000年），頁232。

不同教育。伴隨新文化運動而生的創作特質除了「感時憂國」的道德使命外[26]，同時兼具「個人主義」的浪漫精神。所謂浪漫，指的是個人主義的特質往往藉由高漲的情感表達出來[27]。換言之，五四文學除了富國強種的國家改造目的外，並具有濃厚的自我意識和個人主義，且多以一種自傳的寫實方式描寫周遭熟悉的事物與個人經驗。而這批遷台知識菁英正是通過教育和實際置身於變動的大環境中，使得這兩股精神同時匯入他們的生命裡，由此接續了文學革命的現代性精神。而這群因赤禍而飽嚐顛沛流離之苦、國破家亡之痛的作家們，多將反共復國的「感時憂國」情懷，通過真實細膩的「個人」成長經歷表現出來，兩者互為表裡。五〇年代的知名小說家王藍，在接受夏祖麗的訪談時就表明何以諸多創作中最偏愛《長夜》的原因：

> 《長夜》寫的是我最難忘的人物，最難忘的歲月——抗戰期間北方淪陷區的愛國青年們冒險犯難參加敵後抗日工作和昆明大學生的生活（《藍與黑》是寫重慶大學生的生活）。那時候，青年人渴望抗日報國，真是置生死於度外，紛紛從軍當兵，或投身愛國團體：有的加入中國國民黨，有的加入三民主義青年

---

26 研究中國現代文學的重要學者夏志清在其專著《中國現代小說史》中指出，中國自一九一七年以後的「新文學」特色，不僅是普遍採用語體文、吸取西方文學的格調和寫作技巧，最重要的是，文學中流露出對社會國家的關心，且書寫個人在政治動盪不安的大環境下的感受。夏志清對五四以來中國現代文學裡有別於傳統文學的精神，稱為「感時憂國」。夏志清著：〈現代中國文學感時憂國的精神〉，《中國現代小說史》（臺北市：傳記文學出版社，1979年），頁533-552。

27 李歐梵研究指出，「個人主義」這個名詞經常出現在五四時期的作品中，此乃是五四知識份子破除迷信及反抗傳統的辯護理由之一。或可視為當時知識份子肯定自我，並與傳統社會束縛決絕的一種普遍的精神狀態。見李歐梵：〈現代中國文學中的浪漫個人主義〉，收錄於《現代性的追求：李歐梵文化評論精選集》（臺北市：麥田出版公司，1996年），頁91-115。

團，有的加入抗日殺奸團，有的加入中國共產黨——因為當時共產黨也以「抗日」吸引純潔的年輕人……《長夜》特別強調當年中共吸引年輕人的「法寶」是「文藝」；而政府似乎迷信武力，忽視文藝，以致文壇陷落，國土必也陷落。這是我多年來最深刻最強烈最沉痛的感受[28]。

作家將個人感受最深刻沉痛的情感，通過耳聞目見的個人經歷描繪，進而檢討反省國民黨之所以戰敗的主因，藉此表達出對家國未來發展的政治關懷。小說最後就以「你和乃馥個人的長夜已經過去，我們整個國家民族的長夜還沒有。且讓你、乃馥、我，跟所有的中華兒女，以更虔敬的奉獻、更堅貞的奮鬥，迎接黎明」（頁297-298）作結，將個人與家國的成長相互加乘。因此，當訪問者形容他是一位憂國憂民的作家，並認為此書足以激發讀者愛國情操與憂患意識時，王藍以「多謝知音」回應。身為讀者的我們也確實可以充分感受到文本中「感時憂國」的政治關懷，正是通過主角「革命加戀愛」的成長歷程[29]，以一種「個人主義」的浪漫精神展現出來。小說中刻畫出青少年熾熱的愛國行動以及與至愛者生離死別的感人肺腑，豈僅是反共八股的文藝宣傳囈語而已？尤其當五〇年代小說家大多採用自傳式的寫

28 夏祖麗：〈「長夜」談錄——訪王藍先生〉，收錄於《長夜》（臺北市：純文學出版社，1984年），頁300。

29 「革命加戀愛」是一九二五年至一九三一年流行於中國文壇的文學創作公式。它的文學主題，提供了一幅大革命時代知識者投身革命前後的翦影，並從中突顯當時知識革命者以及革命作家的某些思想狀況。簡言之，革命與戀愛的關係，就在於要突出真正的戀愛，亦即真正的個性解放，必須先完成整體大眾的解放。詳見呂芳上：〈一九二〇年代中國知識份子有關的情愛問題的抉擇與討論〉，收錄於呂芳上主編：《無聲之聲（I）：近代中國的婦女與國家》（臺北市：中研院近史所，2003年），頁73-102。

作方式描寫匪共禍國殃民的過程時[30]，已經是毫無掩飾地將個人的情感經驗與家國的發展前途交織在一起。

在歷史傳承上，五四的意義既在於接續並掀起自清末現代化進程的高潮，知識份子亦多將它自詡為中國的「文藝復興」或「啟蒙運動」。雖然中西方「啟蒙運動」的根本訴求並不相同，但同樣都促使「人」的發現[31]，肯定人作為主體的存在以及理性的覺醒。循此，受五四影響的知識份子，除了期望以文學的力量革新政治外，同時具有強烈的自我意識和個人觀念；並在首次確立了以人作為主體的生命價值後，戮力於建構自我的主體性。簡言之，在文學上兼具「感時憂國」與「個人主義」的精神正是由五四作家初試啼聲，爾後大陸故土因文革等政治因素中斷傳承，轉由這一批遷台作家接棒演出。其中引起我注意的是，中西方同樣在人的覺醒後的文學表現。歐洲在十八世紀啟蒙運動後，宗教神權逐漸式微，人自神的庇護下解放出來，開始面臨了如何塑造自我以及如何走向社會的問題。將自我覺醒表現在文學上，則有「成長小說」（Bildungsroman）的大量創作。此類小說的書寫因啟蒙運動而漸趨成熟，爾後發展成西方文學上一個相當重要的文類。反觀台灣，五〇年代遷台知識份子既是在號稱「中國的啟蒙運

---

30 有關自傳作品流洩個人情感經驗的研究，詳見李歐梵著、王宏志等譯：〈浪漫的一代：同一主題的變奏〉，《中國現代作家的浪漫一代》「第四部分」（北京市：新星出版社，2005年）。

31 這兩者的根本不同在於，歐洲啟蒙運動是新興的中產階級推翻封建制度的貴族，而中國是各種社會力量結合對抗舊勢力。周策縱：《五四運動史》（臺北市：龍田出版社，1984年），頁491。至於五四中人的發現，乃郁達夫所言：「五四運動的最大成功，第一要算「個人」的發見。從前的人，是為君而存在，為道而存在，為父母而存在，現在的人才曉得為自我而存在了。我若無何有乎君，道之不適於我者還算什麼道，父母是我的父母；若沒有我，則社會，國家，宗族等那裏會有？」收錄於〈中國新文學大系・散文二集・導言〉，郁達夫編選、趙家璧主編：《中國新文學大系：散文二卷》（上海市：上海文藝出版社，2003年），頁5。

動」中成長，尤其在中西文化的震盪刺激下，及因匪亂而渡海來台後必須面臨陌生島國的各種適應問題，種種成長困境並不亞於十八世紀的歐洲作家。令人好奇的是，儘管時空、風土民情迥異，但同樣在「人」的覺醒與權威鬆綁的前提下，五〇年代外省菁英是否也同樣寫下切身所面臨如何塑造自我以及如何走向社會的成長題材？尤其他們多擅長使用的自傳式書寫筆法，充滿了個人自由解放的基調，又恰與成長小說富有的自傳特質不謀而合[32]。而自傳所呈現的，不正是小說人物的成長故事？特別是五四文人將覺醒的自我表現在作品中，描寫主角不斷追求自我實現的成長故事[33]，而五〇年代遷台知識份子既是在大量閱讀他們的作品中體驗成長，勢必受到不小的啟蒙與影響，我們當然也就不能忽略他們在創作中有關建構自我主體性的成長內容表現。

　　循此，當我們拋離意識形態，重新閱讀向來被定位為「反共」、「懷鄉」的五〇年代小說。除了如龔鵬程所論台灣文學「不是台灣省籍作家的文學，也不是壓迫與反抗的文學」，不應如此簡化概括文學

---

32 巴克利（Jerome Hamilton Buckley）指出，「成長小說的富有自傳性成分同時是其優缺點。由於太過於主觀，所以適度的了解作者的生平，有助於讀者能更客觀的審視成長小說。」Jerome Hamilton Buckley, *Season of Youth: The Bildungsroman from Dickens to Golding*, Cambridge, MA: Harvard University Press, 1974, p.26.

33 五四作家多通過「愛情」此一主題表現「自我實現」。李歐梵：「五四作家筆下最流行的人物形象常常是一對或者三角之間的糾葛。個性的重要意義通過郁達夫和王映霞、徐志摩和陸小曼、丁玲和胡也頻這樣一些在愛情上飽受折磨的人物的那種愛情舉動和作風而得到人們的廣泛認同。愛情已經成為新道德的一個總的象徵，很容易地取代了傳統的那種禮法……在這場解放的大潮裏，愛情與自由具有同等意義，在這個意義上，通過愛情和宣洩情感、力量，個人就能夠真正成為一個充實、自由的男人或女人。」見李歐梵：〈追求現代性（1895-1927）〉，《現代性的追求：李歐梵文化評論精選集》，頁259。

史的理由外[34]，評者更不應單從取材時空就為作品定位與歸類[35]。尤其若抹去省籍意識，他們同樣都置身於戰亂變動的歷史轉型期，此一時代因素也確實提供了五〇年代作家絕佳的成長背景。就遷台知識份子來說，在眼見家園親友慘遭蹂躪欺凌以及目睹新舊交替時代的悲劇故事後，他們除了背負富國圖強的政治使命外，同時也在「中國的啟蒙運動」的影響下，因個人意識的覺醒而突顯出自我最真實的感受；由此表現出作家們兼具「感時憂國」與浪漫「個人主義」精神的文學創作。至於本土菁英，則是在台灣新文學運動的啟發中承繼了「反抗殖民壓迫」與「個人覺醒」的特性，並且歷經兩波強勢殖民的身分認同危機。因而在作品中要求文學與社會的密切關係，以及對個人感情的重視[36]。相同的是，他們在文本中揭示出的家國論述，幾乎都是由一條個人成長的隱線所構成；也就是在家國想像的文字背後，還潛藏著自我成長的點滴。顯然置身於時代劇變過渡期的知識份子無論省

---

34 就五〇年代台灣文壇為反共文藝壟斷的說法，龔鵬程認為是「簡化歷史的描述語」，他以為「這樣簡化的結果，給予我們的，乃是平板、單調的文學史。彷彿五〇年代就只有反共文學，就只有戰鬥文藝。」他並進一步提出當時許多女作家大行其道，以及當時許多報章雜誌的出版情況，佐證他「文壇的整體大勢並未被反共戰鬥所壟斷，能否視為主流，也都還大成問題。」龔鵬程：〈台灣文學四十年〉，收錄於《台灣文學在台灣》，頁39-92。

35 朱西甯曾為文抨擊評者單從取材時空就為作品定位與歸類的不合宜判準。朱西甯：「自五十年代中後期至六十年代初期，這其間我的作品多半收在《鐵漿》、《狼》及《破曉時分》三部集子內。就我所拜閱過的相關評文，論者多將之定位為「懷舊文學」，都只因這些作品大抵取材於清末明初舊事之故。以取材的時空來為作家及其作品定位名分，且作取決的唯一依據，自然極不合宜。無視於思想表達的剖析，復無能於意境表露的解讀，應是論者的懶憊與粗糙，尤突顯其學養不足與眼光短淺。」朱西甯：〈豈與夏蟲語冰〉，《中國時報》「人間副刊」，1994年1月3日。後收錄於楊澤主編：《從四〇年代到九〇年代：兩岸三邊華文小說研討會論文集》（臺北市：時報文化出版企業公司，1994年），頁96。

36 莊淑芝：《台灣新文學觀念的萌芽與實踐》（臺北市：麥田出版公司，1994年），頁99-100。

籍，都共同面臨建構自身主體性及如何融入社會的成長難題。

　　儘管反共、懷鄉文學在兩岸對峙已一甲子，及隨著開放大陸探親觀光後已形同家國神話，事實證明，反共文本的個人成長論述未曾因此而褪色終結。尤其在個人主體意識覺醒的創作動機下，其實大部分作家更用心且著墨更多的反倒是在主角成長啟蒙的這一條主線上發展。我們幾乎可以肯定的說，雖然傳統中國文學以及台灣文學中沒有「成長小說」的文類，但一個個成長意識鮮明的成長小說早已呼之欲出。準此，當我們打破文學上的既定分類與政治派別的意識，由主體成長的歷程探討五〇年代小說作家這些以大時代為經，個人閱歷為緯的作品，他們除了撻伐共黨的殘暴不仁外，更重要的是譜寫出一個個深刻凝鍊、感動人心的故事。而這些豈僅具「反共」、「懷鄉」的內容？又豈是嘔吐夢囈、政策附庸的貶抑評價就足以概括？畢竟，成長的論題是不容遭意識形態抹煞的。綜言之，本論文希冀跳脫貼標籤以簡括文學史的評論，主要從人物成長的發展軸線，探問這個時代的文學心靈，意圖開闢出閱讀五〇年代小說家的另一條蹊徑，論述個人成長與家國想像的另一種可能。

第二節　西方成長小說的源起、定義及特色

　　有鑒於台灣文壇對「成長小說」的概念含混模糊，本節在爬梳基本相關的英文資料後，試圖廓清西方成長小說簡略的文學圖像。除了以此作為進入本論文研究前的先備知識，並為評判作品是否為成長小說的參照依據。考證德國文學史，自十八世紀後半葉以來，「成長小說」（Bildungsroman）在德國已然發展成為一個相當成熟且重要的文類，質與量雙雙齊飆。尤其在二十世紀，成長小說幾乎已經成為西方小說寫作的主要模式。麥克尼（Edward Mcinnes）及史丹尼克（Hartmut

Steinecke）就表示，自歌德（Goethe, Johann Wolfgang von）「維廉・麥斯特」原型（*Wilhelm Mesister*）（按：包括《維廉・麥斯特的學習時代》與《維廉・麥斯特的漫遊時代》）問世以來，即使在一八二○年至一八五○年期間對文學的主要側重在歷史及社會小說（historical and social novel），但成長小說的聲譽並未因此而沒落[37]，可見知識份子自啟蒙運動以來始終對主體成長的論題十分關注。雖然在中西方迥異的歷史發展與風土民情的影響下，「成長」的概念與內容必然不盡相同，但由於該文類的成形與理論的發展源自西方，在傳統的中國裡沒有[38]，我們勢必要對西方成長小說的相關知識有某些程度上的了解，以作為本論文自成長理路觀察台灣成長小說的參照依據。或是在論證的過程中，就必須援用西方「成長小說」的發展概念。然囿於目前尚無相關西方成長小說理論的中文譯著，我們對此文類的初步認識多是依少數學者零星而片斷的論述拼湊而成[39]。在探討「成長小說」

---

37 Martin Swales, *The German Bildungsroman from Wieland to Hess.* Princeton U.P., 1978, p.7. 另外要補充說明的是，歌德（Goethe）「維廉・麥斯特」（*Wilhelm Mesister*）系列主要包括《維廉・麥斯特的學習時代》與《維廉・麥斯特的漫遊時代》二部。但在《維廉・麥斯特的學習時代》之前，尚有一部《維廉・麥斯特的戲劇使命》的初稿，歌德於一七七七年開始撰寫，後來將前六部寫成四部，於一七九三年改名為《維廉・麥斯特的學習時代》，次年交付出版社出版。至於《維廉・麥斯特的漫遊時代》則一直到了一八二一年才有一部分在《斷念者》的標題下出版，全部則於一八二九年出版。見歌德著，馮至等譯：《維廉・麥斯特的學習時代》「前言」（臺北市：光復書局，1998年），頁12-13。

38 楊照：〈「啟蒙的驚怵與傷痕」——當代台灣成長小說中的悲劇傾向〉，《幼獅文藝》511期（1996年7月），頁89。

39 台灣文學界開始對「成長小說」此一文學主題展開討論熱潮，始自於一九九四年十月至十二月間，《幼獅文藝》以製作專輯的形式，特邀學者專家以「成長小說」為題暢談己見，並非以論文撰述的形式呈現。詳細的說明參見下一節。在大陸，對成長小說理論較完整的翻譯為巴赫金（Miklail Mikhailvoich Bakhtin）〈教育小說及其在現實主義歷史中的意義〉一文〔收錄於白春仁、曉河譯：《小說理論》（石家庄市：河北教育出版社，1998年）〕此外，有關成長小說的定義探討則僅見於馮至（《維廉・

此一主題時所遇到的首要困擾是，若有不同的研究者提出相左或矛盾
的看法時，我們往往沒有足夠的認知得以辨別是非虛實。

　　此外，必須說明的是，成長小說的發源地乃是始於德國，本應自
第一手文獻進行研究。但受限於德文資料的取得以及文字無法理解的
個人因素，只好權宜地從英文論著入手，內容難免不夠周全細膩，掛
一漏萬的疏失自是在所難免。然而本文的目的並不在如何詳實地細究
區分西方成長小說的派別與支流，僅試圖勾勒出此文類一個簡單而清
晰的輪廓外貌。如能力所及，再對某些學者所提出成長小說的定義、
範疇及特色的相出入說法稍做辯證。最後，要附帶說明的是，由於十
八世紀德國傳統的成長小說將女性的成長排除在外，直到二十世紀的
現代成長小說，學者才承認女性成長小說的存在。於是在這一節中便
特別標出「女性成長小說」的部分說明，這對我們討論五〇年代出現
大量女作家的女性成長小說時有相當的助益。準此，本節略述西方成
長小說的名稱、定義、特色、女性成長小說及年齡這五方面的內容。

一　名稱的釐定

　　對初步接觸「成長小說」的研究者來說，首要的難題無非是該文
類沒有一個達成共識的定稱。在德文，有 Bildungsroman、Entwicklungs-
roman、Erziehungsroman、Künstlerroman；在英文譯稱，有 Initiation
story，Growing-up novel，Novel of youth，Novel of adolescence，
Novel of life、apprenticeship novel [40]；至於中文譯稱，除了最常被譯為

　　麥斯特的學習時代‧譯本序》，1943年）、楊武能（《維廉‧麥斯特的學習時代‧代
　　譯序》，1999年）、劉半九（《綠衣亨利‧譯本序》，1980年）等翻譯家的譯序中。見
　　徐秀明：〈20世紀成長小說研究綜述〉，《當代文壇》2006年第6期，頁35-38。
40 詳見芮渝萍：《美國成長小說研究》（北京市：中國社會科學出版社，2004年），頁1-

「成長小說」一詞外，還可見「教育小說」、「修養小說」、「發展小說」、「塑造小說」等別稱[41]。在德國文學中，Bildungsroman 與 Entwicklungsroman、Erziehungsroman、Künstlerroman 常被相提並論，並且歸為同一種文學類型。但令人困惑難解的是，文評家在為這些專有名詞下定義時，卻出現了兩種截然不同的觀點。一是以巴克利（Jerome Hamilton Buckley）為主的論點，巴克利定義 "Bildungsroman" 是「主角自覺地從生活經歷中汲取養分，盡己所能的成長自我，是一種描繪主角全方位發展或自我成長的小說」[42]，並且在 "Bildungsroman" 的概念基礎下，進一步發展出下列三種變形：第一是 Entwicklungs-roman，此類主要是以編年史（chronicle）的漸進方式描述年輕人的成長；第二類 Erziehungsroman 則是將關注的焦點放在青少年所受的訓練和制式教育上（the youth's training and formal education）。第三類

8。另外，雪弗南（Randolph P. Shaffner）則提出 Susanne Howe 因為受到《維廉·麥斯特的學習時代》（Wilhelm Meister's Apprenticeship）的影響，將「成長小說」譯為 "apprenticeship novel"，他據此以為 apprenticeship 是最接近德文 Bildungsroman 的英譯。Randolph P. Shaffner, *The Apprenticeship Novel —A Study of the Bildungsroman as a Regulative Type in Western Literature with a Focus on Three Classic Representatives by Goethe, Maugham, and Mann* (New York: Peter Lang ,1984), p.4.

41 「成長小說」以外的多種譯法，可分見於下列學者的論述中：馮至將 Bildungsroman 譯為「修養小說」；Entwicklungsroman 譯為「發展小說」（《維廉·麥斯特的學習時代》譯本序，頁11）；楊武能則將 Bildungsroman、Entwicklungsroman 共同譯為「教育小說」，「修養小說」及「發展小說」。〈維廉·麥斯特的學習時代：逃避庸俗〉（《外國文學研究》16卷4期，2000年10月，頁126）；谷裕建議將 "Bildungsroman" 譯為「塑造小說」。因為「塑造」一詞既包含了對人心靈、人格和世界觀進行內在塑造的含義，也包含了十八世紀下半葉以來用外在知識教育青年以與社會融合的意思，它融「人文教育」、「成長發展」、「主體內在塑造」、「社會外在塑造」於一體，囊括了歷史傳統和人文精神，突出了個人和社會的意志。〈試論諾瓦利斯小說的宗教特徵〉，《外國文學評論》2001年第2期，頁125。

42 Jerome Hamilton Buckley, *Season of Youth: The Bildungsroman from Dickens to Golding*, Cambridge, MA: Harvard University Press, 1974, p.13.

Künstlerroman 描繪的是藝術家成長的故事（the tale of the orientation of an artist）[43]。由巴克利的說明闡述可知，"Bildungsroman" 包含了 Entwicklungsroman、Erziehungsroman、Künstlerroman 這三種成長類型[44]。

　　另一種以杰爾哈德（Melitta Gerhard）為主的論點，他以為 Entwicklungsroman（novel of development；發展小說）是調和個人和世界間的衝突以及主角邁向成熟與發展的小說；Erziehungsroman（pedagogical novel；教育小說）則是描述主角在教育過程中獲取自我價值觀的小說；而 Bildungsroman 不過是 Entwicklungsroman 中的子類型之一而已[45]。持此種觀點的文評家，不同於巴克利的是，他們反將 Bildungsroman 附屬在 Entwicklungsroman 項下。這兩種說法究竟孰是孰非，對不嫻熟德語的讀者而言實在無法作精準且正確的判斷。不過我們發現某些持後者看法的學者則認為Entwicklungsroman的符指太過廣泛，並且比較缺乏成長的動力（less emotive）[46]，因此還是主張以 Bildungsroman 來指稱成長小說此一文學類型是比較恰當的。高曼（Susan Ashley Gohlman）就說：「成長小說（Bildungsroman）不應僅

---

43 同前註。

44 和巴克利（Buckley）持類似看法的，還有莫瑞提（Franco Moretti）。莫瑞提以為「'Entwicklungsroman' 是主觀的揭示自我的過程；'Erziehungsroman' 是從教育者的立場論述客觀的受教過程。Bildungsroman 則兼具上述兩者的書寫內容。」Franco Moretti, *The Way of the World: The Bildungsroman in European Culture. London*: Verso, 1987, p.17.

45 James Hardin, *Reflection and Action: Essays on the Bildungsroman.* University of South Carolina Press, 1991, p. xvi; Susan Ashley Gohlman, *Starting Over－The Task of the Protagonist in the Contemporary Bildungsroman.,* New York & London: Carland Publishing, 1990, p.19.

46 "The Bildungsroman in Nineteenth-Century Literature" in Janet Mullant ed, *Nineteenth-Century Literature Criticism* (Vol.20) Detroit：Gale Research Inc, 1989, p.94.

將它視為一種人的發展的小說（novel of development；Entwicklungs-
roman）而已，更應該把它看作主角積極地從內外去塑造自己
（actively shapes himself both from within and without），使之與外在的
世界達到和諧或平衡境界的一本小說（harmony or balance between
himself and the world）[47]。」

　　整體而論，評論家大多以 "Bildungsroman" 一詞作為德國成長小
說的指稱。我在論文中，便以 "Bildungsroman" 統括 Entwicklungs-
roman、Erziehungsroman、Künstlerroman 等眾說紛紜的符名，統稱所
有成長小說的類型。

二　成長小說的源起及定義

　　除了名稱的未能定型外，洞悉成長小說的確切定義則是研究者的
另一項難題。巴赫金（Miklail Mikhailvoich Bakhtin）就曾在論文中指
出成長小說定義兩極化的現象[48]。由於某一類的研究者遵循結構原
則，認為只有具教育過程的小說才是成長小說；另一類研究者則是將
凡是有主角發展、成長的小說就歸入成長小說之列，從而極大地放寬
了此一文類的範疇。在此寬嚴不一的定義認知下，對成長小說的界定
似乎就成為研究者刻不容緩的課題之一。

　　若回溯成長小說發展的歷史脈絡，該文類乃是成熟於十八世紀德
國啟蒙及文藝復興運動之後。在這諸多作品中，文評家大多將歌德的
《維廉・麥斯特的學習時代》（*Wilhelm Mesister's Apprenticeship*）視

---

47 Susan Ashley Gohlman, *Starting Over──The Task of the Protagonist in the Contemporary
　 Bildungsroman*, New York & London: Carland Publishing, 1990, p.13.
48 巴赫金（Miklail Mikhailvoich Bakhtin）著，白春仁、曉河譯：〈教育小說及其在現
　 實主義歷史中的意義〉，收錄於《小說理論》，頁228。

為成長小說的原型。小說中描述身為富商獨子的麥斯特,於熱愛戲劇與繼承家業的衝突下,在一次替父親收租的機緣下出走以尋找自我的理想。隨劇團走南闖北的漫遊經歷中,麥斯特於親情、愛情、理想與現實的矛盾衝突中不斷認識世界和自我;並從最初欲為德國創辦民族劇院的夢想,到後來的放棄藝術生活,終在「塔樓兄弟會」這個理想貴族團體中領悟生命真義。作者描寫麥斯特在分別體驗了劇團與塔樓兄弟會這兩個世界的閱歷後,於錯誤中不斷修正成長,最後終得與社會融合的成長結局。因此,當麥斯特結束他的學習時代,久別的朋友威納與他重逢時就強烈感受到麥斯特的「本性更有修養,舉止更為雍容」的成長改變[49]。其中最引人注意的是,歌德勾勒出成長小說的發展模式為:「在學習過程中,年輕人必須經歷過學徒階段,直到他成為『專家』為止。[50]」而麥斯特此種經由「學習」、「漫遊」,最後「為師」的成長三階段敘述,幾乎成為德國傳統成長小說的基本範式。

雖然自十八世紀後期以來,成長小說已成為德國文學裡重要且特殊的小說形式之一[51],但 "Bildungsroman" 一詞卻要到十九世紀初期,才首次出現在德國教授摩根斯頓(Karl von Morgenstern)的授課講義中(摩根斯頓於1803年開始構思,1810年於都百特〔Dorpat〕大學開課,1819至1820年才以文字形式呈現在講義中)。而 "Bildungsroman" 相關理論的成形,則是一直要到一八七〇年,在德國哲學家狄爾泰

---

49 歌德著,馮至等譯:《維廉・麥斯特的學習時代》(*Wilhelm Mesister's Apprenticeship*),第八部第一章,頁419。

50 Esther Kleinbord Labovitz, *The Myth of the Heroine —The Female Bildungsroman in the Twentieth Century*, New York: Peter Lang, 1986, p.3.

51 Martin Swales, *The German Bildungsroman from Wieland to Hess*, Princeton U. P., 1978, p.23. Barney 甚至將德國成長小說的源起上溯至十七世紀洛克的教育理念。巴尼(Richard A Barney)據此以為,在歐洲成長小說的興起乃是受到洛克思想的影響。Richard A Barney, *Plots of Enlightenment —Education and the Novel in Eighteen —Century England*, Stanford, California: Standord University Press, 1999, p.26.

（Wilhelm Dilthey）著名的傳記中論及"Bildungsroman" 後，"Bildungs-roman" 才開始成為學界所採用的文學專有名詞[52]。首先，若溯其詞源，據 Klug 編撰的《德語詞源字典》（*Etymologisches Wonterbuch der deutschen Sprache*）：

> 字尾的 "roman" 意指「長篇小說」；而字首的 "bildung" 在字源上則是先有名詞 "bild"，後有動詞 "bilden"。其名詞（bild）含義最早是「榜樣」和「正確形式」，後來包括了拉丁語的 "image"（圖像、拓像、同形、幻影），"imitaton"（仿形）、"formatio"（造型）的含義。其動詞（bilden）在中古德語中有 "gestalten"、"formgeben"（塑造）的意思。"bildung" 是中世紀神學「人神同形」討論中的一個關鍵概念，即「按上帝的形象塑造」[53]。

但在啟蒙運動後，宗教神學的影響逐漸式微，取而代之的是自然的偉大和理性的力量。「塑造」的概念不再只是上帝作用於人，還包括了自然力量和人類力量相互作用的過程。換言之，隨著人的理性的覺醒，面對的首要問題是：如何認識自己及與生活其中的世界的關係。顯然這已經不是神的旨意就可以影響和決定的範圍；而是必須依靠自身，並且豐富自己的知識閱歷才能達致。為此，對個人開始有了受教育和提高修養的要求。因此在啟蒙運動後，"bildung" 逐漸演變成為

---

52 Randolph P. Shaffner, *The Apprenticeship Novel ─A Study of the Bildungsroman as a Regulative Type in Western Literature with a Focus on Three Classic Representatives by Goethe, Maugham, and Mann* (New York: Peter Lang, 1984), pp.3-4。

53 Kluge, *Etymologisches Wonterbuch der deutschen Sprache* (《德語詞源字典》)，23. Aufl, Berin, New York, 1999. 此處德文翻譯文字參谷裕：〈試論諾瓦利斯小說的宗教特徵〉，頁125。

「教育」、「修養」、「發展」的含義，強調對人的德性和理性的塑造。在這樣的區分下就有研究者據此指出，以文藝復興運動前後為判準，"Bildungsroman" 分別偏重在對人格的「內在塑造」與社會環境的「外在塑造」的差別[54]。

正由於德文中 "Bildung" 一詞具有多種意義，尤其在啟蒙運動前後又有更多不同的指涉，這大概是學者始終無法給予 "Bildungsroman" 一個固定且明確定義的原因。尤其再經過各個國家語言及文化價值上差異的詮釋，除了已經無法定型的符名外，甚至進一步衍生出不同的符指[55]。巴克利（Jerome Hamilton Buckley）就研究指出，在英國的維多利亞時期，成長小說側重在「藝術家成長的故事」（Künstlerroman）此一類型；在十九世紀的法國，著名的成長小說家史坦德（Stendhal）則專注在審視自己的性格，不但在小說中增加自傳性的自覺意識描述，並且加重主角成長動機的敘述，並藉由自傳、虛構混合的書寫模式，試圖創造出一個一致性和可理解的自我形象[56]。至於美國文學，由於崇尚「個人英雄主義」之故，作家往往力求表現出個人與眾不同的獨特之處，因此美國成長小說著重在描寫主角無法與現實世界達成和諧時，其內心世界的痛苦和絕望[57]。在這些學者的觀察研究中得以窺知，在迥異國情以及歷史的發展脈絡下，"Bildungsroman" 更加衍繹出各種不同的書寫樣貌及其關懷的成長重點。

如前所述，德國自啟蒙運動後將成長小說側重在主角「外塑」的理路，論者就以《維廉‧麥斯特的學習時代》為例指出，歌德勾勒出

---

54 同前註。

55 James Hardin, *Reflection and Action: Essays on the Bildungsroman*, p.xii。

56 Jerome Hamilton Buckley, *Season of Youth: The Bildungsroman from Dickens to Golding*, Cambridge, MA: Harvard University Press, 1974, pp.13-14.

57 孫勝忠：〈德國經典成長小說與美國成長小說之比較〉，《安徽師範大學學報‧人文社會科學版》33卷3期（2005年5月），頁139-144。

的成長小說典範為：主角一開始雖然已具有自我意識，但仍然必須經過「外在的指引」才得以充分發揮其潛能[58]。窺探其因，乃是自啟蒙運動後人們不再一味相信「命由天定」的神學論，人自神的庇護和壓抑下解放出來後，進而面臨了認識、甚至是塑造內在自我與外在世界的問題。緣此，人的成長不再單純地只是關注在個人內在的心靈成長而已，更迫切的是如何走向他者，與他者交流的成長難題。準此，學者們在為啟蒙運動後的成長小說下定義時，就大多強調主體於社會化過程中如何在消弭個人內在自我與外在社會的矛盾後成長，以及如何在社會生活中獲取知識和完善人格，進而確立自我在社會上的責任。狄爾泰（Wilhelm Dilthey）說：

> 年輕人在幸福的晨曦中踏入這個世界，尋找相近的靈魂，遇到友誼及愛情，又陷入世上殘酷現實的衝突中，透過不同的人生經驗而漸趨成熟，找到自己，並且在世上確立了他的責任[59]。

狄爾泰為成長小說所下的這個定義是最常為後人所引用的說法之一。他正是將成長小說關注的焦點置放在個人經歷了外在環境的考驗與塑造後，如何與社會不斷融合並確立自我責任的成長歷程。在狄爾泰的研究基礎上，霍威（Howe）則是更明確地提出在個體外塑的成長過程中，必須有明確的指導者：

> 青少年的學徒向世界出發，由於他的性格而遇上逆境，在一開

---

58 Esther Kleinbord Labovitz, *The Myth of the Heroine —The Female Bildungsroman in the Twentieth Century*, New York: Peter Lang, 1986, p.3.

59 Randolph P. Shaffner, *The Apprenticeship Novel —A Study of the Bildungsroman as a Regulative Type in Western Literature with a Focus on Three Classic Representatives by Goethe, Maugham, and Mann*, pp.19-20.

始選擇朋友、妻子和工作時，犯了許多錯誤，遇見許多指導者後，最後做了某種方式的自我調整，並找到了符合時代及環境要求的行為準則[60]。

青少年在邁向自我塑造或調適的歷程中，由於年輕的缺乏經驗，專家的指導就成為必須，霍威因此明確地道出良師在成長時所佔有的不可或缺的重要地位。就有研究者（賽爾考斯基〔Theodore Ziolkowski〕及蓋茲〔Gerd Gaiser〕）針對《維廉・麥斯特的學習時代》中所發展出的「學徒」、「漫遊」、「為師」的成長三階段，自一種批判性的觀點質疑指出，小說中的主角並無法單純地憑藉「漫遊時期」的旅程就足以自我成長，而必須有明確的、系統的教育課程，主角才有成長的可能。倘若沒有，主角或許會在過了而立之年後才猛然驚覺，他向來嚴守的人生觀或價值觀竟然是沒有意義的。賽爾考斯基在文章中就一再強調，那種僅是透過旅程的成長並非真正的成長[61]。在他們的認知主張裡，成長小說的指導者不可或缺；而此種特別側重主角教育過程的成長觀點，無疑是將成長小說的範疇縮到最小。我以為這大概正是「成長小說」何以又名之為「教育小說」的主要原因所在。

　　除了外塑外，盧卡斯（Lukács）則是在狄爾泰的論點基礎上同時提出內省的成長動力。盧卡斯指出，小說的形式有兩種，一是抽象的理想主義（abstract idealism），作者在小說中描寫主角如何積極地面對這個世界；另一種是描繪主角不斷省悟和自省的歷程（disillusion and reflection）。他以為成長小說正是同時具備了上述兩種小說形式，

---

60 同前註，p.19.

61 Susan Ashley Gohlman, *Starting Over — The Task of the Protagonist in the Contemporary Bildungsroman*, New York & London: Carland Publishing, 1990, pp.5-6.

從而表現出追求生命意義的特質[62]。以《維廉‧麥斯特的學習時代》
為例，盧卡斯點出除了有外在的指引外，麥斯特在漫遊的探索過程中
同時也產生內心自省的能力（interiority）而使之成長。也就在兼具內
外的成長動力下，歌德的作品更理所當然地成為最具說服力的成長小
說典型。最後，在寬嚴不一，且側重成長的內容不盡相同的情況下，
我們權宜地以文學辭典上對成長小說（Bildungsroman）的簡要說
明，作為該文類放諸四海皆準的定義：

> 描述主角從幼年開始所經歷的各種遭遇後，表現出他們在心智
> 及性格上的發展。主角通常要經歷一場精神上的危機，始能長
> 大成人，進而認知自我本身在世上所扮演的角色和作用[63]。

小說主角不僅有內在的精神危機，也有與外在世界接觸後的認知調
整，致使他在主動重新塑造自我中成長。而此種同時注重內外成長因
子的論點，就作為本論文初步判斷文本是否為成長小說的重要基礎。
　　更複雜的是，在時代歷史的發展脈絡下，對於二十世紀所衍生的
現代成長小說，後人更難賦予此文類一個簡潔而普遍的通用定義。相
較於以歌德為代表的傳統德國典型，在現代成長小說作家筆下，文本
的成長意義與書寫模式有了更多豐富的詮釋與演變。研究指出，傳統
成長小說多為線性的敘述方式，有正面且富教育意義的明確結局。但
在現代成長小說中，成長的內容或是被悲觀主義（pessimism）所取
代，或是彰顯出對社會價值觀的再評估（revaluation of all values）[64]；
塞門（Jeffrey L. Sammons）甚至以為，小說中的主角最後和社會協調

---

62 James Hardin ed, *Reflection and Action: Essays on the Bildungsroman*, pp.xiv-xv.

63 M. H. Abrams, *A Glossary of Literary Terms,* Boston: Heinle & Heinle, 7th, ed.1999, p.193.

64 James Hardin ed, *Reflection and Action: Essays on the Bildungsroman*, p.19.

與否的互動已不再重要，重要的是主角是否具有對於自我改變及其獨立的認知，儘管在小說中對主角的成長表達出懷疑或否定的結果，仍然可以歸屬於成長小說之林[65]。由此可知，現代成長小說幾乎沒有所謂的典範可供參考認定。高曼（Susan Ashley Gohlman）就綜觀現代人對成長小說的批評看法後統整指出，學者們對成長小說的範圍及功能方面有相當多不同的意見。而這些意見都環繞在成長小說是否必須被賦予一套絕對的社會及道德價值標準（absolute social and moral values），作為主角成長基礎的基本問題上面[66]。對此看法眾說紛紜的結果，導致現代成長小說的定義更難定於一尊。

　　至於結構上，現代成長小說不再襲用傳統的線性敘述方式，而那種明確的結局亦被開放性的結局（open ended, noncommittal, relativistic）所取代。不過，莫瑞提（Franco Moretti）則是在觀察後指出，這兩種寫作原則並非如此截然二分，而是會相互滲透的[67]。她進一步表明，由於成長小說具有流動的（mobility）、不安的（interiority）特色，因此倘若在小說最後有一個明確的結尾，這樣的結構無疑是一種矛盾的

---

65 Jeffrey L. Sammons, "The Bildungsroman for Nonspecialist: An Attempt at a Clarification", in James Hardin ed, *Reflection and Action: Essays on the Bildungsroman*, University of South Carolina Press, 1991, p.41.

66 Susan Ashley Gohlman, *Starting Over—The Task of the Protagonist in the Contemporary Bildungsroman,* p.11.

67 莫瑞提（Franco Moretti）曾透過情節差異的方式予以分析，她採用 Lotman 的觀點，分別從「分類原則」（classification principle）和「轉變原則」（transformation principle）這兩者來論述闡明成長小說中的情節。「分類原則」，指的是主角有預設的信仰和理念，小說的最後有固定的結尾，這類小說以歌德的作品及英國的成長小說為代表；「轉變原則」，則是採開放性的結尾，由讀者加以詮釋，此類小說以法國成長小說為代表。而這兩種寫作原則是會相互滲透的 Moretti, Franco, *The Way of the World: The Bildungsroman in European Culture. London*: Verso, 1987, pp.7-8.

表現[68]。所以在現代成長小說的敘述及結構中，往往一反歌德筆下快樂作結（happy ended）的成長小說原型，而呈現出一種循環結構（a circular structure）；小說的末了，象徵著另一個成長故事的開始。此種結構突顯的意義是，在文本開放式的結局中，賦予讀者參與詮釋的空間。而讓讀者在閱讀中成長，當是此文類命名為成長小說的另一個重要原因。

三　成長小說的特色

雖然各家對成長小說的定義不一，不過可以肯定的是，無論我們放眼傳統或現代，或是偏向認同某種觀點與結構，相同的是，人物的成長發展才是成長小說的重點所在。雪弗南（Randolph P. Shaffner）就自廣泛的定義指出，Bildungsroman 確切的英文翻譯應是 "novel of formation"，意即個體人格的發展與養成。畢竟成長小說所關切的，並不在於一個技謀或技略（particular art, trade）的產生，而是將焦點置放在主角生命的本身[69]。巴赫金在論及成長小說時就明確指出，相較於其他的文類，主角乃是呈現動態發展而非靜態統一體的特點：

> 這裡主人公的形象，不是靜態的統一體，而是動態的統一體。主人公本身、他的性格，在這一小說的公式中成了變數。主人公本身的變化具有了情節意義；與此相關，小說的情節也從根本上得到了再認識、再建構。時間進入人的內部，進入人物形

68　Moretti Franco, *The Way of the World: The Bildungsroman in European Culture.* London: Verso, 1987, p.6.

69　Randolph P. Shaffner, *The Apprenticeship Novel—A Study of the Bildungsroman as a Regulative Type in Western Literature with a Focus on Three Classic Representatives by Goethe, Maugham, and Mann*, p.4, p.16.

　　象本身，極大地改變了人物命運及生活中一切因素所具有的意
　　義。這一小說類型從最普遍涵義上說，可稱為人的成長小說[70]。

巴赫金在這篇對長篇小說的相關研究中，首先依人物形象的構建原則
將小說分為「漫遊小說」、「考驗主人公小說」、「傳記（自傳）小說」
以及「成長（教育）小說」四大類。並進一步在小說的人物形象及其
性格二分為常數／變數的對立下，標幟出「成長小說」迥異於其他小
說的人物特色。巴氏指出，有別於僅掌握住定型的主角形象的大多數
小說，成長小說乃是塑造出成長中的人物形象。其中，小說主角最重
要的特質是具有「主動選擇權」。他們多透過自己的選擇及個人最大
的努力來獲得幸福，這種幸福是在他有生之年都不願做改變的。即便
有強大的影響力企圖支配這項抉擇，他們仍舊會排除萬難以奪回他的
選擇權[71]。由此可以肯定的說，成長小說中個人的成長是一個自主選
擇的結果，既非神恩命定，更不是一味地被動服從。
　　在主角呈動態發展的認知基礎下，時間既已進入人的內部，人物
的性格不但有所成長和變化，小說的情節也因此必須進行重新建構。
據此，巴赫金再將成長小說分為五種類型：

一、純粹的循環型（即純年齡的循環）成長小說。在循環時間裡，
　　人的成長是可能的。若以田園詩為例，詩中可能表示出人從童
　　年開始通過青年、成年步入老年的歷程，同時揭示出人物性格

---

70 巴赫金（Miklail Mikhailvoich Bakhtin）著，白春仁、曉河譯：〈教育小說及其在現
　　實主義歷史中的意義〉，頁230。

71 Randolph P. Shaffner, *The Apprenticeship Novel—A Study of the Bildungsroman as a Regulative Type in Western Literature with a Focus on Three Classic Representatives by Goethe, Maugham, and Mann*, p.17.

及其觀點隨著年齡而產生的重大變化。簡言之，此類型的成長具有循環性質，可能在每一生命中不斷重複出現。

二、與年齡保持聯繫（雖不太緊實）的循環型成長小說。此種類型勾勒出某種典型且重複的人的成長，從青年時的理想和幻想轉變到成熟時的清醒和實用主義。這條道路最終因不同程度的懷疑和聽天由命的思想而變得複雜了。這類成長小說的特點，是把世界和生活描寫成每個人都要取得的經驗，都要通過的學校，並且從中達到同一種結果──人變得清醒起來，但又具有不同程度的聽天由命思想。此類以凱勒的《綠衣亨利》為代表。

三、傳記（以及自傳）型小說。此種類型不存在循環性，人的成長發生在傳記時間裡，表現出不可重複而純屬個人的成長。這個成長過程可能是典型的，但它不是循環的典型性。成長在這裡是變化著的生活條件和事件，及其勞動和工作的總和。這裡形成著人的命運，據此再創造著人的自身，進而形塑出性格。以菲爾丁的《湯姆·瓊斯》、狄更斯的《大衛·科波菲爾》為代表。

四、訓諭教育小說。此類小說是以某一種教育思想（較為廣義的理解）為基礎，描繪出嚴格意義上的教育過程。如色諾芬的《居魯士的教育》、盧梭的《愛彌兒》等。

五、現實主義的成長小說。在這類小說中，人的成長與歷史的形成不可分割地聯繫在一起。人的成長是在真實的歷史時間中實現的，與歷史時間的必然性、圓滿性、及其深刻的時空體緊緊結合在一起。如拉伯雷《巨人傳》、格里美豪森《痴兒歷險記》及歌德的《維廉·麥斯特》[72]。

---

72 巴赫金（Miklail Mikhailvoich Bakhtin）著，白春仁、曉河譯：〈教育小說及其在現實主義歷史中的意義〉，頁227-234。

在這五類成長小說中，巴赫金視「現實主義的成長小說」為最重要的
一類。他以為在前四類的成長小說中，人的成長被放置在靜止的、定
型的世界背景上，世界對發展著的人來說，只是一個靜止不動的定向
標；在此，成長著的是人，而不是世界本身。唯獨在「現實主義的成
長小說」中，人的成長不再是一己之私，同時反映出世界的歷史成
長；人在歷史中成長，而時代的轉折亦需通過他來完成。據此，他進
一步在歌德的成長小說中，發現了他最鍾愛的時空型[73]——「興起」
的時空型：

> 成長教育小說中的時空型強調的是真正的歷史「生成性」
> （becoming），是新的文化、新的人類主體意識的興起，浮出
> 歷史的地表[74]。

歌德恰巧處於西方文化由近代邁向現代的轉折點，值此啟蒙時代，他
將歷史時間的表現臻至高峰。在《維廉・麥斯特》這部典型的成長小
說中，就揭示出「興起」時空型的三點特徵。首先，個人的成長是未
完成且開放的。主角並非一味遵照著命運所指示的成長方向，反而在
歷史的混沌無序中開拓出一條自我發展的路途；再者，歷史也同樣是
發展的。歷史是一個生機勃勃且充滿創造力與生命力的過程；第三，
歷史不僅僅是個人成長的背景而已，個人的生成與歷史的生成不僅相

---

73 「時空型」（khronotop, chronotope）是巴赫汀獨創的俄文詞，用來概括和描述「文
學所藝術地表現的時間與空間的內在聯繫性」。巴赫汀將時空型分為四種：第一種
時空型是「冒險時間」，以希臘傳奇為代表；第二種時空型是「日常生活的冒險時
間」，多存在於羅馬敘事文學作品中；第三種時空型是「傳記時間」，多鑒於古典傳
記中；第四種是「興起」的時空型，以成長教育小說為代表。詳見劉康：《對話的
喧聲：巴赫汀文化理論述評》（臺北市：麥田出版公司，1995年），頁236-248。

74 同前註，頁247。

輔相成，且互為因果[75]。因此，當新的主體意識孕育、興起時，作者藉由個人與歷史時空的積極能動與對話，進而產生了歷史時間與個人成長的融合，而此「時空型」正是認識歷史與自我的重要依據，亦是現實主義成長小說最重要的特色。

　　倘若從文類互涉的層次觀之，汪德（Max Wundt）則具體提出成長小說有下列五個特徵：

1. 重點放在內在的生活，涉及到感情小說（novel of sentiment）。其本身是浪漫小說（romantic novel）自然發展出來的結果。
2. 追求關於世界知識的小說，它本身稍後發展出冒險小說（novel of adventure）。
3. 對世界抱持批判態度的諷刺小說（satirical novel）。
4. 心理及自傳小說（psychological and the biographical novels）的個人成長的陳述、介紹。
5. 對人生與世界多采多姿的描寫（colorful portrayal of life and the world）[76]。

成長小說雖然涉及上述小說的各點特色，然若深入探究，雪弗南就分別指出其相異之處[77]。首先，成長小說跟感情小說雖然都強調內在生活，但感情小說注重自我揭示（self-revelation），而成長小說則關注自我發展（self-development）。小說的焦點不在自我表現了什麼，而是

---

75 同前註。

76 Randolph P. Shaffner, *The Apprenticeship Novel─A Study of the Bildungsroman as a Regulative Type in Western Literature with a Focus on Three Classic Representatives by Goethe, Maugham, and Mann*, p.7.

77 同前註，pp.7-11.

在為何及如何自我發展。第二、成長小說與冒險小說的差別在於存在
（being）與發展（becoming）的概念；冒險小說是存在（being）的實
體的人生經驗，而成長小說的重點則描述主角的發展（becoming）。
第三，成長小說與心理小說的差異是，心理小說中人物的發展是不自
主的，而成長小說的主角是在充分了解自我後自主的發展。最後一類
的區分是成長小說與自傳小說，前者的主角超越了個體的獨特性，進
而表現一個生命過程中的普遍人性；後者則比較特殊化、個人化，並
非一個普遍的經歷。綜言之，成長小說在與他類小說看似雷同的諸多
特質中，經研究者仔細地辯析後，確是有其無可取代的獨特性。

　　最後，從成長小說發展的故事情節著眼，雪弗南更洋洋灑灑羅列
出「成長小說」二十三項顯著的具體特徵：

1.偏重精神生活（inner life）。
2.追求世界的知識（knowledge of the world）。
3.批判世俗的見解（a critical view of the world）。
4.呈現主體的成長（the presentation of an individual development）。
5.對生活及世界多變的描述（a variegated description of life and the
   world）。
6.個人與環境的衝突（an individual's confromtation with his environ-
   ment）。
7.視生命為一個發展的過程（a view of life as an evolution）。
8.假定有一個確定可得的目標（the presupposition of a definite
   attainable goal）。
9.個體從世俗的教訓中成長（profits from the lessons of the world）。
10.聚焦點在如何成長及成長的原因（how and why of the process of
   development）。

11.肯定人與大自然的影響力（human and natural influences）。

12.根據內在的目的而自我成長（internal purpose）。

13.自覺能達成預設的目標（attempt to achieve a recognizable typical goal）。

14.和諧養成多方面的人格（multifarious personality）。

15.在死亡之前能達成塑造自我的目標（the attainment of the goal of formation prior to death）。

16.小說的最後是一個開放式的結局（open ended）。

17.根據本身的能力呈現階段性的成長（organic development）。

18.在獨特的人類生活中呈現普遍性（particular human life）。

19.描述人類生命過程中的階段性變化（steps in the course of a human life）。

20.努力尋求身體的道德的及美學的成長（organic, ethical, aesthetic）。

21.以藝術的眼光呈現人性（the view of art）。

22.有「人之所以為人」的原型概念來作為終極目標（MAN as the ultimate goal）。

23.特別著重小說情節的演變（organization of the process and plot of the novel）[78]。

當然，雪弗南歸納整理出的這些特點，不可能同時存在於一部成長小說中；但這些特點卻可以提供我們判斷是否為成長小說的準則之一。除了主角人物、文類及故事情節的特點外，我在前述也稍微提及，更重要的是成長小說此一文類帶給讀者的閱讀效應。哈登（James Hardin）就明言，閱讀成長小說，心智發展的不單只有小說中的主角，

---

78 同前註，p.17.

同時還包括讀者[79]。而成長小說描述青少年主角自懵懂到開悟的成長階段，透過閱讀，的確可大幅提升讀者的成長，這是其他種類的小說所不及的[80]。有趣的是，起源於德國的成長小說，它對於讀者教育啟蒙的成效，反倒十分切合向來講究「文以載道」的中國文學傳統。因此，我們或可大膽的說，雖然傳統中國沒有成長小說此一文類，但是若能仔細淘瀝文獻，並不缺乏成長小說的文本。

四　女性成長小說

在十八世紀德國傳統成長小說興起之初，作者均從男性著眼構思[81]，完全漠視女性也有成長的可能。舉例來說，在狄爾泰（Wilhelm Dilthey）最廣為人知的成長小說定義中，成長的概念就是以男性主角為前提；若再從小說書名的選取窺知，評論家亦一律將女性摒棄。如柯尤（William Coyle）就把他成長小說的文選命名為《美國文學的年輕人》（*The young man in American Literture*）；格利芬（Mary Nell Griffin）集結一七九七年至一九七〇年間有關「成長小說」的論文定名為《達到成年期的美國人》（*Coming to Manhood in America*）。不過不容否認的是，隨著女性意識的逐漸抬頭，女性成長小說在二十世紀已發展成為其中重要的一類。有鑑於此，略述女性成長小說的發展脈絡有其必要。

79　James Hardin ed, *Reflection and Action: Essays on the Bildungsroman*, p.13.

80　Martin Swales, *The German Bildungsroman from Wieland to Hess*. Princeton U.P. 1978, p.12.

81　在 *DieInitiationsreise* 這本書中，威塞姆（W. Tasker Witham）就明確地表示，「超過百分之九十有名的青少年小說」都集中在男性身上，弗利斯（Freese）毫不懷疑地在他的書中引用這樣的說法。見 W. Tasker Witham, *The Adolescent in the American Novel: 1920-1960*, New York: Ungar, 1964. 此說法引用於 Peter Freese, Die Initiationsreise, Neuminster: Karl Wachholtz, 1971, p.84.

　　十八世紀的德國文學，忽略了女性在現實生活中也有成長的可能，而將女性視為「永恆的女性」及「美麗的靈魂」。因此，德國傳統的典型成長小說幾乎沒有描述成長女性的故事情節，直到十九世紀才開始關注女性。但事實上是，十九世紀的成長小說仍甚少由婦女執筆，也極少描述女性。維基（Gabriele Wittke）研究指出，最早刻畫女性成長經驗的作品應是英國作家理查森（Samuel Richardsom）的《帕美拉》（1740）[82]。然若嚴格說來，雷柏維茲（Esther Kleinbord Labovitz）就以為二十世紀前以「女性成長」為題的這類小說，仍然不能歸類為「女性成長小說」，歸納其因有四：

1. 作者多著墨在女主角外形的變化，忽略了女性內在的成長潛能。
2. 小說中雖然描繪女主角具備各種成長的可能，但當她進一步要邁向自我意識之途時，卻可能因為某位男性的回憶而停滯不前，甚至因此而抗拒自我成長。如夏羅德布倫忒（Charlotte Bronte）《洛雪小姐遊學記》（*Villette*）中的洛雪（Lucy Snowe）。
3. 作者在表達了女主角內心的矛盾後，往往因為妥協，而呈現傳統的快樂結局。由此符合時下女性的意識形態，導致女主角最終仍然無法追尋到自我。如夏綠蒂・勃朗特（Charlotte Bronte）的《莎莉》（*Shirley*）。
4. 小說因受限於社會既定的性別認知，最後導致女性無法實現自我。如：（英）喬治・愛略特（George Eliot）《米德爾馬契》（*Middlemarch*）中的多蘿西婭（Dorothea）[83]。

---

82 Gabriele Wittke, *Female Initiation in the American Novel.* Peter Lang, 1991, p.105.
83 Esther Kleinbord Labovitz, *The Myth of the Heroine −The Female Bildungsroman in the Twentieth Century*, pp.4-5.

雷柏維茲進一步闡明，只有當小說真正以女性為主角，且女主角得以
真正成長時，才稱得上是「女性成長小說」。因而即使到了十九世
紀，大部分的批評家幾乎還是將成長視為男性獨有的現象。他們大多
認為沒有重要的小說會將焦點關注在女性成長上，以及關於女性的小
說通常都被認為是沒有意義的看法[84]，批評家因此視而不見。美國學
者貝恩（Nina Baym）就毫不諱言地指出，在傳統的文學評論中，美
國人的成長經驗基本上是男性所享有的。也就在這樣的認知下，導致
大家總是將女性作家排除在外。其實這種把女性青少年摒除在外的趨
勢不僅表現在文學作品上，甚至在心理學、社會學及人種誌的研究上
也是如此，絕大多數的男性學者都將重點放在男性青春發情期上。比
特瀚（Bruno Bettelheim）歸因此種較偏愛男性青少年的偏見，乃是因
為成年男性在原始社會的地位是較重要且較具威脅性的。因為男性往
往被認定是要擔任強而有力的職位，以確保一個社會的生存[85]。甚至
到了二十世紀，巴魯克（E. H. Baruch）於一九八一年還提出「女性成
長小說是否存在」這樣的質疑[86]。更令人訝然的是，長期以來也幾乎
沒有評論家對成長小說沒有女性代表提出懷疑。很顯然地，以男性為
主的評家始終忽略了成長小說獨缺女性的事實。柯尤（William
Coyle）就曾失望的陳述道，也許美國女孩被假定一出生就有知識，
而年輕的男性則必須透過經驗才能得到這些知識[87]。這樣的說法當然

84　Barbara A. White, "Growing Up Female－Adolescent Girlhood in American Fiction" in
Gabriele Wittke ed., *Female Initiation in the American Novel*, pp.2-3.

85　Barbara A. White, "Growing Up Female－Adolescent Girlhood in American Fiction", p.2.

86　"The Femiine Bildungsroman: Education through Marriage, "Massachusetts Review,
1981.Cited in Fuderer, p.5. 另見 James Hardin, *Reflection and Action: Essays on the
Bildungsroman.* University of South Carolina Press, 1991, p. xvi; Susan Ashley Gohlman,
Starting Over－The Task of the Protagonist in the Contemporary Bildungsroman., p.19.

87　William Coyle, ed., *The Young Man in American Literature: The Initiation Theme*, New
York: Odyssey, 1969, p.3.

與事實不合，不過柯尤要突顯的問題無非是，成長的議題無關性別，因此女性成長小說不存在並非常理。

事實上，女性成長小說的成形，首先必須仰賴文化與社會結構的支持[88]。在傳統男尊女卑的父權結構中，教育及社會資源幾乎全由男性掌控，女性往往被摒棄在權力移轉之外。她們既沒有選擇職業的必要性，其影響力也僅侷限於私人範圍內。她們通常只是被要求或是教養成為妻子及母親的角色，並將女孩成為母親的轉變過程視為理所當然。辜曼（Paul Goodman）甚至斷言，女孩往往樂於將生育視為唯一命中註定的角色，所以並無所謂成長與否的問題[89]。因此，這一類強調藉由知識培養及社會教化的成長小說，很顯明地便環繞著男性中心主義發展，無視於女性成長的可能。而女性成長意識的浮出檯面，則一直要等到社會環境支持婦女獨立，女性在走出家庭後接受教育，或是在積極地參與社會事務後才得以自我發現及實現。循此，女性成長的書寫才有可能。

到了二十世紀，當一九六〇年代民權主義及第二波女性主義同時在美國興起時，白人女性主義批評家開始檢討社會機制中性別歧視的橫流後，並在檢視成長小說單一的男性模式中試圖建構女性成長小說的書寫模式。換言之，隨著婦女解放運動的來臨，女性文學自我省思的浪潮亦隨之到來。婦女受壓迫及不滿的情緒在小說中找到了宣洩場所，文學中對女性的差別待遇也就隨之降低了許多[90]。馮品佳就指出，當歷史發展反映在小說寫作後，女性成長小說才真正出現；美國文壇大量創作探尋女性成長經驗的小說，正是出現在六〇及七〇年

---

88 Esther Kleinbord Labovitz, *The Myth of the Heroine－The Female Bildungsroman in the Twentieth Century*, p.7.

89 Paul Goodman, *Growing Up Absurd*, New York: Random House, 1955, p.13.

90 Barbara A. White, "Growing Up Female－Adolescent Girlhood in American Fiction", p.9.

代[91]。更重要的是，女性批評家之所以對成長小說特別感興趣，乃是由於成長小說強調外在環境的壓制、性格改變及成熟過程中所必經之失望、以及個人抉擇所可能造成的影響等主題，對於試圖喚醒自我意識、界定自我認同的現代女性而言深具意義[92]。此外，對於女性讀者而言，成長小說所表現出來的成長主題，亦得以讓她們開始真正發現自己的所需。研究者因而據此斷言，女性成長小說無疑是現代女性描寫自我、發現自我的最佳文學形式之一[93]。

　　吳爾芙（Virginia Woof）在《出航》（*The Voyage Out*）一書中，曾提出女性成長過程的三個關鍵問題：

1.哪些心理和社會因素阻礙了女性的成長發展？
2.女性成長小說普遍的發展模式為何？
3.在成長小說中，如何呈現出性別（gender）這一議題[94]？

《返航》（*The Voyage In*）中，編者們就歸納出女性成長小說的兩種基本敘述模式：一是敘述女性從小到大（essntially chronological）成長受教的過程，此類型與男性成長小說相仿；一是覺醒式（awakening）的敘事，這一類多半發生在女主角已超過年輕的階段，而且往往強調在短暫一刻所產生的自我體驗[95]。若從成長的內容來看，現代女性成

91　馮品佳：〈華美成長小說〉，《幼獅文藝》492期（1994年12月），頁85-86。

92　Braendlin. Bonnie Hoover, *Bildung in Ethnic Women*, Denver Quarterly 17, 1983, pp.75-87.

93　Abel, Elizabeth, Marianne Hirsch, and Elizabeth Langland, eds. *The Voyage In: Fictions of Female Development*, p.13.

94　Abel, Elizabeth, Marianne Hirsch, and Elizabeth Langland, eds. *The Voyage In: Fictions of Female Development*, p.4.

95　同前註，pp.11-12.

長小說並非偏重於封閉的內心世界的模式，而是呈現豐富多元的發展。除了內在成長的指涉外，其不斷出現的主題還有：自我實現、性別認同、教育問題、閱讀的經驗、宗教危機、職業、對婚姻抱持的態度，有關生與死的哲學思維及內在心靈與外在形貌的改變等[96]。這些在現代女性作家筆下所發展出來的成長敘述模式，不但打破了以男性發展為尊的迷思，書寫出女性成長過程中的矛盾與衝突，以及女性意識型態的迷惘與掙扎後，進而在小說中提出另類於男性作家對於「成長」的看法[97]。《返航》的編者們在研究後就指出，女性成長小說的書寫無疑超越了德國成長小說的原型、歷史、男性主角以及線性發展情節等諸多限制[98]，可說是對傳統成長小說的一大突破。因此我們可以大膽的預言，雖然女性成長小說遲至二十世紀才逐漸發展成熟，但其存在與發展的潛能不僅不容忽視，甚至值得令人期待。

五　年齡的釐定

最後要提出的問題是，成長小說的主角是否有年齡的標準或限制？在諸多學者的定義中，大多將「成長小說」的主角界定為青少年。莫瑞提（Franco Moretti）就研究指出，在十九世紀末的歐洲，年輕（youth）為成長小說主角的重要人格特質[99]。台灣學者鄭樹森也以

---

96 Esther Kleinbord Labovitz, *The Myth of the Heroine─The Female Bildungsroman in the Twentieth Century*, pp.7-8.

97 Susan Fraiman, *UNBECOMING WOMEN-British Women Writers and The Novel of Development*, p.31.

98 Abel, Elizabeth, Marianne Hirsch, and Elizabeth Langland, eds., *The Voyage In: Fictions of Female Development*, p.14.

99 Franco Moretti, *The Way of the World: The Bildungsroman in European Culture*. London: Verso, 1987, p.4.

為，「成長小說」在長篇的體裁中，一定會有一個青少年時期的啟蒙
時刻[100]。若以確切的年齡參照相應，根據心理學家艾里克森（Erik H.
Erikson）的分類，「青少年」一詞大約是指十二至二十歲左右的年輕
人，是兒童學習向成人轉變的過渡階段[101]。由於青少年正處於「尚未
成人」與「終將成人」的過渡地帶[102]，各種矛盾與衝突接踵而至，如
何調和與化解內心徬徨、掙扎，進而形塑出自我的世界觀或融入社會
體系中，的確是這個年齡層的青少年最迫切需要正視的課題。不過，
我們仍可以在以青少年為主角的典範成長小說中看到少許例外。如沃
倫的《春寒》（*Blackberry Winter*）被許多人視為「成長小說」的範例
之一，但其中的主角卻只有九歲；而莫里森（Toni Morrison）的《所
羅門之歌》（*Song of Solomon*）也是一部典型的「成長小說」，主角在
完成他的成長時卻已經三十餘歲[103]。再如德國作家赫塞（Hermann
Hesse）的《荒野之狼》（*Steppenwolf*），小說中的主角年紀高達五十
歲才開始成長，早已脫離了天真無邪的青少年時期[104]。尤其在女性成
長小說中，女主角大多是在為人妻、為人母後，發現自身的匱乏後才

---

100 李文冰記錄整理：〈世界華文成長小說徵文決選會議〉，《幼獅文藝》510期（1996年
　　6月），頁8。

101 艾里克森（Erik H. Erikson）將人類的心理發展過程分為八個階段，其中十二歲至二
　　十歲左右這個階段，人們開始權衡所有曾經掌握的訊息，為自己提供生活策略，由
　　此形成「自我認同」──成功獲得自我認同者，將順利邁入成人階段，否則將產生
　　「角色混亂」、「認同危機」或認同困惑。詳見陳仲庚、張雨新編著：《人格心理學》
　　（臺北市：五南圖書出版公司，1989年），頁190-199。

102 廖咸浩：〈有情與無情之間──中西成長小說的流變〉，《幼獅文藝》511期（1996年
　　7月），頁81-85。

103 見芮渝萍：《美國成長小說研究》，頁7。

104 Susan Ashley Gohlman, *Starting Over─The Task of the Protagonist in the Contemporary
　　Bildungsroman.* New York & London: Carland Publishing, 1990, p.3.

開始成長[105]，其年齡必定也早已過了曖昧無知的青少年期。綜言之，成長小說雖然描繪青少年的啟蒙經歷為大宗，但並非全然如此，我們似乎不應以小說主角實際年齡作為判別是否為成長小說的絕對依據。

若再以美國文學作為佐證，描寫年輕人主題的「青少年文學」在美國文學中已自成一個獨立的文類。德瑪和貝克曼（Mary J. DeMarr and Jane S. Bakerman）在《六〇年代以來美國小說中的青少年》（*The Adolescent in the American Novel Since 1960*）一書的分類中指出，「成長類」只不過是青少年小說裡的其中一種而已[106]。換言之，成長小說並不等同於青少年小說。倘若一味強調主角一定要是青少年，那麼就應當歸類為青少年小說才是。

最後，再從人類學的成長儀式足以證明成長與否並非以年齡作為主要評斷的觀點。以 "Bildungsroman" 的英譯之一 "Initiation story" 為例[107]，"Initiation" 一詞首先出現在人類學的研究中。由於大多數原始

---

105 Abel, Elizabeth, Marianne Hirsch, and Elizabeth Langland, eds. *The Voyage In: Fictions of Female Development*, p.7.

106 在該書中的分類共有二十類：諷喻類（Allegory）、地方色彩類（Local Color）、人物塑造類（Character Study）、風俗類（Novel of Manners）、神秘類（Mystic）、實驗類（Experimental）、偵探／懸疑類（Detection/Suspense）、成長類（Initiation）、流浪漢傳奇類（Picaresque）、幻想類（Fantasy）、探索類（Quest）、寓言傳說類（Fable）、社會批評類（Social Criticism）、科幻類（Science Fiction）、歌德類（Goethic）、南方歌德類（Southern Goethic）、歷史類（Historical）、西部類（Western）、恐怖類（Horror）、年輕人類（Young Adult）。Mary J. DeMarr and Jane S. Bakerman, *The Adolescent in the American Novel Since 1960*, New York: Ungar, 1986.

107 馬科斯（Mordecai Marcus）追溯了 Initiation 這一術語如何開始在文學批評中使用：Brooks 和 Warren 在《小說鑑賞》（*Understanding Fiction, 1943*）中，評論海明威的《殺人者》（*The Killers*）和安德森的《我想知道為什麼》（*I Want to Know Why*）時，用 Initiation 這一術語描述一種成長的主題和故事形式；Ray B. West 在《美國短篇小說：1900-1950》（The Short Story in America）中，以 Initiation 指稱兩種主要短篇的成長小說形式中的一種。Mordecai Marcus, "What Is an Initiation Story?" in William Coyle ed, *The Young Man In American Literature：The Initiation Theme*. NY：The Odyssey Press, 1969, p.29.

部落的文化都有考驗青年人進入成人社會的重要儀式，人類學家將這
些儀式稱之為「成年禮」（initiation or puberty & ceremonies）[108]。在原
始社會中，年輕人均必須通過成年禮象徵邁入成人的階段，才能代表
成長的完成，從而邁入成年的階段。所謂成年禮，可溯源至原始部落
的文化儀式中。學者研究指出，原始文化中的成長儀式，不同的部落
雖各有其相應的內容，但其目的則完全一致，為的是要體現一種嚴酷
的考驗。受考驗者在儀式期間必須暫時脫離社團，由部落中的長老或
專職的巫師帶領他們前往遠離社會的隱密之地；儀式中的皮肉之苦象
徵成長過程中的種種磨難。這些儀式包括肉體的酷刑，如切割身體的
某一部分，或是獨立完成捕獵；並且教導他們神聖不可侵犯的部落信
條[109]。顯然地，成年禮乃是象徵個人成長的一種濃縮儀式，除了具有
向年輕人預示艱困人生的啟蒙意義外，並藉此讓他們學習如何戰勝各
種挫折考驗的磨練。布留爾（Lucien Levy-Bruhl）在《原始思維》一
書中就說：

> 要使男孩達到「完全的」男子的狀態，僅僅完全成年或者達到
> 青春期是不夠的。他的身體的成熟是一個必要條件，但不是足
> 夠的條件，甚至不是一個最重要的條件。在這裡，如同在其他
> 受原邏輯思維的趨向支配的場合中一樣，那些目的在於使年輕
> 人與圖騰或部族的本質互滲的神秘因素、神秘儀式才是最重要
> 的。沒有行過成年禮的人，不管他是什麼年齡，永遠歸入孩子
> 之列[110]。

---

108 同前註。

109 同前註。

110 路先・列維──布留爾（Lucien Levy-Bruhl）著，丁由譯：《原始思維》（臺北市：
　　臺灣商務印書館，2001年），頁348。

早在原始社會中，年齡就不是成年與否的絕對判別標準。一個年紀再大的人若未通過成年儀式的考驗，仍舊不能視之為成長的完成，無法由孩童晉升為成人，與未成年人無異。只不過此種遵循先人規範成長禮的缺點在於，成長者無法呈顯出成長的文化意義及其價值。因此，一旦傳統社會開始崩解，此種傳統定義下的成長儀式自然顯得不切實際。此外，或有論者依成長的時間性指出，已超過年輕階段的成長是「啟悟」而非「啟蒙」。持此論點的理由是：「啟蒙」乃是和體驗同時進行，過程長而緩慢；「啟悟」則是經驗累積的突破[111]。但問題是：讀者如何清楚地判斷主角的成長究竟是與體驗的同時進行還是經驗的積累？「啟蒙」與「啟悟」這兩者事實上是很難截然二分。綜上所述，年齡與成長指數這兩者間並非為完全對等的正比關係。不過，不容懷疑的事實是，由於青少年正處於即將成年與邁入社會的接軌地帶，自我理想往往在現實的矛盾衝突中飽受考驗，如何調和兩者，的確是青少年亟待解決的成長難題。因此，年齡雖然是初步辨識是否為成長小說的方式之一，但並非是絕對的依據。換言之，即便是年紀老邁者若始終沒有經歷啟蒙成長的體悟，仍應歸入未成年者之列。

總體看來，大部分的成長小說的確大多是以青少年為主要的探討對象，但並非沒有例外。因此，在評判該篇是否為成長小說，不應將不是描繪青少年成長的文本就一律剔除在外。而成長的認定標準主要於尚待啟蒙者（廣義的「未成年人」）在各種經歷中，是否朝向成年的世界邁進，年齡並非檢視是否為成長小說的完全的絕對的判準憑證。

---

111 陳炳良、黃偉德：〈張愛玲短篇小說中的「啟悟」主題〉，《中外文學》第11卷第2期（1987年7月），頁132-151。

第三節　台灣成長小說之相關文獻探討

　　上述第二節的部分，對西方成長小說的發展脈絡與指涉的內容有了初步概略的認知後，本節則專門探討台灣成長小說的相關文獻，以檢視相關的研究成果，並作為本文展開正式辯證前的研究基礎。台灣文學界開始對「成長小說」此一文學主題展開討論熱潮，始自於一九九四年。《幼獅文藝》於該年的十月至十二月間就以專輯的形式，特邀學者專家以「成長小說」為題暢談己見[112]。此次專輯的產生，乃源自於《幼獅文藝》與幼獅電台合作「好書大家讀」，特於節目中闢一「苦澀的成長」單元。此單元先以空中播音的形式，再後製為書面記錄發表於《幼獅文藝》。雖然此次的討論並非一開始就以嚴肅的論文形式呈現，但無疑已經開啟了台灣文壇對成長小說的首波關注。

　　爾後，《幼獅文藝》再於一九九六年及二〇〇〇年舉辦了第一、二屆的「世界華語成長小說」徵文[113]，再度引發了另一波探討成長小

---

112 專輯中收錄有：陳長房：〈西方成長／教育小說的模式與演變〉、康來新：〈古典文學的青春看板〉、呂正惠：〈社會與個人──現代中國的「成長小說」〉及廖咸浩：〈宛若青春的朝聖者〉。詳參《幼獅文藝》492期（1994年12月），頁5-21。

113 此外，在文學獎展開之餘，主辦單位於一九九六年亦同時以「成長小說」為主題，召開「關於年輕人的文學及藝術」研討會。研討會的論文有：甌茵西：〈讀俄國文學，看女性成長〉、馮品佳：〈華美成長小說〉及紀大偉：〈我看故我在──成長電影與身分認同〉（刊於《幼獅文藝》510期，1996年6月，頁80-99。）、廖咸浩：〈有情與無情之間──中西成長小說的流變〉、楊照：〈「啟蒙的驚悚與傷痕」──當代台灣成長小說中的悲劇傾向〉（刊於《幼獅文藝》511期，1996年7月，頁81-95。）。至於二〇〇〇年則在月刊上闢有「在台灣看成長小說」特輯，刊登一系列與成長主題相關的論文。此特輯收錄：廖咸浩：〈非西方成長（小說）的試煉──在反叛與扎根之間〉、張堂錡：〈中國現代小說中的成長意識──以郁達夫、丁玲、巴金作品為例〉、馮品佳：〈後殖民英文小說中的女性成長敘事〉及周倩漪：〈男孩會哭，女孩會撒野──談青少年成長電影〉。詳參《幼獅文藝》558期（2000年6月），頁64-87。

說的熱潮。與會學者在一九九六年的決審會議中各自提出個人對「成長小說」定義的詮釋[114]，一時間眾聲喧嘩。審視這三次在《幼獅文藝》發表為數不多的討論篇章中，只有呂正惠〈社會與個人──現代中國的「成長小說」〉與楊照〈「啟蒙的驚怵與傷痕」──當代台灣成長小說中的悲劇傾向〉這兩篇提及戰後台灣成長小說的書寫現象。前者指出戰後台灣「成長小說」的特質並不重視主角成長過程中的社會事件，而比較集中探討個人的經驗。並以六○年代兩位現代主義大將王文興《家變》與七等生《跳出學園圍牆》這兩部成長小說簡略說明。後者則是對當代台灣成長小說的發展概況有比較全面而詳盡的闡述。楊照在文章中指出，戰後台灣的小說創作環境，其實並不利於成長小說的成長；並歸納分析出戰後台灣成長小說的特質有三點。第一、舉鍾肇政《濁流三部曲》為例，指出少年經驗的意義往往必須和一個「大時代」的大論述結合，才能取得充分合法性。第二、「成長小說」中關鍵性的成長折磨與收成，集中在青年，尤其是大學階段。第三、「成長」的意義常是負面的。以《蓮漪表妹》說明成長就是一連串的幻滅與悲痛否定。綜合上述各點，楊照提出戰後台灣「成長小說」帶有異常濃厚悲劇性的結論。若將這兩位學者對戰後台灣成長小說的定義予以參照，呂正惠提出戰後台灣「成長小說」的特質側重在個人經驗，但楊照則以為少年的成長經驗必須和時代結合，二說看似矛盾齟齬。但我們若仔細辨析則不難發現，前者關注在六○年代的文本，後者以五○年代小說為例，也就是在作品年代迥異的區別下，據此對戰後台灣成長小說開展出截然不同的定義。

在一九九六年這場「世界華語成長小說」徵文的決選會議記錄中，最引起我們注意的，正是評審們對成長小說的定義與範疇廣加討

---

[114] 參與評審的有康來新、蘇偉貞、鄭樹森、王建元及陳長房。詳參《幼獅文藝》510期（1996年6月），頁5-24。

論與相互詰問的情形。在進行決審投票前，主席首先請諸位決審委員各自陳述圈選的標準及對成長小說的詮釋。首先，鄭樹森對「成長小說」的術語略加說明。他指出「成長小說」在西方通常謂指 "bildungs-roman"，是長篇的體裁；若以短篇形式呈現則稱之為「啟蒙短篇」（initiation story）。進一步提及成長小說的認定標準不易，是這次徵文最困難的部分，「究竟是將之視為極廣義的成長，描寫到二十歲出頭，都進入了社會的尾端經驗，或是嚴格地從短篇小說的啟蒙焦點來看？文類上該如何處理」的思索，引發在座委員們的一陣發問：

> 蘇偉貞問道：《寂寞的十七歲》算不算？鄭樹森稍稍考慮之後說：「算！」蘇又接問道：「莎崗的《日安憂鬱》算不算？」鄭順勢答道：「《日安憂鬱》可能……[115]」

待進行第一次投票，計票之際的決審委員間的對話，同樣是對成長小說所指涉的範疇感到疑惑：

> 鄭樹森問蘇偉貞有沒有寫過「成長小說」？康來新則補問：《離開同方》算不算？蘇偉貞覺得它可能太散了，但康來新說若要舉「成長小說」之例，她會舉這一篇。……康來新說王文興的作品，除了《背海的人》外，都是「成長小說」，像《家變》、〈寒流〉、〈命運的跡線〉；還有陳映真的〈鈴鐺花〉也算。然而鄭樹森拉長了「鈴鐺花──」的語調，似乎有點兒遲疑，康來新回溯情節，有點兒像是替另一篇入選的作品遊說，

---

115 李文冰紀錄整理：〈世界華文成長小說徵文決選會議〉，《幼獅文藝》510期（1996年6月），頁8。

並補充說明在課堂上，是將它列為「成長小說」的。鄭樹森說
美國有一評論家，把《城南舊事》一類，認為主人翁年紀太
小，認定他沒有進入啟蒙期，甚至他可能不完全理解所經歷事
情的意義。在故事裡，他可能沒有受到完全的啟蒙，可是稍後
在生命中還是受到了影響[116]。

對於某部小說是否可以歸屬到成長小說的文類，這群決審委員頻頻以
「可能」、「算不算？」等非肯定用語，以及延長語氣的考慮遲疑與不
確定回答間，揭示出對此文類所指涉內容的困惑；甚至對於成長小說
主角的年齡認定也提出質疑。若藉由西方成長小說的理論予以檢視，
鄭樹森提出「Bildungsroman 是成長小說的長篇體裁，Initiation story
是啟蒙短篇」的看法似乎有待斟酌。首先，"Bildungsroman" 是德文，
"Initiation story" 為 "Bildungsroman" 的英譯之一，不同國家語言的兩
者如何對等比較？再者，馬科斯（Mordecai Marcus）在《什麼是成長
小說》（*What Is an Initiation Story?*）中，除了考察出 "Initiation" 一詞
首先出現在人類學的研究外，並指出該詞彙乃意指青少年
（Adolescence）經歷了各種磨練與考驗的儀式後，獲得了獨立於社會
的知識、能力和信心，從而進入成年（Adulthood）的成長轉變。更進
一步追溯了Initiation此一術語如何開始在文學批評中使用。他指出布
魯克斯（Brooks）和沃倫（Warren）在《小說鑑賞》（*Understanding
Fiction, 1943*）中評論海明威的《殺人者》（*The Killers*）和安德森的
《我想知道為什麼》（*I Want to Know Why*）時，就用 "Initiation" 這一
術語描述一種主題和一種故事形式；威斯特（Ray B. West）在《美國
短篇小說：1900-1950》（*The Short Story in America: 1900-1950*）中，

---

116 同前註，頁10。

則以 "Initiation" 指稱兩種主要短篇小說形式中的一種。此後，
"Initiation" 這一術語便陸續出現在短篇小說教材和小說評論中。根據
後者的定義，馬科斯對 "Initiation story" 的論述就侷限在短篇小說[117]。
由上述可知，"Initiation" 一詞若未採用威斯特的說法，並不僅限定於
短篇，如懷特（Barbara A. White）就提出成長的現象絕非侷限於短篇
小說類的異議[118]。因此，鄭樹森對成長小說提出「較嚴格的『啟蒙短
篇』類型」的說法值得再商議。此外，除了學者在《幼獅文藝》發表
與成長小說相關的論述，張大春在一九九二年《聯合文學》已先行發
表了〈他們都是怎樣長大的？——小說裡的少年啟蒙經驗〉「西方
篇」[119]。按常理推測，作者當初必定還預設要完成「東方篇」抑是
「中國篇」、「台灣篇」，但至今仍遲遲未見該文問世。究竟是個人因
素亦是對非西方國家的成長小說定義不易，不得而知。由於戰後台灣
「成長小說」此一文學類型所指涉的定義與內容，隨著時代的不同而
呈現各具特色的成長書寫，很難給予定於一尊的答案。但我以為成長
小說的認定，主要不應在作品篇幅的長短抑是主角的年齡，而是如前
所述，主要評判的準則在於尚待啟蒙者（廣義的「未成年人」）在各
種經歷中，是否從內外形塑自我，或是朝向成年的世界邁進。

　　有趣的是，雖然台灣文壇對源自西方的成長小說所指稱的範圍有
所爭議，但只要一提及台灣的成長小說，學者竟有志一同地多以六〇
年代受到現代主義思潮影響的作家及作品為代表。楊照雖引五〇年代

117　Mordecai Marcus, "What Is an Initiation Story?" in William Coyle ed, *The Young Man In
　　American Literature: The Initiation Theme*. NY: The Odyssey Press, 1969, p.29.

118　Barbara A. White, "Growing Up Female－Adolescent Girlhood in American Fiction" in
　　Gabriele Wittke ed, *Female Initiation in the American Novel*. Peter Lang, 1991, p.1.

119　詳見張大春：〈他們都是怎樣長大的？——小說裡的少年啟蒙經驗〉，《聯合文學》
　　第8卷第7期（1992年5月），頁160-166。

小說為例，分析戰後台灣成長小說的特質；但於文後卻又明言，戰後半世紀的台灣文學經驗裡，以六〇年代現代主義籠罩下的成長主題最有發展[120]。呂正惠也以為戰後的台灣成長小說由於受到現代主義的影響，雖然忽略成長過程中的社會事件，但卻轉而集中探討個人內在心理體驗[121]。鄭樹森在成長小說徵文的決選會議上，也提出「四九年後，在台灣，大體上是六〇年代開始比較多」的見解[122]。在學者一致性觀點的效應下，第一本研究台灣成長小說的學位論文，就是以六〇年代的二名現代主義的大將——王文興與七等生的作品作為分析的探討對象。論文以《王文興與七等生的成長小說比較》為題，闡明這兩位作家筆下的小說主角的成長是經歷一連串的內視與省悟後，進而建立一套屬於個人的、有別於常規的信念[123]。此文的研究理路無疑是側重在「內在塑造」型的成長小說，以闡述主角的內心成長為主。若對照西方成長小說，主角內在塑造的成長的確是成長小說的重要內容之一，只不過在文藝復興運動之後，學者更關注的反倒是主角如何與外在社會達成和諧的外塑成長。因此，倘若對台灣成長小說的探討僅專注在內塑型的成長理路，很顯然是不夠全面的。

　　況且，在學者主導此種內塑型的成長小說為研究主流的趨勢下，也容易造成讀者以為內心成長是成長小說唯一內容的誤識。但事實如前所述，不論是在傳統或現代的西方成長小說中，由內省而形塑出自我的成長不過是諸多成長小說的其中一類而已。再者，西方成長小說的狹義定義，並非指關注內心的成長小說；而是指向具有明確教育過

---

120 楊照：〈「啟蒙的驚怖與傷痕」——當代台灣成長小說中的悲劇傾向〉，頁94。
121 呂正惠：〈社會與個人——現代中國的成長小說〉，頁20。
122 李文冰紀錄整理：〈世界華文成長小說徵文決選會議〉，頁8。
123 陳瑤華：《王文興與七等生的成長小說比較》（新竹市：國立清華大學文學研究所
　　 碩士論文，1993年）。

程的小說（Erziehungsroman）。循此，我們當然更不能自圓其說地解釋，將台灣成長小說聚焦在六〇年代現代主義作家及其作品上，乃是從狹義成長小說的定義著眼的。

　　目前研究台灣成長小說的相關學位論文，標明以「成長」為題者共二十五篇。若歷時性觀之，九〇年代僅三篇，其餘均出版於二〇〇五年後，可見以成長小說為主題的研究，在近十年來逐漸受到重視。再從成長小說的類型區分，以校園為場域的教育小說（Erziehung-sroman）共有四篇，大多關注於青少年在以升學為主的台灣教育體制下遭遇心靈困境與自我理想衝突的成長難題，尤以二十世紀晚期迄二十一世紀的作品為主[124]，另有一篇以特定的地域——淡水的學校校園為主軸，則是分別以鍾肇政《八角塔下》、蔡素芬《橄欖樹》為研究對象，比較不同時期校園成長書寫的異同[125]。另一類描繪藝術家成長故事（Künstlerroman）的僅有一篇，探討李榮春《祖國與同胞》、《海角歸人》以及《洋樓芳夢》這三部成為藝術家主題的長篇小說[126]。還有一類看似與成長小說對反，但卻也息息相關的反成長論題的研究有兩篇[127]，意在發掘小說中反成長所呈現的問題意識與價值，進而對「成

---

124 黃瀚慧：《台灣二十世紀晚期校園成長小說》（臺南市：國立成功大學中國文學系碩士論文，2012年）；陳彥蓉《台灣成長小說對教育制度的反思與批判——以《拒絕聯考的小子》、《危險心靈》、《摩鐵路之城》為例》（新竹市：國立清華大學台灣文學研究所教師在職進修班碩士論文，2012年）；陳保華：《二十世紀晚期台灣成長小說研究》（宜蘭縣：佛光大學文學系碩士論文，2008年）。

125 徐惠玲：《台灣現代小說中的淡水校園成長書寫——以鍾肇政《八角塔下》、蔡素芬：《橄欖樹》為研究對象》（臺北市：國立臺灣師範大學國文學系在職進修班碩士論文，2008年）。

126 周介玲：《台灣作家的文學獻身之道——李榮春之藝術家成長小說研究》（新竹市：國立清華大學台灣文學研究所碩士論文，2011年）。

127 高雅音：《從戒嚴到後戒嚴——台灣反成長小說新論》（新竹市：國立清華大學台灣文學研究所教師在職進修班碩士論文，2012年）；許靜文：《臺灣青少年成長小說

長」提出質疑與辯證。

倘若從性別觀之，男性作家的成長小說專論共有八篇，共討論張經宏、張大春、白先勇、鍾肇政、郭箏、王文興、七等生、鄭清文以及吳錦發的作品[128]，這類論文大多是屬於以編年史（chronicle）的漸進式描述年輕人成長的成長小說（Entwicklungsroman）。值得注意的是，專門研究女性成長小說的論文並不少於男性。一九九九年，鄭雅文以《戰後台灣女性成長小說研究——從反共文學到鄉土文學》為題，是首篇關注台灣女性成長小說的論文，該文位居「抵中心」、「去男性化」的自覺位置，試圖勾勒出台灣戰後三十年間的女性成長脈動。爾後有集中論述六〇年代和九〇年代女性成長小說特色者，以及分別以郭良蕙、李昂、陳雪這三位女作家代表前行代、中生代和新世代的世代轉折，勾勒出戰後台灣女性成長書寫路徑的另一道跡線[129]。

中的反成長》（臺東市：國立臺東大學語文教育學系碩士論文，2008年），此書於二〇〇九年出版（臺北市：秀威資訊科技公司）。

128 這八篇論文為：柯佩君：《當代成長小說研究——以張經宏《摩鐵路之城》為例》（雲林縣：國立雲林科技大學漢學應用研究所碩士論文，2014年）；賴穆萱：《後現代青少年的辯證：論張大春的成長三部曲》（臺南市：國立成功大學中國文學系碩士論文，2010年）；林容青：《白先勇小說中的成長經驗》（新北市：淡江大學中國文學系碩士論文，2009年）；王偉音：《鍾肇政與吳錦發成長小說研究——以《八角塔下》、〈春秋茶室〉為例》（雲林縣：國立雲林科技大學漢學應用研究所碩士論文，2008年）；陳金地：《裂解與重構——郭箏小說研究》（臺中市：東海大學中國文學系碩士論文，2007年）；鄭昭明：《吳錦發成長文學創作脈絡研究——追尋台灣新少年英雄的文學論述》（臺南市：國立成功大學中國文學研究所碩士論文，2005年）；呂佳龍：《成長與記憶之河——鄭清文小說研究》（嘉義縣：南華大學文學研究所，2002年）；陳瑤華：《王文興與七等生的成長小說比較》（新竹市：國立清華大學文學研究所碩士論文，1993年）。

129 這四本女性成長小說的論文為：鄭雅文：《戰後台灣女性成長小說研究——從反共文學到鄉土文學》（桃園市：國立中央大學中國文學研究所碩士論文，1999年）；許君如：《一九六〇年代台灣學院派本省籍女作家成長小說研究——以陳若曦、歐陽子、施叔青、李昂為例》（臺北市：國立臺灣師範大學國文學系在職進修班碩士論文，2009年）；連培妏：《九〇年代以降台灣女性成長小說研究》（臺北市：國立

除此之外，還有四篇專論女性作家的成長小說：蕭颯、朱天心和兩篇林海音，其中光是林海音的《城南舊事》就佔了兩篇[130]。研究者關注女性如何進行自我追尋的成長書寫，除了當是梅家玲所論「為素被邊緣化的女性作家及文本鉤沉發微，重賦新義」外[131]，或是研究者也發現女性成長小說確是現代女性描寫自我、發現自我的最佳文學形式。顯然地，雖然傳統成長小說研究者堅稱女性沒有成長問題的觀點，但在當代台灣反倒是以女性成長小說為題的研究受到不小的關注。

在專書方面，除了二○○四年楊佳嫻選編的《臺灣成長小說選》外，其餘大多以「少年小說」為題，如傅林統《少年小說初探》、張清榮《少年小說研究》、張子樟《少年小說大家讀：啟蒙與成長的探索》等[132]。我在前面也已經說明，這一類在美國多被歸為「青少年文學」項下，在台灣則是納入「兒童文學」的領域中。然不論列歸於何處，相同的是，「成長類」只是少年小說裡的其中一種，並不能將兩者劃上等號。這也正是石曉楓在二○○四年以《八、九○年代兩岸小說中的少年家變》為題的博士論文中何以指出，少年主題多半置於

政治大學中國文學研究所碩士論文，2005年）；張以昕：《戰後台灣女性成長書寫的敘事特徵與世代轉折——以郭良蕙、李昂、陳雪為探討中心》（新竹市：國立新竹教育大學語文學系碩士論文，2011年）。

130 這四本女性成長小說的論文為：陳靜宜：《走出婚姻的藩籬——蕭颯小說中的女性成長》（臺中市：國立中興大學中國文學研究所碩士論文，1999年）；陳慧貞：《朱天心小說的題材研究——以成長為線索的考察》（臺北市：國立臺灣師範大學國文學系在職進修碩士論文，2005年）；王譓淳：《林海音的啟悟小說——《城南舊事》研究》（彰化市：國立彰化師範大學國文學系碩士論文，2008年）；傅素梅：《城南舊事中的成長主題研究》（臺東市：國立臺東大學兒童文學研究所碩士論文，2007年）。

131 梅家玲：〈性別論述語戰後台灣小說發展〉，收錄於《性別，還是家國？：五○與八、九○年代臺灣小說論》（臺北市：麥田出版公司，2004年），頁17。

132 傅林統：《少年小說初探》（臺北縣：富春文化事業公司，1994年）；張清榮：《少年小說研究》（臺北市：萬卷樓圖書公司，2002年）；張子樟：《少年小說大家讀：啟蒙與成長的探索》（臺北市：天衛文化圖書公司，1999年）。

「成長小說」的脈絡下討論，但研究進路其實不盡相同的原因[133]。她在論文中主要闡明家庭對兩岸青少年成長影響的比較研究，而家庭因素顯然只是少年成長問題細項下的一類，並不足以泛指青少年所有的成長論題。

我們將焦點重回到楊佳嫻《臺灣成長小說選》一書。該書於二〇〇四年共選編十五篇；二〇一三年再版時，新增了兩篇，從一九四六年楊逵〈種地瓜〉到二〇〇六年胡晴雯〈奸細〉[134]。選文囊括的時間自日據迄今，可以想見選編者企圖以該書呈現台灣成長小說史以及建構經典的用意[135]。雖然作者致力於「兼顧日治時代出生到所謂『六年級』的一代」，但我們卻也發現到選編者較偏愛解嚴後的作品，尤其進入二十一世紀（2000-2004）的選文就有七篇之多，九〇年代的也有四篇，顯然已超過半數之多；倒是五〇年代的成長小說一篇也沒選。原因何在？或許是該時期的經典作品多以長篇的形式居多而不適合入選。但問題是選本中的兩篇——吳錦發〈春秋茶室〉（1988）與

---

133 石曉楓：《八、九〇年代兩岸小說中的少年家變》（臺北市：國立臺灣師範大學國文系博士論文，2004年）。此篇論文於二〇〇六年由里仁書局出版，更名為《兩岸小說中的少年家變》。

134 楊佳嫻於二〇〇四年編選的十五篇依時代先後分別為：楊逵〈種地瓜〉（1946）、夏烈〈白門，再見！〉（1964）、王文興〈命運的跡線〉（1979）、朱天文〈小畢的故事〉（1983）、李昂〈花季〉（1985）、吳錦發〈春秋茶室〉（節錄）（1988）、李渝〈菩提樹〉（1991）、葉石濤〈玉皇大帝的生日〉（1993）、駱以軍〈凵〉／〈川端〉（1998）、袁哲生〈西北雨〉節錄自〈天頂的父〉（2000）、張惠菁〈哭渦〉（2000）、郭松棻〈雪盲〉（2002）、許榮哲〈那年夏天，美濃〉（2002）、郭箏〈彈子王〉（2003）、伊格言〈鬼魆〉（2004）。2013年再版，新增兩篇文本，分別是曹麗娟〈童女之舞〉（1991）及胡晴雯〈奸細〉（2006），但序論的內容未更新，與二〇〇四年相同，並將書名命名為《臺灣成長小說選增訂本》（臺北市：二魚文化事業公司，2013年）。

135 楊佳嫻在序中表示「由於期望選本能呈現各個不同世代小說家在成長小說書寫上的同質與異質，兼顧日治時代出生到所謂『六年級』的一代。選本本就具有經典建立的意味。」《臺灣成長小說選》（臺北市：二魚文化事業公司，2004年），頁8-9。

袁哲生的〈西北雨〉（2000），雖然篇幅過長，選編者也是不惜以節錄
的方式呈現，似乎小說的長短並非影響選錄與否的主因。那麼，本書
選文偏重九〇年代以後，似乎也就只有「選者的主觀品味與愛好」足
以解釋。選文既受到編者個人主觀因素的左右，讀者也難免對「選本
本就具有經典建立」的目的產生質疑。

　　無庸置疑地，這部選輯既多為九〇年代後已邁入後現代的成長小
說，自然較不具傳統成長小說的特色。換言之，作者鮮少在文本中呈
現是主體如何通過外塑與社會融合的成長歷程，以及採用線性的敘述
表達出正面且富教育意義的明確結局。如吳錦發〈春秋茶室〉、許榮
哲〈那年夏天，美濃〉（2002）、郭箏〈彈子王〉（2003）與胡晴雯
〈奸細〉（2006），都是描寫青少年通過與成人世界的對立與斷裂，反
視自我與世界的關係，小說最後多以主角的迷惘困惑作結。再如郭松
棻〈雪盲〉（2002）以及伊格言〈鬼甕〉（2004）則是採用一種流動多
元的敘述方式，讀者不容易解讀出作品所企圖表達的成長寓意，更遑
論在文本中揭示出正面教育的成長結局。這些小說正是表現出王建元
在一九九六年「世界華語成長小說」徵文的決審會議時，就已觀察提
出的「後現代」書寫現象。由於後現代文本具有去主體中心的特質及
「長成經驗」述說體的虛幻性，所以不容易清楚地解析出主體的成長
為何[136]。整體說來，二十世紀的台灣成長小說絕少符合傳統成長小說
的特色，選本中只有楊逵〈種地瓜〉（1946）、朱天文〈小畢的故事〉
（1983）是以樂觀向上、具有信仰的態度作結的成長小說。至於在年
齡層面上，除了郭松棻〈雪盲〉外，清一色為青少年，多表現出處於
「尚未成人」與「終將成人」過渡地帶的青少年所遭遇的各種矛盾與
衝突及其內心徬徨掙扎的成長歷程。選本中讓我們比較訝異的是編者
對於性別的選取。在十七篇中，除卻論及同志議題的曹麗娟〈童女之

---

136 李文冰紀錄整理：〈世界華文成長小說徵文決選會議〉，頁9。

舞〉外，女性成長小說僅有三篇：李昂〈花季〉（1985）、李渝〈菩提樹〉（1991）、張惠菁〈哭渦〉（2000），這項選取結果顯然與已大鳴大放的八、九〇年代女性文學不成比例，同時也較忽略與女性切身相關的在愛情婚姻中的成長課題。

至於在主題的呈現上，選者並未僅側重在主體內心成長的小說，而能兼及個人成長與政治發展的關係或揭示出成長背後的時代意義。如楊逵〈種地瓜〉與葉石濤〈玉皇大帝的生日〉（1993）這兩篇寫作的年代雖相差半百，但同樣都是論及個人在日據時期受殖民待遇的成長議題；李渝〈菩提樹〉則描寫女性因朦朧的愛慕道出白色恐怖的政治災難，由此體悟了悲歡離合的成長情懷。胡晴雯〈奸細〉、郭箏〈彈子王〉、吳錦發〈春秋茶室〉、許榮哲〈那年夏天，美濃〉就通過青少年的成長，分別探討時代的家庭、教育、社會、政治等問題。顯然地，若自成長的主題觀察，該選本的確具有兼及各個成長面向的企圖。

最後，楊佳嫻在二〇〇四年的序論中就指出「以成長為主題的台灣小說為數並不少的文學現象」[137]，這或可從近十年來有愈來愈多以成長小說為主題的研究獲得證實，這股研究成長小說的勢力實不容小覷。巧合的是，中國的研究學者易光也同樣在二〇〇四年曾指出研究成長小說的重要性：

> 近年來，成長母題和成長小說已屢屢被人提起，但似乎認真的梳理還沒有開始……對成長母題的界定也顯得語焉不詳、含混不清，分析、歸納成長小說的特徵和成因，無論對創作還是批評，都應該是值得一做的事情[138]。

---

137 同前註，頁9。

138 易光：〈「覺今是而昨非」之後：近年「成長小說」漫論〉，《西南師範大學學報》2004年第4期，頁139-140。

在二〇〇四年前，中國學界與成長小說相關的期刊論文的研究僅十九筆，或許是受到易光振筆疾呼的影響，近年來爆出大量的研究成果，截至二〇一五年已累積六百七十二篇論文[139]；不過若觀察其主題，論文中大多以英、美、德等外國文學作品作為探討的範疇，以中國的小說文本作為成長小說的研究對象相對少上許多。平心而論，隨著邁入全球化文化研究與文學研究的時代來臨，對於自十八世紀以來西方就已經發展成熟的成長小說，我們的確有將此文類視為一種獨特的文學樣式，進行單獨研究的必要。尤其在廣義成長小說的定義下，人均無法脫離成長啟蒙的過程。我們若回歸文學以人為關懷的基本面，當可挖掘出各種不同的成長面向。因此，我們可以預期的是，勢必還會有愈來愈多的研究者投入台灣成長小說的領域中。

第四節　研究理路及論文架構

據西方成長小說的研究者指出，置身在歷史、文化轉型期的作家，特別適合書寫成長題材的小說[140]。畢竟在各方秩序都在解構建構之際，其間所迸發出遽增複雜的矛盾衝突，尤是加倍供應了主體探索成長的動機。戰後初期的作家群，無疑正是立足在台灣近代史的重要

---

139 查詢「中國期刊知識資源總庫（CNKI）」（www.cnki.net），以「成長小說」為篇名的查詢結果，自一九九八年迄二〇一五年共六百七十二筆的期刊論文。各年的研究篇數統計如下：

年	1998	1999	2000	2001	2002	2003	2004	2005	2006
篇數	1	0	1	5	10	7	8	18	20
年	2007	2008	2009	2010	2011	2012	2013	2014	2015
篇數	45	38	40	66	83	89	78	86	77

140 Esther Kleinbord Labovitz, *The Myth of the Heroine —The Female Bildungsroman in the Twentieth Century*, NY: Peter Lang, 1986, p.4.

轉折點上。不管是外省知識份子在新式教育中啟蒙，再因紅禍而輾轉流徙至異地；還是台灣本地菁英承繼了一九二○年台灣新文學精神中「反抗殖民壓迫」與「個人覺醒」的特性，並且歷經兩波強勢殖民的身分認同危機。其經歷容或迥異，但相同的是他們都必須在社會政治劇變的過渡期，面臨建構自身主體性及如何融入社會的成長難題。

　　本論文就以五○年代崛起的重要小說家於五、六○年代的重要作品為研究對象，無分省籍性別。成長的認定標準主要不在年齡，而是關注於尚未啟蒙者（廣泛的「未成年人」）在各種經歷中，是否自內外形塑自我或是朝向成年的世界邁進。至於將文本探討的範疇鎖定在七○年代前，除了文學風貌的變化起訖並非以十年為期，以及五○年代作家以長篇小說居多，創作時間往往需跨越兩個年代外；更重要的原因是，在國族意識高漲的五、六○年代，個人的成長多無法隔絕孤立於歷史之外，由此突顯出五○年代小說家個人與家國共同成長的書寫特色。而本文將小說置放在五、六○年代台灣的歷史語境下解讀，其目的就在通過共時性與對照性的閱讀，希望藉由個人成長／家國想像／文藝政策三者間的對話辯證，彰顯出五○年代作家創作成長小說的特出意義。尤其是向來為評者視為囈語的反共小說，作家多以一種自傳式書寫的方式，通過檢討過去、展望未來的回憶筆鋒，將個人刻骨銘心的成長經歷和家國的命運發展交織互涉，形成一種個人與國族相互依賴、共同成長的書寫結構。以及進入六○年代後，作家們在西方現代思潮的影響與逐漸不願受文藝政策箝制的反動下，個人主義式的成長小說陸續出籠。換言之，若執意將人的成長自發展中的歷史抽離，僅探討主體內在的成長體驗，自是無法真正突顯出小說的精采風貌。此外，並希望進一步再藉由歷時性的閱讀，透過官方政策由強轉弱的歷史語境中，據此勾勒出五○年代小說家成長書寫的轉變。持這樣的詮釋立場，不僅是對五○年代小說家所彰顯出個人成長的發現與

肯定，更有益於探析該時代成長論題的共相與殊相。

　　選定「成長」為本論文研究主題，其目的與用意就在打破傳統論者自政治意識形態對五○年代小說所貼的文學標籤迷思。本文試圖從成長的置高點，不僅重新閱讀歷來被定位為「反共」、「懷鄉」的小說，同時囊括五○年代本省及女性作家的文本，藉此探討各種風貌的成長關懷。「成長書寫」同時也預示了本文的首要研究方法。由於中國傳統文學與台灣文學裡沒有成長小說的文類，便需權宜地向西方已發展成熟的成長小說理論取經，如德國傳統、英美現代、女性等成長小說的模式及特色，就成為本論文首要的輔助方法論。本文視各章節的主題選取適用的成長小說理論，以加強論證。同時也因為側重小說在成長主題的探討，論述過程較少涉及文學藝術的表現。成長小說研究者斯威爾斯（Martin Swales）就曾指出，成長小說引起爭議的兩個論點：一是主題的，另一是美學的。但他以為這種爭議似乎沒有必要。斯威爾斯所持的理由是，成長小說僅僅只是一種小說的類型，一方面來自於對現實生活的認知，另一方面是人類想像立即表達潛力的表現[141]。在台灣文壇上雖然隨著各種文學理論與技巧的純熟，成長小說必然也有與時俱變的美學呈現，但在多採寫實主義為主的五○年代小說家的作品裡，本論文仍以探討小說中的成長主題為要。

　　再者，還必須說明對台籍與女性這兩個族群的批評立場。我們同樣將他們置放在變動的時代脈絡，以突顯文本中個人成長的歷史意義；並試圖為這兩個邊緣族群尋找適當的發聲位置。前者輔以「後殖民理論」以及「身分認同」的相關論點，觀察後殖民者建構自我身分的成長論述如何可能。後者以女性成長小說的理論為主，偶援引女性

---

141 Martin Swales, *The German Bildungsroman from Wieland to Hess*. Princeton U.P., 1978, p.5.

主義文學批評理論為證，探討女性在教育、職場、婚姻、家國間的種種成長論題。藉此分析文本，俾使其論述更具深度與廣度。

總結上述關懷重點，本論文分為六個章節。在第一章中，明顯可見的是說明問題意識及鋪設、闡述主要相關的理論架構為重點。五〇年代的文學評價，在族群二分的社會政治論述下，相當於一場意識形態的大戰。有鑑於此，本章首先就從意識形態的思考拋出我的問題意識所在。並說明在打破各種既定標籤的文學類型後，從個人成長的置高點解讀。由於成長小說的理論來自西方，傳統的中國文學與台灣文學裡沒有發展出此文類的概念，接下來就試圖廓清西方成長小說簡略的文學圖像，並爬梳整理台灣成長小說的研究現況與成果，以作為本論文正式展開論證前的說明。

第二章主要在個人／家國共同成長的印證與辯證中展開。在國族意識霸佔文學論述的戒嚴初期，個人成長既無法置外於歷史，首先就必須說明五、六〇年代的台灣文學環境，作為我們深入解析作品前的觀察基礎。第二節的部分則自反共小說中，揭示出一類個人成長與家國歷史雙線並進、共同成長的書寫結構，都是建構在「回顧過去，展望未來」的正向成長模式上。從中我們可以發現個人成長啟蒙的精采論述，並不亞於反共復國寓言的呈現。並進一步在身體／國體互為象喻下，透過空間轉變的成長儀式，提出「少年中國，成年台灣」的反共／成長的書寫範式。第三節就在上述的論述架構下，再加入性別因素，解析女體與國體的想像／成長關係。其目的在顛覆性別的主從位階後，對傳統的成長／性別論述提出質疑。並進一步揭示出另類女性如何賦予身體革命的符碼，及其充分發揮獻身於國的身體政治。本章意圖從個人成長的層次提出反共論述之外的另類觀察，以打破台灣文學史上自意識形態定位五〇年代遷台文學家的評價。

接續第二章「個人成長論述與家國想像」，第三章將以本土的台籍

菁英為研究對象，著眼於他們在身分／家國認同上的成長論述及認同
策略。本章首先從何謂身分認同（identity）的討論中展開，並說明台
籍同胞在殖民、戰爭這兩個特殊歷史條件的交錯影響下，在面對皇民
運動與國民黨官方文藝政策如排山倒海而來的同化壓力時，如何不斷
借助另一個對立的他者以建構出自我的身分。同時指出小說在表面上
看似只有中國／日本身分對立的書寫中，其實已隱藏日本／中國／台
灣三者間更複雜流動的身分認同。但由於本土作家置身在國民政府宛
如殖民的高壓政治迫害，他們那股隱而未顯的台灣意識只能通過各種
書寫策略想像堆疊而出。在第二節中就揭示「行為倒錯」（parapraxis）
的潛意識話語、「抵中心」（de-centering）的多種語言以及將國族寓言
展現在主體追尋情感認同等策略，揭示出當時台灣人逐漸成長但卻不
能高調的台灣意識。

　　在第四章，則逐漸淡化家國意識的部分，主要著眼於個人成長背
後所透顯的時代意義或社會問題。本章主要由人一生的成長歷史的代
表性三階段分述，採取主題式的探討。三節分別自個人進入教育、職
場與婚姻的不同成長階段展開。首先指出教育小說（Erziehungs-
roman）是最狹義成長小說（Bildungsroman）所指涉範疇，由此突顯
其重要性。第一節以最狹義的教育小說，也就是僅涉及學校教育的小
說為分析對象，探討在不同時空或性別的條件下，教育小說所呈現出
的不同特質與內涵，及其主體接受教育背後所呈現的時代社會意義。
學業有成後緊接著步入社會，是為第二階段。第二節的重點就放在社
會新鮮人在社會化過程中如何面對自我理想與社會現實的矛盾衝突，
又該如何確立自我在社會上責任的成長議題。最後，以邁入婚姻作為
人生成長歷程的第三個重要階段。由於必須兼具「愛情婚姻」與「啟
蒙成長」的雙重論述，因此這部分的討論只好權宜地側重在遷台女性
作家的文本。在第三節中，就從遷台女性作家的小說中所呈現出的愛

情婚姻問題切入，從而探索女性的成長困境與途徑，及其以細瑣題材為策略的性別政治。這一章試圖勾勒出一條人生成長的象徵性階段脈絡，由此探析每一個階段的成長目標與困境，及其所揭示出的歷史與時代性意義。

不同於前三章自感時憂國使命所流洩出的正向成長力量，第五章提出成長論述的危機與困境。首先從「反成長」是否為「成長」的範疇中展開討論。相對於正向成長，反成長所指涉的意義主要在於主體不願進入成人世界而言。在假設成立的前提下，隨即探討這一類不願進入成人世界的反成長文本中，是否具有某種顛覆性。尤其在威權政治時期，特別自六〇年代開始，西方文學思潮所引進的多元風格與反共文藝政策的強烈對比，作家們更有意識地自主反抗的作品開始出現，導致他們的「反」格外引人矚目。前一節由溫和的反成長心理投射入手，指出「沉湎過去」的童年書寫對反了正向成長的敘述模式。而童蒙真摯無偽的特質，似乎正是作家們意有所指地隱涉對反於現實世界中制式規範的官方文藝書寫。下一節則以逃避或終結成長的實際行為表現出對成長的反動。前者藉由逃避以躲匿或反思反共復國的文藝使命；後者以反共小說中抗共之士死亡的矛盾結局，意在揭露來台後無法自主的文藝環境，對作家們是一種極大的斲傷。由於反動正是不願配合的表現，因此在這一章中就意圖突顯出文本中比較個人主義的部分，揭示出「反成長」的殊相自是不同於前面幾章屬於正向成長的共相的看法。

至於最後第六章的部分除了總結以上五章論點，更希望藉由探討五〇年代小說家的成長書寫為起點，從而開展出對不同時期台灣成長小說的研究。

第二章

「共」我成長
──個人成長論述與家國想像

　　台灣文學史論及五〇年代的遷台作家群，多總括為「反共」、「懷鄉」二家並予以針貶；爾後或有學者辯證平反，以較持平的立場說明此論多為本土派史家以意識形態先行的結果。同時在諸多反共文學中去蕪存菁後證實，並非所有遷台知識菁英的創作全是配合國族意識的教條宣傳品而已。反倒因位居新舊變動時代的文化轉型期，提供他們不斷反思自我與書寫個人在大時代中成長的絕佳背景。同理，文本中的歷史往往也是小說主角得以成長的主要原因所在。

　　研究五〇年代作家的創作，我們除了不應純然自意識形態評斷其文學價值外；也不宜一味採取國族論述的批評立場，僅解析作品裡存在的政治性。循此，本文試圖調低小說中國族論述的大我聲響，以突出個人成長的敘述脈絡，並藉此發掘出兩者間相因相承的關係。我們試圖重新注入的關懷是，在個人成長與動盪多變時代的對話過程中，五〇年代小說家表現出哪些成長的方式與論題？又是如何預示了家國歷史的發展方向？這正是前述論及巴赫金（Miklail Mikhailvoich Bakhtin）所分類的五種成長小說中最重要的一型──「現實主義的成長小說」。也就是當新的主體意識開始孕育、興起時，作者藉由個人與歷史時空的積極能動與對話，進而產生了歷史時間與個人成長的融合。文本最後通過人的成長反映出歷史的發長，主角「自我追尋」的小敘述與「國家成長」的大敘述成為互為表裡的象喻體系。換言之，

我們仍然將小說主體的成長置放在歷史脈絡與文學語境中，重新探析他們在作品中所傳遞出家國政治以外的個人成長訊息。

　　本章主要就在個人／家國共同成長的印證與辯證中展開。在國族意識霸佔文學論述的戒嚴初期，個人成長既無法置外於歷史，首先就必須說明五、六〇年代的台灣文學環境，以作為我們深入解析作品前的觀察基礎。並主要從政治環境及文藝氛圍的變化分析指出，五〇年代文學風景產生變化的關鍵時間約莫在一九五五年，自此後反共文學呈現逐漸減少的現象。簡言之，這一節主要通過對五、六〇年代文學環境的陳述，輔助我們了解五〇年代小說家的創作機制，同時作為作品題材與藝術表現上如何轉變與成長的觀察基礎。

　　在第二節裡，則詳細檢閱五〇年代遷台作家的小說，特別是歷來被定位為反共小說。當我們不再一逕突顯文本中的反共意圖，改自成長的視角解讀，從中揭示出一類個人成長與家國歷史雙線並進、呈共同成長的「現實主義的成長小說」。由於是在國族論述湮滅個人聲音的戒嚴時代，本文為了突顯小說中個人成長的敘述脈絡，除了以作者的創作動機舉證外，再從小說的情節發展說明個人成長啟蒙的精采不亞於反共復國寓言。當然，上述論證仍然是放在個人與家國共同成長的脈絡下進行的。同時在這樣的基礎下，文中特別指出反共／成長小說都是建構在「回顧過去，展望未來」的正向成長模式上，據此再次證明個人自我追尋的小敘述與家國發展的大敘述相彷彿。並進一步在身體／國體互為象喻下，透過空間變遷的成長儀式，提出「少年中國，成年台灣」的反共／成長的書寫範式。最後要說明的是，我們不能斷然地將「回到過去」和「迎向未來」劃上等號，而略去了反共／成長小說中最精采動人的成長歷程。

　　上述以男性主角的成長為主，第三節則置入女性意識。在顛覆性別的主從位階後，除了對傳統的成長性別論述提出質疑，並解析女體

與國體的想像／成長關係。首先，對於傳統研究者提出女性沒有成長
觀點的不表認同。五〇年代作家在小說中形塑出睿智英勇的女性形
象，不僅破解了性別論述引申延擴為國族論述的主從模式，同時也說
明了反共愛國並非男性的專屬權利。接著說明反共／成長小說將女性
入角，最重要且不同於男性的書寫策略就呈現在「女體與國體」的微
妙關係上。本節除了揭示出共黨藉由對女體的凌辱作為赤化國體的策
略外，並指出另一類女性如何反過來賦予身體革命的符碼，充分發揮
獻身於國的身體政治，讓女性不再只是悲情地被把玩在男性／政黨的
指掌間而已。最後要強調的是，文本中性別意識的有無並非取決於作
者的真實性別。只不過在多為自傳式書寫的反共／成長小說中，女作
家的優勢是，她們有別於老套的愛國宣傳作品，以一種更細膩生動的
筆鋒展現出女性在大時代中成長的心靈流動與轉折，帶給讀者迥然不
同的視覺饗宴。

　　本章意圖從個人成長的層次提出反共復國論述之外的另類觀察，
除了企圖打破台灣文學史上定位五〇年代為反共文學的意識形態偏
見，同時揭示出戰後台灣成長小說在五〇年代已然成形的文學現象。

第一節　五、六〇年代的台灣文學生態

　　在一般台灣文學史的分期中，往往泛稱五〇年代為「反共懷鄉文
學」、六〇年代為「現代主義文學」。以十年為一世代，固然是文學斷
代時慣用的權宜之法，但因襲日久卻也容易誤導讀者；畢竟一種文學
主流的產生與發展無法依循年代的劃分作徹底的切割。以戰後台灣為
例，官方對反共戰鬥文藝的提倡與書寫，其實就橫跨了五、六〇年
代，並不僅止於十年而已。一九六六年，國民黨第九屆三中全會上就

還通過制定〈強化戰鬥文藝領導方案〉[1]，仍企圖將文藝政策正式納編於國家行政體系中。顯然可見的是，六〇年代台灣文壇上的反共戰鬥風氣雖早已不復往日，文學發展也遠超出官方掌控之外，但執政者似乎仍未放棄透過政治以領導文藝的野心。事實上，六〇年代確實還是有反共懷鄉文學的產出，不過在表現手法與藝術風格上卻有了不小的轉變，絕非八股夢囈的評價足以囊括。在這一節中，我們就略述反共文學在五、六〇年代的發展軌跡，作為本論文觀察討論五〇年代小說家書寫成長主題的基礎。

　　本文耗費大量篇幅檢視五、六〇年代的歷史和文學資料也許顯得繁瑣或陳腔濫調，但不容否認的是，當時政治干涉主導文學的情形十分周延縝密，五〇年代作家自是無分省籍性別，均無法跳脫文藝政策的箝制。是以在正式進行作品的討論之前，對文藝環境的了解實有其必要性。這一節就通過對五、六〇年代文學環境的陳述，輔助我們了解五〇年代作家的創作機制，同時作為這二〇年間小說題材與藝術表現上如何轉變與成長的觀察基礎。最後要附加說明的是，雖然六〇年代已經進入現代主義文學時期，但在此不擬對現代文學思潮著墨太多，主要關注焦點還是放在反共文藝於五、六〇年代的發展與轉變脈絡上，以呈顯出反共文學由盛而衰的時代氛圍。

1　國民黨第九屆三中全會後，繼而在四中全會通過〈中華文化復興運動推行綱要〉，宣稱「繼續倡導戰鬥文藝，輔導各種文藝活動」；翌年，五中全會再制訂〈當前文藝政策〉，於中央政府體制中設立隸屬於教育部的文化局，執行上述任務，將國民黨的文藝政策正式納編於國家行政體系中。見鄭明娳：〈當代台灣文藝政策的發展、影響與檢討〉，收錄於鄭明娳主編：《當代台灣政治文學論》（臺北市：時報文化出版企業公司，1994年），頁34。

一　五〇年代的台灣文學生態

　　戰後第一代的台灣文壇，幾乎籠罩在「反共復國」的家國大敘述，一改日據時期的台灣新文學風貌。自一九四九年大陸政權易手，國府帶領兩百多萬軍民倉皇東渡，不僅確立了國共對峙的局勢，大批的遷台知識份子亦趁勢主導台灣文壇。有鑑於共黨善用文藝作為分化人心、坐大竊國的利器[2]，在「筆桿打垮槍桿」的沉痛體悟下[3]，國民政府理解武力本身或單憑外援不足以控制政局，從而深刻體認到文藝思想傳播的重要性。其實早在一九四二年毛澤東代表中共黨中央發表〈在延安文藝座談會上的講話〉時，同年七月，當時領導中央文化運

2　中共對於文學的利用與控制，自二十年代中期就可看出端倪。一九二五年「創造社」導使「文學革命」朝「革命文學」發展；三十年代初期，「左翼作家聯盟」控制了整個文壇，高唱「普羅文學」的創作路線；一九四二年五月，毛澤東發表〈在延安文藝座談會上的講話〉，公然提出文學為工農兵服務、為共產黨服務，一再強調政治對文學的統御性。李牧：〈新文學運動歷程中的關鍵時代──試探五〇年代自由中國文學創作的思路及其所產生的影響〉，《文訊》第9期（1984年3月），頁145。另於李歐梵〈走上革命之路（一九二七－一九四九）〉一文中亦分析道：一九二三年鄧中夏和惲代英在《中國青年》發表文章指出，應當把文學作為一種武器，來喚醒民眾的革命覺悟。一九二六年，郭沫若在一篇題為〈革命與文學〉的文章裡表示，文學與革命常常是結合在一起的，甚至於文學可以成為革命先鋒。一九三〇年代成立左聯作家聯盟。李歐梵進而指出，左聯最可怕的敵人最初不是來自右翼的國民黨政府，而是來自中間派。此乃因國民黨政府自始至終從未把力量放在文學領域，一直到抗戰勝利為止，「國民黨顯然忙於軍事和行政事務，因此把宣傳陣地幾乎完全留給了共產黨及其同情者。事實上主要由作家和藝術家組成的各種宣傳隊後來成為中國共產黨的前沿組織，中國共產黨巧妙地利用了這支浩大的知識份子隊伍的能力和感情。」收錄於《現代性的追求：李歐梵文學評論精選集》（臺北市：麥田出版公司，1996年），頁301-395。

3　已故外交官蔣廷黻就感慨地說：「二十年來，國民黨掌握到的是軍權和政權，共產黨握到的是筆權，而結果是筆權打垮了軍權和政權。」丁淼：《中共文藝總批判》（香港：亞洲出版社，1969年），頁49-51。

動委員會的國民黨文宣幹部張道藩為了抗衡毛澤東的「延安講話」，就於《文化先鋒》創刊號以個人名義發表〈我們所需要的文藝政策〉[4]，此篇可視為國民黨於一九四九年後施行文藝政策的主要精神。文中論及以「三民主義的文藝政策」、「拿文藝作為建國的推動力」的文藝主張，就已經是開宗明義地將文藝視為實用的政治工具，下開以政治主導文藝的五〇年代。

通過政治徹底箝制台灣人民的，非戒嚴體制的實施莫屬。陳儀為了及早鞏固國民政府來台後統治基礎，於一九四九年五月十九日，台灣警備總司令即正式宣布實施戒嚴令，台灣社會正式進入軍事統治時期；同月二十四日，立法院通過「動員戡亂時期懲治叛亂條例」，將言論、出版等自由均納入官方的控制範圍。戒嚴的目的，無非是為年底國民政府遷都台灣後，預備施行肅殺威權的統治政權鋪路。若上溯歷史，軍事化統治早在光復後陳儀政府接收台灣時就已經展開。傷害首當其衝的，就是這一批敢說敢寫的台灣本土知識菁英。一九四七年二二八事件後，台灣作家黃昆彬、邱媽寅、陳金火、施金池等人陸續入監服刑；一九四九年四六事件中台大師大學生遭到逮捕，楊逵亦因發表〈和平宣言〉而入獄十二年，這都是當時面臨政權危機的國民政府為消弭異音，不惜對勇於批評時政的知識份子施予高壓手段的鐵證。

除了政治迫害外，陳儀為了加速「中國化」的整編，語言成為檢驗政治立場的標準，並且成為排除異己的有效工具；日語的使用在中國化的威權下，淪為「奴化」的代名詞[5]，官方遂於一九四六年訂下

---

4 「……我本來打算在中央正式提出文藝政策，可是時機尚未成熟，黨內同志的意見也不一致，所以先由我用個人的名義來發表。」趙友培著：《文壇先進張道藩》（臺北市：重光文藝出版社，1975年），頁194。

5 陳芳明：〈戰後初期文學的重建與頓挫〉，《台灣新文學史》第九章（臺北市：聯經出版事業公司，2001年），頁216。

禁用日語與廢除報紙日文欄的政策。這項措施距離一九三七年日本殖
民政府的禁用漢文政策僅有九年，在如此短暫的時間裡，台灣作家經
歷兩個高壓的語言政策，使得當時以日文為主要創作媒介的台籍作
家，一夕間失去了語言表達的能力與文學發表的園地，其處境可說與
文盲無異[6]。也就在政治因素、語言轉換不易及題材陌生的多重阻礙
下，絕大部分日據時期的老作家逐一噤聲，如張文環就因二二八事件
封筆三十年不再談文學[7]。再加上年輕一代的台籍文藝青年又尚未嶄
露頭角，值此青黃不接之際，台籍作家在五〇年代的創作微乎其微。
這些措施不僅讓個人的文學生命受到中斷或結束，對整個台灣文壇而
言，自一九二〇年台灣新文學萌芽以來，那種「新知識青年打破傳統
以來知識為少數人所享的特權，企圖使知識平民化、大眾化，促使民
眾自覺到人的權利，以團結力量反抗殖民政治」的新文學精神[8]，就
在政治的高度彈壓下銷聲匿跡。

　　特別是戒嚴後開啟的白色恐怖時代，其雷厲風行的整肅讓人民完
全失去言論自由。不獨台籍同胞噤若寒蟬，遷台人士亦是戰戰兢兢。

6　一九四六年元月，率先實施「台灣省漢奸總檢查規則」，同年四月，國語普及委員
　　會正式成立，十月，實踐禁用日語政策，並於該月二十五日，正式宣布廢除報紙的
　　日文欄。尤其在一九四七年，一項名為「綏靖工作」的清鄉運動中，大量關閉《大
　　明報》、《民報》、《人民導報》等台灣報社，代之以外省編輯主導的機關媒體，如行
　　政長官公署的機關報《新生報》，壟斷了媒體發言的主控權。這除了指出五〇年代
　　後的言論空間完全受到官方控制外，「國語本位主義」同時更主宰了往後數十年的
　　台灣文壇。
7　張文環就曾向張良澤表示：「自從『二二八』之後，我已發誓折筆不寫東西，也絕
　　口不談文學。因為我所有的文學朋友都在那事件時慘遭殺害。」直至三十年後，張
　　文環才重新提筆，堅持用日文寫下《滾地郎》這部小說，為二二八事件殉難的友人
　　報冤、為台灣人雪恥。見張良澤：《四十五自述：我的文學生涯》（臺北市：前衛出
　　版社，1989年），頁242。
8　莊淑芝：《台灣新文學觀念的萌芽與實踐》（臺北市：麥田出版公司，1994年），頁
　　16-17。

他們即使對官方所建立的「文藝即宣傳」模式不表贊同，也多不敢公開質疑抨擊。一旦挑戰威權，多難逃迫害封口的命運。如在創刊中後期無懼於執政者而走批判反對風，同時對民主憲政宣揚不遺餘力的《自由中國》，從一九五七年七月起就以「今日問題」爲總標題，連續發表十五篇社論，提出反攻無望論，指出國民黨不過是藉反攻大陸的神話行一黨獨大之實。一九六〇年，《自由中國》再發表「七論反對黨」的文章，宣稱「民主政治是今天的普遍要求，但沒有健全的政黨政治就不會有健全的民主，沒有強大的反對黨也不會有健全的政黨政治」[9]。此時正多方奔走準備組反對黨的負責人雷震就在九月四日以「涉嫌叛亂」的罪名遭到逮捕[10]，《自由中國》同時也遭到停刊的處分。雷震案後，台灣的言論狀況尤是淪入黑暗期，成了完全的「一言堂」的社會。可見國府來台後有意識地箝制文藝，同樣無分省籍，不容許任何雜音存在。

在官方文藝政策方面，一九五一年，蔣經國擔任當時總政治部主任（隸屬國防部，一九六九年改稱國防部總政治作戰部）時發表〈敬告文藝界人士書〉，號召「文藝到軍中去」的策略，喊出「兵寫兵、

---

9 朱伴紜（朱養民）於《自由中國》中討論反對黨的文章共七篇，刊登時間自1957年4月（16卷7期）至1960年9月（23卷5期），詳參朱養民：《七論反對黨》（臺北市：前衛文化事業公司，1992年），頁21-146。

10 一九四九年十一月二十日，《自由中國》半月刊在臺北市創刊，從此開展近十一年的政治傳播與論述歷程，直到一九六〇年九月因雷震被控叛亂下獄而停刊止，總計出刊兩百六十號。其誕生，源於擁蔣反共，其死滅則來自由主義意識形態論述及雷震參與中國民主黨籌組運動，動搖強人威權體制所致。見林淇瀁：《意識形態‧媒介與權力：《自由中國》與五〇年代台灣政治變遷之研究》（臺北市：國立政治大學新聞學系博士論文，2002年）。又，薛化元將《自由中國》思想的開展分為五期：1. 交融期（1949年11月~1951年5月）2. 摩擦期（1951年6月~1954年12月）3. 緊張期（1955年1月~1956年9月）4. 破裂期（1956年10月~1958年23月）5. 對抗期（1959年1月~1960年9月）。見薛化元：《《自由中國》與民主憲政：1950年代台灣思想史的一個考察》（臺北市：稻鄉出版社，1996年），頁73-192。

兵唱兵、兵演兵、兵畫兵」的響亮口號，鼓勵軍中人士踴躍「紙上談
兵」[11]。一九五二年政府公佈「出版法」，於一九五八年三讀通過「出
版法」修正案[12]，強烈干預出版自由，對文藝界的控制更為深入徹
底。一九五三年，蔣中正總統頒布〈民生主義育樂兩篇補述〉，論及
理想的文藝方向是「純真的」、「優美的」，「務必剷除赤色的毒與黃色
的害」[13]，爾後在文協推行「文化清潔運動」的響應下，內政部開始
介入，下令對於十個誨淫誨盜妨害治安的雜誌，依法予以定期停止發
行之處分[14]；一九五五年一月，蔣中正提出「戰鬥文藝」的號召[15]。

---

11 吳東權：〈國軍文藝運動三十年〉，收錄於劉心皇編選：《當代中國新文學大系：史料與索引》（臺北市：天視出版事業公司，1981年），頁445。

12 一九五二年四月九日，政府公布「出版法」，並於同年十一月二十九日頒布「出版法施行細則」。一九五八年三月二十八日，行政院提出的《出版法》修正案，想「變違法的行政命令為合法」。將原施行細則中，以調節為其名，禁報為其實的報禁，改頭換面地放進修正案中。以強調自由精神為主的《自由中國》雜誌，在當時就發表〈出版法修正案仍以撤回為妥〉的社論。詳見《自由中國》第18卷第9期（1958年5月1日），頁5。而後於一九五八年六月二十日，《出版法》修正案完成了所謂的立法程序，《自由中國》更是強烈抨擊此舉是「為中華民國的出版自由，敲下最後的喪鐘。」詳見傅正：〈國民黨當局應負的責任和我們應有的努力〉，《自由中國》「社論」第19卷第1期（1958年7月1日），頁3-4。

13 詳見蔣中正：〈心理的康樂〉，《民生主義育樂兩篇補述》（臺北市：中央文物供應社，1953年），頁111-112。

14 一九五四年，內政部函請省府執行查禁十份雜誌：《中國新聞》、《新聞觀察》、《紐司》、《聯合新聞》、《世界評論》五家停止發行十個月；《新聞評論》、《自由亞洲》兩家停止發行六個月；《婦女生活》、《新希望》、《影劇雜誌》三家停止發行三個月。查禁理由為「內容誨淫誨盜，足以頹廢戰時軍民生活，妨害地方治安，動搖人心，具有為有利於匪偽宣傳之嫌，而記載事項亦多未依照發行旨趣辦理。」中央日報編：〈妨礙治安誨淫誨盜 十種雜誌應受處分〉，《中央日報》第3版，1954年8月28日。

15 蔣中正：〈戰鬥文藝向誰戰鬥？怎樣戰鬥？〉，《幼獅文藝》第2卷第1期（1955年1月），頁3-5。據蔡其昌研究指出，戰鬥文藝的提出與當時的國際情勢和文學日趨商品化有關。一九五四年十二月，台美簽訂「中美共同防禦條約」，此協定形成鞏固國民黨政權、安定民心最有利的基石，國府初期高漲的反共情節和戰時氣氛日漸疲

台灣文壇就在戒嚴令的武裝保護傘下，官方布下文藝的天羅地網，強勢主導「反共戰鬥」的文學霸權論述。

　　然真正發揮反共文藝影響力並掀起反共文學寫作熱潮的，主要還是來自民間各報章雜誌的發難與文藝社團的倡導，以及各大文學獎的設立。孫陵於一九四九年十一月三日在各報發表的「保衛大台灣歌」，可視為反共文藝的第一聲[16]；同年十一月十六日，孫陵主編〈民族報〉副刊，於創刊號上率先喊出「反共文學」的口號；月底，馮放民主編〈新生報〉副刊，在匯集民意後，確立了「戰鬥性第一，趣味性第二」的原則，強調文藝的戰鬥性，幾乎當時所有的報紙都響應了這一波戰鬥文藝運動。劉心皇在一九八一年編纂《當代中國新文學大系：史料與索引》時就回憶五〇年代的文壇：

　　　　這時，經過新生報副刊的「編者、作者、讀者」的熱烈討論，知道了戰鬥性的作品為大家所需要。而中央日報的〈中央副刊〉，中華日報的副刊〈寶島〉以及公民、公論、經濟時報等報的副刊都改變了徵稿範圍，盡量容納有反共抗俄意識的作品。其他各地報紙和各刊物的文藝欄也紛紛響應；至於純文藝刊物，如程大城的《半月文藝》，潘壘的《寶島文藝》，金文的《野風》等，亦走向戰鬥性文學之路。這樣，蔚然成了一種新的風氣，自動的嶄斷色情文藝，趨向嚴肅。

　　　　當時各報的副刊編輯人，列舉如次：民族報系孫陵，新生報馮

軟，再加上當時文壇創作日趨商品化，因此蔣中正適時提出「戰鬥文藝」的號召。蔡其昌：《戰後（1945-1959）台灣文學發展與國家角色》（臺中市：東海大學歷史研究所碩士論文，1996年），頁102。

16 劉心皇：〈自由中國初期的文壇〉，收錄於《當代中國新文學大系：史料與索引》，頁365。

放民（鳳兮），中央日報耿修業（茹茵主編）、孫如陵，中華日
報徐澘（蔚忱），經濟時報奚志全，公論報王聿均，全民日報
黃公偉（副社長）、黃瑜（主編）等，他們對戰鬥的反共抗俄
的文藝之提倡與推進，正如前面所說，都盡了責任。他們的努
力和他們的貢獻，都是令人不能忘記的[17]。

可見五〇年代各報幾乎都是在筆鋒復國的信念下，以刊登具反共抗俄
意識的作品為主，戮力齊心建造一座堅固的「文藝防空壕」。尤其諷
刺的是，官方將五〇年代美其名為「自由文藝」[18]，但實際上卻幾乎
是籠罩在反共戰鬥的文藝氛圍中。在文藝社團方面，由「三協」（「中
國文藝協會」（一九五〇年五月四日）、「中國青年寫作協會」（一九五
三年八月二日）、「台灣省婦女寫作協會」（一九五五年五月五日））組
成的文藝團隊，幾乎囊括了所有外省籍各階層、性別的知識菁英。而
這些組織在當時的文藝界極具呼風喚雨的影響力。而三協的成員雖
異，但基本上都是以「建立完整的三民主義的文藝理論，完成反共抗
俄復國建國的任務」為宗旨[19]。至於最具指標性的文學獎主辦單位，

---

17 劉心皇：〈導言〉，《當代中國新文學大系：史料與索引》，頁28-29。

18 劉心皇：「五十年代（一九五〇－一九五九）文藝的動向，主義的是自由文藝的產
　　生，逐漸跨大而且多采多姿。而文藝運動的口號，雖然有多種，例如反共文藝、戰
　　鬥文藝、軍中文藝等等，總的名稱應該是自由文藝。」劉心皇：〈五十年代〉，收錄
　　於《當代中國新文學大系：史料與索引》，頁45。

19 「中國文藝協會」的立會宗旨為：「團結全國文藝界人士，研究文藝理論，從事文藝
　　創作，展開文藝運動，發展文藝事業，更以促進三民主義文化建設，完成反共抗俄
　　負國建國任務為宗旨」；「中國青年寫作協會」宣言：「過去在大陸，赤色無匪的策
　　略，就是一犬吠影，百犬吠聲的一窩蜂作風，而我們的愛國作家，則是人自為戰。
　　現在我們必須鑒於過去的失敗，一切從頭做起。從前是散漫的，現在必須團結起
　　來；從前人自為戰，現在必須全體動員；從前缺乏中心思想，現在必須建立完整的
　　三民主義的文藝理論」；「婦女寫作協會」會章第二條簡述：「本會為鼓勵婦女寫作，

自然非張道藩於一九五○年四月成立「中華文藝獎金委員會」莫屬。
也就在高額獎金的鼓舞激勵下，掀起一股反共文學的書寫熱潮[20]。若
檢視歷年得獎者的背景，乃是以外省男性作家居多[21]。值得注意的
是，這股看似來自民間自主力量的反共文學主張，暗地裡早已與官方
掛勾，國家機器儼然已深入文學生產工程。如文協雖為民間自發性的
社團組織，但由兩位領導人張道藩和陳紀瀅均高居國民黨高層的背景
來看，該組織最重要的任務便是執行國民黨的文藝政策殆無疑義。舉
例來說，蔣中正總統於一九五三年頒布〈民生主義育樂兩篇補述〉
後，文協就於年底發表一篇研讀心得：〈中國文協協會全體會員研讀
總統手著民生主義育樂兩篇補述的心得與建議〉；並於次年七月文藝
界響應發起「文化清潔運動」，籲請各界共同撲滅「赤」、「黃」、
「黑」文化三害[22]，目的在使蔣氏所提出的文藝政策能夠下達實踐在
社會基層中。果真於是年八月九日，各報就發表了〈自由中國各界為

研究婦女問題，以實踐三民主義，增強反共抗俄力量為宗旨」，劉心皇編：〈中國婦
女寫作協會〉，收錄於《當代中國新文學大系：史料與索引》，頁496，頁517-518。

20 根據《文藝創作》徵稿辦法，文獎會短、中、長篇小說第一獎的獎金分別是三千
元、八千元和一萬二千元，以當時物質環境而言，是極為可觀的獎勵。根據曾鈴月
的訪談，三部小說均在文獎會獲獎的潘人木回憶說，三千元在當時可買十兩黃金。
孟瑤則坦言：「我只是煮字療飢，是真的，那時候都太窮了，寄一篇稿子，給點稿
費，不無小補，要寫得多的話，稿費是很可觀的。」見曾鈴月：〈附錄〉，《女性、
鄉土與國族──戰後初期大陸來台三位女作家小說作品之女性書寫及其社會意義初
探》（臺中縣：靜宜大學中文研究所碩士論文，2001年），頁87，頁68。

21 「文獎會」的成立時間有三月與四月之說，周錦：《中國新文學史》（臺北市：長歌
出版社，1977年）載四月，頁829；《文藝思潮》第10期則載三月，頁44。另有薛茂
松：〈五十年代文學大事紀要〉，《文訊》月刊第9期（1984年3月），頁207。據張道
藩《文藝創作》發刊詞當為四月。得獎小說名單詳見附表三。在附表中可見，得獎
名單多所重覆，統計後得出，外省男性作家三十九人，外省女性作家六人，本省男
性作家二人。

22 詳見中國文藝協會主編：《文協十年》（臺北市：中國文藝協會，1960年），頁188-
192。

推行文化清潔運動厲行除三害宣言〉，共五百餘人一百五十五個團體
簽名，短期內就獲得報界的聲援響應。也就是在黨政軍的集體動員
下，五○年代的文學活動只能發出單一的聲響，國民政府由此順利地
建立了文化霸權論述。檢視反共小說的書寫典範，多是在光明／黑
暗、正義／邪惡的二元對立結構的原則下，主角往往由激情昂揚的反
共熱血英雄擔綱演出，以譜寫出陽剛雄偉的國族大敘述，務求文學能
夠達成反共復國的政治宣傳目的。

　　就在二元對立的認知基礎下，官方文藝倡導者進一步將「共黨」
與「獸性」劃上等號，將反共復國向上提升到宣揚人道的層次。司徒
衛就研究指出，五○年代反共文學的變化風貌，乃是從驚惶未定的初
期，以直接暴露毛共猙獰面目、刻化共產極權暴政的故事；爾後在趨
於安定進步的生活中，逐漸將筆鋒轉向於發掘人性，以宣揚人間的
愛。據此進一步提出唯有善良人性的發揚才是消滅匪共最龐大雄厚的
力量的說法[23]。其實反共與人性兩者間的繫聯，約可追溯自四、五○
年代國民黨政府所大力提倡的「三民主義文藝政策」。前已述及，張
道藩於一九四二年發表的〈我們所需要的文藝政策〉，文中率先指出
以三民主義作為文藝發展的基礎。基於三民主義，文藝創作有「六
不」和「五要」的原則[24]。遷台後，總統蔣介石於一九五三年發表的

---

23 司徒衛將五○年代的文學略分為三個時期。第一個時期在作品中直接暴露共匪的猙
　獰面目，刻畫共黨極權的暴政，描寫忠勇軍民敵後游擊的故事。第二個時期則減少
　了對匪共獸性的描寫與詛咒，轉而宣揚人間的愛。第三個時期是在戰鬥文藝的口號
　提出後，要求文藝作家創作與生活實踐一致。詳見司徒衛：〈泛論五十年代的小
　說〉，《五十年代文學論評》（臺北市：成文出版社，1979年），頁235-237。

24 消極的「六不」為：一、不專寫社會的黑暗，二、不挑撥階級的仇恨，三、不帶悲
　觀的色彩，四、不表現浪漫的情調，五、不寫無意義的作品，六、不表現不正確的
　意識。積極的「五要」為：一、要創造我們的民族文藝，二、要為最受痛苦的平民
　而寫作，三、要以民族的立場來寫作，四、要從理智裡產生作品，五、要用現實的
　形式。見趙友培：《文壇先進張道藩》，頁193-194。

《民生主義育樂兩篇補述》的論述中，更明確道出文藝、民族文化與三民主義間密不可分的關係。次年，張道藩再度發表的《三民主義文藝論》就承續了《補述》相同的觀點，力陳文藝與民族文化、三民主義間密不可分的關係，據此完整地勾勒出五〇年代以三民主義為思想核心的文藝政策[25]。一九五八年胡適在中國文藝作家協會發表演說時，他主張文學應恢復五四文學革命的精神，即是「人的文學」和「自由的文學」，也就是以「人道主義」為本的文學。爾後任卓宣以「論人的文學和自由的文學」為題，指出「人的文學」就是「民族的文學」，「自由的文學」便是「民權主義的文學」，這些主張均一再觸及人道關懷與三民主義文藝間的密切關係。

在三民主義與人道繫聯的基礎上，諸多評者相繼呼應此一論點。時人對當時三民主義文藝內容的演繹亦多不出於此，於是文本中探討詭譎多變的人性就成了撻伐萬惡共黨的主要策略之一。如王集叢在〈三民主義文學論〉中提出了「文藝的最大目的，就是發揚人性，消除獸性」的看法[26]；司徒衛亦以為反共戰爭本質上是人性與獸性爭鬥的觀點[27]。在主流論述的建構下，作家們在小說中如倡論人性，適足以視為呼應官方的意旨，也因此將這些強調人道／人性的作品和愛國抗暴劃上等號，逕而歸為「反共文學」一類。綜言之，小說多將凡是共產黨員就一律塑造成毫無人性的純惡形象，然後套用人性／獸性、善／惡、正／邪分別相應於國民黨／共產黨的反共模式，再對後者大聲撻之伐之。易言之，當作家們秉持「以義伐不義」、「多行不義必自

---

25 張道藩在〈三民主義文藝論〉中指出，三民主義文藝的寫作範疇是極其廣泛的。凡有關民族的生存與發展的各種事物，均可以寫作，從而產生初民族意識的文藝。詳見張道藩：〈三民主義文藝論〉，收錄於《張道藩先生文集》（臺北市：九歌出版社，1999年），頁628-686。

26 王集叢：《三民主義文學論》（臺北市：帕米爾書店，1952年），頁48-61。

27 司徒衛：〈泛論五十年代的小說〉，《五十年代文學論評》，頁236。

斃」的革命理念，盡可能去描繪共產黨種種不義的暴行，正切合了五
〇年代統一口徑的反共復國論述。

整體說來，文學風景產生變化的關鍵時間約莫在一九五五年。台
灣文壇的走向主要取決於美國對當時台灣的國民黨政府做了何種表
態。一九五〇年六月韓戰爆發前，台灣情勢岌岌可危，尤其自一九四
九年八月五日華府公佈《美國對華關係白皮書》（ *United States Relations
with China with Special Reference to the Period 1944～1949, Department
of state Publication 3573* ）後，美國表態對國府的失望[28]，並轉而準備
承認即將成立的中共政權。值此國民黨政府幾乎被國際遺忘／放棄之
際，台灣島內則是人心惶惶，謠言四起，騷動不斷；文藝總動員也就
成了當務之急。毫無疑問地，此時國府只有將復國神話無線上綱標
舉，才能迅速集結人心，因此反共文學的倡導勢在必行。俟韓戰爆發
後，華府開始注意到台灣戰略地位的重要，轉而支持國民政府。台灣
的安危由美國第七艦隊維護，不僅在武力軍事上協防台灣，也反對共
產主義滲透台灣；同時更在美援的各項協助下，島內政治、經濟亦漸
趨穩定。直到一九五四年十二月二日簽訂台美雙方正式簽訂「中美共
同防禦條約」[29]，台灣的國防安全確實獲得了較長遠的保障，也更加

---

28 《美國對華關係白皮書》中指出，國府之失敗悉在中華民國政府之無能、腐敗，且
認為蔣先生不適宜再領導中國。見李本京：《蔣中正先生與中美關係：從白皮書公
佈到韓戰爆發》（臺北市：黎明文化事業公司，1992年），頁25。

29 〈中美共同防禦條約〉於一九五四年十二月二日簽訂，次年三月三日生效，一九七
九年十二月十六日國府與美國斷交一年後終止。在終止前，此防禦條約為美國支持
中華民國的法理依據，也是美國與中華人民共和國敵對的象徵。但條約締結的過
程，卻顯示美國為了保持行動彈性而不願與中華民國簽訂正式的盟約。直至第一次
臺海危機爆發，美國打算在聯合國安理會提出停火案以保持臺海現狀，才以締結共
同防禦條約為條件，希望換取蔣介石不否決該案，此條約因此與安理會停火案成為
美國維持臺海現狀的雙軌政策之一。條約談判過程明白顯示了美國打算擴大對臺灣
軍事部署與行動的控制，與國府極力爭取至少錶面上平等互惠的立場。條約主體共

確立了兩岸對峙的局勢。陳芳明就在這樣的認知基礎下以一九五五年為界[30]，將五○年代的文學發展分為兩個階段。

我們若以五○年代重要的小說為觀察對象，文本中展示出「反共抗暴意識」，且多為「個人成長與家國歷史發展相互加乘」的小說，如陳紀瀅《荻村傳》（1951）、潘人木《蓮漪表妹》（1952）、姜貴《旋風》（1952）、孟瑤《危巖》（1954）等，的確都創作於一九五五年以前，爾後有逐漸減少的趨勢[31]。這或許是因為「中美共同防禦條約」簽訂後，因台灣政經局勢的日趨穩定，且台灣若欲對中國大陸採取軍事行動須受於美國同意的限制，反共的理由和希望隨之漸趨渺茫。以及文學表現逐漸受到西方思潮的影響，那種充滿戰鬥性的反共復國之作自然式微，文學風貌因而開始轉變。若再根據陳芳明研究指出五○刊登反共文學的主要十八份雜誌，幾乎都在一九五五年以前創刊，並在一九六五年前相繼停刊，這也足以說明反共文學的鼎盛時期正是在一九五五年前[32]。此種文學現象無非主要是隨著兩岸局勢的改變，導致反共文學逐漸乏人問津。其中，尤以張道藩主導的「中華文藝獎金委員會」因經費斷絕於一九五七年停辦，及該會支持的《文藝創作》也隨之停刊最受矚目。這除了是張道藩個人在政治上失勢的宣告外，似乎也是蔣中正於一九五五年高喊「戰鬥文藝」其實已經欲振乏力的

十條，內容與美國和其他太平洋地區國家簽訂的防禦條約類似，主旨在對抗侵略、維持和平。美國對國府的控制則包含在不須立法機構批准的防約換文中，指出大規模調動與使用武力須經雙方協議。張淑雅：〈中美共同防禦條約的簽訂：一九五○年代中美結盟過程之探討〉，《歐美研究》第24卷2期（1994年6月），頁51-99。

30 陳芳明：〈反共文學的形成及其發展〉，《台灣新文學史》第十一章，頁276-285。

31 詳見附表一。

32 詳見附表二。此表要說明的是，創刊於一九五六年《革命文藝》的前身為創刊於一九五四年的《軍中文藝》。軍中文藝的前身為創刊於一九五○年的《軍中文摘》。若將《革命文藝》、《軍中文藝》、《軍中文摘》視為同一體系，那麼由附表二可知，以刊載反共文學的主要雜誌全都創刊於1955年以前。

證明。若再以目前唯一持續發行的《幼獅文藝》為對象，自是不難觀察出其文學轉變的脈絡。這份刊物初由中國青年反共救國團支持的中國青年寫作協會籌辦，在當時呼應戰鬥文藝的企圖十分明顯。但一方面隨著反共文學創作量的逐漸減產，另一方面月刊也不再一味以反共文藝為主要訴求而成功轉型。刊登文學作品的風格能與時具變，這應當是《幼獅文藝》未慘遭淘汰並得以存在發行迄今的原因。

更重要的文學現象是，五○年中期左右「非反共」的文學書寫已經蠢蠢欲動，現代派與台灣本土派漸浮出檯面，蓄勢待發。一九五四年，有覃子豪籌組「藍星詩社」，及洛夫、瘂弦、張默等創辦「創世紀詩刊」；一九五六年分別有紀弦宣告成立「現代派」和夏濟安主編的《文學雜誌》問世。姑且不論《文學雜誌》是否選擇性挪用西方現代主義或是同樣發揚右翼自由主義[33]；無庸置疑地，他們引進與探討西方文學思潮所開展出的新視野，是促使五○年代中期後的文壇得以逐漸嗅出迴異於直接撻伐共黨暴行的寫實文藝氣味的原因之一。即使是符合反共條件的作品，作家受到西方現代思潮的影響後，也逐漸突破反共制式的二元對立格局，朝向更細膩、更藝術性的表現技巧。誠如梅家玲所論，此時期的反共文學已依違擺盪在意識形態、傷痕見證與美學關懷間的辯證關係[34]。張道藩在一九五六年五月四日《文藝創

---

33 應鳳凰指出，在當時文網嚴密的五○年代，若非他本身是忠貞的國民黨右翼文人，不可能被允許主辦一份可能影響思潮的刊物。從選擇性挪用西方現代主義及其效果，說明《文學雜誌》既是國民黨政策所允許的刊物，便是政府政策的一環，其引進、形塑脫離現實的蒼白文風，不但不是對立於五○年代威權或主導文化，其發揚右翼自由主義一脈文學思潮，可說是國民黨文藝政策有效的助力。應鳳凰：〈反共＋現代：右翼自由主義思潮文學版〉，《臺灣小說史論》（臺北市：麥田出版公司，2007年），頁125-135。

34 梅家玲：〈五○年代台灣小說中的性別與家國——以《文藝創作》與文獎會得獎小說為例〉，收錄於《性別，還是家國？：五○與八、九○年代臺灣小說論》（臺北市：麥田出版公司，2004年），頁54-56。

作》中也不諱言的指出，五○年代初期反共戰鬥文藝的藝術性稍嫌不足，中期雖有較多優美的作品產生，但自一九五六年後，此種戰鬥文藝思潮，卻被日漸興起的「為文藝而文藝」的「純文學」所淹沒；由此進一步說，文本中直接揭發毛共暴行的寫作方法已逐漸形成一種新八股[35]。這樣的反思出自向來主導官方文藝的張道藩之口，顯得極具震撼力。若比較歷年來文獎會的得獎作品，的確逐漸不再以反共抗暴意識作為獲獎與否的主要考量。

　　以一九五六年國父誕辰紀念獎的長篇小說為例，在第一獎從缺的情況下，第二獎為本省作家鍾理和的《笠山農場》[36]。通篇均未涉及國族論述，而是以台灣青年同姓之戀為經，開墾土地為緯，譜出一曲愛情與土地的戀歌。小說的氛圍浸染在綠意盎然充滿朝氣的笠山中，青年們以一種青春湧動的活力美感，讓艱辛的墾殖過程仍歡樂洋溢，為鍾氏一系列「農民文學」的代表作之一[37]。尤其整部小說完全沒有日本殖民、壓迫台灣人民的情節，使得該作迥異於台籍作家向來慣用的悲憫沉重的灰暗色調。當然也不同於一九五二年廖清秀《恩仇血淚記》中以抗日為主題的獲獎小說。至於獲第三獎的彭歌《落月》，該部

35　張道藩：《文藝創作》第61期，1956年5月4日。

36　《笠山農場》得獎前後，均遭致退稿或苦無出版結果的命運。得獎前，遭《自由談》、《晨光》退稿；得獎後，因《文藝創作》停辦而無法因獲獎而面世。數度修改後，寄至香港亞洲出版社及臺北市幼獅出版社均無結果，再寄到《中央日報》，則因篇幅太長遭拒絕。鍾理和臨終前的遺言：「《笠山農場》不見問世，死而有憾」。直到一九六一年九月才由「鍾理和遺著出版委員會」出版。直到一九七六年才由張良澤整理編輯完成《鍾理和全集》，遠行出版社出版。參張良澤：〈《鍾理和全集》總序〉，《鍾理和全集》（臺北市：遠行出版社，1976年），頁1-25。

37　彭瑞金：〈鍾理和的農民文學〉，《民眾日報》一九九○年十二月十二至十四日。後收錄於應鳳凰編：《鍾理和論述》（臺北市：春暉出版社，2004年），頁93-105。除了《笠山農場》外，鍾理和還有「故鄉」系列〔〈竹投庄〉（1950）、〈山火〉（1950）、〈親家與山歌〉（1950）、〈阿煌叔〉（1952）〕等作。小說多以故鄉的草根人物為題材，幾乎以高雄美濃的家鄉為小說的發展地，創作出一系列的「農民文學」。

小說的時間從抗日寫到反共，空間則橫跨北平、重慶、台北；主角確也流露出反共抗暴意識，但卻截然不同於五〇年代初期僅重反共意識而忽略文學表現技巧的政治小說。夏濟安於同年十月就以〈評「落月」兼論現代小說〉為題指出，《落月》已表現出象徵手法與意識流的技巧，可視為台灣現代小說最早的作品之一[38]。除了文獎會評審標準的變易外，若再以作品素有「反共文學典範」之稱的陳紀瀅為例[39]，他在一九五七年出版的《賈雲兒前傳》雖以傳記為名，但實際上已巧妙地運用了後設的虛實相生手法，為一表現成熟的後設小說（metafiction）[40]。可見五〇年代中期以後的反共文學，已不再只是一味側重在意識形態的宣導，同時也更用心在藝術技巧的美學經營與表現上。

另外一個值得注意的文學團體是，以「台灣文學的開拓者」自許的鍾肇政，於一九五七年所組成《文友通訊》這一專屬台籍作家的文學團體[41]。《文友通訊》嚴格說來不能算是對外發行的雜誌，它由鍾肇政每個月彙集各文友的書信，手刻鋼板後再油印寄給大家。刊物的內容包括三大項：一、文友動態，二、作品輪閱，三、作品評論。而通訊的最主要目的就在鼓舞文友寫作，並通過相互評論的方式以刺激作

---

38 夏濟安：〈評「落月」兼論現代小說〉，原載於《文學雜誌》第1卷第2期（1956年10月），後附於彭歌：《落月》（臺北市：遠景出版社，1977年），頁177-211。

39 陳芳明明言，「陳紀瀅作品是反共文學的典範」，〈一九五〇年代的文學侷限與突破〉，《台灣新文學史》第十二章，頁298。

40 《賈雲兒前傳》筆始於敘事者應賈雲兒要求為她作「傳」，終於雲兒不知所蹤。最後一章，作者描繪曾在書中出現的相關人物陸續來到敘事者的家中，目的都是為了尋找書中主角賈雲兒，並指正書中情節的不實敘述。作者面對這群「虛構」人物，不得不發出聲明：「書中的主角，完全由我憑空捏造；我不是寫真人真事，卻企圖藉它來反映這個的動亂時代！」（頁269）這段聲明與小說首章相對照，敘事者要求賈雲兒講述生平必須真實不虛構始為之作傳，而雲兒也信誓旦旦的說「我要說的確實是真實故事」（頁11）的前後落差下，構成了一虛實相生，真假莫辨的後設懸案。

41 《文友通訊》第四次（1957年6月），收錄於鍾理和、鍾肇政著，錢鴻鈞編：《台灣文學兩鍾書》（臺北市：草根出版公司，1998年），頁328。

品量的產出，藉此提升彼此的寫作品質。在最艱困的五〇年代，台籍作家已遭邊緣化之際，正是藉由這份刊物發出真正屬於他們自己的文學聲音。讓他們在反共文藝的潮流裡仍然得以繼續堅持他們的文學信仰，建立屬於自己的創作風格，並且找到台灣文學的發展方向。因此，《文友通訊》雖然只是一份簡陋的油印刊物，也僅歷時一年五個月，參加人數前後不過區區九人[42]，然其存在的意義卻不容小覷。尤其是在《文友通訊》互切互磋的激勵下，啟發了鍾肇政日後寫作以台灣人、台灣史為背景的大河小說，同時鼓舞了廖清秀、李榮春終身致力於創作，使鍾理和的文學生命發出最後耀眼的光芒，為吳濁流創辦《台灣文藝》埋下種子[43]。換言之，雖然當五〇年代台籍作家面對跨越語言、政治迫害及缺乏發表場域的多重困境時，導致許多文人迅速從文壇退卻、消失了，但所幸還有《文友通訊》所維繫的這份相互扶持與鼓勵的力量，得以凝聚了台籍作家的「台灣文學意識」，並成為戰後這群作家們堅持創作的原動力。因此，他們的創作量相形之下雖然較少，但卻在反共文學的大聲部中鳴放出不同的聲響，道出台灣本地人真正的成長經驗與生命吶喊。

我們再仔細傾聽，即使在遷台作家筆下也還是可以發掘出反共以外的幽微聲音。促使五〇年代文學呈現多元發展面貌，率先由一群不容小覷的外省女性知識菁英開展出來。她們多為婦協的成員，如蘇雪林、謝冰瑩、徐鍾珮、劉枋、王琰如、王文漪、潘人木、鍾梅音、張秀亞、艾雯、張漱菡等。她們雖然也有配合官方文藝之作，但更引人矚目的，無非是那些有別於反共抗暴的單聲調，對身邊瑣事以及與社

---

42 參與《文友通訊》的台籍作家為：陳火泉、廖清秀、鍾理和、鍾肇政、施翠峰、李榮春、文心，在第五次加入由施翠峰介紹的楊紫江，在第七次加入廖清秀介紹的許山木。

43 余昭玟：〈《文友通訊》與戰後初期的台灣文壇〉，收錄於《從語言跨越到文學建構：跨語一代小說家研究論文集》（臺南市：臺南市立圖書館，2003年），頁122。

會現實接觸後的細膩書寫。這類作品對只論宣傳目的、不管寫作技巧的黨政文藝機器來說,自然非屬上勝推廣之作。曾擔任文協理事之一的劉心皇就提出女作家漠視戰鬥文藝的批判:

> 她們的優點在於感情豐富、思想細膩,描寫心情和事物,都能入情入理,而且用詞美麗。可惜的是,她們所寫的差不多是身邊瑣事。讀她們的作品,彷彿不知道是在這樣驚心動魄的大時代裏[44]。

劉心皇雖讚譽女性駕馭文字的純熟功力,卻對她們書寫的主題多所微詞。事實上對迫切反共的主政者來說,這類沒有時間性和歷史感的細瑣創作,實難以與反共抗暴的宏觀之作一爭長短,充其量不過是滿足小市民趣味性的需求品罷了。不過,陳芳明倒是自此肯定了女性書寫發揮稀釋政治色彩的功能,導致反共體制產生由量到質的轉變[45],據此讚揚了五〇年代女性作家所開拓出豐富多姿的文學風景。

綜言之,自一九五四年十二月台美簽訂「中美共同防禦條約」後,此協定一方面形成鞏固國民黨政權、安定民心最有利的基石;另一方面也因為台美雙方的軍事約定,台灣也因此錯失了得以反攻大陸的時機。再加上當時文壇開始引進西方文藝思潮以及台籍作家中文書寫能力的逐漸養成,五〇年代中期以後,台灣文壇發展出多元寫作的面向。而各派菁英亦早已摩拳擦掌、躍躍欲試,反共、現代、鄉土三派共存共容,下開「合縱連橫」的六〇年代[46]。值得注意的是,三派都不單受中國或西洋文學的影響,而是中西合璧後的獨特呈現。

---

44 劉心皇:〈五〇年代〉,收錄於《當代中國新文學大系:史料與索引》,頁70。

45 陳芳明:〈反共文學的形成及其發展〉,《台灣新文學史》第十一章,頁274-275。

46 見范銘如:〈合縱連橫──六〇年代台灣小說〉,《淡江大學中文學報》第8期(2003年7月),頁37-48。

二 六〇年代的台灣文學生態

論及台灣六〇年代文壇，評者多以「現代主義文學時期」作為當時文學現象的總稱。以一九六〇年三月，白先勇、王文興、歐陽子、陳若曦、葉維廉、李歐梵、劉紹銘等台大外文系學生創辦《現代文學》雜誌，為標誌現代主義文學時期的來臨。他們在發刊詞裡揭明的兩個重要方針：

> 一、依據「他山之石」的原則；二、試驗、摸索和創造新的藝術形式和風格，向近代西方的文學作品、藝術潮流和批評思想借鑒[47]。

由此可知，六〇年代現代主義的崛起雖然並非全然對反共宣傳文學的不滿[48]，但無法否認的是，接收現代性，正是文學從形式上對國家機器所運作的霸權書寫的一種實質反動。不過仍值得注意的是，現代主義文學的大量興起，並不表示黨政機器主導的反共文學從此銷聲匿跡，尤其六〇年代中期仍然屬於官方文藝政策的第二個高峰期。只不過在缺乏民間力量的支持下，當權者將教化的對象轉而移師到軍中，試圖再掀起一波反共文學書寫的熱潮。一九六五年，總政治部舉辦了第一屆國軍文藝大會，發起國軍新文藝運動，蔣中正總統以〈新文藝

---

47 劉紹銘：〈《現代文學》發刊詞〉，《現代文學》第1期（1960年3月），頁2。

48 張誦聖在〈現代主義與台灣現代派小說〉中指出，現代主義的興起並非對反於當時戰鬥文藝與懷鄉文學的題材侷限性，而是五〇年代的作家往往不能超越常情去挖掘經驗的真實，產生了藝術表達形式上的侷限性。尤其當時報紙副刊上盛行的種文采藻飾的抒情散文，以及部分承襲五四遺緒，具浪漫傾向的軟性文學裡所呈露的文學成規和美學觀念，和現代主義具懷疑批判性質的文學觀無疑是十分對立的。收錄於張誦聖：《文學場域的變遷》（臺北市：聯合文學出版社，2001年），頁7-36。

的十二項內容〉訓勉與會人員，期使「文藝可達到軍中精神教育的目的」。隨後國軍新文藝金像獎亦設立，並成立「國軍新文藝運動輔導委員會」[49]，以軍系作家為主導的政策文學儼然成形，具體呼應了蔣氏在一九五〇年提出的「戰鬥文藝」號召，成為六〇年代官方唯一主導的文藝運動[50]。由此可見，在反共意識雖已日趨薄弱的六〇年代，官方仍未放棄通過政治主導文壇的發展。

尤值得注意的是，國民黨於一九六八年舉辦「第一屆全國文藝座談」時，蔣中正總統親自蒞會的訓示之詞。訓詞中仍表明「文藝工作者的使命與路向，必須使民族文化與時代精神結合」、「加強發揮文藝的戰鬥力量」，這無疑是蔣氏繼《民生主義育樂兩篇補述》、「戰鬥文藝」號召後，第三度對文藝政策做出的原則性指示，但我們卻也在此次的訓詞中看到某些觀點的轉變。蔣氏認為十餘年來台灣社會安定、經濟繁榮，藉此暗示了他從積極籌返大陸，轉而謀求確保台灣安全的政策變遷[51]。尤其在一九六四年九月爆發越戰後，國際兩大對峙勢力關係更形緊張，也更加確立台海分隔的形勢下，重返故鄉更顯遙不可及。其實早自一九五四年台美簽訂「中美共同防禦條約」以來，已受國際保護的台灣，一方面雖然得以逐漸沖淡恐共意識，但另一方面卻也讓打回大陸去的復國心漸趨為不可能。而這批渡海來台的外省人士，也開始認同台灣這塊土地，我們確可以在文學創作中看見空間的

---

49 尹雪曼指出，通過這個輔導委員會，不單是使社會文藝工作與軍中文藝工作結合起來，此後軍中文藝工作對社會、海外、乃至敵後，還發生了很大的精神激勵和團結創造的作用。見尹雪曼：《中華民國文藝史》（臺北市：正中書局，1975年），頁981-982。

50 有關國軍新文藝運動的發展，詳見曾慶華：《國軍新文藝運動之研究》（臺北市：政治作戰學校政治學研究所碩士論文，1982年）。

51 鄭明娳：〈當代台灣文藝政策的發展、影響與檢討〉，收錄於鄭明娳主編：《當代台灣政治文學論》，頁34-35。

轉換軌跡。若以我在附表一中所列六〇年代的作品為例，收羅在朱西甯《狼》（1963）此一集子的作品，除了〈騾車上〉、〈小翠與大黑牛〉、〈狼〉是以大陸農村為背景外，其餘六篇則有五篇都是以台灣戰後的小市鎮為背景，其中〈祖父農莊〉（1958）就以「我們家是居台灣省已經三代」為開場語；〈蛇屋〉（1962）甚至是以台灣原住民聚居的山村為場景。再如瓊瑤《窗外》（1963）、朱西甯《貓》（1966）、琦君〈繕校室八小時〉（1968）清一色都是以台灣為背景的小說。更重要的是，此時期的本土派對於文字的琢磨也已逐漸準備完成，在官方文藝政策不若五〇年代全面而強烈，以及政治情勢改變的各種因素下，書寫台灣本土的鄉土文學已然為七〇年代做好接棒的暖身態勢。

綜上所述，六〇年代顯然可見各派勢力的消長與較勁演出。它一方面接續五〇年代的家國大敘述，另一方面在各種當代思潮的引進和衝擊下，開創出諸多不同文學風格和題材的流派。換言之，在反共文藝的目的性被削弱，同時受到現代主義思潮與技巧引進的影響下，作家的文風與側重的內容自然也有了不少改變。而這些以「國共內戰」為時空背景的小說，亦多不復見八股囈語，而更增添現代派的藝術味。這除了說明現代主義的興起，為當時台灣文壇帶來令人耳目一新的藝術表現技巧，不單僅在學院派作家筆下呈現。同時也觀察發現，隨著政治大環境的改變，五〇年代小說家的文學題材與美學技巧的逐漸轉向，也不再只是反共懷鄉的夢囈而已。

三 小結

由官方主導的反共戰鬥文藝，雖然橫跨了五、六〇年代，但卻呈現出日漸疲軟的文學現象，也因而促使五〇年代作家在這二〇年間的小說題材與藝術表現有所轉變。削弱反共書寫的第一波時間點，約在

五〇年代中期左右，原因有二：其一為一九五四年十二月台美簽訂
「中美共同防禦條約」後，兩岸對峙的局勢更加鞏固，反共復國幾乎
已成神話，作家逐漸關心政治以外的時代社會性問題；其二為新詩的
現代派主張與台灣本土派漸浮出檯面，還有女作家對周遭事務的細膩
書寫，淡化了文壇撻伐共黨暴行的寫實文藝氣味。進入六〇年代後，
是反共文學氣數漸盡的第二波時間點。雖然執政者仍未放棄透過政治
以領導文藝的野心，此時期也確實還有反共懷鄉文學的產出，不過在
現代主義思潮的影響下，表現手法與藝術風格都有了豐富而多元的開
展。簡言之，隨著政治大環境的改變，五〇年代小說家不僅在文學題
材與美學技巧逐漸轉向，同時對於空間的關注，也從彼岸的懷鄉轉而
書寫台灣此地。本節即觀察指出台灣五、六〇年代文學環境的變化，
以作為本書論述五〇年代小說家書寫成長主題的基礎。

第二節　少年中國，成年台灣──反共小說的成長論述

　　自五四以來，中國現代文學開展出「感時憂國」的道德使命[52]，
往往在文學中流洩出對社會國家的關切之情。尤其是國府遷台初期，
在政治干預文學、文學輔助政治的前提下，受五四影響的五〇年代遷
台作家們更是義無反顧地將書寫焦點關注在家國想像的建構上，形成
了文壇上「反共文學」一枝獨秀的空前盛況。而國族意識霸佔文化論
述的時代，本當不容許個人聲音的鳴放。但有趣的是，五〇年代小說
家卻多採用自傳式的主體成長書寫，作為家國想像的主要敘述策略，
形成了小我的成長與大我的家國歷史發展雙線並進的書寫模式。特別

---

52 夏志清著：〈現代中國文學感時憂國的精神〉，《中國現代小說史》（臺北市：傳記文
　學出版社，1979年），頁533-552。

是在個人啟蒙均不脫共黨赤禍經歷的發展脈絡下，小說雖多呈現反共復國的光明八股結尾，但個人在成長歷程中刻骨銘心的感受與啟蒙體悟，絕非因書中存有劃一制式的抗暴控訴就可以略而不察。

準此，反共小說除了反攻復國的信念傳遞外，主體的成長啟蒙亦不容忽略。本文就以大陸筆墨登台的菁英們在五、六〇年代的重要小說作為思考的起點，試圖從個人成長的層次提出既有反共家國論述之外的另類觀察。換言之，對於這些作品中所看重的，不單是向來受到高度關注的家國大敘述，更企圖揭示出另一條個人成長的脈絡；從而在這場個人／家國成長的頡頏交鋒中指出，五〇年代文學不僅是反共復國的單音神話而已。在這樣的論述基礎上，更進一步在國體／身體互為象喻的體系中，勾勒出家國發展的演變脈絡。

本節第一部分先揭示出反共小說中國族寓言外的另一條個人成長啟蒙的脈絡。當我們將解析的重點擺放在大時代升沉的小人物身上，探討主體如何經歷困惑解惑或幻滅成長的心路歷程後，同時闡述個人成長與家國歷史的發展相因相成的論述模式。第二部分則標示出「回憶過去，迎向未來」是反共／成長小說的共同範式，至於向來為人詬病的「現在」則落實在檢討／書寫本身；並揭示出空間的遷徙是構成反共小說中成長模式運作的主因，也是反共／成長小說中象徵性的成年儀式。整體說來，這一章是在成長／書寫／家國的辯證張力中展開。

一　大敘述中的小敘述：當「反共復國」遇上「個人成長」

一九四九年國府敗退撤台，兩岸緊張對峙；值此群赴國難之際，國府以恩威並施的方式，立下「反共文藝」為最高的指導原則。在家國意識高漲的五〇年代，國族論述理當消弭個人主體的聲音，自是毋

庸也不容置疑。不過，就在看似清一色播散強烈政治訊息的反共小說中，我們卻發現到作家大多採用一種自傳式書寫的方式表現私我。如潘壘在《靜靜的紅河》的序言裡寫道，小說裡的范聖珂就是他的縮影，大部分的情節，都是他親自經歷過的。潘人木接受訪談時也表示，「《馬蘭的故事》就等於自傳。當然不是全部都是，大概百分之五十。」王藍也說：「我所寫的都是自己經歷過的事件，去過的地方，真實的感受。[53]」顯然這些小說家都不約而同地將個人耳聞目見的成長經歷和家國的發展命運交織互涉，形成一種個人與國族相互依賴、共同成長的書寫結構。誠如李歐梵所論，自傳式體裁的書寫，意味著個人主觀的追求與情感的噴溢[54]；如五四自傳體的普遍與流行，正是代表五四文人對長期封建禁錮的實質反叛。而五○年代反共文學的書寫特色主要在於，雖然小說的自傳性質濃厚，不過個人成長幾乎都是在反共復國的前提下展開，並未悖反國族論述的政治訴求。在這樣的認知基礎下檢視小說的情節發展模式後發現，作者乃是將個人在共黨赤禍經歷中的成長，與家國易色的歷史變化雙線並進。歷史不只是個人成長的背景，更是主體得以成長的原因所在，此一類型正是巴赫金（Miklail Mikhailvoich Bakhtin）所謂的「現實主義的成長小說」[55]。換言之，就在時空環境與政治氛圍的多重因緣際會下，作者不僅鋪陳出主體成長的意義，同時也銘記了家國歷史的傷痕與劇變；由此呈顯出主角「自我追尋」的小敘述與「國家成長」的大敘述成為互為表裡

53　分見潘壘：《靜靜的紅河》（臺北市：聯經出版事業公司，1977年），頁609。陳良真：〈附錄三：小說家潘人木訪談實錄〉，《潘人木小說研究》（屏東市：國立屏東師範學院語文教育學系碩士論文，2005年6月），頁254。姚儀敏：〈永不落幕的戲──王藍的人生舞台剪影〉，《中央月刊》第24卷第4期（1991年4月），頁77-80。

54　詳見李歐梵著、王宏志等譯：《中國現代作家的浪漫一代》（北京市：新星出版社，2005年）。

55　詳見本論文第一章第二節。

的象喻體系。也就在兩者相因相承的模式下，大時代的轉折必須通過
小人物來完成，時代青年無法置外於歷史成長。若用巴赫金的話簡單
的說，個人與歷史的生成是互為因果的。

再進一步說明兩者間的關聯，反共小說中的歷史事件乃是促使個
人成長的啟蒙關鍵。若依成長小說在辭典裡最廣泛的詮釋，主角必須
經歷一場精神危機後才會長大成人，而這場危機當可泛指所有的啟蒙
媒介，如書本、電影、歌曲、感官經驗或與人接觸等[56]。馬科斯
（Mordecai Marcus）就依據主角經歷啟蒙事件後的心理或行為的轉
變，將成長小說（Initiation stories）概分為三類：

> 第一、試驗性質的（tentative）成長小說：某些啟蒙事件將主角引
> 　　　領到成熟與領悟的開端，這類小說強調的是這些經歷對主角
> 　　　所帶來的震撼性影響。
> 第二、未完成的（uncompleted）成長小說：某些啟蒙事件將主角引
> 　　　領入成熟與領悟之門，但小說關注的焦點在主角於既成的事
> 　　　實中如何繼續奮鬥下去。
> 第三、決定性（decisive）的成長小說：啟蒙事件後，主角邁向成
> 　　　熟與自我認知階段，這類成長小說通常把焦點擺放在主角如
> 　　　何自我發現（self-discovery）[57]。

歸納馬科斯的分類後發現，各類成長小說關注的焦點或異，但相同的
是，誘使人物成長的啟蒙媒介是唯一不可缺少的重要環節。在反共小

---

56 Susan Ashley Gohlman, *Starting Over─The Task of the Protagonist in the Contemporary Bildungsroman* (New York & London: Carland Publishing, 1990), p. 31.

57 Mordecai Marcus, "What Is an Initiation Story?" in William Coyle ed, *The Young Man In American Literature: The Initiation Theme* (New York: The Odyssey Press, 1969), p. 32.

說中，主體成長啟蒙的主因多是來自於個人與共產黨的接觸。如依循馬科斯的論點，主角經歷啟蒙事件後，或有如陳紀瀅《荻村傳》（1951）的傻常順兒、姜貴《旋風》（1952）的方祥千、孟瑤《危巖》（原名《懸崖勒馬》，1953）的高適，他們原本堅持的「擁共」信念在共黨殘虐不仁的震撼影響下消解，但卻在來不及「反共」前就慘遭共黨迫害的悲慘下場；小說強調了共黨經歷對主角成長的震撼性影響。或有如張愛玲《赤地之戀》（1954）的劉荃、王藍《長夜》（1960）的康懇，他們則是在認清匪共是敵非友的禍國殃民事實後，仍然繼續奮鬥抗敵的成長故事。或是潘壘《靜靜的紅河》（原名《紅河三部曲》，1952[58]）的范聖珂於慘遭共黨凌虐荼毒後發現自我，進而開始找尋主體價值與意義的成長過程。關於這些文本中主體的成長辯證，我們將於下文詳細解析。其中值得注意的是，各類小說的情節發展與結果或異，但主角的轉捩點毫無疑問地都是在與共產黨接觸後啟蒙成長，最後在家國方面表現出反共到底的領悟與決心。換言之，無論在馬科斯所指稱的哪一種類型中，個人／家國的成長彼此相因相承，實難以切割二分。

　　循此成長模式檢視五〇年代外省小說家的文本，我們幾乎可以歸納出一個共通的書寫公式：小說大部分以青少年成長作為故事發展的主線，其啟蒙導因均與共產黨的赤禍經歷有關；緊接著於各種歷練中認清共黨暴虐不仁的本質，進而有各種成長與發展的可能。在此敘述脈絡下，文評家若僅將視角擺放在「揭露共黨殘暴行徑」的國族論述

---

58 《靜靜的紅河》初稿是潘壘在一九四六年越南海防完成的，再於一九四九年於上海完稿。爾後於一九五〇年改寫於臺北市；一九五一年再改寫於大屯山麓；一九五二年三次改寫後，自費並交由暴風雨出版社初版。潘壘首將此書命名為《紅河三部曲》（臺北市：暴風雨出版社，1952年）；後再於一九五九年改寫後更名為《紅河戀》（臺北市：明華書局，1959年）；最後於一九七八年重校於九龍，定名為《靜靜的紅河》（臺北市：聯經出版事業公司，1978年），此為本論文採用的版本。

下解讀，勢必輕易滑過更扣人心弦且曲折動人的個人成長情節，最後
一律統括以「反共文學」名之，這樣「以一總多」的評價似乎也太小
看了這些小說。若重新展閱這些作品，若能調低銘記歷史傷痕的悲痛
與復國重任，其實大部分的作家更用心經營且著墨更多的反倒是在主
角成長啟蒙的這一條主線上發展。易言之，在官方主導的反共文藝政
策下，小說看似主要在大聲撻伐泯滅人性的萬惡共黨，反覆敘說反共
復國的寓言與希望，但作者真正要表露的，其實是他們潛藏於文本下
淘瀝輾轉流徙的成長記憶。柯慶明在觀察了這個時期的某些代表作家
後就說道：

> 不知曾幾何時被稱為「反共懷鄉小說」的作家，如朱西甯、司
> 馬中原、段彩華等人，他們在當時的稱呼是「鄉土作家」，而
> 非「反共懷鄉」作家。在一個已然全力衝向現代化的社會中，
> 寫作「鄉土小說」的意義，並不就是在於「懷鄉」，而是在於
> 「他們得在傳統的廢墟上，每一個人，孤獨的重新建立自己的
> 文化價值的堡壘」，因為他們見證了這個由「傳統」轉入「現
> 代」的「新舊交替多變之秋」，而他們未必能夠在「進步主
> 義」中找到精神的安頓。……因而最終的問題，是在一個多變
> 而物化或逐漸疏離化的社會中，傳統文化中所肯定的人性尊嚴
> 與人生價值，如何依歸，如何轉化或求生存的問題[59]。

如何在困厄中安頓生命與尋求存在的價值，從而建構自我的主體性，
是每個「我」在任一個時代都無法略過的成長課題。每個時代及生命
所面臨的困境不盡相同，但是成長的探索議題卻不容遭意識形態抹

---

59 柯慶明：〈六十年代現代主義文學？〉，收錄於《中國文學的美感》（臺北市：麥田
　　出版公司，2000年），頁415-416。

煞。更何況,歷史與轉型提供了主體絕佳的成長背景[60];愈是慘烈的歷史變動愈迫使自我在省視過去的歷練中成長。因之,值此政權篡奪交替、烽火流離的五〇時代,人們在歷史轉型中的成長更是無可取代的銘心體悟。向來被歸為「軍中作家」、「反共作家」的朱西甯,就感慨自剖地指陳「這般反共之作與其說它是一種國仇家恨的發洩,毋寧是惟我自己才知的更是一種自我反彈。[61]」顯然國族論述不過是作家在扣緊時代動脈的前提下產生,而他們更自覺的書寫反而是在自我如何實現與成長的課題上。而我們在此看重的,也不單只是作者在反共小說中如何反映家國現實與編織國族神話,更在於個人參與並實踐家國成長的建構過程後,二者展現出何種共同成長的軌跡。前已論及,五〇年代的小說創作,固多有配合政策文宣之作,但也有不能自已的傷痕血淚;在鞭笞紅禍、控訴不義的反共文字背後,除了國仇家恨外,還潛藏著自我成長的點滴。在省籍情結的對立下,我們固然可以不認同小說中反共的意識形態,但卻不能因此看輕個人在成長血淚中的啟蒙頓悟,畢竟個人成長蛻變的感動本來就沒有省籍性別之分。我們尤其可以感受到的,文本中那種椎心刺骨的成長之痛,早已超越了「反共懷鄉」的既定時空,適足以同情共感。更重要的是,小說對人物成長經歷真情而細膩的描繪,亦非書中存在八股的反共控訴就可略而不察的。

在「小說脫離不了時代」的創作觀下,文獎會的得獎常客潘人木就為自己被刻板定位為「反共作家」不以為然,強調其創作並非專為

---

60 Esther Kleinbord Labovitz, *The Myth of the Heroine —The Female Bildungsroman in the Twentieth Century* (New York: Peter Lang, 1986), p. 4.

61 朱西甯:〈豈與夏蟲語冰〉,《中國時報》「人間副刊」,1994年1月3日。後收錄於楊澤主編:《從四〇年代到九〇年代:兩岸三邊華文小說研討會論文集》(臺北市:時報文化出版企業公司,1994年),頁96。

政治理念而發，僅是記錄年輕生命所刻骨銘心的耳聞目見而已[62]。這樣的作者自白提醒讀者反思的是，即使在以國族論述為主的時代，也不應湮滅個人的聲音。在文學反映時代的基礎上，我們嘗試將閱讀的重點擺放在大時代的小人物身上，而非國共爭戰的控訴結果，從而更能激迸出反共以外的精采，也更切合作者初始的創作焦點。我們試著從幾部五○年代代表性作品的序言或後記中，尋線找到他們提筆構思的動機。潘壘《靜靜的紅河》就說「我要寫一個「人」，一個真真正正，有血有肉的平凡人。[63]」聶華苓《失去的金鈴子》也明白的表示「我要寫一個女孩子成長的過程。成長是一段莊嚴而痛苦的過程，是一場無可奈何的掙扎。[64]」至於王藍《長夜》要寫的是「最難忘的人物，最難忘的歲月。[65]」而陳紀瀅《荻村傳》則是「計畫寫傻常順兒這一輩子，比阿 Q 更生動、更現實的這麼一個代表著大時代的小人物！[66]」潘人木更清楚地表示寫「蓮漪表妹」的動機：

---

62 潘人木在二○○一年訪談中就說道：「全台灣兩千一百萬人，誰不反共？不反共不就統一了嗎？這個莫名其妙的稱呼（指「反共作家」）害得我好慘。……那個時候所有的人寫的都是關於反共的，我還不是這麼濃厚，很少有口號，我只是寫實而已，並沒有強調政治理念，都沒有。我這個人沒有政治細胞，況且小說也脫離不了時代。」曾鈴月：〈附錄〉，《女性、鄉土與國族──戰後初期大陸來台三位女作家小說作品之女性書寫及其社會意義初探》，頁86。即使在二○○五年的另一篇訪談中，潘人木仍然道出「就是紀錄那個時代，那個時代就是那個樣子」、「其實我不是反共」、「反共就是那一本被認為什麼反共，什麼政治小說，我其他的有嗎？短篇有嗎？」「有人把我的小說歸類為政治小說，我這是時代小說，因為那個時候是那個樣子，你就寫那個時代」的心聲。見陳良真：〈附錄三：小說家潘人木訪談實錄〉，《潘人木小說研究》，頁250-251。

63 潘壘：〈我為甚麼寫這部書〉，收錄於《靜靜的紅河》，頁609。

64 聶華苓：〈苓了是我嗎？〉，收錄於《失去的金鈴了》（臺北市：大林出版社，1977年），頁139。

65 夏祖麗：〈「長夜」談錄──訪王藍先生〉，收錄於王藍：《長夜》（臺北市：純文學出版社，1984年），頁300。

66 陳紀瀅：〈傻常順兒這一輩子〉，收錄於《荻村傳》（臺北市：皇冠出版社，1985年），頁11。

一、抗戰前夕那一段學生生活，深烙我心。那些可愛的年輕的生命，滿懷沸騰的理想，若飢若渴的尋求報國的途徑，他們感動過我，也感染過我，不寫下來，怕是日久忘記了那份情懷。

二、抗戰期間，我由重慶而新疆，勝利後，由新疆而北平，並遠走熱河，直至全國「解放」，看過多少不再年輕的生命，忍受理想破滅、身心摧殘的煎熬，他們犧牲過，他們追求過，他們應該擁有很多，到頭來卻只是一場空，萬丈豪情，化為夢幻，這種刻骨銘心的痛苦，不記下來不甘心[67]。

可見作家們念茲在茲的，似乎並不在小說中宣傳了多少反共抗暴的思想，而更是為了記錄年輕的生命如何在動盪的時代中成長的故事。

當然，在創作無法脫離時代的文學觀下，描寫家國動盪的大敘述與實踐個人理想的小敘述遂相互交疊，個人／家國呈現出共同成長的軌跡。這一群感時憂國的作家們，或有如姜貴者希冀藉由文字凝聚反共意識，喚醒復國力量。但我們卻在反共小說中發現更精采動人的，反而是初出茅廬的青少年在時代的動盪下，如何從天真到墮落、無知到有知的成長歷程。在是類作品中，小我如何在顛沛流離的大時代中成長啟蒙的點滴，同時也是作者關切的另一個焦點。簡單地說，透過文字髮指匪共凶殘邪惡的事蹟，除了是對江山易色的傷痕記實外，也揭示出共黨的蹂躪赤化才是促使個人自我成長的關鍵所在，個人扣緊家國的變動而啟蒙成長。因此，「反共」雖然是五○年代作家共同的主要訴求，但小說中所牽引出有關成長／書寫／家國的辯證張力，毋寧更引起我們注意。

以上所論，乃是在五、六○年代台灣強調國族論述的文藝氛圍中，自個人與家國間所展開的對話交鋒。由於訴求的重點在成長，因

---

67 潘人木：《蓮漪表妹》（臺北市：純文學出版社，1985年），頁2。

此在解讀小說時除了看重文本中所宣示的反共決心外，個人的成長啟蒙尤是精采可期。若由個人成長的書寫脈絡出發，反共小說中宣揚敵／我、正／邪二分的信念並非在一開始就如此涇渭分明且截然對立，而是主體必須經過一段釋疑解惑抑是幻滅釐清的啟蒙過程。而這也才是反共／成長小說真正感人肺腑且扣人心弦之處。

包查德（Borcherdt）就曾指出，遵循從錯誤到真理，從混亂到清楚，從無意識到有意識的成長道路，是成長小說的共通模式之一[68]。在反共小說中，個人廓晰國共手足間是敵非友的困惑，抑是對共黨信念幻滅而成長的啟蒙過程，確實是十分生動精采且扣人心弦。若扣合史實，此惑之所以產生，必須歸咎於國共分分合合的複雜政局。從孫中山時代的「聯俄容共」，轉而於蔣介石接班後進行「寧漢分裂」；未料在清共半路殺出個張學良，在他策動的西安事變後，國民黨不得不一改「清黨」、「剿共」的安內策略，再度與共產黨第二次攜手合作抗日，並堂而皇之地將共黨軍隊編入國民革命軍的「四路軍」與「八路軍」中。也就在「國之將亡，毛將焉附？」的信念，以及同是中國人唇亡齒寒的危機意識下，面對國家的共同敵人——日本，那些涉世未深、且未入黨政核心的熱血愛國青年自是堅信共黨是友非敵的同盟手足。但隨著共黨不斷以五花八門的謊言誣陷國民黨，混淆並收攏民心的竊國企圖若隱若現，他們據此漸萌生同根生的手足究竟「是敵？是友？」又該「向左走？向右走？」的疑惑[69]。直到校園的右派逐漸匿

---

68 Randolph P. Shaffner, *The Apprenticeship Novel—A Study of the Bildungsroman as a Regulative Type in Western Literature with a Focus on Three Classic Representatives by Goethe, Maugham, and Mann* (New York: Peter Lang, 1984), p. 21.

69 在聶華苓的自傳中就提及一九四五年就讀中央大學時，當時除了飽受中日戰爭躲避空襲的苦難外，年輕學子都站在左右的岔口上無所適從，同學間「談著國民黨和共產黨，談著何去何從。」愛國救國的知識分子為究竟該「是左？是右？」的立場困惑。聶華苓：《三生三世》（臺北市：皇冠文化出版公司，2004年），頁113。

跡，秧歌舞跳了起來，愛國志士才在國共內戰的血淋淋挫敗教訓中，終劃清敵我善惡，揭穿共黨萬惡不赦的真實面目。換言之，個人是在經過一個假相釐清的解惑過程或是顛覆幻滅的成長覺醒後，最終才能明確無誤地將國民黨／共產黨分別對應到善／惡、正／邪的二分選項裡。同時可以肯定的是，這些作品迄今的人氣指數仍得以不減當年，並不僅止於反共愛國之思的強烈宣示，而是小說家描寫出當時混亂局勢下普遍存有迷惘疑惑的青少年典型後，細膩地勾勒出他們掙扎困惑的心路成長歷程，這才是最感人肺腑與撼動人心的。

舉例來說，王藍《長夜》（1960）的男主角康懇就是在解開共黨是敵非友的成長困惑後，矢志賡續抗日殺敵與反共到底的決心。小說透過主角回憶的筆鋒，娓娓道出他「革命加戀愛」的成長歷程。年屆不惑的康懇，對敘述者「我」追憶自幼即已萌生的愛國心，及其在認清共黨禍國的真實面貌，並且同時失去摯愛後的自己是如何展現出始終如一的愛國行動。小說的時間點倒回至九一八事變那年，兩小無猜的康懇與畢乃馨雖然僅是六年級的小學生，但愛國意識的幼苗早已在心中滋長，而兩人相愛的基礎，亦是構築在彼此一致的祖國愛上。於是，當他們目睹中國接連遭逢「九一八」、「一二八」等國難時，旋即以校園小小領導者之姿，發動捐寒衣到戰場，並策劃抵制日貨的愛國活動。高中時再遇蘆溝橋事變，在飽受戰事連連失利且無法前往國都重慶的雙重煎熬下，滿懷抗日夢想的他們就只能盲目地找尋拯救國難的門徑。幸運的是，康懇在親友的轉介下，加入了國民黨的「三民主義青年團」，他瞬間由一個普通中學生，搖身變為一名地下工作者，如願走上了抗日報國的正途；不幸的是，乃馨則是在學姐彭愛蓮的穿針引線下，加入了同樣扛著抗日之名的共產黨青年組織「民族解放先鋒隊」，通過閱讀與哼唱被宰制的文學曲藝潛移默化地思想改造下，不僅引誘乃馨一步步跌入萬劫不復的陷阱，也因此埋下了他們愛情悲

劇的因子。

　　文學，原是維護阿圖塞（Louis Althusser）所謂「意識形態與意識形態國家機器」運轉的重要機制之一。阿圖塞明言，意識形態遠比一套明確的教條更為精妙、滲透力更強。意識形態通過這些符碼與實踐的範疇，以強化個體的身分聯繫感，並賦予自我充分的意義感與價值感[70]。就在共黨意識形態的催化下，乃馨一改前往重慶抗日的路線，將救國的藍圖轉而在延安劃下，從「能到重慶多好哇！」（頁43）到「延安，你知道吧？我所指的那個比重慶好得多的地方就是延安」（頁64）的思維驟轉，不但相信共產黨才是抗日主力的謬說，並對「國民黨是扛著抗日招牌不抗日」（頁67）的宣傳論調深信不移。此後，親密愛人間的衝突不斷，在數度激烈的爭執交鋒後，康懇的信念也不禁動搖困惑：

> 重慶果真像乃馨說的那麼腐敗墮落嗎？我想不出，我沒有親自看到。然而，由於敵機經常上百架地結隊給予重慶不停地疲勞轟炸看來，重慶是堅強、不屈、吃盡苦頭的。那種日夜不得寧靜的日子裡，怎麼可能成天歌舞昇平呢？延安果真像乃馨說的那麼美好嗎？怎麼日本飛機一次也不前去轟炸延安呢？敵人怎麼會那麼愚蠢——集中全力去毀壞一個腐敗無能，並不抗日的地方；而卻放過另一個充滿新生力量，真正抗日的地方呢？腐化的地方會自行潰爛，充滿希望的地方，抗日主力會日益茁壯，這豈是敵人可以坐視無睹的？我想不透，我越想越困惑[71]。

---

70 泰瑞・伊果頓（Terry Eagleton）著，吳新發譯：《文學理論導讀》（臺北市：書林出版社，1994年），頁214-217。曾枝盛：《阿爾杜塞》（臺北市：遠流出版事業公司，1990年），頁163-166。

71 王藍：《長夜》，頁77。《長夜》由紅藍出版社於一九六〇年初版。本論文採用一九八四年「純文學」版。

康懇初始對共產黨也沒有那麼深惡痛絕，甚至在國共並肩作戰、齊心抗日救國的認知下亦曾萌生好感。同時在共產黨不斷的誹謗誣陷中，也曾質疑國民黨的戰鬥性，就在信念的消解鬆動間困惑不已；直到牢獄事件後，才在彭愛蓮死前的控訴信中解惑。彭愛蓮在信中確切地揭穿共黨離間煽動、勾結日人的猙獰面目，以及匪共唆使她向日軍匿名檢舉康懇為抗日份子的狡詐行徑。這場牢獄之災對康懇而言，彷如經歷了一場「死亡─再生」的成長儀式。尤其是在日軍的嚴刑拷打中，慘遭前所未有的皮肉之苦；同時在他拒不供認的堅持下，日方設計了一齣「真假槍決」的戲碼。在真槍決其他三名罪犯的聲響和血海中，未肯招供的康懇在假槍決中完成了成長儀式的考驗。但不幸的是，明白真相而悔恨不已的乃馨卻因此慘死在共產黨員槍下。乃馨的死，使得原本游移於敵／我、正／邪間的康懇終在共黨的惡言惡行下啟蒙解惑，揭櫫他們口口聲聲說要同心抗日，實則分化離間、壯大自我的竊國陰謀。自廓清共產黨是敵非友的迷津後，康懇矢志抗日反共。小說情節的衍述行進，高潮迭起之處無疑是在主角困惑解惑的成長啟蒙歷程。我們若略過此段個人的成長經歷而僅一味側重國共分裂的史實記錄，顯然錯失了這部小說另一個精采動人之處。

王藍早期另一部更膾炙人口的長篇小說《藍與黑》（1956）[72]，也是同樣敘述懵懂困惑的年輕學子如何隨著左傾領導人物起舞的荒謬行徑。小說描述大學校園在左傾學生的激情鼓譟下，反政府的罷課學潮一觸即發，主角適時上台講述親身遭八路軍偷襲的遇難過程，以肩上的子彈證明共黨詭詐不抗日的情節，才在事實勝於雄辯的鐵證下，讓台下的聽眾由懷疑變為信任，阻止了一樁盲從無知的罷課遊行運動。

---

72 《藍與黑》獲文獎會四十五年國父誕辰紀念獎金長篇小說第三獎，於一九五八年由紅藍出版社初版。本論文採用九歌出版社於一九九七年出版的版本。

這篇小說深刻地描繪出涉世未深的青少年缺乏判斷力的從眾心理，藉此突顯出成長過程中指導者的重要性。研究者就指出，安排一位指導者為青少年指出探索的方向，是成長小說常見的一個結構要素[73]，尤其在最狹義的「教育小說」中更是不可或缺的成長因素。主角以指導者的姿態上台指證歷歷，遏止了一場盲目的罷課反動，適時為年輕學子解惑並導正了他們即將偏邪的成長方向。

除了解惑啟蒙外，描繪愛國志士如何在落實共黨信仰中幻滅成長更是大多數作家慣用的書寫模式。理想與現實間的衝突，是促使個體得以成長的主因之一；尤其當主體在理想幻滅後觀看自我前後的改變時，得以知覺自己的成長。這類小說的敘述展演模式大多為：忠誠的共黨信徒向來堅信共黨政策是走向世界大同的唯一可能，未料在登堂入室一窺全貌後，換來的卻是對共黨理念的全然潰散崩解。高曼（Susan Ashley Gohlman）在研究成長小說時就指出，當主角在成長過程中一旦面臨自身理念及世界形象的瓦解時，或是以悲劇作結，或是得重新思考，以接納存在的荒謬事實[74]。換言之，一旦向來所憑藉的信仰幻滅後，主體在解構後勢將進行再建構，此一過程正是主體成長頓悟的憑證。

在人人喊打的反共小說中，唯一未受統／獨意識形態之累，同時讓文學史家賞識的作品，非姜貴《旋風》（1952）莫屬[75]。在對這部長

---

73 芮渝萍以「成長的引路人」為標題，將指導者分為「正面人物」、「自然神靈」、「反面人物」三類。見芮渝萍：《美國成長小說研究》（北京市：中國社會科學出版社，2004年），頁124-138。

74 Susan Ashley Gohlman，*Starting Over—The Task of the Protagonist in the Cotemporary Bildungsroman* (New York & London: Carland Publishing,1990), p. 6.

75 《旋風》早於一九五二年一月脫稿，但一直無法出版，直到一九五七年由姜貴改題書名為《今檮杌傳》，自印五百冊分贈各方，才算首次問世。又兩年後以吳魯芹先生的推薦，獲臺北市美國新聞處協助，恢復《旋風》原名問世。一九五九年由明華

篇小說進行個人成長與家國發展的辯證關係前，必須簡要地敘述《旋風》這部長篇小說的情節與內容。小說的背景始於五四前後，終於一九四〇年太平洋戰爭前，其間歷史囊括軍閥的興衰與中共的崛起。故事大部分發生在山東方鎮，從方氏家族史的發展見證共黨勢力的成長茁壯。主角方祥千是一位具有理想色彩的共產黨信徒，也是一位對中國前途極其關心的知識份子。在這兩者的結合下，他始終深信唯有共產主義才能打造出「大道之行，天下為公」的理想「大同世界」。他結合族侄方培蘭，以江湖義氣為本，採用綠林政策，勾結軍閥官兵及日本駐軍，發展成土共集團，把方鎮攪得天翻地覆。當國民黨清黨時，遂隱匿起來；抗戰時則乘機復起，組織非法政府，一面勾結日軍、一面驅逐國軍。未料當共黨的「省政府」在山區成立後，叔姪大權頓時旁落，轉而冷冽觀看共黨種種倒行逆施的作風。最後在方祥千不斷對共黨政策省思檢討時，叔姪兩竟成了下一波遭鬥爭的對象，雙雙被捕入獄。

此部小說最大的悲劇，並不在於方祥千數十年來堅信的反共理想的破滅，而是當他準備叛黨時，其子竟以共產黨式的大義滅親法則出賣了他。於是在地窖臨死之際，方祥千覺悟了：

> 我是被我自己的一種理想欺騙了。而我又騙了你！培蘭，假如不是我來騙你，我知道你永遠不會幹共產黨的。你不幹共產黨，也就不會有今天了！……三十年來，我做著一個漫長的夢！直

書局以《旋風》為名初版。此部小說一問世，就獲得胡適、蔣夢麟的肯定；作家評者如高陽、劉心皇、王集叢等也都為文推薦；同時還受到夏志清的稱許，寫入他的《中國現代小說史》中；而後在本土派史評家葉石濤《台灣文學史綱》、彭瑞金《台灣新文學運動四十年》中亦頗多讚譽溢美之詞。另外，《旋風》出版後，博得不少好評。姜貴將這些評論蒐為一集，題名《懷袖書》（臺南市：春雨樓，1959年）。本論文採用《旋風》版本為九歌出版社於一九九九年再度重排出版。

> 到今天，他們才幫我明瞭了一個真理。培蘭，豈但你我兩個人
> 的遭遇像是一陣旋風。我想，照他們這種做法，整個共產黨的
> 將來，也一定要像一陣旋風。……共產黨的興起祇是順流中的
> 一個回漩而已。走著相反的方向，是永遠沒有可能達到目的
> 的，他們萬萬沒有成功的道理。培蘭，這就是一個真理[76]。

這段對共黨的血淚控訴，雖是「暴政必亡」的老套結局，但卻也揭示了個人在信仰幻滅中成長的心路歷程。方祥千的理想助長了共黨的擴大，但當共產黨所堅稱的「大同世界」真實地在現實社會中付諸實踐時，換得的竟是家破人亡的慘痛代價，方祥千就在不忍卒睹後覺醒。覺悟後除了賠上自己寶貴的生命外，也同時預言無惡不作的匪共將如旋風一陣，必無成長發展的可能。小說在擁共主體不得善終的結局中，寄寓了國共勢力將有所消長的國族神話。

《重陽》（1961）是姜貴繼《旋風》之後[77]，成於六○年代初期的另一部批共反共的力作。王德威在評論中就已指出，這部小說在描寫革命對個人成長的衝突表現上更技進一籌。全書充斥著虐人／受虐、通姦、強暴、同性戀、窺淫癖、暴露狂、戀物癖、亂倫等性愛嘉年華。此種將政治情欲化、歷史庸俗化的書寫策略，除了直指政治的瘋狂外，也間接暴露了多數反共小說故作「天真無邪」的教條真相[78]。在小說的情節發展上，我們也留意到主角洪桐葉成長啟蒙的契機，同樣是經過一個對反共理想幻滅的成長過程，從而推演出暴政必亡的家

---

76 姜貴：《旋風》（臺北市：九歌出版社，1999年），頁568-569。

77 《重陽》首由姜貴自費，交由作品出版社於一九六一年初版；一九七三年由皇冠重排出版，此為本論文所採用版本。

78 王德威：〈小說‧清黨‧大革命──茅盾、姜貴、安德烈‧馬婁與一九二七夏季風暴〉，收錄於《小說中國：晚清到當代的中文小說》（臺北市：麥田出版公司，1993年），頁31-58。

國想像。文本將時間聚焦在民國十五至十六年間由汪兆銘和共黨員所策劃的「寧漢分裂」中種種驚世駭俗的事件。主角在共黨友人的洗腦下，成為一名披著共黨外衣的國民黨員，爾後在共黨鬥爭意識與國民黨抗日救國的行徑中拉扯迷惑，最終因共黨信念崩解而慘遭共產黨員的毒手而身亡；故事最後結束在國民黨實行清黨，武漢大亂之際。文本在共產信徒逃之夭夭的情節安排下，虛構出國民黨足以撥亂反正的光明的家國前景。但很顯然地，中國近代史的真實發展並非如此，共產黨員並未在清黨事件後從此逃逸無蹤；而此書既寫於五〇年代末期，姜貴必然不是不清楚一九二七年的歷史真相。但為了建構反共必勝、建國必成的家國想像，小說不得不讓在共黨信念中幻滅成長的主角壯烈成仁，好以死明志。

此外，作者勾勒出洪桐葉對共黨世界從無知到有知的成長過程中，同時表現在時代發展脈絡上的，除了同樣描繪共黨禍國的歷史，還進一步道出帝國主義侵略的惡行，尤展現出那是個錯綜複雜的時代。小說中法國洋行老闆掛羊頭賣狗肉，名為賣獵槍，實際上卻是同軍閥勾結，販賣軍火；老闆娘嘴上老掛著上帝，對洪桐葉動輒引用聖經，但卻一點仁愛慈悲心也沒有。此外，英國碼頭鬼子強拍中國女子裹小腳的惡行，以及安娜高價售出冒牌貨的行徑，無不揭露出帝國主義者以其外國人獨有的特權，對殖民地人民進行的經濟掠奪。試想，當初如果沒有洋行老闆的剝削及老闆娘缺乏人溺己溺的慈愛胸懷，因母親病重而亟需籌措醫療費用的洪桐葉也就不需要柳少樵的資助，也就不會因為感激他而誤入歧途，那麼他的成長史必定改寫。就在他同時遭受帝國主義和共產主義的欺負奴役下，蒙昧無知的洪桐葉最終在共黨殘暴的世界裡啟蒙，但卻也因此遇上悲劇的結局。畢竟，共黨世界是不容許人覺醒成長的。

最令人不勝唏噓的正是，姜貴這兩部成長小說都讓主角在理想的

成就與幻滅間，體現出一種「覺醒與困惑」的文化悖論[79]。當主體從蒙昧走向啟蒙，覺醒與痛苦也相伴而生。因之，啟蒙固然可喜，但隨著成長醒悟而來的，竟是個人生命不得延續的遺憾，徒留「覺醒與困惑」的成長悖論。循此，身為讀者的我們，一方面既為他們的啟蒙歡喜，另一方面也為他們的死亡哀嘆不已。就在這樣的矛盾心境下不得不感慨，當擁共者在信念瓦解後翻轉正邪，卻是難逃成為悲劇主角的下場。令人扼腕的是，成長必須付出寶貴生命的代價，並且永遠失去了重新再出發的成長籌碼。

　　值得注意的是，身為忠誠國民黨員的姜貴，寫作始終堅守「反共抗暴」的信條，他以文字記錄、控訴紅禍的用心，殆無疑義。但弔詭的是，在反共文學大行其道的時期，該作獨不受官方青睞而冷遭冰凍，《旋風》脫稿後未能順利問世，已有諸多學者探討指陳其因[80]，毋庸在此贅述，此一事件正是突顯出族群意識不能簡易二分的立場。簡言之，外省作家雖具有書寫上的優勢，但相較於主導文藝的官僚不啻為被閹割的弱勢。因此在討論五○年代的小說，不應僅作簡易的二元族群劃分；況且成長啟蒙的感動，始終未曾因省籍而有所區別。因此，閱讀這類小說時除了如張誦聖所呼籲的必須對「官方意識」和「主導文化」有所區分外，同時在遷台作家雖具深厚「反共」意識，但卻不贊同官方口號囈語的文藝表現下，更不應將「政治立場」和「文藝理念」混為一談。如此，論者自不會一味依省籍的意識形態而給予評價。

---

79 孫勝忠：〈成長的悖論：覺醒與困惑──美國成長小說及其文化解讀〉，收錄於虞建華主編：《英美文學研究論叢》（上海市：上海外語教育出版社，2002年），頁274。

80 彭瑞金以為，由於姜貴對國民黨在國共鬥爭時的腐敗一併加以揭露的緣故。見彭瑞金：《台灣新文學運動四十年》（高雄市：春暉出版社，1998年），頁81。張誦聖則臆測指出，因為他在作品沒有表現出純正的意識形態，其陰晦氛圍、道德敗壞的諸多角色，明顯地和國家文學宣傳的要求扞格不入。張誦聖：〈台灣女作家與當代主導文化〉，收錄於《文學場域的變遷》，頁125。

　　與姜貴《旋風》、《重陽》明確的悲慘下場相反，潘壘《靜靜的紅河》則是採用一種開放性的光明尾巴，屬於現代成長小說的結構。其中最重要的意義是，潘壘將書寫的觸角伸入他的第二祖國──越南，藉此彰顯出共黨勢力的無遠弗屆，及其無所不在的赤化行動。這部小說自是不同於大多數以中國故土為中心的書寫背景，進而展演出迥異的地域風貌及政治關懷。作者將綿長的架構概分為春、夏、秋、冬四部，自太平洋戰役一路寫到越戰，空間更是橫跨越南、中國、滇緬等地，堪稱是台灣大河小說的先聲。文本同樣敘述主體於共黨理念瓦解後，在參與家國建構的工程中重新出發與成長。由於該部小說的故事太長，又涉及越南的歷史，我必須在此簡述小說情節與越南史，才能順利掌握主角的成長脈絡。

　　「春、夏」兩部以第二次世界大戰作為主角成長發展的時間點[81]，描寫自一九四〇年六月法對德投降後，德國在同屬軸心國的日方施壓下，首肯讓日軍進佔法屬殖民地越南。就在日本入主越南的那一年，身為華裔之後且極具愛國熱忱的主角在父親的苦心安排下轉往雲南避難。回到祖國後遂將愛國心化為實際行動，參與遠征軍抗戰殺敵的行列。此時期的主角尚未加入共產黨，主要是在殺戮戰場的磨練中成長。但最後卻因傷重無法繼續作戰，在中國歷經一陣顛沛流離後重返越南。「秋、冬」兩部則刻畫二次大戰後，法國殖民者的新興武力和越盟政府軍隊的對峙與衝突，以及由胡志明領導的越南臨時政府，是如何扛著領導獨立革命的旗幟，卻一步步走向赤化國家的共產目的。也就是在二次大戰後，當主角眼見越南人民為爭取國家獨立而與法國殖民政權不斷發生衝突時，便立誓要為越南的自由而戰，但卻

---

81 第二次世界大戰是一九三九到一九四五年期間以德國、義大利、日本軸心國為主的法西斯力量與以中國、蘇聯、美國、英國等同盟國為主的反法西斯力量之間在世界範圍內進行的人類歷史上規模空前的戰爭。

盲目無知地加入了以獨立之名，卻行赤化之實的越南共產黨組織——
「革命同志俱樂部」。直到赤色恐怖全面籠罩越南後才大夢驚醒，另
有目的的共產黨並非為國家獨立而戰。換言之，越共的敵人並非殖民
者法國，而是阻撓赤化所有的人。因此，當他親眼目睹越共劫掠越南
人民，甚至對之施予絞首、活埋的酷刑時，終得醒悟加入共產黨竟是
生命中無法抹滅的錯誤。而他也為了將功贖罪，不辭萬難地將越共的
機密文件公諸於世，在此次叛黨的行動中解構再建構自我的主體性。

　　與《重陽》的故事發展一樣，即使《靜靜的紅河》的背景遠在越
南，卻同樣描寫涉世未深的青少年如何在共黨理想的幻滅歷程中啟蒙
成長。他們雖然都是在共黨信徒的迫害下落海，但最後的命運卻不盡
相同；前者在中槍後落難後身亡，後者則是在共幹的奪命追殺下躍入
紅河。主角雖生死未卜，卻彷彿還留有一線生機，並將此視為揮別過
去的我的成長儀式：

> 那是一段最感人最珍貴的旅程！他已往的二十五年生涯向橋欄
> 告別，他離開了那罪惡的生命（如同那片他已經夾在一本小說
> 的中枯葉），以一種勇敢的、輕蔑的、寓著譏諷的優美姿態，
> 在這黑暗而寂寞的空間，劃出了一個新的旅程，向新的生命和
> 紅河奔去……[82]。

在作者留下不知「是生？是死？」的開放式結局中，讓身為讀者的我
們得以參與他的成長。我們可以想像主角倘若有幸死裡逃生，既已決
心創造一個比「生」更可貴理想的他，勢必會再度回到祖國為自由與
正義而戰，成為一個絕不向猖獗的共黨惡勢力低頭的熱血青年。即使

---

[82] 潘壘：《靜靜的紅河》，頁599。

不幸死亡，翻轉正邪並向過去道別的結果，其實也已是驕傲無悔地建構完成自我主體性的證明。

　　與上述諸篇相較，張愛玲尤突顯出一種個人式的啟蒙成長的反共之作。誠如王德威所論，彼時身處國際文化網絡，被「授權」書寫的張愛玲，是在展現出一個「美麗而蒼涼」姿勢的風格下，採取一種個人主義式的反共姿態，完成了她「自己的」反共大業[83]。於一九五四年先後出版，向來被視為反共小說的《赤地之戀》、《秧歌》，若自國族論述著眼，確是以中共當權後推動土改、三反及抗美援朝等運動為背景，娓娓控訴了共黨機器造成了「人為的飢饉」[84]，從對農民的悲憫中諷刺共產制度的邪惡本質的反共小說[85]。但若從個人成長的脈絡來看，則是敘述擁共青年如何因理想幻滅而成長的成長小說。《赤地之戀》的前半段描寫在大陸「解放」初期，一群具有高度理想的大學畢業生懷抱滿腔熱情參加了下鄉土改的成長經過。當知識青年們認清共黨既貪且狠的本質而深感絕望惘然，但為了存活卻也不得不暫時蒙蔽良知。可喜的是，他們的良善面並未因政治教育而徹底殲滅；只不過他們以為共黨理想足以救國的天真信念，也就在實際下鄉參與土改的過程中倍受考驗。在成長小說中，作者就多描繪出主角從「天真」的

---

83 王德威：〈重讀張愛玲的《秧歌》與《赤地之戀》〉，收錄於《如何現代，怎樣文學？：十九、二十世紀中文小說新論》（臺北市：麥田出版公司，1998年），頁337-361。另外，高全之在研究中指出，張愛玲的政治傾向呈現一個由左而右的轉變。這樣的觀察結果，主要是在張愛玲寫反共小說之前，於離滬前以「梁京」的筆名發表了具左傾思想的《十八春》（1951）與〈小艾〉（1952）。見高全之：〈張愛玲的政治觀——兼論《秧歌》的結構與政治意義〉，收錄於《張愛玲學：批評・考證・鉤沉》（臺北市：一方出版公司，2003年），頁166-193。

84 「人為的飢饉」一語出自《秧歌》，頁174。另外，在胡適於一九五五年寫給張愛玲的信中就提到：「此書從頭到尾，寫的是『飢餓』——書名大可以題作『餓』字——……」。《秧歌》（臺北市：皇冠文化出版公司，1991年），頁4。

85 夏志清著、劉紹銘等譯：《中國現代小說史》（臺北市：傳記文學出版社，1985年），頁357-367。

理想走向「經驗」的成長歷程，在經驗中，主角首次了解到關於世界、現實、社會、民族或個人、他或她這一重大的，甚至對其人生有決定意義的真相[86]。當滿懷救國理想的左傾少年於目睹忠厚老實的中農慘遭共黨鬥爭的經過，遂在時現的不忍人的惻隱之心中反思。但心存善念的知青們終究還是沒能逃過赤色風暴，在各種政治惡鬥中被折磨得體無完膚。當原本懷抱以共產淑世的理想，就在成長的過程中灰飛殆盡，仍然保有良善本性的青年在徹底失望覺悟後決定不再服膺共黨主義，轉而萌生在赤色世界臥底的決心，企圖為反共抗暴埋藏一線生機。

　　諷刺的是，《赤地之戀》真正激發主角高喊「我是中國人，可是我不是共產黨」的強烈反共決心[87]，並選擇在韓戰俘營重回大陸臥底，既非看清土改亂象，抑非身陷「三反」鬥爭，而是在失去愛情以後。因此，故事最後主角雖信誓旦旦的說：「只要有他這樣一個人在他們之間，共產黨就永遠不能放心。」（頁253）但王德威就毫不留情面的批判：「憑他的紀錄，他哪裡作得好地下工作？[88]」可見張的小說看似以國家敘述為關切的焦點，其實又回到了最個人主義的原點。儘管如此，這群小人物在矛盾掙扎與理想幻滅中成長的辛酸血淚，仍然足以撼動感動讀者。誠如前論，這類小說廓晰主角困惑抑是幻滅成長的啟蒙過程，實遠比一味側重反共結果的意識形態來得沉甸甸許多。而反共／成長小說的精采處亦源自於此。

---

86 Carl E. Bain ed., *The Norton Introduction to Literature* (New York: W. W. Norton & Company, Inc. 1981), p. 163.

87 張愛玲：《赤地之戀》（臺北市：皇冠文化出版公司，1995年），頁237。《赤地之戀》的版本演進大致如下：香港天風版（1954，中文），香港友聯版（1956，英文），台灣慧龍版（1978，中文），以及現在流通的台灣皇冠版（中文）。各版之比較，詳見高全之：〈開窗放入大江來：辨認《赤地之戀》的善本〉，收錄於《張愛玲學：批評．考證．鉤沉》，頁220-236。本論文採用台灣皇冠版。

88 王德威：〈重讀張愛玲的《秧歌》與《赤地之戀》〉，收錄於《如何現代，怎樣文學？：十九、二十世紀中文小說新論》，頁355。

　　有別於血淚交織的反共書寫範式，還有一類讓暴虐在笑謔的鬧劇中演出。用「笑鬧」的筆法寫「涕淚飄零」的反差，無疑更加揭露出共產社會暴虐不仁的本質，夏志清就以姜貴的《旋風》、《重陽》為此中代表[89]。但我以為更經典的插科打諢的鬧劇式筆法，當是專以傻愣人物為主角，採用滑稽人物列傳的敘述方式嘲弄批判了共產黨猙獰面貌的小說。以短篇為例，楊海宴獲一九五三年文獎會第二獎的〈二楞子〉，就是側寫愣頭愣腦、專撿狗屎為業的二楞子在共黨不斷壯大的耳聞目見中啟蒙，從而批判共黨。主角從原本傻裡傻氣、不懂何謂「五彩家雞翻身」（無產階級翻身）的楞小子，竟在共黨入主村莊「解放」後，最終轉以一種控訴者的姿態，滔滔不絕地細數共黨泯滅人性的惡行惡狀[90]。令人莞爾的是，二楞子不再傻頭愣腦的啟蒙轉變，全然「歸功」於人民解放軍的暴虐欺壓。作者正是藉由主角的成長頓悟，諷謔了共黨之惡足以使人覺醒，並埋下了反共復國的家國寓言。

　　在長篇小說方面，陳紀瀅《荻村傳》（1951）堪稱這類傻愣笑鬧劇的翹楚。作者刻意搓揉出傻常順兒這樣一個屎蛋加三級的傻瓜丑角以及成列的小丑人物陪襯，全書傾瀉而出群醜跳樑的鬧劇式嘉年華情節及其笑謔嘲諷的敘述姿態，展衍出嚴肅題材中包羅喜劇／鬧劇的無限可能。我們幾乎可以肯定的說，《荻村傳》受人矚目的原因，並不僅止於對共產醜陋世界的徹底揭露，而是在於他那「苦中作樂」的詼諧筆法。小說在笑鬧聲中流瀉出對共黨的批判聲浪，成功地將嚴肅痛楚的故事點染成喜劇鬧劇的笑謔敘述，讓讀者對於作者在笑聲中盡情控訴共黨的功力讚嘆不已。

　　更重要的是，傻常順兒的一生乃是扣緊整個歷史的發展，個人與

89　夏志清：〈姜貴的兩部小說〉，收錄於夏志清著、劉紹銘等譯：《中國現代小說史》，頁553-575。

90　楊海宴：〈二楞子〉，《文藝創作》第26期（1953年6月），頁27-47。

家國共同成長。作者在序文中就表示：

> 傻常順兒能翻身，代表著一個時代，好一個驚天動地的喜謔殘
> 酷的時代[91]！

自清末以迄國共內戰的重要歷史事件，都可以捕捉到傻常順兒的蹤
跡；舉凡從義和團成員到共產黨員，全都在河北省保定南部的小鎮中
展演。巴赫金就研究指出，騙子、小丑、傻瓜在自己周圍形成了特殊
的世界、特殊的時空體。通過小丑諷刺模擬的形式，進行揭露一切陋
習和虛偽[92]。作者設計出在荻村這個特定的空間中，通過傻常順兒的
丑角形象，以其傻瓜無私心的天真和正常的不理解，對付利己主義的
假造和偽善；再以小丑諷刺模擬的形式，揭露出殘暴且違反倫常的共
黨世界。當共幹以「勞動英雄」、「無產階級」之名擢升順兒為村長
時，樂見其成的順兒原將此際遇視為他顛沛流離的生命中最「大富大
貴」的一段。搭上此趟富貴列車的順兒亦樂於以村長的身分主持公審
大會，以清算鬥爭平日就為惡多端的荻村壞蛋。然當他看盡亂倫施
暴、好人、良善者同樣慘遭鬥死的荒唐戲碼後終徹底覺悟。但不幸的
是，順兒啟蒙之際卻同時慘遭共產黨員活埋，同樣難逃成長悖論的既
定模式。

其實，笑聲不斷的鬧劇自是較泣淚控訴更具有震撼的顛覆性。文
中流瀉而出的誇飾、揶揄的詞藻，將人物原該感受的痛苦轉化為無限

---

91 陳紀瀅，〈序〉，收錄於《荻村傳》，頁10。《荻村傳》最初於一九五○年四月一日起
  在《自由中國》連載。一九五一年交由重光文藝出版社初版。本論文採用皇冠於一
  九八五年出版的版本。
92 巴赫金：〈小說的時間形式和時空體形式〉，收錄於《小說理論》（石家莊市：河北
  教育出版社，1998年），頁354-358。

的笑聲，並把悲慘的故事以一種歡鬧的滑稽大觀呈現[93]。順兒在遭共黨活埋前，以一種嬉笑怒罵的口吻，揭露以荒謬為常態的共產世界及其禽獸般的真實面目：

> 順兒臨死刑前，說著：「好人？世界上還有好人？」「怎麼我看你們都不是人哪。你們的聲音好像是人，怎們你們一個個都長上了尾巴？」唱著：「先殺共產黨呵，後殺老毛子兒！[94]」

見證了荻村在歷經各種不同政治勢力介入，最終赤化易色的滄桑後，傻常順兒被折磨成了「似人非人，非人又似人」的怪物。在順兒笑鬧式的表述與傳奇的一生，實醞釀著對共產主義的強烈嘲諷與控訴。從他四十年前無意識而「盲從」地喊出「先殺天主教呵，後殺洋鬼子兒！」（頁20）的義和團口號，及在四十年後「自主」地唱出「先殺共產黨呵，後殺老毛兒！」（頁211）的抗共心聲中得以窺見順兒個人的成長。更在他即使活埋也要當人的期望中，道出共黨禽獸一般的行止。另外，在順兒覺醒之際，作者亦以旁白的口吻道出荻村赤化後的蒼涼：

> 富一點的「掃地出門」，指定地區去「討飯」，拆假牆，掘地，揭房頂，鑽探老鼠洞，搜刮人民掩藏的財富。
> 娘不知兒子到哪裏去了？媳婦兒不知丈夫怎麼死的？兒子和爹一塊不見了，女兒和娘也一對對離開家……[95]。

---

93 王德威：〈從老舍到王禎和——現代中國小說的笑謔傾向〉，收錄於《從劉鶚到王禎和：中國現代寫實小說散論》（臺北市：時報文化出版企業公司，1986年），頁148-182。

94 陳紀瀅：《荻村傳》，頁211。

95 同前註，分見頁195，頁204。

順子的覺醒與時代的變化息息相關，歷史不僅只是他成長的背景而已。在《荻村傳》中，他這一輩子正代表著自清末到共黨赤化後中國北方廣大農村的變化，若「無數個荻村的接壤就是中國」[96]，那麼在順兒身上所見的正是那個時代的縮影。傻了一輩子的順兒，竟在認清共黨的猙獰面目後覺醒，同時也道出共黨世界仍持續壯大的結局。這在家國寓意上，除了揭示國共勢力消長的不爭事實外，也痛陳匪共無所不在的迫害殺虐，藉此強調了共必須反的證明。個人／家國的成長在《荻村傳》中形成一種激進鬧劇和感傷寫實、狂笑和涕淚間的拉扯張力，無疑更耐人尋味。

我們從成長的角度審視五〇年代作家的這些小說，除了反共的家國論述外，同時揭示出一個主體困惑解惑、幻滅成長的歷程。換言之，即使在家國意識霸佔文化論述的台灣戒嚴時期，仍然可以勾勒出另一條反共之外個人因遷徙流轉而啟蒙覺醒的敘述脈絡。尤其文本中描繪主體刻骨銘心的成長點滴，自是不亞於暴政必亡的國族寓言。在此顯然可見的是，這些小說當然不僅是八股的反共宣傳囈語，而是個人在反共抗暴歷史中成長的感人肺腑故事。

二　身體／國體的成長論述

前已論及，在反共一類的成長書寫中，共黨的蹂躪赤化是促使主體成長的關鍵所在，個人／家國的成長論述相互交乘、互為表裡。也就是當這批遷台作家化悲憤為力量，將濃烈的愛國信念化為筆墨，他們除了書寫拋妻棄子的椎心之痛、遠離故園國土的懷鄉之悲外，描繪更多的反倒是遭共黨欺凌蹂躪赤化後，對個人／家國的影響改變；同

---

96 李荊蓀：〈一疋錦緞〉，收錄於陳紀瀅：《荻村傳》，頁227

時在檢討過去後展望未來，留下以待重新出發的發展伏筆。值得注意
的是，此種從「過去」的生聚教訓中啟蒙，展望充滿希望的「未
來」、以伺枕戈待旦的光明願景，正是成長小說的基本敘述模式。若
從傳統成長小說的敘述脈絡來看，書寫成長，其轉捩點（turning
points）本來就必須透過回顧（retrospect）或回憶的方式（reliance on
memory）始能確知[97]；故事到了最後，更多用一種肯定、正面的態度
去面對未來的人生成長[98]。換言之，反共小說「展望過去，迎向未
來」的書寫模式，恰好與傳統成長小說的基本架構不謀而合。我們因
之看重的，絕非僅是文本中膚淺地昭告因果，而是夾雜在過去與未來
間那段艱辛的成長心路歷程。

　　準此，個人自我追尋的小敘述既然與家國成長的大敘述若相彷
彿，我們若再進一步將國家身體化，也就是當成年／長的意義被用以
投射在國族建構時，他們又是如何在文本中一面建構人物自身的主體
性，一面操演著家國想像的建構過程？換言之，當我們將青少年的啟
蒙想像為國家的啟蒙時，個人成長又是如何指涉國族成長？此種身體
政治究竟傳達出何種寓意？

　　身體／國體互為象喻的論述，在晚清學者的著作裡初顯端倪。自
清末接踵而至的衰敗變局，在國弱民病的亡國危機下，有志之士無不
力思救國圖存之道。梁啟超在「新民說」中，就將國家比擬成人的身
體，並以「新民」的身體建構視為救國之良方。在此強國保種的前提
下，梁氏再提出「少年中國說」，藉「少年」勇猛精進的體魄以喻

97 Randolph P. Shaffner, T*he Apprenticeship Novel─A Study of the Bildungsroman as a Regulative Type in Western Literature with a Focus on Three Classic Representatives by Goethe, Maugham, and Mann* (New York: Peter Lang, 1984), p. 22.

98 Randolph P. Shaffner, T*he Apprenticeship Novel─A Study of the Bildungsroman as a Regulative Type in Western Literature with a Focus on Three Classic Representatives by Goethe, Maugham, and Mann*, p. 17.

「國族」，對國家投射了革新、進步、光明開端的憧憬想像[99]。於是，新文學發展之初，就多可見「少年中國」式的文學想像，各類以「少年」、「青年」為名的刊物與社團相繼發行成立；在小說中亦多演義青少年的成長與幻滅，藉此見證家國社會的遷變。在這樣的認知下，論者似已將建設「新中國」的重責大任，託付交棒給具有理想熱情的青少年；其「少年中國」的文學託喻，乃是企圖藉由青春希望的少年促使歷史老大的中國浴火重生。但終究事與願違的是，力圖振作的中國仍在一連串內患外亂中精力盡失。原本企盼以少年精進奮發精神蓄勢待發的中國，在一連經歷軍閥爭戰、日本帝國侵華等現實衝突中折羽，最後在國共內戰中吞敗撤退。

我們若將身體／國體再進一步繫聯指涉，如晚清是「少年中國」的符指，那麼在兄弟鬩牆中慘敗不得不渡海來台的國民政府，一如經爭戰滄桑長成的青少年，不正是經歷了歌德所謂「漫遊期」的成長淬鍊後，準備逐漸邁入成年期的「成年台灣」？著名成長小說研究學者狄爾泰（Wilhelm Dilthey）就定義成長的歷程是：

> 年輕人在幸福的晨曦中踏入這個世界，尋找自我的心靈歸屬，遇上友誼及愛情……又陷入世上殘酷現實的衝突中，透過不同的人生經驗而漸趨成熟，找到自己，並且在世上確定了自我的責任[100]。

99　梅家玲：〈發現少年，想像中國——梁啟超〈少年中國說〉的現代性、啟蒙論述與國族想像〉一文中，則辨析了「少年中國」與「老大帝國」間的牽纏禪糾葛，指出「發現少年」與「想像中國」實為晚清新文化文學運動中的重要關目。該文收錄於《漢學研究》第19卷第1期（2001年6月），頁249-276。

100　Randolph P. Shaffner, *The Apprenticeship Novel—A Study of the Bildungsroman as a Regulative Type in Western Literature with a Focus on Three Classic Representatives by Goethe, Maugham, and Mann* (New York: Peter Lang, 1984), p. 20.

當我們將這段文字中的「年輕人」置換為「家國」，國家成長歷程的
發展模式即為：「少年中國」在外侵內鬥等殘酷的現實中挫敗，於倉
皇渡海來台後，在不斷思考檢討後漸趨成熟，由此確立了「反共復
國」的責任。其實，若不那麼狹隘的認定，歷經成長啟蒙過程後的
「成年台灣」所召喚的，豈僅有「打回大陸去」的激情與責任，他們
在東渡來台後對新家園的建設亦積極有所作為。回顧台灣發展史，自
一九五三年展開第一期經濟建設，實行「三七五減租」、「耕者有其
田」；一九五七年繼續推行第二期經濟建設，擴大朝工礦事業及出口
貿易發展，這些都是建設台灣為富足安樂寶島的不爭事實。因此，國
府遷台後對未來的展望，不只是反共抗暴而已；更是數百萬軍民棄家
辭鄉後，對家國重新出發成長的殷殷期盼。

　　退守台灣展開復國計畫既呈定局，也就在以史為鏡的檢討反思
下，「成年台灣」在蛻變成長後的首波改革措施，理所當然地就展現
在文藝政策的箝制上。國共的正統之爭，共黨正是通過閱讀與哼唱被
宰制的文學曲藝，自意識形態的國家機器成功地滲透、改造懵懂無知
的熱血青年的思想；最後在極左不斷壯大的聲勢中赤化中國，這在諸
多反共小說中都可見極深刻的描寫。循此，忽略文藝既是國民政府潰
敗的主因，退居彈丸之地的「成年台灣」為了要展現挫敗後再出發的
成長決心，主導國家文藝政策自然成為檢討醒悟後勢在必行的復國策
略。也就在黨國機器的操控運作下，文人們必須明確地書寫反共抗暴
的作品，以有效地貫徹國家文藝政策所賦予的重責大任：一方面是記
取過去失敗的教訓；另一方面則是作為展望未來的實質修正策略。換
言之，此種強調集體反共意識的創作模式，除了是領導者為確保續延
國祚的必要操控手段，同時也是家國檢討反省後再出發成長的憑證。

　　若再檢視成長小說的書寫模式，主角正是在歷經種種錯誤並不斷

修正（self-imprvement）中成長[101]。我們也的確看到一群感時憂國的
智識份子們，他們在小說中一再述說國破家亡傷痛的同時並檢討原
因，希冀在生聚教訓中作為個人／家國日後調整成長的方向。若以陳
紀瀅為例，因七年的郵務工作得以走遍東北各處；中日戰爭結束後，
並再短暫擔任東北復員的接收工作。他不僅將這些見聞與經歷寫入小
說，同時也檢討了國民政府之所以敗退的原因。《赤地》（1955）就描
述抗戰勝利後的短短四年間，人心大開的貪婪與腐化，使得中國社會
由盛轉衰，最後導致大陸的全面失守。《賈雲兒前傳》（1957）則刻畫
出國民黨政工幹部的自私，這類黨工將升官發財的重要性置於革命之
上的現象，亦是革命軍潰敗的主因。《華夏八年》（1960）除了直指國
民政府對文化事業未予重視的事實外，更反省國民黨優柔寡斷的作風
如何助長共產黨的壯大。在這些小說中，陳紀瀅不只是將潰敗之因一
味歸咎給萬惡的共黨，同時也檢討自身，以作為個人／家國在錯誤後
反省成長，以俟重新出發的前車之鑑。成長，就是在檢討反省後並付
諸實踐始有可能。

　　國民政府敗退既為事實，反省後展望未來勢必得在另一空間。五
〇年代大陸移民來台的空間移動具有雙重的寓意。一方面它是被迫且
不得不輾轉流徙的逃離；同時也是促使他們得以「檢討過去，展望未
來」的成長儀式。自中日戰役到國共內戰，中國內地戰亂不斷，身處
其間的人們，不得不歷經各種空間的位移。小在大陸本土的逃亡，大
到渡海來台，此種因戰爭逃離的輾轉流徙，或可視為嚐盡人世悲歡離
合的「另類」旅行。喬治・金格拉斯（George E. Gingras）在其著名
的《旅行解析》中即借用李維・史陀（Claude Levi-Strauss）的理論，

---

101 Michael Minden, *The German Bildungsroman: incest and inheritance* (Cambridge: Cambridge University Press, 1997), p. 5.

將旅行與「異地」（displacement）串連，並闡述旅行最具價值之處，就在於空間的跨越與自我的建構。因為遊走於家與未知又綿延空間的旅者，在歷經奮鬥的過程中同時經歷了道德與知識的洗禮；而旅行者的經驗首先就必訴諸於有形與無形的空間[102]。由此可見，空間的表徵在此既非只是一個固定的容器或舞台，抑非一種單純的物理表現而已。尤其在反共小說中，不同的空間轉換因容納異文化而提供各種刺激的元素時，成長的尺度相形之下更加可觀。敘述者正是藉由空間的遷移，架構出個人／家國的成長過程與共同的集體記憶。

簡言之，主體多是在空間的移轉遷徙中寫下了自我成長的一頁，亦同時銘刻家國歷史的變化軌跡。若回到成長小說本身，歌德《維廉・麥斯特的學習時代》（*Wilhelm Mesister's Apprenticeship*）的主角最後得以為師的關鍵，便是在「漫遊期」的成長經歷上。此後，那種經由「學習時代」、「漫遊時代」，最後「為師」的成長三階段歷程敘述，幾乎成為德國傳統成長小說的基本範式[103]。包查德（Borcherdt）亦將成長模式分為「青年期」（the years of youth）、「旅行期」（the years of travel）及「進入樂園般的完備／善期」（the refinement and entrance into a terrestrial stage of paradise）三個階段[104]，以吻合歌德的成長原型。而事實上是，無論是「漫遊」抑是「旅行」都表現出空間的移轉，此相應於歷經戰火、顛沛流離的五〇年代作家，在他們筆下

---

102 Lévi-Strauss, "The Structural Study of Myth," *Structuralism in Myth* (New York: Garland, 1996), pp. 25-40. 轉引自王儀君：〈空間、旅行與文化異質——論英國文藝復興時期戲劇《海之旅》及《英格蘭三兄弟》〉，《中外文學》第31卷第4期（2002年9月），頁94。

103 馮至：《維廉・麥斯特的學習時代》譯本序，收錄於歌德著，馮至、姚可昆譯：《維廉・麥斯特的學習時代》（臺北市：光復書局，1998年），頁13。

104 Randolph P. Shaffner, *The Apprenticeship Novel—A Study of the Bildungsroman as a Regulative Type in Western Literature with a Focus on Three Classic Representatives by Goethe, Maugham, and Mann* (New York: Peter Lang, 1984), pp. 21-22.

描繪出小說人物歷經空間遷徙的成長洗禮自是不容忽視的關鍵性原因。

在烽火流離的大時代，除了同樣跨海東渡的大動作逃離外，年輕的男主角主要以親歷戰爭的空間遷徙，作為他們生命中最具標誌性的成年禮。換言之，在殺戮戰場上歷經死裡逃生的成年禮，正是他們邁入成人世界的象徵。潘壘在「我為什麼寫《靜靜的紅河》這部書」中自陳：

> 戰爭使我成熟得太快，使我麻痺，使我疲倦。勝利後，當每個人都渴望著真正的和平和幸福的日子到臨時，我退伍復員回到越南。當時的越南紛亂矛盾，陰影重重；赴越受降的中國軍隊完成任務返國了，法國殖民者的新武力和越盟的軍隊對峙著[105]。

殺戮戰場的所聞目見，是促使自我成長的絕佳空間；而戰爭的彼消我長，也同時標誌出家國變化的政治地圖。這類小說的敘述模式多為主角於戰亂時離家，在代表漫遊儀式的爭戰中成長。如《靜靜的紅河》的聖珂、《長夜》的康懇、《赤地之戀》的劉荃、葉景奎，他們都主動投入遠征軍抗戰殺敵的行列，長途跋涉至印緬戰場保國作戰。他們不僅在槍林彈雨中負傷血泊，更是日夜生活在飢餓與死亡的征旅生涯中以實踐救國圖強的理想。尤其在《靜靜的紅河》中，作者描寫小說主角入緬協防後的空間遷徙十分鉅細靡遺，身為讀者的我們幾乎可以據此勾勒出一幅滇緬抗暴的爭戰地圖。

首先，聖珂所屬的第五軍二百師在國境上待命二十五天後入緬；接著越過瓦城、曼德里，然後準備往仰光推進。在途中遇到戰敗撤退的英緬軍，得知日軍在同古附近，遂轉往同古前進。在同古血戰八晝

---

105 潘壘：〈我為什麼寫《靜靜的紅河》這部書〉，收錄於《靜靜的紅河》，頁605。

夜後,他們被迫放棄同古,再向平滿納轉移,準備在那裡來一次決定性的大會戰。但未料右翼英軍突然撤退,以致右後受脅而放棄會戰。而後,這群中國遠征軍在日軍的追擊和緬甸僧人的突擊殺掠中,只好改為渡過伊洛瓦底江,準備徒步越過緬北的原始森林,並向滇西國境撤退回國。然而就在戰局再度急轉直下,於敵騎已在怒江西岸出現的情況下,他們只好再度改變計畫,跨越野人山後轉往印度。因此他們必須爬過傑布班山,然後走下胡康河谷(Hukawny Valley)低窪的盆地,於橫渡緬北的更宛江(Chindwin R.)支流和大宛河(Tawang R.)後,再越過充滿死亡的野人山(Yeh-Jen-shan),最後終於克服萬難險阻,到達東印度布拉馬普得拉河(Brahmaputra R.)以及東印度鐵路邊陲終點的小鎮──列多(Ledo)。到了印度後,他們生活在藍姆加(Ramgarh)。一九四三年十月,部隊決定再返回緬甸,打通中印公路。於是他們再往緬北叢林進發。最後在一次突襲計畫中,聖珂雖因負傷而被遣送回國,但卻也在投身戰役後的艱辛經歷中一躍而為成人。除了日夜生活在飢餓與死亡的征旅生涯中,執行任務時的險些喪命,無疑代表他已在鬼門關走過一遭。若從象徵意義看來,槍響類似成長儀式上的鑼鼓聲,血更是儀式中不可少的祭奠,他們正是在「槍響」、「血泊」與「空間遷徙」的歷練中,經歷了一次「死亡─再生」的成年禮。

若再以《赤地之戀》參照,在這代價慘重的成長儀式中,主要就是因為空間的轉換,讓文本中屢遭共黨改造的主角得以在另一個非共的世界中,更加看透共黨萬惡不赦的本質:

　　在他完全是第一次與外界接觸。他漸漸知道鐵幕外的世界是怎樣的,知道他以前受了多麼大的欺騙。他只要一提出共產黨三

個字，就憤恨得全身都緊張起來[106]。

因為戰爭流徙的空間移轉，讓主角得以呼吸到鐵幕外的新鮮空氣，據此拆解匪共散布的漫天大謊並看清他們禍國殃民真相。當主角在壕溝中獲得聯軍的援救及其無微不至的照護後，除了獲得肉體生命的再生外，思想亦宛如新生。印緬戰役後，在共黨世界毫無選擇權的葉景奎，於戰俘營裡毅然決然選擇前往自由寶島──台灣。而渡海來台的大空間移轉，正是個人／家國得以回首過去，展望未來的主要關鍵。若自性別著眼，尤以女性多以台灣作為重新出發的起點，作為她們從客體到主體的成長空間，這部分我將留待到第四章再詳實論述。重要的是，無論是殺戮戰場的小空間遷徙，亦是自大陸轉往台灣的大空間變動，無疑都寫下了個人自我成長的扉頁，也同時印記了家國歷史的變化脈動。

敘述者在時空的轉換中，陳述個人及群體的苦痛經驗與成長脈動。殺戮戰場的聲嘶怒吼，與其說是鞭撻戰禍、控訴萬惡匪共的不仁不義，更不如說是藉由書寫以揮別過去，重溯自我安身立命的主體性建構過程。潘人木在《如夢記》中就勾勒出記憶與遺忘、成長與書寫的辯證互動關係：

> 把痛苦的記憶寫出，也許對你有益。……你那痛苦的記憶為大眾負擔之後，你自己就會真的「解放」出來[107]！

透過書寫才有解放的可能，也才能重新展開新生活。馮品佳就指出，是否「成長」，端視主角是否能夠克服恐懼，在一次次挖掘過去中尋

---

106 張愛玲：《赤地之戀》，頁247。
107 潘人木：《如夢記》，頁6。

出有利的線索，經由「重新記憶」（rememory）以建構自我[108]。毛姆（William Somerest Maugham）在六十四歲那年出版的回憶錄（*The Summing Up*）中也提及，他借自斯賓諾莎《倫理學》篇目為題的小說《人性枷鎖》（*Of Human Bondage*）出版後，始得以永遠脫離了痛苦和不快樂的回憶[109]。正因為經由書寫，在重新記憶中完成自我建構後，才能夠重新開始。因此，唯有嘗試將惡夢轉化為敘事、聲音，將記憶自壓抑中釋放，主體方有解脫的希望與成長的可能。

就在作者此種「昨日死，今日生」的成長信念下，《赤地之戀》轉入另一個嶄新時空——台灣的葉景奎，正是向過去那個深具共黨理念的「我」告別，並準備在重新建構新的自我後蓄勢待發、再度展開新生活。整體說來，我們在這些文本中可以看到，書寫者多是在時空環境的遷變與政治氛圍的因緣際會下，同時鋪陳出小說中主體成長的意義與銘記家國歷史的傷痕與劇變。換言之，在空間的遷徙流轉中，個人的改變不僅是軀體的移動異位，更是在紀錄了主體由蒙昧而憬悟的成長歷程後，同時映射出國家赤化的遷變樣貌，進而展望反共復國的光明未來。小說中個人與家國的成長互為指涉，相因相承。

但值得注意的是，此種「回憶過去，展望未來」的書寫模式卻正是論者批判反共小說逃避現實、沉湎過去的著力處：

> 反共小說同時經營了一線性及循環性史觀：迎向未來也正是回到過去。但反共小說的「現在」呢？擺盪於已失去的以及尚未得到的，歷史的回顧及神話的憧憬間，反共小說的現在，成為

---

108 馮品佳：〈華美成長小說〉，《幼獅文藝》第492期（1994年12月），頁90。

109 毛姆（William Somerest Maugham）著，陳蒼多譯：《毛姆寫作回憶錄》（*The Summing Up*）（臺北市：志文出版社，1989年），第五十一章。

一尷尬的環節[110]。

反共小說的確是不斷從記憶中緬懷過去，撻伐邪惡；並將希望寄託在收復故土的未來。然引起我們思索的是，「迎向未來」真的能夠「回到過去」嗎？隨著時間的推移，未來如何能和過去劃上等號？況且，個人／家國在經歷國共爭戰後萌生的啟蒙改變真能如此豪氣的通通歸零？檢閱歷史，通過記憶以建構另一個中心，這在易代文人的詩文或繪畫中屢見不鮮；文學成為「被緬懷、重建」的故土，由文人搜尋記憶描繪組合而成。循此，訴諸記憶最明顯的印記在於「源於他者」（the other）同時也「失去他者」[111]。既然「源自過去也同時失去過去」，然我們質疑的是，迎向未來所回到的過去，怎麼可能還是回到那個原原本本、毫無任何改變的過去？倘若果真復國成功而重返故土，個人／家國又豈是全然複製過去的主體而已？

　　姑且不論未來如何回到過去，自成長視角解析作品所真正在意的，乃是在國家的劇烈變動下，個人／家國如何省思成長的啟蒙軌跡，而非僅是側重作品中宣傳了多少反共的理念，未來又是否能夠反共成功、重回中國故土。諾瓦力斯（Novalis）也研究指出，成長小說的情節往往呈現循環式的發展，「成長的旅程要通往何處？」這個問題的答案經常是，目的地又回到家／原點（the destination is always home）[112]。希望未來能重返過去，回到童年的烏托邦，這是許多人

---

110 王德威：〈一種逝去的文學？反共小說新論〉，收錄於《如何現代，怎樣文學？：十九、二十世紀中文小說新論》，頁147。

111 De Certeau, Michael. *The Practice of Everyday Life*. Trans. Steven F. Rendall. (Berkeley: U of California P, 1984), p. 86. 轉引自廖炳惠：〈緬懷故土，再建中心〉，收錄於《回顧現代：後現代與後殖民論文集》（臺北市：麥田出版公司，1994年），頁133。

112 Michael Minden, *The German Bildungsroman; incest and inheritance* (Cambridge: Cambridge University Press, 1997), p. 1.

在經歷挫折後，因承受太多痛苦所道出的成長心聲。以《重陽》為例，當洪桐葉終於認清匪共萬惡的本質後，遂發出情願脫離共產黨的吶喊，以及重回洋行當買辦的原點。但事實上是，倘若洪桐葉有幸未死，歷經共黨蹂躪重回洋行的洪桐葉絕不會等同於甫從中學畢業、未經世事而憤世嫉俗的洪桐葉。換言之，那個回到原點的自我／家國絕非是未經蛻變成長前的主體，尤其在經過檢討省思後，展望未來絕非回到沒有任何改變的過去。因此，在看似「未來等於過去」的循環式結構中，我們要強調的是，未來的個人／家國看似等同於從前那個未經任何改變的主體，但事實上在經歷一連串的蛻變成長後，卻早已是重新出發的另一個新的主體。據此，我們可以斬釘截鐵的說，未來永遠不可能等於過去，其中的成長經歷實不容忽略。

簡言之，我們不能斷然地將「回到過去」和「迎向未來」劃上等號，而略去了反共／成長小說中精采動人的成長歷程。更重要的是，即使回到原點，本我／故土的符指也不可能是一成不變的。至於反共小說中那個尷尬的「現在」呢？我們或可大膽且後設的說，反共小說的「現在」正是落實為書寫行為的本身。作者藉著書寫，表達出心中顛沛流離之感，並希冀喚起人們逐漸消失的集體反共記憶，期以筆鋒復國。書寫，不僅只是虛構想像、紙上談兵，更是作家力圖參與國家重建的重要憑藉。透過書寫的實質行為，作為當下個人／家國向前邁進不可或缺的成長動力。

我們用身體／國體互為象喻的論述審視反共小說中成長的象徵意義，雖然不乏反共復國之音，卻也發現了一條由「少年中國」邁向「成年台灣」的家國成長軌跡，透露了在目的論述外，成長過程的重要性。畢竟，小說結構雖然呈現「未來回到過去」的循環式書寫，但過去與未來間的成長歷程不容抹去遺忘，並將現在落實為反省檢討的書寫行為本身，自此構成了反共／成長小說中「過去—現在—未來」的線性敘述結構，破解了不見現在的尷尬環節。

三　小結

　　首先，將五○年代遷台小說家跳脫反共標籤的意識形態符碼，在個人／家國雙線齊進的書寫脈絡下，把閱讀的重點擺放在變動大時代中升沉的小人物的成長，從而開展出反共復國的家國大敘述。循此，我們的確可以在這類文評家所謂的「反共小說」中，挖掘出不只是反共囈語的另類旨趣。尤其當我們從成長的視角發現，作家們寫作反共小說的意義，並不僅止於反共，而更多是刻畫小說人物在共黨的赤禍經歷中，分別通過哪一種象徵性的成年儀式，從而在困惑解惑抑是幻滅覺醒中啟蒙的成長過程，進而揭示出個人／家國共同成長的發展模式。而此種類型的成長書寫，正是巴赫金定義下最重要的「現實主義的成長小說」。

　　再進一步將國家身體化。自身體／國體互為表裡的論述中，由「少年中國」邁向「成年台灣」，家國在歷經兄弟鬩牆的挫敗後成長啟蒙。有趣的是，「回顧過去，展望未來」雖然同樣是反共／成長小說的基本書寫模式，但論者顯然在意的並非結果的呈現，反倒是高潮起伏的啟蒙成長過程。因此，與其說他們是逃避現實、沉湎過去，倒不如說是自我重構、展望未來更為恰當。尤其當國府在失去大陸江山後痛定思痛、省思檢討，在槍桿不敵筆桿的頓悟下，首將強勢的官方文藝政策作為國家重新再出發的成長之始。同時也在小說家以筆鋒復國的書寫行為中，破解了不見現在的尷尬環節，勾勒出反共／成長小說中「過去─現在─未來」的線性敘述的成長結構。

第三節　反共小說的性別／成長政治

　　上述第二節的部分，我們藉由個人成長的角度解析反共小說，在

個人與歷史相因相承的發展模式下,開展出「自我追尋」的小敘述與「國族成長」的大敘述互為表裡的象喻體系。不謀而合的是,這類反共小說與許多成長小說一樣多是以「回顧過去,展望未來」為基本架構,通過此刻的「現在」書寫,藉由懷想「過去」的生聚教訓中迎向光明希望的「未來」。更有志一同的是,反共/成長小說在選角上都偏愛年輕的男性為主[113],彷彿反共批共,在大時代中歷練成長的,只有清一色的男性。

國族論述向來就是性別論述的引申延擴,在父權政教的家國體系,具有戰鬥意識的主角多慣由男性出線,殆無疑義。但我們首先質詰的是,追隨國民政府的渡海菁英不僅只有單一性別,女性所經歷的政治遷變與人事滄桑與同時代的男性並無不同。反共/成長小說若純然由男性代言,豈不有違反共小說要為歷史作註腳的真實性?尤其在他們多為自傳性書寫的前提下,為數眾多的女作家們又怎能容許自我主體在時代歷史中啟蒙的成長故事消音?況且這一波來台的女性知識份子,於接受五四新文化運動啟蒙及新式教育薰陶後,性別意識自有別傳統[114]。在「男女平權」的訴求下,天下興亡,女子豈能無責?我們好奇的是,在女性意識既已抬頭的時代,文學創作豈還能一味謹守「男主女從」、「男外女內」的倫常規範?而父權文化果真能純然駕馭

---

113 高曼(Susan Ashley Gohlman)研究指出,大部分成長小說由下列數個要素構成:一、年輕的男性主角,二、有廣泛的經驗,三、這些經驗將會成為往後主角人生中的價值標準的判斷依據。Susan Ashley Gohlman, *Starting Over—The Task of the Protagonist in the Contemporary Bildungsroman* (New York & London: Carland Publishing, 1990), p. 4.

114 陳東原:《中國婦女生活史》(臺北市:臺灣商務印書館,1994年),頁383-417。鮑家麟:〈民初的婦女思想〉,收錄於鮑家麟編:《中國婦女史論集‧續集》(臺北市:稻鄉出版社,1991年),頁305-336。潘毅:〈主體的呼喚與失落——五四時期的婦女解放〉,收錄於張妙清、葉漢明、郭佩蘭合編:《性別學與婦女研究:華人社會的探索》(香港:中文大學出版社,1994年),頁245-265。

作者多變豐富的文學心靈？

　　本節的目的在消解性別主從的位階，企圖在男性青少年的成長主流外，搜尋反共／成長小說中忽略的另類性別聲波。藉由女性入角的這一類反共小說中，作者如何探索女性身分位置，以及對成長性別論述的質疑，進而重新檢視反共／成長小說的理論與實踐。本節首先略述傳統性別在家國論述中的意識形態如何主導文壇，再由《藍與黑》、《長夜》、《夢迴錢塘》、《星星‧月亮‧太陽》等文本，揭示女性主角在呈現出敏銳的政治性與熾盛的戰鬥性後，如何由漸次鬆動以至於正面挑戰性別論述；接著在個人／家國成長的脈絡主線下加入性別，解析女體與國體的想像／成長關係。最後兼論及男女作家的性別意識在文本表現上的相似與差異。

一　翻轉性別公式──性別與家國論述的頡頏交鋒

　　戰後初期的台灣文學，籠罩在一股國族論述的反共氛圍中。同時在以傳統父權為尊的政教機制上，建構出「男主女從」、「父子相繼」的性別書寫。梅家玲就以《文藝創作》與文獎會得獎小說為例指出，大多數戰後初期小說中的女性，她們的愛國之舉大多是置放在被引導啟蒙的從屬位置。換言之，女性走出家庭，投向報國行列，多不是自發自省，而是來自男性的開導啟蒙；女性對愛國救國的激情昂揚，往往只是為了要與所愛的男人比翼雙飛、生死與共[115]。循此，女性的政治憧憬與家國關懷不過是烘托出個人情愛的熾熱欲望，不過是複製了

---

115 在梅家玲〈性別論述與戰後台灣小說發展〉及〈五○年代台灣小說中的性別與家國──以《文藝創作》與文獎會得獎小說為例〉這兩篇論文中均可見五○年代小說中「男主女從」的啟蒙論證，二篇論文均收錄於《性別，還是家國？：五○與八、九○年代臺灣小說論》，頁18-20及頁67-74。

「理想放兩旁，愛情擺中間」的傳統性別模式。簡言之，在傳統父權論述中，女性的愛國與救國之思毫無自我主張與理想性可言。

　　舉例來說，孟瑤《危巖》（原名《懸崖勒馬》，1953）的嬋娟、王藍《藍與黑》（1956）的鄭美莊以及徐鍾珮《餘音》（1961）的薇姐都是此類女性的代表。對她們而言，家國信念的萌生，不過是為了追求愛情的贈品，始終未跳脫「男主女從」的傳統性別圍限的窠臼。一旦情愛逝去，向來堅持的政黨傾向與家國關愛往往也隨之杳然無蹤。若將視角微縮在戰場上，亦然。傳統民族國家在建構的過程中，不分古今中外，均蘊含有諸多性別規範。據安西爾斯（Anthias）及戴維斯（Yuval-Davis）研究，在各類民族獨立運動或解放戰爭中，女性往往是擔任後勤補給、照顧傷患的角色[116]。陳紀瀅《赤地》（1955）裡的曲方霞即是此中典型。曲方霞雖然表達出願意追隨表哥翁子龢參與游擊隊的意願，但是在走出私我的小家庭後，卻仍然只能在家國的大家庭裡造飯洗衣，依然是複製了「男主內，女主外」的家庭結構。準此，在傳統父權是尚的家國意識下，男性／女性、指導者／被指導者、陽剛／陰柔的性別二分成了常態，截然分明的男女主從位階，以及內外職權分野的書寫模式其實並不令人意外。

　　問題是，由五四文化大力鼓吹的男女平權意識未能飄洋過海到彼岸嗎？遷台知識菁英們能不將這股女性解放思潮表現在反共小說中

---

116 Floya Anthias, Nira Yuval-Davis, "*Women and the Nation-State,*" in *Nationalism.* John Hutchinson and Anthony D. Smith ed. (Oxford: Oxford University Press, 1994), pp. 312-316. 轉引自梅家玲〈五〇年代國家論述／文藝創作中的「家國想像」〉，頁121。在該書中，她們共列出五種女性與所屬族群、國家間的關係。女性除了擔任後勤補給、照顧傷患的角色外，另有：一、繁衍族群後代的生產者；二、族群／國家界限的再生者——不允許女性嫁入異族，藉以再生認同的界限；三、傳承集體的意識形態；四、族群、國家差異的指涉者——女性常成為族群或國家的象徵，遇到危急時，成為號召大家保衛國土而戰之憑藉，也藉婦女貞潔的性行為來區分本族與他族。

嗎？女性成長小說的研究者懷特（Barbara A. White）指出，隨著婦女解放運動的來臨，女性文學中自我思考的浪潮亦隨之到來。一旦獲得文化與社會結構的支持，女性開始走出社會尋求獨立與自我實現之際，女性成長的書寫終成為可能[117]，這樣的論點也可以用來觀察中國的新文學。在五四這一波反傳統的洪流中開啟對婦女問題的關注，乃是由陳獨秀、魯迅、周作人、胡適、茅盾等人為文拉起序幕[118]。爾後在女學生提出「男女共學」的要求，以及和男性一同走向街頭參與愛國的社會運動中邁向高潮，激迸出睽違已久的女性自覺意識[119]，性別也因此開始被人重新認識與定位。更重要的是，這一群出生於五四前後的五〇年代作家，正是在新時代的氛圍與養料的汲取中成長啟蒙；甚至早一輩的女作家如蘇雪林還親眼見到「五四」的狂潮澎湃，諸多

---

117 Barbara A. White, "Growing up Female─Adolescent Girlhood in American Fiction" in Gabriele Wittke ed., *Female Initiation in the American Novel*. (New York: Peter Lang, 1991), p. 9.

118 如陳獨秀於〈敬告青年〉一文中寫道：「自人權平等之說興，奴隸之名，非血氣所能忍受。……女子參政運動，求男權之解放也。解放云者，脫離夫奴隸之羈絆，以完其自主自由之人格之謂也。」《民國叢書‧獨秀文存》（上海市：上海書店，據亞東圖書館1928年影印本），頁7。再如魯迅〈我之節烈觀〉、《我們現在怎樣做父親》中，同樣是譴責表彰女性節烈的虛偽專制。茅盾在〈解放的婦女與婦女的解放〉一文指出，婦女解放是讓女子由傳統的「賢妻良母」角色中解放出來，共同擔負改革社會與促進文化的責任。所以，婦女解放應從爭取男女教育平黨以及改革家庭入手。陳磊編選：《茅盾選集》（上海市：綠楊書屋，2005年）。

119 呂芳上在〈五四時期的婦女運動〉寫道，五四新思潮影響下的婦女解放運動，對男女平權的首要要求就是男女教育機會均等，主張「男女共學」。而首開「男女共學」先例的，是北大校長蔡元培。蔡元培在收到女青年鄧春蘭要求大學開放女禁的信件後，於一九一九年同意招收女學生，一九二〇年寒假後，鄧春蘭等九位女性以旁聽生身分進入北大，從此打破大學不能男女同校的傳統戒律。收錄於鮑家麟等著，陳三井主編：《近代中國婦女運動史》（臺北市：近代中國出版社，2000年），頁177-187。

文人志士也都不諱言地承認受到五四的啟蒙影響[120]。循此，我們納悶的是，這些經過現代文化思潮洗禮的作家們，豈能全然遵循「男主女從」、「父子相繼」的傳統國族論述？其中難道沒有迸發出一絲絲雜音？

王藍創作於一九五六年的《藍與黑》，就描繪出女性在家國大愛的表現上，如何逐漸擺脫作為男性附庸的成長軌跡。作者襲用三〇年代「革命加戀愛」的文學書寫模式，分別以男主角兩段刻骨銘心的戀情為小說發展的主線，將他們的愛情故事與成長過程扣緊整個動亂的大時代。歷史背景述及三十年代的華北政局、四十年代的抗戰內亂，以及逃離紅禍的五十年代初期。值得注意的是，兩位女主角的特質截然不同。不同於始終無家國意識而代表「黑」的鄭美莊，象徵「藍」的唐琪由愛情昇華為自我理想的救國行動中建構自我，漸次扭轉鬆動了女性在家國上的從屬位階。唐琪因為接受洋式教育，得以抹淡傳統禮教打在女性身上的印記，但不變的是對醒亞始終如一的愛情。對唐琪來說，國族家園的「大我」意識展現，在她建構完成「小我」的主體性之前，愛情確實是支撐她付諸行動的原動力。文本中正因為有唐琪的援救，才得以自日本人股掌間死裡逃生的抗日份子賀力，就曾肯定地對醒亞說「我的命是唐琪救的，也是你救的，她因為太愛你，才救我」（頁507），顯然對女性而言，當年的愛國之舉不過是私我情愛的附加產品而已。未料在抗日勝利後，卻換來醒亞已另訂婚約的心碎

---

120 以林海音為例，她說：「我和我國五四新文化運動，幾乎同時來到這世上，新文化運動發生時（1919），我才是個母親懷抱中的女嬰，是跟著這個運動長大的，所以那個改變人文的年代，我像一塊海綿似地，吸取著時代的新和舊雙面景象，飽滿得我非要藉寫小說把它流露出來不可。」林海音：〈為時代女性裁衣——我的寫作歷程〉，《寫在風中》（臺北市：遊目族文化事業公司，2000年），頁206。另外，孟瑤接受訪問時就明白的說：「我是五四那一年出生的，所以當然很受那時候氣氛的感染。」曾鈴月：《女性、鄉土與國族——戰後初期大陸來台三位女作家小說作品之女性書寫及其社會意義初探》，頁66。

事實，一直是支撐唐琪活下去的愛情能量至此徹底瓦解。向來果敢堅忍的唐琪雖未因此而崩潰墮落，但當她拋卻與醒亞共築愛窩的生活目標後，勢必得形成另外一個新的動機始能再生成長的動力[121]。於是，唐琪再度化悲憤為力量，將小我的愛情力量昇華為救國的大我理想，持續不斷地關心東北戰局。於此我們看到走出情傷後的唐琪，逐漸鬆動了女性愛國是為愛情的傳統論述，政治實踐於她不再只是情愛憧憬的附庸而已。

　　家國意識真正建構在女性主體性之上，是在唐琪誓言成為一名為自由而戰的反共女志士後。大陸易色，唐琪自鐵幕逃至香港，醒亞雖已解除婚約，但在重拾自我理想的堅持下，唐琪決意暫拋兒女情愛，捨私情而就公義，置家國的大愛於私我的小情小愛之上。她不僅未到台灣與醒亞重溫情愛舊夢，甚至選擇到艱苦的滇緬邊區為中國國軍戰士工作，繼續反共抗暴：

> 我已答應擔任他們的護士長職務，這一職務使我昂然抬起了頭，使我覺得可以洗刷掉我過去一切遭受過的侮蔑與卑視。醒亞，你應該鼓勵我這個新生活新生命的開始[122]。

「愛情誠可貴，自我價更高」。在敵我對峙，政治風雲日亟的時代，

---

121 「動機」自是成長的重要因素，心理學家奧爾波特（Gordon Willard Allport）就觀察指出，生活若具有目的感、獻身感和義務感，人們自是積極地追求目標、希望和理想，並且對於目標的追求永無止境。由於人是生活在未來中，因此人們倘若必須拋棄現有的目標，那麼必定得形成另外一個新的動機作為成長的動力。Gordon Willard Allport, *Pattern and Growth in Personality* (New York: Holt, Rinehart and Winston, 1961), p. 127. 見Duane Schultz（舒爾滋）著，李文湉譯：《成長心理學──健康人格模式》（*Growth psychology*）（北京市：三聯書店，1988年），頁32。

122 王藍：《藍與黑》（臺北市：九歌出版社，1999年），頁599。

唐琪選擇再度將小我的愛情昇華轉化，暫拋男女愛戀私情而決心前往荒蠻之境擔任戰地護士，以成就大我的家國之愛。我們在這裡看到了女性不願屈就情愛而放棄自我實踐的成長轉變，愛國已非關愛情。尤其是小說中的女主角鬆動了「男主女從」的傳統敘述定式後，從而在完成自我主體性的建構下，持續執行反共抗暴的救國理想，愛情顯然已不再高居女性生命中最主要的成長動力。更何況唐琪為了消抹舞女、歌女、漢奸等加諸在她身上的負面符碼，更必須展現出堅決的愛國意志，好為自己平反。換言之，當唐琪重拾戰地醫護工作，並將反共愛國心付諸實踐，這除了是她揮別過去，重新生活的個人成長標誌外，同時也破解了女性救國愛國是為了與所愛的男人比翼雙飛的家國神話，更是她高呼「我們是為自己活著」（頁134）的主體實踐。

再以張秀亞於一九五二年發表的〈訣〉為例。這篇短篇小說雖然可能因寫作手法未合乎作者日益嚴謹的美學標準而僅收錄在「未結集的小說」中[123]，但卻不容因此抹煞文本中所呈現女性在成長過程逐漸萌生強烈而自覺的愛國意識。她闡述當家國大愛與男女小愛無法相容時，女性在幾經惶惑掙扎，折衝於個人愛欲與理想信念的拉鋸戰後，終究頓悟建構自我主體性的迫切與重要，從而擺脫男女情愛的牽扯羈絆。政治實踐對女性而言，已不再是情愛的附加物，在女性的反思頓悟中徹底解構了「男主女從」的家國論述。小說以薏與楠的戀情為故事的發展主線，當薏發現深愛的楠竟然是個不折不扣的共產黨員，並且意圖以共黨思想染指自己時，愛情與自我信念遂在薏的內心衝突交戰不已，最終在理性戰勝感性中成長：

---

123 范銘如：〈導讀：我觀察・我思味・我同情〉，《文訊》第223期（2005年3月），頁81。

> 可怕，我一直以為他是個天真的孩子，誰知他卻是個荒謬的共
> 產分子！我雖然一直生活在他的情感裡，但我卻也一直生活在
> 我的思想裡。我現在要改變這生活路線，我不僅要生活在我自
> 己的思想裡，也要不再生活於他的感情裡，我不能使情感出賣
> 思想[124]！

在不使情感扼殺思想的堅持下，薏雖然不捨楠的深情一片卻毅然決然
斬斷情絲。在維護自我思想與靈魂完整的信念下，女性自覺地拋卻甜
蜜情愛的憧憬，絕不讓愛情動搖了原本的政治信仰。因此，當薏獲知
楠竟是不折不扣的共產信徒後，就在「我愛你，但我卻也更愛我自
己，愛我的靈魂，愛我的思想」（頁457）的反思中，遂自楠的情感中
抽離，自發自省地投向報國的行列，以實踐自我的愛國思想信念。爾
後，薏在離開北平後輾轉來到台灣，並在美麗的祖國旗幟下，持續獻
身於反共抗俄的愛國行動。小說不僅顛覆了「男主女從」的反共愛國
模式，揭示出非從屬的女性主體性；薏更在這場思想與感情的天人交
戰中體悟成長。當愛情最終被判出局，除了是女性堅持自我理想的結
果，同時也是她在反共抗暴的家國歷史中實現成長的軌跡。

　　在描述手法上，我們也注意到此篇小說的基本結構雖然也是遵循
國／共二分、正／邪對立的反共法則，但由張秀亞一慣的美文書寫表
現出來，確是多了幾分對人物細膩生動的心理成長刻畫，這和大多數
男性較側重於歷史鋪陳與布置大卡司的戰爭場景的反共小說，顯然有
很大的差異。有趣的是，這兩篇小說若以文學風景產生變化的一九五
五年為觀察分野，作者選擇讓女性逃離赤禍後繼續反共抗暴的地點相

---

124 張秀亞：〈訣〉，原刊於《中華婦女》第2卷第7期（1952年3月），頁21-31。後收錄
　　於「未結集散文」，《張秀亞全集》〈11〉，頁453。

當南轅北轍。成於一九五二年的〈訣〉，讓薏來到復興基地台灣；寫於一九五六年的《藍與黑》，則設計唐琪選擇到滇緬邊區接續反共大業，引起我們聯想的是，這是否反映出在美國協防下的台灣，已逐漸失去了反攻大陸的可能？尤其加上兩岸對峙的趨於明朗化以及政局的變化，或許正是促使日後有越來越多「家台灣」書寫的原因所在。

　　除卻家國意識的主體性建構，還有一類就直接翻轉啟蒙導引者的性別，刻畫出女性比男性更具細膩而正確的政治性的形象。《長夜》一反男性／女性、指導者／被指導者的性別二分，佳人的啟蒙不僅不是來自英雄的改造，反倒較男性具有更敏銳的觀察力和洞見。當姐姐乃馨死於共產黨員槍下後，妹妹乃馥自幼就在認清共黨萬惡的本質中成長，埋下日後反共抗暴的因子。入大學後，眼見左傾思潮的逐漸壯大，乃馥憂心地剖析匪共文藝宣傳的直搗人心及其不可小覷的動搖國本威力，甚至獨具慧眼地推測「沈崇事件」乃是共諜精心策劃的陰謀。但康懇對此論見卻僅一笑莞爾，仍視她為當年黃髮垂髫不經一事的小馥子；並固執地堅信秧歌終究扭不過飛機大砲，文藝仍然無法與武力匹敵的看法。但諷刺的是，對照日後的歷史，國共發展果如女性所預言，相形之下，男性的武力說顯得十分膚淺可笑。引起我們注意的是，小說中深謀遠慮的智者顯然已由女性代言，我們可以從他們競相辯難的一段對話中窺見：

> 「康哥，你是軍事家，應該懂得攻心為上；早晚有一天共產黨用文藝把我們的民心士氣都攻垮了，那時候飛機大砲就沒有用武之地了。」
> 「哪會那麼嚴重？」我反駁乃馥，「你沒有看到我們的部隊在攻下長春以後，又以破竹之勢攻下了小豐滿、德惠、農安，一直攻到松花江岸嗎？」

「武力只能消滅共產黨於一時，思想戰才能把共產黨徹底撲
滅，而文藝正是思想戰裏最主要的力量……」乃馥說。

「叫他們吃得飽飽地昧著良心去反吧！」我拉起乃馥，「我們
應該再慶賀一下國軍在東北的大捷，出去吃點好東西，看場
戲，或是跳跳舞，聽聽歌！」

「唉──」乃馥嘆了口氣，「好，我陪你去。不過，我得告訴你
兩句話：人無遠慮，必有近憂。[125]」

可惜乃馥的一番苦口婆心，並不能警醒康懇對剿共策略的改弦易轍，
不僅始終以男性的老大姿態自居，並視乃馥是個永遠長不大的小女
孩，殊不知環境與經歷早足以使人成長。尤顯諷刺的是，在國共雙方
內鬥激烈之際，男性毫無遠慮地以慶祝小勝仗之名，行享樂之實，女
性逕以「生於安樂，死於憂患」（頁277）譏之；最後兄弟鬩牆的結局
果如女性所言，國民黨的苦幹蠻打終究敵不過共黨攻心為上的思想
戰。令人扼腕的是，女性對男性的開導啟蒙，終究無法扭轉不以智取
必敗的國族寓言。據此，我們好奇推測，倘若當時能置換男女主從的
位階，而及早採納女性前瞻性的思想爭戰策略，不只是膚淺地以戰地
功績論斷成敗，是否得以因此改寫共軍竊國的歷史？

　　尤有進者，女性對救國愛國的激情昂揚，並未讓男性專美於前，
甚至凌越其上。在「國」之想像，多以「家」之實況為參考座標的前
提下，繁露《夢迴錢塘》（原名《向日葵》，1963）就自家庭的性別易
位著眼[126]，從而開展出「女主男從」的性別政治。首先在個性的安排

───────────────

125 王藍：《長夜》，頁276。
126 繁露的《夢迴錢塘》首以《向日葵》出版（高雄市：長城出版社，1963年）；再於
　　一九七五年更名為《雅芳傳》；於一九八○年最後更名為《夢迴錢塘》（臺北市：黎
　　明文化事業公司，1980年），此為本論文採用的版本。

上，就顛覆消融了男／女、強／弱、陽／陰、主動／被動的二元對立的概念。文本刻畫出的丈夫士鳴是懦弱膽怯、優柔寡斷；身為妻子的雅芳則是冰雪聰穎、思維縝密，作者安排女性隱然躍居為一家之主的用意不言自明。一旦遇著棘手難解的問題，士鳴往往手足無措、亦無果決判斷力，最後都必須憑藉聰明慧黠的雅芳以智取勝，才得以圓融地化解一樁又一樁的家族危機。最足以突顯男女主從位階錯置的橋段是，士鳴披上白袍的理想實現，並非是自我主體慎思堅持的結果，而是在雅芳鞭辟入裡的分析鼓勵與實質金錢的資助下始得完成。在此，作者解構了以男性為尊的性別傳統，女性不再只是唯唯諾諾的附屬存在。換言之，小說不僅顛覆了女性向來只能從夫從子的依附地位，同時扭轉了傳統家庭以男性為中心的性別論述。

再由家族引申延擴於國族論述，亦然。當中日戰爭如火如荼之際，雅芳因受教育成長而萌生的家國意識，及耳聞目見日本倭寇對手足同胞燒殺擄掠的震撼下，極盡思慮尋求抗敵救國的「大我」意識；但士鳴卻僅是戮力完成「小我」的醫職道德。男女的愛國之思由此顯出高下。尤其當重慶抗日主腦份子負傷求診時，雅芳決定為「國」不惜一切援之以手，士鳴卻僅為「家」而牽掛猶豫。最後在雅芳「人都有一死，我們只要取得極高的代價」（頁537）的堅定意志下，士鳴才聽從妻命展開救護的行動。顯然地，男性的成長覺醒，竟是來自女性的曉以大義，據此建構出「女主男從」的位階秩序。

更具顛覆性別政治的伏筆是，抗戰勝利後，作者巧妙地安排了讓男性殉亡，愛國救國的心志與行動一律轉由睿智果敢的女性擔綱演出的劇碼，截然不同於傳統以男性為中心的家國意識。小說描寫共黨赤禍橫行之際，既老且殘的雅芳雖家破人亡，卻仍不減其愛國心。然在形勢比人強的無奈下，也只能消極地擅用癱瘓體態，以掩飾逃避共幹所派定的任務。最後，在一次協助女間諜幼梅通風報信的救國行徑

中，不惜付出生命以實踐愛國抗共的決心：

> 子彈果然貫穿了雅芳腦袋，她緩緩垂下頭去。殷紅的鮮血自她
> 白髮上噴冒出來，一直流過皺紋重疊的臉上，流過微笑的嘴
> 角，流到她雙手抱著的收報機上[127]。

當雅芳光榮含笑的倒在拍發機密文件的血泊中，誓死抵抗匪共的決心
展露無疑。雅芳為國捐軀後，接下來的救國使命再由幼梅接棒。在幼
梅立誓「為了達成更遠更大的任務，我早已顧不了家」（頁729）的決
心中，彷彿早已看到了雅芳的縮影。小說最後，幼梅走向墳前信誓旦
旦的要雅芳等著她回來，並埋下萬惡共黨無法與之匹敵的光明未來的
伏筆，救國行動由女女傳承的意圖不言自明。

　　徐速《星星‧月亮‧太陽》（1953）更是一篇成色十足的性別戰
鬥文藝的小說，不僅揶揄了男性向來英勇奮戰的形象，更直接將女性
推上火線戰場殺敵，改寫了慣由男性飾演英雄的性別傳統，對我們思
考反共小說中的性別／成長政策相當有幫助。時間聚焦在中日抗戰前
後，敘述主線為男主角周旋苦惱於三個女人間的愛情故事。文本極其
諷刺的指出，讓男性痛不欲生的竟不是國家遭受異族侵略的岌岌可
危，而是對私我情愛難以取捨的掙扎。反倒是身為女主角之一的亞
南，一出場就表現出對男尊女卑的性別嗤之以鼻的態度，在「男人各
方面並沒有甚麼了不起」的認知下[128]，為小說日後解構性別模式的發

---

127 繁露：《夢迴錢塘》，頁738。
128 徐速：《星星‧月亮‧太陽》（臺北市：水牛文化事業公司，1990年），頁45。《星
　　星‧月亮‧太陽》初稿刊於一九五二年《自由陣線》週刊，後由香港高原出版社
　　出版，一九五三年出版上集，一九五四年出版中下集。作者再於一九六二年增刪
　　修改為新版，一九六二年後所見版本均為此。本論文採用水牛出版社於一九七三
　　年出版的版本。

展埋下伏筆。

　　誠如作者自白，為抵抗當時氾濫的「黃潮」，才寫下了這部描寫無偏私、虛偽、鄙俗的崇高愛情的小說[129]。但我們若僅將探討的主題框限於此，似乎也太可惜；尤其在男女主角性格與理想的對比參照下，文本中的性別意識極具爆破力。最令我們驚訝的是，該篇小說竟是出自一位男性作家之手。有別於《赤地》上戰場仍然洗衣造飯的女性，亞南儼然以現代花木蘭之姿馳騁叱咤戰場，猶如一名驍勇勁悍的巾幗英豪。於情人與國家不能得兼的兩難下，女性在「我愛他，但我更愛國家」（頁249）的宣誓中，毅然離開愛情，意志堅決地成為跟著游擊隊偷襲敵人的女戰士。尤其在女性「沒有我，他們只會盲目的犧牲在敵人的炮火下」（頁270）的自信中，不經意地嘲弄了頭腦簡單、四肢發達的男性。我們也同時注意到，亞南在離開友伴前，除了昭示自己旺盛熾熱的愛國心外，同時也以指導者的姿態，從家國立場開示了他們應走的成長方向：

> 讓我安心的生活在戰場上吧！……當友情和事業都向我招手的時候，我只有選擇了自己自由的意志。……子雲的頭腦很細密，我希望將來成為保衛祖國的科學家。「小雨點」是個軟心腸的女人，最好轉學醫科，孩子生下來，送到托兒所去，應該到醫院裡給千千萬萬的病人做母親。不然；轉到師範學院去也好，準備教育下一代，總比不關緊要的做個家庭主婦好些。至於堅白，還是在文學上努力吧。……堅白！我不是冷酷無情的人，等我光榮凱旋的時候，你帶著一頂花轎來迎接我吧[130]。

129 徐速：〈自序〉，《星星・月亮・太陽》，頁1-2。

130 徐速：《星星・月亮・太陽》，頁270。

亞南儼然一副成人對孩童的教訓口吻，前瞻地唱名指引同儕的成長方向。這段文字首先引發我們注意的，是「不關緊要的做個家庭主婦」與「給千千萬萬的病人做母親」的強烈對照。這似乎意味著，只有當女性自奶瓶尿布柴米油鹽堆裡出走，從為一人一家的「小愛」向上提升到為大眾服務的「大愛」後，個人才有參與家國成長的可能。小說中更鮮明的文本／性別政策是，準備上陣殺敵以俟凱旋的角色轉由女性擔任，男性只要名列迎接戰士的行伍中即可，感時憂國的愛國精神一改在女性的槍桿下發揚光大。接下來更具嘲弄性別的故事發展是，當男性還沉淪在多角戀愛中無法自拔而對國家大事漠不關心之際，女性早自鼻間發出「哼！愛情！愛情！說起來好笑得很」（頁217）的不屑口吻並扛槍上陣；男性最後雖然也上了戰場，卻非為了抗敵而僅為尋找愛情。尤其當他不顧一切地在槍林彈雨中衝鋒陷陣，不過是為了滿足私我的男女戀情而已。其中，最諷刺的情節發展無疑是，因尋求愛情而受傷的男性竟被當作革命英雄歡呼迎接，而負傷抗敵的女性仍舊默默地身在深山荒村裡奮鬥打仗。以及最後導致女性傷重毀容，既不是遭受敵軍襲擊，而只是為了搶救一路愛相隨的男性；男性在此成為拖油瓶的寓意十分明顯。簡單地說，作者塑造出日夜以家國為念、上戰場英勇殺敵的女性英姿，並嘲謔了鎮日埋藏在愛情的傷感裡的男性。

對於女性成長小說遲遲未受到重視，美國學者柯尤（William Coyle）就曾失望的陳述道，也許美國女孩被假定一出生就有知識，而年輕的男性必須透過經驗才能得到這些知識[131]；這樣幾近不真實的反諷論點，竟可以在《星星‧月亮‧太陽》中得到證明。亞南甫一出場，就展現出深具智慧且成熟的領導者形象，始終「為社會，為國

---

131 William Coyle, ed., *The Young Man In American Literature: The Initiation Theme* (New York: Odyssey, 1969), p. 3.

家,從不計較個人的名位和利益」(頁464)而努力,幾乎被作者假定
一開始就已經成長完成。相較於愛情至上的男主角,不僅一路走來始
終在多角戀情中擺盪浮沉;同時無論是在事業、愛情信念以至於生活
點滴上,無不是依靠女性的援助與啟發。在身邊的女性相繼死亡或離
開的重重打擊下,男性竟因失去愛情而萌逃避厭世的反成長心理。最
後雖終得以在母愛中覺醒,「一轉念間,一種新的人生意境,漸漸在
我的思維中成長起來」(頁467),但他重新出發的人生目標僅是:讓
自己和母親活得快樂和幸福。相形之下,這和女性為家國奮鬥的理想
比較起來,似乎顯然微弱渺小許多。尤其在日軍投降後匪亂繼起,在
歷史中成長的主體怎能置身事外?

這三篇小說中的女性,顯然都不只是附屬於男性或瑣碎的能指。
她們的成長也不單是建構內在的主體性,而是與家國歷史息息相關的
外塑發展,自女性意識開展出不同的成長風景。事實上,作為一部成
長小說最吸引讀者的,應不在於主角在動亂的時代中展開多少愛國意
志與纏綿悱惻的愛情故事,而是他們自離家後的成長過程中,經歷各
種挫折與困頓後所散發出來的智慧與行動力。哈登(James Hardin)
就明言,思考與行動(reflection and action),是成長小說的兩個主
軸,小說主角的實際行動能力更是吸引讀者閱讀的興趣所在[132]。以
《夢迴錢塘》為例,文本的靈魂人物雅芳猶如女諸葛再世,渾身盡散
發出睿智與果敢的行動力。幼年時,雅芳便為自我奮力爭取女性不纏
足的自由,模糊間已萌女性意識;嫁為人婦後,雅芳不僅對癱瘓的祖
母盡孝,更捐出祖產所得為家鄉造橋修路蓋學校,這些義舉因雅芳捨
小愛而就大愛始能達成。最令人讚嘆的是,雅芳不顧他人鄙夷的眼
光,同女兒一起上學讀書的求知精神。尤其在抗日戰爭時,為營救愛

---

132 James Hardin ed, *Reflection and Action: Essays on the Bildungsroman.* (Columbia, S.C.:
　　University of South Carolina Press, 1991), p. 13.

國志士，雅芳與日本憲兵豬太郎間數回合鬥智的場面是招招精采。當她為此而家破人亡且入監服刑受盡苦難，那不悔的堅定更令人動容。光復後，雅芳雖已跛足，我們感佩於她仍收養棄兒而籌設育嬰堂的大愛行徑。接下來的國共內戰，老殘的雅芳更是毫不屈服在共黨的淫威下，最後在協助幼梅拍電報提供匪方機密的愛國行動下從容就義。在這一連串事件中最扣人心弦的，絕不是女性如何引領指揮男性的性別意識，而是女性在成長歷程中所展現出的智慧魅力，及其果斷不畏強權的行動能力。

此外，更令人激賞不已的，是在那個新舊思潮嚴重拉扯的大時代，女性為了維護自我主體性的完整，勇於抵抗傳統的堅毅與克服萬難以實現自我理想的決心。《藍與黑》中的唐琪，在姨媽守舊禮教思維的監護管教下，幾乎無法作自己。姨媽除了一再訓誡傳統女性應守的三從四德外，更企圖將她捏塑成一個靜如止水的大家閨秀。但唐琪堅持走自己的路，在那個劇烈變動與新舊交替的環境下不惜與家庭決裂，只為了堅持自我的主體性，以活出屬於自己生命中的光和熱。倘若唐琪當年屈從姨媽，依媒妁之言嫁為人婦，不難想見她周旋於家務間千篇一律的主婦生涯。倘若如此，雖然可以少了無數苦難與折磨，但可以肯定的是，那絕不是唐琪想要的自我。唐琪捍衛自我主體性的成長之路雖艱辛卻精采，尤其當她下海演戲、伴舞、唱歌，非為戀棧紅綠絢爛的歌台舞榭生涯，僅是自拾其力以求基本的溫飽，用實際行動展現出不屈不撓的孤女精神；再者，為了援救愛國志士，她周旋於那群腦滿腸肥的日人、漢奸間的智慧與勇氣更是讓人喝采不已。當她將灌製唱盤的全數所得均用來接濟抗日的工作經費，即使一貧如洗也在所不惜的豪邁氣概亦令人讚嘆激賞。最後，在共黨赤化後遠赴滇緬邊境此一新的空間，暫拋愛情以再度重拾南丁格爾的理想，唐琪那股建構女性主體性的毅力無疑更讓人感佩。張秀亞在英文版的序言裡就寫道：

這部由頭至尾迴盪著真摯感情的小說，本質上是抒情的，浪漫的，充滿理想主義色彩，然而，它又寫實、理想的紀錄了那個時代。……本書之可貴，在它具備了一種永恆的特質，表現出努力向上掙扎，百折不撓的意志。因之，它能鼓舞當代，昭示來者[133]。

在男性威權尚存的時代，不願隨人擺布而執意活出自我的女性，自是得付出更多的成長血淚。在四十年後的媒體票選活動中，《藍與黑》的人氣指數得以不減當年的原因，絕不在它記錄了抗日反共的可歌可泣歷史，而是作者賦予女性要角躍然於紙上的旺盛意志力與建構自我成長的心路歷程。尤其在小說的最後，唐琪竟不是到台灣與所愛的人廝守享福，而是作出暫拋情愛前往滇緬救護傷兵以完成自我理想的選擇時，讀者無不鼓掌喝采。在這些作品中，我們何曾只有聽到女性的瑣碎呢喃？何嘗只有看見窩在象牙塔裡作男女情愛之夢的女性？他們援筆記錄了在動亂大時代中女性的成長艱辛，確是比只有反共的反共文學更貼近既真實又寫意的人生。

二　女體與國體

整個國家被牠們姦污了。──端木方，〈星火〉[134]。

反共文學將女性入角，娓娓道出其成長脈動，最大不同的書寫策

133　王鼎鈞：〈有動乎中，又是一番歌哭──三讀《藍與黑》〉，收錄於王藍：《藍與黑》，附錄一，頁610-611。

134　端木方：〈星火〉，連載於《文藝創作》第14至18期（1952年6月至1952年10月）。引文為第17期，頁114。

略即呈現在「女體與國體」的微妙關係上。對於身體／國體的象喻指涉，我在前面已提及晚清梁啟超的「少年中國」說，乃是以「少年」青春進取的精神象徵，換喻為「中國」革新的再造工程。而「成年台灣」，則是渡海之士採用「回顧檢討過去，展望未來」的成長書寫範式，以建構個人啟蒙與反攻復國的國族寓言。就在身體／國體互為指涉的寓意下，身體的生成不只是一個自發天成、甚或個人意志反映的結果；而是企圖通過如政治、經濟、軍事、思想和教育的力量，進而掌握、主宰或影響身體的建構過程[135]。易言之，身體不再只是純粹的生物性疆域與物質性的肉身存在，而是一個非常政治性的過程和結果。傅柯（Michel Foucault）詮釋身體時，就提出身體向來是權力的對象和目標，是一個得以被操縱、塑造的「政治體」[136]。當政治操弄者在開關「身體」作為禮教與意識形態的另類戰場後，正是藉由外在形體的制約，進行對內在思想的監控，「身體」頓時躍升為深具權力意涵的指標與符碼。

在蘇珊‧弗瑞蒙（Susan Stanford Friedman）「身分地理」概念中，就將身分視為一辯證的地域。范銘如進一步說明指出，身分地理提供不同的身分論述交戰的空間，除了確實存在的地理及想像的文本外，還有身體。而身體，向來是兵家必爭疆域[137]。若將「身體」此一

---

135 黃金麟：《歷史、身體、國家：近代中國的身體形成》（臺北市：聯經出版事業公司，2000年），頁5-8。

136 傅柯指出，人們所關心的將是「政治體」（Body Politic），這是一組物質因素和技術，它們作為武器、轉換器、溝通途徑和支持手段為權力和知識關係服務。那種權力和知識關係則通過把人體變成知識對象而控制和征服人身。Michel Foucault（傅柯）著，劉北成、楊遠嬰譯：《規訓與懲罰：監獄的誕生》（Discipline and Punish – The Birth of Prison）（臺北市：桂冠圖書公司，1992年），頁27，頁231-317。

137 有關蘇珊‧弗瑞蒙「身分地理」的概念，詳見范銘如：〈「我」行我素——六○年代台灣文學的「小」女聲〉，收錄於范銘如：《眾裡尋她：台灣女性小說縱論》（臺北市：麥田出版公司，2002年），頁56-57。

新興戰場加入「性別」的變因,可以想見的是,由此進一步所輻軸出女體／國體間的辯證張力必將更耐人尋味。據此檢視五〇年代所謂的「反共文學」,共黨慣於由形而外的女體掠奪進而箝制形而上思想的發展模式,正是操弄身體戰場的最佳代表。當共黨信徒們將「把童貞獻給無產階級,身體也歸無產階級所有」的理念奉為圭臬[138],一個個共產黨員便名正言順地搖身一變為慾望無窮的登徒子,將滲透赤色勢力的策略展現在對純潔女體的侵犯強暴上。換言之,他們正是通過對女性身體的侵略,進而掌握控制他者的思維行動,然後再一步步達到赤化整個中國的政治藍圖。

操控女體,不僅是共黨壯大以赤化中國的策略之一,同時也是男性個人慾望的發洩。王德威就引用夏志清的觀察指出,姜貴在《旋風》及《重陽》中毫不猶豫地把共產黨員與色情狂劃上等號,其共通處就在於兩者的(政治與身體)欲望均永無止盡[139]。他據此以為反共小說將「政治情欲化,情欲政治化」表現得淋漓盡致的當以姜貴莫屬。檢閱姜書,的確將共黨／色情兩者緊密繫聯,即使是微小的細節描述都不輕易放過。《重陽》的柳少樵為吸引洪桐葉加入共產黨,就同時介紹他看馬列宣傳書報與性學博士張競生的《性史》。光是從書籍的喜好,似乎就隱約透露出共黨人士色欲無邊的訊息。而姜貴對身體／政治慾望無邊最精采的敘述,則展現在人物特性的捏塑上。柳少樵那男女通吃、老少咸宜的雙性戀形象,將共產黨員爭逐變態感官慾望的描寫推向高峰。柳不但在新婚之夜強暴髮妻,日後私通女傭,同時還姦淫了洪母與洪妹,並且和洪桐葉譜下同性戀曲;他那蠱惑的變態情欲將共黨份子永不饜足的情欲表露無疑。整部小說最令人咋舌的

---

138 姜貴:《重陽》(臺北市:皇冠文化出版公司,1973年),頁371。

139 王德威:〈小說・清黨・大革命——茅盾、姜貴、安德烈・馬婁與一九二七夏季風暴〉,收錄於《小說中國:晚清到當代的中文小說》,頁49-51。

是，書中出場的所有女性無一人能潔身事外，處女們幾乎都被迫獻出
貞操，性好漁色的匪共甚至連孀婦老嫗也不放過。《旋風》則是設計
在共黨勢力逐漸壯大的情節後，安排昔日紅牌妓女當家做主，毫不手
軟地凌辱良家婦女，讓她們飽嚐姦淫或強行配偶的痛楚。毫無疑問
地，共黨大言不慚地扛著革命的旗幟，高喊解放身／女體，其實是藉
由解放之名行縱慾之實；進一步再從女體掌控入手進而全盤滲透箝制
思想，以達玷汙強暴整個國家的目的。

　　正因為共產黨員藉由對女體強行凌辱，作為赤化國體的策略之
一，而由此為女性成長過程帶來更多的身心磨難是：女性身體在遭玷
汙後，貞操不復存的事實使得她們必須承受比男性更多的自我譴責，
以及社會輿論排山倒海而來的壓力。懷特（Barbara A. White）就為文
指出：

> 女性青少年的成長之路之所以倍加艱辛，僅僅因為她是女性。
> 在身心及其道德價值觀的圍限下，尤其在「性」這一方面女性
> 被賦予更多的道德束縛。當一個女孩失去純真，特別是失去處
> 女身分時，將受到他人不能諒解的責難。這點在男性身上幾乎
> 不會發生。而這些對女性的規範的限制，往往是女性追求主體
> 性認同的阻礙[140]。

傳統女性往往被賦予較高的貞操標準，她們若在婚前即不幸失去童真
多不見容於世。被迫失身後的女性，或是噤聲承受，或無顏面對親友
而遠離家園，或是飽受周遭友朋的唾棄與輕蔑奚落，然後不問原由，

140　Barbara A. White, "Growing up Female─Adolescent Girlhood in American Fiction" in
　　　Gabriele Wittke ed., *Female Initiation in the American Novel* (New York: Peter Lang,
　　　1991), pp. 6-8.

將失貞的女性通通被冠上「品行不端」的誣名。準此，成長之路倍加乖舛的結果，更提高了女性建構自我主體性的困難度。在反共小說中，當共產黨員將永無饜足的政治欲移置到男女情欲時，入黨的女性彷若一隻隻誤入狼口的小羊，最終在共黨的世界裡永不得翻身；不僅與成長絕緣，甚至向下沉淪。可惡的是，共產黨員披著打倒傳統禮教、解放三從四德的神聖羊皮，但骨子裡卻是一隻行自我情欲滿足的色狼。因此，當他們炮火猛烈地對孔孟禮教群起而攻之，同時卻又樂見女性對貞潔的看重，藉此得以再次操控女體。換言之，傳統儒家道統反倒成了共產主義得以萌芽茁壯的溫床。

以潘人木《蓮漪表妹》（1952）為例[141]，作者就細膩地描繪出女性失去童真而陷身紅潮後，從此「身」不由己地被捏握在共產黨的股掌之間，同時在自我無法操控成長方向的苦痛中，眼睜睜地看著共黨逐漸壯大並赤化中國。小說的時代背景設定在九一八事變至大陸淪陷期間，主要描寫一群東北大學生求學成長的曲折遭遇。故事結構分為二部，依蓮漪退學後失身之際同時也是奔陝入共黨前後作為區分。值得注意的是，蓮漪投共的關鍵並非失去學籍，而是遭洪若愚因姦成孕。第一部「在校之日」以他者的口吻（蓮漪的表姐）追述抗戰前蓮漪在北平校內的年少輕狂；第二部「蓮漪手記」則由蓮漪本人現身說法，以回顧的筆鋒自述往陝北勞改及赤色後的種種成長改變。這兩部分看似獨立，實則相互對話，不僅揭露出時代的歷史風暴，亦直指蓮漪如何在赤禍中由無知到有知、從高傲天真到妥協世故的成長歷程。

小說聚焦在蓮漪失身前後的轉變。慧黠亮麗的蓮漪在大學迎新義

---

141 《蓮漪表妹》獲文獎會民國四十一年國父誕辰紀念獎長篇小說第一獎，同年由文藝創作出版社初版。一九八五年重新修改，寫法由純然第一人稱（蓮漪的表姐）改為兩部不同的人稱（第二改由蓮漪本人現身說法）；人物也作了些許變動後，交由純文學出版社出版。本論文採用純文學於一九八五年出版的版本。

賣會上以捐金鐲的壯舉一鳴驚人後，自此成為校園中鎂光燈的聚焦
點。被高捧在雲端的蓮漪，亦樂於耽溺在虛榮的讚美聲中迷失自我，
更在職業學生一波波政治陰謀的策劃下，一步步陷入反成長的泥沼
中。最特別的是，蓮漪身為反共小說中的主角，但卻不醉心於政治，
亦無絲毫政黨意識與政治憧憬可言；只是在左傾學生以「愛國」之名
的鼓動與策劃下，盲從地參與一連串的罷課遊行的政治嘉年華。誘使
她勇往直前搖旗吶喊並以領袖身分自居的，並非愛國意識使然，而是
得以盡享一呼百諾的快感；蓮漪如此隨之起舞的結果，自是無可避免
地身陷政治而無法自拔。最後在校方殺雞儆猴的示威下，蓮漪不幸慘
遭校方退學，成了這場政治運動下的犧牲品；更禍不單行的是，失學
後再失身於洪若愚而受孕。在「餓死事小，失節事大」的傳統禮教
下，蓮漪含羞帶憤前往延安，埋下了形之於外的身軀自此受到共黨操
控的伏筆。

　　蓮漪的墮落，縱然主要是個性與慾望所致[142]，但若非是傳統貞操
觀的禮教加持，女性失節後無顏見家鄉父老的心態作祟，蓮漪或就不
需遠走家鄉而誤投匪共羅網，身不由己地在共區苟活受辱十四年。當
她遭共幹玷汙後，對自我發出形同爛魚的禮教批判，遂在因姦受孕後
逃奔陝北入共黨，此舉成了蓮漪成長過程中最重大的轉折。自落入遍
布共黨勢力的解放區後，上級的命令便是象徵陽具的父親，是不可違
抗的法則鐵令；無人能謝絕黨的安排，更遑論有何選擇與成長的可
能。因此，離家投共後的蓮漪屢遭羞辱、俯仰由人，不得不拋卻氣
節、理想的成長因子，回歸到「活著第一」的原始慾望。意外的是，
一向服從的蓮漪竟拒為昔日同窗（沈積露）今日高幹（沈暢）演出

---

142 王德威指出，蓮漪的陷身紅潮，不是因為她太關心政治，而是她太關心自己所致，
　　因此她的所作所為無非是為滿足一己的慾望而已。見王德威：〈蓮漪表妹──兼論三
　　○到五○年代的政治小說〉，收錄於《小說中國：晚清到當代的中文小說》，頁71-93。

「白毛女」，抗命罷演的結果雖受盡牢獄之苦，但蓮漪始終不悔的是，「抗命違紀」卻讓她自覺找到真正的、唯一的一次自我、並重拾主體存在的意義。入監服刑，本是共幹對蓮漪抗命的嚴厲懲處，無非希冀藉由再次對身體和意識的強勢監控以達成教化改造的目標[143]。但諷刺的是，在看清匪共殘暴不仁本質的蓮漪，獄中的思想改造不僅無法動搖她厭共的覺悟，在這個封閉空間中反倒讓她得以重新審視自我，入監受刑反倒成了蓮漪在共黨世界發現自我的重要成長儀式。

　　審視蓮漪一生，因姦成孕而逃往共區的經歷，雖然不幸，卻也促使她發現自我。雪弗南（Randolph P. Shaffner）研究指出，「自己」並不能成為成長的直接目標，除非已迷失了自我[144]。而大學時代的蓮漪正是在鎂光燈下迷失自我的典型，在進入赤色世界後終逐漸建構出自我的主體性。她那任性無主見的個性，總是在游移多變中舉棋不定；她的自卑感，反過來指使她凡事必獨佔鰲頭，企圖經由他人的肯定來建構自我價值。失學、失身入陝前的蓮漪，主體性也的確是通過他者建構完成。此種從他人身上認知的主體性，原是拉康（Lacan）「鏡像階段」（mirror stage）中「誤認」的自我[145]。兒童經由「鏡像階段」初

---

143 監獄，是最強調紀律化與系統化管理的空間，傅柯在《規範與懲罰》中明言，監獄具有附加的教養任務的「合法拘留」形式，在法律體系中名正言順地剝奪人們的自由並予以改造。當個人的身體和意識受制於此一封閉空間時，為的是要達成預定的教化目標。Michel Foucault（傅柯）著，劉北成、楊遠嬰譯：《規範與懲罰：監獄的誕生》（*Discipline and Punish—The Birth of Prison*），頁231-317。

144 Randolph P. Shaffner, *The Apprenticeship Novel—A Study of the Bildungsroman as a Regulative Type in Western Literature with a Focus on Three Classic Representatives by Goethe, Maugham, and Mann* (New York: Peter Lang, 1984), p. 24.

145 依照拉康的心理分析理論，「鏡像階段」是主體建構過程的關鍵之一。嬰兒（六到十八個月）於鏡中照見的「全形」事實上跟嬰兒本身不成熟的生理欠缺有所差距，所以嬰兒和鏡中影像想像、建立「自我」（ego）是一個「誤識」的過程。攬鏡自照時所見既是「異化」的形象，兒童自是在鏡中「誤認」自身。而在他人也具有鏡子功能的隱喻下，我們往往藉由他人而認識自己。詳見杜聲鋒：《拉康結構主

步形成「自我」的概念，但對拉康而言，「自我」並不等於主體（subject），嬰孩要從想像的「鏡像階段」過渡到象徵秩序（symbolic order）的語言符號化的系統，主體性才會建立起來。進入象徵秩序的入口是「父親的名字」（Name-of-the-Father），「父親的名字」代表的是一種法則，是一種家庭和社會秩序。在法則的認同下，父親的存在教導兒童必須在家庭中扮演一個角色，「自我」成為其他人眼中的「我」，兒童的「主體」，以及有關「主體」的各種「真理」，則被壓抑在潛意識之內，只能通過潛意識的結構表現出來[146]。蓮漪在歷經失學、失身的成長挫折後，直到遠赴陝北的共黨牢籠中才真正醒悟，原來那個曾經眾星拱月、叱吒校園的校花蓮漪，不過是以他人為鏡下誤識的虛幻自我：

> 起初，自以為全世界人都待我不公平，他們應該關心我，我到陝北，是國家大事，一定有人跟蹤而至，懇求我回去；不然，年輕一代就沒有具代表性的人物了。年輕一代的劇運工作就沒有指望了。及至這些落了空，又以為一旦情況不適合，能夠隨時自由脫離，婉如詩中「連老牛都有作息表」的地方，誰還管得了我呢？但是，日子一久，才大夢初醒般覺悟到：我算老幾[147]？

粉碎了鏡像階段的自我誤識後，蓮漪不但對自我有了重新的認知，同

義精神分析學》（臺北市：遠流出版事業公司，1989年），頁129-133。王國芳、郭本禹：《拉岡》（臺北市：生智文化事業公司，1997年），頁129-146。

146 梁濃剛：《回歸佛洛伊德：拉康的精神分析學》（臺北市：遠流出版事業公司，1992年），頁135-140。

147 潘人木：《蓮漪表妹》，頁374。

時也對共黨世界幻滅，並且不惜抗命違紀，只為發現自我。令人不勝
唏噓的是，在共黨勢力甚囂其上的時局，重新建構自我主體性的蓮漪
也只能隱而不顯，出獄後因無法抗拒上級指示而不能如願展開新生
活。很顯明地，造成蓮漪必須苟延殘喘的關鍵就在於，十四年前背負
著因姦受孕的女性道德瑕疵遠赴延安遮羞，未料卻換來了無法成長選
擇的慘痛代價。若再從家國的大敘述立論，如將女性失真與大陸淪陷
劃上等號，在這個層次上觀察，大陸的淪陷不僅被女性化，並且被比
喻成如同女性般失真、淫蕩[148]；匪共施之於女體的種種凌辱，猶如遙
指國家慘遭赤化玷汙的悲慘命運。在此，進一步將國家民族主義置換
成女性身體的意義，她們的蒙羞受辱一如國民政府大吃敗仗的家國困
境。尤其將具體的侵犯行徑符碼化，則擴大了女體的象徵性內涵：中
國受到共黨的滲透與侵略，文本中個人與家國的成長遭遇互為指涉。

　　值得注意的是，女性的身體防線在慘遭共產黨員以暴力方式侵入
後，因此而孕育下一代的寓意卻顯得張力十足。懷孕生育，自古便是
女性成人禮的象喻，但是因遭共產黨員玷汙而生產的女性，非但沒有
為她們帶來做母親該有的榮耀與精神心理的富足，隨之而來的反倒是
揮之不去的苦難與羞辱。當蓮漪遠赴陝北產子，因身為「未婚母親」
的關係讓她未有絲毫為人母的成長喜悅，甚視此為自我展示恥辱的儀
式。爾後當她出獄後赴北京洪府述職的途中，蓮漪眼見盲童洪流年紀
雖輕且殘，但卻已具備共黨快狠準的作風與性格，在不知洪流就是親
身子小離的情況下慨嘆道：

　　他要是不瞎，就是洪家的一條龍了[149]。

---

148 周蕾：《寫在家國以外》（香港：牛津大學出版社，1995年），頁1-38。
149 潘人木：《蓮漪表妹》，頁568。

中國向來以東方巨龍自居，而一隻瞎了的殘龍不正是指向竊據中國、施行暴政的共產黨？共黨終究無法成為正宗龍的傳人的寓意不言自明。更諷刺的是，洪流（小離）自幼失明的原因，竟是共產黨父親在徵逐漁色間感染性病所導致，這是否再度指涉共黨終將自食惡果的國族寓言？尤有進者，倘若「不孝有三，無後為大」是家族國體綿延與否的重要指標；那麼此處的蓮漪，還有《如夢記》中愛真與共產黨員所生下的子女，都在她們逃離大陸時死於非命，《長夜》中的彭愛蓮則因難產而母子均亡，甚至於《重陽》中柳少樵除了在異性戀上堅決不要孩子外，其同性戀傾向更顛覆了宗法父權的倫常律令，這在血緣族嗣傳承無根絕後的寓意上，無疑是共產黨無法賡續綿延的象徵。

我們透過「身分地理」審視《蓮漪表妹》中「女體與國體」的象徵意義與成長關係，藉由身體作為戰場的想像空間隱喻，揭示女體其實和男性上場打仗的實際成長空間有異曲同工之處。但我們也同時注意到，心思細膩的女作家採用「更名」的方式，以標誌出主體空間的位移及成長階段。檢視蓮漪的一生，共經歷了「蓮漪─揚帆─葉秀明」的三次更名，除了分別相應於「北京─陝北─香港」的迥異空間外，不同的符名也各自演繹出每一階段的符旨。有別於男性在戰場上所舉行的成年禮，小說則企圖藉由女性「更名」的成長儀式，重申揮別過去，邁向嶄新開始的決心。

首先，「蓮漪」在北京慘遭共幹玷汙受孕後奔往共區，為了埋藏因姦受孕的恥辱及擺脫未婚生子的陰影，並在抗命違紀的獄後首度發現自我的「蓮漪」隨即更名為「揚帆」，目的正是希望不堪的過去能隨著「蓮漪」的符名一同消逝：

　　最好任何人都不知道我除了揚帆之外還有別的名字。讓那個名

字跟過去一起埋葬好了。一聽到蓮漪兩個字，我就想哭[150]。

然未料在共幹的安排下再度重逢洪若愚，「揚帆」此一符名才又再度指涉「蓮漪」；在公審批鬥大會上，「揚帆」即是因「蓮漪」之名慘遭清算鬥爭。最後有幸在金鵬醫師的策劃下，將「蓮漪／揚帆」與「葉秀明」身分互換，「葉秀明」才得以順利前往香港。也正因為「蓮漪／揚帆」曾經在共區「身」不由己的經歷，據此加深了對國家、人生以及自我的認識與成長。同時在逃離大陸安身「香港」後，希冀得以全新的符名「葉秀明」真正揮別過去，重燃新生的可能與再度尋回快樂與美麗的希望。在香港養病期間，金鵬除了不斷提醒蓮漪／揚帆：「那個叫揚帆的你，不是已經畏罪上吊自殺了嗎？」（頁617）並以戲裡的警語——「過去的日子叫它永遠過去吧！」（頁631）點醒蓮漪／揚帆。循此，逃離赤色大陸的蓮漪／揚帆，除了暗喻不認同象徵父親角色的共黨社會外，並在「香港」以「葉秀明」的身分重新建構主體性。更重要的是，中國全面赤化後完全斬斷了人們成長啟蒙的契機，因此也只有讓形而外的身體離開共黨的赤色勢力範圍，女性才有重新開始與成長的可能。在蓮漪的成長歷程中，無論是從北平的罷課學潮，到逃奔陝北成為共產黨員，再因抗命違紀入熱河獄中，抑是出獄後被派命回到北平洪家述職；身心均受到共幹監控而動彈不得，宛如輾轉煎熬於共產黨的大牢籠裡。對「蓮漪」而言，只有當空間與符名這兩者同時改變，才使得她得以告別不堪回首的過去與謬誤的青春，改頭換面地以「葉秀明」的身分在「香港」重新追求新的主體性。而家國想像的大敘述，或可在共產黨之子躍海身亡的隱喻中找到答案。

相對於女體的飽受掌控而無法自主，還有一類小說則是安排讓女

---

150 潘人木：《蓮漪表妹》，頁451。

性反過來利用自己的身體，一反拘泥守貞於家的舊式道德觀，充分發揮獻身於國的身體政治。由守反攻的結果，女性的身體不再只是服膺於一人一家的貞操規範，並且為了廣大同胞的福祉，不惜為愛國愛人而為國捐「軀」。尤其在烽火連天的戰亂時代，女性擅加利用自己的身體以進行絕地大反攻的女間諜任務時，除了是女體／國體的玷汙指涉外，同時也賦予女性身體革命的符碼。

檢視五○年代反共小說，最具有女性身體意識的當以《藍與黑》的唐琪為代表。唐琪在外國教師開放教育的薰陶下，逐漸沖淡了傳統禮教對中國女性束縛的道德色彩。中日戰爭爆發，雖然還只是護校學生的唐琪就毫不猶豫地捲起衣袖發揮自己的醫護專長，自組看護隊上前線救護傷兵，毫無保留地將愛國心付諸行動。這項護國行徑看在舊時代姨媽的眼中，無異於上大兵窩和官兵們摸手摸臉，有辱女性的貞操。但在她「即使別人不諒解又如何？我們是為自己活著」（頁134）的自我認知下，並未遵循男女授受不親的封建禮教為行事準則。唐琪雖因此飽受長輩的謾罵指責，然為國服務的熱忱未曾退縮，更不以此為恥，為她日後的身體政治埋下伏筆。

同樣因姦失去童真，但不同的是，失身的唐琪不但未如蓮漪般含羞帶辱逃離家園，更未因此屈服於命運而一味自怨自艾，反而展現出不畏強權的女性意識。被驅逐離家後的唐琪為自力更生，在誤入狼口後遭親日派上司非禮，但她卻一反傳統女性必須悶聲不響地委曲求全，轉而主動地訴諸法庭以為自己的身體討回公道：

> 她當堂大聲咒罵：「你常弘賢無恥！你用這種卑鄙齷齪的方法，欺侮一個女人。你還想要她當太太！苟有一絲骨氣與氣節的女人，絕不會答應你這種惡毒的要求！[151]」

---

151 王藍：《藍與黑》，頁149。

唐琪強烈展現出捍衛女性身體自主的意識，這在多數仍聽命媒妁婚約的時代尤突顯其高漲的女性意識。爾後為了援助抗日救國行動，唐琪更是擅用自己的身體，利用舞女、伶人這些卑下不起眼的身分，作為她展開愛國行動的保護色。身為伶人時，她在「慈善賑災」的話劇擔綱演出，以鼓舞抗敵的士氣；做舞女時，為了援救抗日份子賀力，她不惜出賣色相，斡旋於富商、漢奸與日本男性間，此舉雖遭致唾罵為漢奸亦忍辱負重。身為歌女時，並將獻聲演唱的全數所得均用來接濟抗日的工作經費，即使一貧如洗也甘之如飴。唐琪使出美人計，讓女體周旋在腦滿腸肥的豺狼虎豹間的結果，才得以使抗暴份子逃出囹圄免於一死，愛國救國的行動也才能繼續下去。

　　若再將焦點鎖定在共幹的色欲橫流，他們以革命之名行娶妻納妾之實，結果卻反遭反共女性致命一擊的下場，極具嘲弄顛覆的寓意。《夢迴錢塘》就描寫中日戰爭爆發，幼梅與男友一同投入抗戰殺敵的救國行列，未料軍隊最後的潰散非來自日軍的攻擊，卻是敗在同為中國人的新四軍的偷襲，男友也就在不願屈撓下取義成仁。極其傷痛下的幼梅毅然決然成為一名女間諜，不僅加入共產黨，更置女性貞操於度外，忍辱成為共幹的愛人，為的是得以適時提供機密而有力的情報，好阻撓共黨不斷壯大的惡勢力。此段情節雖非此篇小說所要闡述的主要意旨，所佔文本比例亦微乎其微，但卻足以呈顯出女體反擊的女性意識。整體說來，這些愛國的女性在女體／國體間權衡輕重後，她們暫將個人愛欲羈絆拋諸腦後，不惜犧牲私我的貞操以換取家國的利益，捨小我私情而就家國大愛。換言之，女性不再只是悲情地被把玩在男性／政黨的指掌間，而是主動地操弄自己的身體，反過來給他們猛而有力地一擊。也或許正因為有幼梅一樣善用身體政治的女間諜臥底，才得在「天總是要亮的！向日葵永遠追隨著太陽」（頁739）的光明結局中，讓反共抗暴的復國神話再度充滿希望。

三 作者與文本性別之間

由以上文本，我們可以看出，五〇年代小說家其實已經消解了家國建構過程中的性別規範，解構了「男主女從」、「父子相繼」的性別書寫；甚至發展出「女主男從」、「女女傳承」的女性成長意識。在向來慣由年輕男性發聲的反共／成長小說中，由另一種性別所傳達出來的愛國意念與成長的書寫策略或更值得注意。

這類以女性入角的反共／成長小說，不僅出現在女性作家的手中。蕭瓦特（Showalter）早已指出男女間的差異非取決於生理差異，而是文化結構產物，因而討論女性成長的小說本來不應只是侷限在女作家的作品中[152]。易言之，文本是否具有女性意識的分野既不在作者的生理性別，反觀某些男性作者筆下對男性中心的論述顛覆的更徹底。如徐速《星星·月亮·太陽》中創造出的女主角之一亞南，就以現代花木蘭之姿縱橫沙場，將國事置於私我情愛之上。男主角卻反身陷多角戀情，鎮日為愛情所苦。由此嘲弄了大男人／國軍／中國的意識形態，也消解了以男性為中心的家國論述。

再單純地檢視女作家的作品，並未如台灣文學評論者與成長小說研究者所言，女性清一色只有封閉於象牙塔裡的耳語呢喃之作，缺乏與外界的互動[153]。在前面的討論中足以證明，她們從性別戰鬥文藝勾

---

152 邱貴芬在「當代台灣女性文學研討會」中，發表〈性別／權力／殖民論述：鄉土文學中的去勢男人〉一文。她在論文中就以女性主義論述的主題不是「女人」，而是女性主體意識的形成過程，說明「女性文學」的討論對象不應侷限於「女」作家的作品或是文學中的「女」角色。該文收錄於鄭明娳主編：《當代台灣女性文學論》（臺北市：時報文化出版企業公司，1993年），頁15-34。

153 成長小說研究者指出，典型的女性成長小說是比較偏重於內心世界的描寫，以取代對於社會的適應、反抗或退縮。然而問題是，正因為侷限在自我的內心世界，即使這個內心世界再豐富，然而由於與外界缺乏互動，卻可能因此導致孤立直到

勒出女性與家國共同成長的文學風景。誠然，我們也不容否認，女性
作品確是多以描寫瑣屑的兒女私情為主，但卻也不能因此以寡總多，
以偏概全地忽略了她們也有的反共戰鬥文藝創作。王文漪在編纂《當
代中國新文學的大系》時，就選取女作家多篇極具愛國之思的散文作
品[154]；《二十年來的台灣婦女》的編輯群則是從女作家作品屢被選入
戰鬥文藝選集立論；台灣省婦女寫作協會常務理事許素玉於出版的
《婦女創作集》的序言中以為[155]，女性對國家民族的革命熱情與戰鬥
意識，乃是從現實生活中挖掘書寫的題材，有別於男性馳騁於殺戮戰
場的救國之舉，這些都足以拆解五〇年代女性僅有描寫柴米油鹽諸瑣
事的斷語。可見在這些作品中，女性並非一味蝸居在閨閣的象牙塔
裡，而已是置身在具有歷史感的大時代中。

　　最後，從性別意識著眼，或有男性作家筆下的女性更具顛覆性。
只不過在多為自傳式書寫的反共／成長小說中，女作家的優勢是，她
們以一種更細膩生動的筆鋒，展現出女性在大時代中成長的心靈流動
與轉折。這類女性成長小說或許少了大時代的鋪陳與驚心動魄的爭戰

死亡。Abel, Elizabeth, Marianne Hirsch, and Elizabeth Langland, eds. *The Voyage In: Fictions of Female Development* (Hanover and London: University Press of New England,1983), p. 8.

154 王文漪在〈導言〉中列舉，寫來台後堅強向上精神：徐鍾珮〈浮洋〉及〈羅馬不
　　是一天造成的〉；寫前線英勇衛國將士：鍾梅音〈金門炮火洗禮〉、華嚴〈我從前
　　線來〉；追憶抗戰時，奔赴大後方共赴國難：張秀亞〈夢‧風雨‧墨痕〉；寫光輝
　　十月：艾雯〈火樹銀花不夜天〉；懷念重慶精神：陸勉餘〈家在白雲邊〉等。《當
　　代中國新文學大系：散文一集》（臺北市：天視出版事業公司，1979年），頁7-8。

155 許素玉，「她們從實際生活經驗中體認了時代的真實意義，再通過真正的情感，與
　　智理的蘊藉，而技巧地表達出來，其間充滿對國家民族與家庭的熱愛，流露著人
　　性的尊嚴與偉大，更抒發了人生的真諦和自由的可貴，它所涵泳的革命熱情與戰
　　鬥氣氛，對共匪在大陸摧毀家庭蔑視人性的極權奴役暴政，展開了無情而有力的
　　一擊。」台灣省婦女寫作協會主編：《婦女創作集》第一集（臺北市：臺灣省婦女
　　寫作協會，1956年），頁1。

場景，卻有別於老套的愛國宣傳作品，帶給讀者的是迥然不同的視覺饗宴與感動。誠如伊麗葛瑞（Irigaray Luce）所言，女性語言和她們身體一樣，不是以一為中心，而是雙數的、複雜的、散發性的，可以說比較散漫而不集中，不是以理智為中心，而是比較感性的，因此只有女性語言才足以表達女性經驗[156]。也就因為女作家在表現女性經驗與詮釋女性角色上比男作家來得細膩生動，這也或許是以描寫女性成長的小說比主要訴求反共的反共文學更膾炙人口的原因所在。

四　小結

當焦點關注在女性，我們反倒在女性的耳語呢喃中挖掘出女性意識與家國意識共同成長的書寫脈絡。本節中所論的小說展現有別於男主女從的傳統秩序，首先就翻轉了啟蒙導引者的性別，男性的成長覺醒，是來自女性的曉以大義，據此建構出「女主男從」的位階秩序，女性不再只是附屬於男性或瑣碎的能指，不再只是唯唯諾諾的客體存在而已。再者，家國意識的主體性建構亦非男性的專利，女性對救國愛國的激情昂揚，並未讓男性專美於前，甚至凌越其上，自女性意識開展出不同的成長風景。

然不容否認的是，這些女性在追尋自我成長的過程中，勢必得與三從四德的封建禮教產生強烈的拉扯。但一旦女性決心與傳統宣戰而戮力建構自我主體性之際，雖付出更多的成長血淚，卻也援筆紀錄了在動亂大時代中女性的成長艱辛。若自書寫策略著眼，反共文學將女性入角，娓娓道出成長脈動，即呈現在「女體與國體」的微妙關係上。女體被玷汙，猶如國家慘遭赤禍，個人與家國的成長互為指涉。

---

156 馬奇洪姆著、成令方譯：〈女性主義文學批評〉，《聯合文學》第4卷第12期（1988年10月），頁24-29。

更重要的是，她們以一種更細膩生動的筆鋒，展現出女性在大時代中成長的心靈流動與轉折，確是比只有殺朱拔毛的反共文學更貼近既真實又寫意的人生。

本章結語

綜合以上各節的分析，明顯可見的是，即使在國族論述的主流下，五〇年代作家在小說中也未曾湮沒個人成長的聲音，表現出巴赫金定義下最重要的「現實主義的成長小說」，也就是個人與家國雙線並進的成長模式。雖然台灣學者普遍提出在六〇年代台灣成長小說最有發展的看法，但根據上述各節的論述，我們足以說明五〇年代小說家其實就已經展始成長書寫。反共小說就採用「回顧過去，展望未來」的正向成長模式，主要通過空間的變動象徵主體成長的儀式，共同預示了個人／家國的成長。此外，若自歷時性的觀察視角，這類個人與家國共同成長的反共小說，以一九五五年前的作品佔多數，十分切合於當時的大環境氛圍。原因不外乎是一九五四年十二月台美簽訂「中美共同防禦條約」後，更加鞏固了兩岸對峙的局勢，反共復國幾乎已成神話之際，作家的焦點自然慢慢轉移，開始關注政治以外的時代社會性問題了。

另外，在當時的台灣文壇上還有一群在語言轉換跑道上努力不懈的台籍作家，他們在五〇年代前後經歷了兩次的政權轉換，這群台籍作家在迥異的歷史情境下，勢必發出不同於渡海來台作家的成長聲音及其家國想像的建構，這個議題我們將留待下一章再抽絲剝繭的討論。

第三章

我是誰？
——台籍作家的成長論述與家國認同

　　接續前一章「個人成長論述與家國想像」，本章將以本土台籍菁英為研究對象。前述以遷台知識份子的反共小說為主，側重在通過空間的變動象徵主體成長的儀式。至於台籍作家則因歷經兩次殖民強權，宛如置身於朝代易幟之際，因而萌生身分認同的成長難題。追溯台灣近代史，自鄭成功時代起台灣就宛若一部殖民史。尤其在五○年代前後十年間，台灣經歷了兩個政權的高壓殖民，本島同胞除了面臨來自日本異族的衝擊，還要調適戰後戒嚴的同族壓制，身分認同的問題更顯得迫切與複雜不易。據此，跨語一代作家在作品中多描寫出搖擺、浮游的身分，而他們的猶豫怔忡，正好反映了殖民地社會的不確、不穩性格[1]。在這樣特殊的歷史環境下，要釐清殖民下台灣人的身分認同，我們可能必須回到巴巴（Homi Bhabba）所謂「認同從來不是固定」的脈絡下。日據時期，隨著知識份子文化立場及其對話者的不同，自是衍生出迥異的身分主體性，或有汲汲營營成為皇國民；或有堅定民族身分而未向殖民體制靠攏者，在異族的統治下，文化立場決定身分認同的結果。戰後，飽受日人欺凌的本土作家勇敢地表達出不願接受殖民宰制的身分系統，藉由血緣及漢傳統文化的尋根旅程中強化民族身分。然未料國府來台後的高壓行徑竟無異於殖民者，讓

1　陳芳明：《左翼台灣：殖民地文學運動史論》（臺北市：麥田出版公司，1998年），頁23。

他們好不容易建構完成的中國身分再度受到自我質疑，進而在極度失落中轉從台灣本土的視角反思身分的歸屬。一旦「中國／台灣」的身分分野逐漸劃清，身分認同因而涉及到更複雜的意識形態時，台灣人民的認同問題就不再只是日本／台灣，殖民／被殖民這樣簡單的二元對立思考框架就足以廓清。

本章著眼於台籍作家身分認同的成長脈絡與書寫策略上。我們所關注的是，本省菁英在殖民、戰爭這兩個特殊歷史條件的交錯影響下，面對皇民運動與國民黨官方文藝政策如排山倒海而來的同化壓力，他們是站在怎樣的對話位置進行身分認同？在這樣一個屢遭殖民的社會環境中，到底有哪些不同的身分可能被建構出來？而隨著歷史的遷移變異，這些認同又產生了哪些變化？本文一方面指出被殖民者不斷借助另一個對立的他者以建構出身分的成長論述及認同策略。特別是小說表面上看似只有中國／日本身分對立的書寫中，其實已隱藏日本／中國／台灣三者間更複雜流動的身分認同。另一方面則拋出被殖民者如何排除他者，以及建構純粹身分是否可能的成長議題。最後藉由後殖民理論家薩伊德（Edward Said）的說法指出，本省作家在小說中運用身分認同的成長策略，最重要的不在於主體認同了什麼，而是在認同的過程中如何彰顯出台灣人民對抗殖民者的奮鬥成長史。

在文本選取方面，由於官方藝文及語言政策的受限下，台灣本土小說家在五〇年代的創作並不多，因此本章僅以台籍作家首部在文獎會獲獎的小說廖清秀《恩仇血淚記》，及台灣第一部「大河小說」鍾肇政的《濁流三部曲》為主要的探討對象[2]，並適時輔以跨語一代作

---

2 《濁流三部曲》不僅是鍾肇政第一部大河小說，也是台灣文學史上的第一部大河小說。「大河小說」一詞首見於葉石濤的評論中。葉石濤論及：「凡是夠得上稱為『大河小說』（Roman-fleuve）的長篇小說必須以整個人類的命運為其小說的觀點。……」見葉石濤：《台灣鄉土作家論集》（臺北市：遠景出版社，1979年），頁

家的作品。並且由於歷史的難以切割，在提及日／台間身分認同的相
關論述時，偶以「日據時期」的文本參照佐證亦在所難免。

第一節　身分認同的成長論述

> 咦！原來台灣不是日本的麼？我心裏暗暗地叫[3]。──廖清秀，
> 《恩仇血淚記》（1953）。

　　四、五○年代是台灣史上的一個重大轉折。日本在台的殖民主權
於一九四五年轉手交棒，台灣政局在兩個強勢政權的遞嬗轉換間亟待
重建。未料在島國秩序尚未穩定就緒之際，迫於節節敗退情勢的無奈
下，國府不得不率眾倉皇渡海來台。為迅速弭平國內亂象，當權者對
島民均施以極權的高壓統治，無分省籍。文學上則是在黨政機器的強
勢主導下，重回以中文為主的創作媒介，並定下「反共」文藝主流。
對於突如其來的陌生題材與表達工具的驟變，本省作家大多在措手不
及下被迫或自願噤聲；而大陸移民作家則趁勢大舉進攻入主台灣文壇。

　　不過相同的是，在島國各方秩序都在解構再建構的過渡期，原居
民與新移民表面上雖服從威權秩序，卻在暗地裡悄悄地展開探索建構
自身的主體性。對大陸移民來說，這一場大規模的東渡行動與艾德

148。據楊照的研究指出，「大河小說」一詞源自法文的「Roman-fleuve」。"Roman"
意指小說，"Fleuve" 則是向大海奔流的河。而法文 Roman-fleuve 最早的意思只是用
來形容滔滔不絕的故事。到了十九世紀之後，Roman-fleuve 才被拿來對應指稱英文
中的 Saga Novel 或德文裡的 Sagaroman。見楊照：〈歷史大河中的悲情──論台灣的
「大河小說」〉，《文學·社會與歷史想像：戰後文學史散論》（臺北市：聯合文學出
版社，1995年10月），頁94。

3　廖清秀：《恩仇血淚記》（臺北市：自費出版，1957年），頁13。

華‧薩伊德（Edward Said）所謂的「流亡者」無異[4]。台灣，既是避亂桃源，也是他鄉異地。當主體被抽離了自幼生長與認同的成長體系後，首度面臨的便是跨文化與族群身分的衝突與適應，同時還必須面對各種切身困境的調適。他們一方面為文控訴兄弟同根相煎的傷痛，並柔情萬縷地鑲嵌辭鄉別親的濃郁鄉愁，戮力再製原鄉神話。另一方面也開始將視野關注在腳踏實地的台灣，漸漸從空間展開認同，「家台灣」的書寫率先由女性開啟序幕。但隨著日後台灣本土意識竄起，折衝於「原鄉」與「現實」之間的渡海之士，身分歸屬終究尷尬難解。相較於位居強勢的外省族群，相對劣勢的台籍人士的身分認同尤顯迫切。當台灣結束了日本異族長達五十年的殖民統治，原對重歸祖國懷抱滿心期待的本省人民，旋即在國民政府宛如再殖民的強權統治下幻滅。尤其此種民族同源的殖民政治帶來的身分衝擊更甚於異族之上。於是，當中國／台灣的符徵逐漸對立二分，遂再度引爆了一場新的認同危機。身處在劇變的時代，戰後初期台籍作家的首要成長課題便是，如何重新建構個人／家國的身分主體性。

　　有鑑於此，本節將由「跨語一代」台籍作家的身分認同問題切入[5]，揭示他們在身分認同上的成長論述及其認同策略。其中以廖清

4　薩伊德（Edward Said）：「流亡者乃是存在於一種中間狀態，既非完全與新環境合一，也未完全與舊環境分離，而是處於若即若離的困境，一方面懷鄉而感傷，一方面又是巧妙的模仿者或秘密的流浪人。」Edward Said（艾德華‧薩伊德）著，單德興譯：《知識分子論》（*Representations of the intellectual：the 1993 Reith lectures*）（臺北市：麥田出版公司，1997年），頁87。

5　「跨語一代」是「跨越語言的一代」的簡稱，乃由林亨泰首先提出。一九六七年四月，他向來台訪問的日本人高橋久晴介紹他們這群接受日本教育、用日文創作，而戰後必須改以中文創作的詩人，遂拋出「跨越語言的一代」一詞。高橋返日後，在九月發行的《詩學》雜誌上發表〈臺灣的詩〉，便採用此詞為副題來介紹林亨泰、桓夫（陳千武）等人，之後在台灣就一直沿用下來，且指稱的對象也由詩人擴及小說、散文的作家。參呂興昌：〈桓夫生平及日據時期新詩研究〉，《文學台灣》創刊

秀《恩仇血淚記》（1957）與鍾肇政《濁流三部曲》（1961-1964）這兩部長篇小說最鉅細靡遺[6]，也格外引人矚目。他們不約而同地將小說的時代鎖定在日據末年及光復初期的前後年間，以突顯台灣人民在兩個統治政府易位之際的身分掙扎。我們所關注的是，在殖民、戰爭這兩個特殊歷史條件的交錯影響下，面對日本皇民運動與國民黨如排山倒海而來的同化壓力，台籍作家是站在怎樣的對話位置進行身分認同？在屢遭殖民的過程中，有哪些身分可能被建構出來？以及隨著歷史的遷移變異，認同又產生了哪些變化？綜言之，本文就通過台籍作家身分認同／自我成長／家國歷史間的辯證張力加以論述。至於外省作家對台灣空間的認同，已有學者專文探討[7]，此處不再續貂。

　　在切入本節主題之前，我們必須先了解「身分認同」產生的原因及其意義，以及在台灣造成「身分認同」的歷史條件。「身分認同」

　　號（1991年12月），頁123-163。簡言之，所謂「跨越語言的一代」，指的是台灣戰後第一代的省籍作家。據一九九一年，張恆豪等人編輯，前衛出版社出版的《台灣作家全集／短篇小說卷／戰後第一代》中所選錄之作家有：陳千武、鄭煥、文心、吳濁流、鍾理和、葉石濤、張彥勳、鍾肇政、廖清秀、林鍾隆及李篤恭等人。

6　《恩仇血淚記》為廖清秀一九五一年在中國文藝協會主辦第一屆小說研究班的畢業論文；一九五二年在趙友培老師提供修改意見後，廖清秀第三次重寫，同年十一月十二日並獲中華文藝獎金委員會長篇小說第三獎。於一九五三年《文藝創作》第二十五期－三十二期連載，爾後苦無出版機會，於一九五七年自費出版。另外，鍾肇政《濁流三部曲》第一部《濁流》及第二部《江山萬里》分別於一九六一年、一九六二年首度發表於《中央日報》；第三部《流雲》則完成於一九六三年，於一九六四年首度發表於《文壇月刊》。出版方面，第一部《濁流》於一九六二年由中央日報社印行單行本；第三部《流雲》由文壇社於一九六五年初版發行。直到一九七九年，遠景出版社出版社首次將三本合輯以《濁流三部曲》為書名刊行，此為本論文採用的版本。

7　范銘如在〈台灣新故鄉——五○年代女性小說〉中探討指出，五○年代女作家群除了有呼應反共和懷鄉的文學外，卻也有部分文本已流露出在台灣落地生根的意願。收錄於《眾裡尋她：台灣女性小說縱論》（臺北市：麥田出版公司，2002年），頁3-48。

源自於英語的 "Identity"，若溯其詞源，"Identity" 來自於拉丁語，本義為「相同」或「同一」。而 "Identity" 開始成為專業術語，則是首先運用在精神分析的心理學領域。艾里克森（Erik H. Eridson）認為，身分認同是指個人在成長過程中經歷了心理或精神危機後，獲得了個人和社會關係間的健全人格（Personality）。它是個人對某種社會價值觀及生活方式的認同，不但深植於個人的潛意識中，且同時具有統一性和持續性[8]。在艾里克森的定義裡，將「身分認同」指向存在主體所必須獲得的文化歸屬感。

到了當代，「身分認同」不再只是心理學的專有術語而已，此一議題甚至成為當代文化論述備受矚目的焦點。據西方學者杭亭頓（Samuel P. Huntington）的觀察，九〇年代所爆發的身分認同危機，迫使不同地方的國家和人民都面臨人類最本質的追問：

> 我是誰？我們是誰？我們身居何處？以及如何看待我（我們）與「他者」的關係[9]。

了解「我是誰？」亦即身分意識的建構正是成長小說中一個重要的原型經驗。因此，身分建構的心路歷程及其影響要素，也就構成許多成長小說的主要結構。若以美國成長小說為例，由於種族與文化的多元，使得身分認同與歸屬的困惑成為美國成長小說的普遍主題之一[10]，尤其是表現在少數族裔（黑人、猶太及華裔）的文學中。而身分認同

8　Erik H. Erikson, *Identity and the Life-Cycle* (New York: W. W. Norton, 1980).

9　Samuel P. Huntington（杭亭頓）著，黃裕美譯：《文明衝突與世界秩序的重建》（*The clash of civilizations and the remaking of world order*）（臺北市：聯經出版事業公司，1997年），頁166。

10　在芮渝萍《美國成長小說研究》（北京市：中國社會科學出版社，2004年）的專著中，於第八章〈多元文化與美國成長小說〉有詳盡的論述。頁228-271。

之所以重要，是因為它涉及到族裔散居者安身立命的基本問題：我是誰？我來自何方？將歸向何處？誰屬於某個共同體？誰不屬於這個共同體？如何看待自己的身分？如何在環境中定位自我[11]？這些都構成了錯位後族裔散居者的共同成長難題。而作為生活在宿主文化圈裡的邊緣人或少數族裔，身分認同已經成了區分「我們」和「他們」的標誌。因此，只有在確立了自我與他者的區分後，主體才得以清晰完整；相反地，若不知我是誰，猶如失去了足以安身立命的根本，隨即湧現無所歸屬的身分焦慮。而身分議題之所以在當代成為顯學，主要來自兩方面的刺激：一方面是後結構主義對西方傳統主體觀（subjectivity）的全面檢討；另一方面則是前述檢討動搖了傳統文化霸權後，新興社群對主體位置的欲求[12]，從而形成一股身分急需重新定位與認同的潮流。

　　若回顧中國古代歷史，身分認同的問題多發生在朝代易幟的歷史斷裂處，或是與異文化接觸之際。在舊秩序瓦解，新意識尚未凝聚完成的歷史不連續性上，由此引發的認同危機自是撼動著具有自覺的知識份子。尤其是異族入主中原，漢族文化遭逢存亡危急之秋，個人或族群的身分定位與歸屬，無不煎熬著以道自任的士人階層[13]。到了近代中國，則是在與西方異文化接觸後，出現另一波身分重塑的浪潮，

---

11 王光林：〈認同、錯位與超越──兼論華裔美國文學的發展〉，收錄於虞建華主編：《英美文學研究論叢》第三輯（上海市：上海外語教育出版社，2002年），頁167-168。

12 廖咸浩：〈在解構與解體之間徘徊──台灣現代小說中「中國身分」的轉變〉，收錄於張京媛編：《後殖民理論與文化認同》（臺北市：麥田出版公司，1995年），頁193。

13 王學玲在《明清之際辭賦書寫中的身分認同》的博士論文中，即是深入探討明清之際的士人如何藉著辭賦的書寫傳統，來處理這個跨越時空的當代「身分認同」議題，及其背後所反映的複雜心理層面。詳見王學玲：《明清之際辭賦書寫中的身分認同》（臺北縣：輔仁大學中國文學系博士論文，2001年）。

晚清知識份子如康有為、梁啟超、章太炎等人[14]，均在國族身分建構
之列。

再聚焦於台灣近代史，自早先荷西佔領和滿清的異族統治，再經
歷鄭氏父子時代，以及日據到國民政府遷台初期，台灣多扮演被殖民
的角色。其中最常被提及和鎖定的日據時期[15]，正是台灣小說中身分
議題大量浮出檯面的開始。游勝冠在論文中就以一九三七年皇民化運
動為觀察分野，前後各以賴和、張文環為代表作家，論述最後一類反
支配的左翼知識份子如何不斷超越日本殖民者所劃下的界限，試圖鬆
動殖民主義的二元制權力支配，進而展衍出去殖民化的文學表現，以
重構台灣的主體性及身分認同[16]。由於在日本異族的統治下，殖民者
一再放送台灣隸屬日本的高分貝喊話，但卻又將本島人視為二等公
民。尤其是皇民運動的催眠洗腦，對同時接受漢文化陶冶的台灣人來
說更添身分迷思。循此，台灣人民往往在皇民教育與祖國歷史神話的
兩相拉扯，擺盪在日本／中國的兩難身分中，最後自血緣民族解構了
台灣並非臣屬於日本的殖民神話，並重新建構與中國同源的國家身
分。然未料回歸祖國後，在國民政府蠻悍的類殖民政策下，對台灣人

---

14 詳參《思與言》「文化想像與族國建構專號」第34卷第3期（1996年9月）；《思與言》
「發現過去／想像未來：清末民初的「國族」建構專號」第36卷第1期（1998年3
月）。在這二個專號中，有多篇論文探析此議題。

15 馬森：〈「台灣文學」的中國結與台灣結：以小說為例〉，《聯合文學》第8卷第5期
（1992年3月），頁172-193。

16 據游勝冠研究指出，日據時期台灣人民身分認同的混亂，並非始於皇民作家，早在
二○年代台灣新文學運動萌芽以前，就已經產生身分如何建構的問題。研究中分析
歸納了日據時期三種不同立場的身分主體：第一是向來主動納入體制的傳統知識份
子，他們在皇民化運動中汲汲營營地以成為日本皇民為目標；其次是二○年代的啟
蒙知識份子，這一類在承認殖民統治合法的前提下，以自由主義的價值為標準，對
殖民集權統治作出了一定的批判；最後是階級運動中反支配的左翼知識份子，他們
走的是以脫離殖民統治為目標的體制外路線。詳見游勝冠：《殖民、進步與日據時
代台灣文學的文化抗爭》（新竹市：國立清華大學中國文學系博士論文，2000年）。

民來說猶如再現殖民噩夢，更震撼人心的無疑是，此種民族同源的殖民統治不但澆熄了省籍同胞渴望回歸祖國的熱情，據此帶來的身分衝擊更甚於日本異族之上。易言之，戰後祖國接收台灣後，歷經五十年的異族殖民創傷非但未能痊癒，反倒更刺痛了島國人民舊有的身分傷痕。對台灣作家而言，當權者以政治力強制干預文學場域的霸道行徑，絲毫不遜於日本皇民化運動所帶來的斲傷。若從中國／台灣「本是同根生」的血緣立場，我們不禁對此萌生「相煎何太急」的質問。準此，迫使他們重新檢視中國／台灣的身分，再度面臨身分認同的矛盾與衝突。尤其自一九四七年爆發二二八事變後緊接著白色恐怖時代的來臨，中國／台灣意識漸行漸遠，日後甚至對立二分。

　　當日本／中國（台灣），殖民／被殖民這組長久二元對立的體系遭解構後，接踵而至的，是個人／家國主體性遭歷史架空的身分認同危機。傅柯就指出連續性歷史是主體性建構的重要基礎：

> 連續性的歷史是一個關聯體，它對於主體的奠基功能是必不可少的：這個主體保證把歷史遺漏掉的一切歸還給歷史；堅信如果不把時間重建在一個重新構成的單位中，時間將不會擴散任何東西；並許下諾言，主體終有一天—以歷史意識的形式—將所有那些被差異遙控的東西重新收歸己有，恢復對它們的支配，並在它們中找到我們可以稱為主體意識的場所的東西[17]。

主體性既然必須在連續性歷史中才能完整建構，那麼，我們首先要釐清的問題是，何謂連續性歷史？由日本殖民五十年及戰後由中國接管

---

17 傅柯：〈《知識考古學》引言〉，收於Michel Foucault（傅柯）著，杜小真編選：《福柯集》（上海市：上海遠東出版社，1998年），頁139-140。

的台灣，這樣的歷史究竟是連續？抑是斷裂？由於日據時期台灣人民的主體意識向來被放在被殖民者的劣等位置上，他們便一方面在殖民歷史的綷縫中，通過民族寓言以排除異族殖民的他性；另一方面建構出漢文化與台灣文化相融後的民族我性。此等未被日本全然同化的台灣歷史，應仍屬連續而非斷裂，只不過是穿插了一段殖民史。但反觀回歸祖國後，國府對台灣所施予的宛如殖民的統治措施，一逕嫁接上大中國的歷史圖騰，反倒截斷了台灣獨特的歷史經驗。來台重整旗鼓的國府甚至為了承續香火，將台灣這個空間圖誌化對岸中國的地理，在名為故土但實為異域的陌生土地上標示故國的地名，於塞滿中國符號的空間裡遙想彼岸的家園[18]。循此，台灣人民被抽離了建構已久的歷史脈絡後，面對的正是一個前所未聞的斷裂歷史。以文學為例，戰後台灣文學在黨政軍文工機器的強勢操弄下，不僅斷絕了來自以魯迅為首的左翼作家和三、四○年代中國的文學養分，同時也抹殺了日據以來台灣文學豐碩的發展成果。台灣本土作家不僅被抽離了一貫熟悉的歷史敘述脈絡，也不得重新接續二○年代台灣新文學精神。此種漂泊的斷裂感與本土文化不斷遭到貶抑與空洞化的撕裂結果，勢必再度引起台籍作家身分認同的危機意識。

也就在國民黨戒嚴的威權政治下，意外挑起了省籍戰火。解嚴後，八○年代台灣文學旋即掀起一波「台灣結」與「中國結」的身分

---

18 Benedict Anderson 在 *Imagined Community* 中指出，西方「新」、「舊」同時並存（synchronicity）的地理模式（如「新」英格蘭（New England）、「新」紐爾良（New Orleans）、「紐」約（New York）），是一種文化的擴散，「新」地方社會生活的開展，是要複製「舊」地方的一切社會生活、文化活動、建築風格等；而亞洲殖民地大多是一種薪火相傳的歷史模式（diachronicity）。Benedict Anderson, *Imagined Community* (London: Verso, 1991), pp.187-188. 見李振亞：〈歷史空間／空間歷史：從《童年往事》談記憶與地理空間的建構〉，《中外文學》第26卷第10期（1998年3月），頁49-51。

論戰[19]，台灣主權的歸屬話題迄今仍爭論不休。即使跨越到二十一世紀，當今政壇上依然鮮明可見藍／綠間意識形態的勢不兩立。據此觀察指出，戰後二十年來台灣知識菁英的成長轉變，幾乎和「身分認同」脫離不了關係。其因在於：一九四五年台灣光復，雖名之為回歸祖國，但國民政府入主台灣後各項強硬霸道的政策，實無異於一個蠻悍的殖民政權。台灣人民的身分困惑並未因回歸祖國而圓滿落幕，反倒是有增無減。尤其是五〇年代白色恐怖的窺視文化，戒嚴令無限展延的備戰恐懼狀態，反倒挑動了台灣人失望、破裂、反感的負面情緒，迫使他們不得不重新檢視中國／台灣的身分，再度面臨身分認同的矛盾與衝突。因此當台灣隸屬中國的主權一旦鬆動，身分就不僅單純地只是日本／中國的二元對立，而是糾葛在日本／中國／台灣這三重身分的迷思中。早在吳濁流《亞細亞的孤兒》中就披露了主角游離於日本／中國這兩種身分間的不知所從，突顯出台灣人在日本與中國間「兩面不是人」的「孤兒意識」。這部小說雖寫於日據末期（1943-1945）[20]，但似乎已預言了光復後台灣人仍將陷入身分無所歸屬的難題中。

　　五〇年代台籍作家描繪台籍同胞置身於日據與國民政府威權時代的身分認同的心理變化過程，當以鍾肇政的《濁流三部曲》（《濁

19 論戰內容詳見施敏輝編：《台灣意識論戰選集：台灣結與中國結的總決算》（臺北市：前衛出版社，1989年）。

20 《亞細亞的孤兒》的寫作時間見〈吳濁流自撰年譜〉，收錄於吳濁流：《台灣文藝與我》（臺北市：遠行出版社，1977年），頁212-213。另外，附帶說明的是，《亞細亞的孤兒》的日文寫作，原名《胡志明》（即男主角名，後改胡太明），一九四六年出版；一九五六年更名為《亞細亞的孤兒》，由日本一二三書房出版。而後分別於一九五九年及一九六二年有楊召憩與傅恩榮的中文譯本（分別由高雄黃河出版社與臺北南華出版社出版），後屢遭吳濁流本人及張良澤修補修訂，始成今日所見之定本。見彭瑞金主編，吳濁流著：《吳濁流集》（臺北市：前衛出版社，1991年），「生平寫作年表」，頁289-296。

流》、《江山萬里》、《流雲》）最為細緻生動。小說的時代就定在以日
據末年至光復初期的前後三年多為歷史背景，此時正值台灣瀕臨舊秩
序瓦解、新秩序亟代重建之際。全書用第一人稱「我」，描述一個殖
民體制下農家出身的台灣知識青年的所見所思，除了鉅細靡遺地道出
敘述者經由不斷身分認同所鋪陳出來的成長心路歷程外，也同時銘刻
出日據末期、光復之初驟變中的台灣社會風貌。彭瑞金指出：

> 把個人的成長經歷和時代、社會的脈動緊密地結合在一起，企
> 圖從個人生活史裡挖掘時代、社會蛻變的巨大動力，應該是鍾
> 肇政的大河小說創作的抱負所在[21]。

《濁流》從一個台籍國小代課教員的視角出發，觀察後如實寫下皇民
運動對台灣學子的奴化與歧視教育，以及日本政府實施「皇民化運
動」以來，諸如改姓、「國語」運動、宗教社會風俗改革時對台灣社
會及其人民的改變與影響。《江山萬里》則是道出殖民地人民的從軍
經驗。自太平洋戰事發生以來，隨著戰局的日益惡化，一九四二年日
軍便在台灣實施「陸軍特別志願兵制度」，此制雖以「志願」為名，
然實質上卻與強迫徵兵無異。小說中陸志龍入學徒兵已值戰爭末期，
作者記錄日方當時如何阿Q地創造出「神風特攻隊」的出擊神話，
以掩飾戰場上節節失利的事實。日本戰敗後，《流雲》轉而開始描述
光復初期回歸祖國的台灣人民歡天喜地的心情。尤其在對祖國長期的
嚮往之情下，他們是如何努力克服文字障礙並學習漢文，學習「國
語」甚至成為當時全民運動的史實。最後在國民政府入主台灣後，若

---

21 彭瑞金：〈鍾肇政與〈白翎鷥之歌〉〉，《台灣文藝‧新生版》第149期（1995年6月），
　頁35。

隱若現的道出台灣人民生活益加困苦的社會現況，隱喻人們複雜矛盾的心情與身分困惑。由於小說主角恰巧處於日據邁向民國的轉折點，值此劇變的動盪時代，鍾氏將歷史時間對個人成長影響的表現臻於高峰。對他而言，個人家國主體性的生成與歷史的生成不僅相輔相成，且互為因果；歷史當然不只是個人成長的背景而已。換言之，在當時特殊的時空環境與政治氛圍的多重因緣際會下，作者不僅鋪陳出小說中主體成長的意義，也同時銘記家國歷史的傷痕與劇變。

　　文本一開始就刻畫一個在日式殖民環境下成長，對自我身分逐漸萌生困惑的台灣知識青年的典型。尤其是在殖民政府皇民教育的洗腦與祖國神話的矛盾衝突間，台灣青年身分歸屬的疑惑，具現為「我是誰？」的苦痛吶喊。小說主角在日式教育下成長，日式價值觀早已根植心田。尤其在「皇民化」政策和語言普及運動的強化下，自是崇仰日本文化，其大和意識已然與漢族意識共存：

　　　　我當然曉得我也是個台灣人，但我認為也是個日本人[22]。

接受殖民教育而成長的台灣知識份子，於家國意識上多早已認同殖民政府。他們一方面對於「皇民化運動」逆來順受，一方面卻又由祖國的嚮往中尋求慰藉，彷彿在一明一暗中取得認同的平衡，如此則毋須作痛苦且要付出代價的選擇[23]。而擺盪在「既是日本人也是臺灣人」這一雙重身分的陸志龍，相較於滿腦子皇國思想、視自己為皇國民的他者而言，身分得以有重新認同的可能與空間。但在這段身分的陳述中，引起我們關注的倒不在小說主角對日本身分的接受，而是對「我

---

22 鍾肇政：《濁流三部曲・濁流》（臺北市：遠景出版社，1979年），頁106。

23 施正鋒：〈鍾肇政的認同觀——以《濁流三部曲》為分析主軸〉，《台灣人的民族認同》（臺北市：前衛出版社，2000年），頁108。

是台灣人」的宣誓。尤其在還是軍民齊心「反共復國」的戒嚴時期，當時在大中國主義的強勢意淫下，「台灣」兩字不仍是禁忌的符指嗎？為什麼成書於六○年代初期，以論述日據末期台灣青年身分歸屬困惑的《濁流三部曲》，竟可以肆無忌憚的說出「我是台灣人」的身分意識？在當時風聲鶴唳的文學環境下，鍾肇政究竟如何突破此一身分書寫的禁區？但若再從文後「祖先來自中國」的血統繫聯中，似乎又顛覆了鍾氏前述的「台灣」身分定位。彷彿那些零星點綴於小說間的「台灣」字眼，不過是「中國」的代名詞，也就是說鍾氏根本沒有逾越當時台灣屬於中國的主權意識。在這樣看似既獨又統的矛盾身分書寫裡，我們納悶的是，真相究竟是什麼？

台灣人民的身分歸屬與定位的成長難題，由日據作家領軍發聲，戰後第一代繼之而起。而身分困惑的萌生，主要來自成長中所面臨的殖民教育與環境教育的彼此衝突。我們若將此教育系統放入成長小說的討論架構中，研究者就分析指出，「教育者」與「被教育者」的關係，除了「人」以外還有「環境」，也就是說施教者可以是具體的人，也可以是無形的環境[24]。所以，一旦具體／無形、教育者／環境二者的教育內容互斥，被教育者自然萌生無所適從的成長迷惘。換言之，日據時期的台灣人民，正是在日本殖民教育與環境教育的衝突間成長啟蒙，以尋求自我／家國的身分定位。

在日本教育制度下成長的陸志龍，初入社會時顯然沒有絲毫民族／家國意識可言。與深度的皇民者一樣，視改日姓為榮耀加身；也同樣從物質的角度權衡改姓乃勢之所趨，不以身為日本人為忤：

　　我承認，跟所有的台灣人一樣，我也曉得我們是被征服的民

---

24 易光：〈覺今是而昨非之後：近年「成長小說」漫論〉，《西南師範大學學報》（人文社會科學版）第28卷第4期（2002年7月），頁140。

族，被異族統治的亡國奴。然而它祇是一個概念，至少在我個人而言，尚不能構成一種強烈的意識[25]。

民族意識的幼苗尚未滋長之際，皇民化政策更減低了台灣人自我民族性的萌生。面對殖民者的教育灌輸，並無強烈的家國意識足以與之抗衡。究竟台灣人與日本人的差異何在？陸志龍懵然未知。這正是日本殖民者為了有效率的管理台灣，計畫性地通過教育體制，從宰制被殖民者的意識形態中，加強鞏固優越的統治地位，並將之網羅嵌入殖民體制中的策略。這波思想改造在「皇民化運動」攀向高峰[26]，加速迫使台灣人民從語言到風俗習性的改頭換面。日本統治者的目的無非在於，將被殖民者抽離民族傳統，徹底將台灣人轉化育成為真正日本民族的一員；同時企圖在「日台如一」的對等喊話中，徹底殲滅台灣人的民族身分。但事實上，「日尊台卑」的階級意識早已根深柢固，況且殖民者始終守住「種族優越」的最後一道防線，「日台如一」不過淪為高呼的響亮口號而已。即便那些大聲疾呼「改姓改名改掉中國一切傳統風俗習氣」的深度皇民者，再怎麼賣命地致力去掉主體中非日本的他性，但在殖民者深植的二元對立框架下，仍然無法變易台灣人

---

25 鍾肇政：《濁流三部曲‧濁流》，頁118。

26 日據初期，日人就引進以天皇《教育敕語》為主體的教育體系到台灣，教育者一方面進行日語普及的語言改造工程，一方面灌輸忠君愛國的皇民思想。見游勝冠：《殖民、進步與日據時代台灣文學的文化抗爭》，頁24-28。此外，「皇民化運動」在台灣約始於一九三六年底，終於日本戰敗投降。主要項目有：一、國語運動，二、改姓名，三、志願兵制度，四、宗教、社會風俗改革。鍾孝上：《台灣先民奮鬥史》（下）（臺北市：自立晚報社文化出版部，1991年），頁325。至於此一皇民化政策的目的，許極燉在《台灣近代發展史》就闡述道：「不是作為台灣人的身分，而必須是以與日本人同生死的真正日本民族的一個成員。為了這些目的，皇民化運動強行要求把台灣人轉化育成為皇國臣民，不論形骸和精神都必須跟日本人一體化。」（臺北市：前衛出版社，1996年），頁422。

是日本眼中的「他者」，始終無法擁有真正的日本身分，只能成為法農所謂「黑皮膚，白面具」的殖民化主體[27]。陳火泉〈道〉的青楠、吳濁流〈先生媽〉（1945）的錢新發、《恩仇血淚記》的阿叔等，無不是以能夠身為日本人為榮，是為極度皇民化的典型人物；但「日台如一」的藍圖最終還是在殖民者堅守種族差異的防線下破局。換言之，日本殖民者雖不斷致力於從學校教育釋放台灣人是日本人的身分訊息，但是「日尊台卑」的現實環境卻以一種更無形的教育情境時時刻刻點醒著台灣人日／台二元對立的階級意識。也就在兩相矛盾的情況下，主體進而糾結在「我是日本人」與「原為台灣人」的矛盾中，身分迷思油然萌生：

> 台灣人和日本人是這樣對立的嗎？所謂「皇民化運動」，「一視同仁」，實質安在？我被捲入那個思想上的颱風中，不知置身何處了[28]。

認同，在殖民地社會本來就是一個不易廓清的論題。在殖民／被殖民者的對立從屬關係下，前者強勢的教育喊話，讓灌了迷湯的被殖民者迷失自我真正的身分，那些深度皇民者自是此中代表。所幸還有一批具自覺意識的本省知識份子，在這舊身分已動搖，新身分尚未確立的身分衝擊中，產生了對主體位置的欲求。尤其在「成為良好皇民」的學校教育與「日尊台卑」的環境氛圍的衝突中，奮力揭開疑點重重的身分面紗。

---

27 巴巴闡述法農所謂「黑皮膚，白面具」的殖民化主體指出說：「構成殖民他者形象的不是殖民主義者的自我或被殖民者的他者，而是兩者之間的那段令人不安的距離──刻在黑人身體上的白人的人為製造。」見巴巴：〈獻身理論〉，收錄於羅鋼、劉象愚編：《後殖民主義文化理論》（北京市：中國社會科學出版社，1999年），頁209。

28 鍾肇政：《濁流三部曲‧濁流》，頁290。

　　對被殖民者而言，身分建構權雖看似完全掌握在殖民者手中，但事實上個人主體性並非單憑強權一方的意識形態就得以建構完成，亦即建構者與被建構者間隱含有一種微妙的互動關係，如查瓦拉（Iris, M. Zavala）所說：「主體文化性（instantiated）只有在自我和他者境遇上互動的那一刻間存在」[29]。如將此說運用在殖民世界裡，乃是意指被殖民者必須在與殖民主互動的對話過程中，才能建構出自我的主體位置。一如泰爾朋（Coran Therbon）在修正了阿圖塞（Louis Althusser）的意識形態理論後所言，意識形態如要對主體產生「從屬與限制」的作用，除了「建構」以外，還需要得到被建構主體的「承認」[30]。正因為身分建構不是單憑強權一方的意識形態就得以建構成功，所以台灣人民的身分歸屬自然不是日本政府說了就算，而必須是在建構者／被建構者微妙的互動關係中完成。因此，雖然日人有台灣人為皇民一份子的教育宣誓，但實際上仍上演日本／台灣、他性／我性、文明／野蠻的殖民劇碼。在這兩者的衝突下，台灣知識菁英的身分困惑有增無減，並未輕易接受殖民教育者的洗腦。反倒自他者不平等對待的觀看中，誘發了身分的危機感，重新檢視省思自我與家國的關係。

　　以《恩仇血淚記》為例，作者一開始就將小說設計在中日學童的衝突事件中展開。就讀公學校五年級的金火因無法忍受日本孩童的言語侮辱而予以還擊，然而在當時「日人尊貴，台人卑賤」的價值觀及學校以成為良好皇民的教育目標下，金火卻因此遭受校方只問民族、無論是非的嚴厲懲處。在他者／殖民主的淫威逼使下，身為台灣人的

29　Iris, M. Zavala, *Colonialism and culture: Hispanic modernisms and the social imaginary* (Bloomington: Indiana University Press, 1992), p. 23.

30　Louis Althusser（阿圖塞）：〈意識形態和意識形態的國家機器〉，收錄於杜章智譯：《列寧和哲學》（*Lenin and philosophy and other essays*）（臺北市：遠流出版事業公司，1990年），頁151-206。

金火雖不服氣卻也不得不忍辱低頭。歷經此衝突事件的不公允對待後，金火由此萌生「原來台灣不是日本的嗎？」（頁13）的身分疑惑。當懵懂青少年的身分迷團，具現為「我（我們）是誰？」的呼喊，突顯出跨越兩個強權的台灣青年在成長過程中急需迫切解決的存在課題。而我們好奇的是，當被殖民者與殖民者在相互滲透的能動對話後，究竟建構出什麼樣的身分認同？易言之，他們接受了殖民者的什麼？抑，排除了什麼？

無庸置疑地，「我是日本人，也是中國（台灣）人」的雙重身分，是當時接受日本教育的台灣人民普遍的認同觀。此種身分思維並非牆頭草的搖擺心態使然，而必須歸因於日據以來的台灣人同時接受漢文化傳統與殖民教育的特殊歷史成分。針對此一現象，周婉窈分析指出，這兩種身分之所以能夠共存共容，是台籍作家將國家與民族二分的結果：

> 在日本統治時代，國家基本上是人民效忠的最高對象，但不一定是民族認同的對象。根據我們對台籍日本兵的研究，不少人的確以日本為效忠對象，認為自己「當時」是日本人，屬於日本這個國家，但他們大多知道自己是漢民族（唐山來的）的後裔（儘管意識可能很薄弱），在民族上不是日本人。也就是一個人，同時可以是日本人（國家意義上），又不是日本人（民族意義上）[31]。

這段話引發我們思索的是，既然他們對「台灣是漢民族後裔」的傳承深信不疑，又為什麼要從「國家」的層面認同日本？造成國家／民族

---

[31] 周婉窈：〈實學教育、鄉土愛與國家認同〉，《台灣史研究》第4卷第2期（1997年12月），頁195。

這兩者撕裂的原因何在？我們或可在班納迪克・安德森（Benedict Anderson）提出「想像的共同體」（Imagined Communities）的說法中找到答案。安德森從人類學的角度，將「國家／民族」界義為一種「想像的共同體」。意即成員間即使多未曾謀面，但卻因某種相互連結的意義建立彼此依存的「生命共同體」情感[32]。其中值得注意的是，原先被認為天經地義的血緣、語言、地理疆域等，未必是被想像建構的「國家」的條件，反倒是政權、意識形態，及種種隨之而來的選擇性記憶與遺忘，才是關鍵所在[33]。對台灣來說，日本殖民者為台灣帶來西方資本主義與現代性的進步繁榮，應是台籍同胞「想像」日本為國家的重要因素。換言之，日本雖然以一種高昂跋扈的姿態殖民台灣，但卻仍然無法抹煞他們為台灣社會帶來的現代化建設與資訊的貢獻，因此，即使台灣同胞極力捍衛大中國身分的「民族」立場，卻也在「國家」的意義層面上認同日本。

　　對台灣人民來說，殖民性及其附帶的現代性都是毫無預警的突如其來，他們被迫同時在這兩者的衝擊下成長並重新思索自我的主體

---

32 詳見 Benedict Anderson（班納迪克・安德森）著，吳叡人譯：《想像的共同體：民族主義的起源與散布》（*Imagined Communities: Reflections on Origin and Spread of Nationalism*）（臺北市：時報文化出版企業公司，1999年）。依安德森的界定，「想像的共同體」包含四個重要的特徵：第一，它是「想像的」，因為即使是最小的民族的成員，也不可能認識他們大多數的同胞，和他們相遇，或者甚至聽說過他們，然而，他們相互連結的意義卻活在每一位成員的心中。第二，民族被想像為「有限」的，因為即使是最大的民族，就算他們或許涵蓋了十億個活生生的人，他們的邊界，縱然是可變的，也還是有限的。沒有任何一個民族會把自己想像為等同於全人類。第三，民族被想像為「有主權的」，民族夢想著成為自由的，而衡量這個自由尺度與這個自由的象徵，就是主權國家。第四，民族還被想像為一個具有深刻、平等的「同志愛」。最終，正是這種友愛關係在過去兩個世紀中，驅使數以百萬計的人們甘願為民族，這個有限的想像，去屠殺或從容赴死。頁10-12。

33 Ernest Renan 著，李紀舍譯：〈何謂國家〉，《中外文學》第24卷第6期（1995年11月），頁4-18。

性。若借鏡西方文明發展史，在十八世紀初期也是突然落入現代性革命的歐洲，在文學上就通過「成長小說」這一文類表現出來：

> 當傳統社會開始崩解後，學徒的經歷不再是像傳統舉行成年禮一樣可以預測，而是對社會的一種未知、不確定的探索。藉由探索的過程讓人產生內心自省（interiority）的能力。此外，在資本主義的驅使下，一股新且不穩定的力量構成了未知的流動性（mobility）。……在十八世紀初，成長的關鍵轉變不只是對青少年（youth）的再思考。在所謂的「雙重革命」（double revolution）中，歐洲幾乎是在毫無預示的情況下，突然落入了「現代性」（modernity）中，但卻沒有現代性的相關文化。因此，假若「青少年」的意義獲得了代表性的象徵地位，同時「成長小說」的「大敘事」（great narrative）也逐漸成形，這並不完全是因為歐洲必須給予「青少年」一個意義，而更是為了給「現代性」一個意義[34]。

我們納悶的是，何以給予「現代性」一個意義就必須將文字裝進「成長小說」的載體裡？據此，莫瑞提（Franco Moretti）進一步說明，由於成長小說具有流動性（mobility）和內心自省（interiority）的這兩項特質，正足以表現出現代性是流動的、內心不安的、不穩定的特色[35]。十八世紀的歐洲社會便將尋找現代性的意義寫入成長小說此一文類中。循此，台灣在資本主義與現代性的衝擊下，台籍作家同樣援筆寫

---

34 Moretti, Franco, *The Way of the World: The Bildungsroman in European Culture* (London: Verso, 1987), pp. 4-5.

35 Moretti, Franco, *The Way of the World: The Bildungsroman in European Culture* (London: Verso, 1987), p. 5。

下了他們生命中最複雜難解的成長課題——「身分認同」。

正因為台灣接受日本殖民者所引進的現代性，再次將日本／台灣推向文明／野蠻、進步／落後的優劣符指，促使台灣人民加速消解了足與以之抗衡的民族主體性。舉例來說，張文環〈論語與雞〉（1941），描述書房／公學校分別代表的漢文化與殖民文化，在山村孩童心中存在著明顯不同的高低位階，繼而由漢儒形象的崩潰肯定殖民／現代性的價值。顯然地，他們從對現代性的企求上認同日本，造成了國家／民族身分的斷裂。陳芳明就研究指出，由於現代性與殖民性在日據時期的台灣並非可以截然區分的價值觀，因而釀成身分認同危機[36]。他進一步說明，因為日本殖民者在時間點上搶先抵達現代，然後再把早到的現代性轉化為文化優越性。致使被殖民者錯覺地將現代性等同於日本性（Japaneseness）。也就在現代化與日本化間幾乎可以劃上等號時，台灣人民幾近遺忘在現代化與日本化間其實還存在一個殖民化的過程。

直到現代化工程的殖民本質逐漸顯露後，本島知識份子才再度對國家／民族身分進行盤整。當他們逐漸發覺資本主義與現代性所帶來的種種好處，主要受惠者竟非台灣人民，亦即日本統治當局引進現代性的終極目的不是為了建設、嘉惠台灣，僅是為了壯大自我，順利殖民。更有甚者，殖民者反而更藉由現代性之名大肆殖民剝削台灣。簡言之，日本對台灣的現代性工程不但沒有改善台灣人民的生活，反而待之以經濟掠奪、文化歧視的次等地位。日據作家就多以製糖會社作為日本資本主義掠奪的象徵，可以楊逵〈送報伕〉為代表作。小說描寫日本資本主為了發展糖業，不惜對台灣農民掠奪與壓榨，雖然確實

---

36 陳芳明：《殖民地摩登：現代性與台灣史觀》（臺北市：麥田出版公司，2004年），頁12。另外，有關日據時期「殖民性」與「現代性」的相關研究，參閱陳芳明：《左翼台灣：殖民地文學運動史論》，頁15-23。

繁榮了鄉村，但最大的受益者則是日本資本家，農民不過淪為糖廠的農奴。而跨語一代作家，如鍾肇政《濁流》、吳濁流〈水月〉（1936），前者就描繪台籍同胞領到少得可憐的年終獎金；後者則因身為台灣人而無緣升遷，那些年資不如他的日本人卻早已晉升為課長、主任，即使職務相同者，薪水津貼也都比他來得高。他們都描寫出日台間「同工不同酬」的剝削對待，在憤恨不平中促使台灣被殖民者重新省思家國的主體性歸屬，同時在「身分認同」的過程中記錄下成長軌跡。直到他們認清日本殖民者帶來的現代性原是包裝在殖民性的附屬品，且藉現代性的美名大肆剝削台灣之實，民族身分才因此逐漸抬頭。

當代文化研究學者霍爾（Stuart Hall）指出，回溯本源為身分認同的重要策略之一。文化身分向來被視為眾多深藏的自我之一，除了是一種集體經驗外，且為擁有共同歷史、祖先與文化符號的民族所共享的文化[37]。由此可知，歷史記憶重構和民族的打造想像間，存在著密不可分的關係。換言之，人們為了打造共同的民族，勢必得凝聚民族的想像力，並不斷發現其獨特的歷史與傳統[38]。落實在易代之際或被殖民作家的作品中，多通過民族「集體歷史記憶」的不斷強化[39]，

---

37 此外，霍爾（Stuart Hall）指出身分認同的另一心態為：另一種文化認同方式則認知文化身分中的差異，放棄強調同一經驗與同一身分的論述，並視文化身分為一正在形成中的過程，包含各種變數。這種文化身分一則銜接歷史，但亦隨時在轉變當中。在我們以所在之境，不斷搬演歷史、賦予歷史意義與論述的同時，文化身分於焉產生。譯文引自劉紀蕙：〈故宮博物院VS.超現實拼貼：台灣現代詩中兩種文化認同建構之圖像模式〉，收錄於《孤兒、女神、負面意識：文化符號的徵狀式閱讀》（臺北市：立緒文化事業公司，2000年），頁303。

38 張靄珠：〈女性身體與城市空間的對話──從蕭渥廷的女性環境劇場論歷史記憶與城市空間〉，收錄於劉紀蕙編：《他者之域：文化身分與再現策略》（臺北市：麥田出版公司，2001年），頁230。

39 阿伯瓦克（Maurice Halbwachs）認為「記憶是一種集體社會行為，現實的社會組織或群體（如家庭、家族、國家、民族，或一個公司、機關）都有其對應的集體記憶。」王明珂：〈集體歷史記憶與族群認同〉，《當代》第91期（1993年11月），頁7。

以建構出既是國家也是民族的中國身分，這在跨語一代作家的作品中普遍可見。台籍同胞最具典範的民族集體記憶，便是在耆老間口耳相承的「唐山過台灣」的傳說，在「我們祖公本來是住在唐山的。到了你阿公的阿公——就是你太祖的時候，搭了帆船，從唐山漂過了大海，才到台灣來的」[40]，將台灣尋根溯源到了中國。除此之外，《江山萬里》更具體地從民族英雄鄭成功的文化符碼，從江山萬里碑的歷史意義中追溯，召喚中國身分的集體歷史記憶：

> 是的，他一定想念他的故國—支那……啊，支那……支那……是的，支那也是我的故鄉，我是支那人。鄭成功的慨歎也正該是我的慨歎啊……不錯，我正是台灣人，也是支那人，卻絕對不是我和我的伙伴們口口聲聲說的日本人、「大日本帝國軍人」[41]。

和明季召喚岳飛以抗敵，晚清奉黃帝為始祖的認同策略一樣[42]，鍾氏筆下的鄭成功亦是作為國族認同的文化符號。在陸志龍一連串身分認同的成長過程中，他一再回溯歷史，以鄭成功作為集體記憶的符名，進而建構出中國民族／國家的雙重身分。陸志龍遙想民族英雄之際，猶如折射出心中的另一個自己，似有將自我等同於鄭成功的意圖。更

---

40 廖清秀：《恩仇血淚記》，頁14。

41 鍾肇政：《濁流三部曲・江山萬里》，頁225。

42 以明季遼事急難時為例，當明朝面臨異族的侵略時，國族於生死存亡危機之際，遂召喚時人對岳飛的集體歷史記憶以力抗強敵。見王汎森：〈歷史記憶與歷史——中國近代史史事為例〉，《當代》第91期（1993年11月），頁40。另外，晚清，知識份子則是奉神話人物——黃帝為中國民族的「始祖」，並透過各種敘述策略，從數千年來歷代相承的皇朝統系抽離出來，以黃帝作為國族認同的文化符號。沈松僑：〈我以我血薦軒轅——黃帝神話與晚清的國族建構〉，《台灣社會研究季刊》第28期（1997年12月），頁1-78。

重要的是，在民族意識／祖國意識的深化下，召喚且凝聚國家／民族的共同歷史記憶。也就在陸志龍「我是台灣人，也是支那人」身分覺醒的成長過程中，解構了從國家意義認同的日本身分。

　　國家的身分認同光靠民族的集體歷史記憶似乎還不夠，還要進一步通過「反想像」的策略才能屹立不搖。也就是主體必須重回肯定血緣、語言等天經地義的國家條件下入手。由於本島人不僅感受不到日人施予平等的「同胞愛」，甚至受到嚴重的剝削與次等對待，早已失去了共同居住在島上的相互連結意義，也就無法建立日台相互依存的生命共同體情感。也就在不斷強化國家等同於民族的意識形態下，國家不再是「想像的共同體」。對陸志龍來說，反想像的方式之一，就是通過與鄭成功具有血液同源指涉的「江山萬里」碑的認同：

> 驀然，「江山萬里」四個字在我眼前映現出來。對啦，江山萬
> 里，豈不也是這種血液，骨頭裡的自自然然的絕叫聲嗎？不管
> 這四個字是出自鄭成功也好，或者後人也好，精神是一樣的，
> 那就是血液的呼聲，對祖國河山的渴慕之聲[43]。

以血緣聯繫而凝聚的人群顯然有賴「集體記憶」。陸志龍藉由鄭成功「江山萬里」碑所指涉的血緣呼聲說明，我們身上同樣流著中國人的血液，此一血統身分的宣誓將漢族群與大和民族徹底斷裂。尤其在日人的殖民統治下，台灣人不但無法享有主權，更遑論要內地人對本島人展現出平等的同胞愛，就在統治者極盡欺凌與剝削的對待下，即使像陸志龍一樣受有傳統日本精神訓練與教育的知識青年，仍然無法經由安德森所謂「想像共同體」的方式更改其血緣認同。這也無怪乎陸

---

43 鍾肇政：《濁流三部曲·江山萬里》，頁282。

志龍的同袍會說出「那是我們血液裡原來就有的恨」（頁225）這樣憤怒的話來，在在形構出殖民者／被殖民者對立二元的血緣族群框架。俟台灣光復後，主體緊接著從語言文字予以深化國家意識：

> 我真沒法形容出當我手持第一本漢書時的感動，它是我們自己的書，可以用我們自己的話來讀。
>
> 我真想向全世界的人大聲宣布，我已讀過了自己的書，而且還是用自己的語言讀的，我已不再是昨天的一字不識的人了[44]。

從巴赫汀（M. M. Bakhtin）「世界充滿符號」的觀點，意識的發生和實現均必須經由符號[45]。換言之，形塑意識的主要媒介是通過話語，從而構成了意識型態的核心。光復後，台灣同胞無論老少均從「ㄅㄆㄇ」開始艱辛地重新學習國語，這也都是跨語一代作家的親身經歷[46]。《流雲》通篇就鉅細靡遺地描述復員返鄉且待業中的陸志龍如何揚棄了引領他進入文學殿堂的日本古典文學和「和歌」，轉而千方百計、不辭萬難地學習漢文。舉凡《三字經》、《千字文》他都來者不拒，甚至連漢文教科書也手不釋卷。準此，他找漢書、讀漢書，除了是自身對文學的興趣外，另一方面無非是希冀通過語言文字的象徵符碼，通過意識型態活動的表述，再度深化「我是中國人」的身分形構。學習漢文，也就成為陸志龍身分認同抵定後的成長動力所在。

　　但事與願違。台灣人民原樂觀地以為光復後得以擺脫殖民的次等

---

44 鍾肇政：《濁流三部曲‧流雲》，頁762。

45 劉康：《對話的喧聲：巴赫汀文化理論述評》（臺北市：麥田出版公司，1995年），頁159。

46 如陳火泉〈我的老伴兒〉、〈點點滴滴〉，收錄於《憤怒的淡江》（臺北市：臺灣商務印書館，1968年）。

位階，也無需蒙受國家／民族的分裂身分的成長痛楚。因而本島同胞
無不敲鑼打鼓、歡天喜地的迎接祖國的到來。他們夢想在「建設三民
主義模範省」的憧憬下，民主自由的樂土旋踵而至。未料國府來台後
卻帶來更全面的威權統治，使他們回歸祖國的雀躍歡欣迅速幻滅。尤
其震撼本土台灣人民的是，台灣看似脫離日本殖民重獲主權，未料祖
國的專政統治卻尤甚於異族殖民。簡言之，中國接收台灣後，他們仍
被視為奴隸，只不過是換了頭家而已。若從阿圖塞在〈意識形態與意
識形態的國家機器〉中所謂大主體（佔統治地位者）、小主體（被建
構的主體）的概念著眼[47]，對台灣來說，政權從日本轉移到中國，不
過是作為「集體意識形態來達成共同體」的「大的主體」易主；不變
的是，殖民地台灣始終是那個被蹂躪欺壓的「小的主體」。整體說
來。真正使台灣人民對祖國接收徹底失望的，除了腐敗貪污的官場亂
象以及經濟瀕臨崩潰的民不聊生外，最重要的打擊是，自二二八事件
後隨之而來的五○年代的白色恐怖，那些不畏強權繼續發聲的台籍知
識份子慘遭或死、或繫之囹圄的噩運。如一九四九年因撰寫〈和平宣
言〉而獲罪的楊逵，被判處長達十二年的刑期，相較於日據時期楊氏
在日閥監獄屢進屢出十次，刑期總共不過三個月，此等政治迫害為台
灣知識份子帶來的殘害打壓尤甚於日本殖民者。就在這樣風聲鶴唳的
文學空氣下，倖存的台灣作家被迫或自願在棄筆隱遁後默同寒蟬；文
壇緊接著換上了一群嶄新的陌生面孔，開始訴說著不同土地、不同歷
史的反共懷鄉的歷史故事。由此拔幟易幟的結果，二○年代萌芽的台
灣新文學精神瞬間歸零，硬生生地被嫁接上中國五四的新傳統；台灣
作家原希望於光復後重拾如椽之筆的夢想落空，祖國政權帶來的是身
心靈無以計數的成長劇痛。

---

47 詳參 Louis Althusser（阿圖塞）:〈意識形態和意識形態的國家機器〉，頁151-206。

如循著後殖民論述，當台灣人民遭受國民政府彷如殖民對待後，理當會再度重新經歷一次身分認同的成長歷程，也就是說，我們預期小說中主角的大中國主體性將再次鬆動，取代以本土的台灣身分。但奇怪的是，我們在跨語一代作家的小說中讀到的僅是，他們仍然延續日據作家的抗日情結，一味地恣意抗議、揭露日人醜陋的面孔。並在進行到台灣光復、熱烈迎接祖國人士後的情節便戛然而止。我們好奇的是，為什麼這批具身分自覺的知識份子僅是將批判的觸角放在已逝去的異族政權？真相究竟是什麼？尤其令人疑惑不解的是，鍾肇政於五〇年代發行《文友通訊》及其與文友的書簡中已不斷提及「台灣文學」字眼[48]，在充滿自傳性質的《濁流三部曲》中，鍾氏的化身「陸志龍」，其身分認同真的僅止於中國？若鍾氏另有所指，那麼他究竟說了什麼？又是通過哪些書寫策略呈現？由後殖民論述可以預期的是，此種民族同源的殖民統治不但澆熄了台灣同胞渴望回歸祖國的熱情，也勢必將帶來另一波的身分衝擊與認同。此部分將留待下一節再詳實的討論。

第二節　成長中的身分——台灣意識的身分禁區

上述第一節的部分，我們分析了經歷日本殖民的台籍同胞如何進行身分認同的成長歷程。本節的研究重點則放在當台灣隸屬中國的主權一遭鬆動後，身分就不僅是單純的日本／中國的二元對立，而是進一步糾葛在日本／中國／台灣這三重身分的迷思時，主體在成長過程

---

48 在鍾理和與鍾肇政的二份書簡記錄中，共出現四次「台灣文學」。雖文中首次出現時說「恕我用這個我所杜撰的，尚不為任何人所認可的名詞」（頁307），但文後仍再次出現三次。參鍾理和、鍾肇政著，錢鴻鈞編：《文友書簡》，收錄於《台灣文學兩鍾書》（臺北市：草根出版事業公司，1998年），頁304-313。

中又將再度面臨了何種認同難題。準此，我們關心的無非是，從日據
跨入民國，在國民政府宛如殖民的高壓迫害下，台灣人民如何面對他
們在日據時期好不容易建構完成的中國身分？究竟是含淚隱忍接受？
還是重新洗牌後，再度賦予台灣被長久剝奪的主體性？如是後者，在
當時白色恐怖的政治氛圍中，作者是如何想像投射，進而堆疊出隱而
未顯的台灣意識？換言之，他們通過了哪些認同的書寫策略，得以逐
漸鬆動統治者所強化的身分意識，建構再解構民族／國家的中國身分？

　　台灣光復之初，重回祖國懷抱的確是每一個台灣人魂縈夢牽的中
國夢。但是真正回歸祖國後，台灣看似脫離日本殖民重獲主權，在國
民黨專政卻其實與殖民無異的打擊下，再次撼動台籍菁英對國家／民
族身分的重新思索。但是處在這樣一個動輒得咎的文學時空裡，身為
戰後第一代的台籍作家們為了保身，不僅對國民政府的不滿與幻滅必
須隱忍，其隱而未顯的台灣意識更必須用一種「船過水無痕」的書寫
策略表現出來。有趣的是，雖然他們幾乎有志一同的將小說進行到台
灣光復、熱烈迎接祖國後便戛然而止，但敏銳的讀者仍然可以通過文
本的行文脈絡，觀察出本省作家身分已將再次流動成長的蛛絲馬跡。

　　首先，本省作家多運用一種看似矛盾且具張力的筆鋒，以筆誤或
玩笑的方式嘲弄解構大中國身分。根據佛洛伊德（Sigmund Freud）
心理結構理論，深層自我的潛意識（無意識）話語，因為無法見容於
官方權力中心的現實社會，主體只好通過夢、玩笑和語誤等「行為倒
錯」（parapraxis）的方式呈現出來[49]。尤其身處在殖民社會中，官方

---

49 佛洛伊德：「夢提供我們通往無意識一條主要，但不是唯一的途徑。可藉以追溯無
　異是願望與意圖的，仍有佛洛伊德所謂「行為倒錯」（parapraxis）、為數無計的失
　言、遺忘、笨拙行為、誤讀、與誤置物品。無意識的存在也顯現在笑話中。」Terry
　Eagleton（泰瑞·伊果頓）原著，吳新發譯：《文學理論導讀》（*Literary theory：an
　introduction*）（臺北市：書林出版公司，1995年），頁199。

意識形態既以一種神聖不可侵犯的強權之姿坐鎮，非官方的意識勢必得轉為佛洛伊德所謂「潛意識」的書寫模式始有可能。簡言之，小說多通過失言、誤讀等倒錯行為抑是前後文氣的矛盾不協調，一方面揭示出殖民主義文本的不確定性與矛盾性，另一方面則藉此傳達出自我真正的意旨所在。葉石濤就針對台灣特殊的殖民地經驗指出，台灣文學寫實主義的表現必須採用一種弱小民族反抗帝國主義的陰晦手法，也就是將尖銳的諷刺，黑色幽默巧妙地隱藏在作品的人物行為、對白或情節發展之中[50]。而作家們必須採用隱晦書寫的原因，乃是與當時肅殺的政治環境緊密相關。尤其自戒嚴令頒布以來，國民政府實施鐵腕整肅政策所形成的白色恐怖時代；對異議人士高度彈壓的結果，導致知識份子群無不戒慎恐懼：

> 在國民黨政府對文學園地層層嚴密地操控下，雖然未必對作家的創作活動有直接的干預，但那種恐怖與戒嚴體制，迫使作家不得不時時處處自我設防，形成所謂「內心裏有個小警總」的心態[51]。

在那個動輒得咎、人人自危的時局下，要如何能夠消極地不成為國家機器歌功頌德的傳聲筒？又能夠積極地表達出台灣人民的真正聲音後全身而退？為兼顧兩者，他們不得不採用一種迂迴矛盾的書寫策略，以筆誤或玩笑的方式解構中國身分，並試圖堆疊台灣意識。換言之，此種「行為倒錯」的書寫，無非是台籍菁英為了避開當權者對文學作品的嚴厲篩檢與可能迫害的政治鋒刃，在避免誤蹈國府法網的前提

---

50 葉石濤：〈世界文學的寫實主義與台灣新文學的寫實主義〉，收錄於《沒有土地，哪有文學》（臺北市：遠景出版社，1985年），頁47-66。

51 鍾肇政：《鍾肇政回憶錄》（臺北市：前衛出版社，1998年），頁284。

下，又得以傳達出自我意識的發聲管道。如吳濁流在〈銅臭〉（1958）
中就從「三民主義」發音近似「三眠主義」的諧音玩笑話中，暗諷外
省人士來台招搖撞騙的行跡[52]。唯有如此，才能讓他們的筆鋒在觸及
中國／台灣的敏感身分議題時，得以躲過政治對文學作品的嚴厲篩
檢，同時保全了自身的生命安全。換言之，他們以一種看似協調卻又
矛盾的書寫姿態現身，不僅說明了殖民地文學的特殊生產過程，同時
也展現出作家們在霸權統治的成長過程中，如何尋找自我的發聲管道
並認同身分。

　　《流雲》雖將時間停格在光復初期，但就在主角屢次看似巧合的
諧音、不斷滑出舌尖的失言，以及製造前後文矛盾和語誤的情節中，
不僅試圖破壞符號序列中似乎已是固定不變的身分主體，同時預示了
他終將再次流動成長的國家認同。換言之，在鍾氏明哲保身的書寫保
護傘下，其極具張力的口誤筆鋒，早已暗藏他逐漸鬆動的中國身分及
其隱而未顯的台灣意識。首先，描寫主角對祖國接收台灣的滿心期
待，但也就在歡喜迎接祖國軍隊之際，旋即又寫下目睹背著傘、挑著
鍋、戴著「阿彌陀」帽、拎著鋪蓋的零散軍容後，「眼前所看見的是
一大幻滅」（頁69），何其沮喪失望的心情，最後以旁人「飛簷走壁」
的神話說含混解釋。再藉由「台灣光復節」的日文發音雷同於「台灣
降伏（服）節」（頁4）的巧合中，適時地揶揄反諷了國民政府。尤其
當官方訂十月二十五日為光復節，正式宣布台灣回歸中國版圖時，他
雖表明對該政策嗤之以鼻的輕視不屑，但隨後緊接著表現出重回祖國
的狂喜 心境：

　　　　這是歷史的一天。我親身經歷了它。但是我卻也沒有這樣的痛

---

52 吳濁流：〈銅臭〉，收錄於彭瑞金主編，吳濁流著：《吳濁流集》，頁103-132。

切的感受。因為台灣的光復，並不是這一天忽然來臨的，當人
們聽到「天皇陛下」的廣播的一刻，那才是真正的台灣光復的
一剎那。經過兩個多月的今天，雖然大家都特別舉行儀式來慶
祝，但那不過是形式上而已。當然，那也意味著在官方的文件
上，這一天才是真正的台灣光復的一天，不過在我個人的感受
上，卻沒有那麼真切。好像一個嬰兒誕生了，這個初生兒離開
母體的一剎那才是真正值得他的父母親人們慶住的，可是世間
人卻偏偏不在這一剎那慶祝，而另外撿個不相干的日子，來辦
所謂彌月慶。這豈不也是人類的自欺欺人毛病的一種流露嗎？
不過話得說回來，如果有人看了上面的話，向我問道：「那麼
你今天並不高興囉？」我將毫不猶疑地斥他一聲馬鹿野郎！我
絕不會不盡情理的堅持必須在值得慶祝的事態發生的一剎那來
慶祝，因為那是事實上不可能的。不管如何，既然台灣的光復
是可喜的可賀的事態，那麼撿哪一天來慶祝，我都沒有理由不
為此狂歡狂樂[53]！

這是處於裂變時空下被壓迫的作家，不得不尋求以其他形式的存在。
這樣的書寫方式完全是在一個強勢的黨政干預下必須合理合法所產生
的，因此他所呈現的面貌也是隱微的。不過也就在鍾氏前後不斷矛盾
的敘述裡，讀來彷似霧裡看花，摸不清作者真正所指。但如重回五〇
年代白色恐怖的大環境，我們便不難明白，這是台籍作家為了表達出
內心的潛意識，不得不採用的一種書寫策略。

　　令人玩味不已的還有，作者以時隔五十年之久，但兩個政府來台
接收均恰逢台灣罕見的旱魃天象，並以「人們何嘗想到，旱魃給人們

53　鍾肇政：《濁流三部曲・流雲》，頁248。

帶來的，將是怎樣的一種結果」（頁97）埋下欲言又止的伏筆。再者，小說中將陸志龍寫給完妹的情感告白信訂於二二八，我們疑惑的是：這純然只是一種巧合？抑是作者對國民政府作出的一種間接性批判？此外，再如日本戰敗後，陸家搬入指派的「官舍」（前日本軍官宿舍），陸志龍苦於遭受跳蚤侵襲而夜不成眠。在尋獲「兇手」之前，引出父親推論當是以日語諧音為「南京蟲」的臭蟲咬嚙。在這看似微不足道的臭蟲事件中，陸志龍卻有感而發的說：

> 日本人所給我的，已經夠多了，我被迫負荷著那麼沉重的擔子，成了一個廢人，想不到在台民已乾乾淨淨摔脫了日本人的枷鎖的今天，我還要受這樣的苦[54]。

不解的是，區區的南京臭蟲竟得以將貴為五尺之軀的男子漢擲進如此巨大的恐怖中？一個歷經戰爭的青少年，果真無法忍受臭蟲囓咬的發癢之苦？何以臭蟲的諧音恰巧為「南京」？我們雖然無法在作者前後矛盾或含混其辭的字裡行間得到確切的答案，但卻可隱約窺測作者的用心。在當時政府監控嚴密的文學環境中，鍾氏在「內心裏有個小警總的心態」下，明知直指國府剝削壓榨的批判既為大環境所不允許，遂適時運用誤讀諧音及矛盾筆鋒的策略，此可視為他對官方意識形態進行一種策略性拆解。

佛洛伊德早已研究指出潛意識才是主體真正的慾望所在，但本文自心理學路數所提供敘事與慾望的各種繫連後，從而側重在文學生產的理論脈絡中。皮埃爾・馬歇雷在意識／潛意識、官方／非官方的對立中提出「文本分裂」的說法。簡單地說，這種分裂就是它的潛意

---

54 鍾肇政：《濁流三部曲・流雲》，頁293。

識，此種潛意識就是歷史。由於作者「仍然不是用潛意識再次重複作品的問題，而是揭示那些正好不是文本所表現的那些姿態中的問題。這樣，已寫出的東西的反面將是歷史本身」[55]。準此，小說的反面內容其實才是作者所要表達的真正意旨所在。那麼《濁流三部曲》中看似建構完成的中國身分，也就在鍾氏策動的潛意識話語裡瓦解顛覆。毫無疑問地，此種潛意識書寫是在一個強勢黨政干預文藝的時代產物。也就是說作者在官方允許的言論規範中大玩邏輯及文字遊戲，採用筆誤及玩笑的策略突出體制內所不允許的非官方意識形態，目的無非是為置身於殖民社會的台灣人民發聲。而官方主導者之所以未能看出這些文本中潛藏的意旨，乃是因為他們不疑有他的將這些作品一律擺放在大中國意識形態下釋義。我們如果循著官方意識閱讀《濁流三部曲》這一類的作品，確實無法精準地解讀出台籍小說家筆下隱藏於主角潛意識中所要認同的真正身分。

　　更引人矚目的是，有鑒於諸多台籍作家在五〇年代因政治迫害、文藝政策而不得不噤聲封筆。在反共懷鄉國策的執行下，鍾肇政殺出重圍一反時論，在《流雲》中略提日據時期在台灣本土發展出來的白話文運動。他甚至大膽道出即使小說內容寫的是「日支親善」的故事，亦不減損其屬於台灣文學價值的看法：

　　　　在那樣的時代裏，在台灣這個地方，能出版的書是怎麼一種內容的，當然早就註定了。可是我不能同意這書不值得看的觀點。我對白話文的知識，還止於祇知道有這麼一種東西的程度，到底是怎麼樣一種東西，與我所讀的漢文究竟有什麼不

---

55 皮埃爾・馬歇雷：《文學生產理論》，引自Catherine Belsey（凱薩琳・貝爾西）著，胡亞敏譯：《批評的實踐》（Critical practice）（北京市：中國社會科學出版社，1993年），頁167。

同，我還完全不曉得。同時，我也把不定能否看懂這本書，藉這本書是否就能領略白話文是怎樣一種東西，也毫無把握；不過我確實相信，這本書是值得看的，不僅值得看，我還應當以虔誠的心情來研究它，琢磨它。縱然說是荒謬的「日支親善」，又有什麼關係呢[56]？

主角在還未閱讀該部由本島人所撰寫的白話文小說，甚至沒有把握是否讀懂的情況下就搶先肯定了其文學價值。而這段看似無關緊要的言論間，其實就隱藏了作家呼之欲出的潛意識。畢竟對台籍作家來說，國民政府的同族殖民迫害傷痛尤有甚於日本異族。他們在光復前日據時期的台灣新文學運動，雖幾經日本政府打壓，仍能克服萬難地開出自主性的文學花朵；相較於國府來台後以政治控制文藝的結果，反倒完全扼殺了台籍作家的文學生命。那些高唱三民主義、戰鬥抗暴的文學論調，都不是台籍作家的歷史記憶所能夠理解與書寫的內容。再加上戰後語言政策的拍板定案，使得他們的處境無疑更是雪上加霜。所幸，艱辛走過二二八血腥屠殺、白色恐怖時期的鍾肇政，不但未選擇封筆自保甚而創作不輟。《濁流三部曲》正是大量採用佛洛伊德所謂「行為倒錯」的書寫策略，讓他在潛意識中已然成形的台灣意識得以巧妙發聲。雖然作家已儘量運用朦朧曖昧的筆法予以批判控訴，但在那樣草木皆兵的文學時空仍顯得驚險萬分。一路讀來，我們除了於小說的情節發展處拍案叫絕外，亦不禁為他捏把冷汗。小說最後就在被殖民者流動可塑的身分認同中，於鍾氏呈現的潛意識話語裡，解構了陸志龍的中國身分。

　　另外一種拒絕殖民主宰意識的策略，則是通過一種「抵中心」

---

56 鍾肇政：《濁流三部曲・流雲》，頁201。

（de-centering）的小說話語，透過多種語言隱微地表現出來[57]。後殖民論述者早已指出，帝國主義壓抑的主要特色之一，就是展現在對語言的控制。帝國化的教育制度，把都會語言的標準「版本」，設置為典範正統，使一切的『變種』（variants），皆被邊緣化為駁雜不純[58]。而殖民者正是透過強烈的政治手段，以壟斷書寫表達的媒介，藉由樹立己方語言系統的權威打壓被殖民者，同時在政治、經濟、社會與文化等多項殖民措施的輔助下，順利搭建起殖民的統治秩序。尤其在語言跟民族的存在息息相關的認知下[59]，台灣自日據以迄光復後二十年間，兩個殖民政權均將表達工具作為身分意識鬥爭的首要戰場，一再通過強力的政治運作來樹立自己語言系統的權威[60]。令人駭然的是，兩次語言政策的強制施行僅相距九年，大大斲傷了台籍作家的文學生命。特別是光復後國府雖以獨尊中文作為凝聚民族精神的理由，但實

---

57 邱貴芬：〈「發現台灣」：建構台灣後殖民論述〉，收錄於《仲介台灣・女人：後殖民女性觀點的台灣閱讀》（臺北市：元尊文化企業公司，1997年），頁177。

58 Bill Ashcroft（比爾・阿希克洛夫特）等著，劉自荃譯：《逆寫帝國：後殖民文學的理論與實踐》（*The empire writes back: theory and practice in post-colonial literatures*）（臺北縣：駱駝出版社，1998年），頁8。

59 如German就同指德國人／德語。德國人赫德（Herder）的名言「一個民族有比先民遺留下來的語言更寶貴的資產嗎？」（Has a nation anything more precious than the language of its fathers？）就首先指出二者之間的關聯；費希特更進一步提出「德文代表德意志精神」的看法。黃宣範：〈語言與族群意識〉，《語言、社會與族群意識：台灣語言社會學研究》（臺北市：文鶴出版公司，1994年），頁174。

60 自一八九五年台灣劃歸日本後，日人積極將台灣建設為日本的一部分，語言教育成為統治者殖民的必要工具之一。台灣總督府學務部長伊澤修二隨即向樺山資紀總督提出一篇台灣教育意見書，建言：「台灣的教育，第一應該使新領土的人民從速學習日本語。」就此確立以推廣日語為重點的國家主義教育方針。直到一九三七年推行「皇民化運動」，更徹底全面禁止漢文書報，日本殖民統治的語言政策在此運動中臻至高峰。光復後，陳儀政府接收台灣，為了加速其「中國化」的整編，語言成為檢驗政治立場的標準，並且成為排除異己的有效工具；日語的使用在中國化的威權下，淪為「奴化」的代名詞。陳芳明：〈戰後初期文學的重建與頓挫〉，《台灣新文學史》（臺北市：聯經出版事業公司，2012年），頁210-224。

際上卻是為了加速中國化整編的政治考量，絲毫未給予本島知識份子轉換的適應過渡期。雖然一國之語的施行目的在企圖統一國家意識，但學習語言既非一蹴可及，極可能因為操之太急而分裂了國家意識。顯然可見的是，正因國民政府霸道強硬的語言措施，反倒加速撕裂了台灣人民好不容易建構完成的中國身分[61]，從而在「抵中心」的小說話語中引發了另一波的身分認同。

　　既然殖民壓迫主要是透過語言控管來達成，於是在以子之矛攻子之盾的反擊下，被殖民者也就從顛覆語言的政策著手。此項策略的步驟主要有二：第一、抵制殖民語言本位論調；第二、進行語言文化整合，建構足以表達本身被殖民經驗的語言[62]。簡言之，被殖民者正是用一種「既破且立」的語言策略，以語言雜燴的書寫方式鬆動破解了官方設定的語言論述：

> 在殖民言說自身的基礎之上，他用自己的話，向殖民文化發起挑戰，從這樣一個「他者」的立場，以一種不同的、往往讓人感到害怕的聲音，殖民地本土作家開始對原先那個視角，那個將殖民主義世界組織起來的視角一點一點地進行顛覆了[63]。

五〇年代跨語作家的敘述語言雖是以中文為主，但同時兼雜日語、台

---

61 黃宣範：「國語（一國之語）之施行雖然目的在企圖統一國家意識，但也可能分裂國家意識。蓋一國之語言政策必須兼顧語言的工具性與國民對語言的情感的依戀，而唯有母語最能滿足這雙重的要求──工具的依附與情感依戀的要求。」〈語言與族群意識〉，頁51。

62 邱貴芬：〈「發現台灣」：建構台灣後殖民論述〉，收錄於《仲介台灣・女人：後殖民女性觀點的閱讀》，頁160。

63 Elleke Boehme（艾勒克・博埃默）著，盛寧、韓敏中譯：《殖民與後殖民文學》（*Colonial and postcolonial literature*）（瀋陽市：遼寧教育出版社，1998年）。

語及地方性語言，形成了母語、日語、中文等多音交響的特殊風格，
呈現出眾聲喧嘩的書寫特色。而台籍作家主要是自覺地通過地方方言
以突顯作品中的台灣味，在無形中顛覆了殖民者統一語言的權威性。
這樣的文學書寫現象，即便被外省編輯斥為「摻有日本殖民遺毒的不
正確中文」[64]，但台籍作家卻仍然持續此種風格並且創作不輟。似乎
企圖彰顯出台灣本地作家刻意揉合鄉土俗語、日文、漢文等語言的文
學表現，其實是對官方書寫話語的一種顛覆。

　　台籍知識菁英對使用語言文字相關的討論，以《文友通訊》第四
次名為「關於台灣方言之我見」的專輯最引起我們的注意。編者鍾肇
政在綜合每位成員的意見後，提出他個人的結論：

> 方言在文學中的地位是不可一筆抹殺的，外國文學作品中所佔
> 的份量可為例證，即以我國文學而言，雖曰國語，實則北方方
> 言，數量為數至鉅，它們已逸脫了方言的地位，駸駸乎多一種
> 正常的文學用語。因此，我們不必以台島地狹人少為苦，問題
> 在於我們肯不肯花心血來提煉台語，化粗糙為細緻，以便運
> 用。我們是台灣文學的開拓者，台灣文學有台灣文學的特色，
> 而這特色—方言應為其中重要的一環——唯賴我們的努力、研
> 究，方能建立[65]。

在本土作家眼中，當時已被尊為「國語」的北京語不過是一種北方方
言罷了。因此，他們更有意識地知覺到本土方言的使用，是為能夠表
現台灣文學特色的重要策略之一。當他們刻意揉合鄉土俗語、日文、

---

64 邱貴芬：〈「發現台灣」：建構台灣後殖民論述〉，頁158。
65 《文友通訊》第四次（1957年6月），收錄於鍾理和、鍾肇政著，錢鴻鈞編：《台灣
　　文學兩鍾書》（臺北市：草根出版公司，1998年），頁328。

漢文的文學語言表現在小說中，正是表達出對官方／中國一統話語及
意識形態的顛覆。葉石濤就曾自剖地說，除非他重新生為一個道地的
中國人，而不是屢被異民族侵佔的這傷心之地的台灣人，否則就永遠
無法寫出典雅而理想的白話文來[66]。這段自白足以說明台籍作家的文
字使用乃是自覺地結合台灣特殊的殖民經驗，鮮少呈現純粹北京國語
的現象，或可視為他們拒絕被收編的心理反映。舉例來說，文心《泥
路》通篇交雜國語和台語兩種語言，如祖母／阿媽、母親／阿母、就
分別使用在行文敘述與人物對話中，可見其有意為之的區分。文本中
最引人注意的是一段鄉間孩童對著瘋女的台語俚語唱謠：

> 罔市呀！罔市呀！
> 養豬真賢大，
> 明阿再，人要娶，
> 憨孫憨子妳落去，
> 阿公阿媽我不去，
> 新娘被沒加走；
> 新蚊帳沒蚊哭；
> 新桌巾罵罵哭[67]。

俏皮活潑的歌詞，將本島孩童們頑皮的模樣更添幾分活靈活現，這只
有精通台語者才能讀通並且體會其中的意涵。除此之外，亦時見具有
台灣本土特色的植物（「豬母乳」）、菜名（「菜脯」）及俚語（「幹他
娘」、「這些膨肚短命的凸鼻仔」、「修驚」）和台灣歌謠（「雨夜花」）

---

66 葉石濤：《一個台灣老朽作家的五〇年代》（臺北市：前衛出版社，1992年），頁
　　28。
67 文心：《泥路》（臺北市：臺灣商務印書館，1968年），頁23-24。

等。受限於當時政府所制定的語言政策，文心主要還是得以官方國語的使用為主，摻雜其間的台語雖不多，甚至在「阿媽」的辭彙下特別標明「臺語：祖母的稱呼」（頁3），已略可嗅出小說中具有台灣意識的本土味。至於客籍台灣作家的小說話語更精采豐饒，文中更是相繼出現國語、客語、日語、台語交雜的四聲帶。如《濁流三部曲》中，陸志龍慣以「日安」（日語）打招呼，亦時可見「馬鹿野郎」的日式粗話表達內心的憤怒。或以台語「臭丸」代指教員，以客語「長山」指大陸。簡言之，台籍作家藉由這套雜燴語言的使用，除了突破「國語本位政策」規劃的單一官方論述方式外，更重要的是，此種眾聲喧嘩的語言呈現反映出他們在多種文化交錯、衝突、混合的成長中不斷流動的身分認同過程。

至於國族寓言的揭示，鍾氏主要將它展現在主體追尋情感認同的成長歷程中。誠如詹明信所言，「所有第三世界的文本均帶有寓言性和特殊性：我們應該把這些文本當作民族寓言來閱讀」[68]。若在這樣的認知前提下，葉石濤以為《流雲》盡寫虛無縹緲的愛情，並針砭此書缺少時代與民族的思想背景，是「患了思想貧血症」的評價就有待商榷[69]。易言之，文本中主體追尋情感的成長歷程，若以民族寓言視之，就不應只是單純地視為男女愛戀，而是隱藏了主體對家國認同的絃外之音。

首先，引起我們注意的是，凡是描寫到日據時期涉及中日兩國的愛情或婚姻，台灣男性面對日籍女性時必定產生身分自卑的心態。如

---

[68] Fredric Jameson（詹明信）著，張京媛譯：〈處於跨國資本主義時代中的第三世界文學〉，收錄於《馬克思主義：後冷戰時代的思索》（香港：牛津大學出版社，1994年），頁92。

[69] 葉石濤：〈鍾肇政論——流雲，流雲，你流向何處？〉，收錄於《台灣鄉土作家論集》（臺北縣：遠景出版社，1981年），頁43-54。

《恩仇血淚記》的金火愛上日籍女同事後，就萌生「她為什麼生為日本人」的感嘆，林母知情後更以一種不可思議的口吻說：「你怎麼愛上了日本人？太不認識自己了」（頁115）。同樣地，《濁流》的陸志龍愛上日本少婦，耳邊迴盪的竟是「日本婆子怎麼會嫁給兩腳仔」（頁75）的身分認知，並以「絕望的愛」（頁77）預言這段愛情。顯然地，台籍男性在此並非從男性的位階看待男女關係，而是從被殖民者的次等位置仰望殖民者，這正是被殖民者「自我殖民化」的發酵[70]。換言之，他們正視的是兩種身分間存在的民族界限，從而將男女情感對等為殖民／被殖民的關係。然最後無論是被迫或自願，主角似乎都在逐漸成長廓清的國家身分中，不僅翻轉了被殖民卑下的次等位階，同時揮別這段中日戀情。

若單以《濁流三部曲》為例，除卻陸志龍首次的中日之戀外，還必須加上另外兩段戀情，才能清楚地看出小說中個人／國族成長的脈絡。《濁流三部曲》分別以三段戀情勾勒出小說的主線：一為《濁流》裡的日本少婦谷清子；二為《江山萬里》裡的台籍國校教師李素月；最後則是《流雲》裡家鄉的牧牛女阿銀。從男性對不同國籍、背景女性的情感變化及抉擇，彷彿隱約透顯出主體身分認同的成長心路歷程。首段中日戀情雖隨著谷清子的自縊而告終，但似乎也預告了陸志龍即將完成第一次中國身分認同的情節發展。第二段則是在大甲任學徒兵時與國校教師的李素月譜出戀曲。素月是在日據時代受過高女教育的國校教師，不僅崇仰日式「玉碎精神」，且深具皇國思想，她甚至更以「大和撫子」的日本婦女精神自許。她身上雖然流著台灣人的血，但在思想及行徑上則是不折不扣的日化女性。這段感情表面上是隨著陸志龍光復後返鄉，及因害病而導致聽覺損傷的自卑下而割

---

70 游勝冠：《殖民、進步與日據時代台灣文學的文化抗爭》，頁268-272。

捨；但實質上，當時對民族意識十分澄明清晰的陸志龍而言，渾身散
發著日本婦女氣質的李素月，自非他心目中理想的伴侶。

　　最後一段戀情，象徵陸志龍家國身分的真正歸屬。返鄉後的陸志
龍雖有許多心儀的對象，但他最後選擇最具台灣女人典型的女子－
阿銀：

> 她有一頭很豐滿的黑髮，蓬蓬亂亂地散在背後。上身的衣服，
> 分明是一領舊軍服，下面卻又是農村常見的半長不短的黑色
> 褲子，露著膝蓋以下的部分。腳沒在草中，但可以猜到那是赤
> 足[71]。

黝黑、亂髮、赤足，穿著舊軍服、台灣褲，還帶著一身牛騷味，時而
在夜晚的小溪裡沐浴，作者描繪出一個形象鮮明的台灣村野女子形
象。在身分上，阿銀不僅屈為養女的從屬位階，還有一個白痴如豬的
未婚夫，完全失去了選擇自我發展的可能。尤其在土地往往被女性化
的殖民思考體系裡，陸志龍最後情歸「大地之母型」的銀妹[72]，似已
遙指主角對台灣這塊土地的認同與依戀。換言之，鍾氏正是將那隱而
未顯的台灣意識巧妙地寄託在對「大地之母」的戀情上。對台灣本土
人民而言，國民政府的行徑近乎於殖民者的作為，統治台灣時以強權
壓迫弱勢的事實，亦順勢推展貫徹其「性別政治」[73]。換言之，五〇

---

71 鍾肇政：《濁流三部曲・流雲》，頁29。
72 黃靖雅：《鍾肇政小說研究》（臺北市：東吳大學中國文學系碩士論文，1994年），
　　頁17。
73 Kate Millet（卡特・米萊）對性別政治的定義是：統治的性別嘗試將其對從屬性別
　　之權力維持及伸展之過程。Toril Moi（托里・莫以）著，陳潔詩譯：《性別／文本政
　　治：女性主義文學理論》（*Sexual / textual politics: feminist literary theory*）（臺北縣：
　　駱駝出版社，1995年），頁23。

年代國民黨在政治上的操作策略，和兩性關係中父系對女性的壓制的
手法如出一轍。一旦我們將養父／日本，丈夫／國民政府般指涉，小
說表面上敘寫養女的悲慘遭遇，暗地裡實已展開對兩代殖民主的批
判。特別是形塑出阿銀抵抗不服從，但卻在養父淫威下不得不暫時屈
服的形象，彷彿阿銀就是台灣的化身。在「如果她還是反抗，那麼結
局又怎樣呢？葉富仔會把她賣掉嗎？她會聽話，當個妓女去嗎？」
（頁33）的提問中，道出個人／家國發展的各種可能。再從文本中不
時道出光復後，台灣物價飛漲以及旱災連年的社會亂象，「很多人都
在為著米的一天比一天貴而嘆息著，餓著」（頁180），作者猶諷刺地
指出，光復前台灣人民滿心期待回歸祖國，未料企盼到的竟是更加困
苦的生活，彷彿透露出「這樣的政府豈不與白痴無異」的心聲。

　　在那個想說卻不能說，不想說卻不能不說的時代，鍾氏藉由阿銀
堅定的反抗意志與不屈的靈魂，隱約地指涉了台灣人民不甘於歸順日
本與國民政府的意旨。鍾氏最後形塑出一個代表台灣本土的「大地之
母」型的女子，藉由她那旺盛的生命力以象徵家國的強韌、厚實、充
滿生命力的大地氣質，暗指這才是經歷了日本與祖國文化憧憬後的陸
志龍真正的情感歸屬。我們通過主角對情感的選擇，得以窺見他不斷
成長流動的身分認同。更重要的是，小說中的主角最終在厚實的本土
感情上找到安身立命的成長力量，正是指向現實世界的作者在內心深
處隱而未顯的台灣意識。

　　小說終了，是象徵光明的開放性結局，主角未來的成長可能隱含
在故事結尾中。意即小說的末了，正是指向另一個故事的開始，並讓
讀者有機會參與建構文本的可能，這正是現代成長小說的重要特質之
一。在《流雲》中，陸志龍面對不可知的未來，作者寫道：

　　陽光的新鮮絢麗，在此時此刻的我倒是可喜的，因為這是我的

> 另一個出發。我又開始邁步了。是的，我要走向那陽光所照來
> 的方向……[74]。

歷經二次身分認同，並經歷一番徬徨、掙扎與尋覓後，陸志龍準備在充滿陽光希望中以尋找阿銀作為重新出發與成長的開始。對他而言，情感抉擇同時也是身分的歸屬，鍾氏藉此將一個十八歲青少年的成長和歷史發展緊密地連繫在一起，個人與家國的成長在此互為指涉。雖然作者並未告知讀者最後陸志龍是否能找到阿銀，似乎意味著台灣人未來漂泊不定的不可知的命運。不過，未來雖然充滿不確定性與各種可能，但可以肯定的是，對個人而言，他已經做好重新為生活而奮鬥成長的準備；對家國而言，經歷兩次身分認同的結果，台灣意識隱然已萌芽。而他在小說最後向陽光處邁進，正象徵著繼續邁向另一階段的成長開始。

　　迥異於向來以悲情抗日為基調的小說，以廖清秀《恩仇血淚記》最令人耳目一新。尤其在一場台籍男性援救日籍女性的情節發展高潮中，不僅昭示台籍男性去掉被殖民者的劣等身分，更一躍為救贖者的高姿態，顛覆了台灣始終屈居其下的次等地位。小說以金火與愛子的戀情為敘述主軸，兩人堅貞愛情的考驗並非來自於日尊台卑的階級意識，而是在日人渡邊澄人強行施暴愛子，愛子為了貞操不得不下嫁後結束。儘管如此，金火仍始終深愛著愛子。因此當太平洋戰爭日軍一路潰敗，澄人不幸死於戰場，愛子在走投無路下淪為妓女時，金火費盡心力只為援助愛子脫離淫窟。文本最具顛覆性的情節是進行到光復後，除了為娼的愛子外，日人不是淪為乞丐就是傷殘死亡，極盡落魄醜態，殖民者的高姿態已不復見。另一方面，再以金火為代表的台灣

---

74 鍾肇政：《濁流三部曲‧流雲》，頁436。

人，通過他們以德報怨的正面形象重塑，徹底消解了日／台、尊／卑的二元對立。

其實無分性別，金火均援之以手。他不但以金錢幫助戰後憑著拉貨車維生的田中浩三，也不計前嫌探望曾憑藉殖民權勢欺壓自己，如今卻慘遭砍斷腳而住院的澄人父親──渡邊刑事。台灣光復後，更不斷勸導昔日受日人欺侮的台籍同事放棄報復的行徑。緣此，渡邊刑事在切腹自殺的遺書中就感嘆寫道：

> 當你來看我的時候，我更羞慚地不想再活。我願你對我雪你的恨，砍去我另一隻腳，甚至殺死我；那麼，就能輕減了我對你的歉意。然而，你不報復我，卻醫治著我；最初我只以為：你是要收買愛子的心，但日子一久，才覺悟到：這是我的暗心疑鬼，而你有超越一切的慈悲心──貴民族特有的良善心靈[75]。

但我們若將《恩仇血淚記》的解讀僅止於解消善／惡、被殖民者／殖民者的中／日二元對立的思考架構，那也未免太低估了這部小說。金火早在受到日本鬼田判官的提攜，及日後與日人原島建立超越民族情誼之上的「學徒時代」，就已走出殖民主義對他建構的主體身分。對金火而言，這兩個日本人無疑是引領他成長最重要的啟蒙者。鬼田判官不僅推薦金火入保險會社工作學習，並且在他對外參加普通試驗名落孫山時，就以指導者的角色勸慰他，在「失敗為成功之母」的古訓中，期許金火再次捲土重來。爾後更在原島哲學思維的引領，開啟了金火的知識大門。尤其在他講述盧騷自由平等的世界觀裡，促使金火對「民族平等」的澈悟：

---

75 廖清秀：《恩仇血淚記》，頁167。

> 我澈悟了：人並不是為了他的歲壽，或其他目的而做善事，是
> 為他本身的道德觀念而做善事。我又認為：死神是平等地，不
> 分富貴貧賤、善人惡霸、男女老幼，一律來臨；人生是須臾，
> 不值得太煩惱了──悟到這裡，我在兩天後的原島的喪禮中，默
> 默地對著他的靈柩，立誓要重新做人……[76]。

與原島言談間的知識授與及深奧的哲思對談中，啟蒙了金火在心靈思
維上的成長，不僅顛覆了他對中日關係勢不兩立的看法，更領悟出民
族無分優劣的道理。原島厭惡民族間的仇恨與殺戮，以及由理智所領
導的文明社會，進而在盧騷的自然哲學，找到了生命的價值與典範。
我們若再進一步了解盧騷的思想主張，在《論人類不平等的起源和基
礎》中，盧騷指出人類的不平等的原由有二：其一為天賦品質所構成
的自然不平等；其二為政治上人為的不平等，如富有者與強權者的掠
奪與奴役[77]。據此，盧騷以自然狀態的美麗反映現實的罪惡。他以為
只有在自然狀態中，才得以享有絕對的平等與自由。而將此論點引申
到民族主義上，便是各民族皆自由平等的主張；亦即每一民族不受他
者的侵害與壓迫，並有權決定自我的生活方式。金火由是從盧騷的哲
學思維中了解了各民族皆自由平等的道理，再從原島身上頓悟了行善
的根源非關民族，而是來自於自身的道德涵養。因此，即使祖母報仇
雪恨之說猶言在耳，澈悟成長後的金火則選擇摒棄心中原有的仇恨，
以期返回原島所稱羨的自然無紛爭的世界中。

　　小說同樣結束於台灣光復初期，停筆於主角「各民族一律平等」
的啟悟中。引發我們聯想的是，若我們逸出小說所指涉的既定時空，

76　廖清秀：《恩仇血淚記》，頁135。

77　Jean Jacques Rousseau（盧梭）著，李常山譯：《論人類不平等的起源和基礎》（*A discourse on inequality*）（臺北市：唐山出版社，1986年）第二部分。

再向下延伸到作者所處的五○年代，文本是否企圖表達出什麼樣的批判與控訴？試想當時國民政府肆無忌憚的祭出白色恐怖，大陸來台的統治者對本土族群施予無情的壓迫殘害，是否有違民族無分優劣的自然哲學？是否逆反了中華民族應有的慈悲、良善的心靈？既然金火最後的成長，在於頓悟出不同民族間應平等對待的道理，更何況是同一民族中不同族群的手足？只不過在動輒得咎的五○年代，廖清秀也只能藉由此種以此喻彼的隱微寫法，質疑當時強硬政權對台籍人士的壓榨欺凌。

更值得注意的是，小說中主角不畏環境、不斷成長的精神似乎就是創作者本人的真實翻版。虛構世界裡的金火在惡劣不對等的環境下仍不斷力爭上游與自我成長，顯現於外的，是他一路從戰時的社員到光復後接管會社的改變。在內在心靈方面，於盧騷自然觀的啟悟下，不但消弭了中、日的民族仇恨後達到心靈的和諧發展，進而呈顯出殖民者與被殖民者間主從位階解構後的重新再建構。對照現實環境中的廖清秀，他同樣無懼困難，不僅突破了語言的書寫障礙，並且在寫作班的訓練下，以《恩仇血淚記》榮獲一九五一年文獎會長篇小說第三獎，這也是台籍作家首次獲獎的殊榮。不過令人莞爾的是，《恩仇血淚記》領著文獎會得獎作品的光環，表面上看似配合文獎會「發揚國家民族意識」的徵稿原則，但實際上卻是對強權政府未能一視同仁的批判，這大概是官方主事者始料未及的。

討論進行到此，我們也就不難明白何以五○年代的台籍作家，都那麼默契十足的將小說進行到台灣光復初期就擱筆結束，並往往留下一個開放性結局的成長可能與發展伏筆。他們很清楚的知道，一旦將筆鋒觸及五○年代跋扈自恣的政權中，一方面少了批判日本殖民者的指桑罵槐手法，另一方面更喪失了得以筆誤或玩笑的書寫籌碼，這都足以將他們推向囹圄或死亡的悲慘命運。故此，台籍作家們在小說時

空的安排上，巧妙地採用一套如阿圖塞所謂以省略和遺漏的方法來掩蓋矛盾，一種看似提供答案但實際上卻迴避問題的方式，進而以部分的真實情節表現出潛意識來[78]。換言之，他們表面上雖然順應官方文藝政策，但在看似只有中國／日本身分對立的書寫中，其實暗地裡隱藏日本／中國／台灣三者間更複雜流動的身分認同。

　　總結前述，在兩個政權的高壓殖民間，跨語一代作家多描寫出搖擺、浮游的身分，而他們的猶豫怔忡，正好反映了殖民地社會的不確、不穩性格[79]。在這樣特殊的歷史環境下，要釐清殖民下台灣人的身分認同，我們可能必須回到巴巴（Homi Bhabba）所謂「認同從來不是固定」的脈絡下：

> 認同從來不是一個固定的東西。從另一個角度來看，就像在一個萬花筒之中，在特定的歷史的和社會的環境當中，變化中的認同確實呈現出特定的、具體的型態[80]。

巴巴提供了我們重新思考殖民主體如何進行身分認同的觀察視角。當台灣飽受異族／同族的輪番殖民，其間的複雜性正如巴巴所言，認同不再是一個固定不變的東西。尤其當「中國／台灣」的身分分野逐漸劃清，身分認同的成長議題涉及到更複雜的意識形態時，台灣人民的

---

78 凱薩琳・貝爾西在引論阿圖塞的意識形態理論時指出：「意識形態往往藉助呈現部分真實掩飾存在的真實條件。它不是靠欺騙而是採用一套省略和遺漏的方法來掩蓋矛盾，好像提供而實際上卻迴避了答案，並喬裝一致性以利於為現存生產方式的再生產所必須並由它所形成的社會關係。」Catherine Belsey（凱薩琳・貝爾西）著，胡亞敏譯：《批評的實踐》（*Critical practice*），頁76。

79 陳芳明：《左翼台灣：殖民地文學運動史論》，頁23。

80 Avtar Brah, "Difference, Diversity, and Differentiation," *'Race', culture and difference, edited by James Donald and Ali Rattansi* (Newbury Park, Calif: Sage Publications in association with the Open University, 1992).

認同問題就不再只是日本／台灣，殖民／被殖民這樣簡單的二元對立思考框架就足以廓清，而是必須在不斷改變的他性秩序的區別中展開認同。

　　儘管台灣不再是單純的中／日二元對立，但不變的認同策略是，借助一個對立面的他者建構身分。薩伊德（Edward Said）在《東方主義》一書中就指出，西方文化的自我認同乃是通過「東方」此一他者的想像中界定。他以為每一個文化的發展和維繫，都需要另一個不同的和自己競爭的他我（alter ego）；而建構一個身分認同（identity）的過程，需涉及建構對立面和「他者」（other）[81]。簡單地說，就是巴巴所謂「認同必須在區別性的他性秩序中再現」[82]。更重要的，這個區別的「他性」並非始終如一，而是將隨著歷史情境的不同，通過不斷變動的他者來建構自己的身分認同。薩伊德在研究「東方論述」時就指出，「自我」或「他者」的身分並非一成不變的東西，而是經細意加工的歷史、社會、思想及政治過程[83]。循此，藉由這樣的論點觀察遭異族／同族輪番殖民的台灣，自我／他者隨著歷史的變動分別為：由日據時的漢族意識／大和意識，轉變為戰後初期的台灣意識／漢族意識，通過變動他者的觀看，對照出不同的主體性，個體／家國從而在兩次身分認同中成長。

---

81 薩伊德著，黃德興譯：〈東方論述・後記（"Afterword," Orientalism）〉，收錄於香港嶺南學院翻譯系、文化／社會研究譯叢編委會編譯：《解殖與民族主義》（香港：牛津大學出版社，1998年），頁64。

82 巴巴指出，「認同的問題從來不是對預先給予的身分的證實，從來就不是本身自然實現的預言——它總是一種身分『意象』的生產，是對扮演那個意象主體的改造。認同的要求——即成為一個他者——導致主體在區別性的他性秩序中的再現。」Homi Bhabba（巴巴）：〈獻身理論〉，收錄於羅鋼、劉象愚主編：《後殖民主義文化理論》，頁209。

83 薩伊德著，黃德興譯：〈東方論述・後記（"Afterword," Orientalism）〉，收錄於香港嶺南學院翻譯系、文化／社會研究譯叢編委會編譯：《解殖與民族主義》，頁64。

　　然而問題是，這些同時接受漢文化與日本教育的台籍作家，是否可能排除生命中不斷出現的異己／他者，再建構出一個純種純正的台灣身分？在葉石濤的這段自白中，或可抽繹出蛛絲馬跡：

在寫小說的過程中我發覺，除非我重新生為一個道地的中國人，而不是屢被異民族侵佔的這傷心之地的台灣人，否則我永遠無法寫出典雅而理想的白話文來[84]。

無庸置疑地是，宛如一部殖民史的近代台灣，無論語言文化抑是個人／家國的主體性都是在不斷變動的自我／他者的辯證中演進，最後呈現出雜燴融合的特質。邱貴芬就明白地說，一個「純」鄉土、「純」台灣本土的文化、語言從來就不曾存在過[85]。針對純種／雜種的主體性爭議，長年置身於巴勒斯坦、阿拉伯與美國這三種矛盾身分的後殖民理論家薩伊德如是說：

至於群體或國族認同的共識，知識份子的職責就是顯示群體不是自然或天賦的實體，而是被建構出、製造出、甚至在某些情況下是被捏造出的客體，這個客體的背後是一段奮鬥與征服的歷史[86]。

既然身分、民族都不是自然存在，而是被人為建構出來，那麼，所謂「日本」或「中國」的身分對台灣人民來說，都只不過是曾經統治台

84　葉石濤：《一個台灣老朽作家的五○年代》，頁28。
85　邱貴芬：〈「發現台灣」：建構台灣後殖民論述〉，收錄於《仲介台灣‧女人：後殖民女性觀點的閱讀》，頁154。
86　Edard W. Said（艾德華‧薩伊德）著，單德興譯：《知識分子論》（*Representations of the intellectual: the 1993 Reith lectures*），頁70。

灣的殖民政權為台灣人捏造出客體。既然如此，主體身分認同的重要
性似乎就不在於最後究竟認同了哪一種身分，而是在於認同過程中彰
顯出台灣人民如何對抗殖民者的奮鬥歷史。再者，南迪（Ashis
Nandy）也以印度的反殖民經驗指出，去殖民化並非全盤否定，主要
的關鍵是要經過「選擇」，也就是將被殖民者宰制的那個部分去除
掉[87]。所以，真正值得我們思索的是，台灣同胞在不斷變動的殖民過
程中究竟接受、排除抑是選擇了殖民他性的什麼？又突出、隱藏被殖
民我性的什麼？這個複雜的問題絕非這一節內容就可以討論清楚。不
過，我們唯一可以肯定的是，屢遭殖民的台灣勢必無法根除已然內化
的殖民要素，也就是說，在跨語一代作家的小說中要建構出純種的台
灣身分似乎已不可能。

　　更重要的是，我們在這些作品中看到成長環境的壓抑以及身分的
艱難抉擇對台籍同胞所帶來的成長難題，並不亞於遷台人士在國共戰
爭中所遭受到的成長苦難。面對這個屢遭壓迫的劇變時代，歷經兩代
高壓政權的作家將台籍青少年的成長和歷史脈動緊繫，援筆記錄他們
身分認同的成長心路曲折，十分扣人心弦。尤其在政治解嚴，二二八
禁忌開放後，五○年代的台籍小說家才得以將那個早已萌芽的台灣意
識毫無保留地發滋顯露。這些長期受到言論禁錮的作家，歷經數十年
的囁嚅，終於得以將隱藏於心靈深處的怒吼釋放出來。如廖清秀在
《反骨》（1993）中，就描寫戰後初期接收人員的貪污腐敗，並如實
地記錄了二二八事件的血腥屠殺及白色恐怖濫捕濫殺的社會變局；廖
清秀在《反骨》中少了《恩仇血淚記》中「以德報怨」的官腔官調，
對五○年代國府的政治迫害展開一場遲來的控訴。另外，同樣描寫二
二八事件的《怒濤》（1993）亦接續了鍾肇政小說中的寫實傳統，但

---

87 Ashis Nandy, *The Intimate Enemy Loss and Recovery of Self under Colonialism* (Oxford: Oxford University Press,1994), p. 77。

迥然不同的是，他收拾起那一慣壓抑與隱忍的筆鋒，繼之代起的是強烈賁張的情緒，在小說中的台灣意識已如怒濤般湧洩而出且不可遏。

本章結語

　　翻開台灣近代史的扉頁，猶如一部殖民史。其中，最常被提及的被殖民經驗是日據時期，此時亦是台灣小說中身分意識大量浮出檯面的開始。而主體身分認同的過程，正是跨語作家筆下最關注的成長議題。台灣人民就在皇民教育與祖國歷史神話的拉扯下，擺盪在日本／中國的兩難身分，最後由血緣、歷史、語言等認同因子建構出中國既是國家也是民族的身分。台灣人的身分認同本應既此抵定，但在光復後國府猶如再次殖民的統治下，加入了統／獨的意識形態，解構了中國身分。在戒嚴的五〇年代，跨語一代作家通過了「行為倒錯」（parapraxis）、「抵中心話語」（de-centering）及情感認同的民族寓言方式，將隱而未顯的台灣意識，默默地再度進行了日本／中國／台灣的第二次身分認同。簡言之，在日本、中國相繼成為台灣身分的他者後，台灣人民最後以「台灣」自我定義，成為他們再次認同自我身分的主要憑據，至此完成主體身分認同的心路成長歷程。但我們卻也發現，台籍作家呈現出的「國語」其實已結合了台灣的殖民經驗，他們往往以中文語法詞彙為主、日文經驗與地方方言為輔，呈現出眾聲喧嘩的書寫特色。若再從巴巴（Homi Bhabba）提出認同是流動的命題論之，五〇年代的台籍作家在歷經兩次高壓的政權後，他們的確無法將日本與中國的殖民文化完全歸零，從而建構出血統純正的台灣本土身分。而主體進行這一段身分認同的成長意義在於：隨著小說中人物不斷身分認同的成長歷程，進而彰顯出台灣人民如何對抗異族／同族殖民者的奮鬥歷史。

第四章

人生成長三部曲
—— 個人成長論述的社會觀照

　　五〇年代作家感時憂國的精神，除了主要展現在政治上的愛國熱情外，另一方面則流洩出對該時代社會問題的關心。尤其隨著蔣介石所提出的「一年準備，兩年反攻，三年掃蕩，五年成功」的保證期限過期，作家們不再只是一味發出反共復國抑是身分認同的政治聲響，轉而開始意識並且關注到切身成長環境的各種時代性議題。再伴隨著個人主義的浪漫精神的呈現，他們同樣藉由一條個人成長的書寫脈絡，直接或間接地表現出對時代性社會問題的關心或批判。

　　循此，第四章將淡化家國意識的部分，主要著眼於個人成長背後所透顯的時代意義或相關社會問題。本章主要由人生成長歷程的代表性三階段切入，採取主題式的探討。三節分別從個人進入教育、職場與婚姻的成長階段中展開。在第一小節裡，首先指出教育小說（Erziehungsroman）是最狹義成長小說所指涉範疇（Bildungsroman），由此突顯其重要性。本文僅以涉及學校制式教育的小說為分析對象，探討主體在不同時空或性別條件下接受教育，在小說中呈現出何種教育特質及其社會意義。並按照時間先後與地域之別，第一部分以清末迄匪亂的大陸故土為主，第二部分則以五、六〇年代的台灣本土為觀察對象。前者因五〇年代遷台作家多處於新舊交替的時代，尤其女性知識份子目睹兩代女性因教育的有無而有不同的際遇，據此著重在勾勒傳統女性接受教育、開啟視野後的各種成長與發展的

可能及其時代意義。到了戰後台灣，自政府倡導六年義務國教後，受教權已不分男女，為全體國民所享有的基本權利。故此，女性是否因教育而啟蒙成長，顯然已非作者訴求的重點。他們轉而將關注的層面更延擴到教育者／受教者／教育環境這三者間，自主體接受教育的成長過程中探索教育制度，並直接或間接地對社會價值觀展開批判。

學業有成後緊接著步入社會，自此進入人生的第二個階段。首先要強調的是，年輕學子踏出校門後步入社會，並非表示學習階段從此結束，而是象徵另一個成長階段的開始。第二節的重點就放在社會新鮮人在社會化過程中如何面對自我理想與社會現實的矛盾衝突，進而揭示出衝突背後的時代或哲學意涵。前者以「藝術家小說」（Künstlerroman）為代表，文本在描寫主角的藝術理想不見容於現實社會的成長衝突中，隱約透顯出五〇年代具有文藝理想的作家，如何在文學政治化與商業化的現實下努力實踐的心聲。後者多以反共小說為主，作者往往在描繪個人成長的背後，揭示出比主體成長更深一層的人性意涵。

最後，以邁入婚姻作為人生成長歷程的第三個重要階段。在文本揀選方面，由於作品必要兼具「愛情婚姻」與「成長」的雙重論述，因此這部分的討論將權宜地側重在遷台女性作家的文本。在第三節中，就從遷台女作家在小說中所呈現出的愛情婚姻問題切入，從而探索女性的成長困境與途徑，及其以細瑣題材為策略的性別政治。首先，本文揭示出向來聽命父權的傳統女性，如何結束物化、客體的階段而建構出自我主體性的成長歷程。其次，以自由戀愛而進入婚姻的現代女性為探討對象，描繪她們在婚後面臨自我理想和家庭瑣碎間拉扯擺盪的兩難，進而在重新審視自我的主體性後思索成長，緊接著論析女性情慾自主的成長論題。最後在前述的觀察基礎下指出，女性的瑣碎議題乃是有意識的自我選擇。更重要的是，這些看似隸屬閨怨小

說的作品，其實正是以一種貼近生活的小敘述，翻轉了傳統家國大敘述的書寫模式，藉此鬆動了閨秀／政治，小敘述／大敘述的文學界線。綜言之，我在這一章中試圖勾勒出一條人生成長的象徵性階段脈絡，由此探析每一個階段的成長目標與困境，及其所揭示出時代性的社會意義。

第一節　啟蒙者——校園教育的成長紀實

> 進女子學校讀書是我一生中最大的轉變，我永遠忘不了校長和老師們對我的教導和愛護，使我從書本中看到了另一個世界，也比以前懂得太多的事情，我不知怎麼感激才好[1]！
>
> ——繁露，《夢迴錢塘》（1963）

> 我確認他是罕見的繪畫天才兒童。自然，那也還是在萌芽時期，可譬之為一株幼苗，需要人工的灌溉培土，細心呵護。我很擔心他不幸生根於一個極不適於成長的地點——其實我懷疑我國在那裏有較適宜的地點[2]。
>
> ——鍾肇政，《魯冰花》（1960）

　　台灣戰後初期因政治社會的驟變，時值各方秩序都在解構重整之際，個人主體性亦亟待建構。對青少年來說，除了自內反求諸己外，「教育」無疑是外塑最佳的啟蒙解惑管道。在文學表現上，似乎也有不少作家投入教育小說（Erziehungsroman）的創作行列中。在傳統西

1　繁露：《夢迴錢塘》（臺北市：黎明文化事業公司，1980年），頁273。
2　鍾肇政：《魯冰花》（臺北市：遠景出版社，2004年），頁187。

方，教育小說是成長小說（Bildungsroman）中重要的一類，同時也是最狹義的成長小說所指涉的範疇。早已有諸多研究者將德國成長小說的源起上溯至十七世紀洛克（John Lock）的教育理念，他不僅對「神學」教育進行批判，同時提出「白板論」，認為人的心靈如同一張白板，一切知識和觀念都從經驗中來。由此堅信教育對人的發展具有決定性的作用[3]。自十八世紀啟蒙運動後，彼時歐陸諸位思想家更加堅信只要接受良好的人文教育，自然就可以培養出成熟有用的人，將此視為青少年邁入社會之前的養成教育。循此理路，教育小說關注的就在年輕人所受的訓練和制式教育上，並描繪出他們如何通過教育以獲取自我價值觀的成長過程[4]。毫無疑問地，學校教育正是青少年

3　Richard A Barney, *Plots of Enlightenment—Education and the Novel in Eighteen—Century England* (California: Stanford University Press, 1999), p. 26. 約翰‧洛克（John Lock）是十七世紀英國著名的哲學家和教育思想家。他在哲學上提出了著名的「白板論」，認為人的心靈如同一張白板，一切知識和觀念都從經驗中來。由此出發，他認為教育對人的發展具有決定性的作用。洛克使教育進一步擺脫了神學和古典主義的束縛，發展為世俗的、為現實生活服務的現實主義新教育。他關於教育目的的論述已不再有夸美紐斯「來世說」的痕迹，提出了完完全全世俗化的教育目的，即著名的「紳士教育」理論，認為教育的目的就在於培養符合當時英國社會需要的紳士。在《教育漫話》中，洛克對封建教育的內容、方法和組織形式都給予否定，反對封建的教會學校的嚴酷紀律和對學生的體罰。在教學內容方面，他對經院主義的「神學」教育進行批判，認為教育內容應該結合社會生活，學習「在世上最需用、最常用的事物」。洛克重視教育的作用，認為教育是培養青年人才的重要途徑。此外，他認為教育還具有重要的社會作用，並把兒童與青年教育看作是國家幸福與繁榮的基礎。只有當教育培養出大量優秀的人才時，國家的地位才能得以鞏固，經濟實力才能得以加強。John Locke（洛克）著，傳任敢譯：《教育漫話》（*Some thoughts concerning education*）（臺北市：五南圖書出版公司，1996年）。

4　對 Erziehungsroman 的定義，參見下列各書：Jerome Hamilton Buckley, *Season of Youth: The Bildungsroman from Dickens to Golding* (Cambridge, MA: Harvard University Press, 1974), p. 13. Hardin, James, *Reflection and Action: Essays on the Bildungsroman* (Columbia, S.C.: The University of South Carolina Press, 1991), p. 16. Richard A Barney, *Plots of Enlightenment—Education and the Novel in Eighteen—Century England* (California: Stanford University Press, 1999), p. 27.

從家庭跨入社會間的啟蒙場域。

　　中國的五四新文化運動，最引人關切的教育問題就是在女性的受教權上。二〇年代的中國在西方思潮的影響下，導致女性意識抬頭，旋即打破了「女子無才便是德」的迂腐窠臼，同時喊出「男女平權」的教育訴求。而五〇年代作家既是在這波改革的教育中成長，尤其是女性，自是更能親身體驗到學校教育在成長過程中所具有的啟蒙關鍵性。可見「教育」觀念的轉變，正是這類以女性為主角的教育小說的明顯特色。這部分女性教育成長小說著重探討的，是大陸時期的女性接受學校教育後，如何因廣闊視野的開啟，促使傳統性別意識的解套，進而尋求各種成長與發展的可能。另一部分則是留意到教育普及後的台灣，藉由教育者／受教者／教育環境的關係，探究三者間的衝突抑融合的問題。我在此關注的層面不單是受教者如何成長啟蒙，更擴及施教者的素養與教育制度面的議題。

　　另外要說明的是，本節優先討論女性教育小說，用意並不在突出性別，而是將這兩類教育小說在這樣先後次第的安排下，不僅勾勒出一條自中國五四到台灣戰後戒嚴時期的教育發展脈絡；同時也展演了西方成長小說的敘述模式由傳統到現代的轉變。綜言之，本節以涉及學校制式教育的小說為分析對象，探討主體在不同時空或性別的條件下接受教育，在小說中所呈現出的成長特質與內涵及其時代意義。本文第一部分將針對居於大陸、自清末以迄匪亂時期的女性教育解讀；第二部分則以戒嚴時期的台灣為教育背景，探析作家們如何展示出主體因接受教育而成長啟蒙，以及各種教育問題的共相與殊相。

一　女性教育小說

　　中國女性開始接受教育，和社會改革運動息息相關。向來雖多視

五四文學革命為啟蒙的典範，但在王德威一篇名為「沒有晚清，何來五四？」的論述中，已鄭重申明中國文學現代化的時間應再往前推進的見解[5]。晚清的現代性革命與女性權益相關的，是一連串「戒纏足」、「興女學」、「婚姻自由權」等革新訴求，掀起了首次的中國婦女解放思潮[6]。直到五四這一波來勢洶洶的新文化運動中，婦女解放的議題才再次受到關注。其中，尤以女性爭取均等的教育機會為重要的主張之一。至於台灣本島，自清末受到「漢儒化」的影響[7]，女性教育幾乎完全空白；有幸能夠接受教育的，大多是出身中上階層的大家閨秀，但仍以灌輸三從四德的家庭教育為主[8]。雖然清末在傳教士的努力下，曾開創過新式女子教育，然卻由於興學的宗教性濃厚，再加上當時女子就學的風氣未開，導致此項措施未能獲得開展與普及[9]。

---

5 王德威：〈沒有晚清，何來五四？〉，收錄於《被壓抑的現代性：晚清小說新論》（臺北市：麥田出版公司，2003年），頁15-34。

6 一九○○至一九一○年，提出戒纏足、興女學、婦女職業權、參政權及婚姻自由權等，其立意乃在挹助國力、增加生產效能。見鮑家麟等著，陳三井主編：《近代中國婦女運動史》（臺北市：近代中國出版社，2000年）；李又寧、張玉法主編：《近代中國女權運動史料》（臺北市：傳記文學出版社，1975年）。

7 尹章義在討論台灣開發史時，曾經揭舉出「儒漢化」的新概念。他認為儒家典章制度是一套完整牽連的社會價值，在科舉社群的移入、內聖外王的要求下，對於禮教秩序的追尋，也促進了台灣社會結構的儒漢化，其中最重要的運作機制便是以「男尊女卑」為主的禮教秩序。清末台灣漢人的社會制度，無疑地正是圍繞著這套儒家文化秩序在運轉。尹章義：《台灣開發史研究》（臺北市：聯經出版事業公司，1995年），頁527-583。

8 卓意雯研究指出，清季後期禮治漸興，官宦之家開始重視女教的思想。富紳家庭往往延師設帳，修習《三字經》、《女論語》、《閨則》、《烈女傳》、《孝經》等教導女子溫順貞節的書籍。卓意雯：《清代台灣婦女的生活》（臺北市：自立晚報社文化出版部，1993年），頁105。

9 根據游鑑明的研究，早在十九世紀末，基督長老教會為培養女性傳道人員，就分別在台灣建立了兩所女學校：一八八四年所建的「淡水女學堂」和一八八七年台南的「新樓女學校」。這兩所教會學校，可說是台地新式女子教育的先聲。雖然這類由基督長老教會所設立的女校，興學的目的是為了佈道，但其新式教育的內容，卻使

迨自一八九五年日人割台，殖民政府以同化兼現代化政策改造在台婦女，施以「廢纏足」和「興女學」為兩大要點[10]。即使學校仍以涵養婦德作為教育的基本要求，但已可視為台灣女子教育向前邁開一大步的重要指標。可惜的是，在重男輕女的傳統社會結構與普遍困頓的生活窘境下，根據研究指出，仍約有百分之八十的學齡女童未就學，即使就學而能竟業者也不多。換言之，中途退學或輟學者居多數，以致能接受完整教育的女童僅占全部學齡童的十分之一[11]。而台籍女性鮮少接受或完成完整的教育，也正是日據以迄戰後初期本土女作家數量不多的主因。

　　相反地，五○年代遷台女作家卻因接受高等教育而培養出的各項能力與不同的視野，由是在台灣文壇上具備競逐繆司恩寵的條件[12]。她們大多出生於二○年代五四運動前後，也因為置身於新舊交替的多變時代，得以同時接受傳統國學與新式學校教育的雙重陶冶。如琦君、鍾梅音、畢璞等雖然扛著大學畢業的學歷，但卻也自剖是在中西學的雙重薰染下養成寫作的實力[13]。或許正因為這批女作家幾乎都是

　　學生得以接觸到西方文化，可謂開啟台灣新式教育的窗口。但由於學校規定學生不許纏足，而且未設高牆、且規定女學生住校等，導致漢人女性就學率低，多為平埔族的女性。游鑑明：《日據時期台灣的女子教育》（臺北市：國立臺灣師範大學歷史研究所碩士論文，1987年）。

10 游鑑明：《日據時期台灣的職業婦女》（臺北市：國立臺灣師範大學歷史研究所博士論文，1995年），頁253。

11 游鑑明：〈有關日據時期台灣女子教育的一些觀察〉，《台灣史田野研究通訊》第23期（1992年6月），頁15。

12 江寶釵：《論《現代文學》女性小說家：從一個女性經驗的觀點出發》（臺北市：國立臺灣師範大學國文系博士論文，1994年），頁58。

13 如琦君在幼年時，父親即請了一位國學大師為她專門授業，就此開啟了琦君文學之路。見鄭明娳：〈一花一木耐溫存〉，收錄於隱地編：《琦君的世界》（臺北市：爾雅出版社，1980年），頁28。又如鍾梅音的寫作根基亦多是來自家學傳承，其父親鍾之琪著有《虛園詩存》。見張瑞芬：〈文學兩「鍾」書——徐鍾珮與鍾梅音散文的再

大學畢業的高材生，她們憑藉著高教育的知識水準，始得以打破傳統女性相夫教子的角色侷限，並從事文教領域等高階工作的職業婦女[14]。在她們的小說中，同樣描寫出女性在學校教育接收各種資訊刺激下啟蒙成長的轉變。正如齊邦媛所讚譽的，這一代的女性文學早已將閨怨淹埋在海濤中[15]，她們不再一味扮演附和男性的應聲蟲。換言之，在教育殿堂裡打開寬廣視界的時代新女性，逐漸在反思中擺脫傳統道德思想的束縛，並開始爭取自我主體實踐的成長契機。

在文本中強烈表達女性意識及求知慾，以繁露《夢迴錢塘》（1963）最亮眼。小說中的女性除了智識謀略凌駕於男性之上，同時也對女性與學習空間的關係提出新穎的觀點。故事一開始由女主角奮力抵抗纏足與極度渴望讀書揭幕，顯明地已將女性意識的啟蒙時間上溯至清末民初，有別於向來關注在五四運動前後的五〇年代女性小說。文本中難能可貴的情節是，女主角即使嫁為人婦後，自幼萌生的求知慾不減反增。在不顧長輩的極力反對與眾人的蜚短流長，並且在獲得丈夫的首肯下，獨自帶著女兒前往城裡甫設立的女子初小求學。入學讀書對將屆而立之年的女主角而言其義非凡，猶如滴著垂涎走進千萬果實林間的飢渴者，終得以開啟她多年來企盼汲取智識的大門。對她來說，入學除了是制式課程的啟發外，同時更因為視野的拓展與心靈的省思，因各項資訊的刺激而提升了自我成長：

評價〉，李瑞騰主編：《霜後的燦爛：林海音及其同輩女作家學術研討會》（臺南市：國立文化資產保存研究中心籌備處，2002年），頁385-426。再以畢璞為例，她以為自己寫作生涯中的三位文學老師分別為：教授她唐詩的父親，引導他閱讀五四作品的國小老師麥炳榮先生，還有開啟她中國古典文學大門的洗風樓老師。見畢璞：〈我的筆墨生涯─三種境界〉，《文訊》第23期（1986年4月），頁222-223。

14 有關五〇年代遷台女作家的學經歷，詳見附表四。

15 齊邦媛：〈閨怨之外──以實力論台灣女作家的小說〉，收錄於《千年之淚：當代台灣小說論集》（臺北市：爾雅出版社，1997年），頁109-147。

在過去，她的圈子僅限於她周圍的一切，她所應付的也只限於個人的瑣碎事件。可是現在，她漸漸明瞭除了家之外還有國，而國才是最重要的。如果不進學校，她將永遠不會知道得那麼多。她不禁暗自心喜，她幸而選擇了學校，沒有跟隨丈夫而去；不然的話，她縱然活一百年，縱然運用智慧擊敗她周圍的人，但那是多麼沒有意義的事啊；因為她除了明瞭自己生活圈中的人之外，再不知道更多的事，和更多的人了[16]。

正如西方成長小說研究者所論，成長（initiation）是通過知識邁向成熟的階段（a fall through knowledge to maturity）[17]。女主角慶幸沒有選擇從夫，才得以通過學校歷史知識的傳授，開啟了家以外的廣闊視界，在知識層面上獲得了大幅度的成長。反觀傳統中國女性，她們普遍接受了無才是德的觀念後，便視同主動放棄求知的權利，不管是自主或被迫。男性倒也樂觀其成，得以坐穩父權寶座，享一呼百諾的快感。我們不難在女性入學就是敗壞家風、大逆不道的齊聲怒罵中，看到女主角是如何排除萬難以實踐自我的理想，而此時的男性又顯得如何的焦躁不安。在族長「你不讀書，已經夠聰明，夠能幹了」（頁212），「天下總是男人的，女人不需要知道太多的事情。女人太能幹，亦非家庭之福！」（頁213）的勸退話語間，明顯地道出男性對女性離家接受教育的擔憂恐懼。他們憂心的無非是，一旦男性受教育的優勢不再，不再聽話的女性將與之搶分天下，甚至傲視群雄。而男性為避免後患無窮的方式，便是將女性永遠囚居在家中，力守「男主女從」、「男外女內」的傳統性別分工。

---

16 繁露：《夢迴錢塘》，頁249。

17 Mordecai Marcus, "What Is an Initiation Story?" in William Coyle ed, *The Young Man In American Literature: The Initiation Theme* (New York: The Odyssey Press, 1969), p. 31.

　　西方學者雷柏維茲（Esther Kleinbord Labovitz）指出，由於「家」往往是主體理想實踐的阻力來源，因此主角只有在離家後才能學習獨立與啟蒙成長[18]。易言之，個人真正的成長必須在離家後的新環境中開始。可見家此一個空間對主體成長的阻礙，中西皆然。尤其對中國女性而言，又多了一層三從四德的禮教束縛，實踐自我的理想更顯不易。準此，女性主體的建構尤是得排除由「家」而派生的種種阻撓始有可能。西方女性成長小說研究者富雷門（Susan Fraiman）就明確指出，女性主角往往必須透過離鄉背景（by leaving home）或出國（going abroad）才開始她的成長[19]。畢竟誘使主體啟蒙的資訊刺激與多寡，確乎因城鄉差距而有所不同。小說中的女主角堅決離鄉求學，正是在她「老呆在鄉下，從那兒去看到新東西」（頁216）的認知下展開。當她來往城鄉間的耳聞目見，顯明地對比出兩者間的差距，從而在比較體驗中選擇成長。當鄉村還都是清一色的臃腫老棉襖和梳費時的麻花頭時，城裡早就換上輕暖的毛織品及清爽的短髮；大都會裡見怪不怪的裝扮，倒成了鄉下人眼中「不男不女」、「無法見人」的瘋子。同理，上學校求取知識，亦因城鄉有不同的接受度。但即使受盡鄉鄰的訕笑譏罵，因入城求學而開啟廣闊眼界的女主角並不以為意，甚至預知在現代性即將逐漸啟蒙的年代，這些都是處於時代交替的女性不得不變的成長趨勢。顯然地，女主角具有先見之明的能力，自是因為置身於資訊發達的大都會中，而向來頗能接受新事物的她，才得以引領潮流之先，並獲得異於同時代女性成長的契機。

　　整體說來，繁露這部小說並無意顛覆父權，只是具有自主意識的

---

18 Esther Kleinbord Labovitz, *The Myth of the Heroine──The Female Bildungsroman in the Twentieth Century* (New York: Peter Lang, 1986), p. 4.

19 Susan Fraiman, *UNBECOMING WOMEN-British Women Writers and The Novel of Development* (New York: Columbia University Press, 1993), p. 6.

女主角，在不違基本婦德的前提下，戮力爭取自我理想的實踐與成長的可能。她懂得權衡輕重、拿捏分寸，離家讀書既不在「七出」之列，她也就理直氣壯地圓夢。當親情與理想難以得兼時，她選擇「寧願讓母親短時間內因她而傷心，也不願長時期受到不識字的痛苦」（頁220）。而這類在作品中表達出既能夠自我實現，又能兼具傳統婦德的女性，大抵是五〇年代女作家雖然受到新文化思想的濡染，但也同時吸收傳統國學養料的理想投射，為兼具傳統與現代的折衷體。不容否認的是，女主角一路從解纏足、剪西裝頭到進學堂等拋頭露面的舉動，目的無不在爭取女性應有的各種權利，並同時建構自我的主體性。但弔詭的是，她的反叛並非意在對舊社會價值體系的全然推翻，然後成為一位顛覆父權的女權革命者。她仍然秉持「三綱五常」的基本美德來扮演好女兒、好妻子和好母親的家庭角色，並未因此而失職。平心而論，在那個時代能夠像她一樣「婦德」與「自我」兼顧的女性，當是極其少數中的少數了。

　　張漱菡的《意難忘》（1952）也敘述深具女性意識的女主角自主求學的成長故事，不同的是，她將小說背景設定在五四後與中日開戰之前，無疑正是接續了《夢迴錢塘》在清末第一波婦女解放思潮後的第二波高峰。首先引起我們注意的是，台灣第一本女性小說選集《海燕集》（1953），就是由已具性別意識的張漱菡自設出版社主編出版的[20]。在該部選集發行後血本無歸的原因是不諳商場遊戲規則，而非

---

[20] 張漱菡在〈新版序〉說「我的計畫是先編一部女作家的小說專集，再編一部男作家的小說專集。」可見其性別意識。除了張漱菡本人外，還收錄有張雪茵、孟瑤、張秀亞、艾雯、郭良蕙、琦君、繁露、王琰如、邱七七、童鍾晉、潘人木、劉咸恩、侯榕生、蕭傳文、劉枋、嚴友梅、畢璞等清一色女作家的作品。張漱菡：《海燕集》（臺北市：錦冠出版社，1989年），於一九八九年交由錦冠出版社再版。《海燕集》續集（臺北市：文光出版社，1958年）。

銷售量不佳的事實下[21]，張漱菡於五年後再編續集問世。自然地，她也將這股女性意識毫不遲疑地展現在小說書寫中。《意難忘》是她崛起於文壇的首部暢銷代表作，小說主要描寫女性如何在理想與情感的兩難取捨間矛盾掙扎，最後與痴情的男主角終將破鏡重圓的喜劇結局。其中最引人矚目的，並不在男女情愛糾葛的高潮起伏發展，而是作者賦與女主角深具女性意識及挑戰父權勇氣的形象形塑。文本一開始就描述女性在不只有男性才能光耀門楣的自我期許下，就已經顛覆了傳統以男性為尊的父權論述。並進一步意識到女性唯有接受高等教育才能培養競爭力，尤具性別意識。也就在母親的支持下，女主角明珊旋即隻身從江西鄉下到大都會上海就讀大學外文系。在都會環境的薰染陶冶下，明珊頓時從一個操著江西口音且土裡土氣的鄉下女孩，搖身一變為慧黠摩登的校花，並且擁有無數的裙下之臣。對她來說，遠赴上海讀大學後除了外貌的明顯改變外，內在則因為受到新式教育的啟發，更深化了她早已萌發的女性意識。

明珊完成學業返家，獲知離家在校四年間，母親長期飽受大房、三房蠻橫欺壓的事實後，她不僅表現出對傳統大家庭腐敗的憎惡鄙視，甚至對「男尊女卑」的傳統價值觀嗤之以鼻：

> 男丁？好滑稽！大哥，我真替你慚愧！你總算是讀完了高中，也踏進了社會，怎麼說起話來，竟好像是目不識丁，從來沒有受過教育的村野鄙夫一樣！現在是什麼時代，你知道嗎？還存著男尊女卑的觀念，真是太幼稚可笑了，在這個家裡，你以為

---

21 張漱菡在〈新版序〉回憶道，《海燕集》一出版在數月間就印了六、七版，但卻因為未事先與代銷的書店訂立合約，書款未收回的情況下而血本無歸。張漱菡：《海燕集》。

　　我沒有說話的份兒嗎？老實告訴你吧，我有絕對的發言權[22]。

　　因高等教育而深化的女性意識，顛覆了傳統女性沒有發言權力的次等位置。尤其當她理直氣壯地以一個女性晚輩的身分提出了分家的請求時，父執輩莫不瞠目結舌、惱羞成怒。顯然地，她正是以時代新女性之姿，在性別階級平等的前提下，力抗傳統男尊女卑的主從位階。在她以智取勝的精采過招中，再次見證了教育對女性成長所具有的關鍵位置。更有趣的是，眼見女性性別意識的啟蒙，男性在黔驢技窮的窘境下，只好再次抬出傳統禮教的大帽子企圖力挽狂瀾，以達嚇阻之效。然在女性因受教育而成長強化的自主意識下，封建的「三從」婦德終究在此失靈。

　　在張漱菡筆下，教育似乎成為女性眼中唯一得以翻身、不再依附男性的首要籌碼。因此為了能夠更出類拔萃，與男性一較短長，女主角決定出國深造，同時實踐留洋以開闊視野的夢想。她始終堅信只有透過教育的學習管道，才能在社會出人頭地，成為頂尖的佼佼者。同時還能為二房爭氣，擔負起養家的責任。檢視明珊的求學夢，她從鄉村到都會，最後出國留學，完全符合富雷門（Susan Fraiman）所謂「女性主角往往必須透過離鄉背景或出國才開始她的成長」的學習進程，其眼界也因此而更加廣闊。但小說最後，明珊的理想竟在牽親引戚的大環境中因屢遭挫折而鎩羽，張漱菡彷彿潑了將所有希望寄託在教育的女性一盆冷水。她似乎隱約透露出現實社會上更多重複雜的權利攖轕鬥爭，已非個人單憑不屈不撓的毅力或性別意識，就足以抗爭勝利的訊息。不過在重視成長過程而非以結果論的認知下，學校教育

---

22 張漱菡：《意難忘》（臺北市：皇冠雜誌社，1981年），頁103。《意難忘》由暢流半月刊社於一九五二年出版，皇冠於一九五九年出版。本論文採皇冠於一九八一年出版的版本。

對女性的引導啟蒙仍不容因此一筆勾銷。換言之，雖然女主角最後選擇了回歸感情，但並不能因此就將她劃歸為自始至終就以走入家庭為目標的傳統女性。

《七孔笛》（1956）是張漱菡繼《意難忘》之後，又一探討女性因教育而成長的小說。有趣的是，兩部小說對於女性特質的形塑有著天壤之別。《七孔笛》的女主角心瓊完全不同於深具女性意識的明珊，她自幼蝸居在風氣閉塞、偏遠鄉間，也和傳統女性一樣，僅將未來寄託在做一名好妻子的期許上。就在自我價值附屬於他者的情況下，女主角不但失去了再升學的動力，更不求外面多采的世界發展。生活除了服侍雙眼俱盲的青梅竹馬外，便是協助長輩料理家務，終日待在象徵封閉空間的家裡自足、自滿，對家以外的世界毫不動心。直到長年在外地已大學畢業的表哥加入他們的生活後，才逐漸開啟了她始終狹隘的世界。

若嚴格區分教育小說（Erziehungsroman）與成長小說（Bildungsroman）的不同，主要是在教育小說中，有一位或更多的教師直接指導成熟的青少年；而成長小說中，各種影響因素都可用來取代此種由老師直接指導的成長，如人性潛移默化的影響[23]。顯然前者對指導者的定義侷限較多，《七孔笛》就屬此種類型。當表哥帶來世界名著譯本，心瓊立刻手不釋卷、廢寢忘食；並教導她學習英文及如何聆聽欣賞世界名曲。也就在實際指導者的教誨下，直接啟笛了心瓊蒙蔽以久的智慧，同時也開啟了更寬廣的眼界；並且在與他者的互動對話中學習成長：

---

23 Randolph P. Shaffner, *The Apprenticeship Novel—A Study of the Bildungsroman as a Regulative Type in Western Literature with a Focus on Three Classic Representatives by Goethe, Maugham, and Mann* (New York: Peter Lang, 1984), p. 10.

她除了讀英文和日常不可少的一些事之外，差不多一直沉迷在這一堆書本中。這些書啟發了她更深一層的內蓄智慧，也教她認識了這世界原來還有這許多探索不盡的寶藏，她可憐自己過去的見聞淺陋，知識貧乏，現在有這機會，她便狂熱地填補她的求知慾了。當她看到書中有什麼費解的地方，或是引證到一個超出她的知識範疇以外的人物與事物時，便去請教周峋，周峋也便儘量詳盡地講解給她聽。於是，她回報他一個感謝而滿含欽佩的微笑[24]。

可見她並非全然沒有求知的渴望。只是長久被女性處理瑣碎家務的職責與從夫的傳統道德給壓抑了。在點燃求知慾後，心瓊對生命的困惑不減反增，時發出「人生究竟有沒有快樂？」（頁72）「活著所為何來？」（頁74）的大哉問。爾後在雙方的互動對話，及他者的廣博見識中學習成長。而真正讓心瓊覺醒的關鍵，則是日後未婚夫自殺離世後，在表哥仍然持續不斷的訓示啟蒙中開悟成長。他一方面嚴詞痛責女性執意行冥婚之禮乃是中了封建遺毒；另一方面則以鼓勵的方式，企盼她勇敢地走出一條屬於自己的路來，不應再封閉自我，向下沉淪。心瓊在失去原來「為人妻」的成長目標後，指導者的所言所指在她內心產生了爭戰衝突：

她忽然覺得這時的自我，與過去的自我，在作著無聲的衝突，一個新的她，在鄙視著舊的她，嚴詞責罵：「妳這沒出息的弱者啊！難道妳就這樣寄人籬下，永遠消沉下去？覺醒吧，堅強

---

24 張漱菡：《七孔笛》（臺北市：皇冠出版社，1983年），頁70。《七孔笛》初版由高雄大業書店於一九五六年出版，皇冠於一九六八年再版。本論文採用皇冠於一九八三年出版的版本。

地站起來奮鬥吧！不能再延遲了！」心瓊在默默地作著內心的
激戰[25]。

冥婚後既成為人妻，在保守的鄉間自當服膺於為夫守貞的傳統儒家禮
教，因此一個是原本打算聽憑命運來支配未來的舊我；一個則是在指
導者不斷循循善誘下滋長出勇於尋夢的新我，女主角就在兩個我的拉
扯中重新省視自己。《自我論》的作者就提出，每一個人在成長過程
中都會以這樣那樣的方式反覆地審視自己：「我是誰？」除了從別人
的視角認識「我是誰？」以外，「我是誰？」還包含很多的內省問
題，比如「我能做什麼？」「我敢做什麼？」和「我會做什麼？」認
識自我通常是從確定自己的特點開始的[26]。女主角就在內心不斷地衝
突交戰中醒悟，終於決定擺脫世俗價值觀的影響，不再甘於只是成為
客體的存在，並重新塑造自己。於是就在表哥抗日身分的掩護下，心
瓊得以跟隨至大後方再輾轉赴美；入美後旋即考入音樂學院攻讀，就
此展開全新的生活。

　　檢視心瓊受教育的來源前後有二：一是表哥帶來的文化刺激與教
導，其後則是在丈夫死後的出國深造，兩者相因相承。正因為有前者
的指引，才讓她決心掙脫「舊我」；爾後因丈夫自殺，才得以離家赴
美，在接受教育的實際行動中，期以形塑出「新我」。同樣地，心瓊
也是必須在離家之後，在異地與異文化中學習成長，才得以建構完成
自我的主體性。若再就主體的特質而言，誠如成長小說的假設前提，
年輕人可以自各種階段的訓練藝術中「學成」為專家[27]。不容諱言

25　張漱菡：《七孔笛》，頁204。

26　〔蘇〕И. С. Кон（伊・謝・科恩）著，佟景韓等譯：《自我論：個人與個人自我意
　　識》（В ПОNCKAX СЕЪЯ）（北京市：三聯書店，1986年），頁502。

27　雪弗南（Randolph P. Shaffner）指出，「成長小說」的本身，並不是一個技謀或技略

地，小說中的女主角本具有音樂長才，才能夠在完善的教育下激發出
她的潛能，最後成為頂尖的樂界佼佼者，並在個人的音樂會中獲得如
雷的掌聲。在故事最後，我們怎還能相信，那個在美國開音樂會的自
信女子，會曾經是一個執意冥婚的鄉村姑娘？如果當初她的丈夫「有
幸」自殺未遂，那麼未能接受高等教育的她，其音樂潛能必定埋沒草
萊，而「不幸」成為一個永遠走不出僻壤鄉間的鄉村寡婦。言下之下
彷彿是，傳統女性正是在三從四德的扼殺下，女性的自我成長永遠無
法開啟。

　　令人莞爾的是，張漱菡這兩部女性小說的成長結局，竟都與女主
角原本預設的人生目標背道而馳。自主受高等教育後，意在職場衝鋒
陷陣的明珊最後在大環境中鎩羽，因身心受創轉而回歸情感的懷抱；
原以妻職為要的心瓊則是在喪夫後，意外地遠渡重洋接受教育，並成
為樂界眾所矚目的新秀，成長的方向未如預期。我以為命運造化弄人
的傳統宿命觀，當不是已具女性意識的張漱菡所要傳達的訊息。她或
許是要點醒讀者，成長的變因遠非個人可以完全掌控箝制，然若一味
妥協屈服，勢必完全失去成長啟蒙的籌碼。尤其在這類表現出女性因
接受教育而啟蒙的女性成長小說中，應當足以讓女性讀者開始發現自
己的欠缺並學習捍衛自我的權力。這也難怪研究者多視女性成長小說
是現代女性描寫自我的最佳文學形式[28]；亦是最受女權主義者歡迎的

　　（particular art, trade），針對的是生命的本身。假設：1. 生活是可以被學習的藝術。
2. 年輕人可以各種階段的訓練藝術，「學成」為專家。Randolph P. Shaffner, *The Apprenticeship Novel—A Study of the Bildungsroman as a Regulative Type in Western Literature with a Focus on Three Classic Representatives by Goethe, Maugham, and Mann*, p. 16.

28 Abel, Elizabeth, Marianne Hirsch, and Elizabeth Langland, eds., *The Voyage In: Fictions of Female Development* (Hanover and London: University Press of New England, 1983), p. 13.

文學形式[29]。透過閱讀，女性得以不斷省視與重構自我的主體性。

再從敘述模式與結局來看，這三篇女性教育小說與德國傳統成長小說相同，多採用線性的敘述方式，並為正面且富教育意義的明確結局。若從這兩類小說崛起的時間點觀察，這樣的現象並非巧合。德國成長小說大量興起於啟蒙運動後，隨著理性覺醒，人的成長早已不是神的旨意可以全然決定。而成長小說的創作者也轉而強調必須依靠自身及豐富自己的知識閱歷，為此而肯定受教育的重要性。反觀台灣五〇年代女性小說，其作家群亦多是汲取五四新文化的養分成長，相較於無才是德的傳統認命女性，她們因受教育而帶來的廣闊視野與選擇更能感同身受。在簡略地將兩者比較分析後可知，這兩類小說雖然產出的時空迥異，但作者強調教育為個人所帶來正向成長效益的用意卻是一致的。

二 教育小說的文化透視

小說的時空來到戰後戒嚴時期的台灣。自民國三十九年，政府倡導六年義務國教以來，女性不再與教育無緣。無分性別，人人均享有基本的受教權。雖然在重男輕女的社會價值觀下，男女的教育機會仍然有所差別，但女性是否因教育而啟蒙成長，顯然已非大多小說家所訴求的重點。他們轉而將關注的層面更延擴到教育者／受教者／教育環境這三者間，由彼此的互動而交織出各種複雜的教育關懷與成長困境。

根據台灣以「德」為首的五育教育目標，顯然延續中國的傳統價值觀，將良好人格的養成列居第一。無獨有偶，西方學者雷柏維茲

---

29 James Hardin ed., *Reflection and Action: Essays on the Bildungsroman* (Columbia, S.C.: The University of South Carolina Press, 1991), p. 16.

（Esther Kleinbord Labovitz）也將教育小說定義為一種人格成長的小說，是研究「人格養成」的絕佳題材[30]。而品格的優劣，並非用言語就足以表達，而必須付諸實踐。問題是，若施教者本身就言行不一，囿於尊師重道的傳統，受教者又該如何尊之重之呢？我們可以想見這將帶給學習成長中的受教者多麼大的心靈衝擊。

　　舉例來說，朱西甯〈迷失〉（1961）這篇短篇小說，就以孩童的孝心輻軸出拾金不昧的善行，進一步質疑譏諷教育者的施教特質。文本描寫失怙的小男孩陶偉為了替母親買一副老花眼鏡，不得不利用人性中的愛心弱點，在公園中行乞存錢的故事。小說中雖然沒有明確地標明空間所在，但卻可以從行文中的「愛國獎券」、「楊傳廣」等符碼，標誌出台灣的所屬位置。當母親要他把好不容易湊足的錢交到警察局時，卻又因在公園逗留間由警察帶回學校，準備為陶偉頒發「拾金不昧」的善舉。未料他將錢款準備交到辦公室時，竟遭師長此起彼落的否定訕笑，從而留下小男孩迷惘的成長結局：

　　　　「誰拾金不昧？」這位愛國的教員湊過來，多餘的問道。然後
　　　　轉回身去問問那幾位同事。「有拾金不昧這回事嗎？你們說！」
　　　　沒有人理會他。嘴角上芝麻粒仍沒擦去的老師對他笑笑。
　　　　「你說，有拾金不昧這回事兒嗎？」他還在煽著那兩張獎券。
　　　　「這不就是？兩百五十塊，也不少了。」
　　　　這兩位老師，陶偉都不認得，只在上週會時看見過他們。
　　　　「兩百五十塊？」愛國教員瞟了一眼這個窮苦的孩子。「要是
　　　　旁邊沒有人看到，你說怎麼樣？」

---

30 Esther Kleinbord Labovitz, *The Myth of the Heroine —The Female Bildungsroman in the Twentieth Century* (New York: Peter Lang, 1986), p. 2.

「裝進腰包？」那一個打一陣打火機，沒有點燃，揮著手臂一下下的摔動。

「讓你說對了！進了腰包！」說著還表演著，把兩張獎券塞進香港衫的口袋裏，大笑著走過來倒茶[31]。

學校場域本是成長啟蒙的象喻空間，作為一社教機構的功能不僅止於專業知識的傳授，它更進一步還要教導身心俱未臻成熟的學生如何「做人」[32]。而教育者的言行不一，足以使幼小的心靈失去遵循的成長準則，最終迷失在空虛渺茫的濃霧裡。不容否認的是，學校老師之於學生，本負有傳道授業解惑的聖職；甚至在某種意義上，老師形同學校教育的代言人，是童蒙心中最重要的指導者。如按青年守則「信義為立業」之本的條例延伸解讀，小學生拾金不昧的善行本應受到模範表揚，但卻意外地受到老師的譏笑揶揄，這無疑是教育者從其自身解構了平日循循善誘的教育內容。而朱西甯設下小學生的迷惘結局，「似乎已經沒有能力看得清他自己」（頁131）的茫然中，除了是幼童無所遵從的成長困境外，同時也是受教者對教育本質以及為人師表者表裡不一的嘲弄批判。作者不僅藉由一個孩子因為孝心的善意謊言，轉而譏諷教育界的利令智昏。更重要的是，陶偉因師長的訕笑而渙散出憂患的悽傷、空虛的眼神中，我們又將如何能夠寄望孩子通過教育而能有光明的未來？

同樣對施教精神與態度的質疑，由朱西甯另一部長篇《貓》

---

31 朱西甯：〈迷失〉，收錄於《鐵漿》（臺北市：文星書店，1965年），頁130-131。另外要說明的是，INK印刻於二○○三年出版的《鐵漿》，所收錄的短篇小說篇目有所變動。INK印刻少了〈迷失〉，多了〈紅燈籠〉。

32 王德威：〈學校「空間」、權威、與權宜──論黃凡〈系統的多重關係〉〉，收錄於《眾聲喧嘩：三○與八○年代的中國小說》（臺北市：麥田出版公司，1988年），頁252。

（1966）中不願隱忍的青少年詮釋起來尤具批判性。《貓》雖然主要探討的是世代衝突的親子問題，但也略提及學校教育對青少年所造成的成長陰影。小女孩憶及在一場代數考試中，本欲起身發問的她，竟遭向來景仰的老師不信任地解讀為作弊的舉動而流露出鄙夷侮辱的眼神與口吻，她的自尊因受到了無法彌補的成長傷害而在心理不斷地控訴：

> 我是那樣嗎？我是那樣嗎？你怎麼可以把我看成那樣？而你現在低著頭看卷子了，你又裝作有那回事的樣子了。你可以隨意侮辱人又隨意不把它當回事嗎？你抬起頭來看看，你不要逃避，你看看你多麼大的錯誤！你怎麼可以那樣的不分青紅皂白？我是那樣嗎？我會那樣嗎？一個愛慕你的學生——真不要愛慕你！——可以這樣隨隨便便傷害的嗎？你怎麼可以把我看成那樣？你侮辱我……。麗麗深深的，深深的，陷進了這樣被侮辱傷害而無從清理的委屈裏，眼瞳慢慢的被淚水沐住了。這才發現教室裡剩不到幾個同學，自己的卷子還空著兩道考題[33]。

此後，她以拒絕上課這種無言抗議的方式，消極抵抗。課堂、老師、學校這些東西，成為麗麗意識裡的獄卒、囚房和監牢。上學只不過是麗麗為了排遣寂寞及違反校規之用，她乾脆理直氣壯的做個壞學生，甚至以此為樂。在麗麗身上，我們看到教育者的偏頗態度，竟是導致她毫無學習意願且因此建立負面成長價值觀的主因。作者在此拋出的震撼彈無疑是，受教者成長過程中出現偏差行為的原因，並不純然來自本身，反倒是指導者的品格修養與教學方式的問題。

---

33 朱西甯：《貓》（臺北市：遠流出版公司，1994年），頁435-436。《貓》在一九六六年由皇冠初版，本論文採用遠流出版的版本。

　　這問題可以在日後麗麗的改變成長中得到證明。麗麗自從在藍家大姐家中獲得循循善誘的指引後，一反叛逆的阿飛之姿，笑著對大姐夫說：「在我們那麼多的老師當中，能有一個你這樣的老師，我就不會老是要休學了。」（頁432）接著，她開始改變並尋找自己，嘗試讀向來視之為天書的《米蓋朗基羅傳》、《流言》和《荒野呼喚》等書，從而在閱讀的過程中啟蒙。她逐漸發掘到自我內塑的生命，不再僅是外在的軀殼的成長而已。而這，本是學校應當發揮的教育職責，但在國文課程純然只有國學常識和「之乎者也」，老師從未介紹與心靈分享及發現自我相關的文學書籍的期待落差下，麗麗必須轉而在體制外尋求成長的途徑。這一再說明了「良師」在主體成長過程中的重要。

　　值得注意的是，這類小說的敘述模式與結局，與上述女性教育小說截然不同。由於作者關注在現代教育，而五、六○年代這些自主體成長探索教育制度的小說，誠如論者所觀察，現代成長小說不再只是以正向且富教育意義的明確結局為書寫的主流，反而以一種悲觀主義取而代之，抑是對社會價值觀的再批判[34]。在台灣五、六○年代這類描述師生衝突的教育小說中，的確都不是以正向且明確的教育意義作結，僅是忠實地呈現青少年的成長困惑、憤怒、迷惘與沮喪，進而批判當時不合宜的教育體制。下文所解析的文本，亦無一例外。

　　雷柏維茲（Esther Kleinbord Labovitz）就明白指出，制式學校教育或是童年生活中挫折感的主要來源，然若通過另一種新的方式學習或許就可以表現出真實的自我[35]。這類教育小說所探討的焦點，除了描繪青少年接受制式教育的成長困境外，也同時檢討教育的制度面。

---

34 James Hardin ed, *Reflection and Action: Essays on the Bildungsroman* (Columbia, S.C.: The University of South Carolina Press, 1991), p. 19.

35 Esther Kleinbord Labovitz, *The Myth of the Heroine─The Female Bildungsroman in the Twentieth Century* (New York: Peter Lang, 1986), p. 3.

一般說來，制式教育之所以為人詬病，歸根究柢，大多是未能達到盧梭在《愛彌兒》中一再強調的注重個體差異的適性化教學的教育理念[36]。以台灣的初等教育為例，《魯冰花》（1962）就藉由美術教育的視角點撥出教育體制扼殺受教者成長的議題，同時表達出適性教育的重要。小說自徵選美術特訓選手的過程中展開，就不斷突顯出台灣初等教育包班制的缺失，由此拋出教師並無法給予學生正確學習引導的成長困境。在所有集訓的小選手中，唯一被郭雲天讚賞具有繪畫天才的古阿明，他那具有馬蒂斯風格的畫作卻從未受到一般人的肯定，除了招致古怪的評價與美術成績總是得個大丙外，這次特訓的機會還是他毛遂自薦才爭取到的。導師同時身兼美術課程的老師甚至還曾擔心他的畫作不夠資格：

> 古阿明是那麼好嗎？我起初也有點拿不定主意的，他畫的我多半看不懂，甚至好壞都弄不清楚。我還以為一定選錯了[37]。

這段話出自一位老師之口，讓人不禁為受教者捏一把冷汗。如果連為

36　《愛彌兒》全書共五篇，盧梭以愛彌兒為主角，揭露當時男子教育的荒謬，並提出其自然主義的教育觀；最後並以蘇菲為範例，提出女子教育的改革模式。盧梭教育理念可由此書窺之，學者並將其教育哲學思想歸為自然主義或教育的浪漫主義。盧梭教育哲學在本書中表露無遺，開卷便說：「出自造物主之手的東西，都是好的，而一到了人的手裡，就全變壞了。」強調人性本善，人性若能適當發展，就可避免社會不良的影響。而《愛彌兒》一書所談並非學校教育，而是一位教師教養一個富家子弟的過程，主旨在說明邪惡與錯誤係由外在機構所造成，與兒童天性無關，教師必須排除外來力量的影響，順著兒童本性加以引導，則能避免社會墮落的影響。Jean Jacques Roussean（盧梭）著，李平漚譯：《愛彌兒》（Emile）（臺北市：五南圖書出版公司，1994年）。

37　鍾肇政：《魯冰花》，頁27。《魯冰花》在一九六一年首先發表於《聯合報》，也是鍾肇政發表的第一部長篇小說，於次年由明志出版社初版。本論文採用遠景出版事業有限公司於二○○四年出版的版本。

人師者都無法判別優劣，又如何落實因材施教或適性教學的教育理
想？況且，這還非單一現象，小說中對於施行美術教育的課程感到心
虛者竟大有人在。他們均坦言對兒童美術教育均涉獵未深，也不願自
修學習與成長，即使學校裡有相關的參考書籍，卻是「誰也不會去碰
那種東西」（頁28）。只不過在包班制的教育體制下，他們仍需擔任美
術教學的課程，甚至握有評量分數和挑選參賽選手的生殺大權，據此
揭露出台灣初等教育的弊病。小說裡的一位老師就不諱言地發出「我
們的美術教學太不像話了，或許根本就離了譜」（頁49）的批判。藉
此引發的質疑是，如果連教育者本身都不具專業素養，那麼又憑什麼
理由可以教育下一代呢？莘莘學子的學習準則又在哪裡？國小教師出
身的鍾肇政在日後就回憶表示「對戰後漸漸開始萌生的，初級教育方
面的病象，也有所領會，免不了為之憂心。[38]」因而將所思所感、所
聞所睹形諸筆墨，除了留下一絲絲見證外，更希冀能提供給同樣從事
初級教育的同仁作為省思的範例。

　　此外，小說中所揭示的教育理念無疑承繼了盧梭《愛彌兒》的適
性教育，不一味以智育成績而忽略了學童的其他表現，更進一步還要
發掘孩童的專屬天分。文本中的古阿明雖不擅長數理或語文等主要學
科，卻極具繪畫天分。然在當時大部分指導者均過度干涉的缺失下，
導致兒童畫多失去孩童應有天真與想像的表現，被賦予教育改革形象
的郭老師就不斷在文中表達適性教學的教育理念：

> 天才是不大需要指導的，他們有特別敏銳的感覺，往往自己會
> 摸著門路，古阿明就是這樣的天才兒童。
> ……要給他們暗示，誘發他們想出最受感動的，最有印象的。

---

38 鍾肇政：〈四十年前一朵小小的花〉，《國語日報》，2000年3月13日。

這就是要讓他們有自我，有主張。如果能夠做到使我們的指導
跟小朋友們的創作調和起來，相輔相成，發展下去，我以為指
導兒童畫繪畫便可算是成功了[39]。

可惜孤掌終究難鳴，最後仍由傳統派所主張的模擬畫風勝出代表出
賽。尤是反諷的是，在這樣的教育體制下，一方面造就了模範生林志
鴻中規中矩的平庸表現，另一方面正因為古阿明未一味聽從老師的教
導，雖然導致學業成績表現低落，但卻也因此才得以保有想像力和創
作力的繪畫天才之姿。最後小說安排古阿明因病過世的同時也獲悉得
獎的情節中，似乎正意味著這個來不及長大的小小生命，對扼殺他成
長的教育者及教育環境的一種無言控訴。這樣的結果，完全映證了郭
老師所預言的「古阿明被愚庸的環境壓迫下來，永生埋沒草萊」（頁
131）。據此突顯出台灣的教育體制扼殺了無數天才盡情成長與發展的
可能。

　　自小學進入中學，以升學為首的教育制度，導致教學公式化與目
標一致化後，主體的成長理想更是飽受壓抑與扭曲。以瓊瑤第一部幾
近自傳性的小說《窗外》（1963）為例[40]，雖是以師生戀作為全書發展
的脈絡主線，然魏子雲早已分析指出，該書所傳達的不只是一則師生
戀的故事，而是在這背後所隱藏的台灣教育問題[41]。女主角雁容是一

---

39 分見鍾肇政：《魯冰花》，頁71、頁105。

40 瓊瑤在她的自傳《我的故事》中寫道：「我把這段初戀寫成了小說，那也就是我的
　　第一部長篇小說《窗外》。書中從第一章到第十四章，都很真實。」瓊瑤：《我的故
　　事》（臺北市：皇冠出版社，1989年），頁139。

41 魏子雲：〈從《窗外》觀之〉，《皇冠》第21卷第2期（1964年4月），頁32-42。此外，
　　林芳玫研究《窗外》時歸納分類指出還有另外三種觀點：一是代表長久以來社會大
　　眾對女性言情小說的典型看法：膚淺、瑣碎、沒有內容的白日夢。恨土：〈評半本
　　小說「窗外」：兼論作品的深度與廣度〉，《作家》第1卷第2期（1964年），頁54-55。
　　二是李敖批判《窗外》中保守的意識形態，書中背負著「孝順服從」的沉重文化包

個愛好文學的高三學生，在沉重的課業與聯考壓力下，她無法單純地光為興趣而讀書，對於代表窗內世界的家庭與校園的壓迫，也就只能寄情於窗外以逃避升學壓力。據此而深感無法自主的成長悲哀，不斷對生命發出「我是為我自己活著嗎？」（頁66）、「人生什麼是真的？」（頁90）的哲學式吶喊。在升學為主的課程中，對始終缺乏數理能力的她而言，終究難以勤補拙。她徒有渴望文學的才氣，但在升學至上的教育箝制下，那份過人的文學稟賦始終無法發揮。她不禁質疑反思：如果身在現代的李白，在制式的教學規劃下，還有成為詩仙的可能嗎？答案顯然是否定的。只是在台灣當時通才教育的理念與填鴨式的教育法下，中學生別無選擇，顯然完全違背了「五育並進」的教育準則。尤其在以「智」決定一切的制度下，他們一旦無法通過大學聯考的窄門，就只能進補習班再重考；若是依分數選填了自己非擅長的科系，那麼，理想也就只能成為追憶。

作者就藉由老師康南的感嘆，對當時教育制度扼殺學生的成長學習提出質疑：

> 他突然懷疑現在的教育制度，這些孩子都是可愛的，但是，沉重的功課把她們限制住了。像江雁容，這是他教過的學生裏天分最高的一個，每次作文，信筆寫來，洋洋洒洒，清新可喜。但她卻被數理壓迫得透不過氣來。像程心雯，那兩筆畫值得讚美，而功課呢，也是一塌糊塗。葉小蓁偏於文科，周雅安偏於理科。到底，有通才的孩子並不多，可是，高中確實行通才教

袪，進一步宣揚進步開放的理念，文中企圖為青年開啟一扇窗，讓他們走出黑暗。李敖：〈沒有窗，哪有「窗外」〉，《文星》第93期（1965年7月），頁4-15。第三是著重在師生戀發展的歷史與社會背景。趙剛：〈《窗外》電影的前奏曲〉，《空中雜誌》第112期（1965年）。詳見林芳玫：《解讀瓊瑤愛情王國》（臺北市：臺灣商務印書館，2006年），頁72-81。

育，誰知道這通才教育是造就了孩子還是毀了孩子[42]？

在以聯考為導向的升學年代，學生接受體制內的教育，反而無法一展所長並實現真正的自我理想。逐一檢視小說中具有抱負的青少年，無不在制式教育下偏離了原有的成長目標。如懷有音樂天賦者選填了工商管理，此後與五線譜分道揚鑣；具繪畫專長的唸了理工科；而愛好文學的雁容先因落榜而迷失了自我的方向，後來則在柴米油鹽醬醋茶的主婦生活中淹沒了作家夢。徒留雁容不斷自問「我從何處來？我往何處去？」（頁200）的成長迷惘。他們在年少時代的憧憬與豪情壯志，都在制式學校教育中幻滅殆盡。我們納悶的是：教育，不應本是作育英才的場域嗎？怎麼反倒成為斲傷青少年理想的殺手？而這一類形成問題意識的成長小說，即是對既有體制提出質疑，「找到答案」這個成分則未必一定要有[43]。小說就在作者提出「通才教育是造就了孩子？還是毀了孩子？」（頁67）的疑問中，留給讀者自己去尋找答案了。

　　升學不是教育的本質，眾所皆知。但即使到了二十一世紀的台灣，沉重的升學壓力與制式教育[44]，仍是莘莘學子們無法愛上學校教育的主因，卻也是不爭的事實。五○年代小說家忠實地描寫出青少年在正規教育中不但沒有得到正向的成長，反而倍感迷惘困惑。我們不禁再進一步探問：此類教育小說既沒有揭示出正向的成長力量，那麼

42　瓊瑤：《窗外》（臺北市：皇冠文化出版公司，1989年），頁67。

43　廖咸浩：〈有情與無情之間──中西成長小說的流變〉，《幼獅文藝》第511期（1996年7月），頁81。

44　曾任台灣教育部部長的楊朝祥就為文寫道：「目前存在於教育體系中的沉重升學壓力不僅戕害學生身心甚鉅，更扭曲了教育的本質，使每個階段的教育都在為下一階段教育的入學考試作準備，學生被訓練成『考試的機器』、『解題的技術工』，該學的知識技能無法達成，教育培育『全人』的功能均被忽略。現今社會中年輕人不知進退應對，國民素質逐漸低落，都是因為受到升學壓力過度沉重的影響。」《中央日報》觀念世界，2003年1月12日。

作家們書寫的目的何在？或套句朱西甯在《貓》中所言：在迷惑錯亂的裡面，孩子尋找出他們自己的主張，不一定是正確的，但他們總是在開始了[45]。成長，往往是從迷惘困惑後才開始。

再者，教育是雙向的互動，而非單向的給予。尤其指導者在施教的過程中，若沒有家長及整個大環境的支持，同樣也會萌生不知所措的無力感。將這類教育小說的題材表現最突出的，當是林海音描寫一名國小老師在施與教育過程中的自我迷惘，進而引發對台灣養女制度的省思與關注[46]。作者似乎指出，青少年的成長並不能全部仰仗學校教育，若無家庭教育與大環境的共同配合，其實是孤掌難鳴的。

〈玫瑰〉（1956）以綠燈戶所收養的小女孩秀惠／玫瑰為主角，透過文中老師的視角，我們看到一個原本謊言不斷的小女孩，在老師的循循勸誘的教導下，日後卻能勤學向上、並力求自我成長的優秀學生。然令人不勝唏噓的是，養母讓她受教育的目的，竟是功利地為了儲備她日後接客吸金的實力；小女孩也就在無力改變命運與成長方向的情況下，最終聽從養母的安排踏上了酒女一途。雖然也曾想反抗，但終因現實大環境的不允許，仍讓她仍掉入無法翻身的泥淖中。無法走出自我理想的秀惠／玫瑰，最後就在找不著生命出口的折磨下服藥自盡。她臨死前留下「無論我陪客人喝多少酒，我的靈魂是純潔的」遺言[47]，正是老師對她平日的教導。當老師見報獲知消息後，竟萌生後悔給秀惠／玫瑰太多正向教育的心情：

---

45 朱西甯：《貓》，頁206。

46 林海音於一九五〇年三八婦女節，就以〈台灣的媳婦仔〉為題發表在《中央日報‧婦女與家庭》，此文就是針對台灣的養女問題予以批評。林海音指出，台灣的物質文明雖然相當進步，但是許多風俗習慣仍沒有擺脫封建制度的形式。就拿婚姻來說，台灣的婚姻還沒有脫離買賣式的聘金制度，而「媳婦仔」的命運也就是在買賣婚姻制度下演變出來的。〈台灣的媳婦仔──一個值得注意的問題〉，《中央日報》第8版，1950年3月12日。

47 林海音：〈玫瑰〉，《綠藻與鹹蛋》（臺北市：遊目族文化事業公司，2000年），頁104。

　　我有些後悔給了她太多的書讀，使她對於是非的辨別太清楚；
給了她太多沒有辦法實現的鼓勵，這鼓勵對她又有何益？倒不
如糊裡糊塗地做著物質享受的奴隸，這樣不就可以減少痛苦
嗎？我不應當時時刺激她，而又沒有辦法實際助她拔出泥足。
我是因了覺悟而漸漸使信訊疏遠，我在信中不再做積極性的刺
激了。……對整個教育來講，我是失敗的，我既未能以教育的
力量去拯救她，又何必灌輸給她那麼多對人的是非認識[48]？

　　正向教育的本質在此受到質疑與解構。尤其施教者一旦對善／惡、是
／非的道德標準失去了準則，受教者又該如何遵循？文本中由秀惠到
玫瑰的轉變，畢竟不是為人師表者教育失當的結果，而是迫於現實環
境的無奈所致。顯然地，在這個教育問題的背後，除了道出個人接受
教育可能產生的多方困境外，林海音其實是指向台灣當時盛行養女制
度的不合理現象[49]。若追溯台灣養女制度的產生[50]，似乎又再度將教

---

48 林海音：〈玫瑰〉，頁102-103。

49 關於台灣養女的實際數目，在五〇年代曾做過幾次調查，但都只能得到大概的預
　估。如下表：

年	民國四十四年	民國四十七年	民國四十九年
養女人數	十三萬＋數萬（預估戶籍上被登記「同居」，實際上應是養女。）	189841	93550 或 180000（加上不能確認及已婚之養女之人數。）

　省保護養女協會主任呂錦花據此指出，將民國四十九年當時一般通稱養女人數的十
　八萬餘人，除以當時約四百萬的台灣女性人口，則當時約二十至三十人中就有一個
　養女。張潮雄：〈台灣省的養女問題〉，《台灣文獻》第14期第3卷（1963年），頁
　99。

50 楊翠指出，日據時期對台灣女性而言是「資本家─殖民者─父權」的三重支配，她
　們在家庭、文化及公領域事務上一方面受到限制，一方面卻又被同化。家庭方面，
　日人將「戶長制」的傳統「植入」台灣，其企圖是正面鼓動台灣男性充分掌握「宿
　娼」、「納妾」、「養女」的專利。因此日人對「養女制度」的促成使得原本養女、童

育問題重新回到性別議題的探討上。而其中所內蘊的複雜層面，就不是我們在這裡可以解決的。

三　小結

由以上討論發現，在教育還不是人皆有之的時代，教育的論述似乎顯得單純不少，小說多關注在教育所帶來的廣闊視野及受教者的正向成長。尤其在重男輕女、男外女內的傳統性別觀下，此種接受教育的論題表現多以女性主角居多，時空也以清末至五四間接受各式新思潮衝擊的大陸為主。然一旦來到教育普及的台灣，是否接受教育既已非當時主要的教育問題，他們轉而描述在教育者／受教者／教育環境的互動輳輻間，不僅呈現出受教者的成長困惑與迷惘，同時也彰顯出整個教育大環境的問題所在，此種教育小說的各種論述顯得複雜許多。我們據此勾勒出一條自中國五四迄台灣戰後的教育發展脈絡，及其所關注的不同教育議題，以及這類教育成長小說的敘述模式由德國傳統到現代的轉變。唯一相同的是，無論哪一個時空的作品，作者都強調了青少年在成長過程中良好外在指引的重要性。

教育小說是在個人和社會的矛盾尚未激化為敵對狀態的前提下，描述青少年如何在學校教育中反思成長。而接受教育的過程，原則上說來，正是為了主體邁入社會的先備期。毫無疑問地，當青少年完成

養媳分立的名目混淆，以養女名義被收養的女孩，實際命運可能是女兒、兒媳、婢女、娼妓。楊翠：《日據時期台灣婦女解放運動：以《台灣民報》為分析場域（1920-1930）》（臺北市：時報文化出版企業公司，1993年），頁49-54。另根據「國民黨婦工會」於〈可憐酒家女　天涯歸何處〉一文的觀察記載：「養女，妓女，酒家女（侍應生）是三個分不開的連結的結。有的更是三位一體，既是養女，更是酒家女，有的卻因為是養女才淪為妓女，酒家女。同時卻又因為社會上有娼妓和酒家女的存在，許多身世淒涼的弱女子才被販賣變成養女。」《婦友》第2期（1954年1月），頁14-19。

學業踏進社會，顯然地又是接受另一個階段的成長的開始。至於個人
與社會間的各種成長問題，我將留待下一節專論。

第二節　尋夢者——社會新鮮人的成長論述

> 我發現到社會這東西，比我所想像的要複雜得多。我覺得我這
> 人太遲鈍了。……常聽見人家提到社會大學這個詞兒，到如今
> 我彷彿才領略了一些它的意義。我覺得社會上應該學的事可真
> 多，而且這些在書本上是看不到的[51]。
>
> ——鍾肇政，《魯冰花》（1962）

> 一個沉默的學生，如果能自甘於默默無聞，是很可以安詳地過
> 他的求學生活的。然而，一個社會人卻不行。從邁開第一步
> 起，便得面對獨當一面的情況[52]。
>
> ——鍾肇政，《濁流》（1961）

　　年輕學子踏出校門後步入社會，並非表示學習階段從此結束，而
是象徵另一個成長階段的開始。自歌德《維廉‧麥斯特的學習時代》
（*Wilhelm Mesister's Apprenticeship*）以降，描寫青少年如何在邁入社
會後磨練啟蒙，便成為傳統德國成長小說的典範。因此，學者們在為
傳統成長小說下定義時，就大多強調主角在社會化的成長過程中如何
消弭個人理想與社會的矛盾，從而確立自我在社會上的責任。尤其自

---

51 鍾肇政：《魯冰花》，頁187。
52 鍾肇政：《濁流三部曲‧濁流》（臺北市：遠景出版社，2005年），頁3。

啟蒙運動後，關於成長的表述不再單純地只是個人內心的省思頓悟，而是跟整個社會環境息息相關。個人與外在社會和諧互動與否的論題，備受成長小說青睞。

自學生晉升為社會新鮮人，除了身分的轉換外，最重要的是面對外在環境的改變。成長小說研究者就指出，個人未進入社會前頂多受到內心深處的動機所鞭策，然主角一旦進入社會，更應該要關注的是：小說一開始時，主角所嚮往的是哪一種世界？環境如何塑造與影響主角？主角如何塑造自己成為這個環境的產物[53]？這一個階段的成長顯然關注在主體如何外塑的理路。事實上，從單純的校園縱身躍入複雜的社會，初出茅廬的青少年在首次獨當一面的體驗中，往往倍感茫然與措手不及。尤其天真的他們多憑依著熱情的淑世理想闖蕩江湖，卻往往在殘酷的現實社會中受到無情的成長打擊。這類描寫社會新鮮人的成長小說多以自我理想與社會現實的矛盾衝突為主線，一部分著重探討的，是在轉型過渡期的社會中，青少年如何在學校／社會這兩種教育的落差下解套？究竟是融入？抑是妥協？是否尋求再建構的可能。另一部分則關注在這群社會新鮮人成長進程中百感交雜的心情，同時藉由重新面對自我的內省儀式中成長。

值得注意的是，思考書寫這類題材的小說家無分省籍性別。他們同處於台灣社會的驟變轉型期，不管身分階級的優劣高低，個人都必須面對在大環境成長中的矛盾與調適。尤其是阻礙個人文藝理想尤甚的戒嚴時期，令人好奇的是，作家們在現實中的矛盾掙扎是否轉而表現在小說中？再者，文本中的青少年置身於各種時空的社會環境中，空間上或從大陸到台灣，時間上或日據到民國，他們在踏入社會後面臨的成長困境又有何異同？在主體成長的背後，是否勾勒出社會問

---

53 Susan Ashley Gohlman, *Starting Over－The Task of the Protagonist in the Contemporary Bildungsroman* (New York & London: Carland Publishing, 1990), p. 30.

題的何種共相或殊相？本節從社會新鮮人的成長脈絡出發，就前述問題進行論析。

一　融合？妥協？──社會新鮮人的成長難題

　　自十八世紀以來，描繪天真無邪的青少年步入社會學習人生的課程為德國傳統成長小說的寫作典型[54]。有關社會新鮮人成長的敘述模式可概分為兩類：一類是描寫年輕人對外在世界從無知到有知的成長過程；另一類則是把成長視為重要的自我發現（self-discovery），從而對人生或自我與社會的關係作最後的調整[55]。鍾肇政《魯冰花》（1962）的主角就兼具兩者的成長內容，藉此赤裸裸地揭示出當時台灣擁權貴自重的社會弊端。故事講述大學美術系學生於休學養病期間，受託協助某國小美術比賽的特訓課程。擔任代課教師，無疑是他暫時離開校園進入職場的首份工作，同時也是他視為重新展開新生活的開端。當小說中的主角以一個社會新鮮人之姿，憑著一股教育的熱忱與良知，猶如初生之犢，毫無畏懼地擎著創新的繪畫理論，力抗以利益為首的守舊派教師群。在不知學校這一貌似單純的教化機構原糾結頡著各種權力系統的天真下，他堅信參賽的小選手必得憑著天分與實力出線。未料在多數者為巴結「有力人士」而靠攏權勢的表態下，這場看似民主的表決方式，實際上卻上演了一齣權力鬥爭的戲碼。小蝦米終究敵不過大鯨魚的結果，硬是將具有繪畫天分的選手淘

54　Susan Ashley Gohlman, *Starting Over－The Task of the Protagonist in the Contemporary Bildungsroman*, p. 3.

55　Mordecai Marcus, "What Is an Initiation Story?" in William Coyle ed., *The Young Man In American Literature: The Initiation Theme* (New York: The Odyssey Press, 1969), pp. 30-31.

汰，改由議員之子出線。初出茅廬的他在錯愕惋惜之餘，開始認知到
學校環境並不如他想像的單純，也略能體會到社會的幽暗複雜面：

> 如此想來，翁秀子所說的李、徐兩人在走「有力人士」的門路，
> 都不是沒有理由的，他們一定是做著聯合陣線的策動。這麼一
> 來，徐之極力反動古阿明而擁林志鴻，又李之大力附和，都是
> 有其極大用意的。總之一句話，這就是社會，任何一個圈子都
> 不可避免的明爭暗鬥，設想到此，郭雲天憬然有所領悟[56]。

學校是社會的微型，而典型的成長小說主要就勾勒出天真而充滿理想
的青少年步入社會後，在學習人生經驗中的種種成長轉變。未曾涉世
的郭雲天，在他單純地要「有主張，有自我」、「不拘泥於形式型態」
（頁124）的美術教育理念下，不惜與深謀老練的其他同事衝突爭
辯。最後在專業不敵權勢的結果下，心灰意冷地「體會到這個天地，
並不完全如他所預期的那個樣子」（頁148），雖然有不得不妥協的無
奈委屈，但同時也促使他提早邁向社會化的成長過程。

　　妥協，是解決個人理想與社會現實衝突的方式之一，藉由理想的
讓步，得以調和兩者的距離。畢竟理想世界幾乎不可能存在，主角最
後的「妥協」而非「融合」，除了現實生活的寫照外，也是呈顯出現
代成長小說迥異於傳統成長小說之處。莫瑞提（Franco Moretti）就明
言，人們所追求的理想，如自由、快樂、自我認同和改變等往往無法
共存，甚至是矛盾的。在成長小說中往往就以「妥協」的情節來解決
這樣的矛盾，因為世界本身就是由許多矛盾所組成的[57]。但不容否認

56　鍾肇政：《魯冰花》，頁130。

57　Moretti, Franco, *The Way of the World: The Bildungsroman in European Culture* (London:
　　Verso, 1987), p. 9.

的是，主體的成長勢必得落實在現實生活中領悟，而每一階段有真正
與生俱來的價值，並成為更高層次發展的基礎；解決生命中的不一致
和衝突是個人邁向成熟及和諧的必經過程[58]。循此模式，人生是一連
串不斷學習的成長過程，最終以成功地融入社會體系作為個人成長的
標的。小說就在這一場徵選美術選手的過程中，讓身為社會新鮮人的
郭雲天充分體悟到現實世界原是光明與黑暗同在；人與人間那套繁瑣
的禮節更是不能等閒視之。顯然地，這些都是在學校教育得不到的知
識，但同時又是個人與社會融合的必須。高曼（Susan Ashley Gohlman）
就指出，成長小說（Bildungsroman）不應僅僅把它看作是一種人的
發展的小說（novel of development），而應該將它視為主角積極地從
內外去塑造自己，使之與世界達到和諧或平衡的境界的一種小說[59]；
這也正是文本中的男主角在步入社會後首要思索的成長難題。但可以
肯定的是，身為代課教員的這一階段，讓他從一個懵懂無知的社會新
鮮人，從初為人師後親歷自我與外在環境的衝突後，促使他對現實從
陌生到熟悉、由憧憬到幻滅中成長。誠如狄爾泰所言，郭雲天在領略
到如何在社會生存的要義後，勢必可以作為他下一階段重新出發成長
的借鏡。

　　但眼尖者一定注意到，郭雲天妥協的意義並不單純。他一方面服
從多數決，縣美術賽由議員之子代表參加；另一方面則積極尋求社會
體制外的肯定，希望藉此途徑能再重新獲得體制內的認同。他將古阿
明的畫寄往世界兒童畫展參賽，最後在獲得首獎的殊榮中，古阿明果
真從權勢者眼中的「色盲兒童」一躍為「天才兒童」，一夕改觀。在

---

58 Richard A. Barney, *Plots of Enlightenment──Education and the Novel in Eighteen──
Century England* (California: Stanford University Press, 1999), p. 27.

59 Susan Ashley Gohlman, *Starting Over──The Task of the Protagonist in the Contemporary
Bildungsroman* (New York & London: Carland Publishing, 1990), p. 13.

這樣極其諷刺的轉變下，除了證明郭雲天入社會前所秉持藝術理念的正確性外，也給予權貴入侵的校園文化一記重擊。我們更好奇的是，在歷經古阿明死亡與獲獎事件後的郭雲天，往後會如何調整個人與社會間的衝突？在這樣的雙重打擊下，郭雲天勢必得重新思索如何面對未來的教學環境。作者採用現代成長小說的結構，以迷惘的開放性的結局留下他日後各種成長的可能。

　　值得一提的是，作者在此同時運用了成長小說原型中「尋驢而得王國」的發展模式[60]。他除了描繪出主角由學校邁入社會後的成長領悟外，進而在人事糾葛中所展衍出的種種經歷，讓他得以思索自我成長與社會融合的關係，並獲悉台灣教育體制的弊病。這無疑是主角成長過程中的意外發現，而「尋驢得王國」的結果，也讓我們得以藉此反思整個社會大環境。

　　鍾肇政的另一部小說《濁流》（1961），則是鉅細靡遺地將一個初出茅廬的小伙子戒慎恐懼的心情反覆描摹，十分細膩。尤其是社會新鮮人忐忑不安的心境由個性猥瑣卑怯的陸志龍詮釋，表現得相當生動傳神。同時在他「一個沉默的學生，如果能自甘於默默無聞，是很可以安詳地過他的求學生活的。然而，一個社會人卻不行。從邁開第一步起，便得面對獨當一面」（頁3-4）的對比認知下，小說一開頭就描寫陸志龍要前往學校任職所交織的各種情緒，及其將邁入社會卻不知如何自處的焦慮：

　　　我敢說，在我十八年多的生活中，從沒有像今天這樣緊張的日

---

60 在歌德的《維廉・麥斯特的學習時代》的結尾，有人對維廉說了一段話：「人們往往不得不為自己的出身而感到羞愧，你們可不要為此而感到不好意思。時代並不壞，我看到你，我就覺得好笑。我覺得你像基士的兒子掃羅，他外出尋找他父親的驢，而得到一個王國。」此乃是援引《聖經》中的故事。歌德著，馮至、姚可崑譯：《維廉・麥斯特的學習時代》（臺北市：光復書局，1998年），頁506。

子。這是我踏進社會的頭一天，我首次獨自個兒應付了一個局
面。在我有生之年，將永遠忘不了這一天裏所感覺到的恐懼與
期待交織成的情緒。

我知道一個人初到社會上，不可避免地要遇上許許多多的關卡。
我在第一道關卡上沒有出大紕漏，沒有大失敗，這一點是應該
慶幸的。然而另一方面，我不得不為自己的表現洩氣。我是那
樣軟弱，那樣怯懦。往後的日子正長，我將何以自處呢[61]？

自家裡出發到學校報到任職前後不過半天的光景，陸志龍彷彿經歷了
一場空前的世紀大考驗。首先，踏上前往職場路途的「步伐是沉重
的」（頁3），那份即將進入社會的不知所措的焦慮感「彷彿有千萬枝
針頭在扎著身上每一塊皮膚」，又像是「被遺棄在暗夜的曠野裏的孤
兒，不知何所適從」（頁6）。實際面對應徵的長官時，說話不僅吞吞吐
吐，還像含滷蛋一樣說不清楚，猶如和尚念經般表現失常。到了派任
的學校，校長的眼神在軟弱卑怯的他看來是「兩道冷颼颼的寒光直透
人心肺」（頁9），尤是緊張得「使勁縮緊臀部的肌肉，渾身僵直」（頁
10），等待的五六分鐘在他的感受裡確已有幾個鐘頭久。一旦受到面
試者的忽略時，竟然脆弱得感到「雙腿陡地失卻了力氣，幾乎想在那
兒蹲下去」，誇張地丟出「在社會上，我該這樣遭人漠視嗎？」（頁
10）的自我反問。作者將一個社會新鮮人忐忑不安的心境描繪得極其
精采傳神。直到經過幾次見習的啟蒙授課課程後，陸志龍才對教學逐
漸得心應手，同時也體會到社會的複雜糾葛面，並且從不知所措的無
知中逐漸學習面對處理問題的能力。

尤其在「日台尊卑」的殖民時期，陸志龍充分感受到「同工不同

---

61 分見鍾肇政：《濁流三部曲・濁流》，頁3、頁17。

酬」的民族歧視。既然無法抵抗，也就只能選擇妥協，這也是大部分台籍青少年步入現實社會求職時必須面對的成長課題。在這類小說中表現比較特別的是，「他尊我卑」的大環境反倒教育了《恩仇血淚記》（1957）的金火，並且成為他不斷進步成長的動力來源。倘若沒有渡邊澄人穿著中學生制服的刺激，金火也就不會產生入中學再進修的旺盛動力；考入成淵學校夜間部就讀後，若非與日本同學競爭的策勵下，金火也不會拚了命的努力考第一；而澄人的父親──渡邊刑事企圖製造子虛烏有的圖書館拘囚事件，亦更加堅定金火加倍用功準備投考的意志。也就在他者的觀看對照下，鼓動了金火熾烈的民族意識。他一反自卑的次等位階，開始以日本人為競爭的對象，即使身處日台不平等的待遇，仍能在職場上綻放出亮眼的優越表現。在保險會社任職後，同樣憑著一股不服輸的努力與堅持，讓金火一路從小職員爬升到光復後一手接管會社，其理想從未因惡劣的殖民環境而退卻。

　　除卻攀威附貴、他尊我卑的社會外，牽親引戚的文化現象則是另一個重挫滿懷理想的社會新鮮人的原因之一。尤其是中國人靠關係、走後門的官場文化，往往於個人阻礙了理想實踐的自我成長；於國家則在無法實現「用人唯才」的準則下，或導致戰時慘敗、抑是使得積惡成習的人情社會在各方面的發展停滯不前。準此，個人無法融入社會的原因，竟是來自整個大環境的腐敗墮落。張漱菡《意難忘》（1952）就敘述女主角遠渡重洋留學，歸國後本準備大展長才，但卻因無人事背景，在求職時飽吃閉門羹的成長挫折。大學畢業後的明珊，為求不斷自我成長旋即赴英留學，期間恰逢中日戰事不斷。當時在偽政府與日本的狼狽為奸下，上海、南京及武漢三鎮相繼淪陷後，形成了國民政府節節敗退而蝸居重慶一隅的局勢。甫獲碩士學位歸國的明珊，決定直奔陪都謀職。原以為頂著成績優異的留學生光環，足以將所學致用於國，然未料在混亂的政局中，實力學歷終究不敵人事

背景，因此屢屢遭受坐冷板凳的落寞對待。最大的打擊是，當她親歷政府機關寧可錄用一個有介紹信的女中畢業生，而將學成回國的碩士高材生拒之於千里之外後，明珊終究在四處碰壁的挫折中醒悟：

> 當前的中國社會，一個青年沒有人力背景，那就莫想在社會上立足；尤其一個女孩子，如果沒有得力的靠山，那就得用色相去博得一些酬報。然而，一個有人格，有學問的人，豈肯這樣做呢？李明珊在出國前的美夢粉碎了，她已完全醒悟，這個社會是不需要她的，更不重視她，她知道政府不是不肯提拔人才，而是被那私人第一，人情第二的官員蒙蔽了，破壞了[62]。

明珊雖有滿腹的才能學識，卻在惡劣的現實社會環境中無法實現自我的理想。顯然可見，正是中國傳統靠關係、走後門的官場文化扼殺了一位滿腔熱忱的有志青年的理想。學生時代的明珊曾天真的以為，一旦有洋學歷的加持，歸國後必能在社會上謀取舉足輕重的職位，於己可以發揮所長，實踐自我；於家則能光耀門楣，完全負擔起母弟生計的責任；於國則能貢獻學術專長。未料自英返國後帶著社會新鮮人的熱情理想，卻是飽受惡質官場文化無情的挫折與打擊。就在人情勝過一切的求職真相下，非以能力與否為主要考量的人事安排，不僅粉碎了她留學前的美夢，也讓她切身體悟了社會的醜陋真實面貌。循此，個人理想如何在殘酷的現實衝突中實現？是滿懷壯志在現實社會中折羽的明珊亟待解決的成長難題。

　　研究者指出，成長小說不僅詳述了客觀文化價值及個人周遭環境對主角心靈成熟度的影響，同時也表述主體如何朝向完整人格心靈上

---

62 張漱菡：《意難忘》，頁138。

的和諧發展[63]。但是，若客觀環境始終無法與自我理想相容，主體勢必得尋求另一種途徑以達和諧的可能。小說主角的凌雲壯志在冷酷現實中夭折，這樣的成長情節一方面揭露出對當時「用人不用才」的戰時社會體系批判；另一方面則揭示出主體必須重新調整自我的理想，以達心靈的和諧。曾為了追求抱負而對愛情不屑一顧的明珊，在理想遭現實抽離後，轉而回歸尋求情感的認同：

> 即使是學位，資格，財富，地位，名望，和婚姻，都一齊如願以償，又怎麼樣呢，也還是不能得到真正的快樂。彷彿那個欠缺還不是這些可以補足的，那究竟是什麼呢？她也說不出。這時她發覺了自己的青春已逝，美色漸衰，卻忽然觸動靈感，一下子明白了，那個欠缺正是愛情啊！……她此刻才明白，以前她所爭取的一切東西，實在都比不上人間的一份真實情感來得可貴[64]。

當世界或個人在主角的成長過程中形成某種敵對力量時，主角於衝突中形塑出自我真正的價值觀[65]。自理想在牽親引戚的社會現實中敗北，主體歷經由憧憬、熱愛人生轉而懷疑、厭惡人生的體悟轉變。尤其在失落理想後大病一場，彷如進入「死亡—等待再生」的象徵成長儀式的階段。最後，重回理性／感性、事業／愛情拉鋸戰的明珊，顯

---

63 Randolph P. Shaffner, *The Apprenticeship Novel—A Study of the Bildungsroman as a Regulative Type in Western Literature with a Focus on Three Classic Representatives by Goethe, Maugham, and Mann* (New York: Peter Lang, 1984), p. 12.

64 張漱菡：《意難忘》，頁151-152。

65 Randolph P. Shaffner, *The Apprenticeship Novel—A Study of the Bildungsroman as a Regulative Type in Western Literature with a Focus on Three Classic Representatives by Goethe, Maugham*, p. 20.

然選擇了後者，重新通過自己被他人接受的程度來判斷自我價值。

　　「用親不用才」扼殺主體理想與成長的社會現象，即使飄洋過海來到台灣仍舊未曾改變。琦君〈繕校室八小時〉（1968）就以台灣某司法單位所屬的「繕校室」為場景[66]，不僅描寫出一群長期為五斗米折腰的公務員生涯圖，甚而直指台灣社會當時用人首以人事關係為要的官僚體制[67]，使得進入職場者完全失去了再成長的動力。小說就描寫具有家世背景的張貫雄，雖然天天遲到早退，上班時不是打屁聊天就是看武俠小說，但他就是得以靠關係年年升級，年終考績獎金從來也沒短少過。他從來不覺得靠人事走後門有什麼不妥，甚至公然揭開求職人事登錄簿的秘辛，「某人又是某人一位大員的面託或八行介紹的，這一點最重要，所以要在每人的頭上看介紹人的關係加圈」（頁221-222），完全道盡學歷資歷比不上人事背景的來頭是不爭的事實，一間小小的繕校室猶如現實社會的縮影。可見中國傳統靠關係、走後門的官場文化，從故國神州到寶島台灣始終如一。自這群社會新鮮人

66　琦君：〈繕校室八小時〉，收錄於《繕校室八小時》（臺北市：臺灣商務印書館，1968年）。此篇後來更名為〈亂世功名〉，收錄於《琦君自選集》（臺北市：黎明文化事業公司，1975年），頁195-226。此文的書寫背景，大約與琦君的職場經歷脫離不了關係。由於琦君一九四九年來台後隨即在高檢處工作，在長達二十年的公務員生涯裡，曾有一段時間擔任法院繕校室主管。因此，我們大概可以將這部小說視為琦君以小說形式發表的職場見聞錄。

67　再以《民報》於一九四六年刊登的二則社會新聞為例：「高雄工業專修學校／牙醫劉某任校長／擅收束脩稱聘教員／竟以親族充數／目不識丁的校長岳父任教員／四百學生開會反對，向市府請願。」（1月30日）「台南法院院長之妻，現為台南法院檢查處書記官長、該檢查處主席檢察官之妻，則任該法院書記官，台中法院之大部分職員則為該院長之親戚而「清一色」，即院長妻舅之子三人，妻舅之女婿一人，再其弟一人，妻舅之外孫一人及其遠親近戚等二十餘人，在該法院任職，佔全法院職員約五十人之過半數，又花蓮港法院院長之妻，現任該院之錄事，花蓮港監獄長之岳父，任該監獄之教誨師、其妻舅亦任職獄內，現各界人士皆指斥譏笑云。」（7月6日）。李筱峰：〈從《民報》看戰後初期台灣的政經與社會〉，《台灣史料研究》第八期（1996年8月），頁105。

滿懷的壯志理想在現實社會中折羽的事實，或已隱約指出國民政府何以在兄弟鬩牆的戰役中慘敗，來台後何以未能深獲民心的原因之一。

　　不同於檢視社會問題對個體成長的阻礙，徐鍾珮《餘音》（1961）則是讓主角在邁入社會的成長歷程中反求諸己，自社會大學中增長累積實力，重新確立自我在社會上的責任。馬星野的〈序〉稱許此書是「對於父母之愛，作刻骨鏤心之描述」，是描寫「一個因時代轉變而無法適應的書香門第」[68]，若一逕自此解析，恐怕錯失此書的真正精髓所在。小說首以〈我就這樣來到人間〉為題，說明女主角出生的不受歡迎，被家中視為多餘的人—多頭開啟序幕。接著描繪她並不因此自暴自棄抑自我放逐，反倒在各方面都有優異的表現。尤是歷經烽火連天的時代，多頭走南闖北，在各種試煉中完成大學學業。甫出校門，一向倚馬立待的他在進入職場後才驚覺自己的不足：

> 普天之下，再也找不到比我更輕視我自己的人。我算什麼？這也不懂，那也不會。卻還想出來工作？還想出來抗戰？我實在應該回到學校裏，結結實實的再讀上幾年書[69]。

這股內心自省（interiority）的能力是促使主體重新審視自我後再成長的原動力。成長小說的核心就在於主角與外在世界接觸後，導致他主動的從內外再塑造自己[70]。多頭成為社會新鮮人後，「才知道自己這樣不中用」（頁208），自怨自艾之餘，也開始積極地學習打字、加強外

---

68 馬星野：〈恩難酬白骨，淚可到黃泉〉，收錄於徐鍾珮：《餘音》（臺北市：純文學出版社，1987年），頁1-5。

69 徐鍾珮：《餘音》，頁206。

70 Susan Ashley Gohlman, *Starting Over—The Task of the Protagonist in the Contemporary Bildungsroman* (New York & London: Carland Publishing, 1990), p. 25.

文外語的溝通能力，從而期許在工作領域有出色的表現。最後成功地
融入工作單位，成為手執「藍鉛筆」的電報檢查員[71]，採訪寫稿無不
樣樣精通。我們在這裡看到的，是一個在戰亂社會掌有電報扣押或放
行權利的女智者，又怎能相信她曾是家人眼中多餘的人呢？果然在小
說結尾，多頭搖身一變為家中的精神支柱，已非昔日那個不受母親歡
迎的女兒。

　　總的來說，初出校園的青少年大多憑依著率真、期望和想像走向
社會，在與他者衝突過程中的經歷和體悟，或是妥協，或是內省，以
邁向社會化的成長過程，並確立自我在社會上的責任。其中，妥協並
不意味著成長的失敗，或可視為主體對複雜的社會有更深一層的認識
後，重新調整後再出發。

二　藝術家成長小說（Künstlerroman）

　　將社會新鮮人的理想與現實的衝突表現最深刻的，非「藝術家成
長小說」（Künstlerroman）莫屬。「藝術家小說」是西方成長小說中重
要的類型之一，此類小說主要突顯主角對藝術家的命運及精通藝術行
業的認同度[72]，其中以《一位年輕藝術家的畫像》（*A portrait of the
artist as a young man*）為代表。在小說中，喬伊斯（James Joyce）表
達出藝術家應具有天然的自主性，不該僅是一味迎合大眾口味的看
法，畢竟非藝術品是不具任何吸引力。也就在「藝術信念高於一切」

---

71 所謂「藍鉛筆」是指檢查電報時用藍鉛筆。據小說描述，每一個檢查員都身帶兩顆
　大印，上面刻著「檢訖放行」。如果有幾個字被扣，就另蓋一個「扣××放行」的印
　章。這兩顆大印好像是最高的國家機密，隨身攜帶，片刻不離。徐鍾珮：《餘音》，
　頁237。

72 M. H. Abrams, *A Glossary of Literary Terms* (Boston: Heinle & Heinle, 7[th]ed. 1999), p. 193.

的堅持下，藝術文化者往往在功利掛帥的社會中矛盾掙扎，也往往為了日常必須的五斗米，不得不向商業化折腰。根據心理學家馬斯洛（Abraham H. Maslow）的金字塔需求理論[73]，畢竟在基本的生理需求尚未解決前，遑論有任何自我實現的可能。

　　舉例來說，彭歌《落月》（1956）主要就描寫女伶掙扎於純藝術與商業掛帥戲碼間的成長故事。首先，貧窮的環境教育年幼的她看清現實世界的殘酷與重要。尤其在喪父後，母親苦撐家計的艱辛，讓她決心入戲劇學校就讀，在無需繳交學費的利多下，立誓將理想構築在戲台上。在結束戲劇學校的學習階段後，卻同樣在貧困生活的逼迫下，再次掙扎於純藝術與商業掛帥的戲路兩者之間。終在三餐不得溫飽的窘迫下，最後還是選擇加入天津天華景海派路數戲碼的演出，理想不得不向現實妥協。當她躍升為戲班一姐後，雖然三級跳的酬勞大大地解決了自幼困頓的生活，也因此紅遍天津，獲得無數讚美與掌聲。但名利雙收後的她卻未因此而欣喜雀躍，反倒因自我理想遭扭曲，湧上心頭的是無限的悔恨羞辱：

　　　　她覺得這樣子演的戲，不僅談不上什麼成功，簡直是大恥辱——今天晚上所有的表演，沒有一樣不直接違背了她幾年來辛辛苦苦學來並且打算一生堅持下去的東西。「這是藝術嗎？這也配稱為戲嗎？」她一想到那件薄到幾乎透明的浴裝，便羞慚得戰慄起來。這樣子的戲她是不能演的，不該演的，而且不屑演的。……她現在才深深了解到那句名言「藝術淪落到了賣

---

73 以金字塔形呈現的馬斯洛需求階序表依次為：生理需求、安全需求、歸屬感和愛的需求、被尊重需求、美學和認知需求、自我實現需求。E. Jerry Phares（法瑞斯）著，林淑梨、王若蘭、黃慧真譯：《人格心理學》（*Introduction to personality*）（臺北市：心理出版社，1994年），頁207-211。

錢的地步，本身就是一個悲劇。」賺錢與藝術的目標常是這樣
極不相容，人就徘徊徬徨於這兩極端，要賺錢呢？還是要藝
術？人總是要選擇一條容易的路去走，那麼，就去賺最多的錢
吧！那怕是用「欺騙」的「罪惡」的手法也在所不惜！錢多
了，名望有了，這不就是世俗的所謂「成功」嗎[74]？

自我理想與現實世界的衝突，往往是社會新鮮人進入職場後面臨的首
要考驗。史威爾斯（Martin Swales）就指出，成長小說一方面既關心
主角個人潛能的發展與實現；另一方面也認同實際的現實性，包括婚
姻、家庭、職業生涯等，這些都是主角自我實現時必要的考慮範疇[75]。
兩者間多互斥衝突，難以兼顧。女伶在演活了盤絲洞中賣相十足的蜘
蛛精一角後，錢財名望雖隨之而來，而據此付出的代價是：她不得不
屈從世俗，暫時拋卻藝術上崇高聖潔的原則，以討好群眾一雙雙世儈
庸俗的眼睛。她所堅持的藝術理想也就在商業化賣點的高度拉扯下，
在倍感矛盾掙扎與痛苦中妥協，揚棄了名伶應有的唱戲要訣與堅持。
妥協的結果，確實讓他自此擺脫了貧窮，但隨之而來的聲名財富卻未
帶來預期的快樂；優渥的物質生活並無法彌補扭曲理想所帶來的心靈
虛無，反讓她頓覺生活失去了意義。除了時時萌生「我是為誰表
演？」（頁96）的迷惘困惑外，痛苦、絕望、厭倦等負面情緒紛至沓
來。在現實社會打滾後，淹埋了學生時代那股為理想而勤下苦功臨摹
名角的成長動力，激昂興奮的心情也一去不返。

---

74 彭歌：《落月》（臺北市：遠景出版社，1977年），頁84-85。《落月》獲文獎會四十五
　年國父誕辰紀念獎金長篇小說第三獎。同年由自由中國出版社初版。本論文採用遠
　景出版社於一九七七年出版的版本。

75 Martin Swales, *The German Bildungsroman from Wieland to Hess* (New Jersey: Princeton
　U.P., 1978), p. 29.

文末，作者設計出讓女主角來到台灣再度重組戲班的情節，讓不需再為五斗米折腰的她，才得以真正實現了為生活而遺失多年的戲劇理想，由此打響了平劇王國的名號。「余心梅」三個字，幾乎是劇迷心目中臻乎完美的偶像。她在舞台上的一顰一笑，操縱了全場觀眾的情緒；其藝術表現，亦再度獲得肯定。畢竟對此時的心梅來說，藝術不再只是為了滿足最基本的生理需求，而是向上躍升到馬斯洛所謂「自我實現」的層次[76]。而不需再為現實妥協的女主角，來到台灣後終得以重拾為藝術而藝術的理想，自我主體性至此終建構完成。

值得注意的是，《落月》的架構幾乎符合德國傳統成長小說的原型。小說藉由一位梨園名伶以翻閱相本的回憶方式，挑選具代表性的照片以拼貼出主角的成長故事。照相本上的記憶就由她入戲劇學校的「學習時代」，然後到各地登台表演磨練的「漫遊時代」，最後是自組戲班的「為師時代」的三階段成長歷程所組成。最後，歌德勾勒出一個近乎理想的貴族團體「塔樓兄弟會」中，讓麥斯特找到自我，終得與社會融合。而彭歌則是設計讓女主角來到台灣，得以完成為藝術而演出的成長目標。不過不同的是，在成長對象階級的擇取上，傳統的成長小說，無論是歌德筆下抑是英國維多利亞時期的成長小說，大多是以中產階級（middle-class）作為書寫的對象。如歌德筆下的麥斯特身就是富商之子，因此他的成長得以完全忽略財富和金錢的因素[77]；

---

76 心理學家馬斯洛（Abraham Maslow）的研究就也指出，自我實現的人大多具有熱愛工作的特質，他們對自己所承擔的任務具有相當程度的責任感。因此，工作不僅是為了謀生，亦不是為了金錢、名譽或權力，而是由於工作能滿足超需要，工作促使人們成長到其潛能的最高水平。Duane Schultz（舒爾滋）著，李文湉譯：《成長心理學──健康人格模式》（*Growth psychology*）（北京市：三聯書店，1988年），頁144-145。

77 Jerome Hamilton Buckley, *Season of Youth: The Bildungsroman from Dickens to Golding* (Cambridge, MA: Harvard University Press, 1974), p. 20.

但《落月》對主角的階級設定則迥異於傳統成長小說，反而讓她在成長過程中遭遇到的首要考驗就是貧窮的震撼教育。小說主角階級的選取，或許與國風民情及作家個人的成長背景有關。

　　同樣刻畫藝術家理想與現實的衝突，潘壘《尋夢者》（1959）則是將年輕人追尋自我理想的嚴肅題材，以一種笑鬧劇的方式呈現。小說由三個臭皮匠擔綱演出，描寫他們求學時代雖有各自的抱負，但卻都在現實生活中受阻而無法實踐。首先是希望成為外交官的錢通，在身形發胖後轉入外文系；在商場上幾番打滾、一事無成，爾後淪為一家工業原料行的業務員。再者是對美術有愛好偏執的黎牧，大學時如願轉入美術系，踏出校門後幾經摸索，原以為在電影圈可以發揮所長，結果竟和他渴望的藝術工作相去甚遠。當他體悟到副導演原來不過是個介乎雜役和傀儡的角色後，但為了謀生，卻也不得不放棄鍾愛的美術，因此而感到痛苦內疚，時萌悲哀之感。最後一位是文學家麥高，他是我們在這裡最為關注的主角。麥高自中文系畢業後，便立志要當一名偉大的作家。然而在窮困潦倒之際，他不得不扭曲自我，以暫時書寫那些具有銷售市場的言情小說以求糊口。為了保有那一分對文學生命的執著，並謹守藝術理想的最後一道防線，麥高在發表小說時權宜地將自己一分為二：

> 生活是最現實的，他漸漸從飢餓和窮困中學會了許多東西：為了錢，他開始改變寫作的路線，他投合一些報刊的趣味和需要，寫些毫無內容的傳奇作品，遊戲文章——他用「魏勒潛」這個筆名發表。至於麥高這個名字，他卻極其珍惜，麥高是他的生命的另一面，是嚴肅而有抱負的[78]。

---

78 潘壘：《尋夢者》（臺北市：聯經出版事業公司，1977年），頁24。《尋夢者》初版由正文書局於一九五九年出版，本論文採用聯經於一九七七年的版本。

為求溫飽，「當票多到可以出單行本」（頁46）的麥高不得不先暫時拋開創作理念，對現實妥協；畢竟在生理的基本需求尚未解決前，遑論有任何自我實現的可能。也就在雜誌社社長「越黃越好」（頁28）的要求下，他以「魏勒潛」（為了錢）的筆名寫煽情的黃色小說，還因此登上受讀者喜愛的知名作家，內心雖時感羞恥後悔，但為了生活卻不得不為。但殘酷的現實並未就此淹沒了他的偉大作家夢，那部「以北伐而至戡亂為背景，描寫大家族的悲歡盛衰」（頁24）的巨作仍然進行不輟，並未因此而放棄。換言之，麥高並未因社會環境的打擊而遺忘了他那偉大的作家夢，但暫時的妥協又不得不然。為了尋夢，他們籌組「空頭」影視公司，使出各種奇行怪招，異想天開地想要從開拍電影大撈一筆，以作為往後各自實現理想的資本。文本就在三個臭皮匠的一場瞎鬧胡搞中進行，爾後在女主角無端消失後出現危機。然而就在一切即將化為泡影，竟又出現戲劇化的轉機。女主角原是富家女，最後在父親的投資下，果真以「尋夢者」為名順利地準備開拍。整部小說就在進行了一場無俚頭的鬧劇後，以喜劇式的圓滿結局收尾。倘若順著喜劇的發展而沒有意外，這部電影上演後必定叫好又叫座。在有了錢之後，麥高此後應當不需再扭曲自己，不必再以卑鄙窩齷齪的「魏勒潛」發表情色小說了。顯然地，作者埋下了一個主體得以在現實中實踐自我的伏筆。

這兩部虛構小說中藝術家的成長困境，或是表達出五○年代文藝作家的共同心聲。畢竟在五○年代文學政治化與商業化的現象下，他們在實際的創作生涯上同樣面臨了理想與現實拉扯的難題。在文學與政治這兩者間，作家思慮如何一方面順應黨政文藝國策，另一方面又得以實踐自我所秉持的文學創作觀，戮力在兩者間達到平衡。畢竟在政治肅殺氣息濃厚的環境氛圍下，對於籠罩在「權力場域」之下的「文化場域」，作家們在他律的制約下幾乎無法基於「藝術自主原

則」而高舉「為藝術而藝術」的旗幟[79]。小說家的寫作也因此受到侷限，很難實踐他們純粹的文學理想性。尤其是在國民黨策動大規模的白色恐怖高潮後，人們生活在隨時可能被秘密逮捕的恐懼中；在這種軍事統治的氣氛中，文學的自主空間更加有限。

　　至於文學與商業間如何達到平衡，則是另一個藝術文化工作者會遇到的重要課題。以《尋夢者》為例，雜誌社在力求市場暢銷的考量下，要求麥高寫越黃越好的情色小說。透過麥高的遭遇，確足以說明五〇年代普遍存在的文藝現象：

> 今日的文學藝術，卻是為了市場的銷路，不能不受銷路的支配。特別是娛樂方面，更要靠營業性的設備與出品來供應，一切弊病都從此發生，因為最大的銷場就是水準最低的群眾，因而文學藝術的品質只有日趨下流。……純真和優美的文藝作品還是太少，一般國民的閒暇時間大部分仍是商業化的文藝作品的領域[80]。

在文學藝術日趨下流的危機中，蔣中正於一九五三年明確指示「務必剷除赤色的毒與黃色的害」，而後有文藝界響應發起的文化清潔運動。這固然是以政治干預文藝，但卻也由此證實市面上的確充斥氾濫那些逃避現實的軟性通俗文學。而引起我們關切的是，當文學作品周旋在「市場性、政治性、文學性」這三者間產生角力時[81]，作家所堅

---

79 應鳳凰：〈從「市場性」到「政治性」的文學光譜：五十年代台灣女性小說〉，收錄於靜宜大學台灣文學系、中國文學系編：《台灣女性小說史論壇》（臺中縣：靜宜大學台灣文學系、中國文學系，2004年），頁16-27。

80 蔣中正：《民生主義育樂兩篇補述》（臺北市：中央文物供應社，1953年）。

81 應鳳凰：〈從「市場性」到「政治性」的文學光譜：五十年代台灣女性小說〉，收錄於靜宜大學台灣文學系、中國文學系編：《台灣女性小說史論壇》，頁16-27。

持的文藝理想勢必面臨更多的衝突。

在五○年代有限的文學空間裡，所幸仍有一群如文本中心梅、麥高者流的作家，努力地將自我的理想在當時文學環境的夾縫中發揚光大。他們將秉持的純文學創作理念，盡可能地尋找適當的發表時機與管道，即使明知這是個風聲鶴唳的文學環境，他們也並不因此就低頭妥協。大陸學者朱雙一就觀察指出五○年代的台灣文學，早已存在一個「自由人文主義脈流」。它是繼承了胡適的自由主義精神，不希望文學淪為官方文藝政策的工具。這樣的文學「脈流」首先表現於雷震主辦的《自由中國》的文藝創作欄內，繼之表現在夏濟安的《文學雜誌》上[82]。尤其在當時一個名為「春台小集」的作家聯誼會[83]，意圖在「反共文學」與「戰鬥文藝」之外為當時的文學找尋一條新的道路。值得注意的是，「春台小集」的作家並非不反共、不愛國，但他們想要讓文學和政治保持距離的心意應該是不容否認的[84]。換言之，他們在家國意識上堅決反共，但卻不希望文學成為反共宣傳的工具。若以「春台小集」成員之一的林海音為例，她在主編聯副時期（1953-1963），就為了堅持自我的純文學理念，在「把一個副刊的文

---

82 尤其值得注意的是，這兩個刊物的文學作者群，有著極高的重疊性。朱雙一：〈《自由中國》與台灣自由人文主義文學脈流〉，收錄於何寄澎主編：《文化、認同、社會變遷：戰後五十年臺灣文學國際學術研討會論文集》（臺北市：文建會，2000年），頁95。

83 「春台小集」由周棄子命名，與會的有司馬桑敦、林適存、夏道平、夏濟安、黃中、周棄子、高陽、郭衣洞、郭泗汾、彭歌、聶華苓夫婦、林海音夫婦、琦君等。琦君：〈星辰寥落念高陽〉，收錄於《媽媽銀行》（臺北市：九歌出版社，1992年），頁214。有關「春台小集」，另可見聶華苓：〈盧邊漫談〉，收錄於柏楊編：《對話戰場》（臺北市：林白出版社，1990年）。郭嗣汾：〈五十年間如反掌〉，《聯合報》「副刊」，2003年8月20日。

84 呂正惠：〈五○年代的林海音〉，收錄於東海大學中國文學系編輯：《戰後初期台灣文學與思潮論文集》（臺北市：文津出版社，2005年），頁618-620。

藝性濃度提高」的編輯方針下[85]，而必須時時飽嚐為了發稿而常常夜
半驚醒的代價[86]，可見當時蕭殺氣息濃厚的政治氛圍多麼令人戒慎恐
懼。因此，在這些描寫主角理想在現實衝突中成長的故事中，我們彷
彿看到這一群具有理想性的作家們，同樣也努力地在現實環境中實踐
他們所堅持的創作理想。

三　從個人成長揭示哲學意涵

　　以上所討論的，主要關注青少年於學生時代所培養的藝術理想，
在進入複雜的現實社會後如何達到融合的藝術家成長小說。同樣是描
寫社會新鮮人的成長小說，我們還注意到另一類的焦點不僅只是個人
如何融入社會或對社會現象的探討，而是在勾勒出個人與社會發生衝
突的成長困境後，更進一步揭示出比成長更高的哲學意涵（underlying
philosophy）[87]。換言之，小說中描繪青少年步入社會後的衝突與成長
只是手段而已，作者其實更要表達的是個人成長以外更深一層的啟發
意義。

　　論及孟瑤《危巖》（原名《懸崖勒馬》，1954）這部在文獎會得獎
的作品，評者大多聚焦在具共黨信念的主角如何幻滅的議題，由此點
撥出國家必須反共的政治目的。但我們若仔細探究，小說的寓意並不

85　林海音：〈流水十年間〉，收錄於聯副三十年文學大系編輯委員會編：《風雲三十年》
　　（臺北市：聯合報社，1982年），頁89-117。

86　夏祖麗在為母親作傳時寫到，林海音在「聯副」刊登了黃春明〈城仔落車〉、〈把瓶
　　子升上去〉、〈雨萬年的歷史〉、〈借個火〉這些可能具有爭議性的好作品時，常如坐
　　針氈。在爾後的一次的碰面，林海音對黃春明說：「呀！你就是黃春明啊！你這個
　　黃春明，我當時把你的稿子一發排，回到家都睡不著覺。」見夏祖麗：《從城南走
　　來：林海音傳》（臺北市：天下遠見文化出版公司，2000年），頁178。

87　Michael Minden, *The German Bildungsroman: incest and inheritance* (Cambridge:
　　Cambridge University Press, 1997), p. 1.

那麼單純。文本中描寫共產黨員高適理想幻滅的時間點，正是他踏出校園進入職場後。成為社會新鮮人的高適，表面上是一名大學助教，實際上卻是共產黨的臥底，伺機執行各種破壞行動。他一方面利用女伶嬋娟對他的愛慕之情來為黨工作，另一方面徹底掌握女友葆玲父親的動向，以為黨的入城作準備。然促使高適反思啟蒙的開端是，在步入社會後與周遭友朋相處，因不斷感染人性的溫暖而時感不安。無論是資產階級的葆玲，亦同是共產黨員的嬋娟，都讓他一再體悟到聖潔人性的可貴，這都是他在大學入黨後未曾發覺的。

　　直到他踏入社會，在各形各色的人群中感受到溫暖，開始懷疑黨所教育他們的究竟是不是事實，從而質疑共產黨泯絕人性的要求。尤其當他眼見于喜蘭為了徒弟嬋娟的幸福，竟不惜為她犧牲生命時，由此真正開啟了他遭蔽已久的人性：

> 「人性」像嵌鑲在靈魂中的一粒寶石，越加接觸，越能拂去上面的塵埃，而顯出它無由泯滅的渾凝晶瑩光彩。高適，以及他所信仰的這一個陰謀政黨，從沒有承認過身體內還有這樣一個無價之寶；但，現在高適發現了，……高適低頭看看自己，他發現自己的靈魂上也有這樣一粒寶石的存在；不過，屬於他自己過多的貪婪、自私、狂傲的塵埃，把它封閉得黯然無光了！現在，于喜蘭的啟示，拂拭了上面自私的部分，他也看出自己的人性，第一次在他面前閃耀出光輝。他忽然說：「師傅，你偉大，你教育了我怎樣做人！……[88]」

---

88 孟瑤：《危巖》（臺北市：皇冠雜誌社，1970年），頁387-388。《危巖》原名《懸崖勒馬》，獲文獎會四十二年國父誕辰紀念獎金長篇小說第二獎。初版由文藝創作出版社於一九五五年出版。本論文採用皇冠於一九七〇年出版的版本。

從「為何只要一動感情就是犯了溫情主義」（頁178）的迷惑，到後來光明人性的發滋顯露，當自我的世界觀在邁入社會的成長歷練中驟變後，高適決心揮別獸性本質的共黨世界。研究者指出，「成長（initiation）就是發現罪惡（discovery of evil）」，認知罪惡後使我們擁有為善的能力[89]。可惜的是，最終肯定人性良善而非一逕破壞的高適在共黨不許他重新做人的兩難處境下，找不到出口的他只好以舉槍自盡結束自我矛盾的生命，這是他在赤色世界中成長所付出的慘痛代價。

　　其實，高適的成長悲劇乃是性格使然。且看他加入共黨的原因：

> 就在他念大學的那一年，他被共黨組織吸收了去。對於這一個陰謀團體，他沒有過多的認識，同時，他也沒有什麼固執不變的政治見解，不過，他同意於這一個團體的作風——破壞。不喜歡的和不能夠到手的就加以破壞，這是他從小以來的習慣。玩具不合意，拆掉！心裏不高興，摔東西！得不到手的，想法毀掉它……這樣，他覺得很痛快[90]。

高適充其量不過就是個具有叛逆性格的青少年，樂於搞一切的破壞如此而已，他並非因認同黨的理念而入黨。尤其在他執行任務時屢屢萌生的良心不安中，我們實在看不出高適本人具有共產黨員應有的心狠手辣特質。進入職場後，或是心志逐漸趨近於成熟，文本中也看不到他對破壞後有任何一丁點的快感。或是臥底後，以接觸善良人性者居

89　Mordecai Marcus, "What Is an Initiation Story?" in William Coyle ed., *The Young Man In American Literature: The Initiation Theme* (New York: The Odyssey Press, 1969), p. 31.

90　Mordecai Marcus, "What Is an Initiation Story?" in William Coyle ed, *The Young Man In American Literature: The Initiation Theme*, p. 96-97。

多，他那隱藏的善性也就被激發出來。反而是共黨前輩孫大姐對他動輒以溫情主義、個人主義、自由主義的教訓與申飭，高適反疑惑不解，不斷地思索著「這一切屬於人性的東西假若不抬頭的話，這世界豈不是一個群魔亂舞的黑暗地獄？」（頁178）這樣充滿人性本善的疑惑，豈是一個應毫無惻隱之心的共產黨員應有的思想？可惜的是，高適才剛邁入社會，因發掘出的人性觀與共黨信念牴觸，最後舉槍自盡，結束了年輕璀璨的生命。而小說安排青少年入共產黨的原因並非本性凶惡，而是不小心誤入歧途的選擇，這或可視為作家的一種同情性理解。

成長小說研究者就指出，描述主角的成長過程得以使小說增色不少；但小說中勾勒主角的成長只是手段而已，作者其實是要表達更深一層的意義。這個結果是很重要的，若忽略這個結果，我們便無法理解作者在小說中所要表達的真正理念[91]。顯然地，孟瑤在《危巖》中正是描寫社會新鮮人在種種的成長經歷後，好不容易發現了人性的真理，由此揭示出人性本善的哲學思維。換言之，主體的成長並非文本的重點，小說是否從成長經驗中提煉出更深一層的哲學意涵，毋寧更顯重要。

同樣敘述主體邁入社會後成長所呈現的人性意涵，趙滋蕃的《半下流社會》（1953）顯得深刻複雜得多。這部小說雖非戰鬥文藝影響下的產物，但論者多將《半下流社會》視為反共小說[92]。儘管如此，

---

91 Michael Beddow, *The fiction of humanity: studies in the Bildungsroman from Wieland to Thomas Mann* (Cambridge New York: Cambridge University Press, 1982), p. 2.

92 如陳芳明就以趙滋蕃《半下流社會》為例說明指出，真正使人懷念的反共文學，大多是沒有獲得官方獎勵的作品。陳芳明：〈一九五○年代的文學侷限與突破〉，《台灣新文學史》（臺北市：聯經出版事業公司，2011年），頁304。王德威在討論反共文學時，也將《半下流社會》列入。王德威：〈一種逝去的文學？反共小說新論〉，《如何現代，怎樣文學？：十九、二十世紀中文小說新論》（臺北市：麥田出版公

反共議題顯然並非趙滋蕃在此所關切，因而僅以輕描淡寫的筆鋒帶
過，所佔篇幅亦微乎其微。且全書不乏八股說教的篇章，教育意寓十
分顯明。小說描摹出一群不認同共黨暴行而逃離赤色鐵幕，卻來自不
同背景的流浪漢集團裡迥異的人性風景。這群連調景嶺都沒有資格居
住的遊民，原生活在香港石塘嘴公寓天台的陋棚下，而後因違建拆遷
而被迫轉移到筲箕灣木屋區，他們共同組成了一個既沒有上流社會的
自私冰冷，也未如下流社會的喪失理想的「半下流社會」。在這裡，
社員們相互提攜，尋找向上成長的力量。然而在這個充滿熱情理想的
團體中，亦並非全然是善良而可愛的一群。或有道貌岸然如胡百熙
者，因貪圖享樂安逸，不僅逼迫妻子潘令嫻賣淫，最後還將她賣給妓
女戶的老鴇；再如老道友為了滿足鴉片癮，不惜讓兒子纏著白布、跪
在地上向路人討乞棺材板錢，以騙取人們發動惻隱之心後的同情，這
都揭示了人性貪婪醜陋的一面。當然，對於希冀「在下流社會中尋找
誠懇樸拙，但向上生長力量」的趙滋蕃而言[93]，主要仍是描寫掙扎於
生活大漩渦中的難民們，但卻仍不畏貧困地堅持理想，展演出患難中
相互扶持的光明人性。他們即便已是寅吃卯糧，但仍極盡所能援之以
手。如為了籌措酸秀才的診病及醫療費，王亮不惜典當衣物，張弓、
麥浪忘卻曾為大學講師的身分夾雜在送葬的樂隊行列中，只為將所得
貼補酸秀才療養的費用。至於王亮賣血，則是為了解救在集中營裡等
待遞解出境的夥伴。再如解救慘遭丈夫賣身的潘令嫻，以及因颶風來

<hr>

司，1998年），頁141-158。張瑞芬在探討趙滋蕃的文學創作時，雖也將它是為反共
文學，但提出不同的觀點，指出他「非典型」的反共特質，除了是站在異域（香
港）的觀點來看國共對峙的局面外，其實更大部分是描寫人性是／非、善／惡、光
明／黑暗的二元對立。張瑞芬：〈趙滋蕃的文學創作及其時代意義〉，《逢甲人文社
會學報》第12期（2006年6月），頁35。

93 趙衛民：〈強盜與基督〉，收錄於趙滋蕃：《半下流社會》，頁10。初版由香港亞洲出
版社於一九五三年出版，本論文採用臺北瀛舟出版社於二○○二年出版的版本。

襲而家園殘破的難友們，一再流洩出人間少有的溫情。再者，他們並
不以屈居半下流社會而墮落，反而藉由讀書會以相互提攜成長的力
量，更不忘肩負傳承下一代的教育責任。

　　總的說來，《半下流社會》雖以王亮為核心領導人物，但主要的
敘述脈絡卻是藉由李曼與潘令嫻這兩位女性不同的成長經歷，對比彰
顯出人性沉淪與提升的兩極。李曼的家世背景，作者並沒有清楚交
代，不過從敘述脈絡推敲，大抵逃離鐵幕後，李曼不僅擁有王亮真摯
的愛情，並且始終受到「半下流社會」的呵護，宛如溫室花朵。就在
他們共同尋找經濟來源的策略下，以王亮率領的這一批智囊團成立了
「文章公司」，製造的成品囊括了哲學、經濟學、自然科學、戲劇及
文學的各方領域，並以李曼的符名對外發表。也就在眾人智慧總合的
加持塑造下，意外地打響了李曼的聲名，使她成為一顆眾所矚目的明
日之星，並受到上流社會人士的覬覦。此一轉變，挑戰了李曼在半下
流社會所懷抱的理想與堅苦卓絕的吃苦精神。

　　前已論及，學習成長的方式除了透過書本、電影、歌曲或與人接
觸的途徑以刺激自我成長外，還可以經由環境的習染。環境的改變，
正是促使李曼遠離真實自我理想的主要原因所在。首次離開半下流社
會的約束而晉升上流社會，李曼猶如甫離開校園的社會新鮮人，對五
光十色的另一個世界充滿好奇與期待。未料成名後被眾人捧在手掌心
的李曼，向來秉持的理想遂逐漸沉淪頹廢在上流社會紙醉金迷的華筵
中，為虛假所腐蝕。顯然可見地，虛榮已住進她真實的靈魂，妒嫉使
她迷失在拐點上，漸趨沉溺於物質享受而不可自拔。社會環境的改
變，看似向上晉升，實際上卻是往下沉淪。眼見李曼「鼻孔裡洩出
的，已是『准』上流社會的墳墓氣息」（頁137），對於她的墮落轉
變，半下流社會的夥伴禁不住開砲：

全半下流社會的人，以血汗培養了你，想不到你還沒跨進上流
社會的門檻，就這樣盛氣凌人。李曼，妳的驕傲是虛無的！你
在這裡，忽然販賣忿怒，忽然又販賣臭架子，憑什麼拿你自己
的惱怒，去唬嚇那些純樸而善良的人！你的高傲，你的光榮，
究在何處[94]？

這段話並沒有點醒李曼，反而將她完全推向上流社會那個物欲橫流的
深淵。光鮮的裝飾出賣了她的自由；高檔的物質享樂更侵蝕了她原有
的「半下流社會」精神，尤其在受到金主錢胖子的玷汙而懷孕後，李
曼乾脆放逐自我，隨波逐流。在喪失理想又尋不回自我的困境下，李
曼決定成為錢胖子的三妻四妾之一，視自己猶如「一個爛爛破破的瓦
罐」（頁226）「僅是一具逐漸僵冷的軀殼」（頁255）。那個曾經在「半
下流社會」中慧黠充滿靈性的李曼，在進入另一個環境的大染缸中迷
失真實的靈魂。相較於李曼，潘令嫻在重回半下流社會前顯得歷盡滄
桑。她曾遭丈夫賤賣而淪落風塵，痛不欲生。所幸有王亮等人為她贖
身，在重獲自由後，不惜為工廠女工，以勞力賺取生活所需；爾後因
遭裁員，則在半下流社會中打理一切事務，展現出刻苦耐勞的精神。
故事的最後，躋身跨入上流社會後的李曼仰藥自盡，潘令嫻則因義救
身陷火窟的小傻子而喪命，在這兩個截然不同的成長環境中，分別演
繹出沉淪與上升的對比人性。小說將她們兩人的死安排在同一天，足
可見作者的意寓深長。李曼理想的幻滅，無疑是在進入上流社會後禁
不起物慾的誘惑所造成的，進而一步步矇蔽了她人性原始的良善。而
潘令嫻雖然始終身在物質匱乏的半下流社會，反倒能夠時時剔勵她堅
持理想，追求精神世界的富足。

---

94 趙滋蕃：《半下流社會》，頁139。

　　藉由李曼與令嫻的成長對比，趙滋蕃無疑是立足在真實／虛假、人情味／酸腐味、半下流社會／上流社會的對立基礎上。在他希冀於下流社會中尋找向上生長力量的創作動機下，文本中「生於憂患，死於安樂」的教育意涵十分顯明。我們或可將具勵志向上精神的「半下流社會」比擬為以教育為依歸的校園；充滿各種誘惑的「上流社會」則是指涉現實社會。而李曼在邁入上流社會後，因迷失自我的充滿悔意，似乎惕勵讀者，當社會新鮮人由單純入複雜的環境後，在各種物慾的誘惑下，不要因此遺忘了自我曾有的抱負與理想。

　　我們不難發現，不管《危巖》或《半下流社會》，作者都在描寫青少年步入社會所面臨的成長困境後，從而揭示出比成長更深一層的人性意涵。但弔詭的是，這兩部寫於五○年代的小說，其書寫模式均不合官方要求的國／共、善／惡、人性／獸性的反共模式。詳加檢視五○年代的反共小說，張愛玲《秧歌》、《赤地之戀》中的共產黨員亦非純惡；尤其以陳紀瀅的《賈雲兒前傳》（1957）最具顛覆性。小說中掀起情節發展高潮的，是篤信基督的雲兒最後精神崩潰、極端反教，既非因日寇侵逼，亦非來自匪共的迫害，而是受到第二任丈夫奚攸薄情寡義的刺激。奚攸雖身為國民黨政治教官，表面上雖謙卑有禮，熱心助人；實際上卻是個唯利是圖、薄義營私的偽君子。作者不僅據此捏塑出利慾薰心、自私卑劣的國民黨工的形象，同時批判來台後國府官吏的無能。尤其奚攸的自私卑劣、心狠手辣，更反襯出雲兒第一任共產黨丈夫的有情有義。所幸這部小說雖以傳記為名，但以後設（metafiction）的方式呈現，構成了一虛實相生，真假莫辨的後設懸案[95]。這一文學技巧的運用，足以適時化解了《賈雲兒前傳》可能被

95　後設小說（metafiction）的形式書寫，並非是作者故弄玄虛，它主要強調現實是經由人為的詮釋，其性質與虛構無異，由是，它既不想武斷地主張其權威，也不要讀者非相信它不可。因此，後設小說邀請讀者涉入虛構的世界，據此以為真理不過是基於多數人共通的主觀，並非絕對；同時指涉小說是一種文字幻象的呈現。而後設

冠上「不反共」的帽子。顯然地，那些所謂「反共的」、「戰鬥的」的剛烈主調，在《賈雲兒前傳》已經都被貶斥到整個小說的邊緣位置；而突顯出主體在成長過程中所思索的人性議題。準此，這些揭示人性善惡不分政黨的反共小說，誠如梅家玲所論，乃是依違擺盪在意識形態、傷痕見證與美學關懷之間[96]。換言之，他們已經展開對反共文學美學思索的問題了。更重要的是，作家們於主角成長歷程中觀照出關於人性的永恆議題，其實早已超越了時空的侷限，自不會因政治環境的丕變而慘遭時間所淘汰。張愛玲就曾如是說：

> 許多留到現在的偉大作品，原來的主題往往不再被讀者注意，因為事過境遷之後，原來的主題早已不使我們感覺興趣，倒是隨時從故事本身發現了新的啟示，使那作品成為永生的[97]。

以反共小說為例，讀者若能另闢蹊徑，不一味地執著鑽研政治面的意旨與情趣時，即使那個必須反的「共」因消逝了，這些作品自然不會因意識形態的不同而興廢起落，更不會只是一場徒然的辯證與往事。如我前所論，向來被視為反共小說的《危巖》以及《半下流社會》，作者自青少年邁入社會的成長過程所揭示出的人道關懷，的確比起只寫反共懷鄉的意識形態來得重要也豐富許多。

小說的時代意義之一為：通過作者自覺、自我反射或省思，說明了文化多元價值的必然性。簡言之，後設小說表現了真理的相對性及多樣性；而人所知的現實無非是經過認知上的約化（epistemological／philosophical reduction）而來。蔡源煌：〈後設小說的啟示〉，《從浪漫主義到後現代主義》（臺北市：雅典出版社，1998年），頁189-196。

96 梅家玲：〈五〇年代台灣小說中的性別與家國——以《文藝創作》與文獎會得獎小說為例〉，收錄於《性別，還是家國？：五〇與八、九〇年代臺灣小說論》（臺北市：麥田出版公司，2004年），頁54-56。

97 張愛玲：〈自己的文章〉，《流言》（臺北市：皇冠出版社，1976年），頁21。

四 小結

　　自校園邁入社會，是人生另一個成長階段的開始。在成為社會新鮮人後，再也沒有師長亦步亦趨的指引，而必須開始獨當一面地解決迎面而來的各種成長衝突與困境。隨著時代性與社會性的迥異，青少年所面臨的難題自是不盡相同；而不同的時代精神也為他們所面對的成長困惑，提供了不同的思考和解決的路徑。在歸納分析後，社會新鮮人的成長小說多描寫個人在社會化的成長過程中，如何由自省與外塑的雙重途徑，以試圖消融個人理想與社會現實間的矛盾，為自我信念尋求出路。誠如狄爾泰定義的成長小說：「年輕人在幸福的晨曦中踏入這個世界，尋找相近的靈魂，遇到友誼及愛情，又陷入世上殘酷現實的衝突中，透過不同的人生經驗而漸趨成熟，找到自己，並且在世上確定了他的責任」[98]。簡言之，主體如何走向他者，與他者交流，正是社會新鮮人首要面臨的成長課題。

　　接著，在立業而後成家的人生成長進程中，年輕人在確立了自我在社會上的責任後，緊接著下一階段的成長目標，當是要準備接受愛情與婚姻的試煉。在愛情婚姻中成長的議題，將留待下一節詳細論述。

第三節　愛情婚姻與自我成長意識的萌發

　　戰後台灣文壇關於愛情婚姻的成長論述，由五○年代眾多活躍的女作家群開啟序幕。自五四知識份子標榜自由戀愛並逐漸取代傳統媒妁以來，遂與婚姻及自我實現緊密結合；同時也發展成為五四以降的

---

98 Randolph P. Shaffner, *The Apprenticeship Novel—A Study of the Bildungsroman as a Regulative Type in Western Literature with a Focus on Three Classic Representatives by Goethe, Maugham, and Mann* (New York: Peter Lang, 1984), pp. 19-20.

文學傳統[99]。而這一群出生於五四前後的來台女性知識菁英，雖然受到新文化思想的濡染，卻也同時吸收傳統國學養料。尤其見證了上一代甘於成為父權下的女性客體，並以此教育下一代的她們後，新舊思潮在內心拉扯交戰，衝突不已。

愛情婚姻觀的轉變，是五○年代作家建構女性主體的明顯特色。作品中固然多刻畫聽命媒妁的客體，卻也有描寫女性從客體邁向主體的成長過程。不管是認命妥協，還是情感自主，在她們正視、討論女性面對愛情婚姻的文本背後，早已有意識地流洩出批判時代與傳統禮教的聲浪。準此，五○年代的女性創作又豈如評家所論是「社會性觀點稀少」、「彷彿不知道是在這樣驚心動魄的大時代裏」[100]？又豈是「閨怨」一語就足以涵蓋？這類為五○年代女作家平反的看法早有許多論者為文反擊。在此引起注意的是，當她們同樣將主角的成長置放在抗日戰爭與國共內戰下，但最後促使女主角成長的因素卻是愛情婚姻，到底是女性寫不出叱吒沙場的豪氣干雲？抑是有意為之？我們並不否認生活環境給予女性的侷限，但在她們看似思索女性如何在婚姻困境成長的書寫重點中，其實早已鬆動了閨秀／政治，小敘述／大敘述的文學界線。

正如許多反共小說的空間發展一樣，飽受愛情婚姻所苦的女性，

99 李歐梵在〈追求現代性（1895-1927）〉中指出，「五四作家筆下最流行的人物形象常常是一對或者是三角之間的糾葛。個性的重要意義通過郁達夫和王映霞、徐志摩和陸小曼、丁玲和胡也頻這樣一些在愛情上飽受折磨的人物的那種愛情舉動和作風而得到人們的廣泛認同。愛情已經成為新道德的一個總的象徵，很容易地取代了傳統的那種禮法……在這場解放的大潮裡，愛情與自由具有同等意義，在這個意義上，通過愛情和宣洩情感、力量，個人就能夠真正成為一個充實、自由的男人或女人。」收錄於《現代性的追求》（臺北市：麥田出版公司，1996年），頁258。

100 分見葉石濤：《台灣文學史綱》（高雄市：文學界雜誌社，1998年），頁69；劉心皇：〈五十年代〉，收錄於《當代中國新文學大系：史料與索引》（臺北市：天視出版公司，1981年），頁70。

亦多將台灣視為重新開始與成長的新生地。若將文本的閱讀焦點放在反共的家國論述，往往就因為太過簡化二分，而忽略了其間內蘊的性別意識。如改自性別著眼，我們關注到的是，當小說中安排男性離開或必須死亡，來台女性或是從此拒絕愛情，或是接受另一段婚姻，以作為展開全新人生的開始。在女性這樣的選擇下，台灣的空間寓意對她們而言，又豈僅止於反共復國的跳板而已？

再自「愛情—婚姻—家庭」的發展三階段觀察，我們發現即使現代女性因自由愛戀而進入婚姻，滿懷抱負的她們仍然受制於傳統性別分工的父權結構，主體性在婚後再度面臨挑戰與解構的危機。而女性也就在理想遭受現實撕裂拉扯的兩難困境下，促使她們重新思索婚姻存在的意義與自我成長的可能。此類女性成長小說更具指標性的書寫意義的是，她們不僅顛覆了女性沒有成長的觀點，更解構了女性成長僅在未婚狀態時展開的傳統成長小說的看法。

女性作家的多寡，並非取決於省籍因素，主要在於是否接受教育的啟蒙訓練。尤其在重男輕女的傳統社會觀下，導致台灣女性普遍教育程度低落；日據時期的本土女作家就已如鳳毛麟角[101]，戰後更因文字因素而幾乎消音。根據楊千鶴的回憶，語言的斷層正是讓她失去創作的聲音與存在的因素之一[102]。而遷台女作家之所以具備角逐謬司恩

---

101 日據時期的女作家人數，根據現有史料，沈乃慧在〈日據時代台灣小說中的女性議題〉中，提及楊千鶴、黃寶桃、張碧華、賴雪紅四位（《文學台灣》第15期〔1995年7月〕，頁284-304）；若根據楊千鶴的說法：「我記得賴氏雪紅是我所認識的一位日本男士的筆名……此外，在《民俗台灣》上，也有另一位我認識的日南市以李氏杏花為筆名。總之，當時有些男士曾以台灣女性的名字寫作」。楊千鶴：〈殷切期待更慎重的研究態度〉，《文學台灣》第16期（1995年10月），頁331-332。丁鳳珍在研究時也指出，沈文所指這四位作家是否為女性都大有疑問。見丁鳳珍：《台灣日據時期短篇小說中的女性角色》（臺南市：國立成功大學中國文學研究所碩士論文，1996年），頁2。

102 楊千鶴回憶說：「國民黨來台灣的翌年就禁止報紙上的日文欄，習慣以日文寫作

寵的條件，主要因為她們接受高等教育後而培養出的書寫能力與廣闊的視野，此部分我已在前文立專節論述。循此，正由於五〇年代本省女性作家小說創作的微乎其微，是本文僅討論「外省」女性作家（籍貫為台灣苗栗的林海音除外）的侷限。至於性別，男性作家向來以國族論述是尚，外省男性雖也採用「戀愛加革命」的公式，但多側重革命所展現的戰鬥力，少論及女性因戀愛婚姻的成長轉變。少數台籍男性菁英雖觸及婚姻議題，可惜卻鮮少涉及人物因此衝擊的成長書寫。如鍾理和《笠山農場》（1956），僅著重探討「同姓不婚」的傳統婚姻觀，最後以主角在逃逸無蹤的私奔行動中作結，顯然已放棄個人致力於與社會融合的外塑型成長方式。另一部分小說則是描述女性如何在父親的安排下嫁為人婦，仍不脫作為客體身分的形塑。如文心〈古書店〉（1964）中在父親安排下嫁給鐵工廠經理的玉小姐，丈夫卻終年不顧嬌妻而縱慾歡場，在謹守「嫁從夫」的傳統道德觀下，玉小姐也只能隱忍苟活地度過了二十幾個寒暑。再如葉石濤〈獄中記〉（1966）中的保正賓仔舍為了村莊人民的利益，不得不將女兒銀娥嫁給日本人西川，銀娥即使心有所屬，然為了顧全大局與順從父親的旨意，身不由己地成為這場交易下陳設的商品。同樣是揭示出台灣社會同樣以父權為尊，但並未表現出女性因婚姻而成長的轉變。因此，在選文上主要藉由五〇年代遷台女性作家的小說切入，從而探索女性在愛情婚姻問題中的成長困境與途徑，及其以細瑣題材為策略的性別政治。

　　本節的目的即在調高性別意識，在女性屈居客體的傳統論述外，搜尋為人忽略的女性啟蒙主體。藉由五〇年代女性作家對女性主體性的建構，以及對性別意識的提高分貝，重探戰後初期台灣女性在愛情

的人，頓時便啞，有苦難言。」楊千鶴：〈我對日據時代台灣文學的一些看法與感想〉，《文學台灣》第16期（1995年10月），頁44。

婚姻中的成長議題。第一部分從傳統聽命媒妁的女性客體入手，探討
她們逐漸啟蒙的女性主體性。第二部分再由接受新式教育的時代新女
性為對象，揭示她們雖因自由愛戀而邁入婚姻，但主體性卻又再度折
衝於理想與現實間的困境。第三部分意在指出五〇年代女性作家其實
已經開始書寫女性情慾自主的女性成長小說，這類作品或可視為八、
九〇年代女性小說的先聲。最後，則論述這類描寫愛情婚姻的細瑣題
材，乃是女性有意為之的創作意圖，其實極具政治性和時代性，據此
質詰了閨秀與政治文學的界線。

一　婚姻主體的建構進程

　　五〇年代文壇除了「反共懷鄉」蔚為主流外，還有一群女作家用
心經營愛情婚姻題材的勢力不容小覷。尤其當她們在小說中深刻地表
現出在新舊交替的動盪時代，女性如何突破重重阻礙以建構出自我主
體性的成長脈絡時，這不但打破了男性給予她們的「沒有時間性和歷
史感」的貶抑評價，亦非「躲在象牙塔裡做兒女私情」一語就可略過
女性文學的重要性。而女性此類在愛情婚姻中成長的題材，雖無關家
國的大敘述，但早已是西方現代成長小說中重要的一類。在芮渝萍對
美國成長小說的研究中就指出，除了以《白鯨記》（*The Whale*）所開
出的「出行」為軸心的美國成長小說傳統外，艾爾珂德（Luisa M.
Alcott）的《小婦人》（*Little Women*）就代表了美國成長小說的另一
種書寫脈絡：即將主角的成長貫穿在日常生活瑣事之中[103]。雖然傳統
論者向來忽略女性也有成長的可能，甚至以為僅有男性單獨表現自我
的範式才是成長的表徵，但女性主義者早已就此駁斥指出，簡·奧斯

---

103 芮渝萍：《美國成長小說研究》（北京市：中國社會科學出版社，2004年），頁54。

丁（Jane Austen）（以《傲慢與偏見》（1813）、《愛瑪》（1815）聞名）
所開創出女性在隸屬關係（affiliation）上的成長模式，當然是成長
小說的發展理式之一[104]。所謂隸屬關係，對女性而言，主要是指她們
在原生家庭與父母親的關係及嫁為人婦後與丈夫間的關係而言。而向
來屈居客體的女性如何在婚姻中啟蒙成長的課題，對人倫秩序始終以
男性為中心的傳統中國來說，毋寧更值得注意。

　　平心而論，以父權為尊的傳統禮教，正是阻礙女性成長的主因。
雖偶有為女性發出不平之鳴者，但聲波都過於微弱，無法構成撻伐的
革命力量。直到五四運動後，守舊思潮才遭到改革者空前猛烈的批
判。中國的五四運動之所以能媲美西方的「文藝復興」或「啟蒙運
動」，最具指標性意義的覺醒就在於郁達夫提出「人」的發現。在人
的自覺下，長久被壓迫的婦女就成為中國社會改革的要項之一，陳獨
秀、魯迅、周作人、胡適、茅盾等均為文抨擊傳統禮法對女性的物化
及束縛，將批判的強大火力對準中國傳統的儒家封建禮教[105]。易卜生
轟動當時的劇作《娜拉》，正是強調女性有其獨立的人格。當時女學
生在此思潮的影響下，開始發出「男女平權」與「婚姻自主」的呼
聲。同時也在「主體性」觀念逐漸形成之際，造就了中國文壇第一批
女作家的崛起，如陳恆哲、蘇雪林、盧隱、凌叔華、冰心和石評梅

---

104 Abel, Elizabeth, Marianne Hirsch, and Elizabeth Langland, eds., *The Voyage In: Fictions
　　of Female Development* (Hanover and London: University Press of New England, 1983),
　　p. 10.

105 如陳獨秀於〈敬告青年〉一文中寫道：「自人權平等之說興，奴隸之名，非血氣所
　　能忍受。……女子參政運動，求男權之解放也。解放云者，脫離夫奴隸之羈絆，
　　以完其自主自由之人格之謂也。」《民國叢書·獨秀文存》（上海市：上海書店，
　　據亞東圖書館一九二八年影印本），頁7。再如魯迅〈我之節烈觀〉、《我們現在怎
　　樣做父親》中，同樣是譴責表彰女性節烈的虛偽專制。見〈墳〉，《魯迅全集》（北
　　京市：人民文學出版社，1981年），卷1，頁116-143。

等；她們對於女性自主意識的蒙發與探索，首先就展現在質詰傳統定義下的兩性與愛情關係[106]。而這些揭開探討女性主體性序幕的文學作品，大大地撼動開啟了後代女性的心靈。更重要的是，這一群出生於五四前後的五〇年代作家，正是在新舊時代交替之際的氛圍以及養料的汲取中成長啟蒙，因此極具意識地思索女性主體的相關課題。

準此，五〇年代對婚姻的關注焦點多放在女性建構主體性如何可能的成長議題上。歸納分析，小說約將女性概分為三種類型：一是犧牲隱耐的傳統女性；二是接受新思潮卻無法擺脫舊思維的矛盾女性；三是在新式教育或顛沛流離的成長洗禮下，最後終於突破傳統封建的枷鎖，建構自我主體性的新女性。但要補充說明的是，三者間亦非截然劃分，畢竟第三類的女性主體性之所以能夠獲得啟蒙，多是在前兩者的客體對照下才突顯出來的。

第一類正是林海音所謂不能也不敢跳過舊時代的女性。放眼她一系列「婚姻的故事」中比比皆是。如〈殉〉（1956）中聽命父親安排終身的女性，她為沖喜而嫁給病重的丈夫，可憐尚未圓房丈夫就撒手歸天，終以處子之身守了一輩子寡的方大奶奶。這期間她雖愛慕小叔，但礙於禮教，只好將其情意昇華轉換為對他女兒的慈愛。再如〈金鯉魚的百襇裙〉（1963）裡的女性六歲被賣，十六歲被收房作妾，命運完全操在他者手中。生命中僅有一次自主意識的萌生，是她預備在兒子的婚禮上穿上象徵身分地位的百襇裙，最後卻因不敢反抗大太太的「命令」而未能如願，終抑鬱寡歡而死。至於〈燭〉（1965）中那個沒有名字的太太／母親／奶奶，因不能公然反對丈夫納妾而只能妒恨在心，遂以自憐自殘的方式反抗傳統婚姻中不合理的

---

106 有關五四女作家群的討論，詳見劉乃慈：《第二／現代性：五四女性小說研究》
　　（臺北市：臺灣學生書局，2004年）。

多妻制，最後三分裝病成了十分真癲。可悲的是，終身陪伴她臥病床榻的不是丈夫，而是一盞永遠幽微的冉冉燭光。這些女性無疑都是生於長於「女子無才便是德」的舊年代，未曾受過教育陶冶的她們，父親、丈夫、兒子輪流撐起她們的天，即使也曾懷疑或心有不甘，也只能是剎那間稍縱即逝的念頭。尤其在宿命論與傳統婦德的加持下，她們盡其本分地做一個聽話認命的客體。第二類則是在新舊思潮中拔河，卻敵不過舊勢力的典型，以孟瑤《這一代》（1969）中的吟秋為代表。小說中受過高等教育的吟秋，顯然已具有某種程度的女性自覺。當她面對相愛卻難相處的方翊，她毅然選擇離開，正因她不願改變自己以遷就他人的生活。吟秋隨後負氣與大受結婚，卻終因無感情而分開。然而矛盾的是，吟秋最後竟在母性的驅使下屈從父權體制，與大受破鏡重圓。綜言之，在這兩類女性客體的典型中，無論是隱忍犧牲的舊傳統者，抑是那些接受新思潮的洗禮，但仍敵不過傳統禮教過於根深柢固捆束者，她們同樣都是跳不過新舊時代的鴻溝，以至於成為永遠無法翻身的時代犧牲品。終其一身，只能以客體的身分存在。

　　父權結構的固若金湯，在歷史悠久的中國行之已久。尤其自儒家建構出「三綱五常」的父權秩序後，更加確立了性別間非對等的主從關係。孟悅、戴錦華在《浮出歷史地表》中不諱言地指出，傳統中國的「人倫」秩序即是以男性為中心，而「人倫」意義上的「人」並不包括女性；相反地，倒是排除、取消了女性[107]。更微妙的是，父子關係的傳承卻又必須借助女性，於是女性便理所當然地轉化為傳宗接代的工具。換言之，男性就在既利用女性身體又抹煞女性主體性的微妙關係中，將女人納入父權秩序中。早自《禮記》記載「三從四德」的典範以來，女性就被視為「物對象─客體」的存在。若淘瀝古典詩

107詳見孟悅、戴錦華：《浮出歷史地表：中國現代女性文學研究》（臺北市：時報文化　　出版企業公司，1993年），頁7-19。

詞，可見大量以物體形容女性「外觀」之美的筆墨。雖是溢美讚賞之
詞，但女性被物化為芙蓉、弱柳或軟玉、春蔥、金蓮的形象，其可摘
之採之、攀之折之、棄之把玩之的客體意味隱然可見。

在男權中心的社會體制下，女性身體的不能自主，首先展現在媒
妁之言的婚姻制度上。為符合傳統中國文化對婦德的要求，女性完全
沒有自我意志，必須屈從於「幼從父，嫁從夫」的至上父權。在父親
作主締結的婚約下，婚姻彷若進行一場交易，作為這場買賣的商品正
是女性的身軀。易言之，對女性而言，女體從「賣方」的父親轉交給
「買主」的丈夫手中，無論是身為父親的女兒，亦是丈夫的妻子，在
這兩個陽具單位中均是以「物」的客體方式存在。準此，引人關注的
是，在這樣固若金湯的父權秩序中，因媒妁婚約的女性「客體」，邁
向「主體」性的成長如何可能？她們又是通過哪些成長途徑，才得以
擺脫認命客體的宿命？

傳統女性以客體存在的範式多為：她們自原生家庭到夫家的空間
移轉過程，幾乎不是自主的選擇，而是被安排的結果；而生命的苦難
悲劇就往往始自聽命媒妁的婚姻。以潘人木的兩篇得獎小說《馬蘭的
故事》（原名《馬蘭自傳》，1954）與《如夢記》（1951）為例，就因
「父權」與「夫權」無所不在的牽制壓迫下，逼使女性成為隱忍服從
的客體。馬蘭和愛真分別在十六歲與十七歲奉父命結婚，婚後旋即進
入另一個父權的世界。婚前馬蘭雖百般不願嫁給縣長的兒子，但在父
親不可違抗的權威下，也就只有任其擺佈：

> 縣長太太和算命的又來了一次，我──程馬蘭就成為黃禮春的
> 未婚妻了。他們有無數的好理由，其中最莫名其妙，而被認為
> 最動人的理由，居然是「一個殘了腳，一個殘了手，真是天作
> 之合。」他實實在在是殘了手，我何嘗是殘了腳？父親的命令

不可違抗[108]。

　　女性既位居父權秩序的附屬位置，身為「父親的女兒」，馬蘭毫無自我選擇的主體性。當她確定自己必須嫁給作惡多端的黃禮春後，為了避免痛不欲生，轉而在心理上假想嫁給禮春的是另一個我，而真正的我只是一個旁觀者。畢竟在現實中身為客體的真我，對於父親的決定沒有拒絕的權利。同樣地，《如夢記》中的愛真也是在雙方父親的磋商下，以「童年伴侶結婚是最美滿可靠」（頁13）為由，將她許配給莫飛，而愛真的生命苦難亦就此開始。身為共產黨員的龍莫飛，性格怪異、喜怒驟變，而愛真在「嫁從夫」的傳統婦德要求下，作為「丈夫的妻子」，在身為客體存在的女性沒有發聲權利的前提下，愛真對於莫飛的任何提議，從未表示反對或贊成、只有服從一途。顯然馬蘭、愛真均毫無例外地成為傳統男／女、尊／卑、主／從的父權文化下的產物。

　　尤有甚者，當女性名副其實地成為金錢交易下的婚姻商品，尤突顯出她們作為「物對象─客體」的存在。劉枋〈逝水〉（1955）中因父死母病而寄人籬下的江芸，就在男性他者的覬覦下，在他「送了表舅和舅母一筆很重的禮」後（頁39），此後就成為男性的妾。可想而知，妾的身分自不如妻，為妾的江芸更遑論有何主體性可言。在林海音〈瓊君〉（1956）中，也同樣描寫到女主角為了報答四先生出資安葬父親的恩情，於花樣的二八年華把自己當作商品，下嫁成為兩鬢花白的四先生的填房。無論是江芸還是瓊君，彷彿就在秤金論兩的金錢

---

108 潘人木：《馬蘭的故事》（臺北市：純文學出版社，1987年），頁188。《馬蘭的故事》原名《馬蘭自傳》，獲文獎會民國四十三年國父誕辰紀念獎長篇小說第三獎；一九五五年二月至五月在《文藝創作》連載（第46-49期）經過改寫後，首度於一九八七年交由純文學出版社出版單行本，此為本論文採用的版本。

交易間，出賣了女性的主體性。

這些小說描繪女性的成長情節雖然各有推展，不過在父權經濟的前提下，經濟自主顯然是女性擺脫客體性的重要因素之一。無論古今中外，無不大聲疾呼女性握有經濟自主權的重要性。原始社會的母權制度之所以解體，除了女性被賦予神聖宗教意義的生殖能力遭瓦解後，還有婦女喪失了經濟上的主導權。當「男人的犁取代了女人的鋤頭」，由此明確地宣告了父權社會的形成[109]。在西方，吳爾芙（Virginia Woolf）於《自己的房間》中就明白指出，實踐自我理想的女性必須符合兩個條件。除了要有屬於自己的空間外，還要有年入五百鎊的收入，如此則毋須巴結任何男人[110]。也就是只有在不需他者任何施惠的經濟獨立後，女性才足以自主地在陽光下生活。在中國，則有魯迅發表的演說〈娜拉走後怎樣〉，文中也強調「經濟權」的獲得才是娜拉最需要的，也才是中國婦女解放的根本之道[111]。尤其在中國傳統社會，幾乎由男性擔任經濟主導者與供應者的角色；相對的，女性往往屈居於接納者與消費者的身分，這也正是何以總是女性被物化為經濟交換物的主因。因此，女性欲背離父權傳統，不再只是以附加者或順從者的角色自居，首先就勢必倚恃經濟自立始有可能。如《馬蘭的故事》中始終以從父、從夫的附屬體存在的馬蘭，當婚後生活無以為繼時，她寧可沿街賣報來養活自己，也不願低頭求助於丈夫：

---

109 Andree Michel（安德蕾·米歇爾）著，張南星譯：《女權主義》（*Le Féminisme*）（臺北市：遠流出版事業公司，1991年），頁20。

110 Virginia Woolf（維吉尼亞·吳爾芙）著，張秀亞譯：《自己的房間》（*A Room of One's Own*）（臺北市：天培文化，2000年），頁52-74。

111 魯迅：〈娜拉走後怎樣——一九二三年十二月二十六日在北京女子高等師範學校文藝會講〉：「然而娜拉既然醒了，是很不容易回到夢境的，因此只得走；可是走了以後，有時也免不掉墮落或回來。……她還需更富有，提包裡有準備，直白地說，就是要有錢。……為準備不做傀儡起見，在目下的社會裡，經濟權就見得最要緊了。」見〈墳〉，《魯迅全集》，卷1，頁158-165。

> 不能給禮春知道我賣報，在他來說，我所做的一切都是他不能
> 忍受的，要是他知道了，不定給我派個什麼新鮮的罪名，加上
> 什麼樣的折磨呢。……賣報不單是有少許收入，更有機會接觸
> 各式各樣的人。最主要的快樂是那段時間專屬於我[112]。

在男性不允許女性外出工作的箝制下，女性偷偷摸摸地在自我可以運
用的時間中享受短暫存在的主體性，同時獲得經濟自主的能力。雷柏
維茲（Esther Kleinbord Labovitz）研究成長小說時就明白指出，只有
獲得文化與社會結構支持，女性走出社會或就業，其自我發現／實
現，女性成長才有可能[113]。小說中的馬蘭暗地裡靠自己付出的勞力而
獲致收入，雖然稀少微薄，但無疑已是她開始肯定自我、建構主體性
的啟蒙契機，並且得以享有個人的「私域」[114]。爾後因赤禍渡海來
台，馬蘭從事國小教職，獨自擔負起母子兩人的生活。經濟自主後的
馬蘭完全不需要依靠暴怒無賴丈夫，日子過得比從前來的自在有尊
嚴。在馬蘭的身上，我們看到一個女性如何藉由經濟自主而逐漸發展
出獨立人格特質的成長過程。

　　〈逝水〉中的江芸亦然。江芸在慘遭表舅以商品的形式賣出後，
為人妾時始終過著捧巾侍櫛、奴顏卑膝的生活。直到歷經喪子之痛及
丈夫結交新歡的變故，卻因禍得福地獲得外出工作的機會。進入職場
後，開啟家以外視界的江芸不再為產後嬰孩夭折而苦痛，並開始意識
到自己仍然具有展翅飛翔的能力。對江芸而言，首度成為職業婦女除

---

112 潘人木：《馬蘭的故事》，頁445。

113 Esther Kleinbord Labovitz, *The Myth of the Heroine──The Female Bildungsroman in the Twentieth Century* (New York: Peter Lang, 1986), p. 7.

114 私域包括兩個向度：空間向度和時間向度。而私人時間和私人空間一樣，是構成
完整私欲域的要件之一。王紹光：〈私人時間與政治──中國城市閒暇模式的變
化〉，《中國社會科學季刊》第11期（1995年5月夏季卷），頁108。

了是對自我價值的肯定，以及啟動成長啟蒙的契機外，並附帶地為她帶來了與彭羽間的意外愛情。雖然這段經濟自主的生活隨著戀情的曝光而戛然終止，但重要的意義是，女性一旦有機會從消費者躍升為生產者，在這兩種角色的轉換間已逐漸挖掘出她們潛藏已久的主體性。

　　問題是，女性進入職場的首要客觀形式是什麼？在進入／離開這組二元對立的觀念下，女性似乎只有在「離開」家門後，才有「進入」社會工作的可能。若上溯古代中國，女性長期處於閨閣的禁錮中，當大門不出、二門不邁的女性僅以「家」為唯一的活動領域時[115]，勢必將遺忘自我主體性與其他空間建構的可能。繁露在觀察母親那一代的女性後就語重心長地表示：「那時的女人完全生活在家庭裡，和社會沒有接觸。她們沒有別的野心，只要一心一意相夫教子就夠了。她們從不認為那是一種犧牲」[116]。五〇年代已有作家敏銳地意識到女性在兩個「家」的單位交換中，始終以客體身分存在的事實，據此質疑「家」對女性的意義。其中最具代表性的一篇，即是童真〈穿過荒野的女人〉（1960）。她在小說中描寫女主角薇英的原生家庭為了改善經濟狀況，將她許配給新興大財主的第二代；而薇英的夫家則因門不當戶不對而輕視冷落她。當丈夫最後提出離婚，娘家卻又以無米可炊拒她於千里之外，剎時間薇英不知何去何從，宛若站在荒野上的女子。小說充分描寫出在娘家與夫家這兩個不同空間的身分轉換中，女性永遠以客體從屬的身分存在。薇英終於在「假如她要離開這

---

115 女性生活空間的狹隘，不僅只有家，甚至僅限於閨閣中。胡曉真在研究清代女性彈詞中指出，即使是閨閣外的「庭園」就可以成為誘發女性越界欲望的危險空間。見氏著：〈秘密花園──女作家的幽閉空間與心靈活動〉，《才女徹夜未眠：近代女性敘事文學的興起》（臺北市：麥田出版公司，2003年），頁203。

116 夏祖麗：《她們的世界：當代中國女作家及作品》（臺北市：純文學出版社，1974年），頁296-297。

片荒野，唯一的辦法就只有她自己挺身前進」的女性自覺下[117]，憑著不求人的毅力，以二十四歲的初中學歷報考師範，苦讀畢業後謀取教職。來到台灣後的薇英不僅拒絕無數追求者，並獨立撫養女兒長大成人，由此完成了從客體到主體的轉變成長。

　　女性婚後離家的動機除了進入職場，還有接受教育，這部分的內容我已在前面專節論述。同樣地，她們只有自「家」的封閉空間出走後，才得以進入學校接受新資訊而成長啟蒙。離家不僅開啟了女性廣闊的視野，從而帶領她們逐漸建構自我的主體性，也不再是一味聽命依從的客體。換言之，小說勾勒出女性從婚戀狀態初始時的依附男性，到後來具有重新審視男性的自主意識，其間的變化成長，即是巧妙地以家門內外的空間轉變呈現出來。

　　如以〈逝水〉為例，短暫離家就職雖然逐漸開啟江芸的視野，但卻要到等到她真正逃家後，隱藏已久的主體性才得以建構完成。與彭羽間的戀情曝光後，江芸不但被監禁在黑屋裡，還慘遭嚴詰鞭笞，最後幸有大太太的協助才恢復自由，並將自己的未來繫在與愛人一同逃離的希望。然而彭羽卻始終以母命難違為由猶豫不決，此時，江芸才深刻體悟到作為一個人所具有的主體性，即使身為女性，但生命的價值無分性別，自當掌握在自己的手中：

> 曙光照進房來的時候，面對著光明，心理越加清澈，終於，我下了決心，作了決定，那是「自己走」！因為，為了自己，自己既是個人，就該走遠去，開拓自己的人生之路。

江芸決定不再依附他者，把握機會以獨自逃離丈夫的魔爪時，其自我的主體性就已建構完成。對她而言，只有成功逃離北平丈夫的「家」

---

117 童真：〈穿過荒野的女人〉，收錄於《黑煙》（臺北市：明華書局，1960年），頁171。

後，才真正從丈夫妾媵的客體身分，轉而為自力謀生的主體。此後，她不但不再只是男人的玩物，甚而搖身一變為獨立的時代新女性。尤其在大陸赤化淪陷後，江芸獨力帶著因為自己而雙眼失明的大太太和甥兒來到台灣，並擔起這個「家」生計的責任。

　　除了小空間的「離家」外，更大成長的改變關鍵則在於，女性自家國的大空間出走，在歷經時空位移的種種磨難後，轉而在另一個象徵新生的空間重新出發。雖然此一論述與反共小說的發展脈絡看似相同，意即婚後女性也多是在離開神州大陸來到台灣後，才得以真正建構完成自我的主體性。但不同的是，開啟女性成長的主要關鍵點並非因個體遠離共黨的赤色風暴，而是在離棄了迫害女性始終居於客體存在的父權以後：

> 這一輩子和禮春在一起，好像不是在生活，而是在完成一件辛苦的工作，這個工作已中途而廢。他對我沒機會舉行第二審了。……我渴望自由自在的做一件事，心中毫無牽掛的做一件事。我已囚居了這麼久，我也需要友情，需要有人傾聽[118]。

對於丈夫的死於非難，馬蘭有的是一種痛澈心扉後的解脫感；並且在喪夫後準備展開真正屬於自己的新生活。對馬蘭來說，個人在婚姻中的成長傷痛實大過去國離鄉的流亡悲哀；父權的戕害遠凌駕於赤色風暴之上。而大陸故土之所以是女性痛楚與不堪回首的空間，正主要來自於飽受丈夫凌辱的悲傷記憶，並非匪共的禍國殃民與凌辱。對她們來說，共產黨雖然可惡，但枕邊人的猙獰面貌尤甚於共黨。在這樣的認知基礎上，她們必須同時逃離赤禍和丈夫，才有成長與新生的可

---

118 潘人木：《馬蘭的故事》，頁530。

能。顯然可見的是，小說中輕描淡寫的幾筆匪亂儼然成為配角，女性成長才是主旨所在。那麼，我們又怎能在這些文本中捨女性於婚姻成長的議題不論，一逕以反共文學視之？

　　更重要的是，小說中的來台女性各有選擇的情節推展，文本中的台灣隱然已含女性成長意識在其中。當女性結束物化、客體的階段而建構出自我的主體性後，她與男性之間就不再是主客關係，而是主體與主體間的關係。而重獲主體的女性，首要就表現在具有選擇權的改變上。如〈瓊君〉（1956）為報恩而嫁給四先生的女主角，因逃離紅禍渡海來台後不久，四先生即因水土不服而病逝。本想守寡終身的女性卻在他者的熱烈追求下矛盾不已，最後決定選擇「朝前走一步」[119]，破解了貞婦守節的禮教魔咒。在跨過舊時代的鴻溝後，選擇再嫁以抓住屬於自己的幸福。在台灣，女性顯然不再是那個唯唯諾諾的認命客體，而是可以作出自我選擇的主體性。

　　同樣敘述女性擺脫禮教束縛，林海音〈燭芯〉（1964）中主動提出離婚要求的女性，相較於《婚姻的故事》中其它篇章總是在中國傳統封建制度下隱忍壓抑的女性，尤突顯其女性意識。〈燭芯〉中的女主角雖然在抗戰勝利後就已知丈夫於南方再娶，在這「一夫二妻」的難解習題中，她始終含淚隱忍維持現狀，直到了在台灣十八年後，經濟獨立的她終於醒悟而主動解套，雖然男性不斷哭求，但女性仍堅持離婚：

　　　　這不是物質生活的問題，而是精神的。唯有離婚才可以減輕──
　　　　甚至可以說，解除雙方這種精神的負載[120]。

---

119 林海音：〈瓊君〉，《金鯉魚的百襉裙》（臺北市：遊目族文化事業公司，2000年），頁109。

120 林海音：〈燭芯〉，《金鯉魚的百襉裙》，頁62。

主動離婚後並再婚，顯然已是女性自主的選擇。雖然再婚者在大陸的元配生死未卜，女主角成為第三者的事實也不容否認。但不管結局如何，元芳在對配偶汰舊換新的選擇中，已是將女性意識再向推進了一大步。

顯然重相逢並非破鏡得以重圓的保證，反而在各自展現差異的改變中，知覺到自己或對方的成長。〈逝水〉中，江芸十年後在台北街頭巧遇舊情人彭羽，兩人在台灣重逢後重燃愛火。彭羽為了和江芸雙宿雙飛，不但自己打算不顧念遺留大陸的妻兒，還慫恿江芸棄大太太與侄兒不顧。然而彭羽雖口說要拋妻棄子，卻又住在妻子的堂兄家中，在在都暴露出他心口不一、懦弱自私的性格。畢竟經過時間淬鍊成長的江芸，已經不再是那個為人妻妾時代一味服從男性的江芸，她早已結束了物化、客體的階段而建構出自我的主體性。因此，她除了覺察到彭羽的自私外，也明確知道作為主體的自己對「家」應擔負的責任。而女性表現在這裡的成長，正是個人經歷外在的磨練與考驗後，進而表現在心智與社交方面的發展。除了對自我有更深入的了解外，並形成一個屬於自己的明確的世界觀[121]。成長後的江芸不再一味感情用事，就在她知覺出昔日戀人怯懦自私的性格後，這個她曾經認同的對象既已改變，於是在幾經思考掙扎後，決定斬斷情絲，埋藏過去，讓這一段縈繞心中十年的戀情如東逝水。江芸從客體超脫後的成長，讓她選擇放棄男性，獨立地肩負起養「家」的經濟重擔。女性棄男性轉而承擔責任，在台灣這一新生的空間實具有不容小覷的性別政治的寓意。

女作家將向來是時間性產物的成長書寫，衍申成為空間性的象徵，屢屢在空間的變易間見證了女性主體成長的變遷。女性來台的意

---

121 James Hardin ed., *Reflection and Action: Essays on the Bildungsroman* (Columbia, S.C.: The University of South Carolina Press, 1991), pp. 12-13.

義是雙重的。一方面是倉皇東渡的家破人亡之痛與親朋離散之嘆；另一方面則是來台後原有大家庭組織的解體，使得女性得以在「上無公婆，下無小姑妯娌」的小家庭中揚棄傳統禮教的包袱，進而建構出自我的主體性。因此，她們大多視台灣為重新開始的成長空間，這也難怪何以女作家們除卻「反共懷鄉」的題材外，轉而大量書寫「家台灣」的作品了。據此，我們不諱言的說，當男性評論者大聲高喊「五四精神不在台灣」或「正式宣告五四文化在台灣的死亡」，抑是對台灣文學是否承續五四提出質疑時[122]，不辯自明的是，五〇年代這群女作家已將五四精神飄洋過海運送到寶島台灣了。

二　魚與熊掌的戰爭——婚後女性主體性的再建構

　　以上所討論的，主要指出女性的客體身分來自聽命媒妁的婚姻，不能自主的生命也源自於此，爾後才在各種歷練與空間的轉換中建構出自我的主體性。在這樣的敘述發展模式下，彷彿女性只要改寫了媒妁交易的客體身分，並自主地譜唱出「愛情—婚姻—家庭」的人生三部曲後，就是能夠享有婚姻幸福美滿的保證，似乎從此就不存在主體性喪失與否的問題。自五四運動以來，小說家慣用媒妁／悲慘、自由婚戀／光明快樂的二元書寫範式，樂此不疲。但夏志清就為文戳破這

---

122 陳芳明通過史實的簡要爬梳與文學書寫模式，說明在台灣文學中找不到五四精神的餘緒。〈五四精神不在台灣〉，收錄於《危樓夜讀》（臺北市：聯合文學，1996年），頁146-150。呂正惠則是從國民黨禁絕淪陷區文學家作品的觀點著眼，他以為國民黨此種空前絕後的「否決」歷史與文化的舉動，正是宣告了五四文化在台灣的死亡。（呂正惠：〈現代主義在台灣〉，《戰後台灣文學經驗》〔臺北市：新地文學出版社，1995年〕，頁10。）此外，彭瑞金雖然肯定中國白話文運動對台灣白話文普及及文學改革的影響，但仍質疑指出，台灣文學的改革主要並非來自五四，而是來自台灣內部時代潮流的變革力量。《台灣新文學運動》，頁12-13。

個假象。夏氏以為如此二分不僅是極其幼稚的成見，而且是對現實情形的一種歪曲[123]。他除了不認同描寫舊社會的小說只有純然迂腐的看法外，或也意有所指的表示，即使新女性已通過汲取智識與婚戀自主的方式追求主體自由，卻不能就此保證在其他結構裡主體性同樣也能夠獲得必然充分的開展。畢竟，婚後幸福與否，並非單純地以是否媒妁作為評判二分的標準。

我們將觀察的對象鎖定在接受新式教育薰染且置身在新世代的女性。當她們經由自由婚戀而邁入婚姻家庭後，婚後仍然受到傳統父權結構的箝制，尤其在「男外女內」的性別預期下，已然建構完成的女性主體再度面臨拉扯考驗。未料昔日的理想抱負一腳邁進家門後成了柴米油鹽，內心的衝擊苦悶尤甚於婚前。對女性婚後成長困境的關注，早在五四女作家的作品中就已經多所探問，其中尤以盧隱的作品最為深刻撼動人心。盧隱多以女性婚後因知識自主帶來的心理變化為切入點，真誠細膩地描寫了在追求婚姻自主「勝利以後」的女性們，不可名狀的失落感和複雜矛盾的精神狀態[124]。盧隱納悶質疑的無非是，當女性完成她們自己所標榜的「愛情─婚姻─家庭」人生三部曲後，為何還是失去自我？在現代女性看似主體自由的表象下，仍存在著何種不自由？而大量閱讀五四作品成長的五○年代作家，究竟在文本中表現出女性重蹈覆轍，而落入失去自我的循環？抑是記取教訓以別開生面？

首先，若重回成長小說的理論層次，我們不得不對大部分傳統研究者所提出的女性成長觀點感到質疑。他們不是一口咬定女性沒有成長的可能，就是以為女性只需要在未婚狀態時展開成長，然後

---

123 夏志清：〈愛情・社會・小說〉，《愛情・社會・小說》（臺北市：純文學出版社，1989年），頁16。

124 劉乃慈：《第二／現代性：五四女性小說研究》，頁136-140。

於「完成她應盡的職責及擁有美滿的婚姻」後宣告成長的結束[125]。
他們秉持此種見解的原因不外乎是，傳統女性被教養成為妻子及母
親，她們沒有選擇職業的必要性，她們的影響力僅侷限於私人的範圍
內。因此，女孩變成母親被看做是相當平順的轉變過程，它似乎不會
複雜，也絕不可能動搖已經建立起來的社會秩序的穩定性[126]。據此，
他們多主張女性成長在結婚時達到最高潮，亦即以為人妻及為人母時
為成長終點線[127]。很顯然地，此一觀點並無法充分落實在五四以後的
中國文學中，值得再商榷。

　　隨著時代的遷變轉型，女性可以和男性一樣入學就讀，早已拋離
了女子無才便是德的傳統時代。我在前文已經論述，由於五四時期男
女共學的主張，女性的受教權因此備受關注。更重要的是，她們在新
時代受教育的目的產生了很大的變化。胡適在〈女子教育之最上目
的〉中就觀察指出：

> 昔所注意，（女子受教育）乃在為國人造良妻賢母以為家庭教
> 育之預備，今始知女子教育之最上目的乃在造成一種能自由能
> 獨立之女子[128]。

若就前者而言，女性的成長若在為人妻母後停止似無可厚非；但後者

125　Esther Kleinbord Labovitz, *The Myth of the Heroine—The Female Bildungsroman in the Twentieth Century* (New York: Peter Lang, 1986), p. 4.

126　Barbara A. White, "Growing Up Female—Adolescent Girlhood in American Fiction"in Gabriele Wittke ed, *Female Initiation in the American Novel* (New York: Peter Lang, 1991), p. 3.

127　Susan Fraiman, *UNBECOMING WOMEN-British Women Writers and The Novel of Development* (New York: Columbia University Press, 1993), p. 16.

128　胡適：《胡適留學日記》（三）（臺北市：遠流出版事業公司，1986年），頁215。

所培養出的女子豈可能因邁入婚姻就終止獨立自主的能力？對這群受
過教育的新時代女性而言，成長困境絕非如傳統所稱截止於婚前，其
主體性反倒是在婚後才真正遭遇到前所未有的挑戰。所幸我們的質疑
終得以在另一派西方學者所提出的論點裡得到解決。《航向內在》
（The Voyage In）的編者們指出，對女性而言，實際上多是在為人
妻、為人母發現自身的匱乏或拉扯後，然後才開始成長[129]。這一類婚
後女性自我理想和家庭責任間不斷拉扯的成長難題，就在五四女作家
筆下初試啼聲後，尤屢見於接受新文化薰染的遷台女性知識菁英的作
品中。

　　富雷門（Susan Fraiman）在研究女性成長小說時就指出，女性一
生有兩個矛盾的地方：一個是所謂「隸屬關係」（affiliation）的問
題，亦即希望成為小團體的、家族的、社區內的成員，如戀愛、婚姻
及為人母親的歷程。另一個則是與抱負（ambition）有關，特別是對
念書、成為專家（gain intellectual authority）及作家的志向[130]。這兩
者的衝突，讓女性得以不斷反思自我存在的意義與價值。若以五○年
代的小說為例，女性面臨衝突的原因在於：在自由戀愛進入婚姻後，
自我理想與家庭的日常瑣碎在天平兩端擺盪。她們一方面因為接受新
式教育啟蒙而思想超前，另一方面卻因社會性別分工的約定俗成，依
舊被迫承擔著封建傳統的功能。循此，婚後女性往往就在兩者的拉扯
下飽受煎熬，主體性也因此屢遭威脅扭曲。然而不論女性最後是選擇
妥協還是不屈從，她們都藉此獲得了重新審視自我主體性的機會，並
且在思索體悟中成長。

---

129 Abel, Elizabeth, Marianne Hirsch, and Elizabeth Langland, eds. *The Voyage In: Fictions of Female Development* (Hanover and London: University Press of New England, 1983).

130 Susan Fraiman, *UNBECOMING WOMEN-British Women Writers and The Novel of Development* (New York: Columbia University Press, 1993), p. 16.

　　莫瑞提（Franco Moretti）以為，成長小說的發展在十八世紀時得以佔有一席之地，是因為它描述及發揚了現代社會是由許多矛盾所組成的特質。由於人們所追求的理想，如自由、快樂、自我認同和改變等往往無法共存，甚至是矛盾的；成長小說便慣以「妥協」的方式來解決這樣的矛盾[131]。若探討婚後女性不得不在矛盾中妥協的原因，當是她們不得不棄理想而以傳統妻職、母職為重的選擇。艾雯〈捐〉（1956）就描繪學生時代的羅明因其特出的音樂才華，本為眾所矚目的明日之星。未料戀愛結婚後，在丈夫兒女的羈絆，以及赤禍戰亂導致的經濟短絀下，逃難來台後仍不得不放棄原有的歌唱藝術理想，並將之埋沒在日常生活的瑣碎平庸中。從此，彈鋼琴的手轉而用來燒飯洗衣，珠圓玉潤的嗓子成了與菜販討價還價及哄孩子的唯一用途。當她不甘於平凡，決定暫時拋卻家庭瑣務以重燃歌唱理想，卻在此時發現再度懷有身孕。羅明在發展自我與墮胎間掙扎不已，最後母性的大愛雖然戰勝了私我的抱負，但對自我必須再度捨棄的選擇仍滿是抑鬱悵然：

> 幾千年來，做女人的多少雄心，多少壯志，多少天才和理想，就這樣默默地犧牲了，埋葬了，誰知道這犧牲，這捐獻，還將延續多少世紀；男士們擁有事業的光輝，仍舊也享有愛情的溫馨，可是女人，女人若獻身於愛，便只能無盡期的服役，無限止的捐獻，我這一輩子大概就算捐了，在整個青春進行曲中，我只成了一個休止符號。但那是我沒有出息，我不想上進嗎？……哦、蓓蓓、我的小蓓蓓，快快長大，媽媽這一生都為

---

131 Franco Moretti, *The Way of the World: The Bildungsroman in European Culture* (London: Verso, 1987), p. 9.

你們捐獻了，只有把希望完全寄託在妳身上。希望媽媽的理想
在妳身上實現，讓媽媽在妳光輝的生活中重新生活[132]。

羅明以一種質詰的口吻反問，訴盡女性理想遭傳統婚姻制度扼殺的不
滿，卻又不得不為此犧牲妥協的百般無奈。她原來天真的以為，婚後
仍能繼續在舞台上發光發熱，最後才體悟到結婚進行曲竟是女性藝術
生命的葬曲！在傳統社會性別分工的箝制下，婚姻生活與自我理想就
像兩匹背道而馳的駑馬，女性想要並駕齊驅根本就是遙不可及的奢
想，最終只好捨抱負而成家庭，退而將自我理想的完成寄託在下一代
的身上。然而問題是，同身為女人，同樣是「男主女從」、「男外女
內」的父權社會結構，屬於下一代的女兒真的可以避免重蹈上一代的
母親因婚姻而放棄理想的覆轍嗎？不同世代的女性是否真會有不同的
發展結果？

　　答案顯然是否定的。瓊瑤《窗外》（1963）的江母當初不顧家人
反對而戀愛結婚，進入婚姻後才發現，男性需要的不過是個洗衣煮飯
打雜的妻子，為了家庭必須埋沒了女性所有的成就。除了發出「女性
為了幸福的家必須沒有自己」（頁152）的怨懟與懊悔外，江母也一再
告誡女兒勿步上自己的後塵而自毀前途。但是當大女兒經歷一場不倫
師生戀後，父母迫不及待地將她許配給年輕才俊的青年，絲毫不管女
兒還有尚未完成的作家夢。婚後，家務的繁雜和經濟的拮据同樣困擾
著雁容，而她學生時代的理想就此正式被柴米油鹽醬醋茶所取代，讀
書時所懷抱的凌雲壯志從此煙消雲散。諷刺的是，女兒複製了母親婚
後拋棄自我理想的推手，正是來自母親自己。這種幾近拷貝模式的母

132　艾雯：〈捐〉，收錄於台灣省婦女寫作協會主編：《婦女創作集》第一集（臺北市：
　　臺灣省婦女寫作協會，1956年），頁156-157。

女成長歷程，在很大程度上符合了女性主義學者南希・邱德洛（Nancy Chodorow）對母女關係的詮釋[133]。邱德洛在《母職的再製》（*The Reproduction of Mothering*）裡提出母／女關係較母／子關係來得緊密的論點。由於女孩與母親擁有相同的性別，她傾向於延長母親在伊底帕斯時期的共生式依戀，甚至有可能發展出分界不明的自我，母親更是視女兒為她個人的延伸。相較於母親對女兒的態度，女兒之於母親的態度則是充滿矛盾。她在情感上既與母親緊密依存，但同時又渴望獨立，此種矛盾情緒讓作女兒的不時擺盪在依戀與反抗母親的極端。雁容雖打定不顧一切與情人愛相隨的主意，但最終仍在母親的親情攻勢下崩解。在她高聲吶喊「媽媽，我屈服了！一切由妳！一切由妳！」「我只有聽憑妳了，撕碎我的心來做妳孝順的女兒！」（頁267）後，重新回歸男性父權秩序運作的文化結構中。

　　女性在婚後的主體衝突之所以甚於男性，富雷門（Susan Fraiman）以為，由於女性生活在轉型時期，她們雖然爭取到某種程度的經濟及社會自由，但卻仍然被期待能具有傳統婦女氣質的觀念[134]。換言之，女性進入現代婚姻家庭後的主體性之所以受到強烈拉扯，就在於社會價值觀要求婦女既要具備新女性的經濟生產能力，同時還要兼及賢妻良母的傳統美德。她們一方面為了實現以愛情為基礎的自主婚姻而努力，但另一方面又因婚後的實際生活與憧憬的理想相去甚遠而失望惆悵。由於女性作者完全能夠感受到傳統女性責任與女性獨立之間拉扯的文化壓力，因此她們筆下的女性成長小說，其女主角必定得經歷過

133　見Rosemarie Tong（羅思瑪莉・佟恩）著，刁筱華譯：《女性主義思潮》（*Feminist thought: a comprehensive introduction*）（臺北市：時報文化出版企業公司，1996年），頁266-272。

134　Susan Fraiman, *UNBECOMING WOMEN-British Women Writers and The Novel of Development* (New York: Columbia University Press, 1993), p. 11.

自我認同及自我成長的過程[135]。不容諱言的是，在這些虛構小說中所呈現出婚後女性居於事業、家庭間的擺盪拉扯與成長衝突，竟就是真實生活中女作家的拷貝版。孟瑤於一九五○年母親節前在《中央日報》「婦周版」刊載的〈弱者，妳的名字是女人嗎？〉一文曾在當時引起極大的騷動與熱烈的迴響，由此引發廣大讀者對性別議題的關注[136]。同時身兼大學教授與名列多產作家的孟瑤，在文中控訴家庭瑣事宛如一隻貪婪的蛇蠍般吞噬了女性的希望與夢想，在「『母親』使女人屈了膝，『妻子』又使女人低了頭」的深刻體悟後，幾近病態地崇拜殺女抑子謀夫的武則天，文末真實地道出急欲逃離婚姻的心境。

　　無獨有偶的，在孟瑤此篇文章發表後約莫半年，徐鍾珮在《中央日報》副刊刊載了〈熊掌和魚〉（1950）一文，同樣道出婚後女性的兩難掙扎：

> ……近幾年來，我也慢慢領略到女人的悲哀。家和工作，幾乎等於熊掌和魚，不可得兼，我常想兩菜同燒，結果兩隻菜都燒得半生不熟。……我愛家，也愛工作，我就生活在這矛盾的愛裏，像三明治裏的夾肉，窒息得無以自處。……於是我賭氣一腳踢翻熊掌，專心在家學習燒魚。就此我家原來冰冷冷的起坐間裏，入夜笑語聲喧，鄰居們說到底是有女主人在家，光景顯得不同。友朋來訪，也口口聲聲誇獎我的轉變，親戚更覺得我

135　Esther Kleinbord Labovitz, *The Myth of the Heroine─The Female Bildungsroman in the Twentieth Century* (New York: Peter Lang, 1986), p. 7.

136　孟瑤：〈弱者，妳的名字是女人嗎？〉，《中央日報》第8版，1950年5月7日。而主編武月卿於該文後寫道：「本文所提出的問題，實為現實社會中，成千上萬的有抱負和理想的，已婚的和未婚的女性苦思焦慮，費盡心機，始終未獲得適當解決的懸案。」武月卿：〈編者案〉，《中央日報》第8版，1950年5月7日。令人驚訝的是，此文而後引來大多投書討論者對作者的認同。

　　突然賢慧起來。在這轉變裏，只有我一人不欣賞我自己。我總
　　默然傾聽他們的謬獎，眼睛悵然注視著我案頭生了銹的筆尖，
　　我坐在明窗淨几的書室裡，卻覺得心頭積了厚厚一層灰塵[137]。

此外，另如〈為她們祝福〉（1950）、〈一張請柬〉、〈矛盾〉多篇也都
是徐鍾珮觸及婚後女性理想遭封殺的掙扎與感嘆，闡述女性因邁入婚
姻而失去自我理想的矛盾與惆悵[138]。她為那些因為結婚而埋沒才華的
女性叫屈；為那一群有天才而把自己「我」字小寫的母親們惋惜。一
直在新聞工作與家庭瑣事間找不到平衡的徐鍾珮，對兩者的衝突感受
十分深刻。終於在幾經摸索後，自陳在創作的過程中讓魚與熊掌「和
平共存」。她在《餘音》的序文中就表示，她隨夫出使美國，在華府
公寓窗邊，面對外面的萬千世界，恨不得脫下圍裙，破窗飛去。她無
法勝任家庭主婦的角色，萬分懷念記者生涯，沮喪中生病了，病中讀
書思考，開始不計毀譽地寫作《餘音》（1961）[139]。意想不到的是，

137　徐鍾珮：〈熊掌和魚〉，《中央日報》副刊，1950年11月。後收錄於徐鍾珮：《我在台
　　　北及其他》（臺北市：純文學出版社，1986年），頁22-23。

138　〈為她們祝福〉原發表於《中央日報》副刊，1950年9月14日；後收錄於徐鍾珮：
　　　《我在台北及其他》（臺北市：純文學出版社，1986年），頁132-140。〈一張請
　　　柬〉、〈矛盾〉均收錄於《我在台北及其他》，分別為頁202-206；頁207-213。

139　徐鍾珮這段序十分生動有趣，饒富意義。見徐鍾珮：〈熟了葡萄——記《餘音》出
　　　生前後〉，收錄於《餘音》，頁16-17。茲抄錄於下：
　　　在《餘音》截稿前一週，醫生宣布我已經痊可，我的伴侶，邀我出去晚飯：「恭
　　　賀你重獲健康。」
　　　「勞駕還得再恭喜我一次。」
　　　「為什麼？」
　　　「為的是記者和主婦談和了。」
　　　「敢問是誰向誰投降？」
　　　「是和平共存。」
　　　「你以前吹牛要燒的熊掌和魚呢？」
　　　「慚愧，只成了一盆雜燴（Chop suey）。」

創作使得她長久以來掙扎在職業與家庭間的困境得到解決；她讓主婦
與寫作二者和平共存，生命由此得到寄託而重拾意義。易言之，她終
於通過寫作的途徑和平的方式解決了記者（職業）與主婦（家庭）之
間的衝突。但值得玩味的是，我們發現徐鍾珮在小說中描寫的女性似
乎沒有一個因為愛情而快樂，因為婚姻而幸福。主角多頭的好友蓉芬
因戀愛而被迫離開學校，薇姐因愛情而投共，且無法從其自主意識地
享受天倫之樂，飽受痛苦折磨；這些女性都無法在愛情或婚姻中得到
快樂。最後作者甚至設計讓多頭選擇獨身不婚，並據此發出如此就沒
有人牽制她的計畫的心聲，而能在海闊天空中自在翱翔。從這樣的情
節發展看來，徐鍾珮似乎仍不自覺地流露出她那魚與熊掌實難同燒，
甚至是「熊掌」仍重於「魚」的潛意識。

　　閱讀了五〇年代如此眾多女性作家的控訴後，令人納悶的是，女
性由婚姻進入家庭後，鎖住鏈住她們理想的究竟是什麼？女性的主體
性何以遭受如此嚴重的威脅？在鍾梅音一篇〈女人不是鋼鐵鑄的〉
（1950）短文中，論及女性在婚後為人妻與為人母的瑣碎生活時相當
細膩傳神，值得將該段描述抄錄於下：

　　……一個進入中年的男人，當他下班回來，希望在進門的時候
　　看見一張溫柔的笑臉在迎接他；當他在辦公廳裏遇著棘手的事
　　情，希望在休息的時候有一個人靜聽他的傾訴；當他在歸途中
　　遇著了暴風雨，希望在回家以後，有一個人為他準備好替換的
　　衣裳和一杯燙燙的紅茶。……這個人就是他的妻子。做一個好
　　妻子容易，做一個好妻子而兼好母親卻大不容易。一夜哺幾次
　　的奶，已經睡眠短少；忙了整個上午，吃得飯來，你睏得眼睛
　　睜不開，孩子偏來得個新鮮；及至把孩子哄睡著了，又記起泡
　　著一盆衣服還沒有洗；晚間總算是一天之中最清閒的片刻，想

想自從孩子出世以後，自己瘦了許多，旗袍件件都得修改；可
是這倒不急，丈夫腳後跟上的窟窿已經露到鞋幫外面才真難
看；唉！天冷下來了，孩子的絨線衣還沒動手……於是再加夜
班。等到有了三五個孩子，那更不得了，剛為著給老五換片子
而燒焦了飯，一轉身又看見老三把牙膏擠了滿茶几，老四把尿
屎撒了一褲襠，老大牽著衣角嚷嚷先生催繳制服費，林家阿毛
來告狀說老二摘了他家的西紅柿，大的吵、小的鬧，在這種日
子裡，假如做母親的還能想到居禮夫人之類的問題，那我只好
向她五體投地[140]。

家庭事務如此繁瑣，恐怕光是妻職、母職的執行，就足以耗損磨光女
性的理想抱負。這也難怪鍾梅音在文章中緊接著道出若女性「不幸而
被戀愛征服，同時又對事業不忍放棄，那這兩股繩索就會把他絞殺！」
的深沉喟嘆。對女性而言，尤其是五〇年代的遷台女作家，她們雖有
幸得以發揮寫作的長才而跨足到公領域，但女性於私領域中的主內職
責卻從未曾減少過，由此充分體會事業、家庭間兩頭燒的擺盪拉扯。
況且，她們邁入職場，除了是自我實現的主因外，亦是不得不為的現
實經濟考量。他們多為赤手空拳或舉債隨國府來台，女性多在從事軍
公教或為家眷的小康收入下[141]，普遍經濟拮据，日常收支勉強平衡[142]。

140 鍾梅音：〈女人不是鋼鐵鑄的〉，原刊於《中央日報》第8版，1950年5月8日。收錄
　　於鍾梅音：《海濱隨筆》（臺北市：大華晚報社，1954年），頁42-43。

141 應鳳凰分析五〇年代來台女性作家的身分或職業約可歸納為下列幾項：1. 公務員
　　（或軍職人員）的妻子：如郭良蕙、張漱菡等。2. 教授：如蘇雪林、孟瑤、張秀
　　亞等。3. 記者、編輯（有新聞從業經驗者）：如徐鍾珮、林海音、王文漪、聶華
　　苓等。4. 本身是公務員：如琦君、艾雯、繁露、謝冰瑩等。應鳳凰：〈五、六〇年
　　代女性小說的性別與家國話語——比較琦君與林海音〉，收錄於李瑞騰主編：《永恆
　　的溫柔：琦君及其同輩女作家學術研討會論文集》（桃園縣：國立中央大學琦君研
　　究中心，2006年）。

再加上四、五〇年代又爆發了惡性通貨膨脹的危機[143]，無疑地使困頓的生活更雪上加霜。林海音就直言不諱地說，單純只靠公務員的死薪水絕對養不了家，為了貼補生活，投稿生涯勢必得開展出去[144]。在沉苛的經濟壓力下，對這群五〇年代女性知識菁英而言，投身職場不再是可有可無，更是她們必須為吃緊家計分擔而不得不的選擇。潘人木就曾回憶指出，當時《如夢令》獎金高達三千元，足可以買上十兩黃金，這也就不難明白，以《懸崖勒馬》（後更名為《危巖》）於文獎會獲獎的孟瑤，日後坦言當時投稿是為了「煮字療飢」的目的[145]。畢竟，這筆高額獎金對當時月薪僅百餘元的公務人員來說，足以解燃眉之急。值此歷史的轉型時期，受過高等教育的女性更沒有捨棄理想而僅是單純作個家庭主婦的權利。但在家庭中，女性卻又因社會性別分

---

142 如林海音〈春酒〉（1953）、〈窮漢養嬌兒〉（1956）、琦君，〈繕校室八小時〉
（1968）都提及公務員清苦的生活。尤其在〈繕校室八小時〉中，描寫身為繕寫
公務員的文如山養活一家六口的辛勞，孩子對他來說就像是吃掉糧食的大蟲的比
喻十分貼切。並通過另一名同事玩笑的口吻道出「公務員最缺的是維他命M
（Money）」的事實。琦君：〈繕校室八小時〉，收錄於《繕校室八小時》，頁27。此
篇後來更名為〈亂世功名〉，收錄於《琦君自選集》，頁195-226。

143 游維真在〈1945-1952年台灣戰後初期惡性通貨膨脹之成因與肆應：金融面之探
討〉一文中指出，一九四五到一九五二年為台灣第一次面臨通貨膨脹。主要是因
為當時的台灣經濟遭受戰爭破壞，財政支出浩繁，政府只有藉由發行貨幣來維
持，因此造成通貨膨脹。一九四五年後，政府為了避免大陸的惡性通膨波及到台
灣，所以在台灣發行台幣（即所謂舊台幣），但由於舊台幣和大陸的法幣仍維持一
個固定的匯率，所以實在很難阻絕大陸通膨對台灣的影響。該文刊登於《中國歷
史學會史學集刊》第37期（2005年7月），頁287-322。

144 林海音給成師母的信中就寫到，以自家為例，在台北每個月的基本開銷要八百四
十元，這些生活開銷明細，還不包括化妝品、做新衣的費用。夏祖麗：《從城南走
來：林海音傳》，頁121-122。另見林海音：《剪影話文壇》（臺北市：遊目族文化事
業公司，2000年），頁16。

145 曾鈴月：《女性、鄉土與國族──戰後初期大陸來台三位女作家小說作品之女性書
寫及其社會意義初探》（臺中縣：靜宜大學中文研究所碩士論文，2001年），頁87。

工的約定俗成，必須完全負擔家庭瑣碎的事物。就在蠟燭雙頭燒的兩難下，突顯出女性對於魚與熊掌難以得兼的矛盾心境。

　　更令人扼腕的是，即使沒有瑣碎事務煩心的女性，也無法心安理得地打拚事業。女性為了分擔家計的辛勤付出，而後在職場上的亮麗成長，竟成為男性琵琶別抱的正當理由。劉枋〈姊妹倆〉（1962）就描寫一對個性迥然有別的姊妹，姐姐大學畢業後任職於知名婦女團體，不久戀愛結婚生子。後適逢母親離世，瑣碎家務全由高職畢業的妹妹一肩挑起。姐姐為了貼補家用，於精打細算後不得不再於夜間兼差家教，晚上閒賦在家的丈夫就以孤單寂寞為由而移情於妹妹。姐姐知悉實情後決心成全丈夫與妹妹，為保有自我的主體性而憤然離去：

> 如果一個女人全心全意去為事業和工作，就該失去她的丈夫嗎？我不相信世界上就沒有真把妻子視作伴侶的男人，今後，可能我再去追尋，可能就根本放棄，我不願「家」真是女人的「枷」！……我欲問，當初你愛我便是愛我有男兒志氣，有事業雄心，有才幹，有能力，今天，卻因此捨棄了我，當真妹妹能滿足你嗎[146]？

在質疑聲中再次宣示「女性並非生來僅為伺候男性」的女性意識。最諷刺的毋寧是，女性在事業上的衝刺成長，竟導致男性的沉淪墮落。文本中的姐姐在不只是「女」人，還要是有靈魂、有思想的「人」的堅持下，選擇離開丈夫，並企盼走出一條主體性不被扭曲的人生坦途。

　　同樣敘述因女性在職場上的高成就，進而導致丈夫外遇，鍾梅音〈路〉（1957）以回憶的筆鋒，更細膩平實地刻畫出女性在事件中如

---

146 劉枋〈姊妹倆〉，原載於《中華婦女月刊》（1962年）。後收錄於劉枋：《小蝴蝶與半袋麵：劉枋小說集》（臺北市：爾雅出版社，2004年），頁257。

何覺悟成長的故事。小說中以一個三代同堂的和諧家庭為背景，由於貼心的婆婆一手包辦家庭瑣事，女主人夢淇得以無後顧之憂地到社會上實現自己的理想抱負。夢淇在職場上的精明幹練絲毫不遜於男性，事業也因此而搏扶搖而直上，一路由會計處的課員晉升到副處長。但也就在她於職場上逐漸攀升之際，丈夫卻以夢淇的聰明慧黠為由而偷腥出軌。在「一肚子學問害了她」的荒謬理由下，飢不擇食地愛上了驕縱成性、容貌醜陋且離過婚的許小姐。夢淇在此打擊刺激下，不斷反思何以女性不能事業與愛情兩全？她以為作為一個有抱負的現代女性，豈是僅有天倫之樂就可以滿足？最後大病一場的夢淇在參透領悟後成長，決心要堅強地為日後有同樣理想抱負的姐姐妹妹們開路。小說最後呈現出開放性的結果，作者並沒有清楚地說明夢淇要如何為具有相同困境的女性開路？又要開出一條什麼樣的路？但可以想見的是，文末的夢淇流露出一股病癒後蓄勢待發的決心，其結果絕非是女性為了成就家庭表面的完整和諧，而放棄自我主體這樣的選項。

從這些小說看來，性別意識早已悄然開戰。尤其在傳統禮教觀下，中國／台灣社會對性別的期待與分工受到父權極深的影響。文本中無論是捨理想以就家庭，還是因丈夫琵琶別抱而棄家庭以完成自我抱負的女性，她們在做出抉擇前都不約而同地對社會性別的角色分工提出質疑與控訴。艾雯在〈捐〉中就忿忿不平地道出，「為何男人可以一方面戀愛，結婚，生孩子，一方面又可以按照自己的志趣去謀發展麼？為什麼女人一旦做了感情的俘虜就不能做事業的主人？為什麼女人就必須要犧牲[147]？」女性一再以反問的方式，表示對男女婚後大不同的遭遇感到無法理解。尤其同樣為事業忙碌，劉枋在〈姊妹倆〉就以不公平的口吻質問：「假如你們男人這麼忙，就可以說事業要

---

147 艾雯：〈捐〉，收錄於台灣省婦女寫作協會主編：《婦女創作集》第一集，頁147。

緊，我們女人忙，就好像理虧了[148]？」眼見男人以女性的能幹為由出軌，鍾梅音在〈路〉裡更大聲撻伐：「她不懂，為甚麼男人有了外遇，妻子必須含垢忍辱才算是賢妻？她不懂，為甚麼假如妻子想離開丈夫，過失便全在妻子？……她不懂，為甚麼……？她不懂……？[149]」在這些五○年代女作家的質疑聲浪中，我們發現那些受高等教育的女性並非斤斤計較於繁瑣家務的牽累；而是當「被愛」與否已不再是成熟女性建構自我形象的關鍵所在後[150]，在這兩者的掙扎拉扯中促使她們重新回歸到女性主體性的基本面，據此展開對社會性別的檢視思索。

　　這些新時代女性雖因接受高等教育而擁有自我理想，但卻並非從此就抗拒承擔婚姻家庭所賦予的角色；而是希望女性也能和男性一樣，在不喪失自我主體性的前提下，致力於理想與家庭間取得平衡。換言之，在傳統與現代兩個價值體系中，她們戮力於追求兩者的和諧一致，亦即對雙重角色的體認和承擔。但由《窗外》中的江父規範出「女孩子讀到碩士博士，將來還不是燒飯抱孩，把書本丟在一邊」（頁51）的性別意識，〈路〉中對夢淇發出「副處長本來也沒甚麼值得大驚小怪，問題只在她不該是個女人」（頁12），以及《夢迴錢塘》男性道出「女人了不起是非常可惜的！你們的天地太小，只有一個家任你們活動。你想：家才多大一點？就是了不起也是大材小用」（頁130）的性別議論中，我們可以很清楚地讀到，儘管五四以後女性意

---

148 劉枋：〈姊妹倆〉，原載於《中華婦女月刊》（1962年）。後收錄於劉枋：《小蝴蝶與半袋麵：劉枋小說集》，頁249。

149 鍾梅音：〈路〉，收錄於《遲開的茉莉》（臺北市：三民書局，1969年），頁21。

150 若從成長心理學的角度觀之，許多女性的確通過自己被他人接受的程度來判斷自我價值；其中「被愛」與否更是大多數尚未成熟的女性建構自我形象的關鍵所在，因為她們通常將「被愛」視為女性是否具有吸引力的證明。DeMarr, Mary J. and Jane S. Bakerman, *The Adolescent in the American Novel Since 1960* (New York: Ungar, 1986), pp.1-2.

識逐漸抬頭，但「男外女內」的性別窠臼仍然像緊箍咒般限制著知識女性，自由婚戀並非擁有女性主體性的絕對保證。在飄洋來台後的五〇年代，知識女性雖然脫離了媒妁婚姻的客體身分，卻仍被迫必須依循傳統婦女的步履，承擔著封建傳統的功能；新女性的角色仍被物化、僵固，社會性別的職權並未因此而解構重組。可以想見，婚後女性在實踐自我理想的成長路上有多麼艱辛和不易。

這些現象足以說明，女性在國家與文化結構中被賦予的社會性別分工，並沒有隨著歷史的變革而獲得同步的調整。女性即使已一腳跨入新時代成為職業婦女，卻仍必須全然承擔舊時代的角色職權，在這樣的認知落差下，導致知識女性的主體性時受威脅。誠如范銘如於研究中所指出，在二十世紀初期的中國，雖然以自由戀愛取代父母媒妁的結婚方式威脅了當時社會的穩定，但嚴格說來此種愛的論述並未違背傳統家庭的模式與信念。尤其當「愛情─婚姻─家庭」取得合法地位後，愛情觀已非「自然」亦非「個人」，而是肇始於社會權力操作於私密的領域。愛的論述，是社會秩序的某種再現[151]。顯然地，對接受高等教育的新時代女性而言，建構婚後的自我主體性，正是意味著重新確立社會性別的開始。

更重要的是，始終在父權體制下被制約規範的女性，她們之所以具有闖蕩事業的企圖，或如鄭明娳所論，是為了證明女性的存在意義[152]。畢竟，對受高等教育的時代新女性而言，她們深切地體認柴米油鹽並非生命的全部，她們不甘於婚前所建構的主體性在婚後瓦解歸零。但又無可否認的是，在社會性別的不同期待下，男女命運確是大

---

151 范銘如：〈由愛出走──八、九〇年代女性小說〉，收錄於《眾裡尋她：台灣女性小說縱論》（臺北市：麥田出版公司，2002年），頁154。

152 鄭明娳：〈一個女作家的中性文體──徐鍾珮作品論〉，收錄於《當代台灣女性文學論》（臺北市：時報文化出版企業公司，1993年），頁328。

不相同。誠如西方論者所言，女性走出社會、就業，自我發現及實現之際，必須有文化與社會結構支持始有可能[153]。五〇年代曾身為記者的徐鍾珮就為文發出不平之名，她以為同樣為了工作，何以男性夜半歸家，仍得以昂然入室大聲叫門；但女性卻必須因此萌生歉然之感，甚至還會有做錯事的感覺[154]。然無可奈何的是，在這根生柢固的傳統父權結構下，身為女性的徐鍾珮除了徒具欽羨和感慨外，也就只能努力地在事業與家庭的兩者間尋求平衡。尤其在女性意識與社會性別期待的落差下，如何捍衛自我的主體性，是女性是否得以成長的前提。

　　在即使捨棄自我也無法保證婚姻和諧美滿的認知下，女性於重新思索後領悟，堅持自我的主體性才是最正確的選擇。以五〇年代著名女作家之一的張秀亞為例，她在尚未嚐盡新婚甜蜜的甘美滋味，就赫然發現丈夫終日流連於秦樓楚館的殘酷事實，彼時的張秀亞為了搶救婚姻，以挽回丈夫的心，不惜奉承討好丈夫而遺忘自己：

> 婚後我為了做個好妻子，曾有五年時間，不親筆硯，也很少看書，曾以大部分時間洗菜、淘米，為他補綴襪子上的破洞[155]。

多年的拋卻稿紙與卷帙，這對習於廢寢忘餐伏案研讀，挑著月光徹夜寫作的張秀亞而言，無疑是最大的犧牲；然為了婚姻關係的維持，不得不割捨她閱讀與寫作的慾望。但當她盡了為人妻子的最大努力後，

153　Esther Kleinbord Labovitz, *The Myth of the Heroine—The Female Bildungsroman in the Twentieth Century* (New York: Peter Lang, 1986), p. 7.

154　徐鍾珮：〈熊掌和魚〉，原刊於《中央日報》副刊，1950年11月。後收錄於《我在台北及其他》，頁23。

155　張秀亞：〈千里姻緣〉，《寫作是藝術》，收錄於《張秀亞全集》〈7〉（臺南市：國家臺灣文學館，2005年），頁48。

與丈夫的兩顆心靈卻仍如難遇的參商，丈夫依舊故我的尋歡作樂，放蕩恣睢，結婚兩年終於金屋別築。初遇婚變，張秀亞也曾自傷薄命、含恨傾訴，可喜的是，她在自怨自艾之餘，並不一味消極地向下沉淪，終在「雖是女人，迥非弱者」的頓悟下，決心掃盡前塵，恢復舊我，交還給自己獨立與自由的心靈；進而從「丈夫的妻子」超脫而為「我是我自己」，不再因婚姻而喪失自我。於是，張秀亞在一九四八年獨力帶著一雙子女渡海來台，在重新建構自我的主體性後，選擇以台灣這個新故鄉作為另一個階段成長的開始。

更特別的是，相較於張秀亞的真實經歷，另外一個描寫女性在婚後重拾自我，對男性徹底失望後再次邁入職場的例子竟是出自男性作家之手。彭歌《落月》（1956）藉由一位梨園名伶翻閱相本的回憶方式，自每一成長階段中挑選具有代表性的照片拼貼出主角的成長故事。心梅一生的青春幾乎都貢獻在戲台上，最後在成名為師後選擇急流湧退，毫無戀棧地自舞台隱退，就只是為了擁抱愛情與婚姻家庭，以成為一名賢妻良母自許。遺憾的是，幸福的婚姻生活僅維持了兩年，心梅終在丈夫赴港會前妻發生婚變後醒悟：

> 愛一個人，他會離開你；愛一個事業，這才是真正永久的東西。惟有藝術生命才是可以永恆不朽的——她現在才算懂得，而她化費了多少代價呵[156]。

周旋在三角關係中，心梅決心主動離開卓如。失婚的背後，讓心梅學會以一種不信任、懷疑的目光重新看待男女兩性關係，看待愛情，看待家庭與婚姻，看待幸福，當然，也重新看待男人與自我的主體性。

---

156 彭歌：《落月》，頁174。

在情感遭逢挫敗後，終於醒悟男人與婚姻的不可信賴，事業才是可以
永恆不朽的真理，也才真正了悟實踐藝術理想在她生命中的重要性。
確立對男性的深刻懷疑既是女性成長的標誌之一[157]，心梅在一連串的
經歷後充分了解自己，最後終於建構出自我的主體性，重新確立了戲
劇在她的生命中所具有的不可取代的位置，確定自我在戲劇舞台奉獻
成長的堅持與方向。

　　反諷的是，在這兩個女性成長的故事中，無論是張秀亞的真實婚
姻抑是彭歌小說中的女主角，只有當男性對婚約失信後，女性才獲得
重新尋回自我主體性的契機。男性的向下沉淪，反倒促使女性得以兼
顧理想與家庭，從此不再落入無止盡的掙扎與拉扯中。換言之，魚與
熊掌的兼得，就在女性拋卻愛情而獨立自主的成長中完成。

三　女性情慾自主的成長論題

　　除前所述，我們還注意到一類描寫女性情慾自主，而未婚生子的
女性成長小說。林海音的《曉雲》同樣是述說女性成長的故事，但引
人矚目的是，她在文本中已加入情慾自主的女性意識。相較於林海音
一向擅長勾勒舊時代傳統女性犧牲隱耐的形象，《曉雲》（1959）穿插
在她一系列「婚姻的故事」中（〈殉〉（1956）、〈金鯉魚的百襉裙〉
（1963）、〈燭〉（1964）），情慾自主的情節尤令人特別注意。

　　除了男性評者注意到小說寫作技巧的卓越貢獻外，女性論者則專
注於作者對婚外情題材的發揮，從而提出《曉雲》乃是居於承自五
四，下開八、九〇年代女性小說的傳承地位[158]。林海音對於性愛情慾

157　孟悅、戴錦華：《浮出歷史地表：中國現代女性文學研究》，頁174-176。
158　分見高陽：〈雲霞出海曙〉，收錄於夏祖麗編：《風簷展書讀：百篇作家讀書記》
　　（臺北市：純文學出版社，1985年），頁13-28。彭小妍：〈巧婦童心──承先啟後

的憧憬與描繪其實相當含蓄內斂，且看她如何描寫曉雲從少女變成少
婦的淡然筆法：

> 這一天是悠長的一天，奇異的一天，掙扎在尋求歡樂與毀滅的
> 一天。
> 我聽見他叫來女服務生，吩咐她再定下隔壁的房間。
> 但我根本沒有過去[159]。

作者並不仰仗感官知覺的描寫，同時完全略去兩性間翻雲覆雨的視覺
鏡頭，在這樣看似什麼也沒有發生的幾句話，僅以描述南下台中後所
在旅館空間的沒有變化，交代了曉雲一夜間由少女變成少婦的經過，
留給讀者無限遐想的空間。但從曉雲事後自認為「我已經是一個婦人
了」（頁210）以及「一夜之間，我成長得這樣多」（頁212）的自白
中，曉雲自是將情慾自主視為成長啟蒙的關鍵。在愛情與社會秩序的
繫聯下，身為婚外情第三者的曉雲，主動示愛後不但沒有悔意，甚至
一派即使不光明又算得了什麼的理所當然姿態，以及從外遇事件中表
示想反抗眼前社會、環境所定下的習俗，無疑已經是對當時社會秩序
的公然挑戰。

　　婚外情既然不容見於傳統倫理道統，也就只能遠離父權的掌控始
能存在。曉雲為了捍衛愛情，決定私奔日本，暫拋母愛的溫暖。未料
在曉雲之母曉以大義下，男性為了維持社會秩序的正常運轉，再次做
了愛情的逃兵，並未依約安排曉雲到日本共築愛巢，而曉雲則無悔地
留在台灣待產。作者除了丟出未婚懷孕的震撼彈外，更值得我們注意

　　的林海音〉，收錄於李瑞騰、夏祖麗主編：《一座文學的橋：林海音先生紀念文集》
　　（臺南市：國立文化資產保存研究中心籌備處，2002年），頁114-117。
159 林海音：《曉雲》（臺北市：遊目族文化事業公司，2000年），頁208。

的是，如果連《曉雲》這本五○年代末期出版的小說，女性都已將情慾自主視為成長啟蒙的關鍵，那麼，八、九○年代對女性如何在愛情及兩性議題中成長的關愛，似乎也是可以預料中的事。

四　閨秀／成長／政治：愛情婚姻與時代歷史的辯證

由以上文本，我們確可看出，女作家多關注女性在婚姻愛情中成長的議題。而在文學史家的主流評價中，這些作品多被譏貶為只會寫身邊瑣事的閨秀作家。平心而論，那些鎮日在柴米油鹽、奶瓶尿布間打轉的女性確實有其生活視野的侷限性。但值得注意的是，她們的細屑並非是在尋不著題材的困境下的不得已為之，卻是她們有意識的自我選擇：

> 我有意描寫生活中的瑣屑，那不是避重就輕，而是希望自生活的最微細處，反映出那顛撲不破的堅實真理[160]。

在「寫我所深知者，寫我所動心者」的信念下，翻譯吳爾芙（Virginia Woolf）《自己的房間》的張秀亞，堅信一篇以男女情愛與家庭生活為題，而描寫出內心戰鬥的文章，並不亞於一篇法國大革命史[161]。同樣地，夏承楹也以為，女性寫瑣碎正是反映偉大時代的基層的生活，一個人只要寫自己感受最深、最熟悉的東西，才能夠具有時代意義[162]。

---

160 張秀亞：〈寫作二十年〉，《愛琳的日記》，收錄於《張秀亞全集》〈3〉（臺南市：國家臺灣文學館，2005年），頁171。

161 張秀亞：〈寫作生涯〉，《凡妮的手冊》，收錄於《張秀亞全集》〈2〉（臺南市：國家臺灣文學館，2005年），頁353。

162 夏承楹：〈我的太太林海音〉，收錄於《冬青樹》（臺北市：遊目族文化事業公司，

易言之，作家並不需要拋棄嫻熟的日常事物，而硬去巴結一個更大的
目標。周蕾所提出的「瑣碎政治」或「細節描述」，就是作家通過細
節描述以作為革命的策略和歷史的見解[163]。或許對瑣碎題材的擅加運
用，正是五○年代女性作家革命時所採用的重要手段。可惜大部分男
性評論者往往囿於性別經驗[164]，無法深切地了解女性文本的特色與價
值，從而對這群女作家發出缺乏現實關懷的訾議。但事實上，我們卻
不能因為她們在作品中未如外省籍男作家那樣炮火猛烈地撻伐共黨，
或者沒有像台籍男作家一樣，以一種位居邊緣的姿態控訴批判，就據
此評斷她們的作品是缺乏社會性觀點。對於這群將大部分生命貢獻給
瑣碎的女性，范銘如反問：

> 政治對女性的影響是什麼呢？上戰場打仗才是戰爭？肢體傷殘
> 才是受難者嗎？抑或政治以另一種形式深入每一個女人的家
> 庭，波及她的身心[165]？

這些看似隸屬閨怨小說的作品，其實正是以一種貼近生活的小敘述，

2000年）。另見，林淑蘭：〈林海音的文藝大天地──寫作、編輯、出版三部曲〉，
　《中央日報》第十一版，1978年11月1日。

163 周蕾舉張愛玲為例，在她文字的「破壞」下，我們所遇到的整個世界，其實也是
　一件細節，是從一個假設的「整體」脫落下來的一部分。由此指出在這些瑣碎的
　感覺中，社會那個集體的人性的夢，也一下一下地被切得粉碎，大歷史的課題通
　通退到背景去。詳參周蕾：〈現代性和敘事──女性的細節描述〉，收錄於《婦女與
　中國現代性：東西方之間閱讀記》（臺北市：麥田出版公司，1995年），頁167-
　234。

164 邱貴芬在〈台灣（女性）小說史學方法初探〉就指出，女作家出自女性位置的書
　寫，男性讀者往往不知如何解讀，便將其視為瑣碎；無關緊要的創作。收錄於
　《後殖民及其外》（臺北市：麥田出版公司，2003年），頁22。

165 范銘如：〈林海音〈燭芯〉導讀〉，《文學台灣》第37期（2001年12月），頁59。

翻轉了傳統家國大敘述的書寫模式，藉此鬆動了閨秀／政治，小敘述
／大敘述的文學界線。當然，我們若一味地放大她們筆下的愛情耳
語，自然就會忽略或單純化了小說背後所要傳達的政治意旨。換言
之，五〇年代的女作家在這些瑣碎的小敘述中，反而對當時的時代環
境與社會傳統的大敘述提出一種批判與控訴；這也正是五〇年代作家
迥異於五四女作家群的地方。

　　隨著時代的遷變，由於五四女作家所關懷的自由戀愛和舊式婚姻
等議題，到了五〇年代多已不成問題。因此當五〇年代作家在處理類
似的題材時，已多採用一種旁觀後省的角度客觀冷靜的描述愛情與婚
姻。她們的書寫所關切的不只是婚姻本身，而是企圖揭露出背後的時
代意義。彭小妍指出：

> 他們筆下的婚姻和愛情，看似僅及「身邊瑣事」，實際上政
> 治、歷史的暗潮卻是呼之欲出[166]。

這些看似邊緣的細瑣敘述，實際上卻直逼主流的大敘述，在這些小人
物因婚姻而成長的故事裡足以傾聽到時代歷史脈動的聲音。無疑地，
這些被視為閨秀文學的作品反而更富有深刻的時代性。西方的成長小
說研究者就指出，敘述女性的成長必須探討她們與變動中歷史時代的
關聯性。因為自女性的視角所鋪陳出的故事架構，她們在時代背景中
從無知到有知的成長過程提供了令人省思的空間[167]。簡言之，在女性

---

166 彭小妍：〈巧婦童心——承先啟後的林海音〉，收錄於楊澤主編：《從四〇年代到九
　　〇年代：兩岸三邊華文小說研討會論文集》（臺北市：時報文化出版企業公司，
　　1994年），頁22。

167 Barbara A. White, "Growing up Female—Adolescent Girlhood in American Fiction" in
　　Gabriele Wittke ed., *Female Initiation in the American Novel* (New York: Peter Lang,
　　1991), p. 6.

愛戀婚姻的成長故事背後，更富有思索歷史變動的時代意義。

況且，作品優劣與否與題材擇取間並無必然的關係。女性主義學者就此以為，就文學題材來說，女作家寫身邊瑣事、家庭婚姻、與兩性的愛情關係，並不必然輕軟或狹窄，端看女作家詮釋角度的深淺與形構經驗的表現力而定[168]。因此，對於那些非輕軟狹窄之作，我們若逕以婚姻愛情故事視之，不僅小覷了作者的創作意圖，更低估了這類題材背後所要表達的批判潛力。我們在五〇年代女性作家的這類書寫中就看到，許多描寫動亂之中流離失散的婚姻題材，正是對家國論述最徹底的反動。換言之，這些以婚姻為題的成長小說，敘述重點遠非傾訴女性閨怨情懷這般單純，其書寫的更大目的則是要透顯出時代遷變對女性所造成的戕害或成長，這才是她們的終極關懷與批判的所指。循此，與其說她們在文本中敘述或悲或喜的女性婚姻故事，毋寧說她們乃是從時代女性的立場，將婚姻放在時代歷史的範限中，思考女性在變動的家國時代中如何成長的可能與困境。

準此，這些表面上描寫女性在婚姻中成長的小說，實際上卻是對中國近代政局的動盪，致使百姓民不聊生的批判。她們之所以必須離鄉背景、飄洋東渡來台，正是因為國共政權爭奪的內戰所不得不然，也因兩岸的分治分裂才拆散了無數原本幸福美滿的家庭。這類小說雖然沒有描摹戰場的血腥殺戮，但藉由作家在輕描淡寫的時代背景中反倒逼使讀者正視政權爭逐所導致的婚姻悲劇，無形中構成一股更有力的血淚控訴。舉例來說，〈燭芯〉（1964）中導致女性婚姻改變的導火線，正是因為那個戰亂的動盪時代。倘若當初沒有日軍的搜查逮捕，志雄也不需避難大後方而與元芳分離，他們的婚姻悲劇或許也就不會

---

168 李元貞：〈女性主義文學批評下的臺灣文壇——立基於一九八六年的省察〉，收錄於許津橋、蔡詩萍編：《1986臺灣年度評論》（臺北市：圓神出版社，1987年），頁236-237。

發生。尤值得一提的是，林海音在這篇小說中已經明確細膩地道出抗日時期盛行的「抗戰夫人」現象。呂芳上針對此一現象指出：

> ……八年抗戰突然結束，在大後方的臨時夫妻，會有措手不及，不知如何是好的感覺；在淪陷區苦守寒窯煎熬多年，「身在曹營，心不忘漢」的妻子，對日日引頸盼望著的丈夫，卻帶著「抗戰夫人」凱旋歸來；……這些都是戰爭所造成的家庭悲劇[169]。

志雄因耐不住寂寞而在大後方重婚，勝利後，這樣一夫二妻的僵局維持了二十五年，直到元芳提出離婚後再嫁一位妻留大陸的丈夫，始得以享受單純的家庭幸福。在此，作者再次帶領我們正視了因國共內戰所造成的妻離子散，另一方面也逼使我們思考：在大陸已有妻室，但卻獨自來台的男性，究竟算是已婚還是單身？與這樣的男子結婚，到底是元配還是偏房？林海音道盡兩岸重婚狀況的不可解。這些小說的情節發展乃是由不同片段的歷史現象串成，彷如一部時代縮影史。

　　針對此一現象，學者亦早已指出，〈燭芯〉看似「閨怨小說」，但作者正是以漫談家常的方式，烘托出貼近生活、卻也更讓人心驚的真相。這類小說無疑翻轉了傳統的政治小說書寫模式，以女性立場直搗家國政治與性別政治的糾葛核心，戳破男性中心論述的謊言，甚且質詰了歷年批評定見裡閨秀與政治文學的界線[170]。我們的確在小說中看到，女性獨自面對婚姻改變的種種，正是在戰亂的環境下所產生，她們藉由這些細瑣情事的描繪進而側寫出家國的巨變。換言之，小說中

169　呂芳上：〈另一種「偽組織」：抗戰時期婚姻與家庭問題初探〉，《近代中國婦女史研究》第三期（1995年8月），頁117-118。

170　范銘如：〈林海音〈燭芯〉導讀〉，《文學台灣》第37期（2001年12月），頁61。

不僅呈現女性在愛情婚姻中成長的小敘述，同時也召喚了個人／集體歷史記憶的大敘述。

　　向來立足在邊緣性的女性，通過這些瑣碎的愛情婚姻故事，除了是對戰亂時局的控訴外，也隱含對傳統時代的批判。在這一系列的婚姻故事中，五〇年代的女小說家或是以一種抽離旁觀者的姿態，描寫在傳統婚姻角色下喪失自我的女性；抑是感同身受，刻畫出擺盪在傳統封建與現代開放間，尋求建構女性主體性的一群。前者主要表現在傳統的媒妁婚約與父權秩序中，尤其身在男權中心的傳統社會裡，女性還得無條件地接受不合理的納妾制度。齊邦媛就指出，舊時代的納妾制度就像把無情的雙刃劍，揮掃過處，血淚紛紛。不僅作妾的女子屈辱終生，宛轉悲泣；奉賢慧婦德之名放棄一生幸福的「正室」實更悲慘[171]。如〈金鯉魚的百襉裙〉為妾的金鯉魚、〈燭〉中以自殘方式抵抗丈夫納妾的正妻，她們都是秉持著「春蠶到死絲方盡，蠟炬成灰淚始乾」式的傳統婦女美德，終其一生均無法建構出自我的主體性。林海音以為，她們並非對丈夫不再有愛情，而是忍受當時社會和環境的傳統[172]。況且，當時的道德觀既是容許納妾，那麼女性又要如何攻之反之呢？由此可以肯定的是，大部分的女人之所以不能也不敢跳過來的悲劇是那個大時代造成的。據此，她再進一步反思，納妾制度究竟是「姨太太的罪過大呢？還是男人的罪過大呢[173]？」林海音雖然以一種反問的方式，但女性乃是父權傳統下受害者的答案卻是不言自明。後者則主要藉由一群接受高等教育的知識女性，如何在魚與熊掌

---

171 齊邦媛：〈閨怨之外──以實力論台灣女作家的小說〉，收錄於《千年之淚：當代台灣小說論集》，頁114。

172 林海音：〈婚姻的故事〉，《婚姻的故事》（臺北市：遊目族文化事業公司，2000年），頁27。

173 同前註，頁35。

間取捨，從而揭示了社會性別分工與個人女性意識既不同步也不同調的現象。我們在這些作品中幾乎都可以看到女性在傳統和現代的角力賽中作無盡掙扎，最後努力建構出自我主體性的進程，由此揭示此乃五〇年代女作家最關切的成長議題。簡言之，這些以愛戀婚姻為題的小敘述，實具有不可小覷的時代批判性。

五　小結

本節所論，以遷台女作家為主，包括反共懷鄉以及閨秀的文本。較未論及本省女作家和男性作家的作品，因前者受限於台籍女性接受教育不普及而幾乎微乎其微；後者仍普遍從男性的視角著眼，或重「革命」而輕「戀愛」，或視女性為客體。當女性被置放於「愛情—婚姻—家庭」的人生發展脈絡下，各個階段透過不同的方式開展出自我的主體性。首先，在傳統的媒妁婚約制度下，女性向來就是客體的存在，爾後在歷經赤禍與個人的種種磨難，決心從丈夫的附屬身份，轉而為自力謀生的經濟自主，並在空間移動後的台灣完成了從客體到主體的成長轉變。再者，即便因自由愛戀而進入婚姻的女性，更在職場的理想實踐與傳統妻職、母職的角色間產生強烈的拉扯，在柴米油鹽並非生命全部的認知下，她們致力於事業與家庭這兩者間取得平衡，也藉此展開對社會性別的檢視思索。此外，還有一類將情慾自主視為女性成長啟蒙的關鍵，更是對傳統女性守貞觀的公然反抗。最後進一步指出女性這類描寫愛情婚姻的細瑣題材，同時也是對戰亂時代的控訴與批判，藉此召喚了個人／集體歷史記憶的大敘述，質詰了閨秀與政治文學的界線。

本章結語

　　隨著兩岸對峙局勢的確立，以及反共復國逐漸成為神話，五○年代作家在描寫主體啟蒙的成長小說中，感時憂國的精神不再一味關注在政治層面，轉而揭示出時代性的各種社會議題。我們在歸納後也發現，這類成長小說已經以一九五五年以後的作品居多了。本章即是從人生成長歷程的代表性三階段——學校、職場、新生家庭，分別探討個人成長背後所產生的教育、社會環境及愛情婚姻等時代問題。其中涉及的時空很廣，自清末大陸故土以迄戰後台灣本土，都是五○年代作家所關切的範疇。我們除了可以藉由歷時性探析不同時期與地域的各種社會議題，並比較其共相與殊相外，更重要的是，這些看似無關政治的作品，正是作家自覺地以一種貼近生活的小敘述，翻轉了傳統家國大敘述的書寫模式，藉此鬆動了瑣碎／政治，小敘述／大敘述的文學界線，由此突顯個人成長過程的各種議題。

第五章

成長論述的危機與困境
──成長？反成長？

　　不同於感時憂國使命所流洩出的正向成長力量，五〇年代作家還有一類表現出反成長的意識以及對成人世界批判的作品。遷台二十年間的台灣文壇，在官方文藝的強勢主導下，作家們的創作很大程度上受到箝制。但自我文藝理想的堅持也促使他們不再一味配合反共抗暴的國策而書寫。尤其當個人自我追尋的成長歷程已無法和家國環境相彷彿的情況下，他們轉而開始表達對象徵成人秩序的威權政體的質詰與反動。特別自六〇年代開始，西方文學思潮所引進的多元風格與反共文藝政策的強烈對比下，誘使作家們更有意識地自主反抗。

　　在這一章中就提出成長論述的危機與困境，首先從「反成長」是否為「成長」的範疇中展開討論。相對於正向成長，反成長所指涉的意義主要在於主體不願進入成人世界而言。在證成假設成立後，緊接著探討這一類不願進入成人世界的反成長文本中具有何種顛覆性。尤其在威權政治時期，他們的「反」顯得格外引人矚目。前一節由溫和的反成長心理投射入手，指出「沉湎過去」的童年書寫正是對反了「回顧過去，展望未來」的正向成長的敘述模式。相對於象徵秩序的成人世界，童年往往被建構為心神嚮往的烏托邦。最終在兩者的斷裂下，在虛構文本中表達出為保有童心而不願進入成人世界的反成長心理。而童蒙真摯無偽的特質，正是對反於現實世界中制式規範的官方文藝書寫。下一節則以逃離或死亡的實際行為表現出對成長的反動。

前者藉由逃避以躲匿或反思反共復國的文藝使命；後者以反共小說中抗共之士死亡的矛盾結局，意在揭露來台後無法自主的文藝環境，對作家們是一種極大的斲傷。整體說來，反動正是不願配合的表現，因此在這一章中，我意圖突顯出文本中比較個人主義的部分，揭示出在虛構文本中「反成長」的殊相不同於前面幾章屬於正向成長的共相的看法，以及在現實世界裡所隱含的寓意。

第一節　愚騃童心──遙想童年的烏托邦

遷台後二十年間的台灣文壇多被視為政治掛帥的文學。但是隨著兩岸政局氛圍的改變，及官方文藝政策的鬆綁，反共文學不再一枝獨秀，獨霸文壇。尤其進入六○年代後，在各種當代思潮的引進和衝擊下，相繼開創出多種文學風格和議題，是為台灣文壇快速變化、蓬勃發展的重要時期。雖然執政者在六○年代仍未放棄透過政治領導文藝，企圖力挽狂瀾；但欲振乏力已是事實，文藝發展的方向顯然已非官方足以掌控。而五○年代作家在六○年代的文學表現，顯然也有了不一樣的轉向。

同樣地，反共小說中表現出個人／家國互為表裡的成長論述亦多不復見，而「回顧過去，展望未來」的正向成長敘述模式也開始產生變化。其中，以不斷耽溺沉湎於過去的童年書寫最引人矚目。對「成人世界」觀念的轉變，是這類作品迥異於傳統成長小說的明顯特色。成年人不但不再高居指導者的角色，文本中的孩童甚至普遍地質詰成人定義下的成長準則及道德標準。小說流露出渴望停留在童年，不願進入成人世界的「反成長」寓意十分明顯。令人好奇的是，自兒童視角出發的書寫究竟發現了什麼樣的成人世界？在揭示了兒童／成人的不同價值觀後，不願妥協的童蒙又要如何反抗成年？書寫童年烏托邦

的用意何在？反成長如何可能？這些問題都值得我們深究。

在進入上述討論之前，我們必須先釐清「成長／反成長」的相關概念。尤其在正／反的對立下，「反成長」是否可以歸為「成長」的一種類型？抑是得排除在成長之外？這是首先必須解決的問題。此外，要說明的是，文學意義中的「童年」與其視為一種實質的存在，不如將它看成一種相對的概念。換言之，這裡的「童年書寫」並未確切以實際年齡切劃，僅是一相對應於成年世界的未成年階段，或可視為廣義的童年範疇。

一 「反成長」的指涉意義

若由「成長」小說英譯之一的 "Initiation" 一詞觀之，乃源自拉丁詞 "Initiatio"，意思是「開始」、「入會」、「進入」[1]。就字詞釋義，成長就是孩童「進入」成人階段的宣告。若就定義來說，馬科斯（Mordecai Marcus）以為成長小說揭示出年輕主角經歷了某種對世界或自我認知的重大改變，這種改變必須引領他進入成人的世界[2]。再進一步綜合歸納批評家對「成長小說」的說法，他們通常認定成長小說必須具備四個共通的要素：脫離無知、成熟的人格、追求主體性的認同及個人開始步入成人的世界[3]。可見童蒙是否進入成人世界，乃是評判主體成長與否的重要因素之一。

一般說來，主體不願邁進成人世界的方式有二：一種是透過心理

---

1 芮渝萍：《美國成長小說研究》（北京市：中國社會科學出版社，2004年），頁45。

2 Mordecai Marcus, "What Is an Initiation Story?"in William Coyle ed., *The Young Man In American Literature: The Initiation Theme* (New York: The Odyssey Press,1969), p. 32.

3 Barbara A. White, "Growing Up Female－Adolescent Girlhood in American Fiction" in Gabriele Wittkeed, *Female Initiation in the American Novel* (New York: Peter Lang, 1991), p. 5.

的懷想，在心靈層次上停留或返回童年；另一種則是以激進的逃避或
結束成長的行動表示。就前者來說，從實際生理現象以返老還童既不
可能達致，但充斥童心卻無不可。因此，本文的童年意義，並非指向
實際人生的成長階段，純然只是一種心理狀態的指涉。容格（Carl
Gustav Jung）在「兒童原型」的心理分析中指出，童年是指一種心靈
狀態，這狀態表現著一種渾然天成，不經雕琢的原始本性[4]。當小說
以童年作為烏托邦的隱喻，主體不斷發出渴望返回童年的迫切想望，
進而不願「進入」成人世界的書寫，無疑已是一種「反成長」的心理
投射。而西方這類回歸童年的書寫，同樣也是自啟蒙運動後開始受到
普遍的關注：

> 童年和天真的喪失使許多西方文學為之著迷，至少從啟蒙運動
> （the Enlightenment）起就是這樣，當時人被宣稱為性本善，
> 只是後來受到社會的腐蝕。假如我們能夠回歸童年，或崇高的
> 原始狀態，假如我們能保持童年的純真，那麼我們的社會和個
> 人問題將不復存在[5]。

在現實上不可能返回童年，也就只能轉而尋求心理層面上的「返」以
解套，進而萌生不想長大、反抗成年的念頭。在這些小說中，作家們
有意識地、自覺地以兒童的邊緣身分，不但通過模糊的、夢囈的童言
童語間展開對成人法則的質詰批判，並且一再流露出不想長大的心

---

4 容格（Carl Jung）：〈兒童原型心理學〉（The Psychology of Child Archetype），收錄於
   Alan Dundes（鄧迪斯）編，朝戈金等譯：《西方神話學論文選》（*Sacred narrative
   readings in the theory of myth*）（上海市：上海文藝出版社，1994年），頁7。

5 Arthur Heiserman and others, "J. D. Salinger: Some Crazy Cliff", *Critical Essays on
   Salinger's The Catcher in the Rye*, ed., Joel Salzberg (Boston: G. K. Hall & Co., 1990), p.
   35.

聲。若相較於死亡，遙想童年烏托邦的心理投射，無疑是一種較溫和的反成長方式。

接著，我們要解決的是，「反成長」是否也是屬於「成長」的一種類型？這個疑問可以在二十世紀所產生的現代成長小說中找到答案。塞門（Jeffrey L. Sammons）指出，成長小說中個人最後的成敗與是否融入社會並不重要，即使主角是懷疑或否定成長的結果，仍然可以歸屬於成長小說之林[6]。我們若將主體成長的結果等同於必須進入成人世界，那麼依照塞門的看法，即使否定進入成人世界的「反成長」小說也可以列入成長小說的討論中。整體說來，有別於傳統成長小說多為中規中矩、四平八穩的正向光明的成長結構，在二十世紀多元面向的現代成長小說中，已轉而將焦點側重在主體成長的進程而非結果。因此，只要小說中描寫出主角成長的掙扎歷程，即使最後呈現出反成長的結果，自然也可以視為成長小說的一種類型。

至於在台灣學者的相關研究中，廖咸浩就言之鑿鑿的指出，成長小說有一大部分都有強烈的「反成長」取向：

> 如果我們獨獨青睞「有正面成長」的小說，不啻把成長面向簡
> 化窄化了，甚至布爾喬亞化了。我個人傾向於把任何「描寫成
> 長經驗的小說」都列入成長小說的範疇，而且事實上，成長小
> 說有一大部分都有強烈的「反成長」取向[7]。

---

6 Jeffrey L. Sammons, "The Bildungsroman for Nonspecialist: An Attempt at a Clarification", in James Hardin ed., *Reflection and Action: Essays on the Bildungsroman* (South Carolina: University of South Carolina Press, 1991), p.41.

7 廖咸浩：〈有情與無情之間——中西成長小說的流變〉，《幼獅文藝》第511期（1996年7月），頁81。

視「反成長」為一種傾向，無疑把「反成長」的界定拉到極大，如此
將會把二十世紀以來具悲觀主義與對社會價值的再評估這類的現代成
長小說全都囊括其中；台灣學界第一本「反成長」為題的論文，正是
站在廖咸浩這樣的基礎上論述[8]。本文並不贊成廖咸浩把「反成長」
看做「傾向」而將範疇極大化，僅將「反成長」視為一種「結果」——
心理和行為，如此才不會將原該屬於現代成長小說範疇的作品也納入
反成長中。儘管對「反成長」的範疇有不同的認知，但卻肯定廖咸浩
提出「反成長」也是一種「成長」的看法，將成長議題的關懷面向拉
開一個廣度。此外，楊照在歸納分析戰後台灣成長小說的特質也指
出，「成長」的意義通常以負面的形式出現[9]。由此可知，我們在探討
台灣成長小說時，若僅關注在正向成長的類型顯然不夠周全。本文主
要關切的就是那些懷想童年，內心不願進入成人世界的溫和式的「反
成長」文本，探析童蒙究竟想要反抗成人的什麼？又要如何反抗？

二　童蒙眼中的成人世界

　　童年書寫，多是行過中年的小說家以重溫童年經驗，從而在「尚

8　許靜文指出，研究「臺灣青少年成長小說中的反成長」，是為了分析小說作品中的
　　的反成長「傾向」及其美學表現，並且探討作品中的「反成長」的意義與價值，進
　　而發覺臺灣青少年成長小說未來的發展可能。許靜文：〈臺灣青少年成長小說中的
　　反成長〉（臺東市：國立臺東大學語文教育學系碩士論文，2008年），此書於二〇〇
　　九年出版（臺北市：秀威資訊）。

9　除了負面的成長意義外，楊照同時還指出戰後台灣成長小說的三點特質：一是少年
　　經驗的意義，往往必須和一個「大時代」的大論述結合，才能取得充分合法性。其
　　二是「成長小說」中關鍵性的成長折磨與收成，集中在青年，尤其是大學階段。第
　　三是戰後台灣的「成長小說」帶有異常濃厚的悲劇性，和小說所處理的少年、青年
　　年齡極不相襯。楊照：〈「啟蒙的驚怵與傷痕」——當代台灣成長小說中的悲劇傾
　　向〉，《幼獅文藝》第511期（1996年7月），頁92。

未成人」與「終將成人」這兩個面向形成的某種張力間[10]，以其獨特的敘述視角，不經意地預示了童年／成年這兩個世界的大不同。由於敘述者一方面站在其身為成年人飽經世故且懷有某些深刻人生洞見的位置上發言，另一方面又在重返天真的敘述視野時體驗到年輕人種種茅塞未開的熱情和執著[11]；當敘述者游移在成熟／稚嫩、洞悉／懵懂間形成某種緊張的同時，孩童逐漸了解成人世界中「父親的名字」（Name-of-the-father）所代表的制約與法則。具伊底帕斯情結的孩童雖不願認同父親的慾念，但在陽具閹割的威脅下，最後仍得進入象徵秩序中。拉岡（Lacan）指出，孩童若屈從於自己的慾望，絕不會選擇進入伊底帕斯第三期的父權階段；但為了取得自己的主體位置，不得不通過父親「法則」的認可[12]。據此，在幼兒眼中，「父親的名字」除了象徵一種神聖不可侵犯的成人世界，也和自身所處的童蒙世界形成了一種反差。

　　一般說來，相對於進入象徵秩序及法則的成人／父權世界，作為前伊底帕斯期（Pre-Oedipal Period）的童年，不論記憶的悲歡美醜，向來都被建構成遠離成人世界的「烏托邦」。烏托邦小說多以預言的筆法，在文本間虛構了一種新的未來時空座標[13]；而此處的童年書寫

10　廖咸浩：〈非西方成長（小說）的試煉：在反叛與扎根之間〉，《幼獅文藝》第558期（2000年6月），頁64。

11　張大春：〈他們都是怎樣長大的？——小說裡的少年啟蒙經驗〉，收錄於《文學不安：張大春的小說意見》（臺北市：聯合文學出版社，1995年），頁25。

12　王國芳、郭本禹：《拉岡》（臺北市：生智文化事業公司，1997年），頁152-161。梁濃剛：《回歸佛洛伊德：拉康的精神分析學》（臺北市：遠流出版事業公司，1992年），頁139-142。

13　王德威指出「文學的烏托邦想像」提供了中國知識份子追求現代性歷程的重要線索。再由梁啟超《新中國未來記》中，預言六十年後大中華民主國的盛況指出，此種書寫趨近於西方文學定義下的烏托邦。〈泥河迷園暗巷，酒國浮城廢都——一種烏托邦想像的崩解〉，收錄於《如何現代，怎樣文學？：十九、二十世紀中文小說新論》（臺北市：麥田出版公司，2008年），頁307。

雖是懷想過去，但卻也是美好點滴的難忘記錄，或可視為另一種文學的烏托邦。引起我們思索的是，在童年等同於烏托邦的指涉下，兒童究竟要質詰或抵制了成人世界的什麼？

由於孩童不詮釋、不評判的有限視野，反倒詳實地捕捉了現出原形的成人。並自童蒙未受成人世界污染的純真眼光，洞悉其建制的僵化與不合理。換言之，兒童正是在一種天真不能理解的疑惑中，質疑了成人所訂定的善／惡、正／邪間的是非分判，甚至有意識地自主地反抗。在小說中不斷鬆動以至於顛覆成人法則，五○年代小說家的作品主要以林海音的《城南舊事》（1960）和朱西甯的《貓》（1966）為代表。首先要說明的是，學者雖多視《城南舊事》為「書寫女性成長」的正向成長小說[14]，但我以為這是普遍忽略了小女孩在不得不成長的過程中所流洩而出的抗拒心理，而僅著眼於年齡增長的外在條件的緣故。馬森在比較老舍與林海音的「北京書寫」時，他就以為老舍沒能看到、寫到林海音眼中的、筆下的北京的原因，即是兒童不同於成人的視角所致[15]。故事中天真的小女孩英子，顯明地並不同意成人約定俗成的象徵秩序，對成人定義下的善惡準則倍感困惑與不理解。首篇〈惠安館〉中的大人們雖然不斷制止英子與「瘋子」秀貞接觸，但不服從的英子就偏要入惠安館一探究竟，甚至成了館中的常客。而那個成人眼中的「瘋子」，不但成了英子無話不談的好朋友，還是她心目中溢滿愛與關懷的好母親。尤其當秀貞問英子她瘋不瘋時，在英子斬釘截鐵的搖頭說「不」聲中，完全消解了成人立下的正常／不正常的判斷準則。

---

14 應鳳凰：〈反共＋現代：右翼自由主義思潮文學版〉，收錄於陳建忠、應鳳凰、邱貴芬、張誦聖、劉亮雅合著：《台灣小說史論》（臺北市：麥田出版公司，2007年），頁176-184。

15 馬森：〈一個失去的時代──林海音的《城南舊事》〉，收錄於《燦爛的星空：現當代小說的主潮》（臺北市：聯合文學出版社，1997年），頁149-151。

　　同樣地，〈我們看海去〉也是童蒙對成人秩序中善／惡、正／邪
的價值標準的質詰，只是英子在這個事件中更進一步表現出對成人教
導的公然反抗。故事最後那個遭成人秩序代表的警察抓走的草叢「壞
賊」，卻是英子心中奉養瞎母、撫育幼弟的好人；「壞賊」和「瘋子」
一樣都成了英子的莫逆之交。從英子「我不懂什麼好人、壞人，人太
多了，很難分」的迷惘困惑[16]，到最後眼見「壞賊」被抓走，英子在
和母親的對話中，反對成人對於價值觀的授與：

> 「小英子，看見這個壞人了沒有？你不是喜歡作文嗎？將來你
> 長大了，就把今天的事兒寫一本書，說一說一個壞人怎麼做了
> 賊，又怎麼落得這麼個下場。」
> 「不！」我反抗媽媽這麼教我！
> 我將來長大了是要寫一本書的，但絕不是像媽媽說的這麼寫。
> 我要寫的是：〈我們看海去〉[17]。

英子強烈地反抗母親對好人／壞人的判準，而堅持自己與那個蹲在草
叢裡「有著厚厚嘴唇的男人」（頁99）的看海約定。這正是林海音自
一種「不詮釋、不評判」的孩童視角[18]，超越了成人世界的是非善
惡，進而鬆動了社會上既定的道德判準。並且從英子怎麼也分不清楚
成人所謂的是非對錯的疑惑與反抗中，再次預示了成人與童年這兩個
世界的永恆斷裂。而此種斷裂感的產生，無非是尚未進入象徵秩序的

---

16 林海音：《城南舊事》（臺北市：遊目族文化事業公司，2000年），頁106。《城南舊
　　事》初版由台中光啟社於一九六○年出版，本論文採用遊目族於二○○○年出版的
　　版本。
17 林海音：《城南舊事》，頁117。
18 齊邦媛：〈超越悲歡的童年〉，收錄於林海音：《城南舊事》，頁8。

孩童，始終無法趨近認同成人世界的法則規範的必然結果。黃武雄也指出，兒童世界原本沒有國界、階級、種族、宗教、職業及性別等族僻偏見[19]，這正說明童年與成人象徵秩序的隔離。兒童畢竟不是成人的翻版，童蒙的成長經歷容或有別，但對成人定義下的善惡是非，竟都充滿了困惑不解與抵抗。

在善惡已不可辨的情況下，孩童學會成人所謂的壞，有時竟還是來自成人的「教導」。只是在大人自以為「是」的教導過程中，孩童反而更加迷惘困惑。劉枋〈小蝴蝶與半袋麵〉（1956）仍是小女孩的「我」跟隨抗日失敗的父親暫居在天津開「花柳病院」的堂叔家。懵懂而好奇的「我」從藥劑師的口中聽見了成人世界的是是非非。尚分不清善惡對錯的「我」卻清楚的知道：

> 一些雜七雜八的事情，卻無一不是從她嘴裡告訴我的，假如我學了壞，她該算是我的老師[20]。

在成長小說中，成人的教誨本應是正面富教育意義的，但作者卻指出成年人所給予的反向錯誤的指導。結果在「我」的偷窺下，逐漸拼貼出老處女口中不屑的「姘頭」半袋麵竟是忠貞殺敵的特務，被視為「不是好人」的堂叔，其開設「花柳病院」是為掩護地下工作的愛國者。是是非非、虛實莫辨，但小說卻在小女孩平實的陳述中，質詰嘲弄了成人自以為「是」的價值觀。

有趣的是，在成人世界中，父權既是「禁止」、「剝奪」的指涉，孩童也就只能以一種偷窺者的旁觀身分，不斷地窺探未可知的成人

---

19 黃武雄：《童年與解放》（臺北市：人本教育文教基金會出版部，1994年），頁98。
20 劉枋：〈小蝴蝶與半袋麵〉，《小蝴蝶與半袋麵：劉枋小說集》（臺北市：爾雅出版社，2004年），頁153。

世界。〈小蝴蝶與半袋麵〉的「我」得以明辨是非，是來自非正當途徑的窺看偷聽——「地板有一個圓圓的小孔洞，我好奇的把眼湊上去」（頁148）；再如朱西甯的〈賊〉，只有當「我」躲在「藥櫥下面的排櫃」裡，吃力地「從小洞孔往外窺望」、「憑著耳朵聽」[21]，才得以發現魯大個兒原是個打抱不平的蒙冤者，而非眾人喊打的賊的實情。小說結束前，「我」因窩在藥櫃裡所引發的腳麻與瞌睡，除了是單純的生理現象外，不也是對成人世界價值觀感到迷惘的象徵？

　　這些以童蒙為詮釋角度的文本，描繪出這些被視為理性尚未發達的兒童，正因為他們具有不為成人世界的成見所矇蔽的純真。而童蒙此種真摯無偽特質的展現，其實就已經是對複雜而充滿機心的成人世界的一種嘲諷。而此種以至真、至善的童蒙視角行之於創作，或正是相應於發自內心真誠創作的文藝作家的心聲。

　　將童年視為烏托邦而不願進入成人世界，在西方成長小說中早已有先例可循。美國經典成長小說之一的《麥田裡的守望者》（The catcher in the rye），主角霍爾頓就是在看清成人世界的虛榮與偽善後，為保持純潔和童心，發出不願意長大成人的心聲[22]。另一部《哈克貝利‧芬歷險記》（The adventure of Huckleberry Finn），成長小說研究者費德萊爾（Leslie A. Fiedler）也指出，馬克‧吐溫之所以讓哈克的故事永遠停留在青少年時代，正是作者不願意讓哈克進入成人世界的投射。費德萊爾曾假想《哈克貝利‧芬歷險記》中的哈克長大以後會怎樣？他以為，哈克要嘛會像他的醉鬼父親一樣，要嘛會像他遇到的那兩位騙子。或許是馬克‧吐溫不願看到這樣沮喪的結果，因

21　朱西甯：〈賊〉，收錄於《鐵漿》（臺北市：皇冠雜誌社，1965年），頁65-68。

22　芮渝萍：《美國成長小說研究》，頁122。另附加說明的是，《麥田裡的守望者》（The catcher in the rye）為沙林傑（Jerome David Salinger）著，台灣譯為《麥田捕手》。

此，他讓哈克的故事永遠停留在青少年時代[23]。曾獲諾貝爾文學獎的福克納在演說中也提及，對成人世界制定的道德規範和行為準則是接受還是排斥，是孩子成長中重大的內心衝突之一[24]。我們若將焦點重回北京城南的英子，好奇的是，作者最後究竟讓她繼續留在童年還是進入成人世界？

　　除卻童話寓言，現實中的主體不可能拒絕成長，返回童年只能是一種反成長的心理投射。若將《城南舊事》視為一部長篇小說[25]，記述的是英子五歲到十三歲在北京城南的生活點滴與成長歷程。那麼在最後一篇〈爸爸的花兒落了〉裡，作者正是安排英子在喪父與國小畢業典禮的雙重成長儀式中邁入成長的另一階段。在「爸爸的花兒落了，我也不再是小孩子」的結尾中，小說表面上看似符合主體正向成長的發展，但是在英子童年即將結束時的一些心理與行為的描寫卻十分耐人尋味。當典禮上畢業驪歌的歌聲響起時：

> 我哭了，我們畢業生都哭了。我們是多麼喜歡長高了變大人，我們又是多麼怕呢！當我們回到小學來的時候，無論長得多麼高，多麼大，老師！你們要永遠拿我當個孩子呀！
> 做大人，常常有人要我做大人。
> 宋媽臨回她的老家的時候說：
> 「英子，你大了，可不能跟弟弟再吵嘴！他還小。」

---

23 Leslie A. Fiedler, *Love and Death in the American Novel* (London: Penguin, 1982), p. 24.

24 陶潔：〈成長之艱難——小議福克納的《墳墓的闖入者》〉，收錄於虞建華主編：《英美文學研究論叢》第一集（上海市：上海外語教育出版社，2000年），頁86-104。

25 齊邦媛指出，在《城南舊事》裡，〈惠安館〉、〈我們看海去〉、〈蘭姨娘〉和〈驢打滾兒〉四篇都可以單獨存在，它們都自有完整的世界。但是加上了前面兩篇和後面兩篇，全書應作一篇長篇小說看。齊邦媛：〈超越悲歡的童年〉，收錄於《城南舊事》，頁8。

　　蘭姨娘跟著那個四眼狗上馬車的時候說：

　　「英子，你大了，可不能招你媽媽生氣了！」

　　蹲在草地裡的那個人說：

　　「等到你小學畢業了，長大了，我們看海去。」

　　雖然，這些人都隨著我長大沒了影子了，是跟著我失去的童年
也一塊兒失去了嗎？

　　爸爸也不拿我當孩子了，他說：

　　「英子，去把這些錢寄給在日本讀書的陳叔叔。」

　　「爸爸！──」

　　「不要怕，英子，你要學做許多事，將來好幫著你媽媽。你最
大。[26]」

　　這段英子內心的自白，絕不是「長大成人」這個老套的成長結局就能
一語帶過的。英子在象徵成年儀式之一的畢業典禮上哭泣，除了是驪
歌的聲聲催淚外，在「我們又是多麼怕」（頁174）的心語中，也透顯
出對不得不進入成人世界的擔憂懼怕。此外，在喪父的事實中，除了
促其獨立性格的養成[27]，同時也代表童年美好的事物即將遠去。尤其
當每一段故事的結尾，裡面的主角無不是離她而去，據此表示出英子
又往成人世界再邁進了一步，「不能」做的要求也隨之增加。換言

---

26 林海音：《城南舊事》，頁175。

27 巴克利（Jerome Hamilton Buckley）研究指出，兒童時期的經歷往往會改變人的一
　生發展，尤其「喪父」更是主角養成獨立性格的主因。此外，巴克利則進一步說
　明，影響成長小說中人物的成長發展要件除了兒童時期外，還涵蓋了下列幾點（至
　少沒有忽略兩個以上的）：一、世代衝突，二、地域性，三、廣大社會的磨練，
　四、自我教育，五、離家，六、愛情，七、選擇職業的理念。Jerome Hamilton
　Buckley, *Season of Youth: The Bildungsroman from Dickens to Golding* (Cambridge, MA:
　Harvard University Press, 1974), p. 19.

之，成年後再也不能像童蒙一樣，得以依自身的喜好行事。直到父親過世，即正式宣告童年的結束。顯然地，當她看到一個錯綜複雜的悲慘的大人世界時[28]，成為大人並非英子出於自願，而是常常有人要她做，以及大人們不斷地叮嚀她「你大了」、「你最大」（頁175），並非英子自覺在長大。事實上，英子本身反倒希望別人永遠拿她當個孩子，企盼停留在童年世界的意味十分明顯。尤其當她發現隨著年紀的增長，而必須學會分辨成人所謂的是非善惡以進入象徵秩序，因而失去純真快樂的同時，還必須「負起不是小孩子該負的責任」[29]，不願意長大的心態自然也隨之滋長。然而儘管百般不願，實際上的童年是無法停頓的；兒童遲早必須成長，變成大人。長大，對於始終搞不清楚大人所謂的瘋子、壞賊，以及自覺反抗成人法則的英子而言，最大的懼怕應是在於，在不得不進入成人世界的必然進程下，如何能夠持續保有童蒙的純真無邪？

　　虛構天地裡的英子可以不想進入成人世界，那麼，真實世界裡集創作、編輯與出版於一身的林海音，又是否服從成人／官方的管束？《城南舊事》向來被視為懷鄉經典，但近年來已有諸多學者已指證歷歷，英子有一雙「台灣人的眼睛」[30]，英子敘述的北京，乃是透過外

---

28 夏祖麗談及《城南舊事》時說，「這是一個小女孩看到她溫暖的小世界後面，一個錯綜複雜的悲慘的大世界。」夏祖麗：《從城南走來：林海音傳》（臺北市：天下遠見文化出版公司，2000年），頁213。

29 林海音：〈初版後記〉，《城南舊事》，頁182。

30 應鳳凰、范銘如及梅家玲等學者主要從「語言方面」立論。如正統北京話發音下的「惠安館」，在由異鄉飛來的父母親口裡念成「飛安館」和「灰娃館」，由此點出爸爸是客家人、媽媽是閩南人的家庭組合。分見應鳳凰：〈林海音的女性小說與台灣文學史〉，收錄於淡江大學中國文學系主編：《中國女性書寫：國際學術研討會論文集》（臺北市：臺灣學生書局，1999年），頁250-253。范銘如：〈如何收編林海音〉，收錄於李瑞騰、夏祖麗主編：《一座文學的橋：林海音先生紀念文集》（臺南市：國立文化資產保存研究中心籌備處，2002年），頁163-167。梅家玲：〈女性小說的都市

地／台灣人的眼中顯現的他者，從而質疑將其歸為「懷鄉小說」的正
當性。在這些爭議的聲浪中不容否認的是，這一群隨國府渡海來台的
作家中，就以林海音的身分最為特別。對出生地為日本大阪，籍貫為
台灣苗栗，長成於北京城南，最後定居台灣台北如此多元的林海音來
說，實在很難看出在她的作品中有什麼意識形態。我們唯一可以肯定
的是，北京城南是林海音念茲在茲的童年成長地。而林海音自陳一再
漫寫童年北京的原因，也僅是為了「多麼想念它，寫一寫我對那地方
的情感，情感發洩在格子稿紙上，苦思的心情就會好些」[31]。不同於
遷台作家向來以追憶童年作為扣合官方懷鄉意識的凝視故園之作[32]。
令人莞爾的是，當評者為《城南舊事》是否名列「懷鄉」文學而爭執
不休，林海音早已自剖不過是忠於自己的感受，因懷想童年而寫，從
來不曾為了某種政策或意識形態而作。這樣的事實表態，大概會讓那
群頻頻拿文藝作品來炒作意識形態者大失所望。

　　更有趣的現象是，她自一九四八年返台後自覺地擇選寫作題材，
恰巧與彼時的遷台作家以及官方文藝政策背道而馳。在反共懷鄉文學
鼎盛的五〇年代，她反倒聚焦在描寫台灣社會的人情事態，如《冬青
樹》（1955）、《綠藻與鹹蛋》（1957）、《曉雲》（1959），這些作品都是
寫下她長久思念的故鄉——台灣當下所發生的各類故事。進入六〇年

想像與文化記憶——林海音與凌叔華的北京故事〉，收錄於《性別，還是家國？：
　　五〇與八、九〇年代臺灣小說論》（臺北市：麥田出版公司，2004年），頁133-136。
31 林海音：〈北平漫筆〉，《我的京味兒回憶錄》（臺北市：遊目族文化事業公司，2000
　　年），頁88。除了《城南舊事外》，其後的《兩地》、《家住書坊邊》、《我的京味兒回
　　憶錄》多部作品，也都是追憶兒時城南的心情記事，只不過敘述者轉換為成人。
32 王德威指出，描摹原鄉主題的敘事模式：或緬懷故里風物的淳樸固陋、或感嘆現代
　　文明的功利世俗、或追憶童年往事的燦爛多姿、或突顯村俚人事的奇情逸趣。王德
　　威：〈原鄉神話的追逐者——沈從文、宋澤萊、莫言、李永平〉，收錄於《小說中
　　國：晚清到當代的中文小說》（臺北市：麥田出版公司，1994年），頁249。

代後，當「家台灣」的作品陸續出籠時，她反而開始懷想描繪往日北京生活的種種，如《城南舊事》（1960）、《婚姻的故事》（1963）、《燭芯》（1965）等，無非是透過書寫以回憶從前的點滴。顯然地，誠如林海音所自陳，當時什麼樣的題材吸引感動她，她就形之於筆墨，絲毫未受到官方政策的影響。我們或許可以說，林海音在創作表現上，猶如一個不願進入成人世界價值觀，而充斥至真童心的兒童。易言之，從不政治掛帥，也從不高喊革命的林海音，不過是盡其情地寫著自己想寫、想說的題材而已。

對許多五〇年代的作家來說，確實必須在官方國策與自我純文藝的理念間尋求一種平衡自處之道。「文學歸文學，政治歸政治」既為遙不可及的奢想，與其作埋沙駝鳥，不如正視政治染指文藝的實際文學環境。在童年烏托邦作為懷鄉憑藉之一的保護傘下，林海音藉由童稚趣味的言語與純真童心的呈現，巧妙地反抗了論調一致的嚴肅戰鬥文藝。在單一絕對的威權下展現流動多元的書寫，除了擅用邊緣者的發聲位置外[33]，更重要的是，作家本身如何與官方國策保持一種若即若離的微妙關係。這可以從林海音在《城南舊事》的序言中略窺其貌：

> 我是多麼想念童年住在北京城南的那些景色和人物啊！我對自己說，把它們寫下來吧，讓實際的童年過去，心靈的童年永存下來[34]。

---

[33] 林海音在回憶寫《城南舊事》時，再一次強調「我是女人嘛」，當然喜歡寫女人和小孩的故事，要大家別把偏差的想法投射在她的作品上。這段自白乃是對中共施予「統戰」策略的立場自清。見林海音：〈童心愚騃——回憶寫《城南舊事》〉，收錄於《城南舊事》，頁195-198。

[34] 林海音：〈冬陽‧童年‧駱駝隊〉，收錄於《城南舊事》，頁3。

我們若逕以稀鬆平常的序言視之，不但小覷了作家的別有用心，而且低估了此段自序的反動潛力。這段話的敘述重點不是擺在如何想念北京城南的事物，而是在實際童年消逝後，決心在成人世界保有童心的宣誓，猶似囑咐自己不要淪為以威權侵逼的成年人。如何在文學作品中保有童心，自明代李贄提出「童心說」而聲名大噪。李贄反對將文學作為闡發孔孟之道的工具，而是標榜絕假純真、真情實感的天下至文。而林海音對心靈童年的嚮往，恰如穿越時空與「童心說」遙相呼應。而永保童心而不管成人秩序的林海音，秉著她對「心靈的童年永存下來」的堅持，不僅寫下一篇篇至情至性的動人作品；同時在「純文藝」的理念下主編《聯副》與創辦出版社[35]，讓她成為五〇年代最重要的作家、主編與出版人。

　　五〇年代作家將兒童／成人世界的疏離斷裂表現臻至巔峰，在小說中充分流洩出未成年人頑強抵抗成年意識，當以朱西甯在一九六六年出版的《貓》莫屬。值得注意的是，小說中的孩子們不僅對壓迫他們的成人不再馴服，甚至是帶有強烈的鄙夷、敵對的意義，可以說是象徵童蒙對威權的反撲。《貓》的故事太長，在進一步細探童蒙／成人間的互動邏輯前，我們必須簡單扼要地敘述一下這部長篇小說的情節與內容。

35　《聯副》在林海音接編的十年間，果真不設限於反共文藝的書寫路數，開始提攜各流派作家，並為副刊注入多元、國際的文藝觀。當時在《聯副》版上，最重要的四大書寫流派，分別為軍中作家、現代派作家、鄉土教學作家以及女性作家。對於林海音主編《聯合報》時期對台灣文壇的貢獻，詳見施英美：《《聯合報》副刊時期（1953-1963）的林海音研究》（臺中縣：靜宜大學中國文學研究所碩士論文，2003年）。陳芳明言簡易賅的說，在當時各報副刊皆以配合國策的反共宣傳的編輯主軸下，林海音的堅持讓台灣報紙能夠出現純文學式的副刊。陳芳明：〈一九五〇年代的文學侷限與突破〉，《台灣新文學史》第十二章（臺北市：聯經出版事業公司，2011年），頁309-316。最終林海音還是在「影射總統愚昧無知」的「船長事件」風暴中，卸下主編一職。見夏祖麗：《從城南走來：林海音傳》，頁181-189。

《貓》的結構分三大部分：〈老紅牆〉、〈鎖鍊〉、〈龍族組曲〉，雖各自獨立成篇，卻又需互涉始能足義。書中以中學生蔡麗麗與母親的隔閡衝突為主線，兼述及鄰居藍家的父子衝突。麗麗在父親和祖母相繼離世後回到母親身邊，並且極度渴望母愛的滋養；而一心只想用金錢將女兒「買」進屋裡的蔡母，始終無法滿足渴望天倫溫暖的麗麗。空蕩死寂的家發酵而出的寂寞將麗麗從「家」排擠出來，縱情於阿飛們荒唐胡鬧的世界。爾後撼動麗麗，並讓她萌生改變成長力量的，是在藍家姐弟那個充滿愛與關懷的世界裡。小女孩最後終還是在目睹母貓啃噬親身骨肉的驚聲絕望中，徹底體悟這樣尺寸不合的母親，始終無法給她成長中所需要的母愛。至於在父權不容懷疑的藍家，在父親眼中的問題少年德英，始終不願屈從父親，堅信「家門之外甚麼都是好的」（頁226），選擇做一個不受箝制的自己，以維持自我主體性的完整。而乖巧聰慧的優等生德傑，亦在父母擅自作主姐姐婚事的事件中發出怒吼，在「我不怕你藍宗黃不藍宗黃」（頁337）的指名道姓叫喊聲中，不僅表達了不再屈從成人無理的成長主張，更進一步挑戰了父親的威權。小說最後巧妙地設計在母貓舔舐兒女血漬的畫面停格，正是控訴了成人世界無論是各種理由的自以為「是」。

《貓》因為刻畫「親情」的情節，評論者大都圍繞著「世代衝突」這個議題發揮[36]。而描寫「世代衝突」確也是成長小說的重要主題之一[37]。只不過《貓》中主要的世代衝突最後並沒有得到解決，而是以沮喪和逃避作結。其中，藍德英自始至終有意識地質疑抵抗成人法則與威權，並在違拗、不願受成人箝制的一再抵抗中出走。成人世界的秩

---

36 張素貞：〈朱西甯的「貓」──親情的劫難〉，收錄於《細讀現代小說》（臺北市：東大圖書公司，1986年），頁227-237。

37 Esther Kleinbord Labovitz, *The Myth of the Heroine ─The Female Bildungsroman in the Twentieth Century* (New York: Peterlang, 1986), pp. 3-4.

序，在他看來是「愚蠢而野蠻」（頁155）的東西；而成年人立下如勤
勞、精確、效率等優良的道德規範，沒有一樣他能接受。當他慘遭父
親責罰，不僅不引以為恥，反倒萌生快感，並質詰成人的賞罰準則：

> 大人們的愛惡賞罰公正嗎？可靠嗎？他們愛惡賞罰的標準到底
> 是些什麼呢[38]？

在質問聲中，德英並不急著找出答案。他依然十分個人主義式的做自
己，從來不管成人的準則與是非標準，甚至質疑顛覆。首先，德英看
守山林事件被父親認定忠心盡責而有了一支手錶的獎賞，在他看來卻
是十分荒唐的。看守山林看似懲罰，但對他來說卻形同獎賞，只因為
出了家門之外作任何事都是好的，他從不為盡忠職守的美名而用心守
護。賞罰標準的迥異認定，象徵兒童與成人的價值觀再次斷裂。再
者，當德英因徹夜未歸而慘遭父親毒打時，只是一逕輕蔑地質詰「成
人們就是這樣子愚蠢而野蠻的東西麼？」（頁331）不願與成人同流合
污的反成長心理一覽無疑。

　　問題是，難道德英真的不知道成人世界的法則嗎？答案顯然是肯
定的。但他仍以最真實自我的行動，表達對成年人的反抗：

> 我這人就是這樣，真不要用品學兼優去討好老頭子，我沒有尾
> 巴，我不會搖。當然這很吃虧，但是男子漢，頂天立地的大丈
> 夫，我不懂得逢迎、獻媚。我自己活著，沒有義務替任何人活
> 著。我這人就是這樣[39]。

---

38 朱西甯：《貓》（臺北市：遠流出版公司，1994年），頁226。
39 朱西甯：《貓》，頁269。

「我這人就是這樣」，完全不需要理由，成人秩序休想將他收編。德英也就理所當然地成為父親眼中壞了根基的問題少年。他吸煙捲、宿夜不歸，所有的習氣幾乎都和父親犯沖，藍父動輒抽之以皮鞭，但他卻從來不知道自己錯在哪裡，只是憤怒地追索自問：「從沒有過的事，就是壞事麼？」（頁219）然而在藍家父權不容懷疑，德英也只能在強烈的苦悶與疑惑中以破壞的手段消極抵抗。他在破壞的當下萌生快感與厭惡的情緒，並視父親為自私霸道的老頑固，父子關係僵化對立。心理學家皮爾斯就分析道，我們生活在社會之中，而這個社會可能期望我們成為我們所不是的某種東西，所以衝突就產生了。社會，用它的代表型態（父母、教師等）可以阻止自我的自然的、自發和充分的現實化，也就是可以阻止自我的「真正成長」[40]。其實，德英並非一味地為反成人而反成人，只不過是按照自己想要的方式生活，渴望無拘束的他不願做那隻被父親拴在頸上的繩扣絞死了的黃狸貓。恰巧的是，父親的要求與期望總是與自我的理想背道而馳，德英總是不能提供合乎父親口味的東西。最後在「我自己活著，沒有義務替任何人活著」（頁269）的高聲吶喊中不屈從父親，以維持自我主體性的完整。

除了德英，大久、小久、丹妮、黃幸與麗麗都有各自腐化的家庭以及與父母間的隔閡問題，同樣也對成人充滿敵意與不屑。這群在迷惑錯亂中的阿飛們也曾圖尋找出屬於自己的成長主張，但就是始終不願進入成人世界的價值核心。麗麗甚至戳破成人世界的假象：

> 甚麼母愛不母愛，真動聽！上一代的虛榮，把孩子當作可炫耀

---

40 Duane Schultz（舒爾滋）著，李文湉譯：《成長心理學──健康人格模式》（*Groth-psycology*）（北京市：三聯書店，1988年），頁268。

的一部分。老是夢想著使得自己的孩子出眾，不全是為他們的
將來，所謂前途甚麼的──至少那是次要的──只不過滿足那
點兒可憐的虛榮……[41]。

上一代以母愛之名行虛榮之實的伎倆遭下一代唾棄，麗麗完全不感謝
甚至不屑母親為她做的一切。第一次正式引爆母女間衝突的，是發生
在麗麗首次夙夜未歸的事件上。蔡母不僅報警處理，還摑了麗麗並且
鎖上所有的衣物，麗麗對母親不問原由的漠不關心，則發出「我也有
錢，我買得到的」（頁432）的怒吼，母女衝突達到高點。最後在親眼
目睹母貓竟然血淋淋地啃噬著自己的骨肉，在一片狼藉的血肉裡，枕
藉著一顆又一顆的小頭顱時，麗麗在一聲聲「我不要了！」的吶喊中
道盡對成人世界的徹底絕望。

　　循此，《必要的喪失》就寫道，「在心理真實中，對自己的生活和
行為承擔起責任，就等於殺死父母」[42]。換言之，要成為自我的前
提，便是必須殺死那個長久以來居住於我們心中，替我們思考與抉擇
的父母後，自我的主體性才得以建構完成。在成長小說中，青少年往
往不想對成人做出讓步，亦即不願意僅是照著成人所安排好的道路成
長。在小說中的年輕主角認為，由青少年而邁入成年的這樣理所當然
的結論將會剝奪年輕所應有的意義。但卻也在兒童／成人秩序的斷裂
下，讓這群阿飛們始終無法也不願進入成人世界。對德英來說，不受
箝制的夢想不斷擴大發酵，即使威權的父親已經改變，他終究還是選
擇在闔家團員的除夕夜中缺席，不願被網羅進成人世界的秩序中。

　　值得注意的是，朱西甯在《貓》中往內心世界探索個人精神上的

41　朱西甯：《貓》，頁214。

42　朱迪絲‧維爾斯特著，張家卉等譯：《必要的喪失》（北京市：北京大學出版社，
　　1988年），頁153。

疏離與迷惘，顯然是受到了西方現代思潮的影響，姑且不論他是否認同現代主義[43]，《貓》確實符合現代主義那種「歇斯底里」的敘事風格。雖然早已有評家為文論述朱西甯的創作歷程的轉變[44]，但我們實在很難將六○年代中期寫《貓》的朱西甯，和五○年代初期寫《大火炬的愛》的朱西甯繫聯在一起。再檢視此一時期崛起的現代派作家，如王文興、七等生等，他們也有不少挖掘內心苦悶焦慮的成長小說，藉此充分表現出施淑所謂的「歇斯底里的時代」[45]。雖然六○年代現代主義的崛起並非全然對反共宣傳文學的不滿，但我們無法否認的是，接收現代性，正是知識份子從文學形式上，對國家機器所運作的霸權書寫所展開的一種反動。

---

43 朱西甯自言對現代主義難以認同。他以為六十年代是個形似熱鬧，實則混亂的文學時期。尤其在大量進口西洋旋起的各種流派的洶湧而至，中國文化界遂為西洋無頭蒼蠅亂飛亂撞的文藝的國際共同市場，並且形成西洋倉底貨腳的文化入超。因此，這十年是虛謊的、荒蕪的。朱西甯：〈中國禮樂文學的香火〉，《文學思潮》第10期（1981年12月），頁73。

44 司馬中原在〈試論朱西甯〉中就指出：「經過十餘年默默的耕耘，他才繼《大火炬的愛》之後，向人們展示他種植在作品上的理想。《狼》這部代表他十年來創作總結的專集……他已經給予我們一條完整的、長達十一年的時間縱線，讓我們看到他的文學生長的痕跡。……從《大火炬的愛》到今天（指《狼》），從較薄的寫實境界躍展至深厚的寫意境界，他對作品內容的追求遠遠勝過對形式的追求；在思想的開拓方面，他更為我們留下太多心血凝成的斧跡刀痕」。司馬中原：〈試論朱西甯〉，原刊於《文壇》第42期（1963年11月）。後收錄《狼》（臺北縣：INK印刻文學生活雜誌出版公司，2006年），頁255-256。

45 施淑論及六○年代現代主義在台灣順利移植時的用語。施淑指出，在白色恐怖的窺視文化，戒嚴令延長的戰爭狀態，窺視者緊張、痙攣、破裂的心理，提供六○年代台灣現代主義發生發展的內外條件。當時的知識份子會採用存在主義、心理分析的疏離（異化）、荒謬、反叛等套語和模式思考與創作，都是這歇斯底里的處境的條件反應。施淑：〈現代的鄉土：六、七○年代台灣文學〉，收錄於《兩岸文學論集》（臺北市：新地文學出版社，1997年），頁304-310。

三　小結

本文首先從反成長論述是不是成長小說的辯證中展開。有別於反共小說中「回顧過去，展望未來」的個人／家國正向成長敘述模式，這一類耽溺沉湎於過去，不願進入成人世界的童年烏托邦書寫，無疑已是一種反成長的心理投射，是內在拒絕成長的心靈吶喊。小說中通過純真的童蒙視角，對成人秩序提出質詰反抗。即使百般不願進入成人世界，但現實中的主體不可能拒絕成長；只有轉而保有童蒙的純真無邪，作為不願與成人同流合污的心理象徵。而在文學表現上，則是作家們不願與代表父權的官方政策掛勾，而忠於自我感受並自寫文學風貌的創作表現。仔細淘瀝文獻，那些歷數十年而不衰的超人氣作品，無一不是自作者的胸臆流洩而出的真誠文字。

在這一節中，我們關注的是五〇年代作家以返回童年烏托邦的溫和反成長方式。同時，我們還注意到另一類未成年人以或逃或死的激進手段，抗議成人威權，其中的意蘊我們將留待在下一節中深究。

第二節　成長的困境──逃避／終結的成長論述

> 孤獨地被留在年輕無知的繩索上，雖能體驗到充分自由的極度之美，卻也感受到無所適從的威脅，只有極少數的人能從青少年時代倖存下來。絕大多數人屈從於看似模糊但卻又足以致人於死的成人世界。選擇自殺或逃避衝突，遠比堅持與強大的成熟勢力抗爭要容易得多[46]。
>
> ──瑪亞・安吉羅（Maya Angelou）。

---

46 Maya Angelou, *I Know Why The Caged Bird Sings* (New York: Bantom Books, 1993), p. 264.

　　上述第一節的部分，我們分析了五○年代作家以遙想童年而不願進入成人世界的反成長心理投射，傳達出由童蒙視角觀看成人世界時的價值反差，由此宣告了童蒙與成人兩者間的斷裂。第二節的研究重點則放在未成年人以逃離、死亡的實際行為表現出對正向成長的反動。由於無法接受成人世界的秩序，但重返實際童年又不可能，就在此種思返又不可得返，也不想對成人讓步的驅動下，進而選擇以逃離，甚至死亡等更激進的反成長手法「拒絕成人」，提前結束正向成長的生命旅程。

　　首先，將焦點放在逃避成長的文本。一部分從形式上的空間著眼，在中心／邊緣的二元論下，設計讓主角逃離到邊緣空間試圖逃避成長。另一部分則留意到了主體在信仰崩解後選擇消失無蹤的逃避做法，進一步探討這兩種逃離方式所象徵的反成長寓意。相較於逃，以死亡為終結成長的方式無非是更激進的反成長手段。雖然死亡在驚心動魄的殺戮戰場，抑是動刀舞槍的反共小說中早已屢見不鮮；但在「善惡有報、邪不勝正」的反共範本下，反共小說理當發展出「國存共亡」的結局。然我們卻發現，五○年代不少小說反倒是讓死忠派的反共者，或是從擁共到反共的覺醒者以不得善終的死亡結局昭告天下。令我們不解的是，反共者相繼以死殉志，復國大業將要由誰承續？我們更加好奇的，作家在反共文本中以「迎向光明」與「走向死亡」的自相矛盾情節，是否透露出在「反共必勝」的復國神話下，何種不能敘述的衷曲？

　　本節第一部分以逃避成長為題，主要側重在小說中「逃避成長者」於逃前抑逃後的種種矛盾掙扎的心情；第二部分則探討文本中「死亡」的反成長意義。由於這類多為反共小說，在作者最後賜死的結局中，除了是化悲憤為反共的力量外，試圖再挖掘出作者更深層的旨意所在。

一　逃避成長

逃避成長的情節，往往發生在主體不想、或是無法解決成長衝突與困境之際。前者是消極地逃避；後者則是迫於現實不可變易的不得不為，兩者的區別在於主體選擇逃離的決定前是否已經盡力。但事實上，主角的盡心與否偏於唯心論，讀者並不那麼容易清楚地判別與辨識。若對應到五〇年代小說家的實際處境，可以肯定的是，他們處於戒嚴體制下的創作衝突與逃避，多是受限於個人無法改變的文藝環境。而他們確也將此種企圖逃離的心情表現在小說創作中。

逃避成長的情節，早在舊約《聖經》就已經出現。《聖經》中記載上帝要約拿到尼尼微城去傳話，但約拿最初卻逃避這一使命，企圖乘船遠去。心理學家馬斯洛因此稱逃避成長的現象為「約拿情結」[47]。若以美國成長小說為研究對象，費德萊爾（Leslie A. Fiedler）指出，這些逃避型的人物或逃入森林，或逃進大海，或順江而下。他們要逃避的是文明，及家庭和社會責任以及各種社會約束[48]。對個人的成長來說，雖然約拿消極地逃避現實與責任的行為並不足取，然一旦當衝突或困境已非個人力量足以解決時，選擇逃避的確比面對衝突來得容易許多。

將逃避成長付諸行動，最直接的方式即是透過空間轉換。在中心／邊緣的二元論下，作家們多設計出主角逃離到邊緣空間，以逃避主流訂定的成長目標；其中，尤以遠離中心的偏僻山區居多。這無非是意圖拉開個人與主流成長的距離，以達到逃避成長的目的。但事實

---

47 Abraham H. Maslow（馬斯洛）著，許金聲、劉鋒等譯：《自我實現的人》（北京市：三聯書店，1987年），頁142。

48 Leslie A. Fiedler, *Love and Death in the American Novel* (London: Penguin, 1982), p. 24. 芮渝萍：《美國成長小說研究》，頁19。

上顯然沒有想像中那麼容易。畢竟邊緣空間並非魯冰遜漂流的孤島，居於山區的人事物仍然會適時提供成長的刺激。而也就在逃避成長與不得不成長的衝突下，文本中更鉅細靡遺地刻畫出主體內心的痛苦與掙扎。

聶華苓在一九六一年出版的《失去的金鈴子》，雖然作者自陳此書是寫「一個女孩子成長的過程」，葉維廉也點出作者如何以「戲劇」手法完成小說的「成長主題」[49]，據此，文評家也多理所當然地將《失去的金鈴子》列入「女性成長」的系列中討論[50]。但我們若從小說安排的邊緣空間、陰濕灰暗的枯槁氛圍，以及小女孩對成長的抗拒感受等線索，其實作者早已隱約暴露出小女孩不願但又不能不面對成人世界的矛盾心理。而這部小說之所以成為聶華苓惹人注目的小說之一，主要因為它創作的時間在《自由中國》停刊、雷震以「涉嫌叛亂」的罪名拘捕入獄後，及其在戒慎恐懼之際幾近自傳式的書寫。《自由中國》被封後，遭列管為「嫌疑犯」名單中的聶華苓，既受到特務的日夜監視與騷擾[51]，其恐懼、驚魂可見一般。在白色恐怖的陰霾中，她形容自己的心境就像一座「小小的孤島」，既孤立無援且沉痛絕望。為了一家老小，失業後的聶華苓不得不創作，但在不願附和

---

49 葉維廉：〈「失去的金鈴子」之討論〉，收錄於《失去的金鈴子》（臺北市：大林出版社，1977年），頁243-251。

50 應鳳凰在此提出「書寫女性成長的三部長篇」，分別是：徐鍾珮《餘音》、林海音《城南舊事》、聶華苓《失去的金鈴子》。參應鳳凰：〈反共＋現代：右翼自由主義思潮文學版〉，收錄於陳建忠、應鳳凰、邱貴芬、張誦聖、劉亮雅合著：《台灣小說史論》，頁181-184。

51 《自由中國》及其負責人雷震在一九六○年九月以「涉嫌叛亂」之名遭到停刊與逮捕，聶華苓憶及《自由中國》被封後，因身為文藝欄主編，家門外日夜有人監視，「我住屋附近總有人來回徘徊。警總藉口查戶口，深夜搜查我家好幾次。」殷海光則是自從《自由中國》被封後，兩年沒上街。聶華苓在當時任《聯副》主編的林海音的邀約下，開始創作長篇小說《失去的金鈴子》。聶華苓：《三生三世》（臺北市：皇冠文化出版公司，2004年），頁187-188。

主流文藝又急需獲得刊登以紓困家計的兩難下，她選擇以四川偏僻的
山寨間為小說的背景，娓娓訴說女孩一場名為「探母之行」，實際上
卻是逃離到邊緣空間進行一場痛苦掙扎的成長過程。

　　由此推知，《失去的金鈴子》這部以故國邊緣閉塞的山村作為背
景的長篇小說，除了是聶華苓個人的親身經歷外[52]，應也是她有意為
之的選擇。尤其在彼時政治迫害的陰影下，創作者自然會對書寫的題
材與時空特別敏感留意。至於個人所處的空間對書寫所造成的影響，
我們或可在她日後赴美所創作的《桑青與桃紅》的小記中尋找、回溯
出某些蛛絲馬跡：

> 我提筆寫《桑青與桃紅》，因為我遠在愛荷華，沒有想到任何
> 禁忌，沒有想到是否「犯上」，沒有想到「禍」「福」的後果。
> 我寫，因為我有話要講。我可以完全掌握作品的生命。我可以
> 天馬行空任想像翱翔，利用各種新的舊的技巧，展開視野，寫
> 出「人」的命運—不止是中國人的命運[53]。

在愛荷華時可以天馬行空，愛講什麼就寫什麼，肆無忌憚地道出個人
的、國家的命運；那麼，在特務虎視眈眈的五、六〇年代呢？尤其在
《自由中國》的編輯群幾乎身陷囹圄之際，聶華苓豈敢、又豈能百無
禁忌？於是，她小心翼翼地將故事通篇都放在重慶外郊三斗坪的山

---

52 聶華苓：〈苓子是我嗎？〉，收錄於《失去的金鈴子》，頁235-241。《失去的金鈴子》
　　首刊於《聯副》，於一九六一年七月一日至九月三十日在《聯合報》連載。同年，
　　由臺灣學生書局出版；文星書店分別於一九六四年及一九六五年再版與三版；一九
　　七七年由大林出版社出第四版，此為本論文採用的版本。

53 聶華苓：〈桑青與桃紅流放小記〉，收錄於《桑青與桃紅》（臺北市：時報文化出版
　　企業公司，1997年），頁272。

區——三星寨中進行。鎖定故國，除了那兒是聶華苓的根外[54]，更重
要的是足以讓小說營造出一種懷鄉的氛圍，以躲避她當時任何可能被
冠上叛亂罪名的機會。當故事聚焦在偏遠閉鎖的山村後，鏡頭再也沒
有拉遠過，直到小說進行到最後，安排苓子搭船前往重慶為止。正因
為是在山間，外界的一切紛擾與她無干，尤其在「山上不怕警報」
（頁7）的保證下，她可以理所當然地將轟炸聲視為背景，在「也
許」是敵機飛過的山裡，恣意地爬山嬉戲尋找金鈴子，完全不須理會
你死我活的爭戰世界。生活在三星寨的人們除了採買日常用品，平時
很少與外面的世界交通，自成一體。也因為這樣，在這個封閉的空間
裡，作者可以縱情地在她內心的孤島上揮灑，寫小女孩如煙的囈語與
追尋，完全無須理會反攻復國的文藝使命，這也或許正是原本記憶中
卑俗的三斗坪在日後能夠如此強烈吸引她的重要原因之一吧。

　　《失去的金鈴子》最基本的解讀，誠如作者所言，是描寫一個女
孩在抗戰時期莊嚴而痛苦的成長故事，及其無可奈何的掙扎[55]。但我
們卻特別注意到，進入山區的苓子面對意想不到的成長刺激，似乎並
不那麼樂意接受：

> 覺得自己在長大，在變複雜，那滋味不好受。
> 你感覺得到，又捉摸不到，我就叫它「絕望的寂寞」。金鈴子
> 叫得那麼美，那麼快活，我偏偏聽出這一點[56]。

再怎麼樣不願意成長，畢竟還是得面對；也只能無可奈何地接受。誠

---

54 聶華苓在《三生三世》首頁寫著：「我是一棵樹。根在大陸。幹在台灣。枝葉在愛
　荷華。」見聶華苓：《三生三世》。
55 聶華苓：〈苓子是我嗎？〉，《失去的金鈴子》，頁294。
56 分見聶華苓：《失去的金鈴子》，頁74，頁105。

如尹之舅舅對人生的詮釋為「無可奈何地笑；無可奈何地醉」（頁
117）。而明明是輕快細微的金鈴子叫聲，在芩子聽來「偏偏」卻是絕
望與寂寞。通篇小說就是在這樣幾近灰濛濛的色調下，流洩出小女孩
痛苦感傷的心情，並刻鏤出一個遭受分裂的主體：

> 那次我和ㄚㄚ一起爬山，滿山遍野地跑著找金鈴子。現在我已
> 經有金鈴子了，並沒因此而快樂。我和ㄚㄚ都改變了很多。人
> 開始變複雜，就開始有痛苦，而也開始成長。我到三星寨的時
> 候，正是風暖蟬鳴的夏天，現在是黃葉滿山的秋天了。在這幾
> 個月中，我所體驗的、看到的、感受到的，使我由單純中逐漸
> 分裂[57]。

如果「金鈴子」是成長的符徵，那麼在不斷追尋終於尋獲的結果，為
什麼芩子還是不快樂？正向的成長不應當是光明喜樂大過於分裂的痛
苦嗎？但我們反而在小說中感受到一派陰森、晦暗的氣氛。這樣的氛
圍其實和一個十八歲熱情洋溢、被暱稱為「小太陽」（頁55）的少女
的氣質與成長並不相稱。小說在瀰漫著「霉濕、爛木料、枯樹葉、火
藥、血腥混合」（頁232）怪氣味的三斗坪開展出來，屋前的空屋裡擺
有莊家姨婆婆為自己備妥的空棺材，還有她那像「一輛出殯舊馬車」
（頁18）的床；永遠戴著白絨線花的寡婦巧姨以及抽鴉片而瘋死的丈
夫。當黎家姨爹娶偏房，婚宴上象徵喜氣的紅燭光在她看來卻像是
「煉獄裡熬受著苦刑的幽靈」（頁72）；到了鎮上便不經意在祠堂牆角
看見躺著一個死人，而「死亡」更是芩子和尹之舅舅時常論及的話題
之一。再如貫穿文本中象徵芩子追尋理想的金鈴子與杜鵑，前者低微

---

57 同前註，頁141。

清越的叫聲在她聽來是悲哀、絕望的，後者是「暗黑」的嘴「嘔心泣血」的叫，無不和絢亮光明的色彩絕緣。在這樣陰暗和絕望的氛圍下，與其說是說明一個女孩苦澀掙扎的成長，不如說是一個逃避成長者不得不成長的心情。尤其當她窺見尹之舅舅和巧姨的姦情與揭穿成人道貌岸然的真相時，不僅人「昏昏沉沉」，還不斷咒罵「髒！髒！」並流洩出看透成人「自私、驕傲、偽裝、不道德」（頁178）的絕望。

小說的最後，結束在苓子離開三星寨前往重慶的船上：

> 我在戰亂中走過許多地方，每離開一個地方，我都認為我會再到那兒去。彷彿人生是可以自由安排的。只有這一次，我離開三星寨的時候，我知道永也不會再去了。生命有一段段不同的行程，走過之後，就不會再走了，正如同我的金鈴子，失去之後，也不會再回來了[58]。

為什麼獨獨知道這一次永遠不再回三星寨？是因為那裡擁有太多痛苦複雜的成長記憶嗎？尤其對於一個原打算窩在山間逃避成長的來說，這樣的記憶的確並不好受。當母親直讚誇她「嗯，長大了，真的長大了」的喜悅中，苓子卻僅是「微笑著，沒有作聲」（頁285），進而望向逐漸模糊的河面。而這一抹微笑，表現在目睹成人世界醜陋偽善的苓子臉上，尤具張力。

這部小說或也可視為聶華苓本人對文藝理念的重申。在「我之寫作只是為了要擺脫寂寞──與生命同在的那份寂寞」（頁290）的自白中，完全不同於反共小說批「惡／共」揚「善／國」的書寫企圖。尤

---

58 聶華苓：《失去的金鈴子》，頁285。

其在苓子成長的過程中，僅是透過不停的對生命提問──「人到底活
著為什麼呢？」（頁118）「人真的這麼髒嗎？」（頁140）「永恆靜止
了，然而誰說那不是再生呢？」（頁281）甚至小說發展到了最後，除
了象徵父權，攫走大兒子夫婦及軟禁巧巧的莊家姨爺爺病逝外，作者
也沒有交代其他角色的結局為何。因被嫁禍涉嫌買賣煙土的尹之舅舅
出獄了嗎？巧姨果真斬情絲而禮齋了嗎？沒有家的苓子到重慶後去了
哪裡？作者都沒有對這些疑問提供答案。在聶華苓的創作理念裡，小
說的結果如何，以及是否指引讀者一條光明的道路並非創作與閱讀的
重點，重要的是如何引導讀者思索、探究、不安，這才是文學迷人的
精髓所在。因此歷經成長的苓子如是說：

> 金鈴子和杜鵑本身沒有意義，有意義的是追尋的過程。……以
> 前我生活在外在的世界中，現在我生活在自己的內心了。而生
> 活的法則只有在自己內心才能找到[59]。

寫作的本身沒有意義，有意義的是創作的過程。對一個創作者來說，
未曾不就是如此？尤其此時受特務監控的聶華苓正是將寫作視為一種
紓解心結、擺脫恐懼的過程。如果我們僅將《失去的金鈴子》視為一
部單純的女性成長小說，亦是依文本中聚焦的四川重慶外郊的地點就
歸為懷鄉小說，不啻太小覷了聶華苓意在言外的批判意圖。她那「只
問過程，不問結果」的書寫意念，正是她一向秉持的創作原則，作者
顯然並沒有要在小說中告訴我們什麼真理。但不容我們否認的是，蝸
居山間的苓子雖然得以拋離大時代的爭戰紛擾，但是在她掙扎成長的
經歷中，還是逃不過成人世界的是是非非、骯髒複雜。因此，出了山

59　聶華苓：《失去的金鈴子》，頁263-264。

的苓子索性飄洋過海，化身為桑青（桃紅）？由北平南轉台北、再赴
北美[60]，展現更大動作的逃離。

　　同樣敘述逃避成長的故事，但陳紀瀅的《賈雲兒前傳》（1957）
並非採用空間轉換的方式，而是關注在主體信仰喪失後的不知所蹤，
透過實際行動以逃避成長。小說中自幼即為虔誠信徒的女主角，因歷
經兩度婚姻挫折，復以父親遭共黨迫害致死而瘋狂反教。而雲兒成長
問題的真正浮現，即是始於對宗教的質疑後。在叛教之前，雲兒將所
有的成長經歷不容置疑地歸因於上帝的安排與恩典；爾後，當她自宗
教的神恩中超脫覺醒，開始不斷質問上帝，對自我生命的疑惑與追尋
也是從這裡開始：

> 以前無論出了任何事情，我總是皈依上帝，靠祈禱安慰我的心
> 神，到教堂洗滌心理上的污穢。如今我既不承認有上帝，我當
> 然不再倚靠他。又因我被反上帝，所有信主的人幾乎都把我
> 放棄。
> 我孤獨，無援。四周的人都是以白眼看我。她們的任何動作都
> 表示我已不在她們之中。我在她們眼中已變成蛇蠍，變成疫
> 癘，人人不敢觸及我，人人躲避我[61]。

正如西方成長小說的發展，主體只有從宗教的神權中超脫出來，發現
了自我的存在，並學習如何走向他者，才是真正成長的開始。但賈雲

---

60 聶華苓：《桑青與桃紅》。此書乃作者於一九七○年寫成，在《聯合報》連載未完即
　　因政治因素遭禁（自一九七○年十二月一日至一九七一年二月六日停登，恰刊登至
　　第二部完畢），未能見全貌。一九七六年由香港友聯出版社首次出版，台灣版本則
　　於至一九八八年由漢藝色研文化事業有限公司出版。
61 陳紀瀅：《賈雲兒前傳》（臺北市：重光文藝出版社，1957年）頁226。

兒從信教到叛教的轉變太過極端，過猶不及的結果，反將她推向孤立無援的成長困境，和社會中的人事格格不入。最後，在失去信仰且找不到生命出口的不知所措下，也只有選擇自現實的生活環境中逃離，藉此逃避接踵而至的成長難題。

　　虛構文本裡的賈雲兒因為信仰崩解，又在無法與社會融合的情況下選擇逃避成長；那麼，現實世界裡的陳紀瀅呢？向來致力於推動反共文藝的他，似乎也經歷了一個信念遭受解構的過程。他在《六十年小說選》序言中就這麼說：

> 小說類多半以抗戰時期，日本軍閥侵略中國，共匪陰謀倡亂，以及大陸淪陷後，毛共政權如何壓榨人民，人民如何反抗為寫作內容，……漸漸，這類體裁近於枯竭，新的資料，不易搜集；書的銷路，陷於停滯，於是不能不轉變方向，另謀發展[62]。

儘管來台初期策劃推動、身體力行，但最後仍必須承認反共文學大量生產後的困境與負面效應。重新檢視他的創作歷程，《賈雲兒前傳》當是位居他思索文藝創作如何轉變的時間脈絡上。換言之，此部小說雖然不是陳紀瀅創作生涯中最引人注目的一本，但卻透露出作者將於日後發出「反共不能不轉向」的重要關鍵。他於一九五一、一九五五年分別完成反共色彩濃厚的長篇《荻村傳》、《赤地》後，出版於《賈雲兒前傳》之後宣揚抗日精神的《華夏八年》，已是源自報刊邀約，而非他個人自發性的創作。更重要的指標是，自一九六○後就未見他創作反共復國的相關題材，而計畫中的另外兩部鼓吹反共復國大業的

---

62 陳紀瀅：〈六十年來我國文藝思潮的改變〉，收錄於陳紀瀅編：《六十年小說選》（臺北市：正中書局，1971年），頁18。

《沃野》、《青天》亦就此銷聲匿跡[63]。此後，陳紀瀅也在文壇沉潛了
十多年，一如逃匿無蹤的賈雲兒。直到一九七五年，陳紀瀅才再出版
《華裔錦胄》，而此書已是轉而描寫華僑在海外的艱辛創業史了。令
人好奇的是，是否正因為賈雲兒逃避成長的結果，所以至今始終不見
《賈雲兒後傳》的問世？

二 終結成長

　　相較於逃離，死亡則是另一種更激進的反成長結果。在國共內戰
的鬥爭下，不想逃的、或逃不走的，當然也就只有死路一條。然在劃
分敵我、演述正邪的反共敘述模式下，若按照「善惡有報、邪不勝
正」的天啟訊息指示，反共小說最後的結局理應是共死國存，以為撻
伐萬惡共黨、枕戈待旦的光明結局。但當我們仔細淘瀝反共文獻後卻
驚訝的發現，小說中的反共者或自殺、或他殺，以死殉志者不在少
數，這樣的情節展衍其實並不吻合強調戰鬥性和教育性的反共文學。
這類小說因死亡而衍生自相矛盾的閱讀可能，正是這些創作碰觸政治
問題的精采處。

　　舉例來說，反共小說中具有強烈反共愛國信念者，如《蓮漪表
妹》（1952）中那個始終忠貞，為國效命的國民黨員趙白安，竟遭枕
邊人沈積露謀害身亡；或如《夢迴錢塘》（1963）雅芳，也在為國民
黨派送密報時中彈身亡。這些堅定反共的愛國者最後遭受共黨殺害，
豈不是太可惜？若憑藉著他們所具有的高昂戰鬥力和反共意志，反共
復國豈不才是如虎添翼？另一類則是在先擁共而後反共的成長覺醒中
死亡，如《長夜》（1960）的乃馨、《旋風》（1957）的方祥千、《重

---

63 陳紀瀅：〈著者自白〉，《華夏八年》（臺北市：文友出版社，1960年），頁3。

陽》（1961）的洪桐業、《危巖》（1955）的高適等，他們都是在看透
匪共罪惡的本質，並且產生逃離共黨的信念後，自殺或是慘遭同是共
黨手足的凌虐殺害。以《危巖》為例，當身為共產黨員的高適終於領
悟人性的可貴而悔不當初，雖也萌生反過來消滅共黨的信念，但最後
仍以自盡作結：

> 他想復仇，他想把被他綁到孫大姐那兒去的葆玖救回來，他想
> 使那曾經殘忍利用過他，欺騙過他的匪黨消滅，或者同歸於
> 盡……但，看著眼前生命垂危的嬋娟，他忽然憤怒地說：「你
> 還是死了好，死了好！」他一把推開她，就在嬋娟步履跟蹌
> 中，高適舉起槍，瞄準了射過去。……高適突然被一種濃烈地
> 淒涼之感侵襲著，他明白了一切，卻也失去了一切，嬋娟是他
> 真正所要得到的，但，她已經死了，死得太悲慘，他應該為她
> 索回血債，但，她已經死了，還有什麼是他可努力與留戀的
> 呢？他不願意離開她的身邊，那怕是一瞬間。他沉默地舉起
> 槍，對準了自己射來，他倒在嬋娟旁邊，伸出那隻大手，緊緊
> 地拉住她[64]。

既省悟遭共黨理想欺騙而企圖復仇，為何一轉念間卻選擇槍殺了嬋
娟？伊人的苦難既然算在匪共分上，高適理當為她討回血債，為何又
舉槍自戕？尤其按常理推測，那些不願意繼續向下沈淪的主角，自共
黨的革命信念中掙脫出來後理當會更卯起來反共，但作者卻安排他們
在付出反共行動前，即因無法逃出共黨的魔爪而遭遇不測，完全斬斷

---

64 孟瑤：《危巖》（臺北市：皇冠雜誌社，1970年），頁437-438。《危巖》原名《懸崖勒
　馬》，獲文獎會四十二年國父誕辰紀念獎金長篇小說第二獎。初版由文藝創作出版
　社於一九五五年出版。本論文採用皇冠於一九七〇年出版的版本。

了繼續成長／反共的機會。由此引發我們進一步觀察的是，主角「擁共」時的生龍活虎，與啟蒙覺醒後「反共」必須死亡的兩相對照下，恰可見出其間的辯證與弔詭。

如站在「反共」的立場，作者自然是要表達出一種在共黨世界沒有成長可能的詮釋觀點：

> 在你們這個世界裡，向上的人可以墮落，下流的人能騎在別人的頭上。你們這個世界是反常的[65]。

這是《重陽》（1961）中的洪母目睹兒子在接觸共產黨前後的邊變姿態所下的結論。在那個不容許個人有自我主見的黨觀裡，凡是不合共黨信念者一律冠之以「反革命」、「反動」的罪名。因此，在匪共反封建、反舊禮教的呼聲中，所有一切背反人倫的行徑均冠之以革命之名：雜交亂交是革命，殺人不償命也是革命，對婚姻不從一而終是革命，寡婦改嫁更是一種革命。既然「具選擇權」是成長重要的概念之一，那麼在動輒三反、五反、下鄉勞改的威脅下，主體確是在共黨世界無從選擇，完全隔絕了成長的可能與機會。我們對小說中反共者死亡做這樣的詮釋，其實已經相當吻合官方的意識形態。但我們的關懷顯然並不僅止於此。如果將小說的結局置換成另一種截然不同的結果：讓這些反共者存活下來，跟隨國府撤退來台，繼續他（她）好不容易覺醒的反共大業，並且在兩個世界親身體驗後道出自由台灣和赤色大陸是如何的不同，豈不更具有說服力？然一旦我們將這些作品放在衍生反共小說的歷史情境下解讀，我們似乎也就不難明白作者何以

---

[65] 姜貴：《重陽》（臺北市：皇冠文化出版公司，1973年），頁444。《重陽》首由姜貴自費，交由作品出版社於一九六一年初版；一九七三年由皇冠重排出版，此為本論文所採用版本。

賜死的用心良苦與另有所指。

　　首先，我們必須留意到文本中反共者致死的時機，多是在他們準備行使選擇權、不再對共黨律令亦步亦趨之際。在這個觀察結果的前提下，我們緊接著拋出一個更基本的思考議題是，為什麼要反「共」？那個「共」的內容包括了什麼？如由前述反共者的死因論斷，「共」所指涉的無關乎傾左靠右的政治信念，而是指向一個獨斷專制，沒有選擇權的政體。但弔詭的是，作家們在彼岸台灣進行這些反共的創作時，於當局強勢反共政策的淫威下，不同樣也是沒有選擇的權力可言？東渡後國民黨政權的霸道獨裁，文藝政策學舌後的箝制手段，對人民的殺傷力豈次於心狠手辣的共產黨？官方高層提供八股的範本與公式以資套用，猶如具規模的大型直銷產業，僅看重生產／銷售業績，以收編廣大的讀者群，並不在意文學作品的藝術性。在國府戮力複製「順我生，逆我亡！」式的極權環境下，這對因意識到具有選擇權的重要性而群起反共的他們而言，應當是一種相當沉痛的打擊。循此，作者們選擇讓筆下的反共主角不渡彼岸而死的用意，未嘗不是不忍心讓活下來的他們，又再度面對另一個獨斷專制而沒有選擇權的國民黨世界而不得不的痛心決定。

　　若依憑新青年救國建國的文學想像，這些擁共之士在覺醒後準備反共之際相繼死亡，最單純的書寫意義是，作家們對共黨世界的殘暴不仁以及主體沒有成長機會的控訴。但除此四平八穩的理所當然解讀外，有沒有一種可能是：當遷台作家們驚覺國民黨政府竟複製了「共」的方式來反共，在個人自我追尋的成長經歷至此已無法和家國大敘述相彷彿的情況下，他們或是想說而不敢說，抑是深怕說了會惹禍上身。但在又不能不說的情況下，乾脆就讓小說中的人物以最激烈的反成長方式，藉此表達以死明志（反共之志）的決心？

　　毫無疑問地，死亡後就完全失去了說話的權力，從此就再也不必

擔心憂慮因說錯話而致禍，並且還得以因為反共覺醒者的美名而流傳千古，留下「捨生取義」的「壯舉」。小說的作者讓反共的主角們不渡彼岸而結束生命，留給讀者的除了不捨，同時也劃下了一個永遠美好的反共開端。畢竟我們很難想像這群覺醒者若有幸存活下來，卻恍然發現無論左右、還是國共，他們為了爭奪政權的政治意圖，竟同樣不允許人民具有選擇的權力時，是否能夠挺得住連續幻滅所帶來的打擊？主體的意識形態在解構後建構再解構，恐怕會是從個人自我到家國主體的逐一解體。是故，與其讓他們徒生成長的悖論與希望的幻滅，不如就讓他們在故園入土為安。我們或可再進一步推測，小說對覺醒青少年徹底棄絕的死亡結局，或是不願讓他們沾染到任何一點成年人的惡習，或是不忍心讓他們在進入成人世界的再次幻滅。而在「成年台灣」的文學想像下，這除了是對共黨世界的控訴外，或許也是維繫遷台國府包裝自由文藝形象的一種策略。但更駭人的是，這豈不也是揭示了在同樣霸權專斷的政權中，文藝創作者其實面臨的是一種無所遁逃的存在困境？

「勿為死者流淚，請為生者悲哀」[66]，趙滋蕃《半下流社會》的開場白，這句老秀才出場不久就謝幕的生命哲學，或許足以道盡五○年代作家的共同心聲。死者已矣，個人的、家國的是非功過，從此灰飛煙滅、一筆勾消；然有幸苟存於亂世者，不僅需承受國破家亡的傷痛，同時要肩負反共復國的重責大任。更悲哀的是，還要面對一個雖然政治理念不同，但卻一樣獨裁的政府。對小說創作者而言，對這一哲學名言更特別感同身受也別具意義。處身這樣威權的國家體制中，小說家有可能盡得其情嗎？在背負右派文學的意識形態下，要如何記

---

66 趙滋蕃：《半下流社會》（臺北市：瀛舟出版社，2002年），頁90。初版由香港亞洲出版社於一九五三年出版，本論文採用臺北瀛舟出版社於二○○二年出版的版本。

敘那兄弟鬩牆、國共內亂的「真實而完整」的故事？在自由創作不易
的歷史夾縫中，他們如何寫出具有反共目的，卻又不是套用八股公式
的情節展衍？在嚴峻政治氣壓的瀰漫下，倖存者一方面擔心匪共血染
台灣的威脅，另一方面又無法認同國府來台後的霸權專斷，在「左」
支「右」絀的歷史情境下，他們只有通過描摹這群小人物的掙扎與幻
滅才能為是類文本填下真正的血淚。而往往也就在表面劍拔弩張的反
共怒濤中，五〇年代的小說在反共者死亡的結局中，實難掩一股不知
所措的茫然矛盾之感。

　　在思鄉不得的兩岸對峙下，遷台族群們就必須藉由書寫以重溯自
我生命的源頭，以慰自我愁苦的心靈。而此種以書寫作為安頓身心的
依歸，豈是搖旗高喊「文學為政治服務」者所能體會？對創作者來
說，一旦政治干預大過自發性，文本抽離了情感的實質，小說不過只
是負載文字的具體空間而已。尤其當他們發現國民黨政權明顯是為了
鞏固壯大自我的權力，而如法炮製共黨消弭異音的文藝策略時，小說
家們安排反共之士殉志的結局，或許是另一種「作者已死」的表態。

三　小結

　　逃避或結束成長，前者消極，後者激進，但都是對正向成長的一
種反動。這類逃避成長的文本，我們並不在意小說主角究竟有沒有逃
離成功，而是關注在他們逃避過程中因抗拒成長所表現出各種變化的
心情。況且，沒有人可以完全迴避得了周遭事物所帶來的成長刺激，
除非如賈雲兒一樣就此消失無蹤，或者以死一了百了。死亡，雖然得
以不再受到成長之苦，當然，也永遠失去了翻身再重新出發的希望，
也就遑論成長與否的生命課題了。

本章結語

　　五〇年代作家除了「回憶過去，迎向未來」的正向成長範式外，還有一類個人主義式的「反成長」書寫。他們或是採用「沉湎過去」的童年烏托邦書寫；或是乾脆逃避或終結成長。他們一再揭露對成人世界的不滿，從而由心裡或行動表明不願進入成人世界。成人威權若是官方政策的象徵，那麼文本中的反成長書寫正是作家對制式規範的一種反動。而這類作品多出現在六〇年代，明顯地作家也已隱約受到了現代主義思潮的影響，而側重在內心變化的描寫，以對反於官方反共的文藝國策。

第六章

結論

　　從事台灣文學史寫作者最棘手也最具爭議性的部分，當是對戰後初期台灣文學生態的描述，以及對五〇年代遷台作家創作的品評。雖然國民政府在戒嚴初期如同殖民的政治迫害是鐵的事實，文壇上也確實浮濫著量化八股的反共之作；但是本土派史家，同時也是當今主流台灣史著作者多自意識形態立論，據此抹煞五〇年代遷台菁英在文學上的付出與貢獻，如此貶抑的評價似乎不甚公允，同時也無法詳實地勾勒出當時台灣文學的多元樣貌。邱貴芬在〈台灣（女性）小說史學方法初探〉一文中就重新審視目前已出版的葉石濤《台灣文學史綱》與彭瑞金《台灣新文學運動四十年》這兩部文學史，指出他們在撰述時因適值台灣政治生態劇烈變化，以及各種論述與認同辯證紛紛擾擾的關鍵期，書中所堅持的意識形態自具有其時代性的意義。除了對於他們將台灣文學史的建構與政治反對運動密切結合的書寫系統寄予同情性的理解外，她同時也建議日後有意撰寫台灣文學史者應注意的調整方向：

　　　　台灣文學史學方法是否該考慮將史家立場與作品立場分開處
　　　　理，史家關注的重點不在作品是否表達了與史家立場一致的政
　　　　治立場，而是在殖民歷史脈絡裡，作品與當時台灣主流／非主
　　　　流意識形態、文壇形成怎樣的對話狀態。這樣的書寫方法和方
　　　　向才可能評估潘人木《蓮漪表妹》、孟瑤《這一代》、郭良蕙

《心鎖》、乃至朱天文《荒人手記》、朱天心《想我眷村的兄弟
們》，甚至新世代作家朱國珍〈夜夜要喝長島冰茶的女人〉、陳
雪女同志小說《惡女書》的意義[1]。

邱貴芬雖然是站在如何翻轉台灣女性在文學史地位的性別立場上發
言，但她主張從事文學評論者應泯絕主流／非主流意識形態的史學關
懷卻是全面無私的。由於台灣文學史多關注殖民／反殖民勢力的對
抗，側重在受壓迫者的反對運動上，將殖民地文學等同於殖民抗爭文
學的結果，似乎忽略了文學中所關注台灣社會與當時文學表現的其他
層面。對於本土派學者所敘述的五○年代的台灣文學史，非本土派的
研究者也早已提出不少異議。以龔鵬程〈台灣文學四十年〉一文為
例，他不但認為五○年代的文學創作不能以反共文學概括，更不能只
從台灣省籍作家的角度來談台灣文學的發展[2]。循此，唯有拋離以政
治意識形態掛帥的傳統批評主流，才有可能重新評價與史家不同政治
立場的文學作品。本論文意在重讀五○年代作家的小說，於撕去了
「反共」、「懷鄉」的文學標籤後，企圖挖掘出不同的文學風貌。

　　首先，在文學的傳承與表現上，五四文學裡「感時憂國」與「個
人主義」的社會使命與現代精神，影響了這群汲取新文學養料而成長
的五○年代遷台作家。因赤禍匪亂導致國破家亡而不得不渡海來台，
他們一方面通過描繪個人顛沛流離的親身經歷，在控訴共黨暴虐不仁
的同時，寄予反共復國的家國期望。另一方面則在兩岸持續對峙，於
台灣逐漸落地生根後，開始在小說中表現出對斯土斯民的關懷。至於

1　邱貴芬：〈台灣（女性）小說史學方法初探〉，收錄於《後殖民及其外》（臺北市：
　　麥田出版公司，2003年），頁26。

2　龔鵬程：〈台灣文學四十年〉，收錄於《台灣文學在台灣》（臺北縣：駱駝出版社，
　　1997年），頁39-92。

同處於歷史轉折點的台籍作家，則是承繼了一九二〇年台灣新文學精神中「反抗殖民壓迫」與「個人覺醒」的特性，同樣在刻畫個人的遭遇中召喚歷史記憶，進行被殖民者的身分認同的成長書寫。特別是他們對國家的政治發展以及時代性社會議題的關懷，無分省籍性別，多以一種自傳式的手法呈現出來。不容諱言地，自傳正是描寫人物成長的故事。

　　而五〇年代作家此種成長書寫的表現，促使我們注意到代表歐洲歷史轉型期之一的啟蒙運動後，在德國文壇上興起的「成長小說」的文類。由於十八世紀歐洲啟蒙運動後神權式微以及人的意識的覺醒，人們開始高度關切如何塑造自我及走向社會的問題，「成長小說」（Bildungsroman）開始被大量創作，並發展成為西方文學上一個相當重要的文類。同樣地，當五〇年代作家們分別承襲了五四與台灣新文學精神中「個人覺醒」的特質後，大部分的作品表現幾乎都由一條個人成長的脈絡貫穿其中。換言之，個人意識的覺醒引發的成長議題，是在十八世紀的歐洲啟蒙運動與二十世紀的中國五四運動以及台灣日據時期的新文學運動中，對知識份子極為重要的啟發與影響。本論文意在通過五〇年代小說家在戰後二十年高度戒嚴時期的作品，藉由成長書寫的視角探討他們的小說。試圖在絕對意識形態掛帥的傳統批評主流論述後，在「人」的覺醒與權威鬆綁的前提下，進而從「成長」的置高點解讀、探討五〇年代作家筆下不同的成長關懷及其時代性與社會性的意義。

　　本文以《成長的迹線──台灣五〇年代小說家的成長書寫（1950-1969）》為題，這必涉及如何擇取以成長為主題的小說作為討論對象的評判標準。且有鑑於「成長小說」的成形與理論的發展源自德國，及台灣文壇對此一文類概念的含混模糊，研究理路就必須從釐清西方「成長小說」的指涉範疇與廓清簡略的文學圖像中展開。當我們以西方成

長小說的理論作為深入研究台灣成長小說的基礎時，才不會造成讀者以為內心成長是成長小說唯一內容的誤識。首先，對於眾說紛紜的德文名稱，在探析諸多學者的定義與辯證後，主張以 "Bildungsroman" 指稱廣義的成長小說的文學類型最為恰當。也就是以"Bildungsroman" 統括 Entwicklungsroman、Erziehungsroman、Künstlerroman 等符名，統稱所有成長小說的類型。而最狹義的成長小說（Erziehungsroman），則是一類專指將成長關注的焦點放在青少年所受的訓練和制式教育上的成長小說。

其次，關於成長小說的定義，則依其時代脈絡的演變分成兩方面來說明。第一是成熟於十八世紀啟蒙及文藝復興運動之後的德國傳統成長小說。由於自啟蒙運動後，人們不再一味相信「命由天定」的神學論，人自神的庇護和壓抑下解放出來後，進而面臨了認識、甚至是塑造內在自我與外在世界的問題。緣此，人的成長不再單純地只是關注在個人內在的心靈成長而已，更強調主體在社會化過程中如何在消弭個人內在自我與外在社會的矛盾後成長，以及如何在社會生活中獲取知識與完善人格，進而確立自我在社會上的責任。在結構上多採線性敘述方式，以及具正面富教育意義的明確結局。這類小說將歌德《維廉・麥斯特的學習時代》（*Wilhelm Mesister's Apprenticeship*）中經歷「學習」、「漫遊」，最後「為師」的成長三階段敘述視為成長小說的原型。第二則是發展到二十世紀的現代成長小說。相較於以歌德為代表的傳統德國典型，在現代成長小說作家筆下，文本的成長意義與書寫模式有了更多豐富的詮釋與演變，也就更難賦予此文類一個簡潔而普遍的通用定義，幾乎沒有所謂的典範可供參考認定。尤其再經過各個國家不同文化價值與關注社會層面的不同，現代成長小說更顯多元。在內容上，現代成長小說或是被悲觀主義所取代，或是彰顯出對社會價值觀的再批判；甚至於小說中的主角最後和社會協調與否的

互動已不再重要，重要的是主角是否具有對於自我改變及其獨立的認知，儘管在小說中對主角的成長表達出懷疑或否定的結果，仍然可以歸屬於成長小說之林。在結構上亦不再襲用傳統的線性敘述方式，而那種明確的結局亦被開放性的結局（open ended）所取代。

再就成長小說的人物形象來說，文本中的主角乃是呈現動態發展而非靜態統一體，其中最重要的特質就是具有「主動選擇權」，而非一味地被動服從。最後，在年齡的釐定上，由於青少年正處於「尚未成人」與「終將成人」的過渡地帶，如何調和自我理想與現實的矛盾衝突，確是大多數青少年亟待解決的成長難題。因此，大部分的成長小說的確大多是以青少年人為主要的探討對象，但並非全部。當我們在評判該篇是否為成長小說，不應將不是描繪青少年成長的文本就一律剔除在外。而本文對成長的認定標準主要於尚待啟蒙者（廣義的「未成年人」）在各種經歷中，是否朝向成年的世界邁進，年齡並非檢視是否為成長小說的完全的絕對的判準憑證。

第二章聚焦於巴赫金（Miklail Mikhailvoich Bakhtin）所分類的五種成長小說中最重要的一型——「現實主義的成長小說」。作者藉由個人與歷史時空的積極能動與對話，進而產生了歷史時間與個人成長的融合；小說最後通過人的成長反映出歷史的成長。簡言之，主角「自我追尋」的小敘述與「國家成長」的大敘述成為互為表裡的象喻體系。在敘述結構上，成長小說多採用回憶的筆鋒，因而發展出「回憶過去，迎向未來」的成長書寫範式。無獨有偶地，反共小說亦然。準此，作家們多將個人耳聞目見的成長經歷和家國的命運交織互涉，形成一種個人與國族相互依賴、共同成長的書寫結構。個人／家國的成長論述在此相互交乘、互為表裡。正因為我們看重的是成長的過程，這些小說不僅宣誓了反攻復國的家國未來，更充斥著高潮起伏、扣人心弦的成長啟蒙歷程。而這些刻骨銘心的個人成長描寫，當是這

些小說得以歷數十年而人氣不衰的主因。若再將國家身體化，自身體／國體互涉的論述中，我們提出一種「少年中國，成年台灣」的觀點。反共小說的目的，無非是希望國家在這場兄弟鬩牆的挫敗中成長啟蒙。藉由「現在」此刻書寫檢討「過去」敗退的原因，作為「未來」打回大陸去的借鏡。當我們自「成長」的時間性歷程解讀，反共小說的過去絕不等於未來，而現在則落實為書寫本身。接著，再加入性別。當眾多睿智慧黠、熱血救國的女性紛紛現身在反共抗暴的行列，挑戰了傳統性別論述。女性不再只是附屬或瑣碎的能指，她們建構主體性的過程與家國歷史的發展密切相關，開展出另一種女性成長風景。最具震撼的毋寧是，當女性不再視身體為服膺於一人一家的貞操規範，反而利用自己的身體進行絕地大反攻的女間諜任務，不僅賦予女性身體革命的符碼，更顛覆了傳統舊禮教的道德觀。

第三章則延續這類個人／家國共同成長小說的論述，改以台籍作家為探討對象。對於歷經兩波強勢殖民的跨語一代作家，在身分認同的成長策略中重新建構個人／家國的主體性。在日本／中國／台灣的身分流動中，藉由不斷變動的他者，企圖建構出一個純種純正的台灣身分。但事實上是，生命中曾經進駐的異己不可能淨空，被殖民者無法建構一個純種的身分。在這樣的認知下，跨語一代作家身分認同的重要性似乎就不在於最後究竟認同了哪一種身分，而是在於認同過程中彰顯出台灣人民如何對抗殖民者的奮鬥歷史，由此建構出個人與家國共同成長的歷程。

第四章主要強調五○年代作家感時憂國的精神不再一味發出反共復國抑是身分認同的政治聲響，轉而開始意識並且關注切身成長環境的各種時代性的社會議題。循此，在這一章中就淡化家國意識的部分，主要著眼於個人成長背後所透顯的時代性意義或相關社會問題。若由人一生的成長歷史觀察，可以勾勒出一條個人進入「教育─職

場－婚姻」的三個主要成長階段。每一個階段的成長目標與困境不盡相同，在「教育者與被教育者」、「個人的理想與社會現實」、「女性客體與主體」看似衝突的相對概念下，以尋求兩者間的和諧為首要成長任務。更重要的是，在這些成長故事的背後，也同時揭露出時代歷史所呈現的問題。

　　首先，教育小說是在個人和社會的矛盾尚未激化為敵對狀態的前提下，描述青少年如何在學校教育中反思成長。在教育還不是人皆有之的時代，教育小說的論述多關注在教育所帶來的廣闊視野及受教者的成長。此論題表現多以女性主角居多，時空也以清末至五四間接受各式新思潮衝擊的大陸為主。到了教育普及的台灣，是否接受教育既已非當時主要的教育問題，他們轉而描述在教育者／受教者／教育環境的互動輳輯間，不僅呈現出受教者的成長困惑與迷惘，同時也彰顯出整個教育大環境的文題所在，此種教育小說的各種論述顯得複雜許多。不過兩者相同的是，他們都強調了青少年在成長過程中，外在指引的重要性。當青少年完成學業緊接著踏進社會，則又是接受另一個階段的成長的開始。在成為社會新鮮人後，再也沒有師長亦步亦趨的指引，而必須開始獨當一面地解決迎面而來的各種成長衝突與困境。尤其天真的他們多憑依著熱情的淑世理想闖蕩江湖，卻多在殘酷的現實社會中受到無情的成長打擊。這類社會新鮮人的成長小說多以自我理想與社會現實的矛盾衝突為主線，多描寫青少年在社會化的成長過程中，經由自省與外塑的雙重途徑，以消融個人理想與社會現實間的矛盾，從而使兩者達到和諧並確立自我在社會責任。立業而後成家，進入婚姻則是人生下一階段的成長考驗。至於愛情婚姻的成長論述，由於是以外省籍女作家的文本為對象，可視為對女性成長小說的專論。這除了證明女性也有成長小說外，也破解了女性成長截止於婚前的理論。整體說來，女性在客體與主體、魚與熊掌及情慾自主的衝突

間成長。姊姊妹妹如何站起來，捍衛自我的主體性，都可以在這類女性成長小說中看見。

不同於前三章自感時憂國使命所流洩出的正向成長力量，第五章側重在五〇年代作家在創作中表現出對反成長的意識以及對成人世界的批判。他們一反「回憶過去，迎向未來」的正向成長範式，或是採用「沉湎過去」的童年烏托邦書寫；或是乾脆逃避或終結成長。他們一再揭露對成人世界的不滿，從而由心裡或行動表明不願進入成人世界，表現出個人主義式的「反成長」書寫。成人威權若是官方政策的象徵，那麼文本中的反成長書寫正是作家對制式規範的一種反動。

根據以上各章的論述，大約可勾勒出五〇年代小說家於戰後二十年創作的成長文學圖像。在他們豐富多元的成長書寫中，隱約可以窺見台灣文藝氛圍的轉向，以及當時政治社會發展的現象。首先若自歷時性的觀察脈絡，上述三種類型成長小說的產生似乎有其各自相應的時代背景。一九四九年國府敗退撤台，兩岸緊張對峙；值此群赴國難之際，遷台人士無不高昂反共意識，國府並以恩威並施的方式，立下以「反共復國」文藝為最高的指導原則。準此，五〇年代初期以描寫個人在經歷共黨赤禍後的成長，與家國易色的歷史變化雙線並進的「現實主義的成長小說」居多，十分切合於當時的大環境氛圍。但自一九五四年十二月台美簽訂「中美共同防禦條約」後，兩岸對峙的局勢更加鞏固，反共復國幾乎已成神話之際，作家的焦點在五〇年代中期後自然慢慢轉移，開始關注政治以外的時代社會性問題。進入六〇年代後，官方仍未放棄通過政治以主導文壇的發展，但在西方文學思潮所引進的多元風格與反共文藝政策的強烈對比下，反共文學事實上已欲振乏力。循此，堅持自我文藝理想的作家們更有意識地自主反抗，在創作中展現對象徵成人秩序的威權政體的質詰與反動的反成長書寫。

　　其次，著重於成長文本的內容。戰後台灣成長小說顯然並非如學者專家們所論，「不重視主角成長過程中的社會事件，而比較集中的探討個人經驗」、「和德國的成長小說也還有一些不同，因為它比較重視個人內在的心理體驗」[3]，據此認定台灣文壇必須到六〇年代在現代主義籠罩下，「成長」的主題最有發展。如前所述，早在五〇年代小說家就多採用自傳式的成長書寫，作為家國想像的敘述策略或是對時代性社會議題的關注，進而形成了小我的成長論述與大我的家國歷史／時代社會發展為雙線並進的書寫模式。前者為巴赫金所謂最重要的成長小說「現實主義的成長小說」，也就是個人與家國共同成長的小說；後者的敘事模式雖未採用傳統非線性的明確結局，但內容上則契合德國傳統成長小說中強調主體「外塑」的成長，關注個人理想如何在社會現實中實踐的成長歷程。但當反攻復國的氛圍逐漸轉弱，自我文藝理想的堅持也促使作家們不再一味為反共而書寫，他們開始在創作中表達對象徵成人秩序的威權政體的質詰與反動。特別自六〇年代西方文學思潮所引領的「歇斯底里」的時代，五〇年代小說家也開始在文本中展現內在的心理成長體驗。準此，探討戰後台灣成長小說時，若執意略過五〇年代而直探六〇年代現代主義作家，不僅無法展現出傳統成長小說所側重的成長內容，這些一味強調個人內心成長的文本也不夠全面詳實。

　　顯然地，隨著時代氛圍以及個人關注成長議題的不同，戰後台灣成長小說在各個時期表現出不同的特質。若自西方成長小說的發展脈絡觀之，戰後台灣成長小說自然呈現出現代成長小說的書寫特色，如前所述，成長內容多具悲觀主義，或是批判社會價值觀。例外的是，

3　呂正惠：〈社會與個人──現代中國的「成長小說」〉，《幼獅文藝》第492期（1994年12月），頁20。

反共小說為了宣揚反攻必成、復國必勝的信念，倒是多承繼了德國傳統成長小說具正面教育的成長結局。到了六〇年代，在西方現代主義思潮的影響下，現代派作家鮮少表現出歌德《維廉・麥斯特的學習時代》（*Wilhelm Mesister's Apprenticeship*）中主要標榜的外塑成長的典型，而側重在內在心理的成長體驗。由此可見，我們實在很難給予戰後台灣成長小說一個放諸四海皆準的定義。尤其是進入九〇年代所謂「百花齊放」或「後現代」時期，誠如王建元觀察指出後現代文本具有去主體中心的特質及「長成經驗」述說體的虛幻性，所以不容易清楚地解析出主體的成長為何的現象[4]，更不易梳理歸納出小說中所揭示的成長特質。

如針對本土派史家為了捍衛政治立場，自意識形態描繪與評價五〇年代文學的史觀，本文藉由成長書寫的視角提出省思。在成長小說的解讀脈絡下，那些被統稱為反共懷鄉的作品，並不僅止於反共，而更多是刻畫小說人物在共黨的赤禍經歷中，分別通過哪一種象徵性的成年儀式，從而在困惑解惑抑是幻滅覺醒中啟蒙的成長過程，進而揭示出個人／家國共同成長的書寫模式。況且，如果我們承認文學作品中同情共感的經驗是不分時空省籍，那麼這些小說家刻骨銘心的成長之作，又怎會是令人生厭作噁、壓根兒與本地民眾扯不上關係的文學？似乎也不只是夢囈的空中樓閣？尤其約在五〇年代中期後，有愈來愈多的遷台作家以台灣為背景的成長小說出籠，顯然已非他國風花雪月的懷鄉文學了。

若再將五〇年代小說家的成長書寫依省籍區分比較異同。二者容或因作者對家國認知與成長經歷的迥異而多所不同，但也有共同關注的成長議題。相異處首先表現在個人成長論述與家國想像上。遷台作

4　李文冰紀錄整理：〈世界華文成長小說徵文決選會議〉，頁9。

家主要通過主體經歷空間變動的成長儀式，勾勒出反攻復國的家國成長藍圖；歷經兩次殖民強權的本省菁英則在小說中運用身分認同的成長策略，建構出本土的台灣意識。其次，有別於本省作家關切台灣本土，遷台知識份子的成長文本時空兼及海峽兩岸，且以大陸故土為主。尤其在女性知識菁英大行其道之際，對女性如何在教育、職場以及愛情婚姻中啟蒙成長的論題特別留意。至於相同處，如鍾肇政《魯冰花》與瓊瑤《窗外》，就同樣在小說中點撥出台灣教育體制扼殺受教者成長的論題。由此可知，當我們通過成長的視角解析文本，遠比一味憑藉意識形態品評作品優劣來得豐富許多。

最後，從性別位置的角度，除了解構女性沒有成長小說的傳統觀點，並質詰五〇年代台灣女性作家是躲在象牙塔裡做兒女私情的綺麗的夢境的看法。對於男性史家讀女性作品是「彷彿不知道是在這樣驚心動魄的大時代裏」、「社會性觀點稀少」的評價[5]，邱貴芬就認為是「女作家出自女性位置的書寫，男性讀者往往不知如何解讀」的關係[6]。雖然那些鎮日在柴米油鹽、奶瓶尿布間打轉的女性確實有其生活視野的侷限性，但值得注意的是，她們的細屑並非是在尋不著題材的困境下的不得已為之，卻是她們有意識的自我選擇。更重要的是，這些看似隸屬閨怨小說的作品，其實正是以一種貼近生活的小敘述，通過個人的成長歷程描繪，對當時的時代環境與社會傳統的大敘述提出一種批判與控訴。此外，女作家其實也有自性別戰鬥文藝的立場，勾勒出女性與家國共同成長的文學風景。她們不僅消解了家國建構過程中的性別規範，解構了「男主女從」、「父子相繼」的性別書寫，甚

5　分見劉心皇：〈五〇年代〉，收錄於《當代中國新文學大系：史料與索引》（臺北市：天視出版事業公司，1979年），頁70；葉石濤：〈五〇年代的台灣文學〉，《台灣文學史綱》（高雄市：文學界雜誌社，1998年），頁96。

6　邱貴芬：〈台灣（女性）小說史學方法初探〉，收錄於《後殖民及其外》，頁22。

至發展出「女主男從」、「女女傳承」的女性意識。在向來慣由年輕男性發聲的反共／成長小說中，由另一種性別所傳達出來的愛國意念與成長的書寫策略豈不更值得注意？更令人矚目的是，當我們若將女性成長議題的時代向下延伸，藉由歷時性的研究，在同樣關心愛情及兩性議題的八○年代女作家筆下，或可比較出不同時代的女性在愛情婚姻中面臨怎樣的成長難題，以及各自通過哪些成長策略以建構自我的主體性。

　　整體說來，本論文的研究目的在於打破因意識形態對文學的既定分類與評價。當我們從主體成長的歷程來探討五○年代作家這些以大時代為經，個人閱歷為緯的作品時，自是無法以「反共抗暴」與「懷鄉思舊」二者總括全貌。而評家所謂嘔吐夢囈、政策附庸的反共八股作品，反倒是一個個深刻凝鍊、感動人心的成長故事。因此，台灣文壇對於成長主題的關注，早已充斥在這群五○年代知識菁英的作品中。更引人矚目的是，如楊家嫻所謂「以成長為主題的台灣小說為數並不少的文學現象」的觀察正確[7]，在本文擇取五○年代作家作為探析台灣小說成長書寫的對象後，當可進一步開展出對不同時期台灣成長小說的探討。

7　楊佳嫻：《臺灣成長小說選》（臺北市：二魚文化事業公司，2004年），頁8-9。

附表一
五○年代遷台小說家於五、六○年代的重要作品

說明：

1. 年份的認定，以該書／篇脫稿或首次刊登時間為主，而非依據出版時間。如姜貴《旋風》於一九五二年脫稿，卻到一九五七年才出版，在此表中，即以脫稿時間列之。

2. 同年作家排列，依姓氏筆劃。

3. 書名下畫線者，為筆者判斷該書為具有「反共抗暴意識」者，不論是否為主要目的。書名前加「＊」者，則是本章中所謂「個人與家國的歷史共同成長」的作品，亦即不是將家國歷史作為個人成長背景的小說。據此觀察在政局的演變下，反共文學的消長或表現手法的轉變。

1949年～1955年	1956年～1960年	1961年～1965年	1966年～1969年
1950年 潘人木《如夢記》 1951年 ＊陳紀瀅《荻村傳》 1952年 ＊朱西甯《大火炬的愛》	1956年 ＊王藍《藍與黑》 張漱菡《七孔笛》 彭歌《落月》 1957年 陳紀瀅《賈雲兒前傳》 鍾梅音〈路〉（《遲開的茉莉》）	1961年 ＊姜貴《重陽》 徐鍾珮《餘音》 ＊鄧克保《異域》 聶華苓《失去的金鈴子》 1963年 朱西甯《狼》	1966年 朱西甯《貓》 1968年 琦君《繕校室八小時》

1949年～1955年	1956年～1960年	1961年～1965年	1966年～1969年
＊潘人木《蓮漪表妹》 ＊潘壘《靜靜的紅河》 ＊姜貴《旋風》 ＊張秀亞〈訣〉 張漱菡《意難忘》 1953年 徐速《星星・月亮・太陽》 趙滋蕃《半下流社會》 ＊孟瑤《危巖》 1954年 ＊張愛玲《秧歌》《赤地之戀》 ＊陳紀瀅《藍天》 謝冰瑩《紅豆》 潘人木《馬蘭的故事》 1955年 ＊陳紀瀅《赤地》 劉枋〈逝水〉(《逝水》)	林海音《綠藻與鹹蛋》 1959年 林海音《曉雲》 潘壘《尋夢者》 1960年 ＊王藍《長夜》 林海音《城南舊事》、《婚姻的故事》童真《黑煙》	《鐵漿》 ＊繁露《夢迴錢塘》 瓊瑤《窗外》 1965年 朱西甯《破曉時分》 林海音《燭芯》	

附表二
五〇年代反共文學主要雜誌[1]

說明：1. 依雜誌創刊日期排序。

　　　2. 停刊日期畫線部分，為標示一九六五年以後停刊者。

雜誌名稱	主編	出版者	創刊日期	停刊日期
《寶島文藝》月刊	潘壘	寶島文化	1949.10.1	<u>1950.9.1</u>
《暢流》半月刊	吳愷玄	暢流半月刊	1950.2.16	1991.6.16
《半月文藝》半月刊	程敬扶	半月文藝社	1950.3.16	1956.12.1
《自由青年》旬刊	編輯委員會	自由青年社	1950.5.10	<u>1991.6.15</u>
《軍中文摘》月刊	王文漪黃彰位	國防部新中國出版社	1950.6.1	1954.1.25
《野風》半月刊	田湜	野風雜誌社	1950.11.1	<u>1965.2</u>
《火炬》半月刊	孫陵	火炬雜誌社	1950.12	1951
《文藝創作》月刊	葛賢寧	文藝創作社	1951.5.4	1956.12.1
《文壇》月刊	穆中南	文壇社	1952.6.1	<u>1985.11</u>
《海島文藝》月刊	江楓、亞汀	海島文化	1952.7	1954.3
《晨光》月刊	吳愷玄	晨光雜誌社	1953.3.1	<u>1968.5.1</u>
《文藝月報》月刊	虞君質	中國新聞	1954.1.15	1955.12

1　此表製作參陳芳明：〈反共文學的形成及其發展〉，《台灣新文學史》第十一章（臺北市：聯經出版事業公司，2011年），頁281-282。及應鳳凰：〈反共＋現代：右翼自由主義思潮文學版〉，收錄於陳建忠等合著：《台灣小說史論》（臺北市：麥田出版公司，2007年），頁176-184。

雜誌名稱	主編	出版者	創刊日期	停刊日期
《軍中文藝》月刊（前身《軍中文摘》）	王文漪	國防部新中國出版社	1954.1.25	1956.3.25
《幼獅文藝》月刊	馮放民等	幼獅文化	1954.3.29	現仍發行
《中華文藝》月刊	編輯委員會	中華文藝月刊	1954.5.1	1960
《新新文藝》月刊	古之紅	新新文藝社	1955.1.1	1959.4
《海風》月刊	鄭修元	海風月刊社	1955.12.1	1959.12.15
《革命文藝》月刊（前身《軍中文藝》）	編輯委員會	國防部新中國出版社	1956.4.15	1962.2

附表三
中華文藝獎金委員會歷屆得獎小說作品[1]

時間及獎別	獎項	得獎作品
民國三十九年十月十日雙十節獎金	中篇小說類	二獎從缺 第三獎：端木方〈疤勛章〉 稿費酬金：鐵吾〈鐵幕兒女〉、李光堯〈恨的教育〉
	短篇小說類	第一獎：潘人木〈如夢記〉 第二獎：溫新榆〈誰殺死你的爸爸〉 第三獎：涂翔宇〈陸維源之死〉 稿費酬金：洪覆〈竹幕背後的軼事〉、倪清和〈游擊女將李小辮子〉
民國四十年五月四日五四獎金	中篇小說類	第一獎從缺 第二獎：黎中天〈死靈魂復活〉（第四期）、張雲家〈為著祖國〉 第三獎：端木方〈四喜子〉（第五期） 稿費酬金：司馬桑敦〈狂流〉、溫新榆〈再生〉、劉珍〈麥〉
	短篇小說類	第一獎：李光堯〈泥娃娃〉 第二獎：郭嗣汾〈黑暗的邊緣〉（第二期）

1　本表製作參考梅家玲：〈五〇年代台灣小說中的性別與家國——以《文藝創作》與文獎會得獎小說為例〉，收錄於《性別，還是家國？：五〇與八、九〇年代臺灣小說論》（臺北市：麥田出版公司，2004年），頁92-105。

時間及獎別	獎項	得獎作品
		第三獎：溫新徠〈被騙者的覺悟〉（第二期） 稿費酬金：涂翔宇〈血染淡水河〉
民國四十一年一月一日元旦獎金	長篇小說類	二獎從缺 第三獎：曾迺敦〈九龍江山〉、陸勉餘〈八年紀〉、依洛〈歸隊〉 稿費酬金：寇節〈冰雪〉、涂翔宇〈山河戀〉、朱開來〈愛與恨〉、師範〈沒有走完的路〉
民國四十一年五月四日五四獎金	中篇小說類	第一獎從缺 第二獎：端木方〈星火〉（第一四－一七期） 第三獎：段彩華〈幕後〉（第六期）
	短篇小說類	第一獎從缺 第二獎：徐文水〈血鬥〉（第一四期） 第三獎：任文白〈漁村神話〉、彭樹楷〈血染阿西裡河〉（第九期）
民國四十一年十一月十二日國父誕辰紀念獎金	長篇小說類	第一獎：潘人木〈漣漪表妹〉（第八－一二期） 第二獎從缺 第三獎：廖清秀〈恩仇血淚記〉（第二五－三二期）
民國四十二年五月四日五四獎金	中篇小說類	第一獎從缺 第二獎：郭嗣汾〈尼泊爾之戀〉（第三五、三六、三八期）、潘壘〈歸魂〉 第三獎：胡宣績〈末日〉
	短篇小說類	第一獎從缺

時間及獎別	獎項	得獎作品
		第二獎：楊海宴〈二楞子〉（第二六期）、匡若霞〈迷途者的歸來〉（第二八期） 第三獎：呂粱〈留東最後一課〉（第二九期）
民國四十二年十一月十二日國父誕辰紀念獎金	長篇小說類	第一獎從缺 第二獎：孟瑤〈懸崖勒馬〉（第三三－四一期） 第三獎：溫新徠〈雨天裡的晴天〉（第五一－五五期）
民國四十三年五月四日五四獎金	中篇小說類	第一獎從缺 第二獎：端木方〈拓荒〉（第四三期） 第三獎：涂翔宇〈夕陽紅〉（第四六－四七期）、潘壘〈在升起的血旗下〉
	短篇小說類	第一獎：金石〈風雨的啟示〉（第三八期） 第二獎：郭嗣汾〈霧裡獻花人〉 第三獎：徐文水〈蛙人的喜劇〉（第三九期）
民國四十三年十一月十二日國父誕辰紀念獎金	長篇小說類	第一獎：孫蘊琦〈殘笑〉（第四四－四五期） 第二獎：李輝英〈冬天的故事〉 第三獎：潘人木〈馬蘭自傳〉（第四六－四九期）
民國四十四年五月四日五四獎金	中篇小說類	第一獎從缺 第二獎：郭嗣汾〈黎明的海戰〉 第三獎：徐文水〈寺院之戰〉（第五〇期）

時間及獎別	獎項	得獎作品
	短篇小說類	第一、二獎從缺 第三獎：尼洛〈神燈〉（第五〇期）、舒亞雲〈鄰村〉（第五二期）、趙天池〈斜坡道上〉（第五一期）
民國四十四年十一月十二日國父誕辰紀念獎金	長篇小說類	第一獎從缺 第二獎：端木方〈青苗〉（第五六－五九期） 第三獎：墨人〈黑森林〉、林適存〈第一戀曲〉
民國四十五年五月四日五四獎金	中篇小說類	第一獎從缺 第二獎：尼洛〈紅蘿蔔〉（第六二－六三期） 第三獎：王韻梅（繁露）〈養女湖〉、金石〈女囚的故事〉（第六四期）
	短篇小說類	第一獎從缺 第二獎：尹雪曼〈咾咕島〉、蔣國楨〈克什拉草原的一夜〉（第六二期） 第三獎：雲飛揚〈二哥〉（第六三期）、潘壘〈一把咖啡〉
民國四十五年十一月十二日國父誕辰紀念獎金	長篇小說類	第一獎從缺 第二獎：鍾理和〈笠山農場〉 第三獎：彭歌〈落月〉、工藍〈藍與黑〉

附表四
遷台女作家生平概覽

姓名	生卒年	本名／筆名	籍貫	學歷	經歷
王文漪	1914-1997	筆名潔心、紫芹	江蘇省江都縣	南京金陵大學畢業。	曾任報社副刊主編、特派員，新中國出版社、「軍中文摘」、「軍中文藝」、「婦友月刊」主編，國民黨婦工會總幹事等職。
徐鍾珮	1917-2006		江蘇省常熟縣	中央政治學校（政治大學前身）新聞系	1.中央宣傳部宣傳處 2.中央日報倫敦特派員 3.國民大會代表
琦君	1917-2006	本名潘希真	浙江省永嘉縣	浙江杭州之江大學	1.曾任司法行政部編審科長。 2.中國文化學院副教授，中央大學、中興大學教授。
林海音	1918-2001	本名林含英	臺灣省苗栗縣	北平新聞專科學校	1.北平世界日報記者 2.國語日報編輯 3.聯合副刊主編 4.創純文學副刊、出版社
繁露	1918-2008	本名王韻梅	浙江省上虞縣	上海大廈大學肄業	曾任國防部軍事委員會電映隊、宣傳隊、

姓名	生卒年	本名／筆名	籍貫	學歷	經歷
					演劇隊及青年軍 209 師政工隊隊員。
孟瑤	1919-2000	本名揚宗珍	湖北省漢口市	重慶中央大學歷史系	曾任師範、南洋大學教授，中興大學中文系系主任。
張秀亞	1919-2001	筆名心井、陳藍、張亞藍	河北省滄縣	北平輔仁大學西洋語文學系畢業，輔大研究所史學組研究。	1. 主編重慶「益世報」副刊。 2. 來臺後曾任靜宜英專、輔仁大學研究所教授。並曾在美國西東大學擔任講座。
潘人木	1919-2005	本名潘佛彬	遼寧省瀋陽市	重慶中央大學外文系	台灣省教育廳兒童文學編纂小組編輯。
劉枋	1919-2007	筆名狄荻	山東省濟寧縣	中國大學化學系畢業。	1. 曾任西北日報、南京益世晚報、京滬日報、公論報編輯、「全民日報」副刊編輯、「文壇月刊」主編。 2. 台灣省婦女協會文化組長、中國婦女寫作協會常務理事兼總幹事。
羅蘭	1919-2015	本名靳佩芬	河北省寧河縣	天津女子師範學院師範部音樂系肄業。	1. 曾任音樂老師。 2. 廣播電臺音樂及教育節目製作人、編輯、主持人。

姓名	生卒年	本名／筆名	籍貫	學歷	經歷
畢璞	1922-2016	本名周素珊	廣東省中山縣	嶺南大學中文系	1.《宇宙風》編輯 2.民本廣播電臺編輯主任。 3.《公論報》副刊主編、《大華晚報》家庭版主編、《中國時報》秘書。 4.於中國文藝協會教授小說創作。
鍾梅音	1922-1984		福建上杭	廣西大學文法學院肄業	1.曾主編「婦友月刊」雜誌及大華晚報「甜蜜的家庭」版。
艾雯	1923-2009	本名熊崑珍	江蘇省吳縣		曾任職圖書館、報社資料室主任。
聶華苓	1925-		湖北省	中央大學	1.《自由中國》副刊主編，曾任教於台大、東海。 2.與美國詩人保羅創辦愛荷華大學「國際作家寫作室」。
嚴友梅	1925-2007		河南省信陽縣	齊魯大學畢業	1.曾任「文星書店」兒童讀物編輯、「少年文摘」雜誌主編，「大作出版社」發行人。 2.曾任教於中國文化大學兒童福利系。

姓名	生卒年	本名／筆名	籍貫	學歷	經歷
郭良蕙	1926-2013		山東省鉅野縣	復旦大學外文系	1981年於香港成立「郭良蕙新事業有限公司」，從事中華文化事業。
華嚴	1926-	本名嚴停雲筆名潮音、葉英、李霞	福建林森縣	上海聖約翰大學中文系	歷任中國文藝協會常務理事、婦女寫作協會常務理事。
童真	1928-		浙江省慈溪縣	聖芳濟學院	
張漱菡	1930-2000	本名張欣禾筆名寒柯	安徽省桐城縣	上海震旦文理學院肄業	1.主編女作家小說集《海燕集》

附表五
五○年代小說家成長書寫分類概覽

說明：年份的認定，同附表一。

年	作者	書名／篇名	類型
1951	陳紀瀅	《荻村傳》	個人與家國共同成長的成長小說。
1952	潘人木	《蓮漪表妹》	個人與家國共同成長的成長小說。
	潘壘	《靜靜的紅河》	個人與家國共同成長的成長小說。
	姜貴	《旋風》	個人與家國共同成長的成長小說。
	張秀亞	〈訣〉	1.個人與家國共同成長的成長小說。 2.反共小說的性別／成長政治。
	張漱菡	《意難忘》	1.女性教育成長小說。 2.社會新鮮人的成長小說。
1953	徐速	《星星・月亮・太陽》	1.個人與家國共同成長的成長小說。 2.反共小說的性別／成長政治。
	趙滋蕃	《半下流社會》	1.社會新鮮人的成長小說。 2.具「生於憂患，死於安樂」的教育意涵。
	孟瑤	《危巖》	1.個人與家國共同成長的成長小說。 2.社會新鮮人的成長小說。

年	作者	書名／篇名	類型
1954	張愛玲	《赤地之戀》	個人與家國共同成長的成長小說。
	潘人木	《馬蘭的故事》	愛情婚姻與自我意識萌發的成長小說。
1955	劉枋	〈逝水〉（《逝水》）	愛情婚姻與自我意識萌發的成長小說。
1956	王藍	《藍與黑》	1.個人與家國共同成長的成長小說。 2.反共小說的性別／成長政治。
	張漱菡	《七孔笛》	女性教育成長小說。
	彭歌	《落月》	1.藝術家成長小說（Künstlerroman） 2.愛情婚姻與自我意識萌發的成長小說。
	林海音	〈玫瑰〉（《綠藻與鹹蛋》）	教育小說。
	廖清秀	《恩仇血淚記》	1.個人與家國共同成長的成長小說。 2.社會新鮮人的成長小說。
	林海音	〈瓊君〉 （《金鯉魚的百襉裙》）	愛情婚姻與自我意識萌發的成長小說。
	艾雯	〈捐〉 （《婦女創作集》第一集）	愛情婚姻與自我意識萌發的成長小說。
1957	陳紀瀅	《賈雲兒前傳》	1.自宗教神權超脫後的成長小說。 2.逃避成長的反成長小說。
1957	鍾梅音	〈路〉（《遲開的茉莉》）	愛情婚姻與自我意識萌發的成長小說。
1959	林海音	《曉雲》	愛情婚姻與自我意識萌發的成長小說。
	潘壘	《尋夢者》	藝術家成長小說（Künstlerroman）。

年	作者	書名／篇名	類型
1960	王藍	《長夜》	1.個人與家國共同成長的成長小說。 2.反共小說的性別／成長政治。
	林海音	《城南舊事》	不願進入成人世界的反成長小說。
	童真	〈穿過荒野的女人〉 (《黑煙》)	1.愛情婚姻與自我意識萌發的成長小說。
1961	姜貴	《重陽》	個人與家國共同成長的成長小說。
	徐鍾珮	《餘音》	社會新鮮人的成長小說。
	聶華苓	《失去的金鈴子》	不願進入成人世界的反成長小說。
	朱西甯	〈迷失〉(《鐵漿》)	教育小說。
	鍾肇政	《魯冰花》	1.教育小說。 2.社會新鮮人的成長小說。
1962	劉枋	〈姊妹倆〉	愛情婚姻與自我意識萌發的成長小說。
1963	繁露	《夢迴錢塘》	1.個人與家國共同成長的成長小說。 2.反共小說的性別／成長政治。 3.女性教育成長小說。
1963	瓊瑤	《窗外》	1.教育小說。 2.愛情婚姻與自我意識萌發的成長小說。
1964	林海音	〈燭芯〉 (《金鯉魚的百襉裙》)	愛情婚姻與自我意識萌發的成長小說。
1961 ｜ 1964	鍾肇政	《濁流三部曲》	1.個人與家國共同成長的成長小說。 2.社會新鮮人的成長小說。
1966	朱西甯	《貓》	1.教育小說。

年	作者	書名／篇名	類型
			2.不願進入成人世界的反成長小說。
1968	琦君	〈繕校室八小時〉	社會新鮮人的成長小說。

參考書目

一 引用小說・散文・文集

說明：1.下列書目依作（編）者姓氏筆劃優先排列，同一作（編）者
超過兩筆資料時，則依初版／出版年月先後排列。

　　　2.書籍標記「初版」年並略述出版流變，以說明本書之研究範
疇為1950年至1960年間的小說。

文　心　《泥路》　臺北市　臺灣商務印書館　1968年

王文漪選編　《當代中國新文學大系・散文一集》　臺北市　天視出
版事業公司　1979年

王　藍　《藍與黑》　臺北市　九歌出版社　1997年
　　　　1.獲文獎會45年國父誕辰紀念獎金長篇小說第三獎
　　　　2.初版　臺北市　紅藍出版社　1958年

王　藍　《長夜》　臺北市　純文學出版社　1984年
　　　　（初版　臺北市　紅藍出版社　1960年）

朱西甯　《大火炬的愛》　臺北市　重光文藝出版社　1952年

朱西甯　《狼》　臺北縣　INK印刻文學生活雜誌出版公司　2006年
　　　　（初版　高雄市　大業書店　1963年）

朱西甯　《貓》　臺北市　遠流出版公司　1994年
　　　　（初版　臺北市　皇冠文化出版公司　1966年）

朱西甯　《鐵漿》　臺北市　文星出版社　1965年

　　1. 初版　臺北市　文星出版社　1963年

　　2. INK印刻於2003年出版的《鐵漿》　與文星版所收錄的短
　　　篇小說篇目有所變動　INK印刻少了〈迷失〉　多了〈紅
　　　燈籠〉

吳濁流　《亞細亞的孤兒》　臺北市　遠景出版社　1993年

　　1. 原名《胡志明》　1946年日文出版

　　2. 1956年更名為《亞細亞的孤兒》　由日本一二三書房出版

　　3. 1959年　楊召憩譯為中文本　以《孤帆》為書名　由高雄
　　　黃河出版社出版

　　4. 1962年傅恩榮中譯　以《亞細亞的孤兒》為名　由臺北市
　　　南華出版社出版

孟　瑤　《危巖》　臺北市　皇冠雜誌社　1970年

　　1. 原名《懸崖勒馬》　獲文獎會42年國父誕辰紀念獎金長篇
　　　小說第二獎

　　2. 初版　臺北市　文藝創作出版社　1955年

孟　瑤　《這一代》　臺北市　皇冠文化出版公司　1969年

林海音　《冬青樹》　臺北市　遊目族文化事業公司　2000年
　　　（初版　臺北市　重光文藝出版社　1955年）

林海音　《我的京味兒回憶錄》　臺北市　遊目族文化事業公司
　　　2000年　（初版　臺北市　純文學出版社　1984年　該版以
　　　《家住書坊邊：我的京味兒回憶錄》為書名出版）

林海音　《金鯉魚的百襉裙》　臺北市　遊目族文化事業公司　2000年
　　　（初版　臺北市　文星出版社　1965年　該版以《燭芯》為
　　　書名出版）

林海音　《城南舊事》　臺北市　遊目族文化事業公司　2000年
　　　（初版　臺中市　光啟社　1960年）

林海音 《剪影話文壇》 臺北市 遊目族文化事業公司 2000年
　　　（初版 臺北市 純文學出版社 1984年）

林海音 《婚姻的故事》 臺北市 遊目族文化事業公司 2000年
　　　（初版 臺北市 愛眉文藝出版社 1960年）

林海音 《綠藻與鹹蛋》 臺北市 遊目族文化事業公司 2000年
　　　（初版 臺北市 文華出版社 1957年）

林海音 《寫在風中》 臺北市 遊目族文化事業公司 2000年
　　　（初版 臺北市 純文學出版社 1993年）

林海音 《曉雲》 臺北市 遊目族文化事業公司 2000年
　　　（初版 臺北市 紅藍出版社 1959年）

姜　貴 《重陽》 臺北市 皇冠文化出版公司 1973年
　　　（初版 臺北市 作品出版社（自費） 1961年）

姜　貴 《旋風》 臺北市 九歌出版社 1999年 1952年1月脫稿
　　　1. 初版 作者自印 1957年 該版書名為《今檮杌傳》
　　　2. 1959年由明華書局以《旋風》為名出版

徐　速 《星星・月亮・太陽》 臺北市 水牛出版社 1973年
　　　1. 初版 香港 高原出版社 1953-1954年
　　　2. 作者於1962年增刪修改為新版 1962年後所見版本均為此

徐鍾珮 《我在臺北市及其他》 臺北市 純文學出版社 1986年

徐鍾珮 《餘音》 臺北市 純文學出版社 1987年
　　　（初版 臺北市 重光文藝出版社 1961年）

張秀亞 《張秀亞全集》 臺南市 國家臺灣文學館 2005年

張恆豪主編 賴和著 《賴和集》 臺北市 前衛出版社 1992年

張恆豪主編 張文環 《張文環集》 臺北市 前衛出版社 1991年

張愛玲 《秧歌》 臺北市 皇冠文化出版公司 1991年
　　　1. 初版 臺北市 今日世界出版社 1954年
　　　2. 中文版由英文版「*The Rice-Sprout Song*」翻譯而成

張愛玲　《赤地之戀》　臺北市　皇冠文化出版公司　1995年
　　　　（初版　香港　天風出版社　1954年）

張愛玲　《流言》　臺北市　皇冠文化出版公司　1976年

張愛玲　《張看》　臺北市　皇冠文化出版公司　1976年

張漱菡　《意難忘》　臺北市　皇冠雜誌社　1981年
　　　　（初版　出版地不詳　暢流半月刊社　1952年）

張漱菡　《七孔笛》　臺北市　皇冠文化出版公司　1983年
　　　　（初版　高雄市　大業書店　1956年）

張漱菡編　《海燕集》　臺北市　錦冠出版社　1989年
　　　　（初版　臺北市　海洋出版社　1953年）

畢　璞　《心靈深處》　臺中市　光啟社　1964年

畢　璞　《故國夢重歸》　臺北市　文友出版社　1956年

陳火泉　《憤怒的淡江》　臺北市　臺灣商務印書館　1968年

陳紀瀅　《赤地》　臺北市　文友出版社　1955年

陳紀瀅　《荻村傳》　臺北市　皇冠文化出版公司　1985年
　　　　（初版　臺北市　重光文藝出版社　1951年）

陳紀瀅　《華夏八年》　臺北市　文友出版社　1960年

陳紀瀅　《賈雲兒前傳》　臺北市　重光文藝出版社　1957年

陳紀瀅　《藍天》　臺北市　中央文物出版社　1954年

陳紀瀅編　《六十年小說選》　臺北市　正中書局　1971年

彭瑞金主編　文心著　《文心集》　臺北市　前衛出版社　1991年

彭瑞金主編　吳濁流著　《吳濁流集》　臺北市　前衛出版社　1991年

彭瑞金主編　葉石濤著　《葉石濤集》　臺北市　前衛出版社　1991年

彭　歌　《落月》　臺北市　遠景出版社　1977年
　　　　1. 獲文獎會45年國父誕辰紀念獎金長篇小說第三獎
　　　　2. 初版　自由中國出版社　1956年

琦　君　《繕校室八小時》　臺北市　臺灣商務印書館　1968年

琦　君　《琦君自選集》　臺北市　黎明文化事業公司　1975年

琦　君　《媽媽銀行》　臺北市　九歌出版社　1992年

童　真　《黑煙》　臺北市　明華出版社　1960年

廖清秀　《反骨》　臺北市　遠景出版社　1993年

廖清秀　《恩仇血淚記》　自費出版　1957年

歌德著　馮至、姚可昆譯　《維廉·麥斯特的學習時代》　*Wilhelm
　　Mesister's Apprenticeship　臺北市　光復書局　1998年

臺灣省婦女寫作協會主編　《婦女創作集》　第一集　臺北市　臺灣
　　省婦女寫作協會　1956年

趙滋蕃　《半下流社會》　臺北市　瀛舟出版社　2002年
　　（初版　香港　亞洲出版社　1953年）

劉　枋　《小蝴蝶與半袋麵：劉枋小說集》　臺北市　爾雅出版社
　　2004年

劉　枋　《逝水》　高雄市　大業書店　1955年

潘人木　《如夢記》　臺北市　重光文藝出版社　1951年
　　（獲文獎會民國39年雙十節獎金短篇小說第一獎）

潘人木　《馬蘭的故事》　臺北市　純文學出版社　1987年
　　1. 原名《馬蘭自傳》　獲文獎會民國43年國父誕辰紀念獎長
　　　篇小說第三獎
　　2. 1955年2月至5月在《文藝創作》連載
　　3. 46-49期經過改寫後　首度於1987年交由純文學出版社出
　　　版單行本

潘人木　《蓮漪表妹》　臺北市　純文學出版社　1989年
　　1. 初版　臺北市　文藝創作出版社　1952年
　　2. 1985年重新修改後　寫法由純然第一人稱改為兩部不同的
　　　人稱　人物也作了些許變動　交由純文學出版社出版

潘　壘　《尋夢者》　臺北市　聯經出版事業公司　1977年
　　　　（初版　臺北市　正文書局　1959年）

潘　壘　《靜靜的紅河》　臺北市　聯經出版事業公司　1978年
　　　　1. 初版　臺北市　暴風雨社　1952年　該版以《紅河三部
　　　　　 曲》為書名
　　　　2. 1959年更名為《紅河戀》　由明華出版社出版
　　　　3. 1978年定名為《靜靜的紅河》　由聯經出版事業公司出版

鄧克保　《異域》　臺北市　平原出版社　1961年

繁　露　《夢迴錢塘》　臺北市　黎明文化出版公司　1980年
　　　　1. 初版　高雄市　長城出版社
　　　　2. 1963年該版以《向日葵》為書名出版
　　　　3. 1975年更名為《雅芳傳》
　　　　4. 1980年最後定名為《夢迴錢塘》

鍾梅音　《冷泉心影》　臺北市　重光文藝出版社　1951年

鍾梅音　《海濱隨筆》　臺北市　大華晚報社　1954年

鍾梅音　《遲開的茉莉》　臺北市　三民書局　1957年

鍾理和　《笠山農場》　高雄市　派色出版社　1995年
　　　　1. 1956年獲文獎會長篇小說第二獎
　　　　2. 1961年9月由「鍾理和遺著出版委員會」初版

鍾肇政　《怒濤》　臺北市　前衛出版社　1993年

鍾肇政　《魯冰花》　臺北市　遠景出版社　2004年
　　　　1. 1961年發表於《聯合報》
　　　　2. 初版　臺北市　明志出版社　1962年

鍾肇政　《濁流三部曲》　臺北市　遠景出版社　2005年
　　　　1. 第一部《濁流》及第二部《江山萬里》分別於1961年、
　　　　　 1962年發表於《中央日報》　第三部《流雲》於1964年發
　　　　　 表於《文壇月刊》

2. 出版方面　第一部《濁流》於1962年由中央日報社印行單
　　行本　第三部《流雲》由文壇社於1965年初版發行直到
　　1979年　遠景出版社首次將三本合輯以《濁流三部曲》為
　　書名刊行

鍾肇政選編　《當代中國新文學大系‧小說二集》　臺北市　天視出
　　版事業公司　1979年

聶華苓　《三生三世》　臺北市　皇冠文化出版公司　2004年

聶華苓　《失去的金鈴子》　臺北市　大林出版社　1977年
　　（初版　臺北市　臺灣學生書局　1961年）

聶華苓　《桑青與桃紅》　臺北市　時報文化出版企業公司　1997年
　　1. 1970年12月1日起於《聯合報》副刊連載　至1971年2月6
　　　日停刊　未能見全貌
　　2. 1976年由香港友聯出版社首次出版
　　3. 台灣版本則遲於1988年由漢藝色研文化事業有限公司出版

瓊　瑤　《窗外》　臺北市　皇冠文化出版公司　1989年
　　（初版　臺北市　皇冠文化出版公司　1963年）

瓊　瑤　《我的故事》　臺北市　皇冠文化出版公司　1989年

二　中／西文著作

（一）中文專著

丁　淼　《中共文藝總批判》　香港　亞洲出版社　1969年

中國文藝協會編　《文協十年》　臺北市　中國文藝協會　1960年

尹章義　《台灣開發史研究》　臺北市　聯經出版事業公司　1989年

尹雪曼　《中華民國文藝史》　臺北市　正中書局　1975年

王國芳、郭本禹　《拉岡》　臺北市　生智文化事業公司　1997年

王集叢　《三民主義文學論》　臺北市　帕米爾書店　1952年

王德威　《小說中國：晚清到當代的中文小說》　臺北市　麥田出版
　　　　公司　1993年

王德威　《如何現代，怎樣文學？：十九、二十世紀中文小說新論》
　　　　臺北市　麥田出版公司　1998年

王德威　《從劉鶚到王禎和：中國現代寫實小說散論》　臺北市　時
　　　　報文化出版企業公司　1986年

王德威　《眾聲喧嘩：三〇與八〇年代的中國小說》　臺北市　遠流
　　　　出版事業公司　1988年

王德威　《被壓抑的現代性：晚清小說新論》　臺北市　麥田出版公
　　　　司　2003年

司徒衛　《五十年代文學論評》　臺北市　成文出版社　1979年

朱養民　《七論反對黨》　臺北市　前衛出版社　1992年

何寄澎主編　《文化、認同、社會變遷：戰後五十年臺灣文學國際學
　　　　術研討會論文集》　臺北市　文建會　2000年

余昭玟　《從語言跨越到文學建構：跨語一代小說家研究論文集》
　　　　臺南市　臺南市立圖書館　2003年

呂正惠　《戰後台灣文學經驗》　臺北市　新地文學出版社　1992年

呂芳上編著　《無聲之聲（Ⅰ）：近代中國的婦女與國家》　臺北市
　　　　中研院近史所　2003年

李又寧、張玉法主編　《近代中國女權運動史料》　臺北市　傳記文
　　　　學社　1975年

李本京　《蔣中正先生與中美關係：從白皮書公佈到韓戰爆發》　臺
　　　　北市　黎明文化事業公司　1992年

李瑞騰、夏祖麗主編　《一座文學的橋：林海音先生紀念文集》　臺南市　國立文化資產保存研究中心籌備處　2002年

李瑞騰主編　《永恆的溫柔：琦君及其同輩女作家學術研討會論文集》　桃園縣　中央大學琦君研究中心　2006年

李瑞騰主編　《霜後的燦爛：林海音及其同輩女作家學術研討會》　臺南市　國立文化資產保存研究中心籌備處　2003年

李歐梵　《現代性的追求：李歐梵文化評論精選集》　臺北市　麥田出版公司　1998年

杜聲鋒　《拉康結構主義精神分析學》　臺北市　遠流出版事業公司　1989年

卓意雯　《清代台灣婦女的生活》　臺北市　自立晚報社文化出版部　1993年

周蕾著　《婦女與中國現代性：東西方之間閱讀記》　臺北市　麥田出版公司　1995年

周　蕾　《寫在家國以外》　香港　牛津大學出版社　1995年

孟悅、戴錦華合著　《浮出歷史地表：中國現代女性文學研究》　臺北市　時報文化出版企業公司　1993年

東海大學中國文學系編輯　《戰後初期台灣文學與思潮論文集》　臺北市　文津出版社　2005年

林芳玫　《解讀瓊瑤愛情王國》　臺北市　臺灣商務印書館　2006年

邱貴芬　《仲介台灣‧女人：後殖民女性觀點的台灣閱讀》　臺北市　元尊文化企業公司　1997年

邱貴芬　《後殖民及其外》　臺北市　麥田出版公司　2003年

芮渝萍　《美國成長小說研究》　北京市　中國社會科學出版社　2004年

施正鋒　《台灣人的民族認同》　臺北市　前衛出版社　2000年

施敏輝編　《台灣意識論戰選集：台灣結與中國結的總決算》　臺北市　前衛出版社　1989年

施　淑　《兩岸文學論集》　臺北市　新地文學出版社　1997年

柯慶明　《中國文學的美感》　臺北市　麥田出版公司　2000年

柏楊編　《對話戰場》　臺北市　林白出版社　1990年

胡　適　《胡適留學日記》　臺北市　遠流出版事業公司　1986年

胡曉真　《才女徹夜未眠：近代中國女性敘事文學的興起》　臺北市　麥田出版公司　2003年

范銘如　《眾裡尋她：台灣女性小說縱論》　臺北市　麥田出版公司　2002年

郁達夫編選、趙家璧主編　《中國新文學大系：散文二卷》　上海市　上海文藝出版社　2003年

革命實踐研究院編校　《總裁言論選輯‧續編》　臺北市　中央文物供應社　1960年

香港嶺南學院翻譯系、文化／社會研究譯叢編委會編譯　《解殖與民族主義》　香港　牛津大學出版社　1998年

夏志清　《愛情‧社會‧小說》　臺北市　純文學出版社　1989年

夏祖麗　《從城南走來：林海音傳》　臺北市　天下遠見文化出版公司　2000年

夏祖麗編　《風簷展書讀：百篇作家讀書記》　臺北市　純文學出版社　1985年

夏祖麗編著　《她們的世界：當代中國女作家及作品》　臺北市　純文學出版社　1974年

馬　森　《燦爛的星空：現當代小說的主潮》　臺北市　聯合文學出版社　1997年

高全之　《張愛玲學：批評・考證・鉤沉》　臺北市　一方出版公司　2003年

張大春　《文學不安：張大春的小說意見》　臺北市　聯合文學出版社　1995年

張子樟　《少年小說大家讀：啟蒙與成長的探索》　臺北市　天衛文化圖書公司　1999年初版

張妙清、葉漢明、郭佩蘭合編　《性別學與婦女研究：華人社會的探索》　香港　中文大學出版社　1995年

張良澤　《四十五自述：我的文學歷程》　臺北市　前衛出版社　1989年

張京媛編　《後殖民理論與文化認同》　臺北市　麥田出版公司　1995年

張素貞　《細讀現代小說》　臺北市　東大圖書公司　1986年

張清榮　《少年小說研究》　臺北市　萬卷樓圖書公司　2002年

張道藩　《張道藩先生文集》　臺北市　九歌出版社　1999年

張誦聖　《文學場域的變遷》　臺北市　聯合文學出版社　2001年初版

梁濃剛　《回歸佛洛伊德：拉康的精神分析學》　臺北市　遠流出版事業公司　1989年

梅家玲　《性別，還是家國？：五〇與八、九〇年代台灣小說論》　臺北市　麥田出版公司　2004年

莊淑芝　《台灣新文學觀念的萌芽與實踐》　臺北市　麥田出版公司　1994年

許津橋、蔡詩萍編　《1986臺灣年度評論》　臺北市　圓神出版社　1987年

許極燉　《台灣近代發展史》　臺北市　前衛出版社　1996年

陳仲庚、張雨新編著 《人格心理學》 臺北市 五南圖書出版公司
　　1989年

陳東原 《中國婦女生活史》 臺北市 臺灣商務印書館 1994年

陳芳明 《左翼台灣：殖民地文學運動史論》 臺北市 麥田出版公
　　司 1998年

陳芳明 《殖民地摩登：現代性與台灣史觀》 臺北市 麥田出版公
　　司 2004年

陳芳明 《台灣新文學史》 臺北市 聯經出版事業公司 2011年

陳國球、王宏志、陳清僑合編 《書寫文學的過去：文學史的思考》
　　臺北市 麥田出版公司 1997年

陳義芝編 《台灣文學經典研討會論文集》 臺北市 聯經出版事業
　　公司 1999年

傅林統 《少年小說初探》 臺北縣 富春文化事業公司 1994年

彭瑞金 《台灣新文學運動四十年》 高雄市 春暉出版社 1998年

曾枝盛 《阿爾杜塞》 臺北市 遠流出版事業公司 1990年

黃武雄 《童年與解放》 臺北市 人本教育文教基金會出版部
　　1994年

黃金麟 《歷史、身體、國家：近代中國的身體形成（1895-1937）》
　　臺北市 聯經出版事業公司 2001年

黃宣範 《語言、社會與族群意識：台灣語言社會學的研究》 臺北
　　市 文鶴出版公司 1994年

黃重添、莊明萱、闕豐齡、徐學、朱雙一合著 《台灣新文學概觀》
　　臺北市 稻禾出版社 1992年

楊佳嫻主編 《臺灣成長小說選》 臺北市 二魚文化事業公司
　　2004年

楊佳嫻主編　《臺灣成長小說選增訂本》　臺北市　二魚文化事業公司　2013年

楊　照　《文學・社會與歷史想像：戰後文學史散論》　臺北市　聯合文學出版社　1995年

楊　翠　《日據時期台灣婦女解放運動：以《台灣民報》為分析場域（1920-1930）》　臺北市　時報文化出版企業公司　1993年

楊澤主編　《從四〇年代到九〇年代：兩岸三邊華文小說研討會論文集》　臺北市　時報文化出版企業公司　1994年

葉石濤　《一個台灣老朽作家的五〇年代》　臺北市　前衛出版社　1991年

葉石濤　《台灣文學史綱》　高雄市　文學界雜誌社　1998年

葉石濤　《台灣文學的悲情》　高雄市　派色文化出版社　1990年

葉石濤　《台灣鄉土作家論集》　臺北市　遠景出版社　1979年3月

虞建華主編　《英美文學研究論叢》第一集　上海市　上海外語教育出版社　2000年

虞建華主編　《英美文學研究論叢》第三集　上海市　上海外語教育出版社　2002年

廖炳惠　《回顧現代：後現代與後殖民論文集》　臺北市　麥田出版公司　1994年

熊秉真　《童年憶往：中國孩子的歷史》　臺北市　麥田出版公司　2000年

趙友培　《文壇先進張道藩》　臺北市　重光文藝出版社　1975年

齊邦媛　《千年之淚：當代台灣小說論集》　臺北市　爾雅出版社　1997年

劉乃慈　《第二／現代性：五四女性小說研究》　臺北市　臺灣學生書局　2004年

劉心皇編選　《當代中國新文學大系：史料與索引》　臺北市　天視
　　　出版事業公司　1981年

劉再復　《放逐諸神：文論提綱和文學史重評》　臺北市　風雲時代
　　　出版公司　1995年

劉紀蕙　《孤兒、女神、負面書寫：文化符號的徵狀式閱讀》　臺北
　　　市　立緒文化　2000年

劉紀蕙編　《他者之域：文化身分與再現策略》　臺北市　麥田出版
　　　公司　2001年

劉　康　《對話的喧聲：巴赫汀文化理論述評》　臺北市　麥田出版
　　　公司　1995年

蔣中正　《民生主義育樂兩篇補述》　臺北市　中央文物供應社
　　　1953年

蔡源煌　《從浪漫主義到後現代主義》　臺北市　雅典出版社　1998年

鄭明娳主編　《當代台灣女性文學論》　臺北市　時報文化出版企業
　　　公司　1993年

鄭明娳主編　《當代台灣政治文學論》　臺北市　時報文化出版企業
　　　公司　1994年

靜宜大學台灣文學系、中國文學系編　《台灣女性小說史論壇》　臺
　　　中縣　靜宜大學台灣文學系、中國文學系　2004年

鮑家麟等　陳三井主編　《近代中國婦女運動史》　臺北市　近代中
　　　國出版社　2000年

鮑家麟編著　《中國婦女史論集・續集》　臺北市　稻鄉出版社
　　　1991年

應鳳凰編著　《鍾理和論述──一九六○－二○○○》　高雄市　春
　　　暉出版社　2004年

聯副三十年文學大系編輯委員會編　《風雲三十年》　臺北市　聯合
　　報社　1982年

薛化元　《《自由中國》與民主憲政：1950年代台灣思想史的一個考
　　察》　臺北市　稻鄉出版社　1996年

鍾孝上編著　《台灣先民奮鬥史》　臺北市　自立晚報社文化出版部
　　1988年

鍾理和著　張良澤編　《鍾理和全集》　臺北市　遠行出版社　1976年

鍾理和、鍾肇政著　錢鴻鈞編　《台灣文學兩鍾書》　臺北市　草根
　　出版公司　1998年

鍾肇政　《鍾肇政回憶錄》　臺北市　前衛出版社　1998年

隱地編　《琦君的世界》　臺北市　爾雅出版社　1980年

羅鋼、劉象愚主編　《後殖民主義文化理論》　北京市　中國社會科
　　學出版社　1999年

龔鵬程　《台灣文學在台灣》　臺北縣　駱駝出版社　1997年

（二）中文譯著

Abraham H. Maslow（馬斯洛）著　許金聲、劉鋒等譯　《自我實現
　　的人》　北京市　三聯書店　1987年

Alan Dundes（鄧迪斯）編　朝戈金等譯　《西方神話學論文選》
　　（*Sacred narrative readings in the theory of myth*）　上海市
　　上海文藝出版社　1993年

Andree Michel（安德蕾‧米歇爾）著　張南星譯　《女權主義》（*Le
　　Féminisme*）　臺北市　遠流出版事業公司　1991年

Benedict Anderson（班納迪克‧安德森）著　吳叡人譯　《想像的共
　　同體：民族主義的起源與散布》（*Imagined Communities
　　reflections on the origin and Spread of nationalism*）　臺北市
　　時報文化出版企業公司　1999年

Bill Ashcroft（比爾・阿希克洛夫特）等著　劉自荃譯　《逆寫帝國：後殖民文學的理論與實踐》（*The empire writes back: theory and practice in post-colonial literatures*）　臺北縣　駱駝出版社　1998年

Catherine Belsey（凱薩琳・貝爾西）著　胡亞敏譯　《批評的實踐》（*Critical practice*）　北京市　中國社會科學出版社　1993年

Chow, Tse-Tsung（周策縱）著　楊默夫編譯　《五四運動史》（*The May Fourth Movement：Intellectual Revolution in Modern China*）　臺北市　龍田出版社　1980年

Duane Schultz（舒爾滋）著　李文湉譯　《成長心理學：健康人格模式》（*Growth psychology*）　北京市　三聯書店　1988年

E. Jerry Phares（法瑞斯）著　林淑梨、王若蘭、黃慧真譯　《人格心理學》（*Introduction to personality*）　臺北市　心理出版社　1994年

Edward W. Said（艾德華・薩伊德）著　單德興譯　《知識份子論》（*Representations of the intellectual: the 1993 Reith lectures*）　臺北市　麥田出版公司　1997年

Elleke Boehmer（艾勒克・博埃默）著　盛寧、韓敏中譯　《殖民與後殖民文學》（*Colonial and postcolonial literature*）　瀋陽市　遼寧教育出版社　1998年

Fredric Jameson（詹明信）著　張京媛譯　《馬克思主義：後冷戰時代的思索》　香港　牛津大學出版社　1994年

Hsia Chih-tsing（夏志清）著　劉紹銘等譯　《中國現代小說史》（*A History of Modern Chinese Fiction, 1917-1957*）　臺北市　傳記文學出版社　1985年

Jean Jacques Roussean（盧梭）著　李平漚譯　《愛彌兒》（*Emile*）
　　　臺北市　五南圖書出版公司　1994年

Jean-Jacques Rousseau（盧梭）著　李常山譯　《論人類不平等的起
　　　源和基礎》（*A discourse on inequality*）　臺北市　唐山出版
　　　社　1986年

John Locke（洛克）著　傅任敢譯　《教育漫話》（*Some thoughts
　　　concerning education*）　臺北市　五南圖書出版公司　1992年

Louis Althusser（阿圖塞）著　杜章智譯　《列寧和哲學》（*Lenin and
　　　philosophy and othere essays*）　臺北市　遠流出版事業公司
　　　1990年

Leo Ou-Fan（李歐梵）著　王宏志等譯　《中國現代作家的浪漫一
　　　代》（*The Romantic Generation of Modern Chinese Writers*）
　　　北京市　新星出版社　2005年

Lucien Levy-Bruhl（路先・列維－布留爾）著　丁由譯　《原始思
　　　維》　臺北市　臺灣商務印書館　2001年

Michel Foucault（傅柯）著　劉北成、楊遠嬰譯　《規訓與懲罰：監
　　　獄的誕生》（*Discipline and Punish—The Birth of Prison*）
　　　臺北市　桂冠圖書公司　1992年

Michel Foucault（傅柯）著　杜小真編選　《福柯集》　上海市　上
　　　海遠東出版社　1998年

Miklail Mikhailvoich Bakhtin（巴赫金）著　白春仁、曉河譯　《小說
　　　理論》　石家庄市　河北教育出版社　1998年

Rosemarie Tong（羅思瑪莉・佟恩）著　刁筱華譯　《女性主義思潮》
　　　（*Feminist thought: a comprehensive introduction*）　臺北市
　　　時報文化出版企業公司　1996年

Samuel P. Huntington（杭亭頓）著　黃裕美譯　《文明衝突與世界秩序的重建》（*The clash of civilizations and the remaking of world order*）　臺北市　聯經出版事業公司　1997年

Terry Eagleton（泰瑞・伊果頓）著　吳新發譯　《文學理論導讀》（*Literary theory an introduction*）　臺北市　書林出版公司　1994年

Toril Moi（托里・莫以）著　陳潔詩譯　《性別／文本政治：女性主義文學理論》（*Sexual / textual politics: feminist literary theory*）　臺北縣　駱駝出版社　1995年

Virginia Woolf（維吉尼亞・吳爾芙）著　張秀亞譯　《自己的房間》（*A Room of One's Own*）　臺北市　天培文化　2000年

William Somerest Maugham（毛姆）著　陳蒼多譯　《毛姆寫作回憶錄》（*The Summing Up*）　臺北市　志文出版社　1989年

〔蘇〕И.С.Кон（伊・謝・科恩）著　佟景韓等譯　《自我論：個人與個人自我意識》（*В ПОNСКАХ СЕЪЯ*）　北京市　三聯書店　1986年

朱迪絲・維爾斯特著　張家卉、王一謙、馬來松譯　《必要的喪失》北京市　北京大學出版社　1988年

（三）西文著作

Abel, Elizabeth, Marianne Hirsch, and Elizabeth Langland, eds., *The Voyage In: Fictions of Female Development*. Hanover and London: University Press of New England, 1983.

Arthur Heiserman and others, "J. D. Salinger: Some Crazy Cliff", *Critical Essays on Salinger's The Catcher in the Rye*, ed., Joel Salzberg, Boston: G. K. Hall & Co. 1990.

Ashis Nandy, *The Intimate Enemy Loss and Recovery of Self under Colonialism*, Oxford: Oxford University Press, 1994

Barbara A. White, "Growing Up Female — Adolescent Girlhood in American Fiction" in Gabriele Wittke ed., *Female Initiation in the American Novel*. Peter Lang, 1991.

Braendlin. Bonnie Hoover, *Bildung in Ethnic Women*, Denver Quarterly 17, 1983.

Carl E. Bain ed., *The Norton Introduction to Literature*, New York: W. W. Norton & Company, Inc.1981.

DeMarr, Mary J. and Jane S. Bakerman, *The Adolescent in the American Novel Since 1960*, NY: Ungar, 1986.

Erik H. Erikson, *Identity and the Life-Cycle*, New York: W. W. Norton, 1980.

Esther Kleinbord Labovitz, *The Myth of the Heroine — The Female Bildungsroman in the Twentieth Century*, NY: Peter Lang, 1986.

Jerome Hamilton Buckley, *Season of Youth: The Bildungsroman from Dickens to Golding*, Cambridge, MA: Harvard University Press, 1974.

Holman, C. Hugh, and Willian Harmon, *A Handbook to Literature*. 6th ed. New York: Macmillan, 1992.

Iris. M. Zavala, *Colonialism and culture: Hispanic modernisms and the social imaginary*, Bloomington: Indiana University Press.

Jerome Hamilton Buckley, *Season of Youth: The Bildungsroman from Dickens to Golding*. Cambridge, MA: Harvard University Press, 1974.

M. H. Abrams, *A Glossary of Literary Terms*. New York: Holt, Rinehart and Winston, 1981.

Martin Swales, *The German Bildungsroman from Wieland to Hess*. Princeton U. P., 1978.

Maya Angelou, *I Know Why The Caged Bird Sings*, NY: Bantom Books, 1993.

Michael Beddow, *The fiction of humanity: studies in the Bildungsroman from Wieland to Thomas Mann*, Cambridge, New York: Cambridge University Press, 1982.

Michael Minden, *The German Bildungsroman: incest and inheritance*, Cambridge: Cambridge University Press, 1997.

Mordecai Marcus, "What Is an Initiation Story?" in William Coyle ed., *The Young Man In American Literature: The Initiation Theme*. NY: The Odyssey Press, 1969.

Moretti, Franco, *The Way of the World: The Bildungsroman in European Culture*. London: Verso, 1987.

Randolph P. Shaffner, *The Apprenticeship Novel — A Study of the Bildungsroman as a Regulative Type in Western Literature with a Focus on Three Classic Representatives by Goethe*, Maugham, and Mann. New York: Peter Lang, 1984.

Richard A Barney, *Plots of Enlightenment — Education and the Novel in Eighteen — Century England*. Stanford, California: Standord University Press, 1999.

Susan Ashley Gohlman, *Starting Over — The Task of the Protagonist in the Contemporary Bildungsroman*. New York & London: Carland Publishing, 1990.

Susan Fraiman, *UNBECOMING WOMEN-British Women Writers and The Novel of Development*. New York: Columbia University Press, 1993.

三　期刊論文

Ernest Renan著　李紀舍譯　〈何謂國家〉　《中外文學》　第24卷第6期　1995年11月　頁4-18

王汎森　〈歷史記憶與歷史──中國近代史事為例〉　《當代》　91期　1993年11月　頁40-49

王明珂　〈集體歷史記憶與族群認同〉　《當代》　91期　1993年頁6-19

王紹光　〈私人時間與政治──中國城市閒暇模式的變化〉　《中國社會科學季刊》　第11期　1995年5月夏季卷　頁108-125

王儀君　〈空間、旅行與文化異質──論英國文藝復興時期戲劇《海之旅》及《英格蘭三兄弟》〉　《中外文學》　第31卷第4期　2002年9月　頁91-109

朱西甯　〈中國禮樂文學的香火〉　《文學思潮》　10期　1981年12月　頁63-77

朱西甯　〈論反共文學〉　《中華文化復興月刊》　第10卷第9期　1977年9月　頁2-9

呂正惠　〈社會與個人──現代中國的成長小說〉　《幼獅文藝》　492期　1994年12月　頁19-20

呂芳上　〈另一種「偽組織」：抗戰時期婚姻與家庭問題初探〉　《近代中國婦女史研究》　第3期　1995年8月　頁97-121

李文冰紀錄整理　〈世界華文成長小說徵文決選會議〉　《幼獅文藝》　510期　1996年6月　頁5-24

李　牧　〈新文學運動歷程中的關鍵時代——試探五〇年代自由中國文學創作的思路及其所產生的影響〉　《文訊》　9期　1984年3月　頁144-161

李振亞　〈歷史空間／空間歷史：從《童年往事》談記憶與地理空間的建構〉　《中外文學》　第26卷第10期　1998年3月　頁49-51

李　敖　〈沒有窗，哪有「窗外」〉　《文星》　93期　1965年　頁4-15

李筱峰　〈從《民報》看戰後初期台灣的政經與社會〉　《台灣史料研究》　第8期　1996年8月　頁98-122

沈松僑　〈我以我血薦軒轅——黃帝神話與晚清的國族建構〉　《台灣社會研究季刊》　28期　1997年12月　頁1-78

谷　裕　〈試論諾瓦利斯小說的宗教特徵〉《外國文學評論》　2001年第2期　頁119-125

周婉窈　〈實學教育、鄉土愛與國家認同——日治時期臺灣公學校第三期「國語」教科書的分析〉　《台灣史研究》　第4卷第2期　1997年12月　頁7-55

易　光　〈覺今是而昨非之後：近年「成長小說」漫論〉　《西南師範大學學報‧人文社會科學版》　第28卷第4期　2002年7月　頁139-144

姚儀敏　〈永不落幕的戲——王藍的人生舞台翦影〉　《中央月刊》　第24卷第4期　1991年4月　頁77-80

恨　土　〈評半本小說「窗外」：兼論作品的深度與廣度〉　《作家》　1卷2期　1964年　頁54-55

范銘如　〈合縱連橫——六○年代台灣小說〉　《淡江大學中文學報》　第8期　2003年7月　頁37-48

范銘如　〈林海音〈燭芯〉導讀〉　《文學台灣》　37期　2001年12月　頁59-62

范銘如　〈導讀：我觀察・我思味・我同情〉　《文訊》　223期　2005年3月　頁78-84

孫勝忠　〈德國經典成長小說與美國成長小說之比較〉　《安徽師範大學學報・人文社會科學版》　第33卷第3期　2005年5月　頁139-144

徐秀明　〈20世紀成長小說研究綜述〉　《當代文壇》　2006年第6期　頁35-38

馬奇洪姆著　成令方譯　〈女性主義文學批評〉　《聯合文學》　第4卷第12期　1988年10月　頁24-29

馬　森　〈「台灣文學」的中國結與台灣結：以小說為例〉　《聯合文學》　第8卷第5期　199年3月　頁172-193

國民黨婦工會　《婦友》　2期　1954年1月10日　頁14-19

張大春　〈他們都是怎樣長大的？——小說裡的少年啟蒙經驗〉　《聯合文學》　第8卷第7期　1992年5月　頁160-166

張素貞　〈五○年代台灣新文學運動〉　《中外文學》第14卷第1期　1985年6月　頁129-146

張堂錡　〈中國現代小說中的成長意識——以郁達夫、丁玲、巴金作品為例〉　《幼獅文藝》　558期　2000年6月　頁73-75

張瑞芬　〈趙滋蕃的文學創作及其時代意義〉　《逢甲人文社會學報》　第12期　2006年6月　頁27-58

張道藩　〈三民主義文藝論〉　《文藝創作》　34-36期　1954年2月至4月

張道藩　「發刊詞」　《文藝創作》　第1期　1956年5月4日

張德明　〈《哈克貝利・芬歷險記》與成人儀式〉　《浙江大學學報・
　　　　人文社會科學版》　第29卷第4期　1999年8月　頁91-97

張潮雄　〈台灣省的養女問題〉　《台灣文獻》　第3卷第14期
　　　　1963年　頁97-127

梅家玲　〈發現少年，想像中國──梁啟超〈少年中國說〉的現代
　　　　性、啟蒙論述與國族想像〉　《漢學研究》　第19卷第1期
　　　　2001年6月　頁249-276

畢　璞　〈我的筆墨生涯──三種境界〉　《文訊》　第23期　1986
　　　　年4月　頁222-227

陳長房　〈西方成長／教育小說的模式與演變〉　《幼獅文藝》
　　　　492期　1994年12月　頁5-16

陳炳良、黃偉德　〈張愛玲短篇小說中的「啟悟」主題〉　《中外文
　　　　學》　第11卷第2期　1987年7月　頁132-151

陳紀瀅　〈《「荻村傳」翻譯始末──兼記張愛玲》〉　《聯合文學》
　　　　第3卷第5期　1987年3月　頁92-94

彭瑞金　〈鍾肇政與〈白翎鷥之歌〉〉　《台灣文藝・新生版》　149
　　　　期　1995年6月　頁34-37

游維真　〈1945-1952年台灣戰後初期惡性通貨膨脹之成因與肆應：
　　　　金融面之探討〉　《中國歷史學會史學集刊》　第37期
　　　　2005年7月　頁287-322

游鑑明　〈有關日據時期台灣女子教育的一些觀察〉　《台灣史田野
　　　　研究通訊》　23期　1992年6月　頁13-18

馮品佳　〈後殖民英文小說中的女性成長敘事〉　《幼獅文藝》
　　　　558期　2000年6月　頁76-84

馮品佳　〈華美成長小說〉　《幼獅文藝》　492期　1994年12月
　　　　頁85-93

楊千鶴　〈我對日據時代台灣文學的一些看法與感想〉　《文學台
　　　　灣》　16期　1995年10月　頁38-54

楊武能　〈《維廉・麥斯特的學習時代：逃避庸俗》〉　《外國文學研
　　　　究》　第16卷第4期　2000年10月　頁27-30

楊　照　〈「啟蒙的驚怵與傷痕」——當代台灣成長小說中的悲劇傾
　　　　向〉　《幼獅文藝》　511期　1996年7月　頁16-19

廖咸浩　〈有情與無情之間——中西成長小說的流變〉　《幼獅文
　　　　藝》　511期　1996年7月　頁81-88

廖咸浩　〈非西方成長（小說）的試煉：在反叛與扎根之間〉　《幼
　　　　獅文藝》　558期　2000年6月　頁64-71

蔣中正　〈戰鬥文藝向誰戰鬥？怎樣戰鬥？〉　《幼獅文藝》　第2
　　　　卷第1期　1955年1月　頁3-5

薛茂松　〈五十年代文學大事紀要〉　《文訊》　第九期　1984年3月
　　　　頁162-208

魏子雲　〈從《窗外》觀之〉　《皇冠》　第21卷第2期　1964年4月
　　　　頁32-42

四　學位論文

丁鳳珍　《台灣日據時期短篇小說中的女性角色》　臺南市　國立成
　　　　功大學中國文學研究所碩士論文　1996年

尹子玉　《「台灣文學經典」論爭研究》　桃園市　國立中央大學中
　　　　國文學研究所碩士論文　2001年。

王偉音　《鍾肇政與吳錦發成長小說研究──以《八角塔下》、〈春秋茶室〉為例》　雲林縣　國立雲林科技大學漢學應用研究所碩士論文　2008年

王學玲　《明清之際辭賦書寫中的身分認同》　臺北縣　輔仁大學中國文學系博士論文　1990年

王謢淳　《林海音的啟悟小說──《城南舊事》研究》　彰化市　國立彰化師範大學國文學系碩士論文　2008年

石曉楓　《八、九○年代兩岸小說中的少年家變》　臺北市　國立臺灣師範大學國文系博士論文　2004年（已出書）

江寶釵　《論《現代文學》女性小說家：從一個女性經驗的觀點出發》　臺北市　國立臺灣師範大學國文系博士論文　1994年

呂佳龍　《成長與記憶之河──鄭清文小說研究》　嘉義縣　南華大學文學研究所碩士論文　2002年

周介玲　《台灣作家的文學獻身之道──李榮春之藝術家成長小說研究》　新竹市　國立清華大學台灣文學研究所碩士論文　2011年

林容青　《白先勇小說中的成長經驗》　新北市　淡江大學中國文學系碩士論文　2009年

林淇瀁　《意識形態‧媒介與權力：《自由中國》與五○年代台灣政治變遷之研究》　臺北市　國立政治大學新聞學系博士論文　2002年

施英美　《《聯合報》副刊時期（1953-1963）的林海音研究》　臺中縣　靜宜大學中國文學研究所碩士論文　2003年

柯佩君　《當代成長小說研究──以張經宏《摩鐵路之城》為例》　雲林縣　國立雲林科技大學漢學應用研究所碩士論文　2014年

徐惠玲　《台灣現代小說中的淡水校園成長書寫──以鍾肇政《八角

塔下》、蔡素芬《橄欖樹》為研究對象》　臺北市　國立臺
灣師範大學國文學系在職進修班碩士論文　2008年

高雅音　《從戒嚴到後戒嚴——台灣反成長小說新論》　新竹市　國立
清華大學台灣文學研究所教師在職進修班碩士論文　2012年

張以昕　《戰後台灣女性成長書寫的敘事特徵與世代轉折——以郭良
蕙、李昂、陳雪為探討中心》　新竹市　國立新竹教育大學
語文學系碩士論文　2011年

許君如　《一九六〇年代台灣學院派本省籍女作家成長小說研究——
以陳若曦、歐陽子、施叔青、李昂為例》　臺北市　國立臺
灣師範大學國文學系在職進修班碩士論文　2009年

許靜文　《臺灣青少年成長小說中的反成長》　臺東市　國立臺東大
學語文教育學系碩士論文　2008年

連培妏　《九〇年代以降台灣女性成長小說研究》　臺北市　國立政
治大學中國文學研究所碩士論文　2005年

陳良真　《潘人木小說研究》　屏東市　國立屏東師範學院語文教育
學系碩士論文　2005年

陳金地　《裂解與重構——郭箏小說研究》　臺中市　東海大學中國
文學系碩士論文　2007年

陳保華　《二十世紀晚期台灣成長小說研究》　宜蘭縣　佛光大學文
學系碩士論文　2008年

陳彥蓉　《台灣成長小說對教育制度的反思與批判——以《拒絕聯考
的小子》、《危險心靈》、《摩鐵路之城》為例》　新竹市　國立
清華大學台灣文學研究所教師在職進修班碩士論文　2012年

陳瑤華　《王文興與七等生的成長小說比較》　新竹市　國立清華大
學文學研究所碩士論文　1993年

陳慧貞　《朱天心小說的題材研究──以成長為線索的考察》　臺北
　　　　市　國立臺灣師範大學國文學系在職進修碩士論文　2005年

陳靜宜　《走出婚姻的藩籬──蕭颯小說中的女性成長》　臺中市
　　　　國立中興大學中國文學研究所碩士論文　1999年

傅素梅　《城南舊事中的成長主題研究》　臺東市　國立臺東大學兒
　　　　童文學研究所碩士論文　2007年

曾鈴月　《女性、鄉土與國族──戰後初期大陸來台三位女作家小說
　　　　作品之女性書寫及其社會意義初探》　臺中縣　靜宜大學中
　　　　文研究所碩士論文　2001年

曾慶華　《國軍新文藝運動之研究》　臺北市　政治作戰學校政治學
　　　　研究所碩士論文　1982年

游勝冠　《殖民、進步與日據時代台灣文學的文化抗爭》　新竹市
　　　　國立清華大學中國文學系博士論文　2000年

游鑑明　《日據時期台灣的女子教育》　臺北市　國立臺灣師範大學
　　　　歷史研究所碩士論文　1987年

游鑑明　《日據時期台灣的職業婦女》　臺北市　國立臺灣師範大學
　　　　歷史研究所博士論文　1995年

黃靖雅　《鍾肇政小說研究》　臺北市　東吳大學中國文學系碩士論
　　　　文　1994年

黃瀚慧　《台灣二十世紀晚期校園成長小說》　臺南市　國立成功大
　　　　學中國文學系碩士論文　2012年

蔡其昌　《戰後（1945-1959）台灣文學發展與國家角色》　臺中市
　　　　東海大學歷史研究所碩士論文　1996年

鄭昭明　《吳錦發成長文學創作脈絡研究──追尋台灣新少年英雄的
　　　　文學論述》　臺南市　國立成功大學中國文學研究所碩士論
　　　　文　2005年

鄭雅文　《戰後台灣女性成長小說研究——從反共文學到鄉土文學》
　　　　桃園市　國立中央大學中國文學研究所碩士論文　1999年
賴穆萱　《後現代青少年的辯證：論張大春的成長三部曲》　臺南市
　　　　國立成功大學中國文學系碩士論文　2010年

五　報紙

中央日報編　〈妨礙治安誨淫誨盜　十種雜誌應受處分〉　《中央日
　　　　報》　1954年8月28日　第3版
中國時報　〈四十年來影響我們最深的書〉　《中國時報》　1990年
　　　　10月7日　開卷版
孟　瑤　〈弱者，妳的名字是女人嗎？〉　《中央日報》　1950年5
　　　　月7日　第8版
林海音　〈台灣的媳婦仔——一個值得注意的問題〉　《中央日報》
　　　　1950年3月12日　第8版
武月卿　〈編者案〉　《中央日報》　1950年5月7日　第8版
徐鍾珮　〈為她們祝福〉　《中央日報》副刊　1950年9月14日
徐鍾珮　〈熊掌和魚〉　《中央日報》副刊　1950年11月
郭嗣汾　〈五十年間如反掌〉　《聯合報》副刊　2003年8月20日
鍾梅音　〈女人不是鋼鐵鑄的〉　《中央日報》　1950年5月8日　第8版
鍾肇政　〈四十年前一朵小小的花〉　《國語日報》　2000年3月

文學研究叢書·臺灣文學叢刊　0810005

成長的迹線——台灣五〇年代小說家的成長書寫（1950-1969）

作　　　者	戴華萱
責任編輯	吳家嘉
特約校稿	林秋芬

發 行 人	陳滿銘
總 經 理	梁錦興
總 編 輯	陳滿銘
副總編輯	張晏瑞
編 輯 所	萬卷樓圖書股份有限公司
排　　 版	林曉敏
印　　 刷	品設印刷設計
封面設計	斐類設計工作室

發　　　行　萬卷樓圖書股份有限公司
　　　臺北市羅斯福路二段 41 號 6 樓之 3
　　　電話 (02)23216565
　　　傳真 (02)23218698
　　　電郵 SERVICE@WANJUAN.COM.TW
大陸經銷　廈門外圖臺灣書店有限公司
　　　電郵 JKB188@188.COM
香港經銷　香港聯合書刊物流有限公司
　　　電話 (852)21502100
　　　傳真 (852)23560735

ISBN 978-957-739-985-4

2016 年 5 月初版

定價：新臺幣 560 元

如何購買本書：
1. 劃撥購書，請透過以下郵政劃撥帳號：
　　帳號：15624015
　　戶名：萬卷樓圖書股份有限公司
2. 轉帳購書，請透過以下帳戶
　　合作金庫銀行 古亭分行
　　戶名：萬卷樓圖書股份有限公司
　　帳號：0877717092596
3. 網路購書，請透過萬卷樓網站
　　網址 WWW.WANJUAN.COM.TW
大量購書，請直接聯繫我們，將有專人為
您服務。客服：(02)23216565 分機 10

如有缺頁、破損或裝訂錯誤，請寄回更換
版權所有·翻印必究
Copyright©2014 by WanJuanLou Books CO., Ltd.
All Right Reserved　　　**Printed in Taiwan**

國家圖書館出版品預行編目資料

成長的迹線：臺灣五〇年代小說家的成長書
寫(1950-1969) / 戴華萱著. -- 初版. -- 臺北市：
萬卷樓, 2016.05
　　面；　公分. -- (文學研究叢書. 臺灣文學叢
刊)
ISBN 978-957-739-985-4(平裝)
1.臺灣小說 2.作家 3.文學評論

863.27　　　　　　　　　　　　105000142